Wilbur Smith entstammt einer alten Siedlerfamilie aus Rhodesien, dem heutigen Simbabwe, und ist einer der erfolgreichsten Autoren der Gegenwart. Seine Bücher, die eine Weltauflage von über 50 Millionen Exemplaren erreicht haben, sind in 14 Sprachen übersetzt und zum Teil verfilmt worden.

Außer dem vorliegenden Band sind von Wilbur Smith als Goldmann-Taschenbücher erschienen:

Adler über den Wolken. Roman (42048)
Glühender Himmel. Roman (41130)
Goldmine. Roman (9312)
Das Grabmal des Pharao. Roman (43212)
Heller Mond, dunkler Schatten. Roman (41588)
Das Lied der Elephanten. Roman (42368)
Der Panther jagt im Dämmerlicht. Roman (42047)
Schwarze Sonne. Roman (9332)
Der Stolz des Löwen. Roman (9316)
Der Sturz des Sperlings. Roman (9319)
Tara. Roman (9314)
Der Unbesiegbare. Roman (42933)
Wenn Engel weinen. Roman (9317)
Wer aber Gewalt sät. Roman (41139)

WILBUR
SMITH

In den Fängen des Fuchses

ROMAN

Aus dem Englischen
von Wulf Bergner

GOLDMANN VERLAG

Deutsche Erstveröffentlichung 12/95

Titel der Originalausgabe: Golden Fox
Originalverlag: William Heinemann Limited
(part of Reed Consumer Books Limited), London

Umwelthinweis:
Alle bedruckten Materialien dieses Taschenbuches
sind chlorfrei und umweltschonend.

Der Goldmann Verlag
ist ein Unternehmen der Verlagsgruppe Bertelsmann

Umschlagentwurf:: Design Team München
Umschlagfoto: Tony Stone Bilderwelten
Satz: Uhl + Massopust GmbH, Aalen
Druck: Graphischer Großbetrieb Pößneck GmbH
Verlagsnummer: 41581
Redaktion: Anna Matzenauer
MV · Herstellung: Heidrun Nawrot
Made in Germany
ISBN 3-442-41581-0

3 5 7 9 10 8 6 4 2

Ein Schwarm von Schmetterlingen stieg im Sonnenlicht auf und wurde von der leichten Sommerbrise davongetrieben. Hunderttausend junge Gesichter blickten staunend auf.

Im Vordergrund der weiten Rasenfläche saß eine junge Frau, die er seit zehn Tagen beschattete. Mittlerweile war er auf eigentümliche Weise mit all ihren Gesten und Bewegungen vertraut geworden: Er wußte, wie sie den Kopf hielt, wenn sie etwas interessierte, wie sie ihn schräg legte, um zuzuhören, oder ihn ungeduldig in den Nacken warf. Jetzt sah sie zu der bunten Schmetterlingswolke auf, und ihr Mund öffnete sich vor Bewunderung.

Auf der Bühne über ihr hielt ein Mann in einem weißen Satinhemd eine weitere Schachtel hoch und setzte lachend eine neue Schmetterlingswolke frei. Gelbe, weiße und buntschimmernde Insekten flatterten davon. Die Menge war fasziniert.

Einer der Schmetterlinge flog schwankend vorbei, und obwohl sich ihm hundert Hände entgegenreckten, flatterte er weiter und landete schließlich auf dem Gesicht der jungen Frau. Selbst über das Gemurmel der Menge hinweg konnte der Beobachter ihr glückliches Lachen hören – und lächelte aus Sympathie mit.

Sie griff nach dem Schmetterling und nahm ihn behutsam zwischen ihre Hände. Einige Sekunden lang hielt sie ihn fest, um ihn mit den indigoblauen Augen zu betrachten, die der Beobachter schon so gut kannte. Ihr Gesichtsausdruck war mit einem Mal wehmütig, und sie flüsterte dem Schmetterling etwas zu.

Dann lächelte sie, sprang auf und reckte auf den Zehenspitzen stehend beide Arme in die Luft. Während der Schmetterling auf ihrer ausgestreckten Hand zögernd die Flügel bewegte, hörte der Beobachter ihre Stimme.

»Flieg! Flieg für mich!« Die Menschen in ihrer Nähe sahen auf. »Flieg! Flieg für den Frieden!«

Alle achteten jetzt nur auf sie, wie sie da stand: groß, schlank, mit sonnengebräunten Armen und Beinen. Der Mode gemäß war ihr Minirock so kurz, daß sein Saum hochglitt, als sie sich streckte, und einen hübschen Hintern ahnen ließ.

In dieser Haltung schien sie eine ganze Generation zu verkörpern: frei, wild, lebendig, und er fühlte die emotionale Zustimmung aller, die sie sahen. Selbst der Mann auf der Bühne beugte sich nach vorn, um sie besser sehen zu können, verzog seine breiten Lippen zu einem Lächeln und rief: »Friede!« Die haushohen Lautsprechertürme auf beiden Seiten der Bühne verstärkten seine Stimme hundertfach: »Friede!«

Der Schmetterling flatterte davon, und sie schickte ihm einen Handkuß nach, als er sich auch schon in der bunten Wolke aus Insekten verlor.

Die junge Frau sank wieder ins Gras, und alle berührten oder umarmten sie.

Auf der Bühne breitete Mick Jagger die Arme aus. Sobald Ruhe herrschte, sprach er zu der Menge. Seine Stimme klang undeutlich und der Dialekt so unverständlich, daß der Beobachter den Nachruf auf ein Mitglied der Band, das erst vor wenigen Tagen während eines wilden Wochenendes in einem Swimmingpool ertrunken war, kaum begriff.

Gerüchte besagten, das Opfer sei mit Drogen vollgepumpt gewesen, als es ins Wasser gegangen war. Kurz darauf legten die Gitarren los, und Jagger begann, »Wild Woman« zu singen. Binnen Sekunden rasten hunderttausend Herzen, zuckten und pulsierten hunderttausend junge Leiber, reckten sich zweihunderttausend Arme empor und wogten wie ein Kornfeld im Sturm.

Der Beobachter schien in der begeisterten Menge allein: isoliert und unbeteiligt, von der ohrenbetäubend lauten Musik, die über ihn hinwegbrandete, nicht betroffen, studierte er die junge Frau und wartete auf seine Chance.

Auch sie bewegte sich zu den heftigen Rhythmen, paßte sich dem Wogen der dichtgedrängten Leiber an – aber mit einer bemerkenswerten Grazie, die sie aus der Menge hervorhob. Ihr schwarzes

Haar mit den rötlichen Lichtern war zu einer Hochfrisur aufgetürmt, aus der sich lockige Strähnen gelöst hatten, die sich um ihren Nacken kringelten, wie um dessen eleganten Schwung hervorzuheben.

Unmittelbar vor der Bühne war durch einen niedrigen Holzzaun eine winzige Enklave für einige wenige Privilegierte abgetrennt worden. Dort saß Marianne Faithfull – in einem fließenden langen Gewand, mit bloßen Füßen – mit den anderen Ehefrauen und Freundinnen der Bandmitglieder. Ihr Blick war entrückt, und ihre Bewegungen wirkten schlafwandlerisch langsam. Kinder krabbelten um sie herum; alle wurden von Hell's Angels beschützt. Diese sahen bedrohlich aus: schwarze Wehrmachtsstahlhelme, Ketten und Eiserne Kreuze um den Hals, nietenbesetzte schwarze Lederwesten, eisenbeschlagene Motorradstiefel und einige Tätowierungen auf den Armen. Mit Gummiknüppeln an den Gürteln und scharfkantigen Schlagringen an den Fäusten beobachteten sie die Menge und warteten auf Unruhestifter.

Die Musik hämmerte weiter – eine Stunde lang und noch eine; der Geruch der Menge erinnerte immer mehr an einen Tierkäfig, weil manche Zuhörer – Frauen wie Männer –, die im Gedränge eingekeilt waren und keinen Augenblick versäumen wollten, gleich dort uriniert hatten, wo sie saßen.

Die Dekadenz, die schamlose Ausgelassenheit und die grobe Sinnlichkeit des Ganzen widerten den Beobachter an. Seine Augen waren gerötet und brannten, und er hatte Kopfschmerzen vom rhythmischen Hämmern der Gitarren. Eigentlich hätte er längst gehen sollen. Wieder ein Tag vergeudet, um auf eine Chance zu warten, die einfach nicht kommen wollte. Aber er hatte es nicht eilig. Er konnte warten.

Schließlich setzte er sich in Bewegung, überquerte den sanften Hügel, auf dem er eingezwängt gestanden hatte, und drängte sich durch die tobende Menge.

Dann sah er sich erneut um und kniff die Augen zusammen, als die junge Frau mit ihrem Begleiter sprach, seine Antwort lächelnd mit einem Kopfschütteln quittierte und aufstand. Auch sie bahnte sich mühsam einen Weg durch die Menge.

Der Beobachter änderte seine Richtung und ging schräg hügelabwärts weiter, um sie abzufangen, weil sein Instinkt ihm sagte, daß der Augenblick, auf den er gewartet hatte, nun gekommen war.

Hinter der Bühne standen etliche Übertragungswagen, jeder so groß wie ein Doppeldeckerbus und so dicht nebeneinander geparkt, daß nur eine schmale Lücke blieb.

Die junge Frau folgte dem niedrigen Zaun, der die Sattelschlepper umgab, und versuchte dann, auf die andere Seite der Bühne zu gelangen, aber das Gedränge war so groß, daß sie nicht durchkam und sich verzweifelt umsah. Dann arbeitete sie sich zum Zaun vor, setzte mit einer Flanke hinüber und verschwand zwischen zwei hohen Fahrzeugen. Einer der Hell's Angels sah sie dort eindringen und rannte hinter ihr her.

Der Beobachter brauchte fast zwei Minuten, um die Stelle zu erreichen, an der die junge Frau über den Zaun gesprungen war. Er schlüpfte zwischen die hohen Stahlflanken der Wagen.

Dann zwängte er sich durch den Zwischenraum und hatte gerade die Fahrertür erreicht, als er ganz in der Nähe unterdrückte Protestschreie hörte.

Der Hell's Angel hatte die junge Frau eingeholt und drückte sie jetzt gegen den vorderen Kotflügel des Sattelschleppers. Er hatte ihr einen Arm auf den Rücken gedreht, so daß ihre Hand sich fast in Höhe der Schulterblätter befand. Sie setzte sich verzweifelt zur Wehr, aber er preßte sie mit seinen Hüften gegen den Kotflügel, beugte sich über sie und versuchte, sie zu küssen. Die junge Frau machte ein Hohlkreuz und warf ihren Kopf von einer Seite zur anderen, um ihm auszuweichen. Er lachte, streckte die Zunge heraus und versuchte, damit zwischen ihre Lippen zu kommen.

In diesem Augenblick trat der Beobachter vor und berührte seine Schulter. Der Mann erstarrte und sah sich um. Seine Augen waren trüb, aber sie wurden sofort klar, und er stieß die junge Frau heftig von sich weg. Dann griff er nach dem Gummiknüppel.

Der Beobachter berührte ihn unter dem Ohr, dicht unter dem Rand seines Stahlhelms. Als er fest mit zwei Fingern zudrückte, erstarrte der Hell's Angel. Er gab ein heiseres Krächzen von sich; dann löste sich die Starre, und er brach zusammen und wand sich in heftigen Krämpfen. Die junge Frau starrte ihn erschrocken an. Der Beobachter stieg über den Mann weg und zog sie mühelos hoch.

»Kommen Sie«, forderte er sie halblaut auf. »Bevor seine Freunde hier aufkreuzen.«

Hinter dem LKW-Parkplatz begann ein Labyrinth aus schmalen Pfaden durch Rhododendronbüsche. Während sie einen davon entlangliefen, fragte die junge Frau atemlos: »Haben Sie ihn umgebracht?«

»Nein.« Er sah sich nicht einmal um. »In weniger als fünf Minuten ist er wieder auf den Beinen.«

»Aber Sie haben ihn flachgelegt. Wie haben Sie das fertiggebracht? Sie haben ihn kaum angefaßt.«

Er gab keine Antwort, blieb aber hinter der nächsten Kurve stehen und drehte sich nach ihr um.

»Alles in Ordnung?« fragte er, und sie nickte.

Er musterte sie. Er wußte, daß sie vierundzwanzig Jahre alt war. Eine junge Frau, deren dunkelblaue Augen nüchtern und neugierig waren. Trotz der Bedrohung gab es keine Tränen, keinen hysterischen Anfall, nicht einmal ein Zittern; ihre Hand fühlte sich schmal, fest und warm an.

Der Bericht des Psychiaters, den er studiert hatte, traf zumindest in diesem Punkt zu: Sie war selbstbewußt und widerstandsfähig; sie hatte den Schock des Überfalls bereits fast überwunden. Dann sah er, wie ihre Wangen sich röteten und ihr Atem unter dem Ansturm neuer Emotionen merklich schneller ging.

»Wie heißen Sie?« wollte sie wissen, während sie ihn mit einer Intensität anstarrte, die ihm vertraut war. Die meisten Frauen starrten ihn so an, wenn sie ihm zum ersten Mal begegneten.

»Ramón«, antwortete er.

»Ramón«, wiederholte sie halblaut. Gott, wie schön er war! »Und weiter?«

»Das würden Sie mir nicht glauben.« Sein Englisch war perfekt, zu perfekt. Er war kein Engländer; seine Stimme paßte zu seinem Gesicht: ernst, tief und schön.

»Versuchen Sie's mal«, forderte sie ihn auf.

»Ramón de Santiago y Machado.« Das klang wie Musik in ihren Ohren. Der romantischste Name, den sie je gehört hatte.

»Wir müssen weiter«, sagte er, während sie ihn noch immer anstarrte.

»Ich fürchte, ich kann nicht mehr rennen«, wandte sie ein.

»Wollen Sie etwa als Motorradmaskottchen enden?«

Sie lachte: »Sie dürfen mich nicht zum Lachen bringen. Ich muß dringend aufs Klo.«

»Am Parkeingang gibt's Toiletten. Schaffen Sie's bis dorthin?«

»Ich glaub' schon.«

»Gut, dann weiter!« Er zog sie an der Hand mit sich.

In der Nähe der Serpentine sah Ramón sich erneut um. »Die Begeisterung Ihres Freundes scheint abgekühlt zu sein«, sagte er. »Der Kerl ist nirgends zu sehen.«

»Wie weit ist's noch?«

»Gleich sind wir da.« Als sie das Parktor erreichten, ließ sie seine Hand los und steuerte auf ein diskret mit Büschen getarntes niedriges Klinkergebäude zu. An der Tür zögerte sie jedoch.

»Ich heiße Isabella, Isabella Courtney, aber meine Freunde nennen mich Bella«, sagte sie über ihre Schulter hinweg, bevor sie hastig durch die Tür verschwand.

»Ja«, murmelte er. »Ja, ich weiß.«

Sogar im WC war die laute Musik zu hören.

Als sie die Hände wusch, begutachtete sie sich im Spiegel. Ihre Frisur war reichlich zerzaust; sie brachte sie wieder in Ordnung. Ramón hatte dichte schwarze Locken. Er trug sein Haar lang, aber nicht zu lang. Sie wischte ihren Lippenstift mit einem Papiertaschentuch ab und legte neuen auf. Ramóns Lippen waren voll und weich, aber stark. Wie sie wohl schmecken würden?

Sie ließ den Lippenstift wieder in ihre Handtasche fallen und beugte sich nach vorn, um ihre Augen im Spiegel zu begutachten. Auf ihre Augen konnte sie stolz sein: Sie leuchteten irgendwo zwischen kornblumen- und saphirblau. Ramón hatte grüne Augen. Das war ihr als erstes aufgefallen. Ein klares Grün, das schön, aber... tödlich war. Genau! Um das zu erkennen, hätte sie nicht erst miterleben müssen, wie er den Hell's Angel erledigt hatte. Ein Blick in diese Augen hatte genügt, um ihr zu zeigen, daß er ein gefährlicher Mann war. Sie spürte im Nacken ein wundervolles Prickeln, eine Mischung aus Angst und Vorfreude. Vielleicht war dies tatsächlich der Mann, den sie suchte.

»Ramón de Santiago y Machado.« Sie wiederholte seinen Namen mit kehliger Stimme, kostete ihn genüßlich aus und beobachtete, wie ihre Lippen die einzelnen Bestandteile formten. Dann richtete sie sich auf, machte kehrt und zwang sich dazu, bewußt langsam zu gehen.

Sie machte einen leichten Schmollmund und verbarg das Blau ihrer Augen unter langen, dichten Wimpern, als sie ins schräg einfallende goldene Sonnenlicht hinaustrat – und blieb wie angewurzelt stehen.

Er war weg! Sie war im ersten Augenblick wie vor den Kopf geschlagen und sah sich ungläubig um. »Ramón«, sagte sie unsicher und lief auf den Weg hinaus. Dort kamen Hunderte von Menschen auf sie zu – die ersten Konzertbesucher, die der Lawine, die bald folgen würde, zu entkommen versuchten –, aber keiner von ihnen war die elegante Gestalt, nach der sie Ausschau hielt.

»Ramón«, sagte sie und lief zum Parktor. Draußen tobte der Verkehr die Bayswater Road entlang, und sie blickte verzweifelt nach links und rechts. Er hatte sie einfach stehen lassen. Das war ihr neu. Sie hatte ihm gezeigt, daß sie ihn begehrte – deutlicher hätte sie's ihm nicht zeigen können –, und er war einfach verschwunden.

Plötzlich wurde sie wütend. Das tat man Isabella Courtney nicht an, niemals!

»Verdammter Mistkerl!« fauchte sie. »Der Teufel soll ihn holen!«

Aber ihr Zorn hielt nur wenige Sekunden an. Danach wurde sie traurig.

»Er kann doch nicht einfach abhauen«, sagte sie laut. Es hörte sich an wie das Quengeln eines verzogenen kleinen Mädchens; sie wiederholte den Satz und versuchte erwachsene Wut hineinzulegen, aber auch das klang nicht sehr überzeugend.

Mit einem Mal hörte sie grölendes Gelächter und drehte sich um. Eine Horde Hell's Angels stolzierte den Weg entlang – noch hundert Meter entfernt, aber genau auf sie zu. Hier konnte sie nicht bleiben.

Das Konzert war zu Ende, die Besucher strömten zu den Ausgängen. Ihre Freunde konnte sie im Gewühl unmöglich wiederfinden. Sie sah sich nochmals um: nichts.

»Wer braucht ihn überhaupt, den verdammten Dago?« murmelte sie wütend und setzte sich entschlossen in Bewegung.

Hinter ihr ertönte ein Chor aus Pfiffen und Beifallsrufen, und einer der Hell's Angels gab ihr mit lauter Stimme Marschkommandos: »Links, rechts, links...«

Sie wußte, daß ihre hohen Absätze ihren Po herausfordernd wackeln ließen. Sie hüpfte erst auf einem Fuß, dann auf dem anderen weiter, während sie ihre Schuhe abstreifte, und lief dann barfuß den Gehsteig entlang. Sie hatte ihren Wagen auf dem Botschaftsparkplatz am Strand gelassen und mußte deshalb vom Lancaster Gate aus mit der U-Bahn fahren, um ihn abzuholen.

Sie fuhr einen Mini-Cooper Jahrgang 1969. Wer zum »Swinging Set« gehörte, fuhr heutzutage einen Mini, an Samstagabenden parkten vor Anabel's mehr Minis als Rolls-Royce oder Bentleys.

Isabella warf ihre Schuhe auf den Rücksitz, ließ den Motor an und gab Gas, bis die Nadel des Drehzahlmessers im roten Bereich stand. Die quietschenden Reifen hinterließen schwarze Gummispuren auf dem Asphalt; ein Anblick, der ihr Vergnügen bereitete.

Sie brach ihren eigenen Rekord nach Highveld, der Residenz des Botschafters in Chelsea. Daddys Dienstwagen – ein Bentley mit Standern auf den Kotflügeln – parkte in der Einfahrt, und Klonkie, sein Chauffeur, salutierte grinsend. Daddy hatte den größten Teil seines Personals aus Kapstadt mitgebracht.

Isabella bemühte sich, Klonkie freundlich anzulächeln und ihm die Schlüssel zuzuwerfen. »Seien Sie ein Schatz, Klonkie, und parken Sie meinen Wagen.« Sie durfte ihre schlechte Laune an jedem anderen auslassen, nur nicht an den Dienstboten. »Sie gehören zur Familie, Bella«, pflegte ihr Vater zu sagen. Tatsächlich waren die meisten von ihnen schon vor Bellas Geburt in Weltevreden, dem Stammsitz der Familie am Kap der Guten Hoffnung, angestellt gewesen.

Ihr Vater saß an seinem Schreibtisch im Arbeitszimmer im Erdgeschoß mit Blick auf den Garten. Er hatte Jacke und Krawatte abgelegt, und auf der Schreibtischplatte türmten sich Akten. Aber als sie hereinkam, warf er seinen Füllfederhalter weg und drehte sich nach ihr um. Sein Gesichtsausdruck hellte sich auf.

Isabella setzte sich auf seinen Schoß und küßte ihn. »Gott«, murmelte sie, »du bist der schönste Mann der Welt.«

»Ich will dein Urteil nicht in Zweifel ziehen«, antwortete Shasa Courtney lächelnd, »aber darf ich fragen, wie ich zu dieser Ehre komme?«

»Männer sind brutal oder langweilig«, sagte sie. »Bis auf dich, versteht sich.«

»Aha! Und womit hat Roger sich deinen Zorn zugezogen? Mir ist er ziemlich fad, eher harmlos vorgekommen.«

Roger war der junge Mann, mit dem sie im Konzert gewesen war. Sie hatte ihn im Gedränge vor der Bühne zurückgelassen; jetzt brauchte sie sogar einen Augenblick, um sich überhaupt an ihn zu erinnern.

»Von Männern bin ich lebenslänglich kuriert«, behauptete Isabella. »Wahrscheinlich ziehe ich mich in ein Kloster zurück.«

»Könntest du damit wenigstens bis morgen warten? Ich brauche dich heute abend als Gastgeberin, und wir haben noch keine Tischordnung festgelegt.«

»Erledigt«, sagte sie. »Bevor ich ins Konzert gefahren bin.«

»Und das Menü?«

»Das haben Chef und ich letzten Freitag besprochen. Keine Panik, Papa. Es gibt alles, was du magst: Jakobsmuscheln und Lamm aus Camdeboo.« Shasa bewirtete seine Gäste vorzüglich.

Was den Transport der Lebensmittel vom Kap der Guten Hoffnung nach London anging, traf es sich günstig, daß ohnehin wöchentlich ein Kühlschiff der Reederei Courtney nach England auslief.

»... *und* ich hab' heute morgen dein Dinnerjackett aus der Reinigung geholt, *und* ich hab' dir bei Budds in der Picadilly Arcade drei neue Smokinghemden und ein Dutzend Augenklappen machen lassen. Die anderen sind schon so ausgefranst gewesen. Ich hab' sie weggeworfen.«

Sie blieb auf seinem Schoß sitzen, während sie seine Augenklappe zurechtrückte. Shasa hatte sein linkes Auge verloren, als er im Zweiten Weltkrieg Hurricanes gegen die Italiener in Abessinien geflogen hatte. Seine schwarzseidene Augenklappe verlieh ihm etwas verwegen Piratenhaftes.

Shasa lächelte zufrieden. Als er Bella eingeladen hatte, mit ihm nach London zu kommen, war sie erst einundzwanzig gewesen, und er hatte lange überlegt, bevor er ihr die mühsame Aufgabe, in der Botschaft als Gastgeberin zu fungieren, angetragen hatte. Diese Sorgen hätte er sich sparen können. Schließlich war sie von ihrer Großmutter erzogen worden. Außerdem hatte er seinen Butler, den Küchenchef und die Hälfte des übrigen Personals vom Kap mitgebracht, so daß sie mit einem tadellos funktionierenden Team hatte anfangen können. In diesen drei Jahren hatte Isabella sich in Diplomatenkreisen einen Ruf geschaffen, und ihre Einladungen waren begehrt – außer bei den Botschaften der Staaten, die keine Beziehungen mehr zu Südafrika unterhielten.

»Soll ich die anderen ablenken, damit du nach dem Dinner eine halbe Stunde mit deinem Kumpel aus Israel verschwinden kannst, um eine Atombombe zu bauen?«

»Bella!« sagte er stirnrunzelnd. »Du weißt, daß ich solches Gerede nicht mag!«

»Nur ein Scherz, Daddy. Hier hört uns keiner.«

»Nicht mal unter vier Augen, Bella.« Er schüttelte streng den Kopf. Das war der Wahrheit unangenehm nahegekommen. Seit fast einem Jahr bestanden zwischen Shasa und dem israelischen Militärattaché geheime Verbindungen, die zum Vorteil beider Staaten ausgebaut werden sollten.

Seine Strenge verflog, als sie ihn küßte. »Ich muß jetzt gehen und baden.« Sie stand von seinem Schoß auf. »Die Gäste kommen um halb neun. Ich bin um zehn nach acht hier, um dir die Schleife zu binden.« Shasa hatte sich die Smokingschleife vierzig Jahre lang selbst gebunden, bis Isabella beschlossen hatte, er sei dazu nicht imstande.

Shasas Blick fiel auf ihre Beine. »Wenn deine Röcke noch kürzer werden, Mademoiselle, reicht dir demnächst ein breiter Gürtel.«

»Versuch bitte, kein alter Spießer zu sein. Das paßt gar nicht zu einem der swingendsten Papas des zwanzigsten Jahrhunderts.« Bella ging zur Tür und wackelte dabei absichtlich mit dem Po.

Shasa seufzte, als die Tür sich hinter ihr schloß. »Eine Ladung Dynamit mit verdammt kurzer Zündschnur«, murmelte er. »Vielleicht ist's gut, daß wir bald heimreisen.«

Im September war seine dreijährige Amtszeit als Botschafter vorbei. Dann unterstand Isabella wieder der strengen Aufsicht ihrer Großmutter Centaine Courtney-Malcomess. Shasa war sich darüber im klaren, daß seine Erziehung zuweilen unzulänglich gewesen war, und er wollte die Verantwortung gerne abgeben.

Für Shasa war der Botschafterposten in London einer politischen Strafversetzung gleichgekommen. Als Premierminister Hendrik Verwoerd im Jahre 1966 ermordet worden war, hatte Shasa sich ernstlich verkalkuliert und auf den falschen Nachfolger gesetzt. Sobald John Vorster Premierminister war, wurde Shasa auf diesen politisch eher belanglosen Posten abgeschoben – aber er hatte die Niederlage nahezu in einen Triumph verwandelt.

Seine angeborene Geschäftstüchtigkeit, sein gutes Aussehen, sein Charme und seine Überredungskunst waren ihm äußerst nützlich gewesen. Bevor Shasa Botschafter in London geworden war, hatte er viel mit Armscor zu tun gehabt; Vorster hatte ihm nun angeboten, nach seiner Rückkehr Generaldirektor von Armscor zu werden.

Armscor war das größte Industrieunternehmen, das jemals in Afrika existiert hatte. Mit seinem Aufbau hatte das Land auf ein von dem amerikanischen Präsidenten Dwight D. Eisenhower angeordnetes Waffenembargo reagiert, dem sich jetzt rasch weitere Staaten anschlossen, um Südafrika zu schwächen. Armscor faßte die gesamte Rüstungsindustrie des Landes unter einheitlicher Führung zusammen und wurde mit vielen Milliarden Dollar aus dem Staatshaushalt finanziert.

Es war eine gewaltige und verlockende Aufgabe, zumal die weitgefächerten Firmen, aus denen das Finanz- und Handelsimperium der Courtneys bestand, gut geführt wurden. In den drei Jahren seiner Botschaftertätigkeit hatte Shasa die Verantwortung und Geschäftsleitung allmählich seinem Sohn Garry übergeben.

Garry war begabt. Mit erstaunlichem Instinkt, der Shasa oder Centaine Ehre gemacht hätte, hatte er neulich das Ende einer Hausse und den folgenden Kurssturz vorausgesehen. Statt Verluste zu erleiden, hatten die Courtney Enterprises nach dem Crash noch kapitalkräftiger dagestanden und die Gelegenheitskäufe, die der Markt jetzt bot, gelassen wahrnehmen können.

Nein – Shasa schüttelte lächelnd den Kopf –, Garry machte seine Sache ausgezeichnet, und es war nicht in seinem Sinn, ihn verdrängen zu wollen. Andererseits war Shasa fast noch jung – nicht viel über fünfzig. Nach seiner Rückkehr würde er wieder eine Aufgabe brauchen, die ihn geistig und körperlich forderte. Dafür war der Job bei Armscor perfekt.

Natürlich wollte er seinen Sitz im Vorstand des Familienunternehmens behalten, aber selbst dann konnte er den größten Teil seiner Zeit und Energie der Führung von Armscor widmen. Ein Großteil der Zulieferverträge ließ sich an Firmen vergeben, die von den Courtney Enterprises kontrolliert wurden. Von dieser Zusammenarbeit sollten beide Unternehmen profitieren.

Nanny hatte bereits das Modellkleid von Zandra Rhodes herausgelegt und Isabellas Bad einlaufen lassen.

»Sie kommen spät, Miss Bella. Und ich muß Sie noch frisieren.«

»Laß das Getue, Nanny«, protestierte Isabella, aber Nanny schob sie ohne Umstände ins Bad, wie sie's schon vor zwanzig Jahren getan hatte.

Während Isabella mit einem wohligen Seufzer bis zum Kinn in dem dampfenden Schaum versank, sammelte Nanny ihre ausgezogenen Sachen ein.

»Ihr Rock hat Grasflecken, Kind. Was haben Sie angestellt?« Nanny war immer besorgt.

»Ich hab' Rugby mit einem Hell's Angel gespielt, Nanny – unser Team hat dreißig zu null gewonnen.«

»Irgendwann kriegen Sie noch mal richtig Schwierigkeiten. Die Courtneys sind alle heißblütig. Wird allmählich Zeit, daß Sie in feste Hände kommen und heiraten.«

»Erzähl mir lieber, was heute passiert ist. Was ist mit Klonkies neuer Freundin?« Isabella wußte, wie man sie ablenken konnte.

Nanny liebte Tratsch, und sie berichtete Isabella alles, was sich tagsüber ereignet hatte. Isabella hörte nur mit halbem Ohr zu. Als sie aufstand, um sich einzuseifen, begutachtete sie ihren Körper.

»Findest du, daß ich zu dick werde, Nanny?«

»Sie sind zu dünn, darum hat Sie noch keiner geheiratet«, behauptete Nanny und verschwand nach nebenan ins Schlafzimmer.

Isabella bemühte sich, ganz objektiv zu sein, während sie sich betrachtete. Eigentlich war alles gut so. »Ramón de Santiago y Machado«, flüsterte sie, »du wirst nie wissen, was dir entgangen ist.« Weshalb war ihr dabei nur so elend zumute?

»Sie führen schon wieder Selbstgespräche, Kind.« Nanny kam mit einem großen Badehandtuch zurück und hielt es Isabella hin. »Schluß jetzt mit der Planscherei. Wir sind schon zu spät dran.« Sie hüllte Isabella in das Handtuch, als sie aus der Wanne stieg, und begann ihr energisch den Rücken zu frottieren. Es hatte keinen Zweck, Nanny davon zu überzeugen, daß sie sich selbst abtrocknen konnte.

»Nicht so grob!« Das sagte Isabella seit zwanzig Jahren, und Nanny ignorierte ihren Protest auch heute.

»Wie oft bist du verheiratet geesen, Nanny?«

»Sie wissen genau, daß ich viermal verheiratet gewesen bin – aber nur einmal kirchlich getraut.« Nanny machte eine Pause und betrachtete sie prüfend. »Warum fragen Sie danach?«

»Nein!« Isabella wich ihrem Blick aus, schlüpfte in ihren Morgenrock und ging rasch ins Schlafzimmer hinüber.

Sie griff nach ihrer Haarbürste, aber Nanny nahm sie ihr nach dem ersten Bürstenstrich aus der Hand.

»Das ist meine Aufgabe, Kind«, sagte sie resolut, und Isabella setzte sich, schloß die Augen und gab sich dem vertrauten Genuß hin, daß Nanny ihr die Haare bürstete.

»Weißt du, ich glaube, daß ich mir ein Baby zulege, damit du jemand anderen hast, den du bemuttern kannst, und ich dich endlich los bin.«

Nanny ließ einen Bürstenstrich aus, so gut gefiel ihr diese Idee, aber dann sagte sie streng: »Bevor wir von Babys reden, wird erst mal geheiratet!«

Die Kreation von Zandra Rhodes war ein seidiger Anzug aus Pastellfarben mit Pailletten- und Perlenstickerei. Sogar Nanny nickte mit zufriedener Miene, als Isabella eine Pirouette vor ihr drehte.

Isabella war zu einer letzten Besprechung mit Shasa unterwegs, als sie auf der Treppe stehenblieb. Der spanische Geschäftsträger gehörte auch zu den Dinnergästen des heutigen Abends.

»Ja, natürlich.« Der spanische Geschäftsträger nickte sofort, als sie den Namen erwähnte. »Eine alte andalusische Familie. Soviel ich mich erinnere, hat der Marqués de Santiago y Machado Spanien nach dem Bürgerkrieg verlassen und ist nach Kuba gegangen. Damals haben ihm große Zuckerrohrplantagen gehört, aber ich vermute, daß die Familie unter Castro enteignet worden ist.«

Ein Marqués! Diese Auskunft ließ Isabella sekundenlang verstummen. Von spanischen Adelstiteln hatte sie so gut wie keine Ahnung, aber sie stellte sich vor, ein Marqués rangiere gleich unterhalb eines Herzogs.

»Marquesa Isabella de Santiago y Machado.« Das klang wundervoll! Mit zittriger Stimme fragte sie: »Wie alt ist der Marqués?«

»Oh, der müßte schon älter sein. Ende Sechzig oder Anfang Siebzig.«

»Hat er vielleicht einen Sohn?«

»Tut mir leid, das weiß ich nicht.« Der Diplomat schüttelte den Kopf. »Aber das läßt sich leicht feststellen. Wenn Sie wünschen, ziehe ich einige Erkundigungen für Sie ein.«

»Oh, das wäre sehr liebenswürdig.« Isabella legte ihm ihre Hand auf den Arm und schenkte ihm ihr schönstes Lächeln.

»Sie haben fast zwei Wochen gebraucht, um Kontakt aufzunehmen – und als Sie's endlich geschafft hatten, haben sie ihn gleich wieder abreißen lassen.« Der Mann an der Schmalseite des Tisches drückte seine Zigarette aus und zündete sich sofort eine neue an. Zeige- und Mittelfinger seiner rechten Hand waren dunkelgelb verfärbt, und der Qualm der ovalen türkischen Zigaretten, die er unablässig rauchte, füllte den kleinen Raum mit bläulichem Dunst. »Glauben Sie, sich Ihren Anweisungen entsprechend verhalten zu haben?«

Ramón Machado zuckte leichthin mit den Schultern. »Nur so war ihre Aufmerksamkeit zu wecken und zu erhalten. Sie dürfen nicht vergessen, daß diese Frau männliche Bewunderung gewöhnt ist. Sie braucht nur einen Finger zu heben, und schon wird sie von Männern umschwärmt. Ich glaube, daß Sie in dieser Sache auf mein Urteil vertrauen müssen.«

»Sie haben den Kontakt abreißen lassen.« Der Ältere wußte, daß er sich wiederholte, aber dieser Kerl reizte ihn.

Er mochte ihn nicht. Nicht daß er jemals volles Vertrauen zu einem seiner Agenten gehabt hätte, aber dieser war eindeutig zu selbstbewußt. Wo ein anderer wahrscheinlich gezittert hätte, hatte er die Zurechtweisung mit einem Schulterzucken abgetan. Er hatte sein eigenes Urteil unverschämterweise über das eines Vorgesetzten gestellt.

Joe Cicero starrte ihn durchdringend an. Seine Augen waren auffällig dunkel im Gegensatz zu seiner blassen Haut und den silbergrauen Haaren, die ihm strähnig über die Ohren und in die Stirn hingen. »Sie hatten Befehl, Kontakt aufzunehmen und zu halten.«

»Entschuldigung, Genosse Direktor, ich hatte Befehl, mich bei der Frau einzuschmeicheln, aber doch nicht, mich wie ein tollwütiger Hund kläffend auf sie zu stürzen.«

Sein Benehmen war einfach aufreizend, aber das war nicht das einzige. Er war Ausländer. Für Joe Cicero war jeder Nichtrusse ein Ausländer. Auch wenn die angebliche sozialistische Waffenbrüderschaft etwas anderes diktierte, waren in seinen Augen alle gleich: Tschechoslowaken, Ostdeutsche, Jugoslawen, Kubaner, Ungarn und Polen – alles Ausländer. Es brachte ihn auf, die Verantwortung für wesentliche Bereiche der Abteilung, die er fast dreißig Jahre lang geleitet hatte, an andere abgeben zu müssen. Vor allem an Leute dieser Art.

Machado war nicht nur Ausländer, sondern auch durch Herkunft und Abstammung unheilbar korrumpiert. Er war kein Sproß des Proletariats, nicht einmal der verachteten Bourgeoisie, sondern ein Angehöriger jenes verhaßten und überholten Klassen- und Privilegiensystems: ein Aristokrat.

Gewiß, Machado schämte sich seiner Abstammung und benützte seinen Titel heute nur mehr, um bestimmte Ziele zu erreichen. Aber nach Joe Ciceros Überzeugung floß in seinen Adern verdorbenes Blut, und seine aristokratischen Manieren und Vorlieben waren eine Beleidigung all dessen, woran er selbst glaubte.

Außerdem war er in Spanien geboren, einem faschistischen Land, in dem traditionellerweise eine katholische Monarchie herrschte.

»Sie haben sie entwischen lassen«, warf er ihm erneut vor.

»Nachdem Sie soviel Zeit und Geld vergeudet haben.« Er merkte, daß er schwerfällig und wenig einfühlsam reagierte, und war sich bewußt, daß seine Kräfte nachließen. Die Krankheit unterminierte bereits seine geistigen Fähigkeiten.

Ramón lächelte. »Sie hängt wie ein Fisch an der Angel; sie darf nur schwimmen und tauchen, bis ich's für richtig halte, die Leine einzuholen.«

Damit hatte er seinem Vorgesetzten erneut widersprochen, und Joe Cicero dachte über die letzten, jedoch gewichtigsten Gründe für seine Abneigung gegen diesen Mann nach. Seine Jugend, sein glänzendes Aussehen, seine Gesundheit. Alles erinnerte ihn schmerzlich an seine eigene Sterblichkeit, denn Joe Cicero war todkrank.

Bei seinem letzten Moskauaufenthalt hatten die Ärzte Lungenkrebs diagnostiziert und ihm vorgeschlagen, sich in einem Sanatorium für hohe Offiziere behandeln zu lassen. Aber Joe Cicero hatte es vorgezogen, im Dienst zu bleiben, um seine Abteilung geordnet an einen Nachfolger übergeben zu können. Damals hatte er noch nicht gewußt, daß dieser Spanier sein Nachfolger werden würde. Hätte er davon gewußt, hätte er sich vielleicht fürs Sanatorium entschieden.

Er fühlte sich müde und mutlos. Seine Reserven waren verbraucht. Er konnte kein Dutzend Schritte mehr gehen, ohne wie ein Asthmatiker zu keuchen und zu husten.

In letzter Zeit wachte er immer häufiger nachts auf, rang nach Atem und lag dann in Schweiß gebadet und von schrecklichen Zweifeln geplagt im Dunkeln. Hatte sich dieses pedantische, pflichtbewußte Leben gelohnt? Was hatte er schon vorzuweisen? Auf welche Erfolge konnte er tatsächlich zurückblicken?

Seit fast dreißig Jahren arbeitete er beim KGB in der Afrikaabteilung der Hauptverwaltung IV. Seit einem Jahrzehnt leitete er die für den afrikanischen Kontinent südlich des Äquators zuständige Unterabteilung Süd, was logischerweise dazu geführt hatte, daß er – und mit ihm seine Sektion – sich hauptsächlich auf den fortschrittlichsten und reichsten Staat dieses Gebiets konzentriert hatte: die Republik Südafrika.

Der dritte Mann am Tisch war ein Südafrikaner. Bisher hatte er geschwiegen, aber jetzt sagte er leise: »Ich verstehe nicht, weshalb wir soviel Zeit damit verbringen, über diese Frau zu diskutieren.« Die beiden sahen ihn an. Um Raleigh Tabaka war stets eine Aura von spezieller Intensität, von energiegeladenem Sendungsbewußtsein, das die Aufmerksamkeit anderer fesselte.

Joe Cicero hatte sein Leben lang mit schwarzen Afrikanern, den nationalistischen Führern der Befreiungsbewegungen und des Kampfes um den Sieg des Sozialismus, zusammengearbeitet. Er hatte sie alle gekannt: Jomo Kenyatta und Kenneth Kaunda, Kwame Nkrumah und Julius Nyerere. Einige von ihnen hatte er näher kennengelernt – Männer wie Moses Gama, der den Märtyrertod erlitten hatte, und Nelson Mandela, der noch immer im Gefängnis der weißen Rassisten schmachtete.

Für Joe Cicero gehörte Raleigh Tabaka zu dieser Art Männer. Tatsächlich war Raleigh ein Neffe Moses Gamas. Er war dabeigewesen, als die südafrikanische Polizei ihn ermordet hatte. Er schien Gamas zwingende Persönlichkeit und Charakterstärke geerbt zu haben. Mit nur dreißig Jahren war er bereits stellvertretender Führer des Umkhonto we Sizwe – des »Speers der Nation«, wie der militärische Flügel des African National Congress in Südafrika sich nannte –, und Joe Cicero wußte, daß er sich im Einsatz und in den ANC-Gremien wieder und wieder bewährt hatte. Er besaß die Fähigkeiten, den Mut und die Tatkraft, es weiter zu bringen als jeder andere Afrikaner.

Obwohl Joe Cicero ihn dem weißen spanischen Adligen vorzog, wußte er recht gut, daß die beiden Männer sich trotz unterschiedlicher Abstammung und Hautfarbe sehr ähnlich waren. Harte und gefährliche Männer, an Gewalt und Tod gewöhnt, die von Natur aus für subtile politische Machtkämpfe und Intrigen begabt waren. Das waren die Männer, denen Joe Cicero die Zügel übergeben mußte, und er grollte ihnen und haßte sie deswegen.

»Diese Frau könnte außerordentlich wertvoll sein«, stellte er nachdrücklich fest, »wenn sie geschickt geführt und ihr Potential voll ausgeschöpft wird. Aber das kann der Marqués Ihnen am besten erklären. Dies ist sein Fall, und er hat die Zielperson genau studiert.«

Ramón Machados Blick wurde starr und feindselig.

»Mir wär's lieber, wenn der Genosse Direktor diesen Titel nicht gebrauchen würde«, sagte er kalt. »Nicht einmal im Scherz.«

Joe Cicero wußte, daß dies so ziemlich die einzige Möglichkeit war, den glatten Panzer des Spaniers zu durchbohren.

»Ich bitte um Entschuldigung, Genosse.« Joe Cicero ließ scheinbar zerknirscht den Kopf hängen. »Aber lassen Sie sich durch meinen kleinen Versprecher nicht von Ihrem Bericht abhalten.«

Ramón Machado schlug den vor ihm auf dem Tisch liegenden Ordner auf, ohne jedoch einen Blick hineinzuwerfen.

»Wir haben der Frau den Decknamen ›Red Rose‹ gegeben und ihr Persönlichkeitsprofil von unseren Psychologen erarbeiten lassen. Alles deutet darauf hin, daß sie sehr empfänglich für eine geschickte Anwerbung sein müßte. In ihrer Position könnte sie eine äußerst wertvolle Agentin werden.«

Raleigh Tabaka beugte sich vor. Ramón konstatierte, daß er zunächst auf Fragen oder Bemerkungen verzichtete, und wußte diese Zurückhaltung zu schätzen. Sie hatten noch nicht eng zusammengearbeitet – dies war erst ihre dritte Begegnung –, und beide waren noch dabei, sich gegenseitig einzuschätzen.

»Red Rose kann in ein emotionales Dilemma gestürzt werden. Durch ihren Vater gehört sie der herrschenden weißen Klasse in Südafrika an. Ihr Vater beendet demnächst seine Tätigkeit als Botschafter seines Landes in Großbritannien und kehrt zurück, um Generaldirektor der nationalen Rüstungsindustrie zu werden. Sein enormer Reichtum beruht auf Bergwerken, Grundbesitz und Finanzbeteiligungen; nach den Oppenheimers und der Anglo-American Company dürfte seine Familie die reichste und einflußreichste Südafrikas sein. Darüber hinaus hat er beste Verbindungen zu den höchsten Kreisen des herrschenden rassistischen Regimes. Wichtiger ist jedoch die Tatsache, daß Red Rose von ihrem Vater angebetet wird. Sie kann alles von ihm haben, was ihr Herz begehrt. Zum Beispiel Zugang zu höchsten Regierungskreisen und Informationen jeglicher Geheimhaltungsstufe – selbst über seine neue Tätigkeit in der nationalen Rüstungsindustrie.«

Raleigh Tabaka nickte. Er kannte die Familie Courtney und hielt die vorgetragene Einschätzung für richtig. »Ich kenne Red Roses Mutter, sie steht auf unserer Seite«, murmelte er.

»Richtig. Shasa Courtney ist seit sieben Jahren von seiner Frau Tara geschieden. Sie ist eine Komplizin Ihres Onkels Moses Gama bei seinem Bombenanschlag auf das weiße Rassistenparlament gewesen, für den er verhaftet und später ermordet worden ist. Außerdem ist sie seine Geliebte gewesen und hat einen unehelichen Sohn von ihm. Nach dem mißlungenen Bombenanschlag ist Tara Courtney mit Gamas Kind aus Südafrika geflüchtet und lebt jetzt in London, wo sie in der Anti-Apartheid-Bewegung aktiv ist. Trotz ihrer Mitgliedschaft im ANC gilt sie als nicht kompetent und emotional stabil genug, um mit mehr als Routineaufgaben betraut zu werden. Gegenwärtig betreibt sie ein Haus für ANC-Mitarbeiter, übernimmt manchmal Kurierdienste oder hilft, Kundgebungen und Demonstrationen zu organisieren.«

»Gut«, sagte Raleigh Tabaka ungeduldig. »Ich kenne die Frau, ich weiß von ihrer Beziehung zu meinem Onkel, aber hat sie wirklich Einfluß auf ihre Tochter? Red Rose scheint doch ganz auf ihren Vater fixiert zu sein?«

Ramón nickte. »Außer ihrer Mutter gibt es ein weiteres Mitglied der Familie, das radikale Ansichten vertritt: ihren Bruder Michael, der ungleich größeren Einfluß auf sie hat. Außerdem gibt es noch andere Mittel, sie gefügig zu machen.«

»Welche denn?« wollte Raleigh wissen.

»Eines davon ist die Honigfalle«, sagte Joe Cicero. »Deshalb hat der Marqués – Entschuldigung! – Genosse Machado ihre Bekanntschaft gesucht. Die Honigfalle ist eine seiner Spezialitäten.«

»Sie halten mich also auf dem laufenden«, stellte Raleigh Tabaka fest, ohne sofort eine Antwort zu bekommen. Obwohl er Mitglied der kommunistischen Partei war und dem Exekutivrat des ANC angehörte, war er im Gegensatz zu den beiden anderen kein KGB-Offizier. Ein Mann wie Joe Cicero handelte stets und in erster Linie als KGB-Offizier, auch wenn seine Beförderung vom Obersten zum Generalmajor erst vor vier Wochen ausgesprochen worden war – gleichzeitig mit der Diagnose der Moskauer Klinik, daß er an einem doppelseitigen Lungenkarzinom leide. Joe Cicero vermutete, er sei lediglich befördert worden, damit er nach lebenslänglichen treuen Diensten mit einer höheren Pension in den Ruhestand gehen könne. Trotzdem stand für ihn fest, daß seine Loyalität vor allem Mütterchen Rußland und dann dem KGB zu gelten habe; folglich erhielt der ANC nur das absolut notwendige Mindestmaß an Informationen.

Ramón Machados Bindungen waren ebenso eindeutig definiert. Er war von Geburt Spanier und trug einen spanischen Adelstitel, aber seine Mutter war eine Kubanerin mit Schlehenaugen und Rabenhaar gewesen. Ramóns Vater hatte sie als junge Haushälterin auf den Besitzungen der Machados in der Nähe der kubanischen Hauptstadt Havanna kennengelernt. Nach der Hochzeit war der Marqués mit seiner schönen bürgerlichen Gattin nach Spanien zurückgekehrt.

Im Bürgerkrieg hatte der Marqués gegen General Francos Nationalisten gekämpft. Trotz seiner adligen Abstammung und des ererbten Reichtums war Ramóns Vater ein aufgeklärter und liberaler Mann. Er ging zur republikanischen Armee, war während der Belagerung Madrids Bataillonskommandeur und wurde schwer verwundet. Nach dem Krieg fand die Familie Machado die Diskriminierung und Unterdrückung durch Francos Regime unerträglich. Die Marquesa überredete ihren Gatten dazu, mit ihr und ihrem kleinen Sohn zu der heimatlichen Karibikinsel zurückzukehren. Obwohl die Machados den größten Teil ihres spanischen Besitzes verloren hatten, besaßen sie noch große Ländereien auf Kuba. Wie sich jedoch bald zeigte, war das Leben unter der Diktatur Fulgencio Batistas kaum besser als unter der Francisco Francos.

Ramóns Mutter war die Tante eines hitzköpfigen kommunistischen Studenten namens Fidel Castro, den sie bewunderte. Sie war in der mit Agitation und Intrigen geführten Kampagne gegen Batistas Regime aktiv, und der junge Ramón verdankte seine ersten politischen Überzeugungen ihr und ihrem gefeierten Neffen.

Nachdem Fidel Castro als Anführer des kühnen, aber fehlgeschlagenen Angriffs am 26. Juli 1953 auf die Kaserne Moncada in Santiago inhaftiert worden war, wurden auch Ramóns Eltern mit den übrigen Rebellen verhaftet.

Ramóns Mutter überlebte die polizeilichen Verhöre in Havanna nicht, und sein Vater starb nur wenige Wochen später im selben Gefängnis an Mißhandlungen und gebrochenem Herzen. Der Besitz der Familie wurde erneut konfisziert, und Ramón erbte nur den ohne Grundbesitz und Geldvermögen wertlosen Titel eines Marqués. Zu seinem Glück nahm die Familie Castro sich des damals Vierzehnjährigen an.

Als Fidel Castro im Zuge einer Amnestie aus dem Gefängnis entlassen wurde, ging Ramón mit ihm nach Mexiko und gehörte als Sechzehnjähriger zu den ersten Soldaten der kubanischen Befreiungsarmee im Exil.

In Mexiko lernte er erstmals, sein ungewöhnlich gutes Aussehen zu nutzen und seinen natürlichen Charme im Umgang mit Frauen zu perfektionieren. Als er siebzehn war, hatten seine Kameraden ihm den Spitznamen El Zorro Dorado – »Goldfuchs« – gegeben, und sein Ruf als unwiderstehlicher Liebhaber war entstanden.

Ramón gehörte zu den Überlebenden, die sich mit Castro in die Sierra Maestra retteten. In den nun folgenden Jahren des Guerillakampfes wurde El Zorro in Dörfer und Kleinstädte entsandt, um viele Dutzende von Frauen – junge und weniger junge, schöne und weniger ansehnliche – zu umgarnen. In Ramóns Armen wurden sie begeisterte Töchter der Revolution. Mit jeder Eroberung wurde er als Verführer geschickter und selbstbewußter, so daß die von ihm angeworbenen Revolutionärinnen letztlich entscheidend zum Sieg der Revolution und dem Sturz von Batistas Regime beitrugen.

Unterdessen hatte Castro das Potential seines jungen Verwandten und Schützlings erkannt, und sobald er an die Macht gekommen war, belohnte er ihn, indem er ihn zum Studium aufs amerikanische Festland schickte. Während Ramón an der University of Florida Soziologie und Politikwissenschaften studierte, nutzte er die Gelegenheit, um in den Reihen der Exilkubaner zu spionieren, die mit Unterstützung der amerikanischen CIA eine Konterrevolution und die Rückeroberung der Insel planten.

Vor allem durch Ramóns Informationen wurden Ort und Zeitpunkt der Landung in der Schweinebucht im voraus bekannt, so daß die Invasoren vernichtet werden konnten.

Als er sein Studium an der University of Florida abgeschlossen hatte und nach Havanna zurückkehrte, machte der dortige KGB-Resident Fidel Castro den Vorschlag, ihn zur weiteren Ausbildung nach Moskau zu schicken.

Mit Wissen und Billigung von Fidel Castro wurde Ramón vom

KGB angeworben. Wegen seiner Beziehungen war es nur logisch, daß er zum Vorsitzenden eines gemeinsamen Ausschusses für die Koordinierung kubanischer und sowjetischer Interessen in Afrika ernannt wurde.

Als es dann notwendig wurde, als Nachfolger des kränkelnden Generals Cicero einen neuen Leiter der Unterabteilung Süd der Afrikaabteilung zu ernennen, war Ramón wegen seiner Qualifikationen und Erfahrungen der beste Kandidat.

»Sie halten mich also auf dem laufenden«, sagte Raleigh Tabaka. Er würde allerdings nur das erfahren, was er unbedingt wissen mußte. Nach Auffassung Ramóns und seiner Regierung war die Förderung dieses Mannes und der Organisation, die er gern als herrschende Elite Südafrikas hinstellte, lediglich ein Schritt auf dem Weg zum Sieg des Sozialismus in ganz Afrika.

»Selbstverständlich halten wir Sie in dieser Sache wie in bezug auf alle übrigen Themen von gemeinsamem Interesse stets auf dem laufenden«, versicherte Ramón ihm.

Raleigh Tabaka nahm die eitle Selbstgefälligkeit des Weißen sehr genau wahr, obwohl er sich nichts anmerken ließ. Er arbeitete seit vielen Jahren mit den Russen und Kubanern zusammen und hatte längst begriffen, daß im Umgang mit ihnen nur ein Prinzip absolut gültig war: Ihnen war nicht zu trauen – unter keinen Umständen und nicht einmal, wenn es scheinbar nur um Kleinigkeiten ging.

Er hatte gelernt, Zustimmung zu heucheln und falsche Signale der Befriedigung wie seine bewußte körperliche Entspannung und sein offenes, vertrauensseliges Lächeln auszusenden. Trotzdem vergaß er keine Sekunde lang, daß sie Weiße waren.

»Schön«, sagte er, »dann sind wir uns also einig, daß Sie sich um die Frau kümmern. Damit dürfte das Thema abgeschlossen sein.«

»Augenblick!« Ramón hob abwehrend eine Hand, bevor er sich wieder an Joe Cicero wandte. »Wenn ich bei Red Rose weitermachen soll, stellt sich die Frage der Spesen für dieses Unternehmen.«

»Wir haben doch schon zweitausend Pfund bewilligt«, protestierte der General.

»Die reichen gerade für die ersten Wochen. Das Spesenkonto

muß erheblich aufgestockt werden. Red Rose ist die Tochter eines Großkapitalisten, und um ihr zu imponieren, muß ich die Rolle des spanischen Granden weiterspielen.«

Sie diskutierten noch einige Minuten miteinander, während Raleigh Tabaka ungeduldig mit seinem Bleistift auf die Tischplatte klopfte. Als das Aschenbrödel der Hauptverwaltung IV mußten die Afrikaabteilung und ihre Unterabteilungen um jeden Rubel kämpfen.

Würdelos, dachte Raleigh, während er zuhörte, wie die beiden miteinander feilschten. Sie glichen mehr zwei alten Weibern, die am Rande einer staubigen afrikanischen Straße Kürbisse verkauften.

Zuletzt wurden sie sich doch einig, und Raleigh hatte Mühe, sich seine Verachtung nicht anmerken zu lassen, als er wiederholte: »Können wir jetzt die Termine für meine Afrikarundreise besprechen?« Er hatte geglaubt, dies sei der Grund für die heutige Besprechung. »Ist die Genehmigung aus Moskau inzwischen da?«

Die Diskussion dauerte bis in den Nachmittag hinein. Der Qualm von Joe Ciceros Zigaretten verfinsterte das durchs einzige Fenster in den Raum fallende Sonnenlicht.

Schließlich klappte Joe Cicero den vor ihm liegenden Ordner zu und blickte auf. »Damit haben wir alles behandelt, glaub' ich – oder hat jemand noch was Neues?«

Die beiden anderen schüttelten den Kopf.

»Genosse Machado geht wie üblich als erster«, sagte Cicero. Zu den elementarsten Sicherheitsvorkehrungen gehörte, daß sie niemals miteinander gesehen werden durften.

Ramón verließ das Konsulat durch den Eingang zur Visaabteilung im belebtesten Teil des Gebäudes, wo er unter den vielen Studenten und sonstigen Reisenden, die sowjetische Visa beantragten, kaum auffiel.

Direkt vor dem von einer Mauer umgebenen Konsulat befand sich eine Bushaltestelle. Er nahm den Bus, stieg aber bereits an der nächsten Haltestelle aus und eilte durchs Lancaster Gate in die Kensington Gardens. Dort blieb er im Rosengarten, bis er sicher war, daß er nicht beschattet wurde, und durchquerte dann den Park.

Seine Wohnung lag in einer engen Seitenstraße der Kensington High Street. Sie war eigens für das Unternehmen Red Rose angemietet worden, und obwohl sie nur ein Schlafzimmer hatte, war das Wohnzimmer elegant und geräumig.

In den zwei Wochen seit seinem Einzug war es Ramón gelungen, eine angenehme Atmosphäre zu schaffen. Sein persönlicher Besitz war als Diplomatengepäck aus Kuba nach London transportiert worden. Außer einigen guten Gemälden, die er von seinem Vater geerbt hatte, bestand der Besitz aus einer kleinen Bibliothek und silbergerahmten Photos seiner Eltern, ihres Schlosses in Andalusien und ihrer Plantagen in der Karibik. Die Gläser und das Porzellan waren unvollständig, aber sie trugen das Wappen der Machados. Wie er Red Rose kannte, hatte sie einen Blick für solche Einzelheiten.

Ramón sah auf seine alte Uhr, ein weiteres Familienerbstück, das ihm am Handgelenk ungewohnt war. Er rasierte sich schnell, aber sorgfältig, duschte und spülte sich den Gestank von Joe Ciceros türkischen Zigaretten aus dem Haar.

Auf dem Weg ins Schlafzimmer begutachtete er sich automatisch im Spiegel. Sein Körper war sportlich-schlank, sein Bauch flach, seine Körperbehaarung lockig schwarz. Diese Musterung im Spiegel geschah ganz ohne Eitelkeit. Gesicht und Körper war für ihn lediglich Mittel zum Zweck. Ramón machte sich keine Illusionen über die Vergänglichkeit körperlicher Attribute – aber er bemühte sich, sich zu pflegen.

»Morgen wird trainiert!« versprach er sich. Mehrere Stunden Training pro Woche würden ihn in Form halten, damit er das Unternehmen Red Rose durchstehen konnte.

Zur Reithose aus schräggeripptem Kavalleriecord trug Ramón ein salbeigrünes Trevirahemd mit grüner Krawatte unter seiner Reitjacke aus Harris-Tweed. Seine Reitstiefel saßen wie eine zweite Haut, und das eingefettete Leder bildete bei jeder Bewegung völlig gleichmäßige Falten über seinen Knöcheln. Dieser Effekt ließ sich weder durch Geld noch durch Handwerkskunst, sondern nur durch jahrelange liebevolle Pflege erzielen.

Er wußte, daß Red Rose eine begeisterte Reiterin war; in ihrem Leben spielten Pferde eine wichtige Rolle. Sie würde diese Stiefel als

Zeichen der Mitgliedschaft in der exklusiven Elite erkennen, der sie selbst angehörte.

Ramón sah nochmals auf seine Uhr; keine Minute zu spät.

Er sperrte seine Wohnungstür ab und verließ das Haus. Die Regenwolken, die nachmittags drohend am Himmel gestanden hatten, hatten sich aufgelöst, was einen herrlichen Sommerabend versprach.

Der Reitstall befand sich in einer engen Seitengasse hinter der Gardekaserne. Der Stallmanager erkannte ihn sofort. Während Ramón sich eintrug, las er die vorigen Eintragungen und sah, daß er wieder einmal Glück hatte. Red Rose hatte ihr Pferd erst vor zwanzig Minuten abgeholt.

Er ging zu den Ställen hinüber, wo sein eigenes Pferd gesattelt bereitstand – eine Fuchsstute, die Ramón sorgfältig ausgewählt und mit 500 Pfund von seinem Spesenkonto gekauft hatte. Er prüfte Sattel und Zaumzeug, sprach beruhigend auf die Stute ein, dankte dem Stallknecht mit einem Nicken und schwang sich in den Sattel.

An einem Abend wie diesem tummelten sich etwa fünfzig weitere Reiter auf dem Platz an der Rotten Row. Ramón ließ die Stute unter den Eichen im Schritt gehen, während Gruppen von Reitern in beiden Richtungen vorbeitrabten. Red Rose war bisher nirgends zu sehen.

Sobald die Stute etwas warm geworden war, ließ er sie antraben.

An der Park Lane wendete Ramón und ließ die Stute schneller traben; Galopp war verboten. In etwa hundert Metern Entfernung kam ihm eine Scheinbar Vierergruppe entgegen: zwei Paare, elegant gekleidete und berittene junge Leute, und Red Rose hob sich von ihnen ab wie ein Kolibri von einem Spatzenschwarm.

Unter ihrer Reitkappe wallte ihr Haar wie Rabenschwingen hervor und glänzte im milden Abendsonnenschein. Als sie lachte, blitzten ihre Zähne auf, und ihr Teint war von der frischen Luft und dem Wind zartrosa.

Ramón erkannte den neben ihr reitenden Mann. In den zwei Wochen, die er Red Rose nun schon beobachtete, hatte er sie fast ständig begleitet. Ramón hatte Auskünfte über ihn eingeholt. Er war der zweite Sohn einer ungeheuer reichen Braudynastie: ein verweichlichter Playboy des Typs, den die vornehme Londoner Gesellschaft als »Deb's Delight« oder »Hooray Henry« kannte. Er hatte Red Rose vor vier Tagen zum Konzert der Rolling Stones begleitet und seither weitere zwei Abende auf einem halben Dutzend Parties in Chelsea und Knightsbridge mit ihr verbracht.

Ramón war aufgefallen, daß sie ihn mit einer Art amüsierter Herablassung behandelte, als sei er ein übermäßig liebebedürftiger Bernhardinerwelpe, und an diesen Abenden nur mit ihm allein gewesen war, wenn er sie mit seinem MG von einer Party zur anderen gefahren hatte. Er glaubte zu wissen, daß die beiden nicht miteinander schliefen, was im Sommer 1969 ungewöhnlich war.

Er wußte natürlich auch, daß Isabella Courtney keine Heilige war. In den drei Jahren, die sie jetzt in Highveld lebte, hatte sie nachweislich mindestens drei explosive, wenn auch kurzlebige Affären gehabt.

Als der Abstand sich verringerte, konzentrierte Ramón sich auf sein Pferd und beugte sich nach vorn, um der Stute den Hals zu tätscheln. Er sprach leise auf Spanisch mit ihr, während er Red Rose unter den Augenbrauen hervor beobachtete. So mußte sie glauben, er sehe sie gar nicht, während ihm in Wirklichkeit nichts entging.

Sie waren schon fast aneinander vorbei, als die junge Frau ruckartig den Kopf hob und große Augen bekam. Ramón ignorierte sie jedoch und ritt weiter.

»Ramón!« Ihr Ruf war laut und befehlend. »Warten Sie!«

Er zügelte sein Pferd und sah sich mit leicht irritiertem Stirnrunzeln um. Red Rose hatte gewendet und ritt hinter ihm her. Ramón machte weiter ein reserviertes, leicht frostiges Gesicht, als sei ihm ihre flüchtige Bekanntschaft unangenehm.

Isabella holte ihn ein und zügelte ihr Pferd, bis es neben seinem im Schritt ging. »Erinnern Sie sich nicht an mich? Isabella Courtney. Sie sind mein Retter gewesen.« Ihr Lächeln war untypisch verlegen. Männer erinnerten sich stets an sie – auch wenn ihre letzte Begegnung nur flüchtig gewesen war oder schon lange zurücklag. »Beim Konzert im Park«, schloß sie unbeholfen.

»Ah!« Ramón lächelte endlich strahlend. »Das Motorradmaskottchen. Ich bitte um Entschuldigung. Da sind Sie etwas anders angezogen gewesen.«

»Sie haben nicht gewartet, damit ich mich bedanken konnte«, sagte sie vorwurfsvoll. Sie mußte sich beherrschen, um vor Erleichterung darüber, daß er sie endlich erkannt hatte, nicht laut zu lachen.

»Sie brauchten sich nicht zu bedanken. Außerdem hatten Sie Dringenderes zu erledigen, wenn ich mich recht erinnere.«

»Sind Sie allein da?« Sie wechselte rasch das Thema. »Wollen Sie sich nicht uns anschließen? Ich möchte Sie mit meinen Freunden bekannt machen.«

»Oh, ich will Ihnen keine Umstände machen.«

»Bitte!« drängte Isabella. »Sie werden Ihnen gefallen; sie sind wirklich amüsant.«

Ramón verbeugte sich leicht im Sattel. »Wie könnte ich eine so freundliche Einladung einer so schönen Frau ablehnen?« stimmte er zu, und Isabella fühlte sich, als umschließe ein Schraubstock ihre Brust. Sie konnte kaum atmen, während sie in die grünen Augen dieses finsteren Engels blickte.

Die anderen drei hatten angehalten und warteten auf sie. Noch bevor Isabella ganz heran war, sah sie bereits, daß Roger ein mürrisches Gesicht machte. Mit einem Anflug von Rachsucht genoß sie es um so mehr, jetzt sagen zu können: »Roger, darf ich dich mit dem Marqués de Santiago y Machado bekannt machen? Ramón, das ist Roger Coates-Grainger.«

Isabella sah, daß Ramón ihr einen fragenden Blick zuwarf, und merkte erst dann, daß die Nennung seines Titels ein Faux-pas gewesen war, weil sie ihn eigentlich noch gar nicht kennen konnte.

Ihr flüchtiges Unbehagen war jedoch vergessen, als sie ihn Harriet Beauchamp vorstellte und beobachten konnte, wie ihre Freundin auf ihn reagierte. Harriet war Isabellas beste Freundin in London, was eher auf symbiotische Vorteile als auf echte Freundschaft zurückzuführen war. Lady Harriet war Isabellas Eintrittskarte in die wirklich feine Londoner Gesellschaft. Als Tochter eines Earls war sie dort willkommen, wo Isabella trotz ihres Geldes und ihrer Schönheit nur als neureiche Ausländerin mit komischem Akzent gegolten hätte. Harriet hatte ihrerseits beobachtet, daß Isabella Courtney stets und überall von Männerhorden umlagert war. Unter Harriets molliger, unscheinbarer, farblos blonder Erscheinung verbarg sich eine unersättliche Liebhaberin, und Isabella war gern bereit, ihr einige Verehrer abzutreten.

Im allgemeinen funktionierte diese Übereinkunft bestens, aber Ramón war kein abgelegter Verehrer, zumindest vorläufig noch nicht. Deshalb brachte Isabella geschickt ihr Pferd zwischen die beiden und funkelte Harriet eine stumme Warnung zu. Harriet fühlte sich sehr geschmeichelt. Sie wußte recht gut, daß sie für Isabella niemals eine Konkurrenz sein konnte, aber als Rivalin behandelt zu werden war schmeichelhaft.

»Marqués?« murmelte Ramón, als sie weiterritten. »Sie wissen viel mehr über mich als ich über Sie.«

»Oh, ich muß Ihr Bild in einer der Klatschspalten gesehen haben«, antwortete Isabella etwas von oben herab, während sie dachte: Mein Gott, hoffentlich glaubt er nicht, daß ich mich so sehr für ihn interessiert habe, daß ich mich erkundigt habe.

»Ah, bestimmt im ›Tatler‹«, nickte Ramón. Dabei existierte nirgends ein Photo von ihm – außer vermutlich in den Akten der CIA und bei einigen weiteren Geheimdiensten in aller Welt.

»Richtig, im ›Tatler‹, dort muß ich's gesehen haben.« Isabella nutzte dankbar diesen Ausweg, den er ihr gewiesen hatte. Dann machte sie sich daran, ihn zu umgarnen, ohne ihr Interesse allzu deutlich auszudrücken oder ihm damit lästig zu werden. Das war einfacher, als sie erwartet hatte. Ramón besaß einen legeren Charme, ein Savoir-vivre, das ausgezeichnet zu ihrer Gruppe paßte. Schon bald schwatzten und lachten sie miteinander wie alte Freunde – bis auf Roger, der zusehends mürrischer wurde.

Als sie bei einsetzender Dämmerung zum Stall zurückkehrten, ritt Isabella dicht neben Harriet her und zischte ihrer Freundin zu: »Lad ihn für heute abend zu deiner Party ein!«

»Wen?« Harriet riß ihre blaßblauen Augen auf und spielte die Ahnungslose.

»Du weißt genau, wen ich meine, du Hexe! Glaubst du vielleicht, ich hätte nicht gemerkt, wie du ihn angehimmelt hast?«

Lady Harriet Beauchamp hatte das Stadthaus ihrer Familie in Belgravia ganz für sich, wenn ihre Eltern auf dem Lande waren. Ihre Parties gehörten zu den heißesten der ganzen Stadt.

An diesem Abend kreuzte das Ensemble des Erfolgsmusicals »Hair« nach der Vorstellung fast vollzählig auf. Die Schauspieler waren geschminkt und trugen ihre Bühnenkostüme, und eine Band aus Jamaika, die Harriet engagiert hatte, spielte sofort eine Calypsoversion von »Aquarius«.

Die Party versprach, äußerst turbulent zu werden. Zwischendrin verschwanden Paare in den oberen Schlafzimmern. Isabella fragte sich, was Harriets Vater, der zehnte Earl, wohl von den Besuchern in seinem Himmelbett gehalten hätte.

Sie wartete ab, auf halber Höhe der geschwungenen Marmortreppe sitzend, die Haustür und zugleich die Ereignisse im Ballsaal und im Salon im Auge behaltend.

Tanzen mochte sie nicht, obwohl sie immer wieder dazu aufgefordert wurde. Sie hatte Roger Coates-Graingers schwerfällige Aufmerksamkeiten und seichten Humor so entschieden abgewehrt, daß er beleidigt in Richtung Champagnerbar abgezogen war. Wahrscheinlich ist er schon besoffen, überlegte sie sich.

Keiner der Gäste hatte Lust, noch woanders hinzugehen. Die zweiflüglige Teakholztür öffnete sich nur, um weitere Gäste einzulassen, und der Lärm und das Gedränge wurden von Minute zu Minute schlimmer.

Eine weitere Gruppe kam lärmend herein, und Isabellas Laune besserte sich schlagartig, als sie im Gedränge einen dunklen Lockenkopf sah. Aber sie merkte fast augenblicklich, daß dieser Mann zu klein war.

Wie um Buße zu tun, hatte sie sich den ganzen Abend lang mit einem einzigen Kelch Champagner begnügt. Sie sah sich nach Roger um, aber der tanzte gerade mit einer Frau, die ihn anhimmelte. Sie hatte ein grauenhaftes Lachen.

Puh, ist die schlimm! dachte Isabella. Und Roger sieht wie ein Trottel aus.

Sie warf einen Blick auf die französische Porzellanuhr über der Tür zum Salon, stellte fest, daß es zwanzig vor eins war, und seufzte.

Morgen um halb eins gab Daddy ein wichtiges Mittagessen für einflußreiche Abgeordnete der konservativen Partei und ihre Ehefrauen. Wie üblich fiel Isabella dabei die Rolle der Gastgeberin zu.

Sie hätte heimfahren sollen, um ausgeschlafen zu sein, aber sie konnte sich noch nicht losreißen.

Wo zum Teufel steckt er? dachte sie. Er hat mir versprochen, daß er kommt! Tatsächlich hatte er gesagt, er werde versuchen, später kurz vorbeizuschauen. Und sie hatten so glänzend harmoniert, daß es praktisch wie ein Versprechen war.

Sie lehnte eine weitere Aufforderung zum Tanzen ab, ohne auch nur den Kopf zu heben.

»Ich warte keine Minute länger als bis ein Uhr«, versprach sie sich. »Das ist mein letztes Wort!«

Dann schien ihr Herz einen Augenblick lang stillzustehen, bevor es ihr bis zum Hals schlug. Die Musik klang plötzlich heiterer, der Lärm und das Gewühl wirkten nicht mehr bedrückend, ihre trübe Stimmung verflog, und sie fühlte sich von einer Woge aus Erregung und wilder Vorfreude getragen.

Ramón stand plötzlich an der Haustür. Er war so groß, daß er die Umstehenden um einen halben Kopf überragte. Eine einzelne Locke fiel ihm wie ein Fragezeichen in die Stirn, und sein Gesichtsausdruck war abweisend, beinahe verächtlich.

Am liebsten hätte sie seinen Namen gerufen. »Ramón, hier bin ich!« Aber sie beherrschte sich und stellte ihr Glas ab, ohne hinzusehen. Es kippte um, und das Mädchen auf der Stufe unter ihr beschwerte sich. Isabella nahm ihren Protest nicht einmal wahr. Sie kam mit einer fließenden Bewegung auf die Beine, und Ramóns kühler grüner Blick war sofort auf sie gerichtet.

Sie starrten sich über die Köpfe der mit wilden Verrenkungen tanzenden Gäste hinweg an, als seien sie völlig allein. Keiner von ihnen lächelte. Isabella hatte das Gefühl, einen feierlichen Augenblick zu erleben. Er war gekommen, und auf irgendeine vage Art spürte sie die Bedeutung dieses Ereignisses. Sie war sich bewußt, daß ihr Leben sich mit dieser Sekunde verändert hatte.

Sie begann langsam die Treppe hinabzusteigen.

Dabei beobachtete sie Ramón. Er kam ihr nicht einen Schritt entgegen, sondern blieb unbeweglich inmitten des Gewühls stehen. Seine kraftvolle Ruhe erinnerte sie an eine der großen afrikanischen Raubkatzen, und sie fand ihn beinahe bedrohlich, während sie zu ihm hinabstieg.

Auch als sie dann vor ihm stand, schwiegen beide, aber im nächsten Moment streckte sie ihre sonnengebräunten bloßen Arme nach ihm aus, und als Ramón sie an sich zog, schlang sie ihm die Arme um den Hals. Sie tanzten. Isabella hatte das Gefühl, durch die Bewegungen seines Körpers elektrisiert zu werden.

Sie bewegten sich in ihrem eigenen Rhythmus. Sie fühlte sein Herz schlagen, als sie ihre Brüste gegen seine harten Brustmuskeln drückte. Sie merkte, daß er ihre Erregung spürte, denn sein Herz schlug rascher, und das Grün seiner Augen, in die sie mit leicht zurückgelegtem Kopf starrte, wurde dunkler.

Sie machte ein Hohlkreuz: eine langsame, sinnliche Bewegung, die ihre durchtrainierten Muskeln auf beiden Seiten des Rückgrats hervortreten ließ. Seine Fingerspitzen glitten über ihren Rücken, als spiele er ein kostbares Instrument. Sie drängte sich instinktiv gegen ihn und spürte seine Erregung. Wie glücklich sie war!

Als er sie in Richtung Tür dirigierte, sah sie Roger, der ihr quer durch den Raum etwas zuzurufen versuchte, aber sie ließ ihn einfach zurück.

Sie hasteten die Treppe zur Straße hinunter; Isabella holte ihre Autoschlüssel aus ihrer Abendtasche und drückte sie Ramón in die Hand.

Dann fuhren sie schnell durch die leeren Straßen. Sie lehnte sich weit zu ihm hinüber und konzentrierte sich auf sein Gesicht. Sie hatte das Gefühl, keine Sekunde mehr weiterleben zu können, ohne ihn zu berühren, ohne seine Hände wieder auf ihrem Körper zu spüren.

Endlich waren sie da. Als er mit langen Schritten um den Wagen kam, um ihr die Beifahrertür zu öffnen, wußte sie, daß er sie ebenso begehrte wie sie ihn. Er führte sie in den ersten Stock.

Sobald die Wohnungstür ins Schloß gefallen war, drehte Ramón sich nach Isabella um und küßte sie. Seine Lippen waren weich, warm und süß wie reife Früchte, und seine Zunge glich einer Schlange tief in ihrem Mund.

Sie hatte das Gefühl, in ihrem Inneren brauste es wie ein Wirbelsturm, und sie wußte nicht mehr, was sie sagte oder tat.

Sie wand sich aus seiner Umarmung, riß sich in verzweifelter Hast ihre Kleidungsstücke vom Leib und ließ sie achtlos auf den

Parkettboden der winzigen Diele fallen. Er streifte seine Sachen ebenso schnell ab, und sie starrte ihn mit gierigen Blicken an, bis er endlich hüllenlos vor ihr stand.

Sie hätte sich niemals träumen lassen, daß ein Männerkörper so schön sein konnte. Er war glatt und weich. Sie hatte das Gefühl, ihn ewig so anstarren zu können, aber sie wollte ihn auch sofort spüren.

Sie drängte sich gegen ihn, sein Körper war fest, glatt und heiß. Sie stöhnte und bedeckte seine Lippen mit den ihren, wie um ihn zu verschlingen, und sich selbst daran zu hindern, ihr verzweifeltes Begehren hinauszuschreien.

Er hob sie auf und trug sie ins Bett, ohne den leidenschaftlichen Kuß zu unterbrechen.

Als Isabella aufwachte, erfüllte sie ein überwältigendes Gefühl körperlichen Wohlseins. Ihr ganzer Körper prickelte, als besitze jeder einzelne Muskel und Nerv ein Eigenleben.

Sekundenlang konnte sie nicht begreifen, was mit ihr geschehen war. Sie lag mit geschlossenen Augen da und kostete diesen Moment aus. Sie wußte, daß ein so zauberhaftes Gefühl flüchtig sein mußte, aber sie wünschte sich, es würde niemals aufhören. Dann wurde ihr sein männlicher Duft bewußt, der an ihr zu haften schien, und der Geschmack seines Mundes, der noch auf ihrer Zunge lag. Sie spürte wunde Stellen, die seine Bartstoppeln auf der empfindlichen Haut um ihre Lippen zurückgelassen hatte. Aber sie genoß jede einzelne dieser Empfindungen, die sich zu tief befriedigender Lust vereinten.

Dann trat ein neuer Gedanke, der erneutes Staunen auslöste, in ihr Bewußtsein: Ich bin verliebt! Plötzlich war sie hellwach.

»Ramón«, sagte sie und sah, daß das Kissen leer war. Sie entdeckte, daß das Laken kühl und seine Körperwärme längst verflogen war.

»Ramón.« Sie schlüpfte aus dem Bett und lief ins Bad. Der Raum war leer.

Er hatte sich wie eine Katze davongeschlichen.

Dann entdeckte sie den Brief auf dem Nachttisch. Ein einzelnes Blatt mit seinem Familienwappen. Sie griff hastig danach.

»Du bist eine ungewöhnliche Frau, und wenn Du schläfst, siehst

Du wie ein Kind aus – ein schönes, unschuldiges Kind. Ich konnte es nicht über mich bringen, Dich zu wecken. Ich bringe es kaum über mich, Dich zu verlassen, aber ich muß fort.

Solltest Du übers Wochenende mit mir nach Malaga fliegen können, treffen wir uns morgen früh um neun Uhr hier. Du brauchst deinen Reisepaß, aber ein Schlafanzug wäre überflüssig.

Ramón.«

Sie lachte und las den Brief nochmals. Was für ein Mann! Vor ihrem inneren Auge erschienen einzelne kleine Episoden der vergangenen Nacht.

Diese Nacht hatte alles, was sie bisher erlebt hatte, bei weitem übertroffen. Bei anderen Männern, selbst bei sehr erfahrenen, geduldigen, intuitiv begabten Liebhabern, war sie sich ihrer getrennten Körper, ihrer separaten Existenzen und ihres Bemühens, einander zu gefallen und sich zu revanchieren, bewußt gewesen. Bei Ramón hatte es diese Trennung nicht gegeben. Man hätte glauben können, nicht nur ihre Körper waren verschmolzen: Sie waren auch ein Geist geworden.

In dieser Nacht hatte sie so oft geglaubt, sie hätten gemeinsam den Gipfel erreicht – um dann zu entdecken, daß sie sich erst im Vorgebirge befanden und die eigentlichen Gipfel noch vor sich hatten. Einer höher und prachtvoller als der andere. So war es endlos weitergegangen, bis sie zuletzt in einen todesähnlichen Schlaf gesunken war, aus dem sie glücklich und froh zu diesem neuen verzauberten Dasein erwacht war.

»Ich bin verliebt«, flüsterte sie mit fast religiöser Ehrfurcht und blickte an ihrem Körper herab, als staune sie darüber, daß ein so zerbrechliches Gefäß solches Glück, solche überschwenglichen Emotionen fassen konnte.

Dann fiel ihr Blick auf ihre Armbanduhr.

»O Gott!« flüsterte sie. Es war 10 Uhr 25. »Daddys Lunch!« Sie sprang auf und lief hastig ins Bad. Ramón hatte ihr alles bereitgelegt.

Sie ließ sich ein Bad ein, und als sie im heißen Wasser liegend an Ramón dachte, stellte sie fest, daß in ihrem Körper eine große Leere herrschte, die sich danach sehnte, von ihm ausgefüllt zu werden.

»Na hör mal«, ermahnte sie sich lachend. »Mit einem Wink

seines Zauberstabs hat er dich in eine schamlose kleine Träumerin verwandelt.«

Sie trocknete sich ab. »In einer Stunde mußt du am Trafalgar Square sein.«

Sie wollte die Wohnung eben verlassen, als sie ins Bad zurücklief und eine Antibabypille hervorkramte.

Sie nahm die winzige Tablette auf die Zunge, während sie ein halbes Glas voll Wasser laufen ließ, und prostete sich dann im Spiegel zu.

»Auf Leben, Liebe und Freiheit«, sagte sie, »und auf viele glückliche Wiederholungen.«

Für Isabella Courtney hatten blutige Sportarten nichts Abstoßendes an sich. Ihr Vater war schon immer ein Jäger gewesen, und die Wände von Weltevreden, dem Familiensitz am Kap der Guten Hoffnung, waren mit Jagdtrophäen behängt. Der Familie gehörte auch eine Safarigesellschaft, die über ein riesiges Jagdrevier am Sambesi verfügte. Erst letztes Jahr hatte Isabella zwei idyllische Wochen bei ihrem älteren Bruder Sean verbracht, der das Unternehmen als lizenzierter Berufsjäger im Auftrag der Courtney Enterprises leitete.

Auf Einladung von Harriet Beauchamp hatte Isabella schon mehrmals an Parforcejagden teilgenommen.

Da sie auch den Spielerinstinkt der Courtneys geerbt hatte, fand sie den Wettbewerb spannend.

Heute war der zweite Tag, und das ursprüngliche Feld mit fast dreihundert Teilnehmern war auf zwei zusammengeschmolzen, denn dieser Wettbewerb wurde nach dem K.-o.-System durchgeführt. Das Nenngeld hatte 1000 US-Dollar betragen, so daß nun über eine Viertelmillion zu gewinnen war. Als der Amerikaner sich in Positur stellte, war die Spannung fast mit Händen zu greifen.

Ramón Machado und er waren als einzige Wettbewerber übriggeblieben; die beiden hatten in den letzten zwei Dutzend Runden gleichgut geschossen. Um das Patt zu beenden und einen Sieger ausrufen zu können, hatten die spanischen Kampfrichter entschieden, daß jetzt immer zwei Vögel gleichzeitig aufgelassen werden sollten.

Der Amerikaner war ein Vollprofi. Er reiste zu allen großen Turnieren, die in Spanien, Portugal, Mexiko und Südamerika stattfanden.

Er stellte sich auf, spannte die Hähne seiner Flinte und klemmte sich den Kolben so unter den rechten Arm, daß die Mündungen der Zwillingsläufe über die fünf Weidenkörbe hinweg zeigten, die in 30 Meter Entfernung einen Halbkreis bildeten.

Jeder dieser Flechtkörbe enthielt eine lebende Taube. Es handelte sich um verwilderte Haustauben; große, kräftige Tiere unterschiedlicher Färbung: grau-blau, bronzefarben und grünschimmernd, manche mit dunklen Halsringen oder weißen Flecken auf den Flügeln.

Um stets genügend Tauben zu haben, hatte der Schießsportclub auf seinem Grundstück eine Futterstelle errichtet, die den Vögeln täglich frischen geschroteten Mais anbot und deren Seitenwände ferngesteuert heruntergelassen werden konnten, um die fressenden Tauben zu fangen.

Geöffnet wurden die Körbe durch einen vom Zufall gesteuerten Mechanismus – mit bis zu fünf Sekunden Verzögerung.

Die Körbe waren 30 Meter entfernt aufgebaut, die Reichweite einer Schrotflinte Kaliber 12 betrug etwa 40 Meter. Das bedeutete, daß die Tauben im letzten Viertel der Schußweite aufgelassen wurden.

Um als Treffer zu gelten, mußte der tote Vogel in den Wertungskreis fallen. Das bedeutete, daß der Schütze die aufgelassene Taube auf den ersten zehn Metern vor der Peripherie des Wertungskreises erlegen mußte.

Die Körbe waren in einem Winkel von 45 Grad halbkreisförmig vor ihm aufgebaut. Keiner konnte vorhersehen, wohin der aufgelassene Vogel fliegen würde.

Dazu kam, daß Tauben wendige, schnelle Flieger waren. Die Kampfrichter hatten nun entschieden, daß immer zwei Vögel gleichzeitig aufzulassen seien.

Der Amerikaner hielt sich bereit: leicht geduckt, den linken Fuß wie ein Boxer etwas nach vorn gestellt. Isabella ergriff Ramóns Hand und drückte sie kurz. Die beiden saßen in der ersten Reihe der Tribüne.

»Ziehen!« sagte der Amerikaner. Seine Stimme klang metallisch wie ein Hammerschlag.

»Schieß daneben!« flüsterte Isabella. »Bitte!«

Ein, zwei Sekunden lang passierte nichts. Dann flogen die Deckel der Körbe krachend auf, und die aufgeschreckten Tauben flatterten auf.

Nummer zwei flog ganz tief und sehr schnell geradeaus davon. Der Amerikaner folgte ihr mit der Waffe, riß die Schrotflinte hoch und drückte ab, sobald sie seine Schulter berührte. Fünf Meter vom Korb entfernt verschwanden die Umrisse der Taube in einem Hagel aus Schrotkörnern. Ihr Flügelschlag erstarrte mitten im Flug; sie war augenblicklich tot, stürzte herunter und blieb innerhalb der Markierung auf dem sattgrünen Rasen liegen.

Nach kurzer Drehung zielte der Amerikaner auf die zweite Taube. Sie war wie ein bronzefarbener Pfeil nach rechts abgeflogen. Als der Schuß fiel, änderte sie ihre Flugrichtung so rasch, daß der Amerikaner nicht mehr genug korrigieren konnte. Der Schuß verfehlte sein Ziel um eine Handbreit. Anstatt Herz und Gehirn zu treffen, riß der Hagel aus Schrotkörnern der Taube den rechten Flügel ab, und der grausam verstümmelte Vogel taumelte zu Boden, außerhalb des Kreises.

Isabella seufzte und sank auf ihren Sessel zurück.

Die Lautsprecher verkündeten das Urteil.

»Ein Treffer. Ein Fehltreffer«, sagte der Kampfrichter.

»Gott, wie aufregend.« Isabella griff sich ans Herz; Ramón lächelte sie nur an.

»Dich regt wohl gar nichts auf?« rief sie. »Der reinste Eismann! Fühlst du überhaupt nichts?«

»Nicht außerhalb deines Betts«, murmelte er, und bevor ihr was Passendes einfiel, hörte man die Lautsprecher.

»Der nächste Schütze! Nummer hundertzehn!«

Ramón stand langsam auf. Seine Miene wirkte kalt und abweisend. Er hatte gebeten, ihm nicht Glück zu wünschen, deshalb beobachtete sie schweigend, wie er an den langen Gewehrständer trat. Er nahm seine Schrotflinte aus dem Ständer, klappte die hinteren Laufmündungen auf, hängte sich die Waffe über den rechten Arm und ging auf den Platz hinaus.

Auf dem Platz lud er die übereinander angeordneten Läufe und klappte sie zu. Dann sah er kurz über die Schulter hinweg zu Isabella hinüber. Diese reckte beide Fäuste hoch, um ihm zu zeigen, wie sehr sie ihm die Daumen drückte.

Ramón sah wieder nach vorn. Wie er da stand, erinnerte er Isabella an eine afrikanische Raubkatze, genauer an einen Leoparden, der in freier Wildbahn seine Beute belauert. Dann rief er: »Ziehen!«

Beide Vögel schossen wild flatternd aus ihren Körben. Ramón riß seine Flinte hoch.

Eine der Tauben flog schräg rückwärts weg, so daß Ramón sie als erste erlegen mußte. Er traf sie sofort.

Dann drehte er sich nach dem zweiten Ziel um. Diese Taube hatte schon ein Dutzend Schützen überlebt und flog ganz tief, kaum über Korbhöhe.

Anstatt zur Seite wegzufliegen, kam sie genau auf Ramóns Kopf zu, was die Schußweite auf weniger als drei Meter verkürzte und den Schuß zehnmal schwieriger machte. Ihm blieb nur eine Hundertstelsekunde Zeit, um zu reagieren.

Der Schuß traf den Kopf der Taube.

Isabella sprang mit einem wilden Schrei auf und setzte mit einer Flanke über die Barriere zum Schießplatz. Obwohl einer der Aufseher sie in unverständlichem Spanisch ermahnte, lief sie hinaus, um Ramón zu beglückwünschen.

Der spannende Wettkampf hatte das Publikum aufgewühlt. Nun lachte und applaudierte es, als Isabella und Ramón sich mitten auf dem Platz umarmten.

Sie fuhren mit einem Wagen in die Stadt. Bei der Banco España am Hauptplatz eröffnete Ramón ein Konto und zahlte den Siegerscheck ein.

Offensichtlich hatten sie Geld gegenüber eine sehr ähnliche Einstellung. Isabella schien sich nie um Geld oder Preise zu kümmern. Ramón war aufgefallen, daß sie sich nicht einmal die Mühe machte, den Preis zu erfragen, wenn sie etwas kaufte. Sie warf einfach eine ihrer vielen Kreditkarten auf den Ladentisch, zeichnete den Beleg ab und steckte den Durchschlag zusammengeknüllt in ihre Umhängetasche, ohne ihn auch nur anzusehen. Leerte sie die Tasche dann im Hotelzimmer aus, kippte sie die gesammelten Belege achtlos in den Papierkorb oder ließ sie im Aschenbecher liegen, damit das Zimmermädchen sie wegräumen konnte.

Ramón empfand eine gewisse Verachtung für Geld, denn er betrachtete es als Symbol und Grundlage des kapitalistischen Systems. Er haßte es, unter dem Diktat wirtschaftlicher Zwänge und Gesetzmäßigkeiten zu stehen, deren Abschaffung er sein ganzes Leben gewidmet hatte. Er fühlte sich besudelt und erniedrigt, wenn er mit Moskau um das Geld feilschen mußte, das er brauchte, um seine Arbeit erledigen zu können. Andererseits hatte er schon früh gemerkt, wie sehr seine Vorgesetzten es anerkannten, wenn er Einsätze aus eigenen Mitteln finanzierte.

Ramón hatte sofort erkannt, daß die kümmerlichen Spesen, die Joe Cicero für das Unternehmen Red Rose bewilligt hatte, völlig unzureichend waren. Er hatte diesen Mangel so geschickt wie möglich ausgleichen müssen, und ihr kleiner Ausflug nach Spanien bot natürlich auch eine ideale Gelegenheit, die zweite Phase des Unternehmens einzuleiten.

Um Ramóns Sieg zu feiern, aßen sie an diesem Abend in einem winzigen Restaurant. Zu einer exquisiten Paella gab es einen guten Wein, der im Kerzenschein blaßrot leuchtete.

»Was ist eigentlich aus eurem Familienbesitz geworden?« fragte Isabella, nachdem sie angestoßen hatten.

»Nach Francos Machtergreifung hat mein Vater alles verloren.« Ramón sprach absichtlich etwas leiser. »Er war immer ein Antifaschist.«

Isabella nickte verständnisvoll. Auch ihr Vater hatte gegen die Faschisten gekämpft. Sie teilte den Glauben ihrer Generation an das Gute im Menschen und an das nebulöse Ideal eines Weltfriedens, den der Faschismus gefährden konnte. Sie trug stets einen Button mit der Aufschrift »Ban the Bomb« in ihrer Handtasche, obwohl sie ihn nie ansteckte.

»Erzähl mir von deinem Vater und deiner Familie«, forderte sie Ramón auf, als ihr klar wurde, daß sie außer dem, was der Herr ihr beim Dinner damals erzählt hatte, so gut wie nichts über ihn wußte.

Sie hörte fasziniert zu, als Ramón ihr in Stichworten einen Abriß seiner Familiengeschichte gab. Einer seiner Vorfahren war geadelt worden, nachdem er im Jahre 1492 mit Kolumbus in die Neue Welt gesegelt war, und Isabella war sehr beeindruckt, daß Ramón seinen Stammbaum so weit zurückverfolgen konnte.

»Meine Familie geht auf Urgroßvater Sean Courtney zurück«, gestand sie lächelnd. »Und der ist irgendwann in den zwanziger Jahren gestorben.« Während sie das sagte, wurde ihr zum ersten Mal klar, daß auch ein Kind auf diese lange Ahnenreihe zurückblikken würde, wenn Ramón der Vater wäre. Bisher wollte sie einfach mit ihm zusammensein. Aber als sie nun seine Augen im Kerzenschein betrachtete, wurden ihre Ambitionen größer. Sie wollte diesen Mann, wie sie noch nie etwas in ihrem Leben gewollt hatte.

»Siehst du, Bella, deshalb bin ich trotz allem kein reicher Mann.«

»Doch, das bist du! Ich hab' selbst gesehen, wie du heute nachmittag über zweihunderttausend Dollar auf der Bank eingezahlt hast«, erklärte sie ihm lachend. »Du kannst dir wenigstens leisten, mich zu einer zweiten Flasche Wein einzuladen.«

»Wenn du nicht schon morgen früh nach London zurückfliegen müßtest, würde ich dich nach Granada einladen. Ich würde dich zum Stierkampf begleiten und dir das Schloß meiner Familie in der Sierra Nevada zeigen.«

»Aber du mußt doch selbst nach London zurück!« protestierte sie. »Oder etwa nicht?«

»Ein paar Tage, ich würde ein paar Tage anhängen. Ein kleines Opfer, um mit dir zusammensein zu können.«

»Ist dir eigentlich klar, Ramón, daß ich nicht mal weiß, welchen Beruf du hast? Womit verdienst du dein Geld?«

»Ich bin Investmentberater.« Er zuckte wegwerfend mit den Schultern. »Ich bin bei einer Privatbank fürs Afrikageschäft zuständig. Wir vermitteln Darlehen und beschaffen Risikokapital für Unternehmensgründungen in Zentral- und Südafrika.«

Unterdessen arbeitete Isabellas Verstand bereits auf Hochtouren. Die Tatsache, daß Ramón kein wirkliches Vermögen besaß, wurde durch seine adlige Herkunft mehr als wettgemacht – und er war ein Bankier. In der Chefetage der Courtney Enterprises gab es bestimmt einen Platz für einen Bankier. Alles schien wunderbar zusammenzupassen.

»Ich möchte so gern dein Schloß sehen, Darling«, flüsterte sie, während sie dachte: Wieviel mag so ein Schloß kosten? Und ob ich Garry rumkriegen kann, damit er's kauft? Ihr Bruder Garry, der Vorstandsvorsitzende und Finanzchef der Courtney Enterprises, erlag Isabellas Charme und ihrer Überredungskunst ebenso leicht wie alle übrigen männlichen Familienmitglieder. Und wie fast alle Courtneys war er ein gräßlicher Snob. Eine Marquesa brauchte schließlich ein Schloß. Vielleicht war er damit rumzukriegen.

»Was ist mit deinem Vater?« fragte Ramón. »Ich dachte, du hättest ihm versprochen, bis Montag zurückzukommen?«

»Meinen Vater kannst du mir überlassen«, sagte sie nachdrücklich.

»Bella, das ist eine verdammt unchristliche Zeit, um einen alten Mann zu wecken!« protestierte Shasa, als er sich am Telefon meldete. »Wie früh ist's eigentlich?«

»Es ist sechs Uhr, und wir sind bereits im Swimmingpool gewesen, und du bist nicht alt. Du bist jung und schön, der schönste Mann, den ich kenne«, gurrte Isabella ins Telefon.

»Das klingt höchst verdächtig«, murmelte Shasa. »Je übertriebener das Kompliment, desto unverschämter die Bitte. Was gibt's, junge Lady? Welches Attentat hast du diesmal auf mich vor?«

»Du bist wirklich ein gräßlicher alter Zyniker«, sagte Isabella und fuhr mit den Fingerspitzen durch Ramóns Brusthaar. Er lag nackt neben ihr; sein Körper war noch feucht und salzig von ihrem Bad im Mittelmeer. »Ich wollte dich bloß anrufen, um dir zu sagen, wie sehr ich dich liebe.«

Shasa lachte halblaut. »Was für ein pflichtbewußtes Mäuschen! Ich scheine dich tatsächlich gut erzogen zu haben.« Er ließ sich in die Kissen zurücksinken und legte seinen freien Arm um die Schultern einer Frau. Sie seufzte verschlafen, schmiegte sich enger an ihn und rieb ihre Nase an seiner Brust.

»Wie geht's Harriet?« fragte Shasa. Harriet Beauchamp war einverstanden gewesen, Isabellas Wochenendreise nach Spanien zu tarnen.

»Ganz ausgezeichnet«, behauptete Isabella. »Sie ist hier bei mir. Wir haben uns herrlich amüsiert.«

»Sag ihr einen schönen Gruß von mir«, wies Shasa sie an.

»Wird gemacht!« Sie bedeckte die Sprechmuschel mit ihrer freien Hand, beugte sich zu Ramón hinüber und küßte ihn auf den Mund. »Sie läßt dich auch grüßen, Papa, aber sie weigert sich, heute vormittag nach London zurückzufliegen.«

»Ah!« sagte Shasa. »Jetzt kommen wir zum wahren Grund für soviel töchterliche Zuneigung.«

»Weißt du, das liegt nicht an mir, Daddy, sondern an Harriet. Sie will nach Granada fahren. Dort gibt's Stierkämpfe. Sie will, daß ich mit ihr hingehe.«

»Du und ich fliegen kommenden Mittwoch nach Paris. Hast du das vergessen? Ich soll im Club Dimanche sprechen.«

»Daddy, du bist ein so guter Redner; die französischen Damen liegen dir zu Füßen. Du brauchst mich bestimmt nicht!«

Shasa antwortete nicht gleich. Er wußte, daß Schweigen das einzige Mittel war, um seine streunende Tochter zu verunsichern. Er bedeckte die Sprechmuschel mit der freien Hand und fragte die eng an ihn Geschmiegte: »Caren, kannst du mich am Mittwoch nach Paris begleiten?«

Sie öffnete die Augen. »Du weißt doch, daß ich am Samstag zur OAU-Konferenz nach Äthiopien fliege.«

»Bis dahin sind wir längst zurück.«

Sie stützte sich auf einen Ellbogen und starrte ihn an.

»Daddy, bist du noch da?« fragte Isabellas Stimme aus dem Telefonhörer.

»Mein eigenes Fleisch und Blut ist also entschlossen, mich alleinzulassen, was?« fragte Shasa scheinbar gekränkt. »Ganz allein in der unromantischsten Stadt der Welt?«

»Ich kann Harriet nicht im Stich lassen«, erklärte Isabella ihm. »Aber ich mach's wieder gut, ich versprech's dir!«

»Hoffentlich, junge Lady«, sagte Shasa warnend. »Ich werde dich bei Gelegenheit an dein Versprechen erinnern.«

»Granada ist wahrscheinlich todlich langweilig, und du wirst mir schrecklich fehlen, Papa«, behauptete Isabella zerknirscht. Sie ließ ihren Zeigefinger über Ramóns Körper, an seinem Nabel vorbei und ins dichte Haarbüschel darunter gleiten; dann wickelte sie sich eine dunkle Locke um die Fingerspitze.

»Und ich werde ohne dich verzweifelt einsam sein, Bella«, stimmte Shasa zu. Er ließ den Hörer auf die Gabel fallen, drückte Caren sanft in die Kissen zurück und küßte sie.

Isabella fuhr gut und schnell. Ramón lehnte sich in die Lederpolster zurück und beobachtete sie. Sie genoß seine Aufmerksamkeit, blickte zu ihm hinüber, wenn die kurvenreiche Straße es gestattete, oder streckte ihre Hand aus, um seinen Arm oder seinen Oberschenkel zu berühren.

Im Gegensatz zu vielen Aufträgen dieser Art, die Ramón in der Vergangenheit übernommen hatte, fiel es ihm nicht schwer, bei dieser Frau seine Rolle zu spielen. Er spürte eine Stärke in ihr, ein bisher ungenutztes Potential an Mut und Entschlossenheit, das ihn faszinierte.

Sie war ungeheuer attraktiv, so daß es ihm nicht sonderlich schwerfiel, ihr gegenüber Zärtlichkeit zu zeigen. Daß er sie so ausdauernd beobachtete, war ein bewußt angewandter Trick. Er kannte die Wirkung seines kalten grünen Blicks, mit dem er sie hypnotisierte wie eine Schlange ihr Opfer – und zugleich genoß er es, sie wie ein exquisites Kunstwerk zu betrachten. Obwohl er aus ihrer Akte wußte, daß er nicht ihr erster Liebhaber war, hatte er in diesen wenigen Tagen gemerkt, daß sie im Grunde ihres Wesens noch unberührt war und etwas eigenartig Jungfräuliches an sich hatte, das ihn erregte.

Wie so viele legendäre Liebhaber litt Ramón an Satyriasis. Dieser Name geht auf die Waldgeister der römischen Mythologie zurück; halb Mensch, halb Ziegenbock, waren diese Wesen unersättlich. Obwohl Ramón Machado auf jede Frau – ob er sie nun attraktiv fand oder nicht – stark reagierte, war er nur selten imstande, auch zum Höhepunkt zu gelangen. Meistens war er einfach unermüdlich und ausdauernd. Zu jeder Zeit konnte er weitermachen, wenn die Frau nur den Wunsch danach äußerte: Er hatte so gute Antennen für die weibliche Sexualität, daß er den Wunsch im allgemeinen schon spürte, bevor sie ihn selbst wahrnahm.

Diese Frau gehörte jedoch zu den seltenen Ausnahmen, bei denen er fast mühelos seinen Höhepunkt erreichte. Sie hatte ihn schon mehrmals dazu gebracht, und er wußte, daß ihr das wieder und wieder gelingen würde. Für Ramóns Vorhaben war es natürlich entscheidend, daß ihr das gelang.

Auf der Fahrt von der Küste ins Landesinnere war Isabella an diesem glühendheißen Sommertag fröhlicher und glücklicher als je zuvor. Sie liebte Ramón. Und sie zweifelte nicht mehr im geringsten daran, daß er die große Leidenschaft ihres Lebens war. Es hatte nie einen Mann gegeben, es würde nie wieder einen geben, der es mit ihm aufnehmen konnte. Sie würde niemals einen Menschen inniger lieben als diesen Mann. Seine Gegenwart neben ihr und der Blick seiner grünen Augen machten den Sonnenschein heller und die Bergluft der Sierra Nevada würziger.

Die weite Ebene mit den Bergketten im Hintergrund war ihrer geliebten Heimat so ähnlich. Sie fühlte sich in die endlosen Weiten des Großen Karrus zurückversetzt, denn auch hier gab es lohfarbene Erde und sepiabraune Felslandschaften. Dieser Anblick machte sie noch froher, und sie lachte vor Freude und mußte sich beherrschen, um nicht laut auszurufen: »O Ramón, mein Liebling, ich liebe dich! Ich liebe dich von ganzem Herzen, mit voller Seele für immer und ewig!«

Doch sie war entschlossen, damit zu warten, bis er es zuerst gesagt hatte. Das würde ihr beweisen, was sie längst wußte: daß er sie so liebte wie sie ihn.

Ramón, der dieses Gebirge gut kannte, dirigierte sie über staubige Nebenstraßen zu herrlichen Aussichtspunkten fern der normalen Touristenrouten. Sie hielten in einem der kleinen Bergdörfer, und er scherzte mit den Einheimischen. Bevor sie weiterfuhren, kauften sie einen rosa Serrano – im Schnee gebeizten Schinken –, einen Laib grobes Bauernbrot und einen Weinschlauch mit süßem dunkelroten Malaga.

Oberhalb des Dorfs ließen sie den Wagen an einer alten Steinbrücke stehen und wanderten bachaufwärts durch die Olivenhaine in die Vorberge der Sierra Nevada. Während ein bärtiger Ziegenbock sie von einem erhöhten Felsen aus erstaunt beobachtete, stürzten sie sich nackt in einen der versteckten Tümpel des Bachbetts. Nach diesem Bad picknickten sie auf den glatten schwarzen Felsen über dem Wasser.

Ramón zeigte ihr, wie man den Weinschlauch auf Armeslänge

von sich weghielt und den Strahl in den offenen Mund lenkte. Als Isabella es auch versuchte, lief ihr der Wein übers Gesicht und ihre Brüste. Auf ihren Wunsch leckte Ramón ihr die roten Tropfen von den Wangen und ihrem Busen. Sie verzichteten aufs restliche Picknick und liebten sich.

»Du bist unglaublich!« flüsterte sie. »Ich hab' ganz weiche Knie. Ich glaube, du mußt mich zum Auto zurücktragen.«

Als die tiefstehende Sonne bereits die Schneegipfel vergoldete, kam endlich das Schloß in Sicht.

Es war bei weitem nicht so groß und prächtig, wie Isabella es sich vorgestellt hatte, sondern nur ein düsteres, kahles Gebäude hoch über dem Häusergewirr des Dorfs mit seinen blaßrosa Ziegeldächern. Als sie näherkamen, sah Isabella, daß ein Teil der Schloßmauer eingestürzt und der Park von Unkraut überwuchert und vernachlässigt war.

»Wem gehört es jetzt?« fragte sie.

»Dem Staat«, antwortete Ramón schulterzuckend. »Vor einigen Jahren sollte es ein Schloßhotel werden, aber daraus ist dann doch nichts geworden.«

Der steinalte Verwalter, der sich gut an Ramón erinnerte, führte sie durch die Räume im Erdgeschoß. Sie waren leer; alle Möbel waren verkauft worden, um die Schulden der Familie zu bezahlen, und an den Kronleuchtern hingen dicke, staubige Spinnweben. Die Wände der großen Halle hatten Wasserflecken, weil das Dach undicht war.

»Ich finde es traurig, etwas so Schönes ruiniert zu sehen«, flüsterte Isabella. »Macht dich das nicht auch traurig?«

»Möchtest du lieber gehen?« fragte er.

»Ja, ich will heute nicht traurig sein.«

Als sie über Serpentinen ins Dorf hinunterfuhren, beleuchtete das letzte Sonnenlicht die fernen Gipfel.

Auch der Wirt des einzigen Gasthofs im Dorf wußte gleich, wen er vor sich hatte. Er schickte seine beiden Töchter nach oben, damit sie die Betten des besten Gästezimmers frisch bezogen, und seine Frau in die Küche, damit sie zum Abendessen andalusische Spezialitäten kochte: ein Hühnerragout und pikante Würstchen auf hauchdünnen Nudeln, die ihren Namen Engelshaar wirklich verdienten.

»In Spanien ist Sherry ein Volksgetränk«, sagte Ramón, als er ihr Glas füllte. Hier in den Bergen war es kühler, und deshalb genossen sie das Kaminfeuer. Der Feuerschein glitt über seine markanten Züge und machte ihn noch schöner.

»Für uns scheint's hier nur drei Beschäftigungen zu geben.« Sie betrachtete den goldenen Wein in ihrem Glas. »Essen, trinken und …« Sie trank einen kleinen Schluck Wein.

»Beklagst du dich etwa?« fragte er.

»Im Gegenteil, ich genieße es!« Sie lächelte ihm zu. »Essen Sie Ihr Ragout und trinken Sie Ihren Sherry, Señor. Sie werden Ihre Kräfte noch brauchen.«

Als sie aufwachte, fiel helles Sonnenlicht durchs offene Fenster, und sie fürchtete einen Augenblick, er könnte wieder verschwunden sein. Aber er lag neben ihr auf dem breiten, weichen Bett und beobachtete sie mit einem so rätselhaft kühlen Gesichtsausdruck, daß es sie fröstelte. Aber als sie fast schüchtern nach ihm tastete, zeigte sich, daß er schon wieder steif und begierig nach ihr war.

»O Gott!« flüsterte sie entzückt. »Du bist unglaublich!« Keiner hatte sie jemals so begehrt wie er. Ramón gab ihr das Gefühl, die attraktivste Frau überhaupt zu sein.

Zum Frühstück im Innenhof des alten Gasthauses gab es purpurrote Feigen und Ziegenkäse. Sie saßen in einer Weinlaube, und Isabella schälte die Feigen mit ihren langen Fingernägeln und schob Ramón die saftigen Stücke in den Mund.

Als eine der Wirtstöchter ihnen eine dampfende Kaffeekanne brachte, entschuldigte Ramón sich und ging in ihr Zimmer hinauf. Durchs winzige Badezimmerfenster konnte er Isabella unten im Hof sitzen sehen und hörte ihr Lachen, während sie versuchte, sich mit den wenigen spanischen Brocken, die sie aufgelesen hatte, verständlich zu machen.

Morgens hatte er beobachtet, wie sie im Bad ihre Antibabypille geschluckt hatte. Sie hatte ein spaßiges kleines Ritual daraus gemacht und ihm mit dem Wasserglas zugeprostet. »Auf viele glückliche Wiederholungen!« Aber die Packung mit den restlichen Pillen lag nicht mehr in ihrem Toilettenbeutel auf der Spiegelablage.

Ramón ging ins Zimmer zurück. Das riesige Bett nahm fast den gesamten Raum ein, ihr Gepäck stand in der mit einem Vorhang abgetrennten Nische neben der Tür. Isabella hatte ihre übergroße schwarze Umhängetasche achtlos auf einen Koffer geworfen.

Er machte nochmals eine Pause, um nach draußen zu horchen, und hörte ihre Stimme, die leise durchs offene Fenster drang. Er nahm die Umhängetasche zum Bett mit, packte sie rasch aus und legte den Inhalt sorgfältig so vor sich hin, daß er ihn in genau gleicher Reihenfolge wieder einpacken konnte. Nach der ersten Nacht in seiner Wohnung in Kensington hatte er die bestickte Abendtasche der Schlafenden durchsucht, um festzustellen, welche Pille sie nahm. Später hatte er darüber mit dem Arzt der sowjetischen Botschaft gesprochen.

»Unterbricht die Frau die Einnahme vor dem zehnten Tag ihres Monatszyklus, tritt fast hundertprozentig eine Erhöhung der Empfängniswahrscheinlichkeit ein, die das Schwangerschaftsrisiko beim nächsten Eisprung erheblich ansteigen läßt«, hatte der Arzt ihm versichert.

Die flache Folienpackung steckte in einem Fach der schwarzen Krokolederbörse, die Ramón ganz unten in der Umhängetasche fand. Dann merkte er, daß die Stimmen im Hof verstummt waren, und hastete ans Fenster. Er sah, daß Isabella wie zuvor am Tisch saß, aber sich jetzt ganz auf die schwarze Katze des Wirts konzentrierte. Das hochmütige Tier hatte es sich auf ihrem Schoß bequem gemacht und ließ sich gnädig unter dem Kinn kraulen.

Ramón ging ins Zimmer zurück. Aus den mit Wochentagen bezeichneten Fächern der Packung fehlten sieben Pillen. Er zog eine identisch aussehende Packung Ovanon, die ihm der Botschaftsarzt mitgegeben hatte, aus der Innentasche seiner Jacke. Dann drückte er die ersten sieben Pillen heraus, warf sie ins Klo und hielt die Packungen zum Vergleich nebeneinander. Sie sahen völlig identisch aus – aber die zweite Packung enthielt statt Antibabypillen nur Placebos.

Er steckte diese Packung in Isabellas Börse, packte alles wieder in die Umhängetasche und legte sie auf den Koffer in der Nische zurück. Dann steckte er die Originalpackung ein, betätigte die Toilettenspülung und überzeugte sich davon, daß die sieben Pillen verschwunden waren, bevor er sich die Hände wusch und die steile Treppe zum Hof hinunterstieg, in dem Isabella auf ihn wartete.

In Granada nahm Ramón sie zum Stierkampf mit und zeigte sich begeistert über den glücklichen Zufall, daß sie El Cordobés sehen würden.

Sie saßen nicht nur in der ersten Reihe gleich rechts neben der Präsidentenloge, sondern wurden auch eingeladen, vor der Veranstaltung dabeizusein, wenn El Cordobés sich für den Stierkampf ankleidete.

Isabella hatte natürlich Hemingways »Tod am Nachmittag« gelesen und wußte, wie ehrenvoll diese Einladung war. Trotzdem staunte sie über den offenkundigen Respekt, mit dem Ramón den Matador Manuel Benitez – El Cordobés – begrüßte, und über die fast religiöse Feierlichkeit der Ankleidezeremonie.

»Um Stierkämpfe zu verstehen, muß man Spanier sein«, erklärte Ramón ihr, als sie ihre Plätze einnahmen, und Isabella hatte ihn tatsächlich noch nie so bewegt gesehen. Seine starke Gemütsbewegung war so ansteckend, daß sie dem Kampf bald ebenso entgegenfieberte wie er.

Die Trompeten, die den Einzug der Teilnehmer begleiteten, jagten ihr kalte Schauer über den Rücken. Das Schauspiel war prächtig: Pferde, mit Gold, Silber und Zuchtperlen besetzte Kostüme, Matadore in kurzen bestickten Jacken und hautengen Hosen und Mantillas, die korallenrot leuchteten.

Als dann der Stier in die Arena stürmte – sein gehörntes Haupt hoch erhoben, sein mächtiger Nacken und die Schultern vor Kraft geschwollen –, sprang auch Isabella auf und jubelte wie die anderen.

Während El Cordobés die ersten Figuren vorführte, erklärte Ramón ihr die Bedeutung jeder Wendung – von der eleganten schlichten Veronica bis zur komplizierten Quite. Sie lernte, den Stierkampf als erregend schönes, von uralten Traditionen geprägtes Ritual zu sehen, das nicht versuchte, sein grausames und düstertragisches Wesen zu verbergen.

Trompeten kündigten den Einzug der Pikadore an. Ramón machte sie auf deren dicken Schutzpanzer aus Segeltuch und Leder aufmerksam. Tatsächlich wurde keines der Pferde verletzt, auch wenn der Stier sie wütend auf die Hörner nahm und gegen die Planken der Umzäunung drückte.

Nun nahm der Stierkampf seinen Lauf.

Ein Pikador beugte sich aus dem Sattel und stieß dem Stier eine Banderilla in den Nacken.

Isabella wußte nicht recht, wie sie das finden sollte, und Ramón murmelte: »Alles, was du hier siehst, ist real – so real wie das Leben. Dies *ist* das Leben, mit all seiner Schönheit, Grausamkeit und Leidenschaft.«

Isabella verstand, was er meinte, und ließ sich von der allgemeinen Begeisterung anstecken.

Dann nahm El Cordobés seine eigenen Banderillas. Er blieb in der Sonne stehen und hielt die kurzen Lanzen mit den farbigen Papierbändern hoch. Er rief den Stier und lief ihm mit tänzerisch leichten Schritten entgegen. Als sie sich begegneten, holte Isabella erschrocken tief Luft, aber der Meister hatte seine Banderillas bereits angebracht und war geschickt zur Seite ausgewichen. Der Stier senkte den Kopf und schlug aus, als er die Lanzen hoch in seinem Widerrist spürte, aber durch seinen Schwung war er bereits an dem Matador vorbei.

Die Trompeter verkündeten das letzte Tercio, die Stunde der Wahrheit. Schlagartig änderte sich die Stimmung in der Arena. El Cordobés und der Stier führten nun einen feierlichen Totentanz auf, bei dem nur das rote Tuch zwischen ihnen war.

Die letzten Angriffe des Stiers parierte er mitten in der Arena, wobei die Hörner ihm bei seinen eleganten Ausweichbewegungen jedesmal näherkamen. Die Menge reagierte jedesmal mit einem Schrei.

Nun machte El Cordobés sich daran, den Stier endgültig zu töten. Ramón packte ihren Arm und flüsterte ihr zu: »Sieh nur! Er nimmt ihn rechiendo – auf die gefährlichste Weise!« Als der Stier zu einem letzten verzweifelten Angriff ansetzte, lief El Cordobés ihm nicht entgegen, sondern blieb unbeweglich stehen und warf sich über die Hörner nach vorn. Seine Degenspitze durchtrennte augenblicklich die Herzschlagader. Das war das Aus für das mächtige Tier. Es war klar gewesen: Hier konnte nur einer gewinnen: Mensch oder Tier.

Bei der Rückkehr aus der Stierkampfarena ins Hotel schwiegen beide. Sie waren benommen, wie im Banne eines Zaubers. Die Grausamkeit, die tragische Schönheit des Schauspiels hatten vor allem Isabella sehr bewegt. Sie spürte aber auch, daß Ramóns Begierde stärker war als je.

In ihrem Schlafzimmer, dessen schmiedeeiserner Balkon auf den Park des alten maurischen Schlosses hinausführte, stellte Ramón sie in die Mitte des Raums. Es war heiß. Während der altmodische Ventilator langsam an der Decke rotierte, entkleidete Ramón Isabella, und sie spürte, daß er damit ein Ritual vollzog, das ebenso alt wie der Stierkampf war. Als sie nackt war, kniete er wortlos vor ihr nieder, umfaßte ihre Hüften und vergrub sein Gesicht in ihrem dichten warmen Schamhaar.

Sie liebkoste seinen Kopf mit einer Zärtlichkeit, die sie noch für keinen Menschen empfunden hatte, und fühlte zugleich eine Trauer. Sie spürte, daß auch solche Liebe vergänglich war.

Schließlich stand er auf, hob sie hoch und trug sie zum Bett. Es war, als hätten sie sich noch nie geliebt, als sei er zu Tiefen ihrer geistigen und körperlichen Existenz vorgedrungen, deren Vorhandensein sie bisher nicht geahnt hatte.

Raum und Zeit lösten sich auf. Als sie in seine grünen Augen blickte, wurde ihr bewußt, daß der geistige Kontakt zwischen ihnen auf dieser unglaublichen Reise ebenso stark wie der körperliche war. Und als sie glaubte, nicht noch höher steigen zu können, ahnte sie den Erguß in ihrem Inneren – heiß und ergiebig wie ein Lavastrom.

Als zuletzt das Tageslicht schwand, war sie so ermattet, daß sie nicht mehr reden, sich nicht mehr bewegen konnte; während sie vor Erfüllung und Erschöpfung weinte, versank sie unmerklich in tiefen Schlaf.

Isabellas ganze Welt war heller und fröhlicher, seit sie Ramón hatte.

Jede Minute, die sie in seiner Gegenwart verbrachte, erschien ihr wie ein Juwel.

Als sie vor nunmehr drei Jahren nach London gekommen waren, hatte Isabella ihr Studium fortgesetzt und mit dem Bachelor of Arts abgeschlossen. Ihr von ihrem plötzlichen Lerneifer überraschter Vater hatte sie ermutigt, an der University of London ein Afrikanistikstudium zu beginnen, und sie war dabei, ihre Dissertation über das Thema »Eine politische Ordnung für das post-koloniale Afrika« zu schreiben. Damit kam sie so gut voran, daß sie gehofft hatte, diese

Arbeit zum größten Teil abschließen zu können, bevor ihr Vater und sie nach Kapstadt zurückkehrten.

Doch seit Ramón in ihr Leben getreten war, hatte sich alles gründlich geändert. Seit diesem Tag verschwendete sie kaum noch einen Gedanken an ihr Studium. In den Wochen seit ihrer Rückkehr aus Spanien war Isabella nicht ein einziges Mal bei ihrem Doktorvater gewesen und hatte kaum Zeit gehabt, einen Blick in ihre Bücher zu werfen.

Anstatt über ihrer Dissertation zu brüten, stand sie vor Tagesanbruch auf und schlüpfte heimlich aus dem Haus, um mit Ramón im Park auszureiten oder mit ihm am Themseufer zu joggen. Manchmal trainierten sie gemeinsam in dem schäbigen kleinen Fitneßstudio in Bloomsbury.

Dort begann Ramón, sie in Judo und anderen Selbstverteidigungstechniken zu unterweisen, die er beängstigend gut beherrschte. Oft schlenderten sie Hand in Hand durch Museen und Galerien. Sie träumten vor den Turners in der Tate Gallery oder lästerten über die neuen Mitglieder der Royal Academy. Alle diese Unternehmungen endeten unweigerlich in Ramóns Bett in seiner Wohnung in Kensington. Isabella verspürte keine Lust, ihn zu fragen, weshalb er soviel Zeit mit ihr verbringen konnte, anstatt in seiner Bank zu arbeiten, sondern gab sich damit zufrieden, diese Tatsache dankbar zu akzeptieren.

Als er wenig später für eine Woche im Auftrag seiner Bank geschäftlich verreisen mußte, war Isabella so deprimiert und weinerlich, daß sie richtig krank wurde und sich morgens übergeben mußte.

Sie deponierte einen Teil ihrer Garderobe, Schmuck, Kosmetika und Parfüms in seiner Wohnung und machte es sich zur Aufgabe, täglich frische Blumen zu kaufen und dafür zu sorgen, daß der Kühlschrank gefüllt war. Sie war eine talentierte Köchin und tat nichts lieber, als für sie beide zu kochen.

Aber sie begann auch, ihre Pflichten in der Botschaft zu vernachlässigen. Sie erfand Ausreden, um sich vor offiziellen Empfängen zu drücken, und überließ die Vorbereitungen oft dem Küchenchef und seinen Mitarbeitern. Eines Tages stellte sie ihr Vater wegen ihres veränderten Benehmens zur Rede.

»Du bist nie mehr zu Hause, Bella. Ich kann mich überhaupt nicht mehr auf dich verlassen. Nanny sagt, daß du letzte Woche nur zweimal in deinem Bett geschlafen hast.«

»Nanny ist 'ne alte Petze!«

»Was geht hier vor, junge Lady?«

»Ich bin über einundzwanzig, liebster Vater, und wir hatten vereinbart, daß ich dir über mein Privatleben keine Rechenschaft schuldig bin.«

»Zu unserer Vereinbarung gehört aber auch, daß du dich ab und zu auf meinen Empfängen blicken läßt.«

»Kopf hoch, Papa!« Isabella küßte ihn. »In ein paar Monaten sind wir wieder in Kapstadt. Dann brauchst du dir keine Sorgen mehr um mich zu machen.«

Trotzdem fragte sie Ramón an diesem Abend, ob er Lust habe, zu einer Cocktailparty zu kommen, die Shasa in der Botschaft am Trafalgar Square für den berühmten südafrikanischen Autor Alan Paton gab.

Ramón dachte sorgfältig darüber nach und schüttelte dann den Kopf. »Nein, die richtige Zeit für eine Begegnung mit deinem Vater ist noch nicht gekommen.«

»Warum nicht, Darling?« Sie empfand seine Weigerung als kränkend.

»Ich habe meine Gründe dafür.« Er war oft so verdammt geheimnisvoll. Sie hätte ihn liebend gern ausgehorcht, aber sie wußte, daß sie damit nur ihre Zeit vergeudet hätte. Von allen Männern, die sie kannte, war er der einzige, der ihr widerstehen konnte. Unter dieser schönen Fassade verbarg sich stählerne Härte.

»Gerade das macht seinen besonderen Reiz aus«, sagte sie sich lachend. Außerdem hatte sie gar keine Lust, ihn sich mit anderen zu teilen – nicht einmal mit ihrem Vater.

Gewiß, sie aßen gelegentlich mit Harriet oder irgendwelchen anderen Leuten, deren Bekanntschaft Isabella in diesen drei Jahren gemacht hatte, im Les A oder White Elephant. Manchmal gingen sie auch in Gesellschaft zum Tanzen ins Annabel's, aber meistens verabschiedeten sie sich schon frühzeitig, um allein sein zu können. Ramón schien überhaupt keine eigenen Freunde zu haben –

oder er legte keinen Wert darauf, daß Isabella sie kennenlernte. Sie störte das nicht weiter.

An Wochenenden, an denen Isabella keine offiziellen Verpflichtungen in der Botschaft hatte, warfen Ramón und sie ihre Reisetaschen und Tennisschläger auf den Rücksitz des Mini-Coopers und flüchteten aufs Land. Meistens kamen sie erst sehr spät am Sonntagabend in die Stadt zurück.

Anfang August brachen sie aus ihrem Einsiedlerdasein aus und fuhren mit dem Zug nach Schottland. Am Eröffnungstag der Moorhuhnjagd waren sie Harriet Beauchamps Gäste auf den weiten Hochmooren, die zum Landsitz ihrer Familie gehörten. Da der Earl größten Wert auf überlieferte Formen legte, durften die Ladies am ersten Tag nicht mitschießen, sondern nur erlegte Moorhühner aufsammeln oder bei den Treibern mitmachen. Der Earl hatte auch nicht viel für Ausländer übrig – vor allem nicht für solche, die italienische Flinten englischen Jagdwaffen vorzogen.

Das Wochenende versprach großartig zu werden. Harriet hatte dafür gesorgt, daß Ramón und Isabella nebeneinanderliegende Zimmer in einem Seitenflügel des riesigen alten Landsitzes bekamen.

»Papa hat einen sehr leichten Schlaf«, erklärte sie Isabella. »Und wenn ihr beiden loslegt, könnte man glauben, die Berliner Philharmoniker spielten Ravels ›Bolero‹. Und weil wir gerade davon reden, Herzchen, hast du Ramón deine kleine Überraschung schon beigebracht?«

»Ich warte noch auf den richtigen Augenblick.« Isabella fühlte sich unwohl.

»Meine Erfahrung sagt mir, daß es für solche Mitteilungen keinen richtigen Augenblick gibt.«

Harriet behielt ausnahmsweise recht. An diesem Wochenende ergab sich tatsächlich keine Gelegenheit. Sie waren schon wieder halb in London, als Isabella beschloß, Ramón reinen Wein einzuschenken. Zum Glück hatten sie ein Abteil für sich.

»Darling, ich bin letzten Mittwoch beim Arzt gewesen«, begann sie. »Nicht beim Botschaftsarzt, sondern bei einem neuen, den Harriet mir empfohlen hat. Er hat einen Test gemacht; das Ergebnis ist am Freitag gekommen.« Isabella machte eine Pause, um seine

Reaktion zu beobachten. Der Blick seiner kühlen grünen Augen blieb unverändert, und genau das jagte ihr unerklärliche Angst ein. Bestimmt konnte nichts ihre Gefühle beeinträchtigen; bestimmt konnte nichts die Vollkommenheit ihrer Liebe verderben. Trotzdem spürte sie eine Art Wachsamkeit in ihm, eine emotionale Absetzbewegung. Im nächsten Augenblick brach alles aus ihr hervor.

»Hör zu, ich bin im zweiten Monat schwanger, fast schon im dritten. Es muß in Spanien passiert sein –« Sie war ganz außer Atem, als sie weitersprach. »Ich kann's einfach nicht verstehen! Ich meine, ich hab' die Pille regelmäßig genommen, das kann ich beschwören, und du hast's selbst gesehen!« Sie holte tief Luft. »Du brauchst dir keine Sorgen zu machen. Harriet hat letztes Jahr auch mal Pech gehabt. Sie ist zu einem Arzt in Amsterdam gegangen, der die Sache in Ordnung gebracht hat. Sie hat mir seine Anschrift gegeben und sich sogar erboten, mitzukommen und meine Hand zu halten.«

»Isabella!« unterbrach er sie. Sie machte eine Pause.

»Du weißt gar nicht, was du da redest!« Seine Worte klangen scharf. »Was du vorschlägst, ist ungeheuerlich!«

»Entschuldige, Ramón.« Isabella war verwirrt. »Ich hätte gar nicht davon anfangen sollen. Harriet und ich wollten ...«

»Harriet ist eine oberflächliche, dämliche kleine Schlampe. Solltest du das Leben meines Kindes in ihre Hände legen, wärst du ebenso schuldig wie sie.«

Isabella starrte ihn an. Seine Reaktion kam völlig unerwartet.

»Dies ist ein Wunder, Isabella, das größte Wunder und Mysterium des Universums. Und du redest davon, es zu vernichten! Dies ist unser Kind, Isabella, ein neues, schönes Leben, das du und ich aus Liebe erschaffen haben. Begreifst du das nicht?«

Ramón beugte sich zu ihr hinüber. Als er nach ihren Händen griff, sah sie die Kälte aus seinem Blick weichen. »Dies ist etwas, das wir gemeinsam erschaffen haben, unsere eigene wundervolle Schöpfung. Es gehört allein uns beiden, unserer Liebe.«

»Du bist nicht böse?« fragte sie zögernd. »Ich dachte, du würdest böse sein.«

»Ich bin demütig und stolz«, flüsterte er. »Ich liebe dich. Du bist mir unendlich kostbar.« Er griff zart nach ihren Händen, drehte sie an den Handgelenken nach innen und legte sie auf ihren Bauch. »Ich liebe, was du hier drinnen trägst; unser Kind ist mir unendlich kostbar.«

Er hatte es endlich gesagt! »Ich liebe dich«, hatte er gesagt!

»O Ramón...« Sie hatte Tränen in den Augen. »Du bist so lieb, so zärtlich, so wundervoll. Das eigentliche Wunder ist, daß ich das Glück gehabt habe, dir zu begegnen.«

»Du wirst unser Kind zur Welt bringen, Bella, mein Liebling.«

»Ja!« rief sie. »Oh, tausendmal ja, Darling! Du machst mich ja so glücklich.«

Isabellas Euphorie hielt an und machte aus ihrer Liebe zu Ramón etwas Neues: Was bisher zwar faszinierend, aber noch ohne Ziel gewesen war, besaß nun eine Richtung. Ein Dutzendmal war sie nahe daran gewesen, ihr Geheimnis Nanny anzuvertrauen, aber dann hatte sie doch lieber den Mund gehalten, als ihr klar wurde, daß diese ihre Aufregung so schlecht würde beherrschen können, daß die gesamte Botschaft – auch ihr Vater – binnen vierundzwanzig Stunden von dem freudigen Ereignis erfahren hätte.

Sie mußte also nun über alle Einzelheiten gut nachdenken. Immerhin war sie bereits im dritten Monat, und Nanny besaß Adleraugen und einen guten Instinkt. Solange Isabella zu Hause wohnte, sah Nanny sie jeden Tag; es war geradezu ein Wunder, daß sie noch nichts bemerkt hatte.

Sie mußte nun also aktiv werden.

Ramón hatte an diesem Abend Karten fürs Flamencofestival in der Drury Lane. Sie rief ihn unter seiner Privatnummer in der Bank an.

»Darling, mir ist heute abend nicht nach Ausgehen zumute. Ich möchte lieber mit dir allein sein. Ich sorge fürs Abendessen. Bis du heimkommst, ist es fertig. Wir könnten uns dabei die neue Karajan-Platte anhören.«

Das Zögern in seiner Stimme war unüberhörbar. Ramón hatte sich die ganze Woche auf den Flamencoabend gefreut. Manchmal war er geradezu aggressiv spanisch. Er bestand sogar darauf, daß sie Spanisch lernte. Diesmal ließ sie jedoch nicht locker und erreichte, daß er nachgab.

Auf der Fahrt von der Botschaft zu seiner Wohnung parkte Isabella ihren Mini in der St. James's Street, um aus dem Lagerregal ihres Vaters in der Weinhandlung Berry Brothers eine Flasche Pol Roger und einen Montrachet zu holen. Dann kaufte sie in der Lebensmittelabteilung von Harrods zwei Dutzend Whitstable-Austern und zwei schöne Kalbskoteletts.

Sie sah aus dem Wohnzimmerfenster, als Ramón um die Ecke kam. In seinem Dreiteiler mit Weste wirkte er sehr britisch.

Sie machte den Champagner auf, schenkte die Gläser voll und stellte sie neben das Silbertablett mit den Austern. Sie beherrschte sich, um nicht in die kleine Diele hinauszustürzen, und kam ihm statt dessen langsam entgegen, als er das Wohnzimmer betrat. Dann war es allerdings um ihre Zurückhaltung geschehen, und sie küßte ihn lange und leidenschaftlich.

»Besonderer Anlaß?« fragte er mit einem Arm um ihre Taille, als er das Austerntablett und die langstieligen Kelche sah. Isabella holte die Gläser und blickte ihn an.

»Willkommen daheim, Ramón. Ich wollte dir nur einen kleinen Vorgeschmack davon geben, wie es sein wird, mit mir *verheiratet* zu sein.«

Sie sah seinen Blick unstet werden.

Als er keinen Champagner trank, sondern das Glas wieder abstellte, befielen sie schlimme Vorahnungen.

»Was hast du, Ramón?« fragte sie.

Er nahm ihre Hände in seine. »Bella«, sagte er halblaut, mit tiefem Bedauern, und küßte die offenen Handflächen.

»Was gibt's, Ramón?« Sie bekam kaum Luft.

»Ich kann dich nicht heiraten, Darling.« Sie starrte ihn an und spürte, wie ihre Beine zitterten und sie weiche Knie bekam. »Wenigstens nicht sofort.«

Sie entzog ihm ihre Hände und sank in einen Sessel.

»Warum nicht?« fragte sie leise, ohne ihn anzusehen, als er neben ihr niederkniete. »Warum kannst du mich nicht heiraten, wenn ich dein Kind austragen soll?«

»Bella, ich wünsche mir nichts sehnlicher, als dein Ehemann und damit der Vater unseres Kindes zu sein, aber...«

»Warum also nicht?« wiederholte sie fast teilnahmslos.

»Hör mir bitte zu, Darling. Hör mir ganz ruhig zu und laß mich ausreden.«

Jetzt hob sie den Kopf und sah ihm ins Gesicht, aber sie war sehr blaß geworden.

Ramón holte tief Luft. »Vor neun Jahren habe ich in Miami eine junge Kubanerin geheiratet.«

Isabella fuhr zusammen und schloß die Augen.

»Die Ehe ist von Anfang an eine Katastrophe gewesen. Wir haben uns schon nach wenigen Monaten getrennt, aber wir sind beide katholisch.« Er machte eine Pause und berührte ihre blasse Wange. Als Isabella vor seiner Liebkosung zurückwich, seufzte er leise.

»Ich bin noch immer mit ihr verheiratet«, sagte Ramón einfach.

»Wie heißt sie?« fragte Isabella, ohne ihre Augen zu öffnen.

»Wozu willst du das wissen?«

»Sag's mir!« Ihre Stimme klang fester.

»Natalie.« Er zuckte mit den Schultern.

»Kinder?« fragte sie weiter. »Wie viele Kinder hast du?«

»Keines«, antwortete er. »Du wirst die Mutter meines ersten Kindes sein.« Er beobachtete genüßlich, wie ihre Wangen allmählich wieder Farbe bekamen. Als sie jetzt die Augen öffnete, waren sie so voller Verzweiflung, daß ihr Blau zu Schwarz geworden war.

»O Ramón! Was sollen wir nur tun?«

»Ich habe schon getan, was ich konnte«, beteuerte er. »Als wir aus Spanien zurückgekommen sind – noch bevor du mir von dem Baby erzählt hast –, ist mir klar gewesen, daß du meine Frau werden mußtest.«

Sie hatte Tränen in den Augen.

»Natalie lebt noch immer bei ihrer Familie in Miami. Dort habe ich sie erreicht. Ich habe mehrmals mit ihr telefoniert. Aber sie ist sehr fromm und will sich unter keinen Umständen von mir scheiden lassen.«

Isabella, die ihn anstarrte, schüttelte daraufhin trübselig den Kopf.

»Ich habe nicht lockergelassen und sie immer wieder angerufen. Zuletzt haben wir etwas gefunden, das ihr wichtiger als Gott und ihr Beichtvater ist.«

»Und das wäre?«

»Geld«, sagte er mit Verachtung in der Stimme. »Ich habe noch den größten Teil des Preisgeldes vom Taubenschießen. Für hunderttausend Dollar ist sie bereit, nach Reno zu ziehen und die Scheidung zu beantragen.«

»Darling!« flüsterte Isabella mit wieder leuchtenden Augen. »Gott sei Dank! Wann? Wann fährt sie hin?«

»Das ist das große Problem. Das dauert alles seine Zeit. Ich darf sie nicht zu sehr drängen. Ich kenne Natalie. Bekäme sie heraus, weshalb ich die Scheidung will, würde sie ihren Vorteil gnadenlos ausnützen. Sie hat mir versprochen, Anfang nächsten Monats nach Reno zu fahren. Sie sagt, daß sie an ihren Job und ihre Angehörigen denken muß. Ihre Mutter ist kränklich.«

»Ja, ja!« sagte Isabella ungeduldig. »Aber wie lange kann das alles dauern?«

»Bevor man in Reno geschieden werden kann, muß man eine bestimmte Zeit in Nevada gelebt haben. Drei Monate bis zur Scheidung.«

»Bis dahin bin ich im siebten Monat.« Isabella biß sich auf einen Fingerknöchel. Dann veränderte sich ihr Gesichtsausdruck. »Und Daddy hat schon unsere Rückreise nach Kapstadt gebucht. O Ramón, was für ein Schlamassel!«

»Nach Kapstadt darfst du nicht zurück«, sagte Ramón nüchtern. »Ich könnte nicht ohne dich leben – und außerdem wüßten dann alle, daß du schwanger bist.«

»Was soll ich also tun?«

»Bleib bei mir, bis die Scheidung rechtskräftig ist. Ich liebe dich zu sehr, um dich gehen zu lassen. Und ich möchte keinen Tag im Leben meines Sohnes versäumen.«

Nun lächelte sie endlich. »Du tippst also auf einen Sohn, was?«

»Natürlich.« Er nickte mit gespieltem Ernst. »Wir brauchen einen Titelerben, stimmt's? Du bleibst bei mir, nicht wahr, Bella?«

»Was soll ich meinem Vater und meiner Großmutter erzählen? Papa ist leicht rumzukriegen, aber meine Großmutter!« Sie verdrehte die Augen. »Centaine Courtney-Malcomess ist der Familiendrache. Sie spuckt wirklich Feuer und zermalmt die Knochen ihrer Opfer.«

»Ich zähme deinen Drachen«, versprach er ihr.

»Das traue ich dir sogar zu, Darling! Der einzige, der Nana bezaubern könnte, wärst wahrscheinlich du!«

Die Tatsache, daß Centaine Courtney-Malcomess 10 000 Kilometer entfernt war, machte die Aufgabe etwas leichter. Isabella traf ihre Vorbereitungen sehr sorgfältig. Zuerst nahm sie sich ihren Vater vor. Zunächst wurde sie wieder pflichtbewußt und eine glänzende Gastgeberin. Es waren immerhin die letzten Wochen Shasa Courtneys als Botschafter.

»Freut mich, daß du jetzt wieder mehr Zeit für deinen alten Vater hast«, erklärte Shasa ihr nach einer Abendgesellschaft. »Du hast mir verdammt gefehlt, weißt du.«

Sie standen Arm in Arm vor dem Portal von Highveld und sahen der Limousine nach, die den letzten Gast davontrug.

»Schon nach eins.« Shasa sah auf seine Armbanduhr.

»Viel zu früh fürs Bett.« Sie drückte seinen Arm an sich. »Was hältst du von einem Schlummertrunk und einer guten Zigarre? Wir haben den ganzen Abend lang kaum ein Wort miteinander reden können.«

Shasa lag in einem der Ledersessel der Bibliothek ausgestreckt. Die schwarze Seidenklappe über dem einen Auge saß so exakt wie die tadellos gebundene Smokingschleife über seiner schneeweißen Hemdbrust.

Er beobachtete Isabella mit unverhohlenem Vergnügen. Sie war die Schönste aller Courtneys, das stand für ihn fest.

Isabella schnitt die Davidoff mit dem goldenen Zigarrenabschneider ab, zündete einen Zedernholzspan im offenen Kamin an und wartete, bis seine Zigarre gleichmäßig zog. Dann machte sie sich daran, einen Cognac in einen Kristallglasschwenker zu gießen.

»Professor Symmonds hat letzte Woche einen weiteren Teil meiner Dissertation gelesen.«

»Ah, du beehrst die Universität noch mit deiner Anwesenheit?« Shasa betrachtete die nackten Schultern seiner Tochter im sanften Feuerschein. Diesen Teint hatte sie von ihrer Mutter geerbt: makellos glatt und leuchtend wie Elfenbein.

»Er findet ihn gut.« Isabella ging nicht auf den Seitenhieb ein.

»Wenn du den Standard der ersten hundert Seiten, die ich gelesen habe, hast halten können, hat Symmonds wahrscheinlich recht.«

»Er will, daß ich vorerst bleibe, um sie fertigzustellen.« Sie wich seinem Blick aus, und Shasa fühlte eine aufkommende Beklemmung in seiner Brust.

»Hier in London, ganz allein?«

»Allein? Mit fünfhundert Freunden, dem Personal des Londoner Büros der Courtney Enterprises, meiner Mutter..!« Sie brachte ihm den Cognacschwenker. »Nicht wirklich einsam und verlassen in einer fremden Stadt, Papa.«

Shasa trank einen kleinen Schluck Cognac und suchte verzweifelt nach einem Grund, warum Isabella mit ihm nach Südafrika zurückkehren mußte.

»Wo würdest du wohnen?« knurrte er verdrießlich.

Sie lachte Shasa aus, nahm ihm die Zigarre aus dem Mund, zog mit gespitzten roten Lippen daran und blies ihrem Vater eine Rauchwolke ins Gesicht. »Am Cadogan Square kenne ich eine Wohnung, die dich fast eine Million Pfund gekostet hat. Im Augenblick steht sie leer.« Isabella gab ihm die Zigarre zurück.

Sie hatte natürlich recht. Da er als Botschafter in Highveld residierte, stand die Londoner Wohnung der Familie leer. Shasa schwieg, weil er fühlte, daß er zu verlieren drohte.

»Du hast immer so schrecklich großen Wert auf meine Promotion gelegt, Vater. Du wirst sie mir jetzt nicht verderben, stimmt's?«

»Da du dir offenbar alles so genau zurechtgelegt hast, hast du bestimmt schon mit deiner Großmutter gesprochen.«

Isabella beugte sich über ihn und küßte ihn aufs Haar.

»Ich habe gehofft, daß du mit Nana reden würdest, liebster Daddy.«

Ihr Vater seufzte. »Hexe!« murmelte er. »Du bringst mich noch dazu, mir mein eigenes Grab zu schaufeln.«

Sie konnte sich darauf verlassen, daß er sich um Nana kümmerte – aber Nanny nahm ihr keiner ab. Isabella klopfte sie jedoch weich, indem sie zwei, drei Tage lang die Namen und Tugenden der siebzehn Enkelkinder aufzählte, die ihrer Heimkehr nach Weltevreden entgegenfieberten. Immerhin war Nanny drei Jahre lang – drei endlose englische Winter lang – nicht mehr daheim gewesen.

»Stell dir bloß vor, wie's sein wird, Nanny! Am Kap ist Frühling, wenn das Schiff anlegt, und Johannes erwartet dich am Kai.« Johannes, der Stallmeister in Weltevreden, war Nannys Lieblingssohn. Die Augen der Alten leuchteten. Als Isabella ihr dann beibrachte, daß sie in London bleiben werde, klagte Nanny heftig gestikulierend über die Undankbarkeit und Pflichtvergessenheit der jüngeren Generation. Danach war sie zwei Tage lang mißmutig, ohne wirklich gekränkt zu sein.

Isabella fuhr mit nach Southampton, um sie alle zu verabschieden. Nanny brach in Tränen aus, als Isabella sie küßte.

»Bestimmt sehen Sie mich alte Frau nie wieder. Sie werden mich vermissen, wenn ich fort bin. Denken Sie nur daran, wie ich Sie als Baby versorgt hab'!«

»Unsinn, Nanny! Du bist garantiert noch da, um alle meine Babies für mich aufzuziehen.« Das war ein gefährliches Thema, aber Nannys sonst so scharfe Auffassungsgabe war beeinträchtigt. Trotzdem verscheuchte diese Aussicht ihre Todesgedanken, und sie wirkte merklich fröhlicher.

»Kommen Sie bald wieder heim, Kind, damit die alte Nanny auf Sie aufpassen kann. All das heiße Courtney-Blut.«

Als Isabella sich von Shasa verabschiedete, brach sie in Tränen aus. Auch er putzte sich laut die Nase.

Als das Fahrgastschiff ablegte und flußabwärts auslief, war eine große, elegante Gestalt an der Reling zu sehen. Ihr Vater stand allein, von den übrigen Passagieren entfernt.

»Fühlt er sich niemals einsam?« fragte sie sich und winkte, bis er zu einem winzigen Punkt zusammengeschrumpft war.

Auf der Rückfahrt nach London weinte sie noch.

Sie tastete ihren Bauch ab und war enttäuscht, als ihre Bauchdecke noch flach und hart war. »Mein Gott, wenn alles nur falscher Alarm war!«

Als sie die Treppe zur Wohnung hinaufstieg, stand Ramón auf der Schwelle und zog sie in seine Arme.

Die Wohnung der Courtneys am Cadogan Square bestand aus Erdgeschoß und erstem Stock eines unter Denkmalschutz stehenden viktorianischen Klinkerhauses. Sie hatte fünf Schlafzimmer, das des Hausherrn besaß eine antike Wandtäfelung in Hellblau und Silber, die angeblich aus dem Boudoir der Madame de Pompadour stammte. Das große Deckengemälde zeigte Reigen tanzende nackte Waldnymphen und lüsterne Satyrn.

Isabella kam jeden Freitag vorbei, um ihre Post abzuholen und mit der Haushälterin im Wintergarten Tee zu trinken. Die Haushälterin war ihre Verbündete, wimmelte Ferngespräche aus Weltevreden geschickt ab und versprach allen Anrufern, Isabella werde zurückrufen, was sie meistens tat.

In Wirklichkeit lebte Isabella in Ramóns winziger Wohnung. Da der Garderobenschrank, den er für sie ausräumte, sich als viel zu klein erwies, brachte sie den größten Teil ihrer Sachen am Cadogan Square unter. In einem Antiquitätengeschäft in der Kensington Church Street entdeckte sie einen zierlichen hübschen Damensekretär, der genau in die Ecke neben dem Bett paßte, und richtete dort ihren Arbeitsplatz ein.

Wie ein Ehepaar gewöhnten sie sich an eine bestimmte Routine. Sie standen sehr früh auf, um ins Fitneßstudio oder zum Reiten zu gehen. Wenn Ramón dann in die Bank fuhr, setzte sie sich an den Sekretär und arbeitete bis zum Mittagessen an ihrer Dissertation. Dann trafen sie sich bei Justin de Blank zum Lunch. Isabella hielt allerdings Diät.

»Ich will nicht anschwellen wie ein Ballon.«

»Du bist die begehrenswerteste Frau, die ich kenne – und deine Schwangerschaft hat dich zu voller Blüte gebracht«, widersprach er ihr und berührte ihren Bauch. Ein herrliches Gefühl!

»Ich habe mit dem Arzt gesprochen, und er hat mir versichert, daß alles in bester Ordnung ist und wir uns nicht zurückzuhalten brauchen«, sagte Isabella. »Hoffentlich hat der Krankenwagen, der mich zur Entbindung bringt, eine bequeme Doppelliege.«

Nach dem Mittagessen besuchte sie ihren Doktorvater oder verbrachte den Nachmittag im British Museum im Lesesaal. Danach raste sie mit dem Mini in die Kensington Street zurück, um das Abendessen für Ramón zu kochen.

Abends gingen sie immer seltener aus: nur gelegentlich ins Theater oder mit Harriet und ihrem neuesten Beau zum Essen. Meistens stapelten sie alle Kissen auf dem Teppichboden auf, streckten sich vor dem Fernseher aus und plauderten und diskutierten, schnäbelten und schmusten.

Als ihr Bauch dann endlich anzuschwellen begann, öffnete sie ihren seidenen Hausmantel und zeigte stolz die Rundungen vor. »Fühl doch mal!« drängte sie Ramón. »Ist das nicht wunderbar?«

Er betastete ihren Bauch. »Ja«, sagte er, »eindeutig ein Junge.«

»Woher weißt du das?«

»Hier.« Er nahm ihre Hand. »Kannst du's nicht fühlen?«

»Ah, es steht ein bißchen raus. Offenbar schlägt er seinem Papa nach. Komisch, wie mir der Gedanke daran Lust macht.«

»Müde?« fragte er.

»Überhaupt nicht!« antwortete sie.

Mindestens einmal im Monat mußte Ramón im Auftrag seiner Bank geschäftlich verreisen – meistens etwa eine Woche lang. Aber er rief Isabella auch von unterwegs bei jeder sich bietenden Gelegenheit an. Obwohl sie ihn schmerzlicher vermißte, als sie sich selbst eingestehen wollte, war die Wiedersehensfreude um so größer, wenn er wiederkam.

Als er von einer dieser Reisen zurück war, stellte Ramón seine Reisetasche in der Diele ab und warf seine Jacke über eine Sessellehne, bevor er ins Bad verschwand.

Sein spanischer Reisepaß glitt aus der Innentasche seiner Jacke und fiel auf den Teppich. Sie hob ihn auf und blätterte darin.

Ihr Blick fiel auf sein Geburtsdatum. Ramón hatte in zwei Wochen Geburtstag. In einem Antiquitätengeschäft in Mayfair hatte sie bereits eine kleine Glasstatue entdeckt: einen exquisiten Mädchenakt von René Lalique, der ihr sehr ähnlich war – bis hin zu den überlangen Beinen und der knabenhaften Gesäßpartie. Wäre die Statue nicht auf dem Höhepunkt von Laliques Popularität in den zwanziger Jahren entstanden, hätte Isabella ohne weiteres für sie Modell gestanden haben können. Aber der Preis schreckte selbst sie ab, und sie war noch nicht entschlossen, die kleine Statue für ihn zu kaufen.

Als sie weiter blätterte, fiel ihr das letzte Visum auf. Es war erst an diesem Morgen in Moskau abgestempelt. Isabella blinzelte erstaunt.

»Darling!« rief sie durch die Badezimmertür. »Ich dachte, du seist geschäftlich in Rom gewesen? Wie bist du nach Moskau geraten?«

Hinter der geschlossenen Tür herrschte mindestens eine Minute lang Schweigen. Dann wurde sie aufgerissen, und Ramón kam in Hemdsärmeln herausgestürmt und riß ihr den Reisepaß aus der Hand. Aus seiner Miene sprach kalter Zorn. Sein Blick erschreckte sie.

»Schnüffel ja nicht wieder in meinen Sachen rum!« warnte er sie.

Obwohl er diesen Vorfall später nie mehr erwähnte, dauerte es fast eine Woche, bis sie das Gefühl hatte, Ramón habe ihr verziehen. Seine Reaktion hatte sie so eingeschüchtert, daß sie versuchte, diese ganze Szene aus ihrem Gedächtnis zu streichen.

Als sie Anfang November wieder einmal in der Wohnung am Cadogan Square vorbeischaute, gab die Haushälterin ihr die eingegangene Post. Wie immer war ein Brief von ihrem Vater dabei – aber darunter lag ein weiterer in Johannesburg abgestempelter Umschlag, auf dem sie freudig überrascht die Handschrift ihres Bruders Michael erkannte.

Jeder ihrer drei Brüder unterschied sich in Aussehen, Charakter und Persönlichkeit so deutlich von den beiden anderen, daß sie unmöglich entscheiden konnte, welcher ihr der liebste war.

Sean, ihr ältester Bruder, war der kühne Abenteurer. Ein wilder Bursche, der für Isabella bis zu ihrer Begegnung mit Ramón der schönste Mann gewesen war, den sie je gekannt hatte. Er leitete ein großes Safariunternehmen im riesigen Jagdgebiet der Courtney Enterprises am Sambesi. Isabella bewunderte und verehrte ihn.

Garrick, der zweite Bruder, war das häßliche Entlein: ein kurzsichtiger Asthmatiker, der in seiner unglücklichen Kindheit stets nur »der arme Garry« gewesen war. Trotz seiner körperlichen Unzulänglichkeiten hatte er reichlich von der Intelligenz und Willensstärke der Courtneys mitbekommen. Er hatte seinen schmächtigen Körper gut trainiert.

Außerdem hatte Garry als Nachfolger seines Vaters den Vorstandsvorsitz der Courtney Enterprises übernommen. Mit noch nicht dreißig Jahren leitete er die Firmengruppe, deren Umsätze in die Milliarden gingen.

Der Dritte im Bunde war Michael, der Friedensstifter der Familie, das nachdenkliche, mitfühlende, poetische Wesen – und der einzige Courtney, der trotz des Beispiels, das sein Vater und seine Brüder ihm gaben, noch nie ein Tier erlegt hatte. Statt dessen hatte er drei erfolgreiche Bücher geschrieben: einen Lyrikband und zwei Sachbücher über die historische und politische Entwicklung Südafrikas. Diese beiden Titel hatten im Ausland erscheinen müssen, weil die südafrikanische Zensur sie wegen der Rassenfrage und radikaler politischer Tendenzen verboten hatte. Außerdem war Michael ein angesehener Journalist und Mitherausgeber von »The Golden City Mail«, einer großen englischsprachigen Tageszeitung, die unbeirrbar gegen die Afrikanerregierung der Nationalen Partei John Vorsters und ihre Apartheidpolitik opponierte. Praktischerweise gehörte die »Mail« zu 80 Prozent den Courtney Enterprises.

Während Isabellas Kindheit war Michael ihr Beschützer, Ratgeber und Vertrauter gewesen – und nach Nana ihr liebster Geschichtenerzähler. Zu Michael hatte sie großes Vertrauen. Der Anblick seiner Handschrift erweckte bei ihr Freude. Sie hatte ihm nicht mehr geschrieben, seit sie Ramón kennengelernt hatte – seit fast einem halben Jahr.

Der erste Absatz auf Seite zwei fiel ihr ins Auge, sobald sie den Brief entfaltete, und sie las gleich dort weiter.

»Vater hat mir erzählt, daß Du am Cadogan Square bestens untergebracht bist und an Deiner Dissertation schuftest. Das freut mich für Dich, Bella. Andererseits hoffe ich, daß Du nicht alle fünf Schlafzimmer brauchst und mich irgendwie unterbringen kannst. Ich habe vor, ab Mitte November für drei Wochen nach London zu kommen. Keine Angst, ich bin jeden Tag ganztägig außer Haus! Ich habe eine Unmenge Termine wahrzunehmen, deshalb verspreche ich, Dir nicht lästig zu fallen und Dich nicht bei der Arbeit zu stören.«

Isabella würde am Cadogan Square wohnen müssen, solange Michael da war. Ein glücklicher Zufall wollte es jedoch, daß sein Besuch mit einer längeren Auslandsreise Ramóns zusammenfiel.

Sie schickte ihm ein Telegramm in die Redaktion der »Mail« in

Johannesburg und machte sich daran, am Cadogan Square den Eindruck zu erwecken, als habe sie ständig dort gewohnt. Sie hatte eine Woche Zeit, um sich auf Michaels Ankunft vorzubereiten.

»Das hier will erst mal erklärt sein«, sagte sie zu Ramón und umfaßte ihren Bauch mit beiden Händen. »Zum Glück ist Michael sehr verständnisvoll. Ich bin sicher, daß ihr euch gut verstehen würdet. Ach, ich wollte, du könntest ihn kennenlernen!«

»Ich kann versuchen, meine Geschäfte schneller zu erledigen und nach London zurückzukommen, solange dein Bruder noch hier ist.«

»Oh, das wäre wundervoll! Vielleicht kannst du's wirklich einrichten!«

Sie erwartete Michael am Flughafen und begrüßte ihn mit einem Freudenschrei. Er schloß sie in die Arme, und als er ihren Bauch spürte, veränderte sich sein Gesichtsausdruck, und er setzte sie übertrieben vorsichtig ab.

Während Isabella ihn mit dem Mini in die Stadt fuhr, sah sie immer wieder zu Michael hinüber. Er war braungebrannt – in der Großstadt fiel das sofort auf – und trug sein Haar modisch lang. Es fiel lockig über den Kragen seiner flaschengrünen Cordsamtjacke. Aber sein Lächeln war noch immer jungenhaft offen, und seinen blauen Augen fehlte die Aggressivität, die alle anderen Courtneys im Blick hatten; sie waren statt dessen sanft und nachdenklich.

Sie fragte ihn nach Neuigkeiten von daheim aus – teils um ihre Neugier zu befriedigen, aber hauptsächlich um von ihrem dicken Bauch abzulenken. Michael berichtete, daß Shasa sich in seine neue Aufgabe als Vorstandsvorsitzender von Armscor gestürzt hatte. Nana werde mit jedem Tag energischer und auch herrschsüchtiger und regiere Weltevreden mit eiserner Hand. Sie hatte sogar angefangen, Retriever zu züchten und für Prüfungen abzurichten. Sean erlegte noch immer Horden von Guerrilleros und Herden von Büffeln. Vor kurzem war er bei den Ballantyne Scouts, einem rhodesischen Eliteregiment, zum Hauptmann der Reserve befordert worden. Garry hatte die Aktionäre soeben mit einem Rekordgewinn beglückt – im sechsten Jahr in Folge. Seine Frau Holly erwartete wieder ein Baby, und alle drückten ihr die Daumen, damit es diesmal ein Mädchen würde.

Während Michael das berichtete, warf er einen bedeutungsvollen Blick auf Isabellas Bauch, aber sie konzentrierte sich ganz auf den Verkehr, um keine Erklärungen abgeben zu müssen, und parkte den Mini schließlich in der Garage hinter dem alten Haus.

Michael machte die Zeitverschiebung zu schaffen, deshalb ließ sie ihm ein Schaumbad ein und brachte ihm einen Whiskey mit Soda. Während er in der Wanne lag, saß Isabella auf dem heruntergeklappten Klodeckel und schwatzte mit ihm. Sie wäre nie auf die Idee gekommen, sich ein Badezimmer mit Sean oder Garry zu teilen, aber für Michael und sie war es das Natürlichste auf der Welt, voreinander nackt zu sein.

»Dir entgeht nichts, was, Mickey?«

»Entgehen?« Er lachte mit ihr. »Dein Bauch hätte mir fast mein Journalistenauge ausgeschlagen!«

»Hübsch, nicht wahr?« Sie streckte ihn so weit wie möglich heraus und tätschelte ihn.

»Umwerfend!« bestätigte Michael. »Ich garantiere dir, daß Daddy und Nana der gleichen Meinung wären, wenn sie ihn jetzt sehen könnten.«

»Aber du hältst dicht, nicht wahr, Mickey?«

»Du und ich verraten keinem unsere Geheimnisse. Das haben wir nie getan; das tun wir auch in Zukunft nicht. Aber was hast du mit dem ... äh ... Ergebnis vor?«

»Meinen Sohn, deinen Neffen – das nennst du ein *Ergebnis*? Schande über dich, Mickey! Ramón nennt ihn das größte Wunder und ein Mysterium des Universums.«

»Ramón! So heißt der Schurke also. Ich kann bloß hoffen, daß er 'ne kugelsichere Unterhose trägt, wenn Nana ihn mit ihrer alten Schrotflinte einholt.«

»Er ist ein Marqués, Mickey. Der Marqués de Santiago y Machado.«

»Ah, dann sieht die Sache anders aus. Nana ist Snob genug, um sich von so etwas beeindrucken zu lassen. Vermutlich nimmt sie statt grobem Schrot die feinste Körnung.«

»Bis Nana davon erfährt, bin ich eine Marquesa.«

»Der ruchlose Ramón hat also vor, dich zu einer ehrbaren Frau zu machen? Wann?«

»Nun, da gibt's ein kleines Problem«, gab sie zu.

»Er ist schon verheiratet, willst du sagen.«

»Woher weißt du das, Mickey?« Sie starrte ihn mit großen Augen an.

»Und seine Frau will sich nicht scheiden lassen?«

»Mickey –«

»Hör zu, Schatz, das ist die älteste Ausrede, die's überhaupt gibt.« Michael stand auf und griff nach dem Handtuch.

»Du kennst ihn nicht, Mickey. Er ist nicht wie die anderen.«

»Darf ich das als unparteiische, völlig unvoreingenommene Meinungsäußerung werten?«

»Er liebt mich.«

»Das sieht man.«

»Werd bloß nicht frech!«

»Du mußt mir etwas versprechen, Bella. Sollte irgend etwas schiefgehen, kommst du als erstes zu mir. Versprichst du mir das?«

Sie nickte ernsthaft. »Ja, das verspreche ich dir. Du bist und bleibst mein bester Freund. Ich versprech's dir, aber bei dieser Sache geht nichts schief. Wart's nur ab!«

Zum Abendessen lud sie ihren Bruder ins Ma Cuisine in der Walton Street ein.

»Ich gehe gern mit Schwangeren aus«, stellte Michael fest, als sie Platz nahmen. »Alle lächeln mich an, als sei ich der Verantwortliche.«

»Unsinn! Das liegt daran, daß du so blendend aussiehst.« Sie unterhielten sich über ihre Arbeit. Isabella nahm ihm das Versprechen ab, ihre Dissertation zu lesen und Verbesserungsvorschläge zu machen. Michael erklärte ihr, der wahre Grund für seine Londonreise sei, daß er eine Artikelserie über die Anti-Apartheid-Bewegung und die in England lebenden politischen Flüchtlinge aus Südafrika schreiben wolle.

»Ich habe Interviews mit einigen der führenden Köpfe vereinbart: Oliver Tambo, Denis Brutus.«

»Glaubst du, daß du die Artikelserie veröffentlichen kannst?« fragte Isabella. »Wahrscheinlich wird wieder die ganze Auflage beschlagnahmt – und dann ist Garry wütend. Alles, was den Gewinn schmälert, macht Garry wütend.«

Michael lachte halblaut. »Der arme alte Garry! Dabei hat er's im Leben viel einfacher – das Schwarz und Weiß der Moralisten ist für ihn durchs Schwarz und Rot von Kontoauszügen ersetzt.«

Beim Dessert fragte Michael plötzlich: »Wie geht's Mutter? Bist du in letzter Zeit mit ihr zusammengekommen?«

»Nicht Mutter, nicht mal Mami«, stellte Isabella spöttisch richtig. »Du weißt doch, daß sie diese Namen gräßlich bourgeois findet. Aber um deine Frage zu beantworten: Nein, ich habe Tara schon länger nicht mehr gesehen.«

»Sie ist unsere Mutter, Bella.«

»Daran hätte sie denken können, als sie Vater und uns alle verlassen hat, um mit einem schwarzen Revolutionär durchzubrennen.«

»Du könntest etwas toleranter sein«, stellte Michael fest und sah auf ihren Bauch. Seine anzügliche Bemerkung hatte sie gekränkt. »Entschuldige, Bella, aber wie in deinem Fall hat alles seinen Grund. Wir dürfen sie nicht ohne weiteres verdammen. Daddy ist bestimmt ein schwieriger Ehemann gewesen, und nicht jeder kann sich an die von Nana festgelegten Spielregeln halten. Manche von uns haben einfach nicht den richtigen Killerinstinkt. Ich behaupte, daß Tara gleich von Anfang an nicht in unsere Familie gepaßt hat. Sie hat niemals elitär gedacht. Ihr Mitgefühl hat immer den Benachteiligten gegolten, und als Moses Gama in ihr Leben getreten ist –«

»Mickey, Liebster«, Isabella beugte sich über den Tisch und ergriff seine Hand. »Du bist der mitfühlendste, verständnisvollste Mensch der Welt. Du verbringst dein Leben damit, Entschuldigungen für uns zu finden, um uns vor dem Zorn der Schicksalsgötter zu schützen. Ich liebe dich zu sehr, als daß ich mit dir streiten möchte.«

»Danke.« Er drückte ihre Hand. »Dann kommst du also mit, wenn ich Tara besuche? Sie schreibt mir regelmäßig. Sie betet dich an, Isabella, und du fehlst ihr schrecklich. Es kränkt sie, wenn du sie bewußt meidest.«

»Aha, du hast mir eine Falle gestellt!« Sie überlegte angestrengt. »Aber was ist mit meinen anderen Umständen? Ich hatte gehofft, ein bißchen diskreter sein zu können.«

»Tara ist deine Mutter, die dich liebt, und ein toleranteres Wesen als unsere Tara ist nicht leicht zu finden. Sie würde nie etwas tun, das dir schaden könnte, das weißt du.«

»Um dir einen Gefallen zu tun«, sagte sie und kapitulierte seufzend. »Nur um dir einen Gefallen zu tun, Mickey.«

So kam es, daß die beiden am Samstagmorgen die Brompton Road entlanggingen. Michael mußte seine langen Beine strecken, um mit Isabella Schritt halten zu können.

»Trainierst du für die nächsten Olympischen Spiele?« fragte er grinsend.

»Du rauchst zuviel«, warf Isabella ihm vor.

»Mein einziges Laster.«

Tara Courtney – oder Tara Gama, wie sie sich jetzt nannte – leitete ein kleines Hotel in einer Seitenstraße der Cromwell Road. Ihre Gäste waren fast ausschließlich Flüchtlinge und Einwanderer aus Afrika, Indien und der Karibik.

Isabella staunte jedesmal wieder darüber, welche Ärmlichkeit es nur zwanzig Fußgängerminuten von dem eleganten Cadogan Square entfernt gab. Das Hotel Lord Kitchener war ebenso heruntergekommen und schäbig wie seine Geschäftsführerin. Isabella konnte kaum glauben, daß dies dieselbe Frau sein sollte, die früher auf dem schloßartigen Landsitz Weltevreden repräsentiert hatte. Sie sah ihre Mutter noch vor sich, wie sie als strahlende Schönheit die breite Marmortreppe herabgeschritten kam. Isabella hatte nie geahnt, welche schreckliche Unzufriedenheit, welches Elend hinter dieser prächtigen Fassade verborgen gewesen sein mußte.

Jetzt war Taras volles Haar ergraut, und sie hatte es mit irgendeinem billigen Mittel gefärbt, und ihre Haut war gealtert.

Sie stürmte die Treppe hinunter, um ihre Tochter zu begrüßen.

»Laß dich ansehen!« Sie hielt Isabella auf Armeslänge von sich weg, und ihr Blick wanderte von oben nach unten. »Du bist noch schöner geworden, Bella – und der Grund dafür ist leicht zu erkennen.«

Isabellas Lächeln wirkte angestrengt, und sie ignorierte die Anspielung.

»Du siehst gut aus, Mami, äh, Tara.« Tara trug eine formlose graue Wolljacke über einem knöchellangen geblümten Baumwollkleid und dazu braune Sandalen.

»Wir haben uns monatelang nicht mehr gesehen«, beschwerte Tara sich, »fast ein Jahr lang nicht – und dabei wohnst du gleich um die Ecke. Wie kannst du deine alte Mutter so vernachlässigen?«

Michael lenkte Tara geschickt von ihrem Selbstmitleid ab, indem er sie mit Wärme und Herzlichkeit umarmte. Sie wandte sich voll theatralischer Mutterliebe an ihn.

»Mickey, du bist wenigstens ein Treuer.«

Isabella fragte sich, wie lange sie wohl bleiben mußte. Leicht würde das nicht sein. »Kommt rein!« rief Tara und hakte Michael und Isabella links und rechts unter.

»Es gibt Tee und Biskuits. Ich bin schon den ganzen Morgen aufgeregt, seit Michael angerufen hat, daß ihr kommt.«

Wie an jedem Samstagmorgen war die Hotelhalle des Lord Kitchener voller Gäste. Die Luft war angefüllt mit Zigarettenrauch, überall waren Diskussionen in Suaheli, Gujarati und Xhosa zu hören. Tara stellte sie allen nochmals vor, obwohl viele Isabella von früheren Besuchen her kannten.

»Mein Sohn und meine Tochter aus Kapstadt in Südafrika.« Sie sah einige Blicke bei der Erwähnung ihres Heimatlandes feindselig werden.

Zum Teufel mit ihnen! dachte Isabella trotzig. Merkwürdig, daß sie sich daheim als Liberale fühlte, aber im Ausland und angesichts dieser Reaktion eine Patriotin war.

Während Tara Tee einschenkte, fragte sie unbekümmert laut, so daß alle Anwesenden es mitbekommen mußten: »Also, Bella, erzähl mir von deinem Baby. Wann kommt es – und wer ist der Vater?«

»Dies ist nicht gerade die richtige Zeit oder die richtige Umgebung für solche Fragen, Tara«, wehrte Isabella gereizt ab, aber ihre Mutter lachte nur.

»Oh, hier im Lordy sind wir alle eine einzige große Familie. Du kannst ganz offen sprechen.«

Diesmal mischte Michael sich ein. »Bella will nicht, daß alle Welt von ihren Privatangelegenheiten erfährt«, sagte er ruhig. »Darüber reden wir später, Tara.«

»Wie komisch altmodisch du bist!« Tara versuchte Isabella nochmals zu umarmen, kippte sich dabei etwas Tee auf den Rock und gab den Versuch auf. »Hier zerbricht sich keiner den Kopf wegen bourgeoiser Konventionen.«

»Schluß damit, Tara!« wehrte Michael energisch ab. Um sie abzulenken, fragte er rasch: »Wo ist übrigens Benjamin? Und wie geht's ihm?«

»Oh, Ben ist mein ganzer Stolz. Er ist nur schnell auf ein paar Minuten weggegangen. Er mußte in die Schule, um einen Aufsatz abzuliefern. Ein kluger Junge! Er kriegt mit seinen sechzehn Jahren immer die besten Noten, und der Direktor sagt, daß er der intelligenteste und brillanteste Schüler ist, den die Ryham Grammar School im letzten Jahrzehnt gehabt hat. Alle Mädchen himmeln ihn an, weil er so gut aussieht...« Tara schwatzte weiter, und Isabella war erleichtert, daß sie keine Konversation machen mußte. Statt dessen hörte sie sich dieses Loblied auf ihren Halbbruder an.

Benjamin Gama war einer der vielen Gründe, warum Isabella sich in der Welt ihrer Mutter unwohl fühlte. Der Skandal und die Schande, in die Tara angeblich die Familie Courtney gestürzt hatte, führten dazu, daß ihr Name in Weltevreden nicht mehr genannt werden durfte.

Einmal hatte Michael mit ihr darüber gesprochen – ganz allgemein. »Tut mir leid, Bella«, sagte er, »aber ich habe nicht die Absicht, bösartigen Klatsch und unbewiesene Unterstellungen weiterzugeben. Wenn du so was hören willst, mußt du zu anderen gehen. Von mir erfährst du nur, was Tatsache ist: Nachdem Moses Gama verhaftet und inhaftiert worden war, hat Tara Südafrika verlassen dürfen, ohne jemals angeklagt worden zu sein. Und es hat nie den geringsten Beweis dafür gegeben, daß sie an irgendwelchen Straftaten beteiligt war.«

»Aber hat Vater das nicht alles abgebogen, um den Ruf der Familie zu wahren?«

»Warum fragst du ihn das nicht selbst?« Tatsächlich hatte Isabella versucht, dieses Thema im Gespräch mit ihrem Vater anzuschneiden, aber Shasa wollte nicht. In gewisser Beziehung war sie darüber sogar erleichtert gewesen. Sie wollte nicht wirklich wissen, ob ihre Mutter sich schuldig gemacht hatte, damals beim Anschlag auf das südafrikanische Parlament.

Plötzlich hellte sich Taras Miene auf.

»Ben!« rief sie aus. »Sieh mal, wer uns besucht, Ben. Dein Bruder und deine Schwester. Ist das nicht nett?«

Seit ihrer letzten Begegnung hatte Benjamin offenbar den Sprung von der Pubertät ins Mannesalter geschafft.

»Hallo, Benjamin!« rief Isabella, und obwohl er lächelte, spürte sie seine Zurückhaltung.

Taras Schilderung war nicht nur das Ergebnis kritikloser Mutterliebe. Benjamin war wirklich ein gutaussehender junger Mann. Sein Teint war kupferfarben, und seine Haare bildeten eine engsitzende Kappe aus schwarzen Locken.

»Hallo, Isabella.« Sein Südlondoner Dialekt klang merkwürdig. Isabella machte keinen Versuch, ihn zu umarmen. Seit ihrer ersten Begegnung existierte eine stillschweigende Übereinkunft: keine Zurschaustellung gespielter Zuneigung. Sie schüttelten sich flüchtig die Hand. Bevor Isabella wußte, was sie sagen sollte, hatte Benjamin sich Michael zugewandt.

»Mickey!« sagte er und umarmte ihn.

Isabella beneidete Michael darum, bei allen, die ihm begegneten, Vertrauen und Zuneigung zu erwecken. Benjamin schien Michael wirklich als Bruder und Freund zu akzeptieren, ganz ohne die Vorbehalte, die er Isabella spüren ließ. Es dauerte nicht lange, bis die drei – Tara, Ben und Mickey – lebhaft miteinander schwatzten. Isabella fühlte sich außen vor.

Nach einiger Zeit kam einer der Studenten auf Tara zu, sagte etwas, worauf sie einen Blick auf ihre Armbanduhr warf und sagte: »Du meine Güte, vielen Dank, Nelson. Wir haben so angeregt geschwatzt, daß wir gar nicht auf die Zeit geachtet haben.« Sie sprang auf. »Los, kommt alle mit! Wenn wir rechtzeitig am Trafalgar Square sein wollen, müssen wir uns beeilen!«

Während des allgemeinen Aufbruchs aus der Hotelhalle wandte Isabella sich an Michael. »Um was geht's, Mickey?«

» Auf dem Trafalgar Square findet eine Kundgebung statt.«

»O nein! Nicht schon wieder eine dieser Anti-Apartheid-Demonstrationen. Warum hast du mich nicht gewarnt?«

»Dann hättest du den Besuch abgesagt«, antwortete Michael grinsend. »Willst du nicht mitkommen?«

»Nein, danke. Ich habe das drei Jahre lang aushalten müssen, als Vater den Botschafterposten übernahm. Warum läßt du dich in solchen Unsinn hineinziehen?«

»Das ist mein Job, Bella, mein Schatz. Dazu bin ich nach London gekommen – um über diesen Unsinn, wie du ihn nennst, zu schreiben. Komm doch mit!«

»Wozu?«

»Um die Welt zur Abwechslung mal aus einem anderen Blickwinkel zu sehen – was lehrreich sein kann – und mit mir zusammenzusein. Ich verspreche dir, daß du dich nicht langweilen wirst!«

Isabella zögerte. Sie war gern mit Michael zusammen, und solange Ramón unterwegs war, fühlte sie sich einsam.

»Aber nur, wenn wir nicht mit der U-Bahn, sondern auf dem Oberdeck eines Busses fahren. Du weißt, daß ich keiner Busfahrt widerstehen kann.«

Mit Nelson Litalongi, dem südafrikanischen Studenten, waren sie eine Gruppe von etwa zwanzig Personen aus dem Lordy. Auf dem Oberdeck des roten Busses fand Michael eine freie Sitzbank für Isabella und Nelson. Tara und Benjamin saßen unmittelbar vor ihnen und drehten sich um, damit sie mitreden und mitlachen konnten. Die Stimmung war unbekümmert fröhlich, und Isabella merkte, daß sie sich wohl fühlte.

Michael war erst recht Mittelpunkt ihrer kleinen Gruppe, als er mit Nelson zu singen begann. Beide hatten schöne Stimmen, und die anderen sangen den Refrain von »This Is My Island in the Sun« mit. Nelson konnte Harry Belafonte verblüffend gut nachahmen und sah ihm sogar ähnlich. Michael und er verstanden sich auf Anhieb glänzend.

Als sie vor der National Gallery aus dem Bus stiegen, versammelten die Demonstranten sich bereits auf dem großen Platz unter der Nelsonsaule. Michael machte einen Scherz uber Nelson und Horatio, der sie alle zum Lachen brachte. Dann überquerten sie gemeinsam den Platz, während ganze Taubenschwärme vor ihnen aufflogen.

Auf der gegenüberliegenden Seite des Platzes, direkt vor dem

South Africa House, war eine provisorische Plattform errichtet worden. In dem durch Seile abgesperrten Bereich davor hatten sich schon einige hundert Demonstranten eingefunden. Sie blieben in den hintersten Reihen, und Tara zog ein handgemaltes Schild aus ihrer Plastiktüte und hielt es hoch.

Apartheid ist eine Verletzung der Menschenrechte.

Isabella hielt etwas mehr Abstand und versuchte so zu tun, als sei sie nicht mit ihr verwandt. »Ihr macht's echt Spaß, sich auffällig zu benehmen, was?« flüsterte sie Michael zu, der lachend nickte.

»Das ist der ganze Zweck der Übung, mein Schatz.«

Trotzdem fand Isabella es interessant, Bestandteil dieser bunten Menge zu sein. Bisher hatte sie zahlreiche Demonstrationen immer nur aus den hohen Fenstern der Botschaft beobachtet. Vier Bobbys in blauen Uniformen standen bereit, um auf die Einhaltung demokratischer Spielregeln zu achten, und lächelten onkelhaft, als einer der Redner London als ebenso schlimmen Polizeistaat wie Pretoria anprangerte.

Die Redner auf der Plattform hatten es schwer, sich gegen den Verkehrslärm und die im Hintergrund vorbeirumpelnden roten Busse durchzusetzen. Isabella hatte ihre Argumente schon x-mal gehört, und den meisten Demonstranten schien es – nach ihrem an Apathie grenzenden Phlegma zu urteilen – ähnlich zu gehen.

Die Kundgebung endete damit, daß der Antrag gestellt wurde, John Vorster und sein illegales Regime sollten sofort zurücktreten und alle Macht der demokratischen Volksregierung Südafrikas übergeben. Dann löste die Versammlung sich auf.

»Kommt, wir gehen in einen Pub«, schlug Michael vor. »Diese Unternehmung hat mich durstig gemacht.«

»Ich kenne einen guten in der Strand«, sagte Nelson Litalongi.

»Gut, dann bring uns hin«, forderte Michael ihn auf. Als sie an der Theke standen, gab er die erste Runde aus.

»Nun«, meinte Isabella kritisch, nachdem sie einen kleinen Schluck Ingwerbier getrunken hatte, »das ist eine schöne Zeitverschwendung gewesen. Zweihundert kleine Leute, die große Sprüche klopfen, verändern bestimmt nichts.«

»Vielleicht doch.« Michael wischte sich den Schaum von der Oberlippe. »Vielleicht sind sie die erste kleine Welle, die sich am

Deich bricht; aus dieser Welle könnte bald eine Woge, eine Sturzflut und zuletzt eine Flutwelle werden.«

»Unsinn, Mickey!« Isabella winkte unwillig ab. »Südafrika ist zu reich, zu stark. England und Amerika haben dort zuviel investiert.«

Isabella wiederholte die Argumente, die sie in den vergangenen drei Jahren so oft von ihrem Vater in seiner Funktion als Botschafter gehört hatte. Unangenehm war ihr die verbitterte Logik, mit der ihre Mutter, ihr Halbbruder, Nelson Litalongi und die übrigen farbigen Gäste des Hotels Lord Kitchener ihr zusetzten. Als Isabella abends mit Michael zum Cadogan Square zurückkehrte, war sie aufgewühlt.

»Sie sind so zornig und verbittert, Mickey!« klagte sie.

»Das ist klar. Wir sollten versuchen, sie zu verstehen und uns mit ihnen zu arrangieren.«

»Aber wie?«

»Über Recht und Unrecht könnte man stundenlang diskutieren, zuletzt kommt aber immer wieder das gleiche raus: Sie sind Menschen, genau wie wir. Mit welchem Recht wollen wir sie in Zukunft daran hindern, an allem teilzuhaben, was unser Heimatland zu bieten hat?«

»Das klingt in der Theorie richtig, aber heute nachmittag haben sie von bewaffnetem Kampf geredet. Das bedeutet, daß Frauen und Kinder in die Luft gesprengt werden. Das bedeutet Blut und Tod, Mickey. Genau wie in Nordirland. Was hältst du *davon*?«

»Ich weiß nicht, was ich davon halte, Bella. Manchmal habe ich das Gefühl – nein! Töten und verstümmeln und brandschatzen ist niemals gerechtfertigt. Aber diese jahrhundertealte Unterdrükkung. Da hat sich viel angestaut. Schau dir unsere Familie an. Wie unmoralisch und blutrünstig sind Tara, Benjamin und Nelson Litalongi im Vergleich zu uns und unserer Familie? Wer hat recht und wer unrecht, Bella?«

»Ich habe schreckliche Kopfschmerzen.« Isabella stand auf. »Ich gehe ins Bett.«

Um sechs Uhr morgens klingelte das Telefon, und als sie Ramóns Stimme hörte, war sie selig.

»Darling, wo bist du?«

»In Athen.«

»Oh.« Ihre Stimmung schlug wieder um. »Ich hatte gehofft, du seist in Heathrow.«

»Ich bin aufgehalten worden. Ich muß noch mindestens drei Tage bleiben. Willst du nicht herkommen?«

»Nach Athen?« Sie schlief noch halb.

»Ja, warum nicht? Du könntest die Zehnuhrmaschine der BA noch erwischen. Dann hätten wir drei Tage für uns. Was hältst du von der Akropolis bei Mondschein? Wir könnten auf die Inseln hinausfahren, und hier gibt's ein paar wichtige Leute, mit denen ich dich bekanntmachen möchte.«

»Ja!« rief sie begeistert. »Warum nicht? Gib mir deine Telefonnummer. Ich rufe zurück, sobald ich meinen Platz gebucht habe.« Aber die Nummern des Ticketverkaufs bei British Airways waren ständig besetzt, und da die Zeit allmählich knapp wurde, fuhr Michael sie mit dem Mini nach Heathrow und setzte sie vor dem Terminal ab.

»Ich warte, bis du eine bestätigte Buchung hast«, schlug er vor.

»Nein, Mickey, das ist lieb von dir, aber jetzt nach der Urlaubszeit gibt's bestimmt keine Schwierigkeiten. Du machst mit deinen Interviews weiter, und ich rufe dich in der Wohnung an, bevor Ramón und ich zurückfliegen.«

Schon als sie das Terminal betrat, merkte sie, daß sie zu optimistisch gewesen war. Horden müder, deprimierter Flugreisender blockierten mit ihrem Gepäck die Gänge. Nachdem Isabella sich bis zur Fluggastinformation durchgekämpft hatte, erfuhr sie, daß alle Europaflüge wegen eines wilden Streiks der französischen Fluglotsen bis zu fünf Stunden Verspätung hatten – und daß der Flug nach Athen ausgebucht war. Selbst für die erste Klasse mußte sie sich auf die Warteliste setzen lassen.

Sie stellte sich in einer weiteren Schlange vor einer Telefonzelle an und erreichte schließlich Ramón unter der angegebenen Athener Nummer. Seine Stimme klang so enttäuscht, wie es Isabella zumute war.

»Ich hab' mich so auf dein Kommen gefreut! Ich habe dich bei den Leuten, die du hier kennenlernen solltest, über den grünen Klee gelobt.«

»Keine Angst, Darling, ich gebe nicht auf«, versprach sie ihm. »Und wenn ich den ganzen Tag hier herumsitzen muß!«

Es wurde ein Tag der Unbequemlichkeiten, des quälend langen Wartens und der Enttäuschung. Als der Flug endlich gegen fünf Uhr aufgerufen wurde, stand Isabella am Check-in-Schalter und hoffte sehnlichst, einen Platz über die Warteliste ergattern zu können. Aber vor ihr standen ein halbes Dutzend früher Gekommene, und als sie endlich an der Reihe war, schüttelte die Angestellte hinter dem Schalter bedauernd den Kopf.

»Tut mir sehr leid, Miss Courtney.«

Die nächste Maschine nach Athen sollte morgens um zehn Uhr starten, aber es würde bestimmt weitere Verspätungen und erneut eine Warteliste geben. Isabella gab schließlich auf und machte sich auf die Suche nach einer Telefonzelle, um nochmals in Athen anzurufen. Ramón war nicht da, aber sie ließ ihm von einer Frau, die schauderhaftes Englisch sprach, ausrichten, daß sie leider nicht kommen werde.

Vor dem Terminal gab es keine Taxis: Hunderte von Fluggästen, denen es ähnlich ergangen war, hatten die Hoffnung aufgegeben und versuchten heimzukommen. Isabella schleppte ihre Reisetasche zur Bushaltestelle und mußte lange anstehen, bevor sie einen Bus in die Innenstadt besteigen konnte. Es war schon nach acht, als sie dort endlich ein Taxi fand, das sie zum Cadogan Square zurückbrachte.

Sie hatte Rückenschmerzen und war nahe daran, in Tränen auszubrechen, als sie endlich die Wohnungstür aufsperrte. Aus der Küche kam appetitlicher Essensduft, bei dem ihr klar wurde, wie hungrig sie war. Sie ließ die Reisetasche in der Diele stehen, streifte ihre Schuhe ab und betrat die Küche. Michael hatte sich ein gutes Abendessen gemacht und die Reste warmgestellt.

Isabella bediente sich, aß Hühnerbrüstchen auf Reis und als Nachspeise ein Stück Käsekuchen. Ihr fiel auf, daß im Ausguß zwei benützte Weingläser und eine leere Flasche 1961er Nuits St. Georges standen. Was das wirklich bedeutete, wurde ihr im Augenblick jedoch nicht klar. Sie war zu erschöpft und niedergeschlagen; sie hatte nur das Bedürfnis, von Michael aufgeheitert zu werden.

Aus seinem Schlafzimmer im ersten Stock war Musik zu hören: Mantovani, dessen Arrangements Michael besonders liebte. Isabella ging auf Socken die Treppe hinauf, folgte dem Korridor und stieß die Tür von Michaels Zimmer auf.

Endlose Sekunden lang begriff sie nicht, was sie sah. Dann spürte sie einen Schrei in ihrer Kehle aufsteigen. Sie mußte ihren Mund mit beiden Händen bedecken, um ihn zurückzuhalten.

Michael kniete nackt und auf die Hände gestützt auf dem Bett. Die Satindecke war halb zu Boden gerutscht, das Laken zerwühlt.

Nelson Litalongi, der ebenfalls nackt war, kniete hinter ihm. Sein schweißnasser Körper glänzte.

Michael sah entsetzt auf. Er löste sich mit einem Ruck von dem anderen und riß eines der zerknautschten Kissen an sich, um sich damit zu bedecken.

Isabella drehte sich um und flüchtete aus dem Zimmer.

Trotz ihrer Erschöpfung konnte sie kaum schlafen und hatte bruchstückhafte, verwirrende Träume, in denen sie Michael nackt und ängstlich in den Krallen irgendeines dunklen Ungeheuers kämpfen sah. Ihre Alpträume waren so schrecklich, daß sie einmal laut schreiend erwachte.

Schon vor Tagesanbruch gab sie den Versuch auf, doch noch Ruhe zu finden, und ging in die Küche hinunter. Ihr fiel sofort auf, daß das Geschirr abgespült und fortgeräumt war.

Sie schaltete die Kaffeemaschine ein und ging hinaus zum Briefkasten. Aber die Zeitung war noch nicht da, deshalb kam sie in die Küche zurück und goß sich eine Tasse Kaffee ein.

Sie hatte eben den ersten Schluck genommen, als sie sah, wie Michael in der Tür stand.

»Mmm, der Kaffee riecht aber gut.« Er trug einen seidenen Schlafrock. Unter seinen Augen zeichneten sich bleigraue Ringe ab. Seine Miene war von Unschlüssigkeit und Verlegenheit geprägt, als er jetzt murmelte: »Ich dachte, du seist in Athen. Tut mir leid, Bella.«

Die wenigen Sekunden, in denen sie sich quer durch die Küche anstarrten, kamen ihnen wie eine Ewigkeit vor. Dann stand Isabella auf und kam auf Michael zu. Sie stellte sich auf die Zehenspitzen, um ihn zu umarmen.

»Ich liebe dich, Mickey. Du bist der geliebteste Mensch in meinem Leben. Ich liebe dich ohne Vorbehalte, ohne Einschränkungen.«

Er seufzte schwer. »Danke, Bella. Ich hätte wissen müssen, daß du großzügig und verständnisvoll sein würdest – aber ich hab' solche Angst gehabt. Du kannst dir nicht vorstellen, wie mich der Gedanke gequält hat, du könntest mich abweisen.«

»Nein, Mickey. Du hast dir unnütz Sorgen gemacht.«

»Ich wollt's dir erzählen. Ich hab' bloß auf den richtigen Augenblick gewartet.«

»Du brauchst weder mir noch sonst jemand etwas zu erzählen. Das geht allein dich an.«

»Nein, ich wollte, daß du's weißt. Wir haben nie Geheimnisse voreinander gehabt. Mir ist klar gewesen, daß du's früher oder später rauskriegen würdest. Ich wollte – o Gott, ich hätte alles dafür gegeben, wenn du's nicht auf diese Weise erfahren hättest! Das muß ein gräßlicher Schock für dich gewesen sein.«

Isabella schloß die Augen.

»Das spielt keine Rolle, Mickey. Das ändert nichts an unserer Beziehung.«

»Doch, es ändert vieles, Bella«, widersprach er und hielt sie etwas von sich weg. Er legte ihr einen Arm um die Schultern, führte sie an ihren Platz in der Eßnische zurück und setzte sich neben sie auf die Bank.

»Merkwürdig«, sagte er. »In gewisser Beziehung ist's eine Erleichterung, daß du's jetzt weißt. Ich schäme mich noch immer, daß du's auf diese Weise erfahren hast, aber jetzt gibt es wenigstens einen Menschen auf der Welt, dem gegenüber ich ganz offen sein kann – bei dem ich nicht mehr lügen und mich verstellen muß.«

»Warum machst du ein Geheimnis daraus, Mickey? Wir schreiben das Jahr neunzehnhundertneunundsechzig. Warum bekennst du dich nicht zu deiner Veranlagung? So was ist heutzutage keine Schande mehr.«

Michael betrachtete nachdenklich den Boden, bevor er sagte: »Das mag für andere gelten, aber nicht für mich.« Er schüttelte den Kopf. »Ob's mir gefällt oder nicht – ich bin ein Courtney. Ich muß an Nana und Vater denken, an Garry und Sean, die Familie, den Namen.«

Isabella hätte ihm gern widersprochen, aber sie erkannte, daß das zwecklos gewesen wäre.

»Nana und Vater«, wiederholte Michael. »Diese beiden wären am Boden zerstört. Ich habe schon oft an eine Selbstenttarnung gedacht.« Er grinste. »Gott, was für ein blöder Ausdruck!«

Isabella, die andeutungsweise zu ahnen begann, in welcher Klemme ihr Bruder steckte, drückte ihm tröstend die Hand. Sie wußte, daß er recht hatte. Nana und Vater durften nie davon erfahren.

»Seit wann weißt du schon ... davon?« fragte sie ruhig.

»Seit der Schulzeit«, antwortete er freimütig. »Seit den ersten vorpubertären Erkundungen und Grapschereien im Klo und unter der Dusche.« Michael schüttelte den Kopf. »Ich habe versucht, es nicht wahrzuhaben. Aber so bin ich eben.«

Sie lächelte verständnisvoll.

»Du kannst darüber reden, wenn du willst.«

»Ich lebe jetzt schon fünfzehn Jahre so und werde wohl noch weitere fünfzig so leben. Ich fühle mich oft zu Farbigen hingezogen, was die Sache in bezug auf unsere Familie noch schwieriger macht. In den Augen Nanas und Vaters, in den Augen der Justiz daheim würde das meine Schuld, meine Verwerflichkeit noch steigern. Gott, der Skandal, wenn ich entdeckt und nach dem Unsittlichkeitsgesetz angeklagt würde!«

Er schauderte.

»Ich weiß nicht, warum Schwarze mich so magisch anziehen. Ich habe schon viel darüber nachgedacht. Wahrscheinlich bin ich in gewisser Beziehung wie Tara. Vielleicht leide ich unter Schuldgefühlen und habe unbewußt den Wunsch, sie zu beschwichtigen und ihren Zorn zu besänftigen.« Er lachte spöttisch in sich hinein. »Wir haben sie so lange unterdrückt. Warum sollen wir ihnen nicht die Chance geben, sich auf diese Weise zu revanchieren?«

»Nicht!« sagte Isabella sanft. »Mach dich nicht schlecht und setz dich nicht selbst runter, indem du so redest, Mickey. Du bist ein guter und anständiger Mensch.«

Isabella erinnerte sich daran, wie Michael früher gewesen war:

ein schüchterner, sehr zurückhaltender Junge, der zwar liebevollen Anteil an den Menschen in seiner Umgebung genommen hatte, aber immer ein bißchen wehmütig oder traurig gewirkt hatte. Jetzt verstand sie den Grund dafür. Sie begriff, wie sehr er gelitten haben mußte – und wohl noch immer litt. Ihr Herz öffnete sich ihm wie nie zuvor.

Zwei Tage später, als Michael zu einem seiner Interviews unterwegs war und Isabella an ihrem Schreibtisch vor einem Berg aus Papieren und aufgeschlagenen Büchern saß, klingelte das Telefon. Sie nahm geistesabwesend den Hörer ab, erkannte die heisere Stimme nicht sofort und verstand auch nicht gleich, was sie sagte.

»Ramón? Bist du's? Ist was passiert? Wo bist du? Noch immer in Athen?«

»Ich bin in der Wohnung.«

»Hier in London?«

»Ja. Kannst du schnell kommen? Ich brauche dich.«

Isabella boxte sich durch den mittäglichen Verkehr, nahm auf der Treppe zu seiner Wohnung je zwei Stufen auf einmal und erreichte den oberen Treppenabsatz völlig außer Atem. Sie hatte Mühe, das Schlüsselloch zu finden, und stieß dann endlich die Tür auf.

»Ramón!« Sie lief ins Schlafzimmer.

Auf dem Fußboden vor dem Bett lag ein zusammengeknülltes Hemd mit großen Blutflecken – einige alt, eingetrocknet und fast purpurrot, andere jedoch heller und frischer.

»Ramón! O Gott! Ramón! Kannst du mich hören?«

Isabella lief zum Bad. Die Tür war von innen abgesperrt. Sie trat einen Schritt zurück und holte aus. Das dünne Holz ums Schloß zersplitterte, und die Tür flog auf.

Ramón lag auf dem Boden neben dem WC. Er mußte noch versucht haben, sich an der Ablage unter dem Spiegel festzuhalten, denn ihre Kosmetika lagen teils im Waschbecken, teils über den Fußboden verstreut. Er war von der Taille aufwärts nackt, aber seine Brust war dick verbunden. Ein Blick genügte, um Isabella zu zeigen, daß dieser Verband fachmännisch angelegt worden war. Wie das ausgezogene Hemd wies der Verband konzentrische

Blutflecken auf, die zum Teil alt und dunkel, zum Teil hell und feucht waren.

Sie sank neben Ramón auf die Knie und drehte seinen Kopf zur Seite. Seine Haut war blaß, beinahe durchsichtig. Isabella hob seinen verschwitzten Kopf in ihren Schoß und griff nach einem Waschlappen. Sie fuhr damit über Ramóns Gesicht und Nacken.

Seine Lider zuckten. Dann öffneten sie sich, und er blickte zu ihr auf.

»Ramón.«

Sein Blick wurde klarer. »Ich bin umgekippt«, murmelte er.

»Darling, was ist passiert? Du bist schwer verletzt.«

»Hilf mir ins Bett«, sagte er.

Isabella kniete neben ihm nieder und richtete ihn sitzend auf. Aber sie wußte, daß sie's nicht schaffen würde, ihn ins Bett zu tragen.

»Kannst du stehen, wenn ich dich stütze?«

Ramón brummte etwas Zustimmendes und versuchte aufzustehen, aber als er's schon halb geschafft hatte, stieß er einen leisen Schrei aus und griff sich an den durchgebluteten Verband.

»Laß dir Zeit«, flüsterte sie. Ramón blieb fast eine Minute lang nach vorn gebeugt stehen, bevor er sich ganz langsam aufrichtete.

»Jetzt geht's.« Er biß die Zähne zusammen, und sie führte ihn langsam ins Schlafzimmer hinüber, wo er aufs Bett sank.

»Bist du in diesem Zustand aus Athen gekommen?« fragte sie ungläubig.

Seine Lüge bestand aus einem Nicken. Isabella hätte nach Athen kommen sollen, weil er sie als Kurier einsetzen wollte. Diese dringende Notwendigkeit hatte sich unerwartet ergeben. Im Augenblick war kein anderer Agent verfügbar gewesen, und es wurde Zeit, daß Isabella sich im Einsatz bewährte. Unterdessen hatte er sie soweit gebracht, daß sie seine Anweisungen widerspruchslos befolgte, und der für sie vorgesehene Auftrag wäre leicht gewesen.

Niemand hätte harmloser als Isabella wirken können: eine attraktive werdende Mutter, die überall Sympathien erweckte. Sie war für sämtliche Geheimdienste – sogar für den israelischen Mossad – ein unbeschriebenes Blatt, eine sogenannte »Jungfrau«. Außerdem reiste sie mit einem südafrikanischen Paß, und Israel pflegte freundschaftliche, sogar sehr enge Beziehungen zu ihrem Heimatland.

Sein Plan sah vor, daß sie von Athen nach Tel Aviv fliegen, wichtige Papiere abholen und mit der nächsten Maschine zurückkommen würde. Das Ganze wäre in einem Tag zu erledigen gewesen. Aber der Plan war gescheitert, als es ihr nicht gelungen war, nach Athen zu kommen. Dabei mußten die Unterlagen dringend abgeholt werden. Sie enthielten Einzelheiten der Zusammenarbeit israelischer und südafrikanischer Wissenschaftler bei der Entwicklung taktischer Atomwaffen. Obwohl Ramón damit rechnen mußte, daß der Mossad ihn kannte, hatte er die Papiere zuletzt selbst abholen müssen.

Er hatte sein Aussehen so stark wie möglich verändert und war natürlich unbewaffnet gereist. Der Versuch, eine Schußwaffe durch die israelischen Sicherheitskontrollen zu schmuggeln, wäre praktisch Selbstmord gewesen. Diesmal hatte Ramón einen auf einen falschen Namen ausgestellten mexikanischen Reisepaß vorgewiesen. Trotzdem mußte die Gegenseite ihn auf dem Ben Gurion Airport erkannt und bis zur Übergabe beschattet haben.

Sobald Ramón merkte, daß er beschattet wurde, hatte er zu flüchten versucht. Aber die Gegenseite hatte ihn bereits umzingelt. Auf der Flucht hatte er einem Mossad-Agenten das Genick gebrochen, aber seinerseits diesen Treffer abbekommen. Trotz seiner schweren Verwundung war es ihm gelungen, das sichere Haus der PLO in Tel Aviv zu erreichen. Von dort aus war er binnen zwölf Stunden nach Syrien gebracht worden.

Wirklich sicher war er jedoch nur in London. Trotz aller Risiken und seiner Verwundung stand für Ramón zuviel auf dem Spiel, als daß er in Damaskus hätte bleiben können. Der dortige KGB-Resident hatte ihn an Bord einer Aeroflot-Maschine nach London gebracht. Von seiner Wohnung aus hatte Ramón sofort Isabella angerufen. Danach war er ins Bad getorkelt und zusammengebrochen.

»Ich rufe einen Arzt«, schlug sie vor.

»Keinen Arzt!« Trotz seines geschwächten Zustands sprach er mit der kalten Bestimmtheit, der Isabella zu gehorchen gelernt hatte.

»Was muß ich tun?« fragte sie.

»Bring mir das Telefon«, verlangte Ramón, und sie beeilte sich, das Telefon mit dem langen Kabel aus dem Wohnzimmer zu holen.

»Darling, du siehst schlimm aus. Soll ich dir nicht etwas machen – vielleicht eine Suppe?«

Er nickte zustimmend, ohne vom Telefon aufzusehen, während er eine Nummer wählte. Isabella ging in die Küche und machte eine Büchse Minestrone heiß. Dabei hörte sie Ramón auf Spanisch telefonieren. Ihre spanischen Grundkenntnisse reichten jedoch nicht aus, um das Telefongespräch zu verstehen. Sobald er auflegte, brachte sie ihm ein Tablett mit einem Teller Suppe und Biskuits.

»Darling, was ist dir zugestoßen? Warum läßt du mich keinen Arzt holen?«

Ramón schüttelte den Kopf. Jeder englische Arzt, der seine Verletzung gesehen hätte, wäre verpflichtet gewesen, sie zu melden. Wäre der Arzt der kubanischen Botschaft hier aufgekreuzt, wäre diese Wohnung – und damit auch Ramón selbst – enttarnt gewesen. Deshalb hatte er sich für eine andere Lösung entschieden. Aber er hütete sich davor, Isabellas Frage direkt zu beantworten.

»Ich möchte, daß du mir sofort etwas holst. Du gehst auf dem U-Bahnhof Sloane Square langsam den Bahnsteig in Richtung Innenstadt entlang. Dort übergibt dir jemand einen Briefumschlag.«

»Wer? Wie erkenne ich ihn?«

»Überhaupt nicht«, antwortete er barsch. »Er erkennt dich. Du sprichst den Boten nicht an, nimmst ihn auch sonst nicht zur Kenntnis. Der Umschlag enthält ein Rezept und ärztliche Anweisungen für die Behandlung meiner Verletzung. Mit dem Rezept gehst du in Knightsbridge in die Underwoods-Apotheke gegenüber Harrods und bringst die Sachen hierher.«

»Ja, Ramón, aber du hast mir noch nicht erzählt, woher du diese Verletzung hast.«

»Du mußt lernen zu tun, was dir aufgetragen wird – ohne zu fragen. Geh jetzt!«

»Ja, Ramón.« Isabella griff nach Jacke und Schal und beugte sich dann übers Bett, um ihn zu küssen.

»Ich liebe dich«, flüsterte sie. Auf halber Treppe blieb sie jedoch ruckartig stehen. Außer Nana hatte seit ihrer Kindheit kein Mensch mehr so energisch mit ihr gesprochen. Selbst ihr Vater bat sie um etwas; er gab ihr keine Befehle. Trotzdem gehorchte sie jetzt wie ein kleines Mädchen. Sie verzog das Gesicht und lief auf die Straße hinaus.

Auf dem U-Bahnhof hatte sie das Bahnsteigende noch nicht erreicht, als jemand leicht ihr Handgelenk berührte und ihr danach einen Briefumschlag in die Hand drückte. Isabella sah sich um, aber der Überbringer entfernte sich schon wieder. Er trug eine tief in die Stirn gezogene blaue Wollmütze und einen dunklen Mantel, dessen hochgeschlagener Kragen sein Gesicht verdeckte.

Bei Underwoods las der Apotheker das Rezept und erkundigte sich: »Sie pflegen wohl einen Schwerverletzten?« Aber sie schüttelte den Kopf.

»Ich bin bloß Doktor Alves' Sprechstundenhilfe. Ich weiß nicht, für wen er die Sachen braucht.«

Daraufhin stellte er ihr die Medikamente und das Verbandmaterial ohne weiteren Kommentar zusammen.

Ramón schien zu schlafen, aber er öffnete sofort die Augen, als Isabella hereinkam. Seine Augen lagen tief eingesunken, und sein wächserner Teint war leichenblaß. Aber sie unterdrückte ihre persönlichen Befürchtungen, um überlegt und ruhig handeln zu können.

Auf der Universität hatte sie an einem vom Roten Kreuz angebotenen Erste-Hilfe-Kurs teilgenommen. In Weltevreden hatte sie oft dem Arzt assistiert, der einmal in der Woche vorbeikam, um die farbigen Arbeiter zu behandeln.

Jetzt legte Isabella die Sachen aus der Apotheke zurecht und las die Anweisungen durch. Sie wusch sich sorgfaltig die Hande, wobei sie einen Meßbecher Dettol ins Waschwasser gab; danach setzte sie Ramón im Bett auf und begann den Verband abzuwickeln.

Das Blut war angetrocknet, und der Verband klebte an den Wundrändern fest. Er schloß die Augen, und auf seiner Stirn und Oberlippe erschienen Schweißperlen, während sie den Verband Lage für Lage ablöste.

»Tut mir leid, Darling«, flüsterte sie. »Ich versuche, dir möglichst wenig wehzutun.«

Dann war der Verband endlich abgenommen, und Isabella

unterdrückte einen Aufschrei, als sie die Wunde sah. Dicht unter dem linken Rippenbogen befand sich ein tiefes Loch, und die entsprechende größere Wunde, deren gezackte Ränder seine glatte Rückenmuskulatur aufgerissen hatten, war mit geronnenem schwarzen Blut angefüllt. Die Wundränder waren entzündet.

Isabella wußte sofort, was diese Wunden verursacht hatte. Bei ihrem letzten Aufenthalt am Sambesi, wo ihr Bruder Sean ein riesiges Jagdgebiet verwaltete, waren sie zur Hilfeleistung in ein von Terroristen überfallenes Batonka-Dorf gerufen worden. Dort hatte sie zum ersten Mal die charakteristische Einschußöffnung und die größere Austrittsöffnung eines Brustdurchschusses gesehen. Da Ramón ihren Gesichtsausdruck beobachtete, äußerte sie sich nicht dazu und versuchte, unbeteiligt zu wirken, während sie die Wunden desinfizierte und dann frisch verband.

Sie wußte, daß sie gute Arbeit geleistet hatte. Als Ramón sich mit ihrer Hilfe in die Kissen zurücksinken ließ, murmelte er: »Gut. Du verstehst deine Sache.«

»Ich bin noch nicht fertig. Du bekommst eine Spritze. Auf ärztliche Anweisung.« Und sie versuchte, einen Scherz zu machen: »Zeig deinen schönen Hintern her, Kumpel!«

Isabella stand am Bettende, zog ihm Schuhe und Socken aus, faßte dann seine Hose an den Aufschlägen und zog sie vorsichtig herunter, während Ramón ein Hohlkreuz machte und sich dabei auf die Arme stützte.

»So«, sagte sie resolut, als sie ihm ein Breitband-Antibiotikum gespritzt hatte, »jetzt noch zwei Tabletten, damit du besser schläfst.«

Er widersprach nicht, und nachdem er die Schlaftabletten eingenommen hatte, deckte sie ihn zu, küßte ihn und knipste die Nachttischlampe aus.

»Ich bin im Wohnzimmer, falls du mich brauchst.«

Am nächsten Morgen war er nicht mehr so blaß. Das Antibiotikum schien gewirkt zu haben. Das Fieber war zurückgegangen, und seine Augen waren klar.

»Wie hast du geschlafen?« fragte sie.

»Diese Tabletten sind Dynamit. Ich bin schlagartig weggewesen – und jetzt könnte ich ein Bad brauchen.«

Isabella ließ ein Bad ein und half ihm in die Wanne. Als er bis zur Taille im Wasser saß, wusch sie ihm Gesicht, Hals und Arme mit einem Schwamm. Danach befaßte sie sich mit den unteren Regionen.

»Ah, auch wenn du oben nicht ganz heil bist, unten ist alles in bester Ordnung«, stellte sie zufrieden fest.

»Nur eine Frage, Schwester. Ist diese Tätigkeit Beruf oder Vergnügen?«

»Ein bißchen das eine und viel mehr das andere«, gab Isabella zu.

Als Ramón wieder auf dem Bett lag, versuchte er halbherzig zu protestieren, als sie die nächste Einmalspritze auspackte, aber sie wies ihn streng zurecht: »Warum sind Männer bloß solche Feiglinge! Her mit dem Po!« Er drehte sich gehorsam auf die Seite. »Jetzt hast du dir dein Frühstück verdient, ich habe zur Belohnung einen Räucherhering für dich.«

Es machte ihr Spaß, Ramón zu pflegen. Ausnahmsweise konnte sie ihm Anweisungen geben, die er befolgen mußte. Während sie in der Küche beschäftigt war, hörte sie ihn telefonieren – wieder in rasend schnellem Spanisch, dem sie nicht folgen konnte. Sie horchte ins Schlafzimmer hinüber, bemühte sich, trotz ihrer beschränkten Spanischkenntnisse doch etwas mitzubekommen, und merkte, daß die Ängste, die ihr fast die ganze Nacht lang zugesetzt hatten, verstärkt zurückkehrten. Um sie abzuwehren, verließ sie leise die Wohnung und hastete zu dem Obst- und Blumenstand an der Straßenecke gegenüber dem Eingang zur U-Bahn.

Dort kaufte sie eine dunkelrote Rose und einen Pfirsich. Ramón telefonierte noch immer, als sie außer Atem zurückkam.

Sie arrangierte die Rose und den Pfirsich auf seinem Frühstückstablett. Als sie damit ins Schlafzimmer kam, sah er vom Telefon auf und belohnte sie mit seinem Lächeln, das so selten und deshalb um so kostbarer war.

Isabella saß auf der Bettkante, löste sorgfältig das saftige Räucherfleisch von den Gräten und fütterte Ramón gabelweise, während er weitertelefonierte. Als er aufgegessen hatte, trug sie das Tablett in die Küche zurück, und während sie abspülte, hörte sie ihn den Hörer auflegen.

Sie ging sofort ins Schlafzimmer zurück und setzte sich aufs Bett.

»Ramón«, sagte sie ernst und gefaßt, »das ist eine Schußwunde.«

Sein Blick wurde kalt, und er starrte sie ausdruckslos an.

»Wie ist das passiert?« fragte sie, aber Ramón schwieg und starrte sie weiter an. Sie spürte, wie ihre Entschlossenheit ins Wanken geriet, aber sie war hartnäckig genug, um weiterzumachen.

»Du bist kein Bankier, stimmt's?«

»Meistens bin ich einer«, antwortete er halblaut.

»Und was bist du, wenn du keiner bist?«

»Ich bin ein Patriot. Ich diene meinem Land.«

Isabella spürte, wie eine heiße Woge der Erleichterung sie überflutete. In dieser langen Nacht hatte sie sich ein Dutzend schlimmster Möglichkeiten ausgemalt: Ramón als Drogenschmuggler, als gesuchter Bankräuber, als Opfer einer Fehde zwischen rivalisierenden Gangsterbanden...

»Spanien«, sagte sie. »Du arbeitest für den spanischen Geheimdienst, nicht wahr?«

Er schwieg wieder und beobachtete sie sorgfältig. Schrittweise Enthüllungen waren seine Spezialität. Sie mußte langsam, ganz behutsam eingefangen werden, damit sie sich weder sträuben noch ernstlich wehren konnte. Wie ein Insekt, das allmählich tiefer in einen Honigtopf gerät und darin versinkt.

»Wie du dir denken kannst, Bella, dürfte ich deine Vermutung nicht bestätigen, selbst wenn sie zuträfe.«

»Natürlich!« Der einzige Mann vor Ramón, den sie zu lieben geglaubt hatte, war Brigadier der südafrikanischen Sicherheitspolizei gewesen. Ein mächtiger, rücksichtsloser Mann, der ihr geistig gewachsen gewesen war und es verstanden hatte, ihre emotionalen Exzesse in Schach zu halten. Ein wundervoll stürmisches halbes Jahr lang hatten Lothar de la Rey und sie in Johannesburg als Mann und Frau zusammengelebt. Isabella war zutiefst getroffen gewesen, als ihre Beziehung plötzlich und ohne Vorwarnung zerbrochen war. Jetzt wußte sie jedoch, daß das damalige seichte Verliebtsein sich nicht im entferntesten mit der wahren Liebe vergleichen ließ, die sie mit Ramón Machado verband. »Ich verstehe völlig, Darling, und du kannst mir vertrauen. Ich werde dich nicht mehr mit unsinnigen Fragen belästigen.«

»Ich habe dir bereits mein Leben anvertraut«, stellte er fest. »Du bist der erste Mensch gewesen, den ich um Hilfe gebeten habe.«

»Darauf bin ich stolz. Weil du Spanier bist und mein Liebhaber und der Vater meines Kindes bist, fühle ich mich auch schon fast als Spanierin. Ich möchte dir helfen, wie ich nur kann.«

»Ja, ich weiß.« Ramón nickte ernsthaft. »Ich habe über das Baby nachgedacht.« Seine Hand, die ihren Bauch berührte, war kühl und muskulös. »Ich möchte, daß mein Sohn in Spanien geboren wird, damit auch er Spanier ist und einen unbestreitbaren Anspruch auf den Titel hat.«

Isabella war verblüfft. Sie hatte vorausgesetzt, daß sie das Baby hier in London bekommen würde. Ihr Gynäkologe hatte sie bereits vorsorglich in einem Entbindungsheim angemeldet.

»Tust du mir diesen Gefallen, Bella? Läßt du meinen Sohn einen richtigen Spanier werden?« fragte er.

»Na gut, Darling.« Sie beugte sich zu Ramón hinüber und küßte ihn. Dann streckte sie sich neben ihm auf dem Bett aus, wobei sie darauf achtete, ihm nicht wehzutun. »Wenn du das möchtest, müssen wir aber allmählich Vorbereitungen treffen«, schlug sie vor.

»Das habe ich bereits getan«, gestand er ihr. »Am Stadtrand von Malaga gibt es eine ausgezeichnete Privatklinik. In der dortigen Filiale unserer Bank habe ich einen Freund, der uns eine Wohnung und ein Kindermädchen besorgt. Und ich lasse mich nach Malaga versetzen, damit ich bei dir sein kann, wenn das Baby auf die Welt kommt.«

»Oh, wie aufregend!« rief Isabella aus. »Aber wenn du bestimmen darfst, wo das Baby geboren wird, darf ich bestimmen, wo wir heiraten, wenn wir endlich können. Das ist nur fair, nicht wahr?«

Ramón lächelte zustimmend. »Ja, das ist fair.«

»Ich möchte in Weltevreden heiraten. Zu unserem Besitz gehört eine hundertfünfzig Jahre alte Kirche. Nana, meine Großmutter, hat sie für die Hochzeit meines Bruders Garry von Grund auf renovieren lassen. Sie ist wunderschön.«

Ramón hörte geduldig zu, ließ sie weiterschwatzen, murmelte gelegentlich etwas Aufmunterndes und wartete auf den günstigsten

Augenblick für die nächste Enthüllung, für die Isabella ihm selbst das Stichwort gab.

»Aber ich fürchte, daß uns die Zeit davonläuft, Darling«, sagte sie besorgt. »Nana braucht mindestens sechs Wochen für alle Vorbereitungen – und bis dahin bin ich bestimmt unförmig dick. Wenn ich zum Altar gehe, spielen sie wahrscheinlich den ›Baby Elephant Walk‹.«

»Nein, Bella«, widersprach er. »Bei unserer Hochzeit wirst du nicht mehr schwanger sein.«

Isabella setzte sich ruckartig auf. »Was heißt das? Irgendwas ist passiert, stimmt's?«

»Ja. Es gibt leider schlechte Nachrichten. Ich habe von Natalie gehört. Sie ist noch immer in Florida. Sie stellt sich stur, und es gibt juristische Schwierigkeiten.«

»O Ramón!«

»Ich bin darüber so unglücklich wie du. Glaub mir, ich würde alles tun, um sie zu überzeugen.«

»Diese Ziege!« zischte Isabella.

»Ja, so ist mir manchmal auch zumute. Aber das Ganze ist keine wirkliche Katastrophe, sondern eher eine Unannehmlichkeit. Wir werden trotzdem heiraten, und du sollst trotzdem deine kleine Kirche und deine weißen Gartenlilien haben. Allerdings wird unser Sohn dann schon auf der Welt sein.«

»Versprich mir, Ramón ... nein, schwöre mir, daß wir heiraten, sobald du frei bist!«

»Ich schwöre es dir.«

Sie kuschelte sich wieder an ihn und verbarg ihr Gesicht an seiner rechten Schulter, damit er nicht sehen konnte, wie maßlos enttäuscht sie war.

»Ich hasse sie, aber ich liebe dich«, sagte sie, und Ramón grinste.

Wegen seiner Verletzung mußte Ramón noch eine Woche im Bett verbringen, so daß sie Zeit für lange Gespräche hatten. Isabella erzählte ihm von Michael und fühlte sich durch sein Interesse für ihren Bruder geschmeichelt.

Sie erzählte von Michaels Vorzügen und ihrem besonders engen Verhältnis zueinander. Ramón horchte sie unauffällig aus. Isabella erzählte ihm vertrauliche Einzelheiten aus dem Leben ihrer Familie und schilderte, was hinter der Fassade lag, die der Familienverband der Welt gegenüber präsentierte. Sie sprach ganz offen über die Geheimnisse, die Schwächen und die Skandale ihrer Familie – vor allem über Shasas und Taras Scheidung. Und sie erwähnte sogar den Verdacht, Nana habe einst in den wilden Wüsten Südafrikas einen unehelichen Sohn zur Welt gebracht.

»Natürlich hat das nie jemand beweisen können. Ich glaube überhaupt nicht, daß jemand den Mut dazu hätte. Nana ist eine ernstzunehmende Gegnerin.« Sie lachte. »Und das ist noch eine Untertreibung! Jedenfalls muß sich in den zwanziger Jahren einiges abgespielt haben.«

Zuletzt brachte Ramón das Gespräch wieder auf ihren Bruder Michael. »Warum hast du uns nicht miteinander bekannt gemacht, wenn er in London ist? Schämst du dich meiner?«

»Oh, darf ich? Kann ich ihn mal mitbringen, Ramón? Ich habe ihm ein bißchen von dir, über uns erzählt. Ich weiß, daß Michael dich gern kennenlernen würde, und bin sicher, daß du ihn mögen würdest.«

An einem der nächsten Abende kreuzte Michael mit einer Flasche Burgunder unter dem Arm auf.

Ramón und er musterten einander, während sie sich die Hand schüttelten. Isabella wünschte sich sehr, daß die beiden einander mögen würden.

»Wie geht's Ihren Rippen?« fragte Michael. Isabella hatte ihm erzählt, Ramón habe sich bei einem Sturz vom Pferd drei Rippen gebrochen.

»Ihre Schwester hält mich gefangen. Mir fehlt nichts, jedenfalls nichts, was ein Glas dieses ausgezeichneten Burgunders nicht kurieren könnte.« Ramón war charmant und Isabella erleichtert.

Als sie mit der Flasche und zwei Gläsern aus der Küche kam, saß Michael bereits im Sessel neben dem Bett, und die beiden waren in ein Gespräch vertieft. »Meine Bank hat die Luftpostausgabe der ›Golden City Mail‹ abonniert«, erklärte Ramón ihm. »Mir gefällt vor allem der Wirtschaftsteil.«

»Ah, Sie sind im Bankgeschäft?« Michael grinste. »Das hat Bella mir bisher verschwiegen.«

»Ich bin Investmentberater«, antwortete Ramón. »Wir sind auf Afrika südlich der Sahara spezialisiert.« Damit kam ihre Unterhaltung erst richtig in Fahrt. Bella streifte ihre flachen Schuhe ab, krempelte ihre Jeans auf und hockte sich neben Ramón aufs Bett.

Sie hatte nie geahnt, daß Ramón so tiefes Verständnis für die Fakten und Realitäten Afrikas besaß und die Orte, Persönlichkeiten und Ereignisse, aus denen das facettenreiche Mosaik ihres Heimatkontinents bestand, so gründlich kannte. Im Vergleich zu dieser Diskussion wirkten ihre früheren Gespräche mit ihm seicht und trivial. Während sie den beiden Männern zuhörte, erfuhr sie viel Neues.

Michael war offenbar nicht weniger beeindruckt. Sein Vergnügen, einem fordernden und stimulierenden Intellekt zu begegnen, an dem er seine eigenen Meinungen und Interpretationen erproben konnte, war ungeheuchelt.

Plötzlich war es nach Mitternacht, und Isabella meinte: »Ich hatte dich zu *einem* Drink eingeladen, Michael. Ramón ist noch Invalide! Raus mit dir!« Sie ging hinaus, um seinen Mantel zu holen.

Als Michael in den Mantel schlüpfte, sagte Ramón vom Bett aus halblaut: »Wenn du eine Serie über schwarze Exilpolitiker schreiben willst, wäre sie nicht vollständig ohne einen Artikel über Raleigh Tabaka.«

Michael lachte bedauernd. »Für ein Interview mit Tabaka, den Geheimnisvollen, würde ich meine ewige Seligkeit verkaufen. Aber an den kommt niemand ran, denn wie der alte Rudyard Kipling sagt: ›Nur wenn du die Fährte des Morgennebels kennst, weißt du, wo seine Vorposten stehen.‹«

»Ich habe ihn geschäftlich in der Bank kennengelernt. Wir behalten alle Mitspieler im Auge. Vielleicht könnte ich ein Treffen mit ihm arrangieren«, erklärte Ramón ihm. Michael starrte ihn an.

»Ich versuche seit fünf Jahren, an ihn ranzukommen«, sagte er. »Wenn du das könntest!«

»Ruf mich morgen gegen Mittag an«, schlug Ramón ihm vor. »Ich will sehen, was ich für dich tun kann.«

An der Wohnungstür verabschiedete Michael sich von Isabella. »Du kommst heute nacht wohl nicht nach Hause?«

»Mein Zuhause ist hier.« Sie umarmte ihn. »Mein vorübergehender Aufenthalt am Cadogan Square sollte nur dich beeindrucken, aber das ist ja jetzt nicht mehr nötig.«

»Ein beeindruckender Mann, dein Ramón«, sagte Michael. Isabella war stolz. Auch Ramón sagte bei ihrer Rückkehr ins Schlafzimmer: »Dein Bruder gefällt mir. Er ist souverän, das ist selten.«

Später lag sie im Bett an Ramón gekuschelt. Sie war entspannt, arglos und vertraute Ramón. Deshalb sagte sie: »Der arme Mickey! Ich habe gar nicht geahnt, wie er in all diesen Jahren gelitten hat. Ich stehe ihm so nah – und trotzdem habe ich nichts davon gewußt. Erst vor ein paar Tagen habe ich mehr zufällig herausbekommen, daß er homosexuell ist.«

Diese Worte waren so aus ihr herausgeblubbert. Plötzlich war sie entsetzt. Mickey hatte ihr vertraut, und sie hatte das Geheimnis einfach ausgeplaudert. Aber Ramón reagierte ganz anders, als sie erwartet hatte.

»Das habe ich gemerkt«, stimmte er gelassen zu. »Das ist mir nach spätestens einer halben Stunde klar gewesen.«

Isabella atmete erleichtert auf. Ramón hatte es selbst gemerkt, folglich hatte sie ihren Bruder nicht verraten.

»Und wie findest du das?«

»Viele Homosexuelle sind kreative, intelligente und produktive Leute.«

»Ja, das ist Mickey auch«, stimmte sie zu. »Anfangs bin ich schockiert gewesen, aber was bedeutet es schon? Ich habe allerdings Angst, daß man ihm ein Strafverfahren anhängen könnte.«

»Ich glaube nicht, daß das wirklich eine Gefahr ist. Unsere Gesellschaft akzeptiert, daß –«

»Du weißt nicht, was ich meine, Darling. Michael hat eine Vorliebe für Schwarze, und er lebt in Südafrika.«

»Ja«, stimmte Ramón nachdenklich zu. »Das könnte tatsächlich Probleme aufwerfen.«

Michael rief kurz nach zwölf Uhr aus einer Telefonzelle in der Fleet Street an.

»Ich habe gute Nachrichten«, sagte Ramón, der sich gemeldet hatte. »Raleigh Tabaka ist in London – und er kennt dich. Hast du in den sechziger Jahren eine Artikelserie unter dem Titel ›Black Rage‹ geschrieben?«

»Ja, sechs Artikel für die ›Mail‹; die Zeitung ist daraufhin von der Zensur verboten worden.«

»Tabaka hat deine Serie gelesen, und sie hat ihm gefallen. Er ist bereit, sich mit dir zu treffen.«

»Mein Gott, Ramón, ich kann dir nicht sagen, wie dankbar ich dir bin! Das ist eine wunderbare Chance!«

Ramón schnitt ihm das Wort ab. »Er ist bereit, sich heute abend mit dir zu treffen, aber er stellt dafür einige Bedingungen.«

»Ich bin mit allen einverstanden«, stimmte Michael rasch zu.

»Du mußt allein kommen. Natürlich unbewaffnet, aber auch ohne Kamera und Tonbandgerät. Weder sein Gesicht noch seine Stimme sollen aufgezeichnet werden. Treffpunkt ist ein Pub in Shepherd's Bush.« Ramón diktierte Michael die Adresse. »Dort findest du dich heute um neunzehn Uhr ein. Als Erkennungszeichen trägst du eine rote Nelke im Knopfloch. Jemand holt dich ab und bringt dich zu Tabaka.«

»Gut, das habe ich alles.«

»Noch eine Bedingung: Tabaka will das ganze Interview lesen, bevor es in Druck geht.«

Michael schluckte. Das ging an sich gegen sein Berufsethos.

»Einverstanden«, sagte er. »Er bekommt es vorher zu lesen. Dafür schulde ich dir einen Gefallen, Ramón. Ich komme morgen abend vorbei und erzähle dir, wie's gewesen ist.«

»Gut, und vergiß eine Flasche Wein nicht!«

Michael fuhr sofort zum Cadogan Square zurück. Dort sagte er als erstes alle Termine für den Rest des Tages ab, bevor er sich hinsetzte, um sich auf das Interview vorzubereiten. Seine Fragen mußten gut sein. Er mußte aufrichtig und mitfühlend, aber gleichzeitig auch streng wirken, denn er hatte es mit einem Mann zu tun, der sich ganz bewußt für den bewaffneten Kampf entschieden hatte. Damit er glaubwürdig wirkte, mußten seine Fragen ausgeglichen und neutral, aber zugleich geeignet sein, Tabaka aus der Reserve zu locken. Vor allem wollte Michael keine bloße Wiederholung radikaler Parolen und revolutionärer Phrasen.

»Der Ausdruck ›Terrorist‹ bezeichnet im allgemeinen einen

Menschen, der zur Durchsetzung politischer Ziele Gewalt gegen nichtmilitärische Ziele anwendet, wobei die Wahrscheinlichkeit hoch ist, daß unbeteiligte Zivilisten verletzt oder getötet werden. Akzeptieren Sie diese Definition – und würde die Bezeichnung ›Terrorist‹ dann auf Umkhonto we Sizwe zutreffen?«

Nachdem er die erste Frage zu Papier gebracht hatte, dachte er nach und ließ die Frage auf sich wirken.

»Nicht übel!« Bis halb sechs hatte Michael zwanzig Fragen vorliegen, mit denen er zufrieden war. Während er aß, ging er seine Fragen erneut durch.

Dann schlüpfte er in seinen Mantel und steckte sich die rote Nelke an. Draußen fiel dünner Nieselregen.

In dem Pub war es heiß. Michael knöpfte seinen Mantel auf, damit die Nelke sichtbar wurde, und blinzelte mit zusammengekniffenen Augen durch den Qualm. Sekunden später verließ ein elegant gekleideter Inder in einem blauen Anzug mit Weste seinen Platz an der Bar und kam durch den Raum auf ihn zu.

»Mr. Courtney, mein Name ist Govan.«

»Aus Natal.« Michael erkannte den Akzent.

»Aus Stanger.« Der Mann lächelte. »Aber das ist sechs Jahre her.« Er warf einen Blick auf die Schultern von Michaels Mantel. »Hat der Regen aufgehört? Dann können wir ja zu Fuß gehen. Es ist nicht weit.«

Der Mann blieb zunächst auf der Hauptstraße. Nach etwa hundert Metern bog er plötzlich in eine enge Seitengasse ab und ging schneller. Um noch mitzukommen, mußte Michael sich beeilen. Er schnaufte ganz schön, als sie das Ende der Gasse erreichten.

»Die verdammten Zigaretten; ich sollte wirklich weniger rauchen!«

Nach zwei, drei Schritten blieb Govan plötzlich stehen. Michael wollte etwas sagen, aber der Inder packte seinen Arm. Es war klar, er solle schweigen. So warteten sie fünf Minuten lang. Erst als feststand, daß sie nicht verfolgt wurden, ließ Govan seinen Arm los.

»Sie trauen mir nicht«, stellte Michael lächelnd fest und warf seine Nelke weg.

»Wir trauen keinem.« Govan führte ihn weiter. »Erst recht keinem Buren. Die lernen jeden Tag ein paar häßliche Tricks dazu.«

Zehn Minuten später blieben sie vor einem modernen Wohnhaus an einer breiten, hell beleuchteten Straße stehen. Am Randstein parkten in langer Reihe Limousinen der Marken Jaguar und Mercedes. Die Rasenfläche vor dem Gebäude war geschmackvoll bepflanzt und makellos gepflegt. Diese Anlage gehörte offenkundig zu einer äußerst luxuriösen Wohngegend.

»Hier trennen sich unsere Wege«, sagte Govan. »Sie gehen dort hinein. Dem Portier sagen Sie, daß Sie zu Mr. Kendrick in Wohnung 505 wollen.«

Die Eingangshalle hielt, was die Fassade des Gebäudes versprach: indirekte Beleuchtung, italienischer Marmorboden, holzgetäfelte Wände, goldglänzende Lifttüren. Der uniformierte Portier legte die rechte Hand an seinen Mützenschirm. »Ja, Mr. Courtney, Mr. Kendrick erwartet Sie. Fahren Sie bitte in den fünften Stock hinauf.«

Als die Lifttür sich öffnete, wurde Michael bereits von zwei finster dreinblickenden jungen Schwarzen erwartet.

»Kommen Sie mit, Mr. Courtney.«

Sie begleiteten ihn bis zur Nummer 505 und sperrten die Wohnungstür auf.

Sobald die Tür ins Schloß gefallen war, traten sie rechts und links neben Michael und tasteten ihn rasch, aber gründlich nach Waffen ab. Um ihnen die Arbeit zu erleichtern, hob er die Arme und stellte sich breitbeinig hin. Während dieser Durchsuchung musterte er seine Umgebung mit dem Blick eines erfahrenen Journalisten. Die Wohnung war mit viel Geschmack und noch mehr Geld elegant eingerichtet worden.

Seine Begleiter traten zur Seite, und einer von ihnen öffnete die hohe zweiflüglige Tür.

»Bitte«, sagte er, und Michael betrat einen großen, luxuriös eingerichteten Raum. Die Sofas und Sessel waren mit cremefarbenem Conolly-Leder bezogen. Auf dem braunen hochflorigen Teppichboden standen niedrige Tische und eine Hausbar in Chrom und Kristallglas. An den Wänden hingen vier großformatige Gemälde David Hockneys.

Fünfzigtausend Pfund pro Bild, schätzte Michael, bevor er sich auf die mitten im Raum stehende Gestalt konzentrierte.

Obwohl es von diesem Mann kein neueres Photo gab, erkannte er ihn sofort, denn im Bildarchiv der »Golden City Mail« gab es ein verschwommenes Pressephoto aus der nun schon Jahre zurückliegenden Shapeville-Ära und den damaligen polizeilichen Ermittlungen.

»Mr. Tabaka«, sagte Michael. Der Mann war so groß wie er – knapp 1 Meter 85 –, aber mit breiteren Schultern und schlankerer Taille.

»Mr. Courtney.« Raleigh Tabaka trat auf ihn zu und streckte ihm die Hand entgegen. Er bewegte sich wie ein Boxer: geschmeidig, wachsam und aggressiv.

»Ist das Ihre Wohnung? Sehr geschmackvoll!« Dabei klang vorsichtige Kritik an, die Raleigh die Stirn runzeln ließ.

»Dies ist die Wohnung eines Sympathisanten. Ich kann auf diesen überflüssigen Luxus verzichten.« Seine Stimme war kräftig mit unverkennbar afrikanischem Timbre. Obwohl er gerade behauptet hatte, keinen Luxus zu brauchen, trug er einen eleganten Anzug aus reiner Schurwolle und eine Seidenkrawatte der feinsten Sorte. Eine eindrucksvolle Gestalt.

»Ich bin Ihnen dankbar, daß Sie mir Gelegenheit zu diesem Gespräch geben«, sagte Michael.

»Ich habe Ihre Serie ›Black Rage‹ gelesen«, erklärte Raleigh ihm, während er Michael mit seinen schwarzen Onyxaugen beobachtete. »Sie verstehen mein Volk. Sie haben seine Bestrebungen fair und unparteiisch dargestellt.«

»Diese Auffassung würde nicht jeder teilen – vor allem die südafrikanischen Machthaber nicht.«

Raleigh lächelte. Er hatte weiße, ebenmäßige Zähne. »Was ich Ihnen zu erzählen habe, wird ihnen auch kein Trost sein. Aber darf ich Ihnen zuerst einen Drink anbieten?«

»Bitte einen Gin-Tonic.«

»Ah, richtig, der Treibstoff aller Journalistengehirne!« Raleigh trat an die Hausbar, goß Gin ins Glas und füllte es mit Tonic auf.

»Trinken Sie nichts?« fragte Michael.

Raleigh runzelte erneut die Stirn. »Wozu meinen Verstand benebeln, wo's soviel Arbeit gibt?« Er sah auf seine Armbanduhr. »Wir haben nur eine Stunde Zeit, dann muß ich gehen.«

»Dann dürfen wir keine Minute verlieren«, stimmte Michael zu. Während sie in gegenüberstehenden Ledersesseln Platz nahmen, fuhr er fort: »Ich habe alle Hintergrundinformationen, die ich brauche – Geburtsort und -datum, Ihre Ausbildung in der Waterford School in Swasiland, Ihre Verwandtschaft mit Moses Gama, Ihre jetzige Position im ANC. Darf ich auf dieser Grundlage weitermachen?« Raleigh nickte zustimmend.

»Der Ausdruck ›Terrorist‹ berzeichnet im allgemeinen ...« Michael wiederholte seine Definition; Raleighs Gesichtsausdruck verhärtete sich, während er zuhörte.

»In Südafrika gibt es keine ›unbeteiligten Zivilisten‹«, unterbrach er ihn brüsk. »Dort herrscht Krieg. Niemand kann behaupten, neutral zu sein. Wir sind alle Kombattanten.«

»Unabhängig davon, wie jung, wie alt der einzelne ist? Unabhängig davon, wie sehr er mit der Sache Ihres Volkes sympathisiert?«

»Es gibt keine ›unbeteiligten Zivilisten‹«, wiederholte Raleigh. »Wir befinden uns von der Wiege bis zur Bahre auf dem Schlachtfeld. Wir alle gehören einem der beiden Lager an – den Unterdrükkern oder den Unterdrückten.«

»Kein Mann, keine Frau, kein Kind hat eine Wahl?« fragte Michael.

»Doch, jeder hat die Möglichkeit, sich für eines der beiden Lager zu entscheiden. Neutralität steht nicht zur Wahl.«

»Bei einem Bombenanschlag auf einen Supermarkt könnten einige ihrer eigenen Leute, einige Ihrer Mitstreiter, verletzt oder getötet werden. Würden Sie dann Reue empfinden?«

»Reue ist nichts für Revolutionäre – übrigens auch nichts für die Verfechter der Apartheid. Die Getöteten sind entweder feindliche Verluste oder ehrenvoll Gefallene. Im Krieg sind beide unvermeidlich.«

Michaels Kugelschreiber glitt über die Seiten seines Notizblocks, während er sich bemühte, diese deutlichen Aussagen festzuhalten. Sie schockierten und bewegten ihn zugleich. Er hatte Angst, der glühende Zorn dieses Mannes könnte ihn wie einen Nachtfalter versengen. Er wußte, daß er zwar die Worte aufschreiben, aber niemals die feurige Energie wiedergeben konnte, mit der sie ausgesprochen wurden.

Die für das Interview eingeplante Stunde verging viel zu schnell, obwohl Michael versuchte, jede kostbare Sekunde zu nutzen, und als Raleigh nach einem Blick auf seine Armbanduhr aufstand, bemühte er sich verzweifelt, sie zu verlängern.

»Sie haben von Ihren Kämpfern im Kindesalter gesprochen«, sagte er. »Wie jung sind sie?«

»Ich werde Ihnen Siebenjährige zeigen, die Waffen tragen – und Zehnjährige, die Abteilungen kommandieren.«

»Sie wollen sie mir zeigen?« fragte Michael ungläubig.

Raleigh betrachtete ihn sekundenlang. Ramón Machados Einschätzung schien zuzutreffen: Courtney war ein gutes Werkzeug. Es lohnte sich, sein Potential zu nutzen. Er konnte zu Lenins »nützlichen Idioten« gehören, die man dazu bringen konnte, der Sache anfangs unwissentlich zu dienen. Später sollte sich das natürlich ändern.

»Michael Courtney«, antwortete Raleigh, »ich neige dazu, Ihnen zu vertrauen. Ich halte Sie für einen anständigen und aufgeklärten Mann. Wenn Sie mein Vertrauen nicht enttäuschen, verschaffe ich Ihnen Zugang zu Orten, deren Existenz Sie nie geahnt haben. Ich führe Sie durch die Straßen und Elendsbehausungen von Soweto. Ins Herz meines Volkes – und ich zeige Ihnen die Kinder.«

»Wann?« fragte Michael hastig, weil er wußte, daß seine Zeit ablief.

»Bald«, versprach Raleigh ihm. In diesem Augenblick hörten sie, wie die Wohnungstür aufgesperrt wurde.

»Wie bleibe ich in Verbindung mit Ihnen?« drängte Michael.

»Gar nicht. Sie hören von mir, wenn's soweit ist.«

Die zweiflüglige Tür des Wohnzimmers wurde geöffnet, und ein Mann erschien auf der Schwelle. Michael sah ihn an. Er erkannte den Neuankömmling selbst in Straßenkleidung augenblicklich.

»Das ist unser Gastgeber, dem die Wohnung gehört«, stellte Raleigh sie einander vor. »Oliver Kendrick, das ist Michael Courtney.«

»Ich habe gesehen, wie Sie den Spartakus getanzt haben«, sagte Michael fast ehrfürchtig. »In drei Vorstellungen. Diese Männlichkeit, diese Ausdrucksfähigkeit!«

Oliver Kendrick lächelte, durchquerte den Raum mit dem federnden Schritt eines Ballettänzers und gab Michael die Hand. Sie war überraschend schmal und kühl, und seine Knochen fühlten sich zart wie die eines Vogels an. Aber das paßte zu seinem Beinamen »Der schwarze Schwan«. Auch sein Hals war lang und elegant wie der eines Vogels, und seine Augen leuchteten dunkel wie Bergseen im Mondschein. Seine schwarze Haut glänzte geschmeidig.

Michael fand ihn aus der Nähe noch schöner als auf der romantisch ausgeleuchteten Bühne und fühlte, wie ihm der Atem stockte. Der Tänzer ließ seine Rechte in Michaels Hand, während er sich nach Raleigh umdrehte. »Lauf nicht gleich wieder fort, Raleigh«, bat er mit seinem melodischen westindischen Akzent.

»Ich muß leider gehen.« Raleigh schüttelte den Kopf. »Das Flugzeug wartet nicht.«

Oliver Kendrick wandte sich wieder an Michael, dessen Hand er noch immer in seiner hielt. »Ich habe einen gräßlichen Tag hinter mir. Am liebsten würde ich mich jetzt irgendwo verkriechen. Lassen Sie mich jetzt nicht allein, Michael. Bleiben Sie und lenken Sie mich ab. Sie können doch unterhaltend sein und mich ablenken, nicht wahr, Michael?«

Raleigh verließ die Wohnung, ohne sich von ihnen zu verabschieden. Einer seiner Männer erwartete ihn vor der Tür, aber die beiden gingen nicht zum Lift. Statt dessen begleitete der andere Raleigh zur nächsten Wohnungstür, hinter der ein kleineres, sehr einfach möbliertes Zimmer lag. Als Raleigh den an Kendricks Wohnung angrenzenden Raum betrat, wollte der zweite seiner Männer von seinem Stuhl vor einem in die Seitenwand eingelassenen Fenster aufstehen.

Raleigh machte ihm ein Zeichen, er solle auf seinem Platz bleiben, und trat ans Fenster. Es war schmal und hoch wie ein großer Wandspiegel. Das Glas wies die für die Rückseite eines von hinten durchsichtigen Spiegels typische leichte Trübung auf.

Dahinter lag ein Schlafzimmer, das ebenso luxuriös eingerichtet war wie der Wohnraum von Oliver Kendricks Wohnung. Außer Beige waren die vorherrschenden Farben helle Brauntöne, und die Satintagesdecke des französischen Betts paßte genau zum Farbton des hochflorigen Teppichbodens. Das sanfte Licht wurde von Deckenspiegeln reflektiert.

Das Schlafzimmer war leer, und Raleigh konzentrierte seine Aufmerksamkeit auf die durch den Spiegel gerichteten beiden Kameras.

Diese Wohnung und die Kamera-Ausrüstung gehörten Oliver Kendrick, der sie Raleigh schon bei früheren Gelegenheiten zur Verfügung gestellt hatte. Eigentlich merkwürdig, daß ein begabter und berühmter Mann wie Oliver Kendrick bereit war, an solchen gestellten Szenen mitzuwirken. Aber er machte nicht nur eifrig mit, sondern hatte Raleigh sogar seine Ausrüstung und seine Mitwirkung angeboten. Seine ungeheuchelte Begeisterung und raffinierte Erfindungsgabe zeigten deutlich, daß er sich damit geheimste Wünsche erfüllte.

Oliver Kendricks einzige Bedingung war gewesen, daß er von jedem Photo und allen Videoaufnahmen ein Exemplar für seine riesige Privatsammlung erhalten müsse. Die hier aufgebauten Kameras entsprachen höchstem Profistandard. Raleigh war von der selbst bei gedämpfter Beleuchtung erzielbaren Bildqualität beeindruckt gewesen.

Raleigh sah erneut auf seine Uhr. Alles weitere konnte er unbesorgt seinen Leibwächtern überlassen. Diese beiden waren nicht zum erstenmal hier. Aber eine gewisse perverse Neugier ließ ihn noch bleiben.

Es dauerte fast eine halbe Stunde, bis die Schlafzimmertür aufging. Oliver Kendrick und Michael Courtney kamen herein. Raleighs Assistenten nahmen rasch ihre Plätze ein: einer an der Videokamera, der andere an der auf einem Stativ montierten großen Hasselblad.

Im Schlafzimmer jenseits des Spiegels umarmten und küßten die beiden Männer sich leidenschaftlich; aus der Videokamera kam ein leises elektronisches Summen.

Raleigh wandte sich ab, verließ die Wohnung und fuhr mit dem Lift hinunter. Er trat in den kühlen Abend hinaus, zog seinen Mantel enger und atmete langsam die kalte, saubere Luft ein. Dann gab er sich einen Ruck und ging mit den langen, entschlossenen Schritten eines Mannes davon, der wichtige Arbeit zu tun hat.

Als Michael aus London abreiste, war Isabella traurig.

»Wir nehmen viel zu oft Abschied voneinander, Mickey«, flüsterte sie. »Du wirst mir schrecklich fehlen.«

»Bei deiner Hochzeit sehen wir uns wieder.«

»Wahrscheinlich findet vorher eine Taufe statt«, antwortete sie, und er hielt sie auf Armeslänge von sich entfernt.

»Das hast du mir nicht erzählt!« sagte er vorwurfsvoll.

»Wegen seiner Frau«, erklärte Isabella ihm. »Ende Januar ziehen wir nach Spanien. Ramón möchte, daß das Baby dort zur Welt kommt. Er will es nach spanischem Recht adoptieren.«

»Du mußt mir schreiben, wo du dich aufhältst – ich will's *immer* wissen –, und dich an dein Versprechen erinnern.«

Sie nickte. »Sollte ich irgendwann Hilfe brauchen, komme ich als erstes zu dir.«

Am Eingang des Terminals drehte Michael sich nach ihr um und warf ihr eine Kußhand zu.

Die Wohnung, die Ramón für sie gefunden hatte, lag nur wenige Kilometer von Malaga entfernt in einem winzigen Fischerdorf. Sie bestand aus den beiden Obergeschossen eines Hauses und hatte eine große Steinterrasse, von der aus man über die Pinien hinweg das blaue Mittelmeer sah. Wenn Ramón tagsüber in der Bank war, legte Isabella sich in ihrem Bikini auf die Terrasse und ließ sich von der Sonne wärmen, während sie ihre Dissertation fertigstellte.

Ramón mußte ebenso häufig wie in seiner Londoner Zeit geschäftlich verreisen. Sie war traurig, wenn er nicht bei ihr war, aber die Perioden zwischen seinen Reisen waren idyllische Zeiten, die sie gemeinsam verbrachten. In der hiesigen Filiale seiner Bank hatte er nicht allzuviel zu tun, so daß er sich gelegentlich einen Nachmittag freinehmen und Isabella verschwiegene Badebuchten entlang der Küste zeigen oder mit ihr in ausgefallene kleine Restaurants gehen konnte, in denen es Fischspezialitäten und Landweine gab.

Seine Schußwunde war glatt verheilt. »Das Verdienst meiner ausgezeichneten Krankenschwester«, erklärte er ihr. Zurückgebliebene waren lediglich zwei mit rosigem Narbengewebe ausgefüllte Vertiefungen in Brust und Rücken. Auch er wurde braun; sein Teint schimmerte wie Mahagoni, und aus dem dunklen Gesicht leuchteten seine grünen Augen.

Während Ramón verreist war, leistete Adra Olivares ihr Gesellschaft. Wo Ramón sie aufgetrieben hatte, bekam Isabella nie ganz heraus – aber er hatte eine ausgezeichnete Wahl getroffen, denn Adra war ein guter Ersatz für Nanny. In mancher Beziehung übertraf sie das Original sogar, denn sie war nicht so knurrig, neugierig und herrschsüchtig wie Isabellas altes Kindermädchen.

Adra war eine schlanke, aber körperlich robuste Mittvierzigerin. Sie hatte glattes rabenschwarzes Haar mit einigen wenigen silbernen Strähnen, das sie im Nacken gebunden trug. Ihr dunkles Gesicht war ernst, aber zugleich auch freundlich und humorvoll. Ihre braunen, ziemlich breiten Hände konnten bei der Hausarbeit kräftig zupacken, und sie waren flink und geschickt, wenn sie kochte oder Isabellas Sachen bügelte, oder sanft beruhigend, wenn sie Isabella den schmerzenden Rücken massierte oder ihren dicken sonnengebräunten Bauch mit Olivenöl einrieb.

Sie übernahm es, Isabella Spanischunterricht zu erteilen, und deren rasche Fortschritte verblüfften Ramón. Schon nach vier Wochen konnte Isabella mühelos die Lokalzeitung lesen, fließend mit einem ins Haus kommenden Klempner oder Fernsehtechniker reden und – mit Adras Unterstützung – auf dem Markt mit den Standbesitzern feilschen.

Obwohl Adra nichts lieber tat, als Isabella über ihre Familie in Afrika auszufragen, war sie in bezug auf sich selbst weniger auskunftsfreudig. Isabella hielt sie anfangs für eine Einheimische, bis ihr eines Morgens in ihrem Briefkasten ein an Adra adressierter Brief aus Kuba auffiel.

»Ist der von Ihrem Mann oder Ihrer Familie, Adra?« fragte sie neugierig. »Wer schreibt Ihnen aus Kuba?«

Aber die Frau wehrte unfreundlich ab. »Nur eine Freundin, Señora. Mein Mann ist tot.« Und sie war für den Rest dieses Tages mürrisch und schweigsam. Isabella hütete sich daraufhin, den Brief aus Kuba nochmals zu erwähnen.

Je näher die Geburt rückte, desto mehr interessierte Adra sich für das bevorstehende freudige Ereignis. Sie nahm aktiven Anteil an der Zusammenstellung der Babyausstattung, die Isabella jetzt kaufte.

Der Anstoß dazu kam von Michael: Sein Luftpostpaket aus Johannesburg enthielt sechs Bettgarnituren aus feinstem Batist mit blauen Bändern und zwei wunderhübsche Babyjäckchen. Isabella kaufte täglich neue Sachen dazu, und Adra beriet sie dabei.

Adra schenkte Isabella sogar ein Taufkleid, das sie aus der Spitze des Brautkleids ihrer Großmutter genäht hatte. Diese Geste rührte Isabella augenblicklich zu Tränen. Je weiter ihre Schwangerschaft fortschritt, desto öfter mußte sie weinen, und sie dachte oft an Weltevreden. Bei Telefongesprächen mit ihrem Vater oder Nana mußte sie sich beherrschen, um nicht irgend etwas über Ramón oder das Baby auszuplaudern. Ihre Angehörigen glaubten, sie habe sich lediglich nach Spanien zurückgezogen, um in Ruhe ihre Dissertation abschließen zu können.

Einmal in der Woche fuhr sie zur Schwangerschaftsuntersuchung in die Klinik, die Ramón für sie ausgewählt hatte. Dabei wurde sie stets von Adra begleitet. Der Gynäkologe war ein eleganter, kultivierter Spanier mit aristokratischen Zügen und blassen kompetenten Händen, die sich auf ihrer Haut kühl anfühlten, während er sie untersuchte.

»Alles in bester Ordnung, Señora. Die Natur tut ihre Arbeit, und Sie sind kerngesund. Ich erwarte keinerlei Komplikationen.«

»Wird es ein Junge?«

»Vielleicht, Señora. Wenn aber, dann ein hübscher, gesunder Junge!«

Die Klinik befand sich in einem wundervoll restaurierten maurischen Palast und war mit modernster Technik ausgestattet. Nach einem Rundgang mit dem Chefarzt wußte Isabella, daß Ramón genau die richtige Wahl getroffen hatte. Besser konnte sie nirgends aufgehoben sein, davon war sie jetzt überzeugt.

Als Isabella sich nach einer dieser Untersuchungen in der durch einen Vorhang abgetrennten Ecke des Behandlungszimmers ankleidete, hörte sie, wie der Arzt im Wartezimmer mit Adra über ihren Zustand sprach. Sie konnte inzwischen genug Spanisch, um zu merken, daß dieses Gespräch nüchtern und fachmännisch wie zwischen Medizinern geführt wurde. Das verblüffte sie ziemlich.

Auf der Heimfahrt hielt sie vor einem kleinen Café am Hafen und bestellte zwei Portionen Eis mit Schokoladesauce.

»Ich habe zufällig mitbekommen, wie Sie mit dem Arzt gesprochen haben, Adra«, sagte Isabella. »Sie müssen früher Krankenschwester gewesen sein, weil sie so viel darüber wissen – all die Fachausdrücke...«

Doch damit löste sie wieder eine merkwürdig feindselige Reaktion aus.

»Dafür bin ich zu ungebildet. Ich bin bloß ein Dienstmädchen«, antwortete Adra barsch.

Da der Gynäkologe damit rechnete, daß das Baby in der ersten Aprilwoche kommen werde, setzte Isabella zu einem furiosen Endspurt an, um ihre Dissertation noch vorher abzuschließen. Am 31. März tippte sie die letzten Seiten und schickte die Arbeit nach London, ohne selbst sagen zu können, ob sie ein Dokument der Ahnungslosigkeit oder ein genialisches Werk abgeliefert hatte. Und nachdem sie auf der Post gewesen war, machte sie sich endlos Vorwürfe wegen vermeintlicher Auslassungen und möglicher Verbesserungen im Text.

Sie nahm Ramón das feierliche Versprechen ab, sie ab sofort keine Minute mehr alleinzulassen. So lag sie in seinen Armen, als sie von den ersten Wehen aufwachte.

Isabella blieb zunächst ruhig liegen, ohne ihn zu wecken, wartete noch, bis die Abstände zwischen den Wehen kürzer wurden, und war sehr mit sich zufrieden, während jetzt das Endstadium dieses langen, faszinierenden Prozesses begann. Als sie Ramón dann schließlich doch wachrüttelte, zeigte er sich erfreulich besorgt um sie. Er hastete im Schlafanzug davon, um Adra, die einen Stock tiefer schlief, aus ihrem Zimmer zu holen.

Isabellas Koffer stand schon gepackt, und die drei stiegen in den Mini. Während Isabella in einsamer Größe auf dem kleinen Rücksitz thronte, fuhr Ramón sie in die Klinik.

Wie der Arzt vorausgesagt hatte, lief alles rasch und natürlich ab. Obwohl das Baby ziemlich groß und Isabellas Becken verhältnismäßig schmal war, gab es keine Komplikationen. Als der Geburtshelfer sie zu einer letzten großen Anstrengung aufforderte, drückte sie mit aller Kraft, fühlte ihr Kind aus ihrem Leib gleiten und stieß einen triumphierenden Schmerzensschrei aus.

Sie richtete sich besorgt auf und wischte sich ihr schweißnasses Haar aus den Augen. »Was ist's?« fragte sie. »Ist's ein Junge?« Der Arzt hielt das rotglänzende Neugeborene hoch, und sie lachten alle über seinen klagenden ersten Schrei.

»Hier!« Der Geburtshelfer drehte das Baby, das er noch immer an den Knöcheln hielt, etwas zur Seite, damit Isabella es besser sehen konnte.

Das Gesicht des Neugeborenen war faltig und scharlachrot; seine Augen waren zugeschwollen. Sein dichtes schwarzes Haar klebte naß an seinem Schädel. Sein kleines Glied war deutlich sichtbar.

»Ein Junge!« keuchte sie strahlend. »Ein Junge – und ein Courtney!«

Später wurde das Baby zum erstenmal angelegt. Er nahm ihre geschwollene Brustwarze zwischen seinen kleinen Gaumen und saugte fest daran. Dieser Reiz bewirkte, daß ihre Gebärmutter sich wieder zusammenzuziehen begann. In ihrem Herzen löste dies ein tiefes, archaisches Gefühl aus.

Er war das schönste Wesen, das sie je berührt hatte – so schön wie sein Vater. In den ersten Tagen konnte sie den Blick nicht von ihm wenden und stand sogar oft nachts auf, um sich über sein Bettchen zu beugen und sein Gesicht im Mondschein zu betrachten. Sie studierte ihn, während sie ihn stillte, öffnete seine rosigen Fäuste und betrachtete jeden der winzigen Finger mit großer Ehrfurcht.

»Er ist schön. Er gehört mir«, sagte sie sich immer wieder, ohne daß diese Feststellung ihr durch ständige Wiederholung weniger wunderbar erschienen wäre.

Die ersten drei Tage verbrachte Ramón bei ihnen in der Klinik in Isabellas großem sonnigen Privatzimmer. Er schien von seinem Sohn ebenso fasziniert zu sein wie Isabella. Wie schon in den Monaten zuvor überlegten sie, welche Namen der Kleine erhalten sollte. Shasa und Sean von Isabellas sowie Huesca und Mahon von Ramóns Seite der Familie schieden aus. Schließlich stand fest, daß er Nicholas Miguel Ramón de Santiago y Machado heißen würde. Miguel war ein Kompromiß, nachdem Isabella den Namen Michael vorgeschlagen hatte.

Als Ramón sie am vierten Tag in der Klinik besuchte, wurde er von drei dunkelgekleideten Herren mit feierlichen Mienen und bedeutend aussehenden Aktentaschen begleitet. Einer war Rechtsanwalt, der zweite kam vom Standesamt, der dritte war ein hiesiger Richter.

Der Richter sah als Zeuge zu, als Isabella die Adoptionsurkunde unterschrieb, mit der sie ihr Sorgerecht für Nicholas auf den Marqués de Santiago y Machado übertrug. Die von dem Standesbeamten mitgebrachte Geburtsurkunde wies Ramón als Vater des Kindes aus.

Nachdem die drei Herren mit einem großen Glas Sherry auf Mutter und Kind angestoßen hatten und gegangen waren, schloß Ramón Isabella zärtlich in die Arme.

»Jetzt hat dein Sohn den Titel sicher«, flüsterte er dabei.

»Unser Sohn«, verbesserte sie ihn ebenso leise und küßte ihn. »Meine Männer: Nicky und Ramón.«

Als Ramón sie aus der Klinik abholte und nach Hause brachte, bestand Isabella darauf, Nicky selbst die Treppe hinaufzutragen. Adra hatte alle Vasen, die sie finden konnte, mit Blumen gefüllt, um sie willkommen zu heißen.

Sie nahm Isabella den Kleinen ab. »Er ist naß. Ich wickle ihn.« Isabella wollte etwas sagen, aber sie ließ es.

Nach und nach entwickelte sich ein unausgesprochener Wettbewerb zwischen den beiden Frauen. Obwohl Isabella zugeben mußte, daß Adra sich rührend um das Baby kümmerte, ärgerte sie sich im stillen über diese Einmischung. Sie wollte Nicky ganz für sich allein haben und bemühte sich deshalb, Adra zuvorzukommen.

Nicky hatte eine gesunde Gesichtsfarbe und dichtes schwarzes Haar. Als er zum erstenmal die Augen öffnete, leuchteten sie grün.

»Du bist so schön wie dein Vater«, erklärte sie ihm, während sie ihn stillte. Das zumindest konnte Adra nicht für ihn tun!

Als Isabella am Ostersonntag zu Hause anrief, fragte ihre Großmutter streng: »Was gibt's in Spanien so Wichtiges, daß du nicht nach Weltevreden kommen kannst?«

»Nana, ich liebe euch alle, aber ich kann hier nicht weg! Das mußt du bitte verstehen!«

»Wie ich dich kenne, junge Lady, und ich kenne dich gut, hat der Grund dafür Hosen an.«

»Nana, du schockierst mich! Wie kannst du nur so was von mir glauben?«

»Ich spreche aus zwanzigjähriger Erfahrung«, sagte Centaine Courtney-Malcomess trocken. »Mach bloß keine Dummheiten, Kind.«

»Bestimmt nicht, das verspreche ich dir«, flötete Isabella, während sie Nicky an ihren Busen drückte. Oh, wenn Nana ihn nur sehen könnte! dachte sie. Dabei trug er gar keine Hosen.

»Wie kommst du mit deiner Dissertation voran?« fragte ihr Vater, als Nana ihm den Hörer übergab. Sie durfte ihm nicht erzählen, daß sie die Arbeit bereits abgeliefert hatte, denn nur damit konnte sie eine Verlängerung ihres Spanienaufenthalts begründen.

»Sie ist fast fertig«, antwortete Isabella als Kompromiß. In Wirklichkeit hatte sie seit Nickys Geburt nicht mehr an ihre Dissertation gedacht.

»Na, dann viel Erfolg!« Shasa schwieg einige Augenblicke. »Denkst du manchmal an unser Gespräch, an das Versprechen, das du mir gegeben hast?«

»Welches?« fragte sie schuldbewußt. Dabei wußte sie recht gut, welches er meinte.

»Du hast mir versprochen, Probleme ernsterer Art, irgendwelche Probleme, nicht selbst meistern zu wollen, sondern damit zu mir zu kommen.«

»Ja, ich weiß.«

»Geht's dir wirklich gut, Bella?«

»Mir geht's wunderbar, einfach glänzend, Daddy!«

Er hörte, daß sie die Wahrheit sagte, und seufzte erleichtert.

»Fröhliche Ostern, meine kluge und schöne Tochter.«

Erst das Gespräch mit Michael war eine Erleichterung, weil Isabella sich nicht mehr zu verstellen brauchte. Sie telefonierte fast eine Dreiviertelstunde lang mit Johannesburg und kitzelte zwischendurch Nicky, damit er für seinen fernen Onkel gluckste.

»Wann kommst du heim, Bella?« fragte Michael zuletzt.

»Ramón wird im Juni geschieden, das steht endgültig fest. Wir lassen uns hier in Spanien standesamtlich trauen und heiraten kirchlich in Weltevreden. Ich rechne fest damit, daß du zu beiden Anlässen kommst.«

»Versuch's doch, mich fernzuhalten!« forderte Michael sie lachend heraus.

Zu Ostern waren sie in ihrem Lieblingsrestaurant. Nickys Kinderwagen stand neben dem Tisch.

Adra war ebenfalls mitgekommen. Sie gehörte quasi zur Familie und schob auf dem Heimweg den Kinderwagen. Isabella fühlte sich als Ehefrau und Mutter glücklicher als je zuvor in ihrem Leben.

Daheim verschwand Adra mit dem Kleinen, um ihn zu wickeln. Diesmal hatte Isabella ausnahmsweise nichts dagegen.

Nachdem sie im Schlafzimmer die Jalousien heruntergelassen hatte, kam sie zu Ramón.

»Nickys Geburt liegt jetzt schon drei Wochen zurück. Ich bin nicht aus Glas, weißt du. Ich zerbreche nicht. Du hast einiges verlernt, fürchte ich«, sagte sie, indem sie ihn in den Hals biß. »Mal sehen, ob ich's dir wieder beibringen kann.«

»Aber paß auf, damit du dir nicht wehtust!« mahnte Ramón sie.

»Paß lieber selbst auf, mein Freund! Achtung, jetzt geht's los!«

Als sie danach in dem halbdunklen Raum ihre Leiber aneinanderschmiegten, sagte Ramón plötzlich: »Nächste Woche muß ich für vier Tage verreisen.«

Isabella setzte sich auf. »Nicht schon so bald, Ramón!« protestierte sie. Aber dann wurde ihr klar, daß sie egoistisch und unvernünftig war.

»Du rufst mich jeden Tag an, nicht wahr?« fragte sie.

»Ich habe eine bessere Idee. Ich bin in Paris und versuche es einzurichten, daß du nachkommen kannst. Dann gehen wir zum Abendessen ins Laserre.«

»Das wäre herrlich – aber was wird aus Nicky?«

»Nicky ist bei Adra in besten Händen«, versicherte Ramón ihr lachend. »Um den Kleinen brauchst du dir keine Sorgen zu machen. Adra ist bestimmt selig, ihn mal ganz für sich allein zu haben.«

»Ich weiß nicht recht...«, sagte Isabella zweifelnd. Die Vorstellung, auch nur eine Stunde von ihrem kleinen Sohn getrennt zu sein, entsetzte sie.

»Es wäre nur für eine Nacht, und du hast dir wirklich eine kleine Belohnung verdient. Außerdem brauche ich dich auch, weißt du.«

Sein Appell rührte sie. »Ich wäre natürlich gern mit dir zusammen. Du hast recht: Nicky und Adra werden eine Nacht ohne mich überleben. Ich komme, sobald du anrufst.«

»Die Frau hat ihren Balg vor fast einem Monat geboren«, flüsterte General Joe Cicero heiser. »Was hat diese Verzögerung zu bedeuten? Sie hätten das Unternehmen längst abschließen sollen. Die Kosten sind ins Unermeßliche gestiegen!«

»Ich darf Sie darauf aufmerksam machen, Genosse General, daß ich die Kosten nicht aus dienstlichen, sondern aus eigenen Mitteln bestreite«, stellte Ramón gelassen fest.

Cicero hustete und raschelte dabei mit dem Exemplar des »France Soir«, mit dem er sein Gesicht tarnte. Die beiden saßen in einem Wagen der Pariser Métro in der zweiten Klasse nebeneinander. Der Russe war an der Station Concorde eingestiegen und hatte neben Ramón Platz genommen. Keiner von ihnen hatte sich anmerken lassen, daß sie sich kannten. Die Fahrgeräusche der Métro verhinderten, daß ihr halblaut geführtes Gespräch mitgehört werden konnte. Beide tarnten ihre Gesichter dabei hinter aufgeschlagenen Tageszeitungen. Dies war ein für kurze Treffs bewährtes Verfahren.

»Ich meine nicht nur die Kosten in Rubel«, keuchte Cicero. »Sie haben fast ein Jahr für dieses Projekt aufgewendet, und in dieser Zeit ist viel andere Arbeit liegengeblieben.«

Das rasche Fortschreiten der Krankheit seines Vorgesetzten war offensichtlich. Vielleicht hatte er nur noch einige Monate, möglicherweise nur mehr einige Wochen zu leben.

»Diese wenigen Monate Arbeit werden in kommenden Jahren, vielleicht sogar Jahrzehnten gewaltige Dividenden abwerfen.«

»Arbeit!« schnaubte Cicero. »Den Honigtopf mit Ihrem Löffel umrühren. Wie definieren Sie Vergnügen, wenn das Arbeit sein soll, Marqués? Und weshalb schieben Sie die Beendigung dieses Unternehmens Woche für Woche hinaus?«

»Um das Potential der Frau später wirklich nutzen zu können, müssen wir dafür sorgen, daß eine enge Bindung zwischen Mutter und Kind entstehen kann, bevor wir die nächste Etappe in Angriff nehmen.«

»Und wann ist's soweit?« wollte Cicero wissen.

»Diese Bindung existiert schon. Wir können endlich weitermachen. Alle Vorbereitungen sind getroffen. Für den nächsten Schritt brauche ich Ihre Unterstützung. Deshalb habe ich dieses Treffen in Paris vorgeschlagen.«

Cicero nickte zufrieden. »Bitte weiter«, forderte er den Jüngeren auf.

Ramón sprach etwa fünf Minuten lang halblaut. Cicero, der schweigend zuhörte, gestand sich widerwillig ein, daß dieser Plan hieb- und stichfest war. Insgeheim mußte er zugeben, daß sein Nachfolger, gegen den er anfangs große Vorurteile gehegt hatte, doch gut ausgewählt zu sein schien.

»Gut, ich bin einverstanden«, flüsterte er zuletzt. »Machen Sie wie vorgeschlagen weiter. Ich überwache die weitere Entwicklung von hier aus.« Cicero faltete seine Zeitung zusammen und stand auf, während der Zug an der Station Bastille hielt.

Als die Türen geöffnet wurden, trat er auf den Bahnsteig hinaus und ging davon, ohne sich umzusehen.

Die Benachrichtigung der University of London traf am Nachmittag des Tages ein, an dem Ramón abgereist war. Sie kam in Form eines Eilbriefs mit dem eingeprägten Wappen der Universität auf der Umschlagklappe.

»Der Kanzler und die Mitglieder der Philosophischen Fakultät der University of London freuen sich, Isabella Courtney mitteilen zu können, daß sie zum Doktor der Philosophie promoviert worden ist.«

Isabella rief sofort daheim in Weltevreden an. Der Zeitunterschied zwischen Malaga und Kapstadt betrug nur zwei Stunden, und Shasa war eben vom Polofeld zurückgekommen. Er trug noch Reithosen und -stiefel, als er den Anruf in der Bibliothek entgegennahm, deren Terrassentüren aufs Feld hinausführten.

»Wahnsinn!« Er stieß einen Juchzer aus, als sie ihm das Schreiben der Universität vorlas. Dieser uncharakteristische Gefühlsausbruch bewies ihr, wie sehr er sich darüber freute. »Wann verleihen sie dir den Doktorhut, Darling?«

»Erst im Juni oder Juli. Bis dahin muß ich noch bleiben.« Das war die Ausrede, nach der sie gesucht hatte.

»Natürlich«, stimmte Shasa sofort zu. »Ich komme dazu nach London.«

»Daddy, diese lange Reise...«

»Unsinn, Doktor Courtney, das möchte ich auf keinen Fall

verpassen! Und wie ich deine Großmutter kenne, will sie vermutlich mitkommen.«

Eigenartigerweise schreckte diese Vorstellung sie weniger als erwartet. Sie erkannte recht gut, daß dies die ideale Gelegenheit für das erste Zusammentreffen ihres Vaters und Nanas mit Ramón und Nicky war. In fremder Umgebung erschien ihr Centaine Courtney-Malcomess weniger steif als inmitten all der Pracht und Tradition von Weltevreden.

Im Augenblick sehnte Isabella sich vor allem danach, ihre Freude über ihren Erfolg mit Ramón zu teilen – aber er rief weder an diesem Abend noch am Tag darauf an. Am Donnerstagmorgen war sie fast krank vor Angst. Das sah Ramón überhaupt nicht ähnlich! Wenn sie getrennt waren, rief er normalerweise jeden Tag an.

Als das Telefon endlich klingelte, stand sie in der winzigen Küche und stritt sich mit Adra darüber, wie viele Knoblauchzehen in die Paella gehörten.

»Wenn's möglich wäre, würden Sie das Zeug am liebsten intravenös nehmen!« warf Isabella ihr in fließendem Spanisch vor und hetzte zum Telefon.

»Wir kochen kein Irish Stew, sondern eine Paella«, stellte Adra energisch fest.

»Ramón, Darling, ich hab' mir solche Sorgen gemacht! Ich hab' so auf deinen Anruf gewartet!«

»Tut mir leid, Bella, Darling.« Seine volltönende Stimme beruhigte sie sofort.

»Liebst du mich noch?« gurrte sie.

»Komm nach Paris, dann beweise ich's dir.«

»Wann?«

»Sofort. Ich habe dir einen Platz in der Mittagsmaschine der Air France reservieren lassen. Dein Ticket liegt am Flughafen für dich bereit. Um vierzehn Uhr kannst du schon in Paris sein.«

»Wo treffen wir uns?«

»Im Plaza Athénée. Wir haben eine Suite.«

»Du verwöhnst mich, Ramón, Darling.«

»Nicht mehr, als du verdienst.«

Isabella, deren Reisetasche gepackt stand, verließ sofort die

Wohnung. Aber der Start der Air-France-Maschine verzögerte sich um vierzig Minuten. Und in Paris machte das Personal der Gepäckabfertigung Dienst nach Vorschrift, so daß sie fast eine Stunde lang vor dem Gepäckkarussell warten mußte, bis ihre Reisetasche endlich auftauchte. So war es bereits nach siebzehn Uhr, als ihr Taxi in der Avenue Montaigne vor der eleganten Fassade des Hotels Plaza Athénée mit seinen scharlachroten Markisen hielt.

Sie rechnete eigentlich damit, daß Ramón sie in der prunkvoll mit Marmor und Spiegeln ausgestatteten Hotelhalle erwarten würde, und sah sich um, als sie durch die Drehtür hereinkam. Aber er war nicht da. Sie achtete nicht weiter auf eine hagere Gestalt mit strähnigem weißen Haar in einem der Brokatsessel gegenüber dem Empfang. Der Alte hob seinen Kopf und betrachtete sie sekundenlang mit seltsam leblosen pechschwarzen Augen. Dann hustete er hohl und konzentrierte sich wieder auf seine Zeitung.

Isabella trat rasch und erwartungsvoll an den Empfang.

»Einer Ihrer Gäste ist der Marqués de Santiago y Machado. Ich bin seine Frau.«

»Einen Augenblick, Madame.« Der Empfangschef sah im Gästebuch nach, schüttelte den Kopf und ging die Eintragungen mit gerunzelter Stirn nochmals durch.

»Tut mir leid, Marquesa. Ihr Gatte ist im Augenblick leider nicht bei uns zu Gast.«

»Vielleicht hat er sich als Monsieur Machado eingetragen.«

»Bedaure, wir haben keinen Gast dieses Namens.«

Isabella schüttelte verwirrt den Kopf. »Das verstehe ich nicht! Ich habe erst heute morgen mit ihm telefoniert.«

»Ich frage gern noch mal nach.« Der Empfangschef ließ sie kurz stehen, um bei Reservierungen nachzufragen, und kam fast augenblicklich zurück. »Ihr Gatte ist nicht bei uns, und wir haben auch keine Reservierung für ihn.«

»Er muß aufgehalten worden sein.« Isabella bemühte sich, unbesorgt zu wirken. »Haben Sie ein Zimmer für mich?«

»Nein, wir sind leider ausgebucht.« Der Empfangschef breitete bedauernd die Hände aus. »Sie verstehen, der Frühling. Ich bedaure sehr, Marquesa, aber um diese Jahreszeit ist ganz Paris ausgebucht.«

»Er kommt bestimmt hierher«, behauptete Isabella lächelnd. »Ich kann doch in der Galerie auf ihn warten?«

»Selbstverständlich, Marquesa. Ich lasse Ihnen eine kleine Erfrischung servieren. Der Portier bewahrt inzwischen Ihr Gepäck auf.«

Als sie in Richtung Galerie weiterging, die zur Cocktailstunde der Modetreff für »tout Paris« war, stand der weißhaarige Gentleman aus seinem Sessel auf. Er bewegte sich steifbeinig wie ein schwacher, schwerkranker alter Mann. Isabella würdigte ihn in ihrer Verwirrung keines Blickes. Cicero verließ das Hotel; der Türsteher rief ihm ein Taxi, das ihn in der Rue Grenelle absetzte. Er ging die letzten hundert Meter bis zur sowjetischen Botschaft zu Fuß. Der Wachhabende der Nachtschicht erkannte ihn, als er hereinkam.

Aus dem im ersten Stock liegenden Dienstzimmer des Militärattachés rief Cicero eine Nummer in Malaga an.

»Die Frau wartet im Hotel«, flüsterte er heiser. »Vor morgen mittag kann sie nicht zurück sein. Sie können wie geplant weitermachen.«

Kurz vor neunzehn Uhr trat der Empfangschef an Isabellas Tisch in der Galerie.

»Eben ist eine Stornierung eingegangen, Marquesa. Wir haben ein Zimmer für Sie. Ihr Gepäck habe ich schon hinaufbringen lassen.«

Aus ihrem Zimmer rief sie daheim in Malaga an. Da sie sich offenbar irgendwie verfehlt hatten, konnte sie nur noch hoffen, Ramón habe bei Adra eine Nachricht für sie hinterlassen. Aber obwohl sie die Nummer mehrmals wählte und das Telefon endlos lange klingeln ließ, meldete sich niemand. Das beunruhigte sie wirklich. Adra hätte dasein müssen; das Telefon stand gleich neben ihrer Zimmertür in der Diele. Auch nachts rief Isabella noch mehrmals an – immer ohne Erfolg.

»Bestimmt ist das Telefon kaputt«, redete sie sich ein. Trotzdem machte sie in dieser Nacht kaum ein Auge zu.

Sobald die Stadtbüros der Fluggesellschaften geöffnet waren, buchte sie ihren Rückflug nach Malaga und schaffte es trotz ihrer Ängste, unterwegs eine Stunde lang zu schlafen. Kurz nach Mittag landete sie auf dem Flughafen Malaga.

Das Taxi setzte sie vor dem Eingang des Hauses ab. Isabella

schleppte die Reisetasche in den ersten Stock. Ihre Finger zitterten vor Aufregung und Erschöpfung, aber sie schaffte es zuletzt doch, den Schlüssel in die Wohnungstür zu stecken.

In der Wohnung war es seltsam still, und ihre Stimme hallte durch die offene Tür.

»Adra, ich bin wieder da! Wo sind Sie?«

Im Vorbeilaufen warf sie einen Blick in die leere Küche, während sie zu Adras Zimmer hastete. Auch dort war niemand. Isabella lief die Treppe hinauf und machte dann wie angenagelt vor ihrem Schlafzimmer halt. Die Tür stand weit offen.

Nickys Gitterbett stand wie gewohnt in der Nische gegenüber dem Fenster. Aber Kissen, Decken und Laken waren verschwunden. Und der Tisch neben dem Bettchen war ebenfalls leer.

Sie trat an die Terrassentür und sah hinaus. Auch der Kinderwagen war verschwunden.

»Adra!« rief sie und hörte sich hysterisch kreischen. »Adra, wo sind Sie?«

Sie hetzte durch die übrigen Räume. »Nicky! Mein Kleiner! Lieber Gott, hilf mir! Wo ist mein Nicky?«

Dann fand sie sich in ihrem Zimmer neben dem leeren Bettchen kniend wieder.

»Ich kann's nicht verstehen«, flüsterte sie. »Was ist bloß passiert?«

Sie riß alle Schubladen der Kommode auf. Sie waren leer. Die Strampelanzüge, Windelhosen, Hemden und Jäckchen waren verschwunden.

»Er ist im Krankenhaus!« schluchzte sie. »Großer Gott, was ist meinem Baby zugestoßen?«

Sie lief die Treppe hinunter, wollte nach dem Telefonhörer greifen und erstarrte, als sie den Umschlag sah. Sie griff danach und riß ihn auf. Ihre Hand zitterte so sehr, daß sie den Text kaum lesen konnte.

Sie erkannte sofort Ramóns Handschrift und empfand einige Sekunden lang trügerische Erleichterung, die sich jedoch sofort wieder verflüchtigte, als sie den Text las:

»Nicholas ist bei mir. Er befindet sich vorläufig in Sicherheit. Willst Du ihn wiedersehen, mußt Du Dich exakt an folgende Anweisungen halten. Sprich mit niemandem in Malaga. Ich wiederhole: Sprich mit niemandem. Verlaß sofort die Wohnung und fahre nach London zurück. Die nächste Kontaktaufnahme erfolgt am Cadogan Square. Erzähl niemandem, was passiert ist – nicht mal Deinem Bruder Michael. Halte dich genau an diese Anweisungen. Dein Ungehorsam hätte schlimme Folgen für Nicky. Du würdest ihn nie wiedersehen. Vernichte diese Mitteilung.

R.«

Isabella glitt die Wand hinunter und blieb mutlos auf den Fliesen sitzen. Sie las die Mitteilung wieder und wieder, ohne sie wirklich zu begreifen.

»Mein Kind«, flüsterte sie. »Mein kleiner Nicky. ›Dein Ungehorsam hätte schlimme Folgen für Nicky. Du würdest ihn nie wiedersehen.‹«

Sie ließ den Zettel sinken und starrte die gegenüberliegende Wand an. Sie hatte das Gefühl, ihre gesamte Existenz werde plötzlich ausgelöscht.

Isabella wußte nicht, wie lange sie dort gesessen hatte, zuletzt raffte sie sich auf und kam wieder auf die Beine. Sie stieg mühsam die Treppe zu ihrem Schlafzimmer hinauf und blieb vor Ramóns Schrank stehen. Er war ebenfalls leer. Selbst die Kleiderbügel waren verschwunden. Sie trat niedergeschlagen an die Kommode und zog ein leeres Schubfach nach dem anderen auf. Ramón hatte nichts zurückgelassen.

»Mein Kind«, flüsterte sie. »Was haben sie dir angetan?«

Dann sah sie etwas zwischen der Matratze und den hölzernen Gitterstäben stecken. Sie zog es behutsam heraus und umschloß es mit beiden Händen. Als sei er eine Reliquie, hielt sie einen von Nickys Babyschuhen in Händen. Sie hob den kleinen Schuh an ihr Gesicht und atmete den Babyduft ihres Sohnes ein.

Erst dann begann sie zu weinen. Sie schluchzte hemmungslos in ohnmächtigem Zorn, weinte all den Schmerz heraus, bis sie vollkommen erschöpft war. Unterdessen war die Abenddämmerung über Terrasse und Schlafzimmer herabgesunken. Isabella kroch zum Doppelbett, rollte sich darauf zusammen und schlief mit dem an ihre Wange gepreßten Babyschuh ein.

Als sie aufwachte, war es noch dunkel. Ohne Anlaß und Ursache dafür zu kennen, blieb sie sekundenlang mit dem bedrückenden Gefühl liegen, auf ihr laste ein Verhängnis. Dann fiel ihr plötzlich alles wieder ein. Sie machte Licht, setzte sich auf und sah sich erschrocken um.

Ramóns Mitteilung lag auf dem Nachttisch neben dem Bett. Sie griff danach, las den Text erneut durch und bemühte sich wieder, ihn zu begreifen.

»Ramón, warum tust du mir das an?« flüsterte sie. Dennoch hielt sie sich an seine Anweisungen, nahm den Zettel mit ins Bad, zerriß ihn in kleine Papierschnitzel und spülte diese im Klo hinunter. Jedes Wort war ohnehin für immer in ihr Gedächtnis eingemeißelt.

Nachdem sie geduscht und sich angezogen hatte, machte sie sich eine Scheibe Toast und eine Kanne Kaffee. Beides schmeckte nach nichts. Ihr Mund war gefühllos, als habe sie ihn sich mit kochendheißem Wasser verbrannt.

Dann machte sie sich daran, die ganze Wohnung gründlich zu durchsuchen. Sie begann mit Adras Zimmer. Von Adra Olivares war nicht die geringste Spur zurückgeblieben: kein Kleidungsstück, keine Salbe, keine Zahncreme in ihrem Bad, kein einziges Haar auf ihrem Kopfkissen.

Als nächstes nahm Isabella sich die Küche und das Wohnzimmer vor. Auch hier nichts außer den Möbeln, die dem Vermieter gehörten, Geschirr und Besteck in der Küche und einigen wenigen Vorräten im Kühlschrank.

Sie ging ins Schlafzimmer hinauf. In die Rückwand von Ramóns Kleiderschrank war ein Safe eingelassen, aber die Stahltür stand sperrangelweit offen, und alle Dokumente waren verschwunden – auch Nickys Geburtsurkunde und seine Adoptionsunterlagen.

Isabella sank aufs Bett, stützte den Kopf in beide Hände, versuchte klar zu denken und bemühte sich verzweifelt, einen Grund für diesen Wahnsinn zu finden. Trotz aller Anstrengungen, den Fall aus allen nur möglichen Blickwinkeln zu sehen, drehten ihre Gedanken sich unaufhörlich im Kreis.

Alles wies erbarmungslos auf die einzig mögliche Schlußfolgerung hin: Ramón steckte in größten Schwierigkeiten. Irgend etwas

Schreckliches aus seinem Geheimdienstleben hatte sie jetzt eingeholt. Isabella wußte, daß er in äußerster Not mit Nicky hatte flüchten müssen. Sie begriff, daß sie alles in ihrer Macht Stehende tun mußte, um ihnen zu helfen. Sie war sich darüber im klaren, daß sie seinen Befehlen gehorchen mußte, weil davon ihre Sicherheit und vielleicht sogar ihr Leben abhing. Aber sie konnte nicht einfach aus Malaga verschwinden. Sie mußte mehr in Erfahrung bringen; auch scheinbar unwichtige Informationen konnten später wertvoll sein.

Sie verließ die Wohnung und trat auf die Straße. Dem Haus gegenüber lag eine kleine Bäckerei. Isabella hatte sich in den vergangenen Monaten mit der Bäckersfrau angefreundet. Als Isabella über die Straße gelaufen kam, kurbelte sie gerade die Schaufenstermarkise herunter.

»Ja«, bestätigte die Bäckersfrau, »nach Ihrer Abreise am Donnerstag ist Adra mit Nicholas im Kinderwagen ausgegangen. Sie sind am Strand gewesen und erst kurz vor Ladenschluß zurückgekommen. Ich hab' gesehen, wie sie in die Wohnung raufgegangen sind, aber danach hab' ich sie nicht mehr zu Gesicht bekommen.«

Isabella ging die Straße entlang und fragte in allen Geschäften nach, die in Sichtweite des Hauses lagen. Einige Ladenbesitzer hatten Adra und Nicky am Donnerstagabend zurückkommen sehen, aber keiner konnte sich daran erinnern, sie später nochmals gesehen zu haben. Isabellas letzte Hoffnung war der Junge, der am Parktor als Schuhputzer arbeitete. Ramón ließ sich immer von ihm die Schuhe putzen und gab übertrieben viel Trinkgeld. Der Junge gehörte zu Isabellas Bewunderern in dieser Straße.

»Sí, Señora«, versicherte er ihr eifrig grinsend und auf seinen Kasten gestützt. »Am Donnerstag arbeite ich länger, weil die Leute ins Kino oder auf den Markt gehen. Um zehn Uhr sehe ich den Marqués. Er kommt mit zwei Männern in einem großen schwarzen Wagen. Sie parken auf der Straße und gehen nach oben.«

»Was für Männer sind das gewesen, Chico? Hast du sie gekannt? Oder schon mal gesehen?«

»Niemals. zwei finstere Männer – Polizisten, glaub' ich. Unheimliche Kerle. Polizisten mag ich nicht. Sie gehen alle drei nach oben und kommen bald wieder runter. Alle mit großen Koffern. Adra begleitet die Männer. Sie hat den kleinen Nico auf dem Arm. Sie steigen alle ins Auto und fahren weg. Das war's, Señora. Ich hab' sie nicht wieder gesehen.«

Die beiden unheimlichen Männer bestätigten scheinbar, was Isabella vermutet hatte: Ramón mußte unter Zwang gehandelt haben. Sie erkannte, daß ihr nichts anderes übrigblieb, als seine Anweisungen zu befolgen, ging in die Wohnung zurück und begann zu packen. Die abgelegten Umstandskleider ließ sie im Schlafzimmer auf dem Fußboden liegen; ihre eleganten Sachen füllten nur zwei Koffer.

Als sie die Schublade aufzog, in der sie ihre Kosmetikartikel aufbewahrte, mußte sie fesstellen, daß das dicke Album mit Aufnahmen, die sie seit Nickys Geburt gemacht hatte, mitsamt den Negativtaschen verschwunden war. Die Erkenntnis, daß sie keinen Beweis für die Existenz ihres Babys, kein Photo mehr und als einziges Andenken nur den winzigen Babyschuh aus seinem Gitterbett besaß, traf sie wie ein Keulenschlag.

Sie schleppte die Koffer nach unten und verstaute sie in ihrem Mini. Dann überquerte sie die Straße, um sich von der Bäckersfrau zu verabschieden.

»Bestellen Sie meinem Mann bitte, daß ich nach London gefahren bin, falls er zurückkommt und nach mir fragt.«

»Was ist mit Nico? Ist wirklich alles in Ordnung, Marquesa?« Die Frau war sichtlich besorgt, und Isabella rang sich ein Lächeln ab.

»Nico ist bei meinem Mann. Wir sehen uns in London wieder.«

Die Rückfahrt nach Norden schien endlos lange zu dauern. Jede Episode der vergangenen Tage seit dem Abschied von ihrem Sohn wiederholte sich vor ihrem inneren Auge, bis sie das Gefühl hatte, langsam verrückt zu werden.

Auf der Kanalfähre verzichtete sie auf die lärmende Geselligkeit im überfüllten Salon und ging aufs Bootsdeck hinauf. An diesem kalten grauen Tag trieb ein steifer Westwind weißschäumende Wogen vor sich her. Der Wind und ihre Verzweiflung setzten ihr so zu, daß sie zuletzt trotz ihres Daunenanoraks unkontrollierbar zitterte. Außerdem hatte sie Schmerzen in ihren Brüsten.

Es regnete, als sie den Cadogan Square erreichte, und die Wohnung erschien ihr kalt und unbehaglich. Beim Auspacken dachte Isabella über das Versprechen nach, das sie ihrem Vater gegeben hatte. Plötzlich warf sie das Kleid, das sie gerade in der Hand hielt, zu Boden und lief ins Wohnzimmer hinüber.

»Auslandsvermittlung, ich möchte ein Gespräch nach Kapstadt in Südafrika anmelden.«

Um diese Tageszeit brauchte sie kaum zehn Minuten zu warten, bis am anderen Ende der Wählton zu hören war. Eines der Dienstmädchen meldete sich – aber als Isabella den Mund öffnete, um ihren Vater zu verlangen, fiel ihr Ramóns nachdrückliche, bedrohliche Warnung wieder ein. »Dein Ungehorsam hätte schlimme Folgen für Nicky.«

Sie legte wortlos den Hörer auf und fand sich damit ab, auf die versprochene Kontaktaufnahme zu warten.

Sechs Tage lang geschah nichts. Sie verließ kaum die Wohnung, um jederzeit erreichbar zu sein. Sie telefonierte mit niemandem, sprach nur mit der Haushälterin und versuchte sich mit Büchern und dem Fernseher abzulenken. Die Ungewißheit steigerte ihre Verzweiflung.

Da Isabella kaum einen Bissen herunterbrachte, versiegte ihr Milchfluß nach und nach. Sie magerte schnell ab; ihre Augen lagen in dunklen Höhlen, und ihre Haut wirkte gelblich krank.

Sie wartete, und das Warten war eine Tortur. Jede Stunde glich einer unerträglichen Ewigkeit, bis am sechsten Tag das Telefon klingelte. Noch vor dem zweiten Klingeln griff sie in verzweifelter Hast nach dem Hörer.

»Ich habe eine Mitteilung von Ramón«, sagte eine Frauenstimme mit undefinierbarem Akzent. »Verlassen Sie sofort das Haus. Fahren Sie mit einem Taxi zur Kreuzung der Royal Hospital Road mit dem Embankment. Folgen Sie dem Embankment in Richtung Westminster. Unterwegs spricht jemand Sie als ›Red Rose‹ an. Tun Sie, was von Ihnen verlangt wird«, schloß die Anruferin. »Bitte wiederholen Sie diese Anweisungen.«

Isabella gehorchte atemlos. »Gut«, sagte die Frau und legte auf.

Auf dem Embankment über der Themse war Isabella noch keine hundert Meter weit gegangen, als ein langsam fahrender kleiner

Kastenwagen sie überholte. Er hielt vor ihr am Randstein, und als Isabella ihn erreichte, wurde die Hecktür geöffnet und zeigte ihr eine Frau mittleren Alters, die einen grauen Overall trug und auf einer der beiden Längsbänke saß.

»Red Rose«, sagte sie, und Isabella erkannte die Stimme, die sie am Telefon gehört hatte. »Steigen Sie ein!«

Isabella stieg rasch ein und setzte sich der Unbekannten gegenüber auf die zweite Bank. Die Frau knallte die Tür zu, und der Kastenwagen fuhr sofort wieder an.

Der fensterlose Fahrgastraum wies außer einem Dachventilator über Isabellas Kopf keinerlei Öffnungen auf. Sie konnte nicht hinaussehen, und obwohl sie versuchte, die zurückgelegte Strecke im Kopf zu rekonstruieren, war sie bald völlig verwirrt und mußte diesen Versuch aufgeben.

»Wohin bringen Sie mich?« fragte sie die Frau ihr gegenüber.

»Bitte schweigen Sie.« Und Isabella mußte sich damit abfinden. Sie klappte ihren Kragen hoch und vergrub ihre Hände tief in den Manteltaschen. Nach ihrer Armbanduhr waren sie dreiundzwanzig Minuten unterwegs gewesen, als das Fahrzeug wieder hielt. Diesmal wurde die Tür von außen geöffnet.

Sie befanden sich in einer Tiefgarage mit häßlichen ungestrichenen Betonpfeilern und einer steilen Zufahrtsrampe am anderen Ende. Die Frau in dem grauen Overall faßte Isabella am Arm, um ihr beim Aussteigen behilflich zu sein. Diese Berührung zeigte Isabella, wie kräftig die Unbekannte war. Ihre Hand fühlte sich wie die eines Gorillas an, und sie überragte Isabella mit breiten Ringerschultern unter dem sackartigen grauen Overall.

»Dort hinüber«, sagte sie knapp und führte Isabella zu einem Lift, ohne ihren Arm loszulassen. Trotz ihres schmerzhaften Griffs sah Isabella sich rasch um. In der Tiefgarage waren ein gutes Dutzend Fahrzeuge geparkt; mindestens zwei davon hatten Diplomatenkennzeichen.

Die Lifttür öffnete sich, und die Frau stieß Isabella vor sich her in die Kabine. Die Bedienungsknöpfe waren kyrillisch beschriftet, aber die Farbunterschiede zeigten, daß sie sich im zweiten Untergeschoß befinden mußten. Die Frau drückte auf einen mit III gekennzeichneten Knopf, und sie fuhren schweigend nach oben, bis der

Lift im dritten Obergeschoß hielt, wo Isabella von ihrer Begleiterin in einen kahlen Flur mit Korkboden hinausgeschoben wurde. Danach gingen sie – noch immer schweigend – zwischen geschlossenen Türen den menschenleeren Korridor entlang.

Als sie sich dem Ende des Korridors näherten, wurde eine Schiebetür geöffnet. Eine weitere Riesin mit breitem slawischen Gesicht – auch sie im selben unförmigen grauen Overall – ließ Isabella und ihre Begleiterin in einen Raum eintreten, der ein Vortragsraum oder ein intimes kleines Filmtheater zu sein schien. Vor einem Podium unter der Filmleinwand an der Schmalseite des Raums standen zwei Reihen Kinosessel.

Isabellas Begleiterin führte sie zum mittleren Sessel der ersten Reihe. »Hinsetzen«, wies sie Isabella an, die sich auf das glatte, kühle Plastikmaterial sinken ließ. Die beiden Frauen bauten sich hinter ihr auf. Danach herrschte einige Minuten Schweigen, bis die kleine Tür rechts neben dem Podium geöffnet wurde. Ein Mann kam hereingeschlurft.

Er bewegte sich steif wie ein kranker, gebrechlicher alter Mann. Strähniges weißes, noch schwach gelblich getöntes Haar hing ihm in die Stirn und über die Ohren. In sein blasses Gesicht hatten Alter und Krankheit tiefe Furchen gegraben, so daß Isabella fast ein wenig Mitleid mit ihm hatte.

Während dieser Musterung hielt Isabella unwillkürlich den Atem an, bis der Mann endlich sprach. Seine heisere Stimme war so leise, daß sie sich leicht nach vorn beugen mußte, um zu verstehen, was er sagte.

»Isabella Courtney, in Zukunft benützen wir diesen Namen nie wieder. Sie werden Red Rose genannt und nennen sich auch selbst so. Haben Sie das verstanden?«

Sie nickte lediglich, weil sie ihrer Stimme nicht traute. Er hob die zwischen Zeige- und Mittelfinger qualmende Zigarette an seine Lippen und nahm einen tiefen Zug.

»Wir werden Ihnen jetzt einen kleinen Film vorführen.« Er kam vom Podium herab und setzte sich in einen Sessel.

Sobald er Platz genommen hatte, wurde die Deckenbeleuchtung dunkler. Isabella hörte das leise Summen eines Projektors. Dann wurde die Filmleinwand hell und zeigte ein Kind.

Ein Arzt wickelte den Säugling rasch aus, und die näher heranfahrende Kamera zeigte Nicky, der jetzt nackt auf einem Tisch lag und strampelte. In dem stillen Raum klang sein fröhliches Glucksen unnatürlich laut.

Isabella wollte laut aufschreien.

»Das Wohlergehen dieses Kindes hängt einzig und allein von Ihnen ab – und von Ihrer Bereitwilligkeit, für uns zu arbeiten«, sagte Cicero in die Stille hinein.

Das Bild verblaßte, und die Leinwand wurde dunkel. In dem kleinen Raum war nur mehr Isabellas Atmen zu hören. Nach schier endloser Zeit gingen die Lichter wieder an, und Cicero kam zu ihr her und blieb vor ihr stehen.

»Ich versichere Ihnen, daß wir alles tun, um Ihnen Ihren Sohn zurückzugeben. Sie müssen allerdings mit uns kooperieren.«

Isabella saß zusammengesunken in ihrem Sessel. »Wie kann man nur der Mutter das Kind rauben?«

»Sie können sich und Ihrem Sohn Unannehmlichkeiten ersparen.«

»Unannehmlichkeiten! Ist das die richtige Umschreibung?«

»Nun mal langsam. Beherrschen Sie sich!« warnte Cicero sie scharf. »Vermeiden Sie solche Unverschämtheiten, wenn Ihnen das Wohl Ihres Kindes am Herzen liegt.«

Isabella sprach nun leiser. »Es soll nicht wieder vorkommen. Aber Sie dürfen Nicky nichts tun. Bitte!«

»Wenn Sie mit uns zusammenarbeiten, wird Ihrem Sohn kein Haar gekrümmt. Er wird von Adra Olivares versorgt, die examinierte Kinderschwester ist. Ihre professionelle Pflege ist für den Jungen besser als alles, wie Sie ihm hätten bieten können. Später bekommt er die beste Erziehung, die sich ein Junge oder junger Mann nur wünschen könnte.«

Isabella blickte mit schmerzverzerrtem Gesicht zu ihm auf. »Sie reden, als sei er mir für immer weggenommen, als dürfte ich mein Kind nie wiedersehen.«

Cicero hustete, schüttelte den Kopf, rang krampfhaft nach Atem und flüsterte dann heiser: »So ist es auch nicht, Red Rose. Sie werden zunächst Gelegenheit erhalten, sich den Zugang zu Ihrem Sohn zu verdienen. Für den Anfang erhalten Sie regelmäßig Berichte über seine Fortschritte. Filme werden Ihnen zeigen, wie er sich entwickelt – wann er allein sitzen, krabbeln und laufen kann.«

»O nein!« flüsterte sie entsetzt. »So lange dürfen Sie uns nicht trennen!«

Cicero sprach weiter, als hätte sie nichts gesagt. »Später dürfen Sie ihn dann jedes Jahr besuchen. Sollte Ihr Verhalten zufriedenstellend sein, ist es sogar möglich, daß Sie bald die Ferien mit ihm verbringen dürfen – das wären Tage oder gar Wochen in Gesellschaft Ihres Sohns.«

»Nein!« Isabella begann herzzerreißend zu schluchzen. »Sie können nicht so grausam sein, uns so lange zu trennen.«

»Wer weiß, vielleicht besteht sogar die Möglichkeit, eines Tages alle Einschränkungen aufzuheben und Ihnen freien Zugang zu gewähren. Dazu müßten Sie allerdings unser völliges Vertrauen besitzen.«

»Wer sind Sie?« fragte Isabella leise. »Und wer ist Ramón Machado? Ich habe mir eingebildet, ihn zu kennen, aber anscheinend kenne ich ihn überhaupt nicht. Wo ist Ramón? Hat er etwa bei diesen Geschichten –?« Ihre Stimme zitterte.

»Auf Überlegungen dieser Art müssen Sie völlig verzichten. Wer wir sind, hat Sie nicht zu interessieren«, warnte Cicero sie. »Ramón Machado gehört zu uns. Erwarten Sie keine Hilfe von ihm. Das Baby ist auch sein Kind. Er ist den selben Zwängen ausgesetzt wie Sie.«

»Was soll ich tun? Was erwarten Sie von mir?« fragte Isabella.

Cicero nickte zufrieden; er hatte mit ihrer Fügsamkeit gerechnet.

»Als erstes darf ich Ihnen zur Promotion gratulieren, Red Rose. Sie wird Ihnen die Arbeit erleichtern.«

Isabella starrte ihn an. Es fiel ihr schwer, den Zusammenhang zwischen Spionage und ihrem erfolgreichen Abschluß zu verstehen.

»Sobald sichergestellt ist, daß die Universität Ihnen die Doktorwürde in absentia verleiht, kehren Sie nach Kapstadt zu Ihrer Familie zurück. Haben Sie das verstanden?«

Isabella nickte; sie traute ihrer Stimme noch nicht.

»Nach Ihrer Rückkehr fangen Sie an, sich für sämtliche Aktivitäten Ihrer Familie zu interessieren. Sie werden sich bemühen, Ihrem

Vater unentbehrlich zu werden. Werden sie seine Assistentin und Vertraute in allen Dingen – vor allem in bezug auf seine neue Position an der Spitze der Armaments Corporation. Fangen Sie an, sich aktiv für südafrikanische Politik zu interessieren.«

»Mein Vater kommt ganz gut allein zurecht. Er braucht mich nicht.«

»Da irren Sie sich, Red Rose. Ihr Vater ist ein sehr einsamer und im Grunde seines Wesens unglücklicher Mann. Er ist zu keiner dauerhaften Beziehung mit Frauen fähig – außer mit seiner Mutter Centaine Courtney-Malcomess und mit Ihnen, seiner Tochter. Er braucht Sie.«

»Ich soll meinen eigenen Vater bespitzeln?« fragte Isabella erschrocken.

»Um das Überleben Ihres Sohnes zu sichern«, bestätigte Cicero gelassen. »Ihrem Vater geschieht nichts, aber Ihr Sohn hat Schlimmes zu befürchten, wenn Sie nicht mit uns zusammenarbeiten.«

Isabella putzte sich die Nase. Ihre Stimme war tränenerstickt. »Ich soll mir das Vertrauen meines Vaters erschleichen und Informationen über das südafrikanische Rüstungsprogramm beschaffen, um sie an Sie weiterzugeben?«

»Sie lernen schnell, Red Rose. Aber das ist noch nicht alles. Sie werden die Verbindungen Ihres Vaters zur regierenden Nationalen Partei nutzen, um Ihre eigene politische Karriere innerhalb der Partei zu fördern.«

Isabella schüttelte den Kopf. »Ich interessiere mich nicht für Politik.«

»Sie werden«, widersprach Cicero ihr. »Und Ihr Vater wird Ihnen den Weg ebnen, damit Sie Karriere machen können.«

»Wer weiß. Als John Vorster in Südafrika an die Macht gekommen ist, hatte er aufs falsche Pferd gesetzt. Deshalb ist er hierher auf den Botschafterposten abgeschoben worden – ins politische Abseits.«

»Ihr Vater ist durch seine erfolgreiche Tätigkeit als Botschafter rehabilitiert. Das beweist allein seine Berufung zum Vorstandsvorsitzenden der Armscor. Wir rechnen damit, daß er seine frühere Position innerhalb der Partei schon sehr bald zurückerhält. Wir halten es für höchst wahrscheinlich, daß er binnen zwei Jahren wieder Minister sein wird. Und Sie werden von seinem Aufstieg profitieren, Red Rose. In zwanzig Jahren könnten auch Sie einer südafrikanischen Regierung als Ministerin angehören.«

»Zwanzig Jahre!« wiederholte Isabella ungläubig. »So lange soll ich Ihre Sklavin sein?«

»Sie haben's noch immer nicht begriffen?« Cicero schüttelte den Kopf. »Gut, ich will's Ihnen erklären, Red Rose. Sie haben keine Wahl – Sie, Ihr Liebhaber Ramón Machado und Ihr Sohn sind in unserer Hand.«

Isabella starrte minutenlang die leere Filmleinwand an, während sie über das Ungeheuerliche dieser Zukunftsvision nachdachte.

Als Cicero schließlich weitersprach, klang seine Stimme beinahe sanft. »Sie werden jetzt zurückgebracht. Unser Wagen setzt Sie wieder am Embankment ab. Je gewissenhafter Sie unsere Befehle ausführen, Red Rose, desto größere Vorteile haben Sie und Ihr Sohn auf die Dauer davon.«

Die Frauen in den grauen Overalls zogen Isabella hoch und führten sie untergehakt hinaus.

Sobald sie den Raum verlassen hatte, öffnete sich die Seitentür, durch die zuvor auch Cicero hereingekommen war. Ramón Machado trat aufs Podium. »Sie haben zugesehen?« fragte Cicero. Ramón nickte wortlos. »Meinen Glückwunsch«, murmelte Cicero. »Dieses Unternehmen läuft. Ich rechne mit wertvollen Informationen. Wie geht's dem Kleinen?«

»Gut. Er ist mit seiner Kinderschwester in Havanna eingetroffen.«

Cicero zündete sich eine Zigarette an, bekam einen Hustenanfall und ließ sich seufzend in einen der Sessel fallen.

Vielleicht, dachte er, vielleicht kann ich die Abteilung doch fähigen Händen übergeben.

Amber Joy war kurz davor, beim Apportieren aus dem Wasser zu versagen. Darüber waren sich alle im klaren. Die erwartungsvolle nervöse Spannung der Teilnehmer und Zuschauer war fast mit Händen zu greifen.

Die südafrikanische Spürhundmeisterschaft wurde am Westrand des zu Weltevreden gehörenden Gebiets in den Ausläufern des

Kabonkelbergs ausgetragen. Das Gelände war sehr schwierig. Am zweiten Wettkampftag waren noch vier Hunde dabei.

Shasa Courtney konzentrierte sich ganz auf den laufenden Wettbewerb. Amber Joy war kurz davor, den Pokal zum erstenmal zu gewinnen. Er war ein prachtvoller lohfarbener Labradorhund, dessen Vater drei Jahre nacheinander amerikanischer Champion gewesen war. Aber jetzt schien ihn sein Glück zu verlassen.

Bei dem jähen Absturz war die Stockente tief eingetaucht und nicht wieder zum Vorschein gekommen. Vermutlich hatte sie sich irgendwo unter der Oberfläche des schlammigen braunen Wassers zwischen Pflanzenstielen verfangen.

Einer der Preisrichter hatte Amber Joys Nummer aufgerufen, und Bunty Charles, sein Besitzer und Führer, hatte ihn losgeschickt. Während die Zuschauer sich auf dem Staudammm drängten, war der Hund ins Wasser gesprungen und auf die Stelle zugeschwommen, wo der Vogel verschwunden war. Aber er hatte unterwegs die Ideallinie verloren und war oberhalb der Ente herausgekommen, wo die kaum merkliche Strömung des aufgestauten Flusses und der böige Südostwind den schwachen Blutgeruch von ihm wegtreiben mußten.

Jetzt paddelte Amber Joy in ziellosen Kreisen zwischen den Schwimmpflanzen umher, steckte gelegentlich den Kopf ins Wasser, kam jedesmal mit leere Schnauze zum Vorschein und entfernte sich immer weiter von der Stelle, wo die Ente ins Wasser gestürzt war.

Bunty Charles' besorgter Blick streifte die nächste Hundeführerin und ihren Spürhund. Centaine Courtney-Malcomess und Dandy Lass of Weltevreden waren seine erbittertsten Konkurrentinnen. Bisher hatten er und Amber Joy sich ihrer erwehren können – aber ihr Vorsprung betrug nur zehn Punkte. Wenn Amber Joy jetzt versagte, war der schwer erkämpfte Vorsprung dahin.

Auch Centaine Courtney stand unter größter Nervenanspannung. Sie besaß nicht wie Bunty dreißig Jahre Wettkampferfahrung; sie übte diesen Sport erst seit kurzem aus. Dandy Lass, ihre Golden-Retriever-Hündin, stammte von Champions ab: Sie hatte das Herz und den Instinkt, sich ins größte Dickicht oder ins kälteste Wasser zu stürzen und sich wie eine Heldin durchzuarbeiten. Sie besaß eine ausgezeichnete Spürnase, und ihre Intelligenz war beinahe unheimlich.

Obwohl Centaine mit undurchdringlicher Miene aufrecht und bewegungslos dastand, bebte sie innerlich. Die Preisrichter hätten jedes beruhigende Wort, jede beschwichtigende Geste der Hundeführerin wahrgenommen und mit Strafpunkten geahndet. Ein Winseln oder gar ein Bellen hätte die sofortige Disqualifikation bedeutet. Dandy Lass vermied es mit gewaltiger Anstrengung, Laut zu geben, während sie Amber Joys verzweifelte Bemühungen, den Vogel zu finden, aufmerksam verfolgte. Aber ihr ganzer Körper zitterte vor unterdrückter Aufregung, und sie blickte alle paar Sekunden zu Centaine auf, als bitte sie um den Befehl zum Apportieren.

Shasa Courtney, der seine Mutter vom Seeufer aus beobachtete, empfand aufrichtige Bewunderung für sie. Centaine Courtney-Malcomess war am letzten Neujahrstag siebzig geworden. Sie, die ihren Namen ihrer Geburt am ersten Tag des 20. Jahrhunderts verdankte, war noch immer rank und schlank wie ein junges Mädchen. Ihre Statur wirkte aristokratisch und elegant.

Sie hatte Shasa allein aufgezogen, nachdem sein Vater noch vor der Geburt des Jungen in Frankreich gefallen war. In der Wüste hatte sie allein den ersten Diamanten gefunden, mit dem der Ausbau ihrer berühmten H'ani-Diamantmine begonnen hatte. Dreißig Jahre lang hatte sie das heute als Courtney Enterprises bekannte weitläufige Finanzimperium aufgebaut. Obwohl der Vorsitz auf Shasa und später auf ihren Enkel Garry Courtney übergegangen war, nahm Centaine noch regelmäßig ihren Sitz im Vorstand ein. Jedes Wort, das sie in dieser Funktion sagte, jeder ihrer Vorschläge wurde aufmerksam angehört. Sämtliche Familienmitglieder – von Shasa bis hinunter zu Garrys Kindern zwischen vier Jahren und wenigen Monaten – erstarrten in Ehrfurcht vor Centaine. Sie war auch die einzige, die Isabella Courtney Befehle erteilen konnte, die widerspruchslos befolgt wurden.

Da stand sie nun im hellen Sonnenschein eines strahlend schönen Frühlingstags am Kap.

Eine verdammt imponierende Erscheinung, dachte Shasa. Und noch ebenso ehrgeizig wie vor fünfzig Jahren!

Einer der Preisrichter setzte seine Pfeife an die Lippen und gab ein kurzes Signal. Bunty Charles ließ enttäuscht die Schultern hängen. Amber Joy hatte versagt und wurde zurückgerufen. Charles verstärkte das Rückrufsignal durch einen Pfiff auf seiner eigenen Pfeife und ein brüskes Handzeichen. Amber Joy schwamm sofort ans Ufer, sprang aus dem Wasser und schüttelte sich, daß ein Kristallvorhang aus Wassertropfen in der Sonne glitzerte. Dann hob er zum Entsetzen seines Besitzers und zur Belustigung der Zuschauer ein Bein und bedachte das nächste Büschel Schilf mit einem verächtlichen Spritzer, der deutlich ausdrückte, was Amber Joy von der Ente, dem Stausee und den Preisrichtern hielt.

Dandy Lass war nun an der Reihe.

Der Vorsitzende der Jury sah von seinem Notizbuch auf.

»Nummer drei!« rief er übers Wasser, und Centaine sagte scharf: »Apport!« Dandy Lass schoß wie ein Pfeil davon.

Als sie das Wasser erreichte, verließ sie mit einem eleganten Sprung das Ufer und tauchte jenseits des Schilfstreifens in den Stausee. Sie kam schwimmend hoch. Centaine lächelte stolz, denn nur ein echter Siegertyp ging so mutig ins Wasser.

Dandy Lass schwamm wie ein Fischotter. Aber dann gefror Centaines stolzes Lächeln, als sie erkannte, daß ihre Hündin den gleichen Fehler machte wie Amber Joy. Vielleicht hatte das lange Warten sie irritiert; jedenfalls schwamm sie leicht schräg zu Wind und Strömung auf die Stelle zu, an der die Witterung von ihr fortgetragen werden würde.

Centaine überlegte kurz, ob sie auf Punkte verzichten und ihrer Hündin Anweisungen geben sollte. Wenn Dandy Lass – auch mit ihrer Unterstützung – die Ente apportierte, hatten sie Amber Joy geschlagen; aber um zu siegen, brauchten sie jeden einzelnen Punkt, und Centaine bildete sich ein, die Süße des Sieges bereits auf der Zunge zu spüren. Sie blieb unbeweglich stehen.

Dandy Lass beurteilte die Entfernung bis auf einen Meter genau und schwamm vor dem jenseitigen Schilfstreifen einen engen Kreis, aber sie war drei Meter zu hoch. Während Amber Joy weitergeschwommen war und sich dabei immer mehr von der Ente entfernt hatte, machte Dandy Lass wassertretend halt und sah sich nach Centaine auf dem anderen Ufer um.

Centaine steckte langsam ihre linke Hand in die Hosentasche. Selbst der strengste Preisrichter mit Adleraugen hätte diese belanglose Bewegung nicht als Signal auffassen können, aber Shasa erkannte sie trotzdem.

Raffiniert! Er schüttelte grinsend den Kopf.

Im Wasser folgte Dandy Lass der Strömung sofort nach links und hob zwei Sekunden später die Nase, als sie Witterung aufnahm. Sie schwamm noch einen Kreis, um die unter der Oberfläche festhängende Ente genau zu orten, bevor sie den Kopf ins kalte braune Wasser steckte.

Die Zuschauer jubelten und klatschten, als sie wieder auftauchte. Wasser strömte von ihrem Kopf mit den eng am Schädel anliegenden Ohren, aber sie hielt die erlegte Stockente zwischen den Zähnen.

Sobald sie festen Boden unter den Füßen spürte, rannte sie die Böschung hinauf, ohne sich auch nur zu schütteln. Sie vergeudete keine Sekunde, sondern beeilte sich, den Vogel abzuliefern.

Unglaublich, dachte Shasa, diese Beziehung zwischen einer Frau und ihrem Hund! Centaine nahm Dandy Lass die erlegte Stockente aus der Schnauze, und die irisierenden Flügelfedern schimmerten im Sonnenlicht wie Saphire.

Sie übergab den Vogel dem Preisrichter, der ihn sorgfältig begutachtete. Centaine hielt den Atem an, bis der Preisrichter wieder den Kopf hob und ihr zunickte.

»Danke, Nummer drei.«

Centaine Courtney-Malcomess hatte nicht nur das Wettbewerbsgelände zur Verfügung gestellt, sondern großzügigerweise auch die Ausrichtung der Siegerehrung übernommen.

Auf dem Polofeld des Landsitzes stand jetzt ein blau-weiß gestreiftes Festzelt, das fünfhundert Gästen Platz bot; Weltevredens Küchen hatten eine riesige Auswahl kulinarischer Köstlichkeiten angeliefert: Hummer, Truthähne und Karru-Lämmer; die Weine stammten von den Weinbergen, die gleich am Rande des Polofelds begannen.

John Vorster, der Premierminister, hatte sich bereit erklärt, die Preisverleihung vorzunehmen: ein deutlicher Hinweis darauf, daß die Courtneys sich politisch nicht mehr auf dem absteigenden Ast befanden.

Die Dinge haben sich gewandelt, dachte Centaine zufrieden. Fast gleichzeitig trat der Vorsitzende der South African Kennel Union auf das Podium und bat um Ruhe. Nachdem er Premierminister John Vorster begrüßt hatte, rief er die Sieger der Einzelwettbewerbe nach vorn. Am Ende stand nur noch der größte Pokal da.

»Damit kommen wir endlich zur Gesamtsiegerin des Wettbewerbs.« Der Vorsitzende sah sich lächelnd im Zelt um, bis er Centaine erkannte, die inmitten ihrer Angehörigen im Hintergrund stand. »Es ist mir eine große Freude, diesen Pokal einer Dame überreichen zu dürfen, die soviel Energie und Enthusiasmus aufgewandt hat, daß sie in kürzester Zeit unsere Besten überwunden hat. Ladies and Gentlemen, wir begrüßen Mrs. Centaine Courtney-Malcomess und Dandy Lass of Weltevreden!«

Isabella, die mit der angeleinten Hündin vor dem Zelt gewartet hatte, brachte sie jetzt herein, und während die Zuschauer applaudierten, übergab sie ihrer Großmutter die Leine.

Das Publikum applaudierte, und Dandy Lass quittierte den Beifall mit heftigem Schwanzwedeln.

Der Premierminister lächelte, als er Centaine den riesigen Silberpokal überreichte. Für einen Mann, der wegen seiner Härte und stählernen Willenskraft berüchtigt war, hatte er ein jungenhaft ansteckendes Lächeln.

Als er Centaine die Hand schüttelte, beugte er sich etwas vor. »Finden Sie und Ihre Familie diese unaufhörlichen Erfolge bei allem, was Sie anfangen, nicht allmählich eintönig?«

»Wir bemühen uns, sie mit Fassung zu tragen, Onkel John«, versicherte sie ihm ernsthaft.

Der Premierminister gratulierte ihr mit einer kurzen, aber herzlichen Glückwunschrede und machte danach bereitwillig einen Rundgang durchs Festzelt. Plaudernd und lächelnd und händeschüttelnd gelangte er schließlich dorthin, wo Centaine hofhielt.

»Nochmals meinen Glückwunsch, Centaine. Ich wollte, ich könnte länger bleiben, um Ihnen zu helfen, Ihren großen Sieg zu feiern.« Er sah auf seine Armbanduhr.

»Sie haben uns sehr großzügig Ihre Zeit geopfert«, bestätigte

Centaine. »Aber darf ich Ihnen rasch noch meine einzige Enkelin vorstellen, die Sie bisher nicht kennen?« Sie winkte Isabella heran. »Isabella ist mit Shasa in London gewesen und hat die Rolle der Gastgeberin im South Africa House übernommen.«

Während Isabella herankam, beobachtete Centaine aufmerksam das faltige Bulldoggengesicht des Premierministers. Sie wußte, daß Vorster kein Schürzenjäger war, denn sonst hätte er in seiner rigoros kalvinistischen Partei unmöglich Karriere machen können. Aber obwohl er dreißig Jahre lang treu und glücklich verheiratet gewesen war, blieb er trotzdem ein Mann – und kein Mann konnte unbeeindruckt bleiben, wenn er Isabella Courtney zum erstenmal begegnete. Centaine sah, wie sein Blick sich veränderte, bevor er sein rasch aufflammendes Interesse mit zusammengezogenen Brauen tarnte.

Centaine und Isabella hatten diese Begegnung mit Vorster sorgfältig geplant, seitdem Isabella ihre Großmutter und Shasa durch die Mitteilung verblüfft hatte, sie wolle in die Politik gehen.

»Das gibt sich wieder«, hatte Shasa behauptet, aber Centaine hatte den Kopf geschüttelt.

»Bella ist anders als früher. Sie hat sich verändert. Sie ist als leichtsinniger, verzogener kleiner Balg weggereist...«

»Das darfst du nicht sagen, Mutter!« Shasa hatte sich wie erwartet schützend vor seine kostbare Tochter gestellt, aber Centaine ließ sich nicht beirren.

»...und als erwachsene Frau zurückgekommen. Aber das ist noch nicht alles. Sie ist stahlhart geworden; sie –« Centaine machte eine Pause, während sie die eingetretene Veränderung zu definieren versuchte. »Sie hat ihre kindlich romantische Lebensauffassung eingebüßt; sie scheint ein Schlüsselerlebnis gehabt zu haben; als habe sie durch Leid hassen gelernt oder als habe sie eine schwere Krise überwunden und sich für das gewappnet, was noch vor ihr liegen mag.«

»Solche phantasievollen Vermutungen sind überhaupt nicht deine Art!« hatte Shasa protestiert, aber Centaine hatte sich nicht beirren lassen.

»Merk dir meine Worte: Mit Bella ist etwas geschehen. Sie wird sich als genauso zäh und skrupellos erweisen wie einer von uns.«

»Aber doch sicher nicht so zäh und skrupellos wie du?«

»Amüsier dich meinetwegen darüber, Shasa Courtney, aber du wirst sehen, daß ich recht behalte.« Centaine starrte mit leicht zusammengekniffenen Augen ins Leere. Diesen Blick, aus dem höchste Konzentration sprach, kannte Shasa nur allzu gut. Dann lächelte seine Mutter ihm plötzlich zu. »Sie wird's weit bringen, Shasa, vielleicht weiter, als du und ich uns träumen lassen – und ich werde ihr dabei helfen.«

Deshalb hatte Centaine diese Begegnung arrangiert und beobachtete jetzt, wie ihre Enkelin sich verhielt.

Vorster fragte Isabella: »Nun, wie haben Ihnen die englischen Winter gefallen?« Natürlich erwartete er nur irgendeine belanglose Antwort, aber Isabella sagte: »Es hat sich gelohnt, sie zu ertragen, allein um Harold Wilson kennenlernen und von ihm persönlich etwas über die Einstellung und die Absichten der Labour-Regierung in bezug auf uns alle, die wir hier im Süden Afrikas leben, erfahren zu können.«

Vorsters Gesichtsausdruck veränderte sich, als er merkte, daß diese junge Frau nicht nur schön, sondern auch intelligent war. Er senkte die Stimme, und die beiden sprachen einige Minuten lang halblaut miteinander, bevor Centaine sich erneut einmischte.

»Isabella ist erst vor kurzem von der University of London zum Doktor der Philosophie promoviert worden.« Sie machte gar keinen Versuch, diesen kleinen zusätzlichen Köder zu tarnen.

»Wirklich?« Vorster zog die Augenbrauen hoch. »Haben wir also eine zukünftige zweite Helen Susman in unserer Mitte?« Damit meinte er die einzige Abgeordnete des südafrikanischen Parlaments, eine überzeugte Verfechterin der Menschenrechte und den einzigen schmerzhaften liberalen Dorn in der selbstzufriedenen Runde der nationalistischen Mehrheit.

»Schon möglich«, bestätigte Isabella. »Ein Abgeordnetenmandat *könnte* ein Fernziel sein, aber das liegt noch in weiter Zukunft, und ich glaube nicht, daß ich so naiv wie Mrs. Susman wäre, Premierminister. Meine politischen Ansichten entsprechen ziemlich genau denen meines Vaters und meiner Großmutter.« Damit hatte sie sich offen als Konservative bekannt. Vorsters blaue Augen musterten sie aufmerksam.

»Die Zeiten ändern sich, Premierminister.« Centaine nutzte entschlossen die Gunst der Stunde. »Eines Tages könnte es in Ihrem Kabinett sogar einen Platz für eine Frau geben, finden Sie nicht auch?«

Vorster lächelte und wechselte unvermittelt von Englisch zu Afrikaans.

»Auch Doktor Courtney ist meiner Meinung, daß dieser Tag noch fern ist. Aber ich gebe zu, daß ein so hübsches Gesicht viel dazu beitragen könnte, die Beratungen von uns häßlichen alten Männern freundlicher zu gestalten.«

Dieser Sprachenwechsel war natürlich ein Test. Wer in Südafrika politische Ambitionen hatte, konnte sie gleich begraben, wenn er nicht Afrikaans – die Sprache der politisch dominierenden Gruppe – beherrschte.

Isabella vollzog diesen Wechsel ebenso mühelos. Ihr Wortschatz war groß, sie sprach grammatikalisch perfekt, und ihr Akzent klang selbst in den Ohren eines geborenen Afrikaners erfreulich.

Vorster lächelte angenehm überrascht und unterhielt sich noch einige Minuten mit ihr, bevor er nochmals auf seine Uhr sah und sich an Centaine wandte.

»Tut mir leid, aber ich muß wirklich fort. Ich habe noch einen anderen Termin.« Er nickte Isabella zu. »Totsiens, Doktor Courtney, bis wir uns wiedersehen. Ich werde Ihre Laufbahn interessiert verfolgen.«

Centaine und Shasa begleiteten Vorster zu seinem Dienstwagen.

»Totsiens, Centaine.« Der Premierminister schüttelte ihr die Hand. »Ich beglückwünsche Sie zu Ihrer Enkelin. Sie hat viele Züge, die sie nur von Ihnen geerbt haben kann.«

Als Centaine ins Zelt zurückkehrte, sah sie sich rasch um. Isabella stand bereits im Mittelpunkt eines Kreises aus eifrig um sie bemühten jungen Männern. Centaine unterdrückte ein Lächeln und nickte ihrer Enkelin zu. Isabella ließ ihre Bewunderer stehen und kam sofort zu Centaine, die mit behaglich besitzergreifender Geste ihren Arm nahm.

»Gut gemacht, Missy. Du hast dich wie eine Veteranin geschlagen. Onkel John mag dich. Wenn ich mich nicht sehr täusche, ist die erste Hürde genommen.«

An diesem Abend nahm nur die Familie an der langen Tafel im Speisezimmer von Weltevreden Platz. Aber Centaine hatte mit dem antiken Limoges-Service decken und das beste Silber auflegen lassen. Kristallgläser, Kerzenlicht und Unmengen gelber Rosen machten die Tafel festlich.

Wie immer bei solchen Familienfeiern erschienen die Damen in langen Abendkleidern und die Herren im Smoking.

Nur Sean fehlte.

Auch Sean war eingeladen oder vielmehr von Centaine herbeizitiert worden, aber er war mit einem seiner besten Jagdgäste in Rhodesien unterwegs und hatte sich deshalb vielmals entschuldigt. Centaine hatte seine Entschuldigung widerstrebend akzeptiert. Sie hätte sich gewünscht, daß alle ihren Triumph mit Dandy Lass mitfeierten, aber andererseits ging das Geschäft natürlich vor.

Centaine mochte ihren ältesten Enkel. Sean war der wildeste der drei Brüder. Die Familie hatte Zehntausende von Rand ausgeben müssen, um ihn aus kritischen Situationen loszueisen. Obwohl Centaine ihm jedesmal Vorhaltungen wegen dieser Ausgaben gemacht hatte, bereute sie insgeheim keine davon. Sie hatte nur Angst, Sean werde eines Tages zu weit gehen und in Schwierigkeiten geraten, aus denen sogar sie ihn nicht mehr herausholen konnte.

Der große Silberpokal glitzerte im Mittelpunkt der langen Tafel auf einer Pyramide aus gelben Rosen. Eigentlich merkwürdig, welche Befriedigung ihr dieser Tand schenkte. Er hatte sie unzählige Stunden harter Arbeit im Gelände gekostet – aber sein Gewinn machte alles wieder wett. So war es bei ihr schon immer gewesen. Der brennende Wunsch, sich auszuzeichnen, alle anderen zu übertreffen, lag ihr im Blut. Und Centaine hatte diese göttliche Sucht an alle weitergegeben, die sie liebte.

Am anderen Ende der Tafel klopfte Shasa mit einem Silberlöffel an sein vor ihm stehendes Kristallglas. Er erhob sich; groß, elegant und souverän sah er aus in seinem Smoking mit schwarzer Schleife. Seine Tischreden waren stets flüssig und leger vorgetragen.

Er lobte Centaine ausführlich.

Als er ein äußerst schönes Kompliment aussprach, sahen alle

zu Centaine hinüber und applaudierten begeistert. Sie quittierte das mit einem Lächeln, und als der Beifall abklang, sprach Shasa weiter.

»Wer sie heute bei der Arbeit mit Dandy Lass gesehen hat, ist im stillen vielleicht der Meinung gewesen, das sei eine bemerkenswerte Leistung. Bei jeder anderen wäre das der Fall gewesen, aber hier haben wir es mit der Frau zu tun, die mit mir als Säugling auf dem Rücken Siegerin im Kampf gegen einen menschenfressenden Löwen geblieben ist.« Shasa erzählte wieder einmal die alten Geschichten über Centaine, die zum Grundstock der Familiensaga gehörten. Auch diese Wiederholung bei Familienfesten hatte bereits Tradition, und obwohl alle die Geschichten schon hundertmal gehört hatten, genossen sie Shasas Erzählungen immer wieder aufs neue.

Nur einen der Gäste schienen Shasas übertriebene Lobpreisungen leicht verlegen zu machen.

Centaine fühlte Verärgerung wie eine kalte leichte Brise über die spiegelglatte Oberfläche ihrer Selbstzufriedenheit streichen. Von allen ihren Enkeln brachte sie für Michael am wenigsten Wärme und Interesse auf. Er saß in der Tischmitte auf dem schlechtesten Platz – und das nicht nur, weil er ihr jüngster Enkel war. Michael paßte nicht in Centaines Lebensplan. In seinem Charakter gab es verborgene Winkel und unausgelotete Tiefen, die sie noch nicht ergründet hatte und die sie ärgerten.

Sie hatte es nie geschafft, das Band zwischen Michael und seiner Mutter zu zerreißen. Allein der Gedanke an Tara Courtney genügte, um Centaine nervös zu machen. Tara hatte vorsätzlich alle Anstands- und Moralbegriffe verletzt, die Centaine heilig waren. In ihren Augen war sie eine Marxistin und eine Ehebrecherin, eine Verräterin. Einen Teil der Wut, die Centaine für sie empfand, projizierte sie auf ihren jüngsten Sohn Michael.

Auf Shasas Drängen – und über Centaines Einwände hinweg – hatte die Familie eine Mehrheitsbeteiligung an einem Medienkonzern erworben, dem unter anderem die »Golden City Mail« gehörte. Damit hatte Shasa den Zweck verfolgt, Michael eine Spitzenposition in dem von ihm gewählten Beruf zu verschaffen. Er hatte davon geträumt, die »Mail« zu einer mächtigen und konservativen Stimme der Vernunft zu machen, deren Herausgeber und Chefredakteur Michael werden sollte, sobald er sich seine Sporen verdient hatte. Aber dieser Tag war noch nicht gekommen, und Michael war weiterhin nur stellvertretender Chefredakteur.

Hätte Shasa allein zu bestimmen gehabt, wäre Michael inzwischen längst Chefredakteur gewesen, aber Garry und Centaine hatten seine väterliche Nachsicht in Schach gehalten. Die beiden waren sich darüber einig, daß Michael noch nicht für die Spitzenposition in Frage kam. Seine Finanz- und Verwaltungskenntnisse waren unterentwickelt, und sein politisches Urteilsvermögen war naiv, möglicherweise unheilbar getrübt. Michaels Einfluß auf die Redaktionsarbeit drängte die »Mail« aus der politischen Mitte gefährlich nach links ab, so daß die Zeitung längst nicht nur von Regierungskreisen, sondern auch vom Establishment in Handel und Industrie, den wichtigsten Anzeigenkunden, mit Mißtrauen beäugt wurde.

Schon dreimal war die Zeitung per Regierungsdekret verboten worden – jedesmal unter finanziellen Verlusten, die Garry aufbrachten, und mit einem Verlust an Einfluß und Prestige, der Centaine beunruhigte.

Ja, dachte Centaine grimmig, Michael sammelt Minuspunkte, wie ein Hund Flöhe anzieht, und einige davon springen auf uns alle über...

Shasa beendete seine Tischrede, und alle Blicke waren nun erwartungsvoll auf Centaine gerichtet.

Centaine schien in ungewohnt milder und sanftmütiger Stimmung zu sein. Statt Kritik und Tadel anzubringen, hatte sie Lob und Anerkennung für alle. Sie sprach viele Themen an: Garrys finanzielle Erfolge, Isabellas akademische Leistungen, Hollys Bauplanung für das neue Luxushotel, das die Courtneys im Zululand an der Küste errichten wollten, Hollys bevorstehenden Geburtstag...

»Wie schade, daß ihr nicht bleiben könnt, um deinen großen Tag mit uns zu feiern, Holly, Darling!«

Sogar für Michael fiel etwas Lob – wenn auch in stark abgeschwächter Form – für sein neuestes Buch ab. »Man braucht nicht mit deinen Schlußfolgerungen oder den vorgeschlagenen Lösungen einverstanden zu sein, Mickey, Liebster, um zu erkennen, wieviel geistige Anstrengung und harte Arbeit in deinem Buch stecken.«

Dann forderte sie ihre Gäste auf, sich zu erheben und aufs Wohl der Familie zu trinken. Danach führte sie Shasa in den blauen Salon, wo es Kaffee, Liköre und Zigarren gab. Centaine hatte sich nie mit der barbarischen Sitte abgefunden, die Männer nach dem Essen mit ihren Zigarren alleinzulassen. Falls es etwas Interessantes zu besprechen gab, wollte sie an diesen Gesprächen teilnehmen.

Michael ging rasch zu Isabella hinüber und nahm ihren Arm, als sie aufstand.

»Du hast mir gefehlt, Bella. Warum hast du keinen meiner Briefe beantwortet? Dabei habe ich tausend Fragen! Ramón und Nicky ...« Er sah, wie ihr Gesichtsausdruck sich veränderte, und war augenblicklich besorgt.

»Ist irgendwas nicht in Ordnung, Bella?«

»Nicht jetzt, Mickey«, warnte sie ihn hastig. Dies war ihr erstes Gespräch seit fast einem halben Jahr – seit der Entführung Nickys. Isabella hatte ihren Bruder nicht mehr angerufen und auch keinen seiner Briefe beantwortet. Und sie war ihm seit seiner Ankunft an diesem Morgen bewußt aus dem Weg gegangen.

»Irgendwas ist nicht in Ordnung«, stellte Michael fest.

»Lächle!« verlangte sie und lächelte selbst. »Mach keinen Unsinn, verstanden? Ich komme später in dein Zimmer. Bis dahin keine Fragen.« Sie drückte seinen Arm an sich und lachte fröhlich, während sie alle in den Salon hinübergingen, um den Abend ausklingen zu lassen.

Nanny wartete in Isabellas Suite.

»Es ist schon nach eins!« rief Isabella. »Dabei habe ich ausdrücklich gesagt, daß du nicht auf mich warten sollst!«

»Ich wart' seit fünfundzwanzig Jahren auf Sie.« Nanny kam heran, um Isabellas Abendkleid aufzuhaken.

»Für mich ist das ein schreckliches Gefühl«, protestierte Isabella.

»Und für mich ist das ein gutes Gefühl«, brummte Nanny. »Mir ist nicht wohl, wenn ich nicht weiß, was Sie getrieben haben, Missy. Ich lass' Ihnen gleich das Bad ein ... hab's noch nicht gemacht, damit das Wasser nicht kalt wird.«

»Ein Bad um ein Uhr nachts?« Isabella winkte energisch ab. Seit ihrer Rückkehr hatte sie sich nicht mehr nackt vor Nanny sehen lassen. Die Alte hatte viel zu scharfe Augen. Sie hätte die Veränderungen nach Nickys Geburt sofort wahrgenommen: die dunkler gewordenen, etwas vergrößerten Brustwarzen, die noch immer schwach sichtbaren Schwangerschaftsstreifen am Unterleib.

Da sie spürte, daß ihr verändertes Benehmen Nanny mißtrauisch zu machen begann, sagte sie zur Ablenkung rasch: »Fort mit dir, Nanny! Du mußt Bossie das Bett wärmen.«

Nanny war sichtlich schockiert. »Wer hat Ihnen Skandalgeschichten erzählt?« fragte sie.

»Du bist nicht die einzige, die über alles Bescheid weiß, was in Weltevreden passiert«, erklärte Isabella ihr lachend. »Old Bossie ist seit Jahren hinter dir her. Wird allmählich Zeit, daß du ihn erhörst. Er ist ein guter Mann.« Bossie war ihr Schmied, den Centaine vor fünfunddreißig Jahren als Lehrling eingestellt hatte. »Zieh los und laß ihn gewähren.«

»Das ist unanständiges Gerede«, sagte Nanny tadelnd. »Eine echte Lady redet nicht unanständig.« Sie bemühte sich, ihre Verwirrung hinter einer strengen Miene zu verbergen, während sie rückwärtsgehend das Zimmer verließ. Isabella seufzte erleichtert, als die Tür sich hinter ihr schloß.

Sie ging ins Bad, schminkte sich rasch ab, warf ihr Abendkleid über die Stuhllehne, damit Nanny es morgens bügeln und weghängen konnte, und schlüpfte in ihren seidenen Morgenrock. Während sie den Gürtel verknotete, ging sie durchs Schlafzimmer und blieb dann mit einer Hand auf der Türklinke stehen.

»Was soll ich Mickey erzählen?« Hätte sie sich diese Frage vor drei Tagen gestellt, wäre die Antwort eindeutig gewesen, aber seither hatten sich die Verhältnisse geändert. Das Päckchen war eingetroffen.

Am Tag vor Isabellas Rückreise aus London zum Kap der Guten Hoffnung hatte Joe Cicero sich zum letztenmal gemeldet. Er hatte sie am Cadogan Square angerufen, wo sie ihre Sachen packte.

»Red Rose.« Sie hatte seine heiser keuchende Stimme sofort erkannt und war wie jedesmal vor Angst und Abscheu erstarrt. »Ich nenne Ihnen jetzt eine Kontaktadresse für dringende Notfälle. Ein

Brief oder Telegramm an James Hoffman per Adresse Mason's Agency, 10 Blushing Lane, Soho, erreicht mich zuverlässig. Merken Sie sich diese Adresse, aber schreiben Sie sie nirgends auf.«

»Ich hab' sie«, flüsterte Isabella.

»Nach Ihrer Rückkehr mieten Sie ein Postfach an einem von Weltevreden weit entfernten Ort. Sie geben einen falschen Namen an und teilen mir unter der vorhin genannten Adresse mit, wo Sie dort zu erreichen sind. Ist das klar?«

Schon wenige Tage nach ihrer Rückkehr nach Weltevreden war Isabella über den Constantiabergpaß in den ausgedehnten Vorort Camps Bay an der Atlantikküste der Kaphalbinsel gefahren. Das dortige Postamt war weit von Weltevreden entfernt, so daß keiner der Beamten sie kannte. Sie mietete ein Postfach unter dem Namen Mrs. Rose Cohen und schickte seine Nummer per Einschreiben in die Blushing Lane.

Sie kontrollierte das Postfach jeden Abend, wenn sie aus ihrem Büro im Centaine House im Zentrum Kapstadts heimfuhr, wobei sie die Straße durch den Engpaß zwischen Signal Hill und Tafelberg benützte, die dann in weitem Bogen nach Weltevreden zurückführte. Obwohl das Postfach Tag für Tag und Woche für Woche leer war, blieb sie unbeirrbar bei dieser Routine.

Das Fehlen jeglicher Nachrichten über Nicky belastete sie immer mehr. Ihr Alltag mit seinen kleinen Begebenheiten erschien ihr als jämmerlicher Schwindel. Obwohl sie sich ganz auf ihre Aufgabe als Shasas Assistentin konzentrierte, lenkte die Arbeit sie weniger von ihrem Leid ab, als sie gehofft hatte.

Sie lächelte und lachte, sie ritt mit Nana aus und spielte am Wochenende Tennis oder segelte mit alten Freunden. Sie arbeitete und vergnügte sich, als habe sich nichts verändert, aber in Wirklichkeit war vieles nur gespielt.

Die Nächte waren lang und einsam. In der Stunde nach Mitternacht war sie oft entschlossen, zu Shasa zu gehen und ihm das Netz, in dem sie gefangen war, in allen Einzelheiten zu beschreiben. Aber wenn der Tag anbrach, fragte sie sich unweigerlich: »Was könnte er dagegen tun? Was könnte irgend jemand tun, um mir zu helfen?« Und sie erinnerte sich an Nickys feines, glattes Gesicht und wußte, daß sie alles für ihn tun würde. Wider

Erwarten hatte der Trennungsschmerz auch nach Wochen nicht nachgelassen, und das Ausbleiben jeglicher Nachrichten über Nicky machte ihn nur noch schlimmer. Mit jedem Tag, der ohne Nachricht verstrich, fiel es Isabella schwerer, ihre Last allein zu tragen.

Als sie hörte, daß Michael wegen der Meisterschaft aus Johannesburg nach Weltevreden kommen würde, schien das ein Wink des Himmels zu sein. Michael war der ideale Vertraute. Gewiß, auch er würde ihr nicht helfen können, aber er konnte an ihrem Schmerz Anteil nehmen und die schreckliche Last erleichtern, die sie bisher allein getragen hatte.

Am Freitag vor Michaels Ankunft fuhr Isabella nach Camps Bay hinüber und parkte den Mini in einer Seitenstraße in der Nähe des Postamts. Dann ging sie langsam zurück und warf einen Blick in den Anbau mit den in langen Reihen übereinander angeordneten Schließfächern. Es war kurz vor achtzehn Uhr, und das Postamt hatte längst geschlossen. In der Nische vor dem Eingang knutschte ein Teenagerpärchen, das aber schuldbewußt davonhastete, als Isabella es aufgebracht anstarrte. Sie hatte sich vorsichtshalber angewöhnt, nur ans Fach zu treten oder es zu öffnen, wenn sie im Schließfachraum allein war.

Nachdem sie sich nochmals überzeugt hatte, daß sie nicht beobachtet wurde, steckte sie ihren Schlüssel ins Schloß einer der kleinen Türen in der fünften Reihe. Der Schock war um so größer, weil sie erwartet hatte, das Fach wie gewohnt leer vorzufinden.

Sie riß den dicken braunen Umschlag aus dem Postfach und stopfte ihn hastig in ihre Umhängetasche. Danach knallte sie die kleine Tür wie eine ertappte Diebin zu, sperrte sie ab und lief zu ihrem Mini zurück. Ihre Hand zitterte, als sie mit hektischen Bewegungen den Motor anließ und auf der Straße wendete.

Sie parkte den Mini oberhalb des Strandes unter den Palmen, die dort die Straße säumten. Um diese Tageszeit war der Strand fast menschenleer. Ein älteres Paar spielte mit seinem Setter, der immer wieder ein Stück Treibholz apportierte, und ein einzelner Badender trotzte dem Südostwind und dem eisigen grünen Wasser des Benguelastroms.

Isabella kurbelte ihr Fenster hoch und verriegelte beide Türen des

Minis, bevor sie den Umschlag aus ihrer Umhängetasche zog und auf ihren Schoß legte.

Die Adresse – Mrs. Rose Cohen – war mit der Maschine geschrieben, und die Briefmarken mit dem Kopf der Königin waren auf dem Postamt Trafalgar Square abgestempelt. Sie zögerte noch, den Umschlag zu öffnen, weil sie fürchtete, er könnte etwas Schreckliches enthalten. Auf der Rückseite war kein Absender angegeben. Um den entscheidenden Augenblick möglichst lange hinauszuschieben, suchte sie in der Umhängetasche nach ihrem vergoldeten Federmesser, klappte es auf und öffnete den Umschlag sorgfältig mit der rasiermesserscharfen Klinge.

Als erstes rutschte ein Farbphoto heraus, und sie hielt unwillkürlich den Atem an, als sie es umdrehte und darauf ihren Sohn erkannte.

Nicky saß mit einer Windel bekleidet auf einer Rasenfläche auf einer hellblauen Decke. Er konnte allein sitzen, aber schließlich war er schon fast sieben Monate alt. Er war gewachsen, sein Gesicht war weniger pausbäckig, seine Arme und Beine waren schlanker und länger. Sein dichtes schwarzes Haar fiel ihm in Locken in die Stirn. Sein Gesichtsausdruck war fragend ernst, aber um die Mundwinkel spielte ein Lächeln, und seine Augen leuchteten smaragdgrün.

»Mein Gott, er ist noch schöner geworden!« flüsterte Isabella, während sie das Farbphoto ans Licht hielt, um alle Einzelheiten studieren zu können. »Er ist schon so groß und kann allein sitzen. Mein kleiner Junge!« Sie berührte das Bild.

»Mein Kind!« sagte sie leise und spürte, wie der Schmerz über seinen Verlust ihr das Herz zu zerreißen drohte. »Mein Kind!«

Weit draußen über dem Atlantik berührte die Sonne bereits den Horizont, bevor Isabella sich dazu aufraffen konnte, den restlichen Inhalt des Umschlags zu begutachten.

Sie zog ein dickes Bündel Photokopien von Untersuchungsberichten einer Kinderklinik heraus, deren Name und Adresse jedoch unkenntlich gemacht worden waren. Die Berichte waren auf Spanisch abgefaßt.

Oben auf jeder Seite stand sein Name: *Nicholas Miguel Ramón de Santiago y Machado;* darunter folgten sein Geburtsdatum und das Datum der wöchentlichen Untersuchung. Die handschriftlichen Eintragungen stammten von drei verschiedenen Ärzten, die sie jeweils mit ihrer Unterschrift bestätigten.

Ebenfalls angegeben waren Größe, Gewicht, Zahnschema und etwa verordnete Medikamente. Sie sah, daß er am 15. Juli wegen eines Ausschlags behandelt worden war, den der Arzt als Hitzepikkel diagnostiziert hatte, und zwei Wochen später eine Darminfektion gehabt hatte. Ansonsten war er gesund und normal. Mit jähem Stolz las sie, daß er mit vier Monaten die beiden ersten Zähne bekommen hatte und nun fast 17 Kilo wog.

Isabella faltete das letzte Blatt aus dem Umschlag auseinander und erkannte die energische, präzise abgezirkelte Handschrift sofort. Adra Olivares schrieb ihr auf Spanisch:

»Señorita Bella,

Nicky wird von Tag zu Tag klüger und stärker. Er hat das Temperament eines Kampfstiers. Er krabbelt auf Händen und Knien fast so schnell, wie ich gehen kann, und ich rechne damit, daß er demnächst ganz von allein laufen lernt.

Sein erstes Wort ist ›Mama‹ gewesen, und ich erzähle ihm jeden Tag, wie schön Sie sind und daß Sie eines Tages zu ihm kommen werden. Das versteht er noch nicht, aber irgendwann wird er's verstehen.

Ich denke oft an Sie, Señorita. Sie müssen mir glauben, daß ich Nicky wie meinen Augapfel hüten und beschützen werde. Bitte tun Sie nichts, was ihn gefährden könnte.

Hochachtungsvoll,

Adra Olivares.«

Die in der letzten Zeile enthaltene Warnung bohrte sich wie ein Messer zwischen Isabellas Rippen; durch ihre milde Ausdrucksweise klang sie um so eindringlicher. In diesem Augenblick wurde ihr klar, daß sie *niemals* riskieren durfte, sich jemandem anzuvertrauen, weder Vater noch Nana, nicht einmal Michael.

Jetzt zögerte sie. »Tut mir leid, aber ich muß dich belügen, Mickey. Vielleicht kann ich dir eines Tages die Wahrheit sagen.« Sie horchte kurz nach draußen. Das große Haus schien in tiefem Schlaf zu liegen. Isabella drückte die Klinke herab und öffnete lautlos ihre Tür.

Die lange Galerie war menschenleer. Isabella huschte barfuß über die dicken Orientteppiche. Da Michael so selten in Weltevreden war, hatte er seinen alten Raum im Kinderzimmerflügel behalten.

Er saß im Bett und las. Sobald sie die Tür öffnete, legte er sein Buch auf den Nachttisch und schlug die Bettdecke für sie zurück.

Als sie zu ihm ins Bett schlüpfte, zog er die Daunendecke hoch, und sie klammerte sich zitternd an ihn. Die beiden hielten sich einfach, bevor Michael sie ermunterte zu erzählen.

Aber selbst dann konnte sie nicht gleich sprechen. Ihre Vorsätze gerieten ins Wanken. Sollte sie Adras Warnung ignorieren? Michael wußte als einziger, daß Ramón und Nicky überhaupt existierten. Sie sehnte sich danach, alles zu sagen, damit er sie trösten konnte.

Nein. Es ging nicht. »Nicky ist tot«, flüsterte sie und fühlte ihn zusammenfahren. Er schwieg.

Das ist die Wahrheit! versuchte sie sich im stillen einzureden. Trotzdem hatte sie das Gefühl, diese Worte seien ein schrecklicher Verrat an Michael – und vor allem an Nicky.

»Wie?« fragte Michael schließlich.

»Herzstillstand«, flüsterte sie. »Als ich ihn zum Füttern wecken wollte, hat er kalt und tot in seinem Bett gelegen.«

Sie fühlte Mickey erzittern. »Großer Gott! Meine arme Bella! Wie entsetzlich! Wie grausam!«

Wenn er gewußt hätte, daß die Wirklichkeit weit grausamer und entsetzlicher war!

»Ramón?« fragte er nach einer langen Pause. »Wo ist Ramón? Er sollte hier sein, um dich zu trösten.«

»Ramón?« wiederholte sie mit Tränen in der Stimme. »Nach Nickys Tod hat Ramón sich völlig verändert. Er hat mich für alles verantwortlich gemacht, glaube ich. Seine Liebe zu mir ist mit Nicky gestorben.« Plötzlich begann sie hemmungslos zu schluchzen, als brächen all der Kummer, die Schrecken und die Einsamkeit, die sie so lange hatte ertragen müssen, ungehindert aus ihr hervor. »Nicky ist fort. Ramón ist fort. Ich sehe beide nicht wieder, solange ich lebe!«

Michael drückte sie fest an sich.

Nach einiger Zeit begann er zu sprechen. Langsam und tröstend. Er sprach von Liebe und Leid, von Einsamkeit und Hoffnung und zuletzt über den Tod.

»Der wahre Schrecken des Todes ist seine Endgültigkeit – das abrupte Ende, die unwiderrufliche Leere. Gegen den Tod gibt es keinen Einspruch, keine Berufung. Wer das versucht, bricht sich bloß das Herz.«

Wie wahr, dachte Isabella. Wichtiger als das Gesagte war jedoch die sanfte Melodie von Michaels Stimme, die Kraft und Wärme seines Körpers und seine Liebe.

Zuletzt schlief sie ein.

Sie wachte vor Tagesanbruch auf. Er war wohl die ganze Nacht wachgelegen, um sie nicht zu wecken.

»Danke, Mickey«, flüsterte sie. »Du kannst dir nicht vorstellen, wie einsam ich gewesen bin. Das hab' ich gebraucht!«

»Ja, ich weiß, Bella. Und ich weiß selbst, was Einsamkeit ist.« Sie spürte, wie ihr Herz sich ihm öffnete. Nachdem ihr Schmerz vorerst gelindert war, wollte sie nun für ihn dasein. Jetzt war er an der Reihe.

»Erzähl mir von deinem neuen Buch, Mickey. Entschuldige, aber ich hab's noch nicht gelesen.« Er hatte ihr ein Belegexemplar geschickt.

»Ich habe nochmals mit Raleigh Tabaka gesprochen«, sagte er.

An diesen Namen hatte sie seit ihrer Abreise aus London nicht mehr gedacht. »Wo? Wo hast du dich mit ihm getroffen?«

Michael schüttelte den Kopf. »Wir haben uns nicht getroffen, sondern nur ganz kurz miteinander telefoniert. Ich glaube, daß er aus dem Ausland angerufen hat, aber bald nach Südafrika kommt. Er ist überall und nirgends zugleich; er kommt und geht über Grenzen, wie's ihm beliebt.«

»Hast du ein Treffen mit ihm vereinbart?« fragte sie.

»Ja. Ich bin sicher, daß er Wort halten wird.«

»Sei vorsichtig, Mickey! Bitte versprich mir, daß du vorsichtig bist! Dieser Mann ist gefährlich.«

»Um mich brauchst du dir keine Sorgen zu machen«, versicherte er ihr lächelnd. »Ich bin kein Held wie Sean oder Garry. Ich bin vorsichtig, sogar sehr vorsichtig. Das verspreche ich dir.«

Michael Courtney stellte seinen klapprigen alten Valiant auf dem Parkplatz eines Drive-in-Restaurants an einer Ausfahrtsrampe der Autobahn Johannesburg–Durban ab.

Laut Anstellungsvertrag hatte Michael als stellvertretender Chefredakteur alle zwölf Monate Anspruch auf einen neuen Mittelklassewagen mit »gehobener Ausstattung«. Aber er mochte sich nicht von dem alten Valiant trennen.

Michael sah sich auf dem Parkplatz um. Keines der anderen Fahrzeuge entsprach der Beschreibung. Er warf einen Blick auf seine Uhr. Er war eine Viertelstunde zu früh.

Beim Gedanken an sein Auto mußte er unwillkürlich lächeln. Auch darin war er anders: Alle anderen – von Nana bis hinunter zu Bella – waren schamlose Materialisten.

»Sie hängen mehr an Sachen als am Menschen. Das ist die Misere unseres Landes.«

Dann klopfte jemand ans Fahrerfenster. Michael zuckte zusammen, sah aber niemand.

Bevor er sich von seiner Verblüffung erholen konnte, erschien eine kleine schwarze Hand und tippte schüchtern mit einem Finger ans Glas.

Michael kurbelte die Scheibe herunter. Ein kleiner Junge, den er auf vier, höchstens fünf Jahre schätzte, sah lächelnd zu ihm auf. Er war barfuß, und seine Shorts und sein Unterhemd waren zerlumpt. Sein Lächeln war strahlend.

»Bitte, Baas«, piepste er, während seine Hände in traditioneller Bettelgeste eine Schale bildete. »Ich hungrig. Geben einen Cent, Baas. Bitte!«

Als Michael seine Tür öffnete und ausstieg, wich der Kleine unsicher zurück. Michael griff nach seinem Pullover, den er auf den Beifahrersitz geworfen hatte, und streifte ihn dem Kind über. Er reichte ihm bis fast zu den Knöcheln, und die Ärmel waren reichlich zwanzig Zentimeter zu lang. Während Michael sie ihm aufrollte, fragte er in fließendem Xhosa: »Wo lebst du, kleiner Mann?«

Der Junge war wie vor den Kopf geschlagen – nicht nur wegen des geschenkten Pullovers, sondern weil ein Weißer Xhosa sprach. Vor nunmehr sechs Jahren war Michael zu der Einsicht gelangt, daß man Menschen nur verstehen konnte, wenn man ihre Sprache beherrschte. Seither lernte und übte er fleißig, was kaum einer unter tausend weißen Südafrikanern tat. Alle Schwarzen mußten Englisch oder Afrikaans lernen, sonst galten sie auf dem Arbeitsmarkt als nicht vermittelbar. Michael sprach jetzt Xhosa und Zulu. Mit diesen beiden eng verwandten Sprachen erreichte er die große Mehrheit der schwarzen Bevölkerung Südafrikas.

»Ich lebe auf Drake's Farm, Nkosi.«

Drake's Farm war eine riesige Schwarzensiedlung mit fast einer Million Einwohner. Von hier aus war sie östlich der Autobahn nicht zu sehen, aber der Rauch von Tausenden von Kochfeuern trübte den Himmel bleigrau ein. Täglich fuhren Massen von Werktätigen aus Drake's Farm mit Bus oder Bahn zu ihren Arbeitsplätzen in den Häusern und Fabriken und Geschäften der weißen Gebiete am Witwatersrand.

Der riesige Industrie- und Bergbaukomplex von Greater Johannesburg war von solchen Townships umgeben: Drake's Farm, Soweto, Alexandria. Nach den Vorgaben des Gesetzes zur Festlegung von Gruppengebieten war das gesamte Land in für die einzelnen Rassengruppen reservierte Gebiete aufgeteilt.

»Wann hast du zuletzt gegessen?« fragte Michael den Kleinen freundlich.

»Ich hab' gestern morgen gegessen, großer Häuptling.«

Michael zog einen Fünfrandschein aus seiner Geldbörse. Der Junge bekam riesengroße leuchtende Augen, während er den Fünfer anstarrte. Bestimmt hatte er in seinem kurzen Leben noch nie soviel Geld auf einmal besessen.

Michael hielt ihm den Schein hin. Der Kleine riß ihm das Geld aus der Hand, machte kehrt und rannte weg, wobei er immer wieder über den viel zu langen Pullover stolperte. Er hatte sich nicht bedankt, und auf seinem Gesicht stand verzweifelte Angst, als fürchte er, das Geschenk könnte zurückgefordert werden, bevor er entkommen konnte.

Michael lachte über seine Bocksprünge; dann schlug seine Belustigung in Empörung um. Darf es heutzutage Kinder geben, die noch auf der Straße betteln müssen? Aber in seine Wut mischte sich auch Hoffnungslosigkeit.

Er spürte den Kontrast des Landes, das von Familien wie seiner eigenen mit ihren riesigen Ländereien und Schätzen aller Art und den Townships, die im Elend hausten, bevölkert wurde. Der Kontrast war um so grausamer, weil die Extreme so dicht beieinanderlagen.

»Wenn ich bloß was dagegen unternehmen könnte!« murmelte er.

Dann bog ein kleiner blauer Lieferwagen von der Autobahn auf den Parkplatz ab. Er wurde von einem jungen Schwarzen mit roter Baseballmütze gefahren. Auf beiden Seiten des Fahrzeugs stand: *Phuza Muhle Butchery. 12th Avenue, Drake's Farm.* Diese Aufschrift versprach »gutes Essen«.

Michael betätigte wie angewiesen seine Lichthupe. Der Kastenwagen stieß rückwärts in eine Parklücke. Michael stieg aus, sperrte den Valiant ab und ging nach vorn zu dem blauen Lieferwagen, dessen Hecktüren nicht abgeschlossen waren. Er stieg ein und knallte sie hinter sich zu. Über die Hälfte des Laderaums stand voller Körbe mit Fleischpaketen, und an Deckenhaken hingen ein halbes Dutzend abgezogener Schafe.

»Weiter nach vorn!« rief der Fahrer auf Zulu, und Michael kroch auf Händen und Knien durch den Laderaum. Zwischen Fleischkörben hatte der Fahrer eine Nische freigelassen, in der er bei flüchtigen Kontrollen sicher war.

»Keine Angst, mit mir klappt alles«, versicherte der Fahrer ihm. »Dieser Wagen wird nie kontrolliert.«

Er fuhr los, und Michael setzte sich auf den schmutzigen Wagenboden. Diese theatralischen Vorsichtsmaßnahmen waren lästig, aber unbedingt notwendig. Kein Weißer durfte eine Township betreten, ohne eine Erlaubnis zu haben, die vom zuständigen Polizeirevier in Abstimmung mit der Township-Verwaltung ausgestellt wurde.

Normalerweise war eine solche Erlaubnis unschwer zu bekommen, aber Michael Courtney war dreimal wegen Verstoßes gegen das Gesetz zur Kontrolle von Veröffentlichungen verurteilt worden, die ihn und die »Golden City Mail« hohe Geldstrafen gekostet hatten.

Die regierende National Party ermutigte die Zensoren, ihre Vollmachten extensiv anzuwenden, um die kalvinistischen Moralbegriffe der holländisch-reformierten Kirche durchzusetzen und den politischen Status quo zu erhalten.

Sein Antrag auf Erteilung einer Besuchserlaubnis für Drake's Farm war ohne Begründung abgelehnt worden.

Der blaue Lieferwagen passierte das Haupttor der Township mit unverminderter Geschwindigkeit, und die uniformierten Wachposten sahen nicht einmal von ihrem afrikanischen Ludo auf, das sie mit Kronenkorken auf einem geschnitzten Holzbrett spielten.

»Jetzt kannst du nach vorn kommen!« rief der Fahrer, und Michael kletterte über die Fleischkörbe, um den Beifahrersitz zu erreichen.

Die Townships faszinierten ihn jedesmal. Er kam sich beinahe so vor, als besuche er einen fremden Planeten.

Drake's Farm hatte er zuletzt 1960 – vor fast elf Jahren – besucht. Damals hatte er als junger Reporter bei der »Golden City Mail« angefangen, und im gleichen Jahr hatte er seine Artikelreihe »Black Rage« geschrieben, die zum Fundament seines journalistischen Ruhms geworden war – und ihm die erste Verurteilung wegen Verstoßes gegen das Gesetz zur Kontrolle von Veröffentlichungen eingebracht hatte.

Michael lächelte bei dem Gedanken daran und sah sich interessiert um, während sie durch den alten Teil der Township fuhren. Dieser Teil stammte noch aus dem vorigen Jahrhundert, aus dem viktorianischen Zeitalter, in dem unweit von hier die märchenhaften goldenen Riffe am Witwatersrand entdeckt worden waren.

Der alte Teil war ein Labyrinth aus engen Straßen und Gassen mit kreuz und quer durcheinanderstehenden Hütten, Schuppen und winzigen Häusern aus Lehmziegeln und mit abfallendem Verputz, deren Wellblechdächer in allen nur denkbaren Farben gestrichen waren. Die meisten Anstriche waren jedoch ausgebleicht und von rotbraunen Roststellen durchsetzt.

Die schmalen Straßen wiesen tiefe Rinnen und Schlaglöcher auf, in denen zum Teil Pfützen aus undefinierbaren Flüssigkeiten standen. Magere Hühner kratzten und scharrten in Abfallhaufen. Ein riesiges Schwein suhlte sich in einer Pfütze und grunzte ungehalten, als der Lieferwagen vorbeirollte. Der Gestank war umwerfend. Der säuerliche Geruch verfaulender Abfälle mischte sich mit dem der offenen Abwassergräben und der Latrinen, die wie Wachposten hinter den Hütten standen.

Die Gesundheitsbehörde hatte die Hoffnung, den alten Teil von Drake's Farm eines Tages sanieren zu können, längst aufgegeben. Eines Tages würden Planierraupen auffahren, und die »Golden City Mail« würde auf der Titelseite Aufnahmen von verzweifelten schwarzen Familien bringen, die auf ihren jämmerlichen Besitztümern hockend zusehen mußten, wie die Maschinen ihre Hütten einebneten. Ein weißer Beamter in dunklem Anzug würde im staatlichen Fernsehen eine Erklärung abgeben, daß »ein hygienisch unhaltbarer Zustand beseitigt werden mußte, um Raum für behagliche moderne Bungalows zu schaffen«. Der Gedanke an diesen Tag machte Michael jetzt schon wütend.

Der blaue Lieferwagen rumpelte und ratterte über die tiefen Spurrinnen, fuhr an den gräßlichen Bierkneipen und Bordellen vorbei und passierte dann die unsichtbare Grenze zum neuen Teil von Drake's Farm mit seinen »behaglichen modernen Bungalows«. Tausende von Ziegelboxen mit grauen Asbestdächern standen in endlosen Zeilen auf einer baumlosen Fläche. Sie erinnerten Michael an die langen Reihen weißer Kreuze, die er auf Gefallenenfriedhöfen in Frankreich gesehen hatte.

Trotzdem war es einigen der schwarzen Bewohner irgendwie gelungen, dieser trostlosen Einöde den Stempel ihres Charakters und ihrer Individualität aufzudrücken. Hier und dort war ein Haus in den monoton schmutzigweißen Zeilen überraschend bunt gestrichen. Rosa, Himmelblau oder ein knalliges Orange zeugten von der Vorliebe des Afrikaners für leuchtende Farben. Michael fiel auf, daß eines der Häuschen liebevoll mit den überlieferten geometrischen Mustern des im Norden lebenden Stammes der Ndebele verziert war.

Die winzigen Vorgärten waren ein Spiegelbild des persönlichen Stils der Bewohner. Einer war ein Quadrat aus staubiger Erde; ein anderer war mit Mais bepflanzt und wies eine an der Haustür angeleinte Ziege auf; wieder ein anderer war mit kümmerlichen Geranien in alten Farbkübeln geschmückt; ein vierter war hoch mit Stacheldraht eingezäunt und wurde von einem mageren, aber wild kläffenden Köter bewacht.

Einige der Grundstücke wurden durch Ziermauern aus Betonformsteinen oder alte LKW-Reifen abgegrenzt, die bunt bemalt und halb in die steinharte Erde eingegraben waren. Fast alle Häuschen hatten Anbauten aus Abbruchholz und rostigem Wellblech, in denen meistens Verwandte des Hausbesitzers Unterschlupf gefunden hatten. Auf den Straßen standen herrenlose Schrottautos ohne Motor und Räder, und an einigen Straßenecken türmten sich ausgediente Matratzen, Kartons und weiterer Abfall, den die Müllabfuhr mitzunehmen vergessen hatte.

Hier lebten die Bewohner von Drake's Farm. Dies waren die Menschen, für die Michael Courtney eine starke Affinität empfand und mit denen er litt. Sie verblüfften ihn ob ihrer Kraft, ihrer Standhaftigkeit und ihrem Überlebenswillen.

Es gab Kinder aller Altersstufen. Die Kleinsten wurden von ihren Müttern auf dem Rücken getragen. Ältere Jungen spielten einfache Spiele mit Draht und leeren Bierdosen, aus denen sie Spielzeugautos gebastelt hatten. Kleine Mädchen hüpften mitten auf der Straße mit Springseilen oder imitierten Spiele wie Fangen oder Himmel und Hölle, die sie weißen Kindern abgeschaut hatten. Sie machten nur zögernd und widerwillig Platz, wenn der Fahrer des blauen Lieferwagens sie anhupte.

Als sie einen Weißen auf dem Beifahrersitz sahen, rannten sie »Sweetie! Sweetie!« plärrend neben dem langsam fahrenden Wagen her. Michael hatte vorgesorgt und warf ihnen die Bonbons zu, mit denen er seine Taschen vollgestopft hatte.

Obwohl die Mehrheit der erwachsenen Bevölkerung die lange tägliche Fahrt zu ihren Arbeitsplätzen in der Großstadt angetreten hatte, waren die Mütter und die Alten und die Arbeitslosen zurückgeblieben.

Jugendliche, die in Grüppchen an den mit Abfall übersäten Straßenecken herumlungerten, starrten ihn ausdruckslos an, als er vorbeifuhr. Obwohl er wußte, daß diese Jugendlichen die Schakale der Townships waren, die ihresgleichen überfielen und beraubten, galt sein Mitgefühl auch ihnen. Michael verstand ihre Verzweiflung. Er wußte, daß sie noch vor dem eigentlichen Start ins Leben erkannt hatten, daß es ihnen nichts zu bieten hatte – keine Zukunftsaussichten, keine Hoffnung auf bessere Zeiten.

Als nächstes kamen die Frauen bei der Hausarbeit, die lange Reihen von Wäschestücken aufhängten, um sie wie Gebetsfahnen im leichten Wind trocknen zu lassen, oder auf Hinterhöfen über schwarze dreibeinige Kessel gebeugt standen, um den Maisbrei, der ihr Hauptnahrungsmittel war, auf traditionelle Weise zuzubereiten, anstatt ihn auf den Herden ihrer winzigen Küchen zu kochen. Der Rauch ihrer Kochfeuer vermischte sich mit aufgewirbeltem Staub und bildete eine beständig über der Township hängende Wolke.

Spouzas – illegale Straßenhändler, die es verstanden, der Leidenschaft der weißen Regierung für Vorschriften und Genehmigungen aller Art ein Schnippchen zu schlagen – schoben ihre Karren über die belebten Straßen und riefen ihre Waren aus. Je nach ihren finanziellen Verhältnissen feilschten die Hausfrauen mit ihnen um eine einzelne Kartoffel, Zigarette, Orange oder Scheibe Weißbrot.

Trotz dieser bedrückenden Umgebung und aller Anzeichen von Armut und Verwahrlosung hörte Michael in jeder Straße und an jeder Ecke, um die sie fuhren, Lachen und Musik. Das Lachen war spontan und fröhlich.

Musik drang aus den jämmerlichen kleinen Häusern und kam auf der Straße aus Transistorradios, die Männer und Frauen in der Hand trugen oder beim Gehen auf dem Kopf balancierten. Die Kinder hatten Trillerpfeifen oder spielten auf Banjos, die aus Blechkanistern, Holz und Draht improvisiert waren. Selbst unter diesen elenden Umständen tanzten und sangen sie als Ausdruck spontaner Lebensfreude.

Lachen und Musik verkörperten für Michael den unbesiegbaren Geist Schwarzafrikas. Seiner Überzeugung nach gab es auf der Erde niemand, der den Afrikanern gleichkam. Michael verehrte sie, jeden einzelnen von ihnen, unabhängig von Alter, Geschlecht, Stammeszugehörigkeit und Lebensumständen. Er stammte aus Afrika, und dies war sein Volk.

»Was kann ich für euch tun, Brüder?« flüsterte er vor sich hin. »Was kann ich tun, um euch zu helfen? Wollte Gott, ich wüßte es! Was ich bisher unternommen habe, ist alles fehlgeschlagen. Alle meine Bemühungen sind verhallt wie ein hoffnungsloser Schrei in der Wüste. Wenn ich nur eine Möglichkeit finden könnte –«

Dann wurde er plötzlich abgelenkt. In dem sanft gewellten Gelände erreichten sie den nächsten Hügelrücken.

Als er Drake's Farm vor elf Jahren zum letztenmal besucht hatte, war dies nur offenes Grasland gewesen, auf dem einzelne magere Ziegen zwischen den roten Schrunden geweidet hatten, die Erosion und Vernachlässigung der Erde zugefügt hatten.

»Nobs Hill.« Der Lieferwagenfahrer schmunzelte über seine Verblüffung. »Prächtig, nicht wahr?«

Auf einem niedrigen Höhenzug erhoben sich die Villen der schwarzen Elite über dem Gewirr aus Hütten und kleinen Häusern von Drake's Farm. Etwa eine Hundertschaft dieser Erfolgreichen lebte hier deutlich von den übrigen Einwohnern getrennt. Ihnen war es durch natürliche Begabung, Geschäftstüchtigkeit und harte Arbeit gelungen, es den Weißen gleichzutun.

Trotzdem wurde ihr Sieg über die Umstände durch die Apartheidpolitik der Weißen ausgehöhlt. Obwohl sie sich das Leben in jedem Teil Südafrikas hätten leisten können, zwang das Gesetz zur Festlegung von Gruppengebieten sie dazu, nur in den Gebieten zu leben, die ihnen die Architekten der Apartheid zugewiesen hatten. Die prachtvollen Häuser dieser schwarzen Geschäftsleute, Ärzte, Rechtsanwälte und erfolgreichen Gangster hätten ohne weiteres in Villenvierteln wie Sandton, La Lucia oder Constantia stehen können, in denen Weiße mit ähnlichen Berufen lebten.

»Sieh mal!« Der Fahrer deutete stolz nach vorn. »Das rosa Haus mit den großen Fenstern. Es gehört Josia Nrubu, dem berühmten Medizinmann. Er vertreibt seine Amulette, Zaubermittel und Liebestränke mit der Post in ganz Südafrika – sogar in Kenia und Nigeria. Er verkauft ein Amulett, das alle Männer und Frauen dazu bringt, dich zu lieben, und Löwenknochen, die dir geschäftlichen Erfolg sichern. Er kann dir Geierfett für deine Augen oder einen Trank aus Jungfernhäutchen geben, der deinen Speer granithart und unverwüstlich macht. Er besitzt vier neue Cadillacs, und seine Söhne studieren auf amerikanischen Universitäten.«

»Ich nehme die Löwenknochen!« sagte Michael lachend. Sehr zum Kummer Nanas und Garrys machte die »Golden City Mail« seit vier Jahren Verluste.

»Und dort drüben! Das Haus mit dem grünen Dach und der

hohen Gartenmauer. Dort wohnt Peter Ngonyama. Sein Stamm baut eine Pflanze an, die wir ›Dagga‹ oder ›Boom‹ nennen, während die Weißen sie als Cannabis bezeichnen. Sie wird an versteckten Orten in den Bergen geerntet und lastwagenweise nach Kapstadt, Johannesburg und Durban transportiert. Er hat fünfundzwanzig Frauen und ist sehr reich.«

Vor ihnen endete die mit Schlaglöchern übersäte Piste und ging in die blauschwarze Asphaltfläche eines neu angelegten Boulevards über. Der Lieferwagen beschleunigte zwischen den grünen Rasenflächen und hohen Ziegelmauern von Nobs Hill – im amtlichen Sprachgebrauch als »Drake's Farm Extension IV« bezeichnet.

Dann bremste der Fahrer plötzlich und hielt vor dem Stahltor einer luxuriösen Villa. Das elektrisch betätigte Tor glitt geräuschlos zur Seite und schloß sich wieder hinter ihnen, als sie in den prachtvoll angelegten Park mit grünen Rasenflächen einfuhren. Vor der Terrasse plätscherte eine aus einem Felsen aufsteigende Fontäne in der Mitte eines Swimmingpools mit elegant geschwungenen Konturen. Die Grünflächen wurden von Rasensprengern bewässert, und Michael sah zwei schwarze Gärtner in Overalls zwischen den Blütenstauden arbeiten.

Das Haus war ein ultramoderner Bau mit riesigen Fenstern, freiliegender Holzkonstruktion und verwinkelten, unterschiedlich geneigten Dächern. Der Fahrer parkte den Lieferwagen vor der Hauptterrasse, und eine hohe Gestalt kam die Freitreppe herab, um Michael zu begrüßen, als er ausstieg.

»Michael!« Auf Raleigh Tabakas Begrüßung mit freundlichem Lächeln und warmem Händedruck war er nicht vorbereitet. Wie völlig anders als die Stimmung bei ihrer ersten Begegnung in London!

Raleigh trug eine bequeme Sommerhose und ein offenes weißes Hemd, das seine makellos glatte Haut und seine romantischen afrikanischen Züge unterstrich.

»Sei uns willkommen«, sagte er, und Michael sah sich lächelnd um.

»Nicht schlecht, Raleigh. Wie ich sehe, lebst du auch hier nicht übel.«

»Dieses Haus gehört nicht mir.« Raleigh schüttelte energisch den

Kopf. »Mir gehört nichts außer den Sachen, die ich auf dem Leib trage.«

»Aber wem gehört dann alles?«

»Fragen, immer nur Fragen«, tadelte Raleigh ihn mit Schärfe in der Stimme.

»Ich bin Journalist«, stellte Michael fest. »Ich lebe von Fragen.«

»Ja, natürlich. Dieses Haus hat die Trans Africa Foundation of America für die Lady bauen lassen, die du gleich kennenlernen wirst.«

»Trans Africa – ist das nicht eine amerikanische Bürgerrechtsgruppe?« fragte Michael. »Unter Führung des schwarzen Evangelisten Doktor Rondall aus Chicago?«

»Du bist gut informiert.« Raleigh nahm seinen Arm und zog ihn die Freitreppe hinauf.

»Es muß mindestens eine halbe Million Dollar gekostet haben«, stellte Michael fest, aber Raleigh zuckte nur mit den Schultern und wechselte das Thema.

»Ich habe dir ein Gespräch mit den Kindern der Apartheid versprochen, Michael. Aber zuvor sollst du ihre Mutter kennenlernen.«

Er führte Michael über die Terrasse, auf der Sonnenschirme wie bunte Pilze aufgespannt waren. An den weißen Plastiktischen saßen etwa ein Dutzend schwarzer Kinder, die Coca-Cola aus Dosen tranken und sich dabei um ein Transistorradio scharten, aus dem die hämmernden Rhythmen afrikanischer Jazzmusik dröhnten.

Die Jungen waren acht bis siebzehn Jahre alt. Sie trugen kanariengelbe T-Shirts mit dem Aufdruck »Gama Athletics Club«. Keiner von ihnen stand auf, als Michael vorbeikam; sie beobachteten ihn ausdruckslos, ohne Neugier zu zeigen.

Die Terrassentüren des Hauptgebäudes standen weit offen, und Raleigh ging in den Wohnraum voraus, dessen Wände mit geschnitzten Holzmasken und kleinen Fetischstatuen geschmückt waren. Der Natursteinboden war mit gegerbten Tierfellen bedeckt.

»Etwas zu trinken, Michael?« fragte Raleigh. »Kaffee oder Tee?«

Michael schüttelte den Kopf. »Nein, danke. Aber darf ich rauchen?«

»Richtig, du bist Raucher«, sagte Raleigh lächelnd. »Bitte sehr! Leider kann ich dir nicht Feuer geben.«

Michael drehte sich mit seinem Feuerzeug in der Hand nach der oberen Ebene des großen Wohnraums um.

Eine Frau kam langsam die Treppe herabgeschritten. Michael starrte sie an. Es war die schwarze Evita, die Mutter der Nation. Aber keines der Photos, die er von ihr gesehen hatte, war imstande gewesen, ihre geheimnisvolle schwarze Schönheit und ihre königliche Haltung wiederzugeben.

»Victoria Gama«, stellte Raleigh sie vor. »Und das ist Michael Courtney, der Zeitungsmann, von dem ich dir erzählt habe.«

»Ja«, bestätigte Vicky Gama. »Ich weiß, wer Michael Courtney ist.«

Mit würdevoller Eleganz schritt sie auf ihn zu. Sie trug eine knöchellange Robe in Grün, Gelb und Schwarz – die Farben des verbotenen African National Congress. Ihre Kopfbedeckung war ein smaragdgrüner Turban; die Robe und der Turban waren ihre Erkennungszeichen.

Sie streckte Michael die Rechte hin. Ihre Hand war schmal, aber die wohlgeformten langen Finger packten kräftig zu und waren überraschend kühl, beinahe kalt. Ihre Haut war seidenglatt und hatte die Farbe dunklen Bernsteins.

»Ihre Mutter ist die zweite Frau meines Mannes gewesen«, erklärte sie Michael mit sanfter Stimme. »Sie hat Moses Gama wie ich einen Sohn geschenkt. Ihre Mutter ist eine gute Frau – eine der Unseren.«

Immer wieder staunte Michael über das Fehlen jeglicher Eifersucht zwischen den Ehefrauen eines afrikanischen Mannes. Seine Frauen betrachteten sich nicht als Rivalinnen, sondern eher als Schwestern mit Familienbindungen und Loyalitäten.

»Wie geht's Tara?« fragte Vicky weiter, indem sie Michael mit einer Handbewegung aufforderte, auf einem der bequemen Ledersofas Platz zu nehmen. »Ich habe sie seit vielen Jahren nicht mehr gesehen. Lebt sie noch in England? Und wie geht's Moses' Sohn Benjamin?«

»Ja, sie lebt noch in England«, antwortete Michael. »Ich habe die beiden erst vor kurzem in London besucht. Benjamin ist jetzt ein gutaussehender junger Mann. Er studiert Chemie an der Leeds University.«

»Ob er wohl jemals nach Afrika heimkehrt?« Vicky nahm neben ihm Platz. Sie plauderten eine Weile miteinander, und Michael spürte, wie er dem Charme ihrer Persönlichkeit zu erliegen begann.

Zuletzt fragte sie: »Sie möchten also einige meiner Kinder befragen – die Kinder der Apartheid?«

Michael erfaßte instinktiv, daß dies der beste Titel für seinen Artikel oder vielleicht die Serie war, die er schreiben würde.

»Die Kinder der Apartheid«, wiederholte er. »Ja, Mrs. Gama, ich möchte mit Ihren Kindern reden.«

»Nennen Sie mich bitte Vicky. Wir gehören zur selben Familie, Michael. Darf ich auch zu hoffen wagen, daß wir dieselben Träume und Hoffnungen haben?«

»Ich glaube, daß wir sehr viel gemeinsam haben, Vicky.«

Sie begleitete ihn auf die Terrasse hinaus, rief die Kinder und Jugendlichen zu sich und machte sie mit Michael bekannt.

»Er ist unser Freund«, erklärte sie ihnen. »Mit ihm könnt ihr offen sprechen. Beantwortet seine Fragen. Erzählt ihm alles, was er wissen will.«

Michael zog die Jacke aus, legte die Krawatte ab und setzte sich unter einen der Sonnenschirme. Die Jungen umringten ihn. Da Vicky Gama ihn eingeführt und sie zu freimütigen Auskünften ermutigt hatte, schienen sie ihn sofort zu akzeptieren und waren begeistert, daß er ihre Sprache sprach. Michael verstand es, sie zum Reden zu bringen. Die Jungen wetteiferten schon bald um seine Aufmerksamkeit. Er ließ seinen Notizblock in der Tasche, weil er wußte, daß sie sonst Hemmungen bekommen hätten. Die Offenheit und Spontaneität der Jungen waren ihm wichtiger.

Sie erzählten ihm Geschichten, die lustig, und andere, die bedrükkend waren. Einer der Jungen war an jenem schicksalsträchtigen Tag in Sharpeville gewesen. Seine Mutter hatte ihn als Baby auf dem Rücken getragen. Die Polizeikugel, die sie tödlich getroffen hatte, hatte eines seiner Beine zerschmettert. Die Knochen waren schief zusammengewachsen, so daß die anderen Kinder ihn jetzt »Cripple Pete« nannten.

Der Nachmittag verging viel zu schnell. Einige der Jungen

verließen die Gruppe, um im Swimmingpool zu baden. Sie zogen sich nackt aus, sprangen ins kristallklare Wasser, kreischten lachend und spritzten einander naß, während sie spielten.

Raleigh saß mit Vicky Gama etwas abseits unter einem Sonnenschirm und beobachtete die Badeszene. Er sah, wie Michael die nackten Jugendlichen anstarrte, und sagte zu Vicky: »Ich möchte, daß er über Nacht hier bleibt.« Sie nickte, stand auf und ging zu Michael hinüber.

»Was halten Sie davon, Ihre Artikel gleich hier zu schreiben? Übernachten Sie bei uns. Ich leihe Ihnen meine Schreibmaschine. Verbringen Sie auch den morgigen Tag mit uns. Die Jungen haben Sie gern, und es gibt noch viele Geschichten zu hören.«

Michaels Finger flogen in feurigem Allegro über die Tasten der Schreibmaschine. Die Story schrieb sich von selbst. Tief in seinem Inneren wußte er, daß die Story gut, wirklich gut war. Dies war die wahre Geschichte der »Kinder«, wie die Welt sie hören würde.

Er schloß den Artikel ab, der – wie er jetzt wußte – nur der Auftakt zu einer triumphalen Serie war.

Ein leises Klopfen an seiner Tür ließ ihn hochschrecken. »Die Tür ist offen. Herein!« rief er auf Xhosa. Nun schlüpfte einer der Jungen in sein Schlafzimmer.

»Ich hab' gehört, daß du noch schreibst«, sagte er. »Ich dachte, du hättest es gern, wenn ich dir einen Tee bringe.«

»Danke.« Michael hörte, daß seine Stimme etwas heiser war. »Das wäre sehr nett von dir.«

»Was schreibst du da?« Der Junge kam näher, stellte sich hinter den Stuhl und beugte sich nach vorn, um das Geschriebene zu lesen. »Ist das die Geschichte, die ich dir heute erzählt hab'?«

»Ja«, sagte Michael, »aber du solltest jetzt schlafen gehen.« Der Junge senkte den Kopf und verließ das Zimmer.

Raleigh Tabaka las den Artikel, während sie in der Morgensonne auf der Terrasse saßen. Nachdem er ihn gelesen hatte, behielt er den Packen Papier in beiden Händen und sagte lange kein Wort.

»Du besitzt ein besonderes Talent«, sagte er schließlich. »Ich habe noch nie etwas so eindrucksvoll Gewaltiges gelesen. Aber es ist zu gewaltig. Du darfst nicht wagen, es zu veröffentlichen.«

»Nicht hierzulande«, stimmte Michael zu. »Aber der Londoner ›Guardian‹ hat mich aufgefordert, das Manuskript zur Begutachtung einzureichen.«

»Ja, dort wäre der Effekt am größten«, bestätigte Raleigh. »Meinen Glückwunsch! Solche Worte lassen die Kugeln der Unterdrücker zu Wasser werden. Du mußt die Serie so rasch wie möglich abschließen. Ich schlage vor, daß du wenigstens noch einmal bei uns übernachtest. Offenbar arbeitest du am besten, wenn du den Menschen, über die du schreibst, ganz nahe bist.«

Als es Zeit war, brachten sie Michael zu dem Parkplatz, auf dem er seinen alten Valiant zurückgelassen hatte. Raleigh Tabaka saß vorn im Lieferwagen neben dem Fahrer, während Michael hinten im Laderaum kauerte. Michael war überrascht, seinen Wagen noch vorzufinden.

»Niemand hat sich die Mühe gemacht, ihn zu klauen«, sagte er lachend.

»Nein«, widersprach Raleigh. »Unsere Leute haben ihn bewacht. Wir kümmern uns um die Unseren.«

Nachdem sie sich die Hand gegeben hatten, wollte Michael sich abwenden, aber Raleigh war noch nicht bereit, ihn gehen zu lassen.

»Du besitzt ein eigenes Flugzeug, stimmt's, Michael?« erkundigte er sich.

»Na ja, gewissermaßen«, antwortete Michael lachend. »Eine alte Centurion mit über dreitausend Flugstunden.«

»Ich möchte dich um einen Gefallen bitten.«

»Ich bin dir einen schuldig«, bestätigte Michael. »Was soll ich tun?«

»Fliegst du für mich nach Botswana?« fragte Raleigh.

»Mit einem Passagier?«

»Nein. Du fliegst allein – und kommst allein zurück.«

Michael zögerte noch einen Augenblick. »Hat es mit unserem Kampf zu tun?«

»Selbstverständlich«, antwortete Raleigh freimütig. »Mein ganzes Leben hat mit unserem Kampf zu tun.«

»Wann soll ich also fliegen?« fragte Michael.

Raleigh ließ sich seine Erleichterung nicht anmerken.

Vielleicht war es doch nicht nötig, das in der Londoner Wohnung des Tänzers aufgenommene Filmmaterial zu verwenden.

»Wann kannst du dir ein paar Tage freinehmen?« erkundigte er sich.

Im Gegensatz zu seinem Vater und seinen Brüdern war Michael erst spät zur Fliegerei gekommen. Rückblickend war ihm klar, daß gerade ihre Leidenschaft fürs Fliegen ihn davor hatte zurückschrekken lassen. Er hatte sich instinktiv gegen alle Bemühungen seines Vaters gewehrt, ihn dafür zu interessieren und zum Piloten auszubilden.

Später, als er den übermächtigen Einfluß der Familie abgeschüttelt hatte, hatte er die Faszination des Fliegens für sich allein entdeckt. Die Centurion hatte er sich von eigenen Ersparnissen gekauft. Trotz seines Alters war das Flugzeug schnell und bequem. Mit 210 Knoten Reisegeschwindigkeit brachte es ihn in etwas über drei Stunden nach Maun im Norden Botswanas.

Michael liebte Botswana, den einzigen wirklich demokratischen Staat in ganz Afrika. Er war niemals eine europäische Kolonie gewesen, obwohl England seit den achtziger Jahren des vorigen Jahrhunderts als sein Protektor aufgetreten war.

Nachdem England auf seinen Status als Protektor verzichtet und das Land der einheimischen Bevölkerung zurückgegeben hatte, war Botswana rasch zu einem Vorbild für den Rest des Kontinents geworden. Es war eine Vielparteiendemokratie mit allgemeinem Wahlrecht und regelmäßig stattfindenden Wahlen. Dort gab es weder Tyrannen noch Diktatoren und nach afrikanischen Maßstäben wenig Korruption. Die weiße Minderheit wurde als nützliche und produktive Bevölkerungsgruppe anerkannt.

Nach Südafrika war Botswana der reichste Staat Afrikas. Tatsächlich war dort fast mühelos ein Zustand verwirklicht worden, von dem Michael hoffte, daß sein Land ihn eines Tages nach all dem Leid, nach all den erbitterten Kämpfen ebenfalls erreichen würde. Er liebte dieses Land und war glücklich, es wieder einmal besuchen zu können.

In Maun erledigte er die Einreiseformalitäten und startete danach zu dem kurzen Flug nach Norden ins Okawangodelta.

Das Delta war ein einzigartiges wasserreiches Gebiet, in dem der mächtige Okawango sich in den Norden der Wüste Kalahari ergoß und riesige Sümpfe bildete. Aber dies waren keine Sümpfe aus schwarzem Morast mit eintönigen Schilfklumpen. Das Wasser war klar wie ein Gebirgsbach. Alle Sandbänke und die Betten der unzähligen Wasserläufe bestanden aus feinem weißen Sand. Die Inseln waren mit Palmen und üppiger Tropenvegetation bewachsen. Wilde Feigenbäume, in deren Zweigen grüne Papageien kreischten, hingen voller gelber Früchte. Merkwürdige seltene Fischeulen, die mehr Affen als Vögel zu sein schienen, nisteten in den hohen Ebenholzbäumen.

Die berühmten Okawangolöwen mit ihren rostbraunen Mähnen waren in den träge fließenden Gewässern flink wie Fischotter. Riesige Büffelherden weideten in den Schilfgürteln, während Schwärme von Silberreihern wie eine Wolke über ihnen standen. Die eigenartigen Sitatungas, auch Sumpfbock oder Wasserkudu genannt, mit langen Hufen, korkenzieherartig gedrehten Hörnern und zottiger Decke, verbrachten ihr ganzes Amphibienleben im hohen Papyrus, und Schwärme von Enten, Gänsen und anderen Wasservögeln zogen vor Sonnenuntergang über den leuchtend orangeroten Abendhimmel.

Michael landete mit der Centurion auf der Graspiste einer der größeren Inseln. Zwei Buschmänner erwarteten ihn mit ihrem Einbaum, um ihn über eine nach Wasserlilien duftende Lagune zum Camp überzusetzen.

Das Camp mit dem Namen Gay Goose Lodge bot bis zu vierzig Gästen Platz, die in malerischen Schilfhütten untergebracht waren. Offiziell kamen sie hierher, um den Wildreichtum des Deltas zu beobachten und zu fotografieren oder in den Wasserläufen die glitzernd gestreiften Tigerfische zu angeln. Jeweils morgens und abends verließen Expeditionen das Camp, um sich von einem schwarzen Bootsmann lautlos durch Schilf und Wasserlilien führen zu lassen.

In diesem Camp gab es jedoch nur männliche Gäste, und der Name Gay Goose war aus ganz bestimmten Gründen gewählt worden. Ebenfalls aus ganz bestimmten Gründen bestand das gesamte Personal aus hübschen jungen Tswanas. Geleitet wurde das Camp von einem politischen Flüchtling aus Südafrika. Brian Susskind war ein blendend aussehender Mittdreißiger mit langen blonden Locken. Er trug goldene Ohrringe und Armreifen aus geflochtenem Elefantenhaar an den Handgelenken.

»Hallo«, begrüßte er Michael, »wie ich mich freue, dich kennenzulernen! Raleigh hat mir alles über dich erzählt. Bei uns wird's dir gefallen, Süßer. Wir haben lauter wundervolle Leute hier. Und sie sind alle schon schrecklich neugierig auf dich.«

Michael verbrachte ein aufregendes Wochenende in der Gay Goose Lodge, und als er wieder abflog, brachte Brian Susskind ihn in einem Makorro-Kanu über die Lagune, um ihn zu verabschieden.

»Du bist ein lieber Gast gewesen, Mickey.« Brian umarmte Michael. »Wir werden uns noch oft sehen, glaube ich. Vergiß nicht, dein Flugzeug auszutrimmen. Möglicherweise bist du ein bißchen hecklastig.«

Michael startete, ohne einen Blick in das Geheimfach hinten unter den Passagiersitzen zu werfen, aber er merkte, daß er die Maschine tatsächlich etwas anders trimmen mußte. Die Fracht, die Brian eingeladen hatte, mußte für ihren Rauminhalt sehr schwer sein. Er hatte Anweisung, sie nicht zu berühren und erst recht nicht zu untersuchen. Er hielt sich genau daran.

Bei der Zollkontrolle auf dem Flughafen Lanseria war Michael so nervös, daß er hastig eine Zigarette paffte. Aber er hätte sich keine Sorgen zu machen brauchen. Der Zollbeamte, der ihn als Vielflieger kannte, machte sich nicht einmal die Mühe, sein Gepäck zu kontrollieren. Und er dachte erst recht nicht daran, bei dieser Hitze übers Vorfeld zu latschen, um die Centurion zu überprüfen.

In dieser Nacht holte einer der schwarzen Wachmänner auf dem Flughafen die schwere Kiste aus dem Geheimfach unter den Rücksitzen der Centurion und übergab sie am Zaun dem Fahrer eines kleinen blauen Lieferwagens.

In der Küche des Hauses auf Nobs Hill in Drake's Farm untersuchte Raleigh Tabaka die Siegel an der Kiste. Alle waren intakt. Niemand hatte sich an dem Frachtstück zu schaffen gemacht. Raleigh nickte befriedigt und schraubte den Kistendeckel ab. Die Kiste enthielt siebzig Bibeln. Michael Courtney hatte eine weitere Prüfung bestanden.

Fünf Wochen später flog Michael erneut zur Gay Goose Lodge. Als er diesmal zurückkam, enthielt die Kiste zwanzig russische Schützenminen. In den folgenden zwei Jahren besuchte er die Gay Goose Lodge noch neunmal, und die Kontrollen des südafrikanischen Zolls in Lanseria machten ihn von Mal zu Mal weniger nervös.

Fünf Jahre nach seiner ersten Begegnung mit Raleigh Tabaka wurde Michael aufgefordert, Mitglied des African National Congress zu werden – als Angehöriger seines bewaffneten Flügels Umkhonto we Sizwe, des »Speers der Nation«.

»Darüber habe ich in letzter Zeit viel nachgedacht«, erklärte er Raleigh, »und bin widerstrebend zu dem Schluß gekommen, daß die Feder allein manchmal nicht genügt. Obgleich mir das im Innersten zuwider ist, habe ich zuletzt doch eingesehen, daß irgendwann für jeden von uns die Zeit kommt, das Schwert zu ergreifen. Noch vor einem Jahr hätte ich zurückgewiesen, was du mir anbietest, aber jetzt beuge ich mich dem Diktat meines Gewissens. Ich bin bereit, am bewaffneten Kampf teilzunehmen.«

»Also, Bella.« Centaine Courtney-Malcomess nickte energisch. »Du beginnst am anderen Ende der Straße – und ich fange hier an.« Sie richtete ihre Aufmerksamkeit auf den Hinterkopf des Chauffeurs. »Klonkie, Sie können uns an der nächsten Ecke absetzen und gegen Mittag wieder abholen.«

Klonkie bremste den gelben Daimler gehorsam ab, bog um die Ecke und hielt am Randstein.

Die beiden Frauen stiegen aus und sahen dem davonfahrenden Wagen nach. »Man will nicht, daß die Wähler einen in einer schweren Luxuslimousine mit Chauffeur sehen«, erklärte Centaine ihrer Enkelin. »Neid ist ein negatives Gefühl, das in allen Gesellschaftsschichten auftritt.« Sie konzentrierte sich ganz auf ihre Enkelin und inspizierte sie sorgfältig von Kopf bis Fuß.

Isabellas Haar war frisch gewaschen und glänzte im Sonnenschein mit rötlichen Lichtern. Centaine hatte jedoch darauf bestanden, daß sie es zu einem strengen Nackenknoten zusammenfaßte.

Ihr Teint war frisch. Auf Lippenstift konnte Isabella ohnehin verzichten.

Centaine nickte und ließ ihren Blick tiefer gleiten. Zu einem schlichten Kostüm aus Kaschmirwolle trug Bella Schuhe mit niedrigen Absätzen. Centaine nickte erneut und strich ihren Tweedrock über den Hüften glatt.

»Also, Bella, denk daran, daß unsere Zielgruppe heute morgen die Ladies sind.« Als Besuchszeit hatten sie bewußt den frühen Vormittag gewählt, an dem die Männer aus dem Haus, die Kinder in der Schule und die wichtigsten Arbeiten der zum unteren Mittelstand gehörenden Hausfrauen in diesem Wohngebiet unter dem Signal Hill mit Blick über Kapstadt und seinen Hafen erledigt waren.

Am Abend zuvor hatte Isabella vor einem aus Männern bestehenden Publikum in der Sea Point Masonic Hall gesprochen. Die meisten waren aus Neugier gekommen, um sich die erste Kandidatin der National Party anzuhören.

In den ersten Minuten, in denen sie gegen ihre Nervosität angekämpft hatte, war sie immer wieder durch scherzhafte Zwischenrufe unterbrochen worden. So wäre es vermutlich weitergegangen, wenn ihr nicht der Kragen geplatzt wäre.

»Gentlemen, Ihr Verhalten wirft ein schlechtes Licht auf uns alle«, fauchte sie ins Mikrofon. »Wenn Sie auch nur den geringsten Sinn für Fairplay haben, geben Sie mir eine ehrliche Chance.«

Ihre Zuhörer grinsten verlegen, scharrten mit den Füßen, hielten den Mund und hörten um so aufmerksamer zu, je länger Isabella sprach. Centaine und sie hatten sich mit den Problemen befaßt, die ihnen auf den Nägeln brannten, und ihr Publikum interessierte jetzt, welche Lösungsmöglichkeiten sie anzubieten hatte.

Isabella hatte diese Feuertaufe bravourös bestanden, und Centaine war stolz auf sie, ohne es sich allzusehr anmerken zu lassen.

»Schön«, sagte sie jetzt. »Du kommst sicher gut an, Missy. Auf in den Kampf – für St. Georg, für Harry und für England!«

Dieser Schlachruf ist völlig unpassend, dachte Isabella lächelnd, und noch dazu falsch zitiert, aber wer hätte es gewagt, Nana das zu sagen? Sie trennten sich, um die Straße von beiden Enden aus in Angriff zu nehmen.

Nummer 12 war eine Doppelhaushälfte mit einem Wellblech-Walmdach und schmiedeeisernem Gitterwerk im viktorianischen Stil unter dem Dachüberstand. Der Vorgarten war fünf Schritte lang, die Dahlien standen in voller Blüte. Isabella durchquerte ihn und brachte einen vor der Haustür kläffenden Foxterrier mit einem scharfen Wort zum Schweigen. Auf Hunde und Pferde hatte sie sich schon immer verstanden.

Die Hausfrau kam an die Tür und starrte Isabella mißtrauisch durchs Fliegengitter hindurch an. Ihr Haar war auf gelben Plastiklockenwicklern aufgedreht. »Ja? Was wollen Sie?«

»Ich heiße Isabella Courtney und bin Ihre Kandidatin der National Party für die im nächsten Monat stattfindenden Nachwahlen. Haben Sie ein paar Minuten Zeit für mich?«

»Augenblick.« Die Frau verschwand und kam eine Minute später mit einem Chiffonschal über ihren Lockenwicklern zurück.

»Wir wählen immer die United Party«, stellte sie unmißverständlich klar, aber Isabella lenkte sie ab.

»Was für wunderschöne Dahlien!«

Dieser Wahlbezirk war eine der Hochburgen der Opposition. Als politischer Neuling hätte Isabella niemals einen für die National Party sicheren Wahlkreis erhalten. Diese waren für andere Kandidaten reserviert, die sich schon bewährt hatten. Tatsächlich war es nur Nanas Einfluß und Überredungskunst sowie Isabellas eigener Persönlichkeit und gewinnendem Auftreten zu verdanken, daß der Parteiapparat ihr diesen aussichtslosen Versuch überhaupt gestattet hatte. Im günstigsten Fall konnte Isabella gut auftreten und tapfer verlieren. Aufgrund der Tatsache, daß dieser Sitz bei der letzten Wahl mit fünftausend Stimmen Vorsprung an die United Party gegangen war, hatte Nana ihr Nahziel definiert.

»Gelingt es uns, diesen Vorsprung auf dreitausend Stimmen zu drücken, können wir sie bei der nächsten Wahl zwingen, dir einen besseren Stimmkreis zu geben.«

Die durch Bellas Lob für ihre preisgekrönten Dahlien milder gestimmte Hausfrau zögerte unschlüssig.

»Darf ich einen Augenblick reinkommen?« Isabella lächelte ihr bezauberndstes, gewinnendstes Lächeln, und die Frau trat widerstrebend zur Seite.

»Schön, aber nur für ein paar Minuten.«

»Was ist Ihr Mann von Beruf?«

»Er ist Automechaniker.«

»Was hält er von der Fortbildung Schwarzer zu Facharbeitern und schwarzen Gewerkschaften?« Damit hatte Isabella ein heißes Eisen angepackt. Die Frau machte ein ernstes Gesicht, denn das waren Fragen, die das tägliche Brot für ihre Kinder und das Überleben der Familie betrafen.

»Trinken Sie eine Tasse Kaffee mit, Mrs. Courtney?« fragte sie, und Isabella hütete sich, diese Anrede zu korrigieren.

Eine Viertelstunde später schüttelte sie der Hausfrau zum Abschied die Hand und durchquerte erneut den Vorgarten. Sie hatte sich an Nanas Maxime gehalten: »Eindruck machen, aber nicht langweilen!«

Isabella war stolz auf ihren ersten Erfolg. Dank überzeugend vorgebrachter Argumente hatte die Einstellung ihrer Gesprächspartnerin sich von einem entschiedenen »Nein« allmählich zu einem unschlüssigen »Vielleicht« gewandelt. In ihrem Exemplar der Wählerliste kennzeichnete Isabella sie entsprechend.

»Eine abgehakt«, flüsterte sie. »Jetzt noch zweitausend!«

Nach dem dritten Besuch merkte sie zu ihrer Überraschung, daß ihr die Sache Spaß zu machen begann. Hier lernte sie eine Seite des Lebens kennen, von deren Existenz sie bis dahin nichts geahnt hatte. Sie begann eine gewisse Wärme für diese einfachen Leute zu empfinden und brachte allmählich mehr Verständnis für ihre Ängste und Sorgen, für ihre Lebensweise auf, die sich so sehr von ihrer unterschied.

»Privilegien bedeuten Verantwortung.« Das hatte sie schon so oft von ihrem Vater gehört. »Noblesse oblige!« Sie hatte nie sehr intensiv darüber nachgedacht, aber geglaubt, das zu verstehen. Allerdings hatte sie nie vorgehabt, danach zu handeln. Bis vor kurzem war sie viel zu beschäftigt gewesen. Ihre eigenen Wünsche und Bedürfnisse waren zu dringend gewesen, als daß sie sich um solche ganz unwichtigen Leute hätte kümmern können oder wollen.

Jetzt fühlte Isabella sich zu ihnen hingezogen. Sie empfand echte Wärme für sie – und den Wunsch, sie zu verstehen und zu beschützen.

Vielleicht hat die Mutterschaft mich ein bißchen sanfter gemacht, dachte sie, und dachte an den schmerzlichen Verlust. War dies eine Art Ersatzgefühl, das ihren frustrierten Mutterinstinkt befriedigte? Sie wußte es nicht, und es war ihr eigentlich auch egal. Entscheidend war, daß sie diesen Leuten wirklich helfen wollte. Sie hatte den starken Wunsch, einen Parlamentssitz zu erringen, um ihre Zeit und ihre Fähigkeiten gut und selbstlos einsetzen zu können.

Isabella empfand ehrliches Bedauern, als ein Blick auf ihre Armbanduhr ihr nach dem achten Besuch zeigte, daß es Zeit wurde, für heute Schluß zu machen und sich wieder mit Nana zu treffen.

Centaine wartete an der Straßenecke, an der sie sich getrennt hatten. Sie wirkte frisch und vital wie eine weit jüngere Frau. »Na, wie war's, Bella?« fragte sie lebhaft. »Wie viele Besuche?«

»Acht«, antwortete Bella zufrieden. »Zweimal ›ja‹ und einmal ›vielleicht‹. Und bei dir, Nana?«

»Vierzehn Besuche und fünfmal ›ja‹. ›Vielleicht‹ zähle ich nicht mit. Das hab' ich noch nie getan.«

Sie nahm Isabellas Arm, während der gelbe Daimler in Sicht kam.

»Sobald wir wieder zu Hause sind, schickst du jeder einen kurzen handgeschriebenen Brief. Du hast dir doch hoffentlich die Namen und das Alter ihrer Kinder und persönliche Einzelheiten von jeder notiert?«

»Muß ich wirklich an alle schreiben?«

»An *alle*«, bestätigte Centaine. »Ganz gleich, ob sie ›ja‹, ›nein‹ oder ›vielleicht‹ gesagt haben. Und ein paar Tage vor der Wahl bekommen sie zur Erinnerung einen weiteren Brief.«

»Du machst harte Arbeit daraus, Nana«, protestierte Isabella ohne sonderlichen Nachdruck.

»Erfolg basiert immer auf harter Arbeit, Missy.« Centaine stieg in den Daimler. »Und denk an die Versammlung von heute abend. Hast du deine Rede schon fertig? Dann sprechen wir sie heute nachmittag durch.«

»Nana, ich habe noch Unmengen für Vater zu arbeiten!«

»Dann hast du wenigstens keine Zeit für Dummheiten«, bestätigte Centaine gelassen. »Heim nach Weltevreden, Klonkie«, wies sie den Chauffeur an.

Isabella mogelte ein bißchen. Sie ließ ihre Sekretärin einen Standardbrief an alle Wählerinnen schreiben, die Nana und sie besucht hatten, und beschränkte sich darauf, sie durchzulesen und selbst zu unterschreiben. Dies gab ihr die Möglichkeit, ihre politischen Ziele zu verfolgen und zugleich die viele Arbeit zu erledigen, die ihr Vater auf ihrem Schreibtisch auftürmte.

Im Centaine House hatte Shasa eine Bürosuite in bevorzugter Ecklage für sie frei machen lassen. Ihre neue Sekretärin war eine bewährte Kraft, die über zwanzig Jahre bei Courtney Enterprises gearbeitet hatte. Ihr Platz war draußen im Vorzimmer. Isabellas Arbeitszimmer war mit einheimischem goldgelben Holz getäfelt, das Shasa aus einem zweihundert Jahre alten Gebäude in Sea Point gerettet hatte. Shasa hatte ihr vier Gemälde aus seiner Sammlung geliehen – zwei Pierneefs und zwei Landschaften von Hugo Naudé –, deren Farben auf der hellen Täfelung sehr gut zur Geltung kamen. In den wandhohen Regalen standen unzählige Bücher, obwohl Isabella bezweifelte, daß sie viel Verwendung für dreißig Jahrgänge »Hansards Parlamentsberichte« haben würde.

Die Fenster ihrer Suite führten auf den Park und die St.-Georgs-Kathedrale hinaus, während im Hintergrund der Tafelberg aufragte. Eine Redensart in Kapstadt besagte, wirklich erfolgreich sei man erst, wenn man es zu einem Büro mit Aussicht auf den Berg gebracht habe.

Sie unterschrieb den letzten Standardbrief an eine potentielle Wählerin und brachte den Stapel ins Vorzimmer. Der Raum war jedoch leer, die Underwood-Schreibmaschine abgedeckt. Isabella sah auf ihre Armbanduhr. »Mein Gott, schon nach fünf!«

Sie war unwillkürlich erleichtert, daß die Zeit so rasch und schmerzlos vergangen war. Das war nicht immer so gewesen, seitdem sie Nicky verloren hatte. Aber sie hatte gelernt, ihren tiefen Schmerz über diesen Verlust mit viel harter Arbeit zu betäuben.

Daheim in Weltevreden wurde das Dinner um halb neun serviert; eine halbe Stunde davor gab es Cocktails. Isabella hatte also noch Zeit und ging deshalb an ihren Schreibtisch zurück. Shasa hatte ihr den Entwurf eines Berichts mit dem Vermerk hingelegt: »Bitte bis morgen vormittag zurück. Alles Liebe, Vater.«

Während ihrer gemeinsamen Londoner Zeit hatte es sich ergeben, daß Isabella seine Reden und Berichte auf stilistische Mängel hin durchlas. An sich war Shasa stilsicher genug, um ihre Hilfe nicht wirklich zu brauchen. Aber diese Gewohnheit machte beiden Spaß. Shasa neigte manchmal dazu, langatmig zu sein oder Klischees zu verwenden.

Sie las seinen zwölfseitigen Bericht sorgfältig durch und schlug eine Änderung vor. Dann schrieb sie »Was für einen klugen Vater ich mir ausgesucht habe!« darunter und brachte ihn in sein Büro am Ende des langen Korridors.

Die Bürotür war abgesperrt. Sie hatte einen Schlüssel.

Shasas Arbeitszimmer war viermal größer und prächtiger als ihres. Sein Schreibtisch stammte angeblich aus den Gemächern des Dauphins in Versailles. Bewiesen wurde diese Provenienz durch das Original eines Versteigerungsbelegs aus dem Jahre 1791.

Isabella wollte den korrigierten Bericht auf dem Schreibtisch zurücklassen, aber dann kamen ihr doch Bedenken. Er war nur für den Premierminister und Mitglieder seines Kabinetts bestimmt und enthielt Zahlen und Tatsachen, die streng vertraulich und für die Sicherheit Südafrikas wichtig waren. Shasa hätte ihn ihr nicht einfach hinlegen dürfen, aber er ging mit wichtigen Schriftstücken oft sehr sorglos um.

Sie trat mit dem Bericht in der Hand an seinen hinter einem Bücherregal versteckten persönlichen Safe. Der Öffnungsmechanismus war in die Wandlampe neben dem Regal integriert. Betätigt wurde er, indem man eine Jugendstilnymphe aus Bronze, die eine Glühbirne wie eine Fackel hochreckte, um ihre eigene Achse drehte.

Als Isabella diesen Mechanismus betätigte, glitt das Bücherregal lautlos zur Seite und gab die massive grünlackierte Stahltür des Chubb-Safes frei.

Bei der Auswahl der Ziffern für die Zahlenkombination hatte Shasa weder Finesse noch Originalität bewiesen und einfach sein Geburtsdatum in umgekehrter Reihenfolge benützt. Außer Shasa kannte nur Isabella als seine persönliche Assistentin die Kombination. Ihr Vater hatte sie nicht einmal Nana oder Garry gegeben.

Sie stellte die Kombination ein, zog die schwere Stahltür auf und betrat den zimmergroßen Tresorraum. Obwohl sie Shasa häufig ermahnte, hier Ordnung zu halten, hörte er nur selten auf sie, so daß sie jetzt mißbilligend den Kopf schüttelte, als sie auf dem Tisch in der Mitte des Raums zwei grüne Armscor-Ordner liegen sah. Isabella stellte sie rasch auf ihren Platz zurück, verriegelte die Stahltür hinter sich und suchte auf dem Rückweg in ihr Büro die Damentoilette auf.

Als sie sich ans Steuer des Minis setzte, seufzte sie unwillkürlich. Sie hatte einen langen Tag hinter sich und mußte nach dem Dinner noch auf einer Wahlversammlung sprechen. Das bedeutete, daß sie wieder einmal erst weit nach Mitternacht ins Bett kommen würde.

Einen Augenblick überlegte sie, ob sie auf dem kürzesten Weg nach Weltevreden heimfahren sollte. Aber der Mini folgte wie von selbst der zwischen Signal Hill und Tafelberg hindurchführenden Bergstraße. Eine Viertelstunde später parkte sie ihren Wagen in Camps Bay in einer Seitenstraße unweit des Postamts.

Auf dem Weg zum Schließfachraum spürte sie wieder den vertrauten Klumpen Angst in der Magengrube. Würde das Postfach wie seit so vielen Wochen leer sein? Würde sie nie wieder etwas von Nicky hören?

Als sie das Fach aufschloß, schien ihr Herz sich mit einem wilden Satz gegen ihre Rippen zu werfen. Sie griff hastig wie eine Diebin nach dem langen Briefumschlag und stopfte ihn tief in ihre Jackentasche.

Auch diesmal parkte sie wieder unter den Palmen am Strand und las die aus vier Schreibmaschinenzeilen ohne Unterschrift bestehenden Anweisungen mit einer Mischung aus Angst und Vorfreude.

Dies war etwas Neues.

Danach tat sie, was sie mit allen Mitteilungen dieser Art tun mußte: Sie lernte die Anweisungen auswendig, verbrannte den Brief und zertrat die Asche zu Staub.

Drei Tage nach Eingang dieses Briefs an Red Rose stellte Isabella am Freitagmorgen ihren Mini im Vorort Claremont auf dem Parkplatz des neuen Pick 'n' Pay-Supermarkts ab.

Sie schloß die Fahrertür ab, ließ aber das Fenster wie angewiesen einen Spalt weit offen. Dann betrat sie den Supermarkt durch den Hintereingang. Dieser letzte Freitag im Monat war Zahltag für

Zehntausende von Beamten und Verwaltungsangestellten. An den Kassen standen lange Schlangen aus Dutzenden von Kunden.

Isabella verließ das Gebäude rasch durch den Hauptausgang und wandte sich auf der Straße nach links. Auf dem überfüllten Gehsteig drängte sie sich durch die Menge, bis sie das neue Postamt erreichte. In der ersten Telefonzelle von links standen zwei Mädchen von fünfzehn oder sechzehn Jahren. Sie kicherten in den Hörer, den sie zwischen sich hielten, ließen ihre vergoldeten Ohrringe klirren und verdrehten die Augen, während sie dem Jungen am anderen Ende zuhörten.

Isabella sah besorgt auf ihre Armbanduhr. Noch drei Minuten bis zur vollen Stunde. Sie klopfte gebieterisch an die Glastür der Kabine. Eines der Mädchen streckte ihr die Zunge heraus und plapperte dann weiter.

Eine Minute später klopfte Isabella erneut ans Glas. Die beiden Mädchen hängten widerstrebend ein und stöckelten aufgebracht davon. Isabella verschwand in der Telefonzelle und zog die Tür hinter sich zu. Sie ließ den Hörer eingehängt und gab vor, in ihrer Handtasche nach Kleingeld zu suchen, während sie den Minutenzeiger ihrer Uhr im Auge behielt. Genau zur vollen Stunde klingelte das Telefon, und sie griff hastig nach dem Hörer.

»Red Rose«, sagte sie atemlos und hörte eine Stimme: »Gehen Sie sofort zu Ihrem Wagen zurück.« Am anderen Ende wurde aufgelegt, und sie stand mit dem Hörer in der Hand sprachlos da. Trotz ihrer Verwirrung glaubte sie den ausgeprägten Akzent der kräftigen Frau erkannt zu haben, zu der sie vor fast drei Jahren in London am Embankment in einen Kastenwagen gestiegen war.

Isabella hängte den Hörer ein und verließ fluchtartig die Telefonzelle. Für den Rückweg zu ihrem geparkten Mini brauchte sie drei Minuten. Als sie die Fahrertür aufsperrte, sah sie einen Umschlag auf dem Sitz liegen und wußte sofort, was das bedeutete. Als Leserin der Bücher John le Carrés und Len Deightons war ihr klar, daß ihr Wagen als toter Briefkasten gedient hatte.

Da sie wußte, daß sie in diesem Augenblick wahrscheinlich beobachtet wurde, sah sie sich unauffällig auf dem Parkplatz um. Aber auf der fast einen Hektar großen Asphaltfläche standen einige hundert Autos. Dutzende von Supermarktkunden schoben ihre

Einkaufswagen an ihr vorbei, und die ein- und ausfahrenden Autos bildeten lange Schlangen. Es war unmöglich, in diesem Gedränge festzustellen, wer sie beobachtete.

Isabella setzte sich ans Steuer und fuhr nachdenklich nach Weltevreden zurück. Dieser Brief war offenbar zu wichtig, um der Post anvertraut zu werden. Deshalb war er auf diese Weise durch Boten zugestellt worden. In der Sicherheit ihres abgesperrten Schlafzimmers riß sie endlich den Briefumschlag auf.

Als erstes fiel ein Farbfoto neueren Datum heraus, das Nicky in der Badehose zeigte. Er hatte sich zu einem kräftigen, schönen Kind von fast drei Jahren entwickelt. Er hatte ein dunkelblaues Meer hinter sich.

Der beiliegende Brief war knapp und unmißverständlich abgefaßt:

»Sie beschaffen so rasch wie möglich die technischen Unterlagen der neuen computergestützten Siemens-Küstenradarkette, die gegenwärtig von Armscor beim Marineoberkommando in Silver Mine auf der Kap-Halbinsel installiert wird.

Sobald Sie die Pläne beschafft haben, benachrichtigen Sie uns auf dem üblichen Weg. Nach der Übergabe der Unterlagen ermöglichen wir Ihnen ein erstes Zusammentreffen mit Ihrem Sohn.«

Auch dieses Schreiben trug keine Unterschrift.

Isabella verbrannte den Brief vor dem Klo im Bad stehend, ließ den letzten Fetzen Papier hineinfallen, als die Flamme ihr die Finger versengte, und spülte die Asche fort. Danach klappte sie den Deckel herab, setzte sich darauf und starrte die gegenüberliegende Wand an.

Jetzt war es also passiert – was sie schon immer erwartet hatte. Seit drei Jahren hatte sie tagtäglich den Befehl erwartet, eine strafbare Handlung zu begehen, nach der es kein Zurück mehr geben würde.

Bisher hatte sie nur den Auftrag gehabt, das bedingungslose Vertrauen ihres Vaters zu gewinnen. Sie hatte sich ihm unentbehrlich machen sollen – und das war ihr gelungen. Sie war angewiesen worden, in die National Party einzutreten und sich um einen Parlamentssitz zu bewerben. Mit Nanas tatkräftiger Unterstützung war ihr auch das gelungen.

Aber dies war etwas anderes. Isabella erkannte, daß endgültig der Punkt erreicht war, an dem es kein Zurück mehr gab. Sie konnte davor zurückschrecken, Landesverrat zu üben – und verzichtete damit für immer auf ihren Sohn. Oder sie konnte sich ins gefährliche Unbekannte weiterwagen.

»Lieber Gott, hilf mir!« flüsterte sie laut. »Was soll ich tun? Was *muß* ich tun?«

Sie spürte, wie Angst- und Schuldgefühle sich wie eine Riesenschlange um ihre Seele legten und sie zu erdrosseln drohten. Andererseits wußte sie genau, daß es nur eine mögliche Antwort auf ihre Frage gab.

Ein Exemplar des geheimen Berichts über die neue Radarkette lag in diesem Augenblick im Safe ihres Vaters im Centaine House. Am Montag würde ein Kurier das Schriftstück wieder in den atombombensicheren Bunker des Marineoberkommandos in Silver Mine zurückbringen.

Ihr Vater wollte jedoch übers Wochenende auf ihre Schaffarm in Camdeboo fliegen. Seine Einladung, ihn zu begleiten, hatte sie bereits mit der Begründung abgelehnt, sie habe Unmengen Arbeit nachzuholen. Am Samstag und Sonntag fungierte Nana als Preisrichterin bei einer Hundeprüfung. Und Garry war mit Holly und den Kindern in Europa. Isabella würde das oberste Stockwerk im Centaine House dieses ganze Wochenende über für sich allein haben. Sie war zur Bearbeitung von Geheimsachen ermächtigt, und alle Wachtposten am Haupteingang kannten sie gut.

Der schneidend kalte Wind kam aus Norden. Die ersten Schneeflocken tanzten silberglänzend vom bleigrauen Himmel herab.

Am offenen Grab stand ein Dutzend Männer, keine einzige Frau. In Joe Ciceros Leben hatte es keine Frauen gegeben. Die Trauernden waren KGB-Offiziere, die zur Beisetzung abkommandiert worden waren. Sie nahmen mit ausdruckslosen Mienen Haltung an, trugen lange Uniformmäntel und Schirmmützen mit roter Paspelierung. Joe Cicero hatte keine Freunde. Selbst bei gleichgestellten Kollegen hatte er mehr Angst oder neidvolle Bewunderung geweckt als Respekt und Zuneigung.

Die Ehrenformation trat vor, setzte auf Befehl die Gewehre an und zielte damit gen Himmel. Salven hallten über den tristen Friedhof. »Gewehr... über!« Die Ehrenformation machte kehrt und marschierte im Gleichschritt und mit bis zur Brust hochgerissenen rechten Fäusten davon.

Die Trauernden schüttelten sich die Hände und hasteten dann zu ihren wartenden Limousinen.

Ramón Machado blieb allein am offenen Grab zurück.

»Das Spiel ist vorbei. Du hast dir verdammt lange Zeit gelassen.« Obwohl Ramón schon seit zwei Jahren Leiter der Abteilung war, hatte er, solange Joe Cicero noch lebte, nie das Gefühl gehabt, dieses Amt wirklich geerbt zu haben.

Der alte Mann war nur widerstrebend abgetreten. Er hatte monatelang zäh gegen den Krebs angekämpft. Cicero hatte sogar sein Dienstzimmer in der Lubjanka bis zuletzt behalten. Obwohl ausgemergelt, hatte er bei jeder Besprechung den Vorsitz geführt; sein Starrsinn und seine Feindseligkeit hatten Ramón bis zum letzten Tag behindert.

»Jetzt mußtest du doch gehen, Joe Cicero!« Ramón wandte sich vom Grab ab und ging zum Dienstwagen. Während Ramón sich auf den Rücksitz fallen ließ, wischte er sich mit den Handschuhen die Schneeflocken von seinen Schulterstücken.

»Zurück ins Amt!« befahl er dem Fahrer.

Ramón lehnte sich zurück und verfolgte, wie die Straßen Moskaus sich vor dem KGB-Stander auf dem Kotflügel des schwarzen Tschaikas entfalteten.

Er liebte Moskau. Er liebte die breiten Prachtstraßen, die reinen klassischen Linien der Gebäude und den auffälligen Gegensatz zwischen Rokokobauten und Wolkenkratzern.

Hier gab es keine Werbung, keine grellen Aufforderungen. Ramón konnte nicht begreifen, wozu die Massen überflüssige Luxusgüter kaufen sollten, anstatt die Produktionskapazität der Volkswirtschaft auf die wirklich wichtigen Erzeugnisse zu konzentrieren.

Vom bequemen Rücksitz des Tschaikas aus beobachtete er die Russen auf der Straße und empfand dabei Stolz. Dies war ein Volk, das zum Wohl des Staates organisiert und tätig war, das dem Gemeinwohl, nicht dem Wohl des einzelnen Vorrang einräumte. Er beobachtete, wie sie geduldig und klaglos in ordentlichen Schlangen an Bushaltestellen, vor Bäckereien und Lebensmittelgeschäften anstanden.

Der Wagen hielt an einer Kreuzung. Abgesehen von zwei Linienbussen war sein Dienstwagen das einzige Fahrzeug auf dem breiten Boulevard. Während jeder Amerikaner ein Auto hatte, gab es in der sowjetischen Gesellschaft keinen solchen Privatbesitz. Ramón beobachtete, wie die Fußgänger die Straße überquerten. Die Gesichter waren müde, aber klar. Ihre Kleidung hatte nichts von dem wild Exzentrischen an sich, das auf jeder amerikanischen Straße zu sehen gewesen wäre.

Ramón atmete auf, als der Tschaika den Dserschinskiplatz erreichte, das Denkmal des Gründers ihrer Organisation auf seinem Rundsockel passierte und auf leicht ansteigender Straße auf den massiven, aber trotzdem eleganten Bau der Lubjanka zufuhr.

Sein Fahrer hielt in der schmalen Straße hinter dem KGB-Hauptquartier. Ramón stieg aus und betrat das Gebäude durch den mit massiven Eisengittern gesicherten Hintereingang.

Vor ihm an der Eingangskontrolle standen zwei KGB-Offiziere. Der Hauptmann verglich Ramóns Gesicht wie vorgeschrieben dreimal mit dem Photo in seinem Dienstausweis, bevor er ihm gestattete, sich in die Anwesenheitsliste einzutragen.

Ramón fuhr in dem uralten Aufzug in den ersten Stock hinauf. Aufzug und Kronleuchter waren Relikte aus vorrevolutionärer Zeit.

Seine Sekretärin nahm Haltung an und begrüßte ihn, während er seinen Uniformmantel aufhängte.

»Guten Morgen, Genosse Oberst!« Er sah, daß sie einen Wuschelkopf trug. Dabei gefiel Ramón das Haar weich und locker viel besser. Katrina hatte mandelförmige Augen mit schweren Lidern – von irgendeinem Tataren geerbt, der zu ihrer Ahnenreihe gehören mußte. Die Vierundzwanzigjährige war die Witwe eines Testpiloten der Luftwaffe.

Sie deutete auf eine Schachtel auf ihrem Schreibtisch. »Was soll ich damit tun, Genosse Oberst?«

Sie nahm den Deckel ab, damit Ramón den Inhalt begutachten konnte. Es war der persönliche Besitz General Ciceros. Katrina hatte die Schubladen des Schreibtischs ausgeräumt, der jetzt endlich Ramón allein gehörte.

Außer einem vergoldeten Kugelschreiber und einer Herrengeldbörse aus Leder enthielt die Schachtel keine erkennbar privaten Gegenstände. Ramón griff nach der Geldbörse und klappte sie auf. Die linke Hälfte enthielt ein halbes Dutzend Photos. Alle zeigten Joe Cicero mit prominenten afrikanischen Politikern wie Nyerere, Kaunda, Nkrumah.

Als er die Geldbörse wieder in die Schachtel fallen ließ, streifte seine Hand Katrinas blasse Finger.

»Bringen Sie die Sachen ins Archiv und lassen Sie sich eine Empfangsbescheinigung dafür geben«, wies er sie an.

»Sofort, Genosse Oberst.«

Katrina war eine attraktive Erscheinung, weiblich und rund. Ihre Zuverlässigkeit war über jeden Zweifel erhaben; Ramón hatte den Beginn ihrer Beziehung korrekterweise in sein Diensttagebuch eingetragen. Während seiner Aufenthalte in Moskau diente ihre Wohnung ihm als Unterkunft, obwohl Katrina sich die zwei Zimmer mit ihren Eltern und ihrem dreijährigen Sohn teilen mußte.

»Auf Ihrem Schreibtisch liegt ein grünes Blitzdossier, Genosse Oberst«, sagte Katrina und griff nach der Schachtel. Die flüchtige Berührung hatte sie irritiert. Ramón bedauerte, Moskau um Mitternacht zu verlassen. Meist verbrachte er nur wenige Tage im Monat in der russischen Metropole; er war zwar selten mit Katrina zusammen, dies jedoch gerne.

Als habe sie seine Gedanken gelesen, flüsterte sie: »Ißt du heute abend bei uns, bevor du abreist? Mama hat gute Wurst und eine Flasche Wodka aufgetrieben.«

»Einverstanden«, stimmte er zu und ging dann in sein Dienstzimmer hinüber.

Das grüne Blitzdossier lag auf seinem Schreibtisch. Ramón knöpfte seine Uniformjacke auf, bevor er die Siegel erbrach, mit denen der Inhalt der Mappe vor den Blicken Unbefugter geschützt war.

Als er den Namen Red Rose las, spürte er, wie sein Puls schneller wurde. Das irritierte ihn.

Red Rose war schließlich lediglich eine Agentin wie viele andere.

Trotzdem sah er mit einem Mal eine schöne nackte Frau auf einem schwarzen Felsen bei einem spanischen Bergbach. Ganz genau sah er sie – bis hin zum tiefen Indigoblau ihrer Augen.

Er schlug den Ordner auf und sah den von ihm angeforderten Bericht über die Radarkette der südafrikanischen Marine. Ein Kurier der sowjetischen Botschaft in London hatte ihn nach Moskau gebracht. Ramón nickte zufrieden, schlug sein Diensttagebuch auf, griff nach dem Telefonhörer und wählte die Nummer der Registratur.

»Ich brauche einen Ausdruck. Deckname ›Protea‹. Aktenzeichen eins-eins-sieben-acht. Bitte so schnell wie möglich.«

Während er darauf wartete, daß der Ausdruck gebracht wurde, stand er vom Schreibtisch auf und trat ans Fenster. Über die Statue des Tscheka-Gründers und das Häusergewirr Moskaus hinweg sah er die farbigen Zwiebeltürme der Basiliuskathedrale und ein Stück der Kremlmauer.

Red Rose. Mit diesem Namen waren doch allerhand Erinnerungen verbunden. Ramón dachte an die Reise, die er um Mitternacht vom Flughafen Scheremetjewo aus antreten würde – und an das Kind, das ihn am Ende der Reise erwartete.

Er hatte Nicholas über zwei Monate nicht mehr gesehen. Der Junge war bestimmt wieder gewachsen. Für sein Alter war sein Wortschatz erstaunlich groß. Aber Vaterstolz war eine bourgeoise Empfindung, die Ramón zu unterdrücken suchte. Er sah auf seine Armbanduhr. Gleich war eine Besprechung angesetzt, die entscheidenden Einfluß auf seine weitere Karriere haben würde.

Er nahm nochmals die Notizen aus der obersten Schublade, blätterte und stellte fest, daß er den Text längst beherrschte. Dann kam der Bote aus der Registratur. Ramón unterschrieb die Empfangsquittung, und nachdem der Bote den Raum verlassen hatte, schnitt er den Umschlag auf und breitete den Ausdruck auf seinem Schreibtisch aus.

Protea war der Deckname eines weiteren südafrikanischen Agenten – er hieß in Wirklichkeit Dieter Reinhardt, geboren 1930 in Dresden. Sein Vater hatte sich im Zweiten Weltkrieg als U-Boot-Kommandant ausgezeichnet. Nach der Teilung Deutschlands war Reinhardt als Seekadett zu der im Aufbau befindlichen Volksmarine der DDR gegangen und zwei Jahre später vom KGB angeworben worden.

Reinhardts spätere »Flucht« in den Westen war von Joe Cicero persönlich inszeniert worden. Das Ehepaar Reinhardt war 1960 nach Südafrika ausgewandert, wo er nach ihrer Einbürgerung zur Marine gegangen war und es bis zum Kapitän zur See gebracht hatte. Gegenwärtig war er Chef der Nachrichtenabteilung im Befehlsbunker des südafrikanischen Marineoberkommandos in Silver Mine.

Der Computerausdruck bestand aus einem vor drei Wochen von Reinhardt gelieferten Bericht über die neue Radarkette der südafrikanischen Marine.

Ramón legte Red Roses Bericht daneben und machte sich daran, die beiden Schriftstücke Punkt für Punkt, Absatz für Absatz zu vergleichen. Binnen zehn Minuten hatte er sich davon überzeugt, daß sie in allen Einzelheiten übereinstimmten.

Die absolute Zuverlässigkeit Proteas war längst erwiesen.

Aber Red Rose hatte soeben ihre erste Überprüfung bestanden. Sie konnte nun als aktiv betrachtet und in Klasse III eingestuft werden. Ramón hatte allen Grund, mit diesem Ergebnis von fast vier Jahren sorgfältiger Arbeit zufrieden zu sein. Er lehnte sich zurück und lächelte Leonid Breschnew an der Wand gegenüber zu, der seine Geste mit ernster Miene erwiderte.

Katrina meldete sich per Anlage. »Genosse Oberst. Sie werden in fünf Minuten im obersten Stock erwartet.«

»Danke, Genossin. Kommen Sie bitte herein. Ich brauche Sie als Augenzeugin bei der Vernichtung von Unterlagen.«

Katrina beobachtete, wie die Unterlagen im Reißwolf verschwanden.

Mit einem Blick in den kleinen Wandspiegel überzeugte Ramón sich vom korrekten Sitz seiner Ordensbänder. Danach hielt sie ihm seine Notizen für die Besprechung hin.

»Alles Gute, Genosse Oberst.« Sie stand dicht vor ihm.

»Danke.« Er wandte sich ab, ohne sie zu berühren.

Ramón wartete. Die glatt verputzten Wände waren in schlichtem Weiß gehalten. Hier gab es keine Wandtäfelung, hinter der Abhörmikrofone hätten versteckt sein können. Der einzige Wandschmuck waren Porträts von Lenin und Breschnew. Obwohl am Konferenztisch zwölf Stühle standen, blieb Ramón diese zehn Minuten lang am unteren Tischende stehen.

Schließlich öffnete sich die Tür zur Bürosuite des Direktors.

General Juri Borodin, der Leiter der Hauptverwaltung IV, war jetzt Ramóns direkter Vorgesetzter. Der General war ein stämmiger, weißhaariger Siebziger, ein gerissener Mann, der stets denselben ausgebeulten Zweireiher trug. Ramón bewunderte ihn – und fürchtete ihn zugleich.

Nach ihm trat Alexej Judenitsch in den Konferenzraum. Dieser Mann war jünger als Borodin – etwas über fünfzig – und trotzdem schon Mitglied des Präsidiums des Obersten Sowjets und einer der stellvertretenden Außenminister. Ein mächtiger Mann, klein und schmächtig, aber mit dem brennenden, durchdringenden Blick eines Mystikers. Während Borodin ihm seinen Untergebenen vorstellte, schüttelte er Ramón die Hand und starrte ihm in die Augen; danach nahm er von zwei Assistenten flankiert den Platz am oberen Tischende ein.

»Sie haben neuartige Ideen, junger Mann«, sagte er, und es war klar, daß dies nicht unbedingt als Kompliment gemeint war. »Sie fordern, daß wir unsere seit vielen Jahren gewährte Unterstützung für die Freiheitsbewegungen in Südafrika – vor allem für den African National Congress und die Kommunistische Partei Südafrikas –, ja generell für den bewaffneten Kampf im Süden Afrikas einstellen.«

»Entschuldigung, Genosse Minister«, wandte Ramón vorsichtig ein, »das ist nicht meine Absicht gewesen.«

»Dann habe ich Ihre Denkschrift mißverstanden. Haben Sie nicht behauptet, der ANC sei die unfähigste und wirkungsloseste Guerrillabewegung der modernen Geschichte?«

»Ich habe die Ursachen dafür aufgezeigt und Vorschläge gemacht, wie bisherige Fehler korrigiert werden können.«

Judenitsch blätterte mißmutig eine Seite der vor ihm liegenden Denkschrift um. »Bitte weiter! Erklären Sie mir, weshalb der bewaffnete Kampf in Südafrika nicht ebenso erfolgreich geführt werden könnte wie beispielsweise in Algerien.«

»Wegen der grundlegenden Unterschiede, Genosse Minister. Die Pieds-noirs – die Siedler in Algerien – waren Franzosen, und Frankreich liegt nur eine kurze Schiffsreise entfernt jenseits des Mittelmeers. Für den weißen Afrikaner gibt es keinen ähnlichen Fluchtweg. Er steht mit dem Rücken zum Atlantik. Er *muß* kämpfen. Afrika ist sein Vaterland.«

»Das leuchtet ein.« Judenitsch nickte zustimmend. »Fahren Sie fort.«

»Die FLN-Guerrilleros hatten ihren gemeinsamen mohammedanischen Glauben und waren durch ihre gemeinsame Sprache geeint. Sie haben einen Heiligen Krieg, einen Dschihad, geführt. Im Gegensatz dazu fehlt den schwarzen Afrikanern diese einigende Klammer. Sie sprechen unterschiedliche Sprachen und sind durch Stammesfehden zersplittert. Beispielsweise ist der ANC fast ausschließlich eine Stammesorganisation der Xhosa, die Angehörige der Zulu-Nation, des größten und mächtigsten Stammes, aus ihren Reihen ausschließt.«

Judenitsch hörte Ramón eine Viertelstunde lang zu, ohne ihn zu unterbrechen – und ohne ihn eine Sekunde aus den Augen zu lassen. Als Ramón seinen Vortrag beendet hatte, fragte er halblaut: »Welche Alternative schlagen Sie also vor?«

»Keine Alternative, Genosse Minister. Der bewaffnete Kampf muß natürlich weitergehen. Heute treten jüngere, gebildetere und leidenschaftlicher kämpfende Männer an die Front – Männer wie Raleigh Tabaka. Von ihnen dürfen wir uns in Zukunft größere Erfolge erhoffen. Mein Vorschlag wäre: ein Wirtschaftskrieg, eine Serie von Handelsboykotten und Wirtschaftssanktionen.«

»Wir unterhalten keine Handelsbeziehungen mit Südafrika«, stellte Judenitsch barsch fest.

»Deshalb schlage ich vor, unsere Erzfeinde für uns arbeiten zu lassen. Ich schlage vor, in Amerika und Westeuropa eine Kampagne zur Zerstörung der Wirtschaft in Südafrika einzuleiten. Die Kapitalisten sollen den Boden für uns bereiten, die Saat der Revolution säen. Wir brauchen dann nur noch zu ernten.«

»Und wie wollen Sie das erreichen?«

»Wie Sie wissen, ist die Spitze der amerikanischen Demokratischen Partei mit unseren Leuten durchsetzt. Zu den amerikanischen

Medien haben wir Zugang auf höchster Ebene. Unser Einfluß auf Organisationen wie die NAACP und die Trans Africa Foundation ist denkbar groß. Ich schlage vor, daß wir Südafrika und seine Apartheidpolitik zur Zielscheibe der amerikanischen Linken machen. Sie sucht eine gemeinsame Sache, für die es sich zu kämpfen lohnt; wir geben ihr die Möglichkeit, sich für diese Sache zu engagieren. Wir machen Südafrika in den Vereinigten Staaten zu einer innenpolitischen Streitfrage. Die schwarzen Amerikaner werden zur Fahne eilen, und die Demokratische Partei wird ihnen folgen, um keine Wählerstimmen zu verlieren. Mit einer großangelegten Kampagne in den Schwarzenghettos und an den Universitäten Amerikas erzwingen wir weitreichende Sanktionen, die die südafrikanische Wirtschaft ruinieren und das dortige Regime stürzen, weil es sich nicht mehr verteidigen oder seine Sicherheitskräfte einsetzen kann. Ist es erst einmal soweit, bringen wir eine von uns gesteuerte Regierung an die Macht.«

Die anderen schwiegen eine Zeitlang, während sie über diese kühne Zukunftsvision nachdachten. Dann hüstelte Judenitsch und fragte ruhig: »Wieviel wird das kosten?«

»Milliarden Dollar«, gab Ramón zu. Als Judenitsch abwehrend die Hände hob, fuhr er hastig fort: »Milliarden *amerikanische* Dollar, Genosse Minister. Wir lassen die Demokratische Partei unsere Forderungen stellen und das amerikanische Volk dafür bezahlen.«

Judenitsch lächelte erstmals. Ihre Diskussion dauerte noch zwei Stunden, bevor Borodin nach seinem Adjutanten klingelte. »Wodka«, sagte er.

Die dick mit Eis verkrustete Flasche wurde serviert.

»Auf die Demokratische Partei Amerikas!« sagte Judenitsch. Dann kippten sie den Wodka und klopften sich gegenseitig auf die Schultern.

General Borodin wechselte unauffällig mehrmals den Platz, bis er zuletzt Schulter an Schulter mit Ramón Machado stand. Eine Geste, die zeigen sollte, daß er auf der Seite seines brillanten jungen Untergebenen stand.

Katrinas Wohnung lag in einem der besseren Viertel Moskaus. Von ihrem Schlafzimmer aus hatte man einen hübschen Blick auf den Gorkipark und seinen Rummelplatz. Am Horizont drehte sich das bunt beleuchtete Riesenrad langsam vor dem kalten grauen Himmel, als Ramón aus seinem Tschaika stieg und das Gebäude durch den Haupteingang betrat.

Katrinas Mutter hatte die fette Schweinsbratwurst auf Kohl angerichtet. Kohl, immer nur Kohl! Das ganze Gebäude stank nach gekochtem Kohl.

Katrinas Eltern begegneten Ramón mit großem Respekt. Nach dem Essen nahmen ihre Eltern den Kleinen mit, um bei Nachbarn fernzusehen. Ramón und Katrina sollten allein sein, damit sie Abschied nehmen konnten.

»Du wirst mir fehlen«, flüsterte Katrina, während sie ihn zu dem schmalen Bett in ihrem winzigen Zimmer führte und ihren Uniformrock abstreifte. »Bitte komm schnell zurück!«

Ihnen blieb eine Stunde, bevor Ramón zum Flughafen fahren mußte. Katrinas Haut war seidenglatt und warm. Ihr Körper duftete, und ihre Brüste waren rund und groß. Ramón nahm sich die Zeit, Katrina zu verwöhnen.

Als es Zeit war, ging sie mit ihm zur Tür und küßte ihn leidenschaftlich. »Bitte, komm bald wieder!«

Es war ein heißer karibischer Mittag, als er auf den Flughafen José Marti in Havanna hinaustrat. Dort stieg er in eine uralte zweimotorige DC-3, die ihn nach Cienfuegos brachte. Von einem der klapprigen amerikanischen Taxis ließ er sich ins Militärlager Buenaventura fahren. Unterwegs kamen sie am glitzernden Wasser der Bahia de Cochinos vorbei und passierten das zum Gedenken an die Schlacht in der Schweinebucht errichtete Museum.

Am Spätnachmittag setzte das Taxi ihn am Tor des Militärlagers ab. Kurz vor Dienstschluß marschierten lange Kolonnen des Fallschirmjägerregiments Che Guevara in braunen Arbeitsanzügen in die Unterkünfte zurück. Diese Elitetruppe war für Angriffseinsätze auf Kriegsschauplätzen in aller Welt ausgebildet, aber seit der letzten Sitzung des Politbüros in Havanna waren sie nur noch in Afrika im Einsatz.

Ramón blieb stehen, um eine Kolonne an sich vorbeiziehen zu lassen. Die jungen Männer und Frauen sangen eines der Lieder, an die er sich nur zu gut erinnerte. Es hieß »Land der Landlosen« und jagte ihm noch heute eine Gänsehaut über den Rücken. Am Eingang zeigte er seinen Dienstausweis vor.

Obwohl Ramón nur ein kurzärmeliges Sporthemd, eine leichte Hose und Sandalen trug, nahm der wachhabende Sergeant Haltung an und grüßte stramm. Ramón gehörte zu den zweiundachtzig Helden, deren Namen in Klassenzimmern heruntergeleiert und in Bodegas besungen wurden.

Sein Bungalow war einer von den Flachdachbauten aus luftgetrockneten Ziegeln mit je drei Zimmern. Zwischen den gebogenen hohen Palmenstämmen vorm Haus glitzerte das sanft bewegte Wasser.

Adra Olivares war damit beschäftigt, die kleine Veranda des Bungalows zu kehren. Als sie aufblickte, erkannte sie ihn sofort. Ihr Gesichtsausdruck wandelte sich augenblicklich zu starrer Neutralität. »Willkommen, Genosse Oberst«, sagte sie ruhig, als er die Veranda betrat, aber obwohl sie gleich wieder zu Boden sah, konnte sie die Angst in ihrem Blick nicht verbergen.

»Wo ist Nicholas?« fragte Ramón, während er seinen Koffer abstellte. Ihre Antwort bestand aus einem stummen Blick zum Strand hinunter.

Am Rande des Wassers planschte und spielte eine Gruppe von Kindern. Ihr fröhlicher Lärm übertönte das Rascheln der vom Passat bewegten Palmwedel. Ihre braungebrannten kleinen Körper glänzten vom Wasser.

Nicholas stand etwas abseits, und Ramón fühlte sein Herz rascher schlagen, als er seinen Sohn erkannte. Erst im letzten Jahr hatte er begonnen, den Jungen in dieser Rolle zu sehen. Zuvor war Nicholas stets nur »das Kind« oder in dienstlichen Berichten »Red Roses Kind« gewesen. Kaum merklich war daraus – aber nur in Ramóns Gedanken – »mein Sohn« geworden. Diese Worte hätte er niemals ausgesprochen oder gar niedergeschrieben.

Ramón schlenderte zum Strand hinunter. An der Hochwassermarke setzte er sich auf die niedrige Uferbefestigung und beobachtete seinen Sohn.

Der dreijährige Nicholas war ein gut entwickelter Junge. Wie er jetzt dastand – eine Hüfte nach außen gereckt, eine Hand in die Hüfte gestemmt –, erinnerte seine Pose an Michelangelos David.

Er schien äußerst begabt, malte, zeichnete und sprach bereits wie ein Fünfjähriger. Bis zu diesem Zeitpunkt hatte Ramón lediglich veranlaßt, daß Adra Olivares und Nicholas vom kubanischen Geheimdienst DGA hier untergebracht wurden.

Als Nicholas ihn sah, versteckte er sich sofort hinter Adras Beinen. Er fürchtete seinen Vater.

Ramón war von seiner eigenen Reaktion auf das Kind überrascht.

Bisher waren seine Mutter und sein Vetter Fidel die einzigen Menschen gewesen, für die er Zuneigung empfunden hatte. Er hatte es immer für eine seiner größten Stärken gehalten, fast gänzlich immun gegen Gefühlsregungen zu sein. Jetzt schien der Fall anders.

Nicholas ist ein Teil von mir, dachte er.

Nicholas hatte dichte schwarze Locken, in denen rötliche Lichter glänzten. Er hatte einiges von seiner Mutter geerbt. Ramón erkannte ihr klassisch schönes Profil. Aber die grünen Augen waren von Ramón.

Der Junge holte aus und ließ eine Muschel flach übers Wasser springen. Nicholas wandte sich ab und wollte am Wasser entlang davonschlendern, aber in diesem Augenblick ertönte aus der lärmenden Kindergruppe am Strand ein lauter Schrei. Eines der kleinen Mädchen war im allgemeinen Getümmel umgerannt worden und lag jetzt weinend im Sand.

»Nicholas!« rief sie.

Er drehte sich seufzend nach ihr um und half ihr auf. Dann führte er die Kleine an der Hand zum Wasser, spülte ihr den Sand ab und wischte ihr die Tränen aus den Augen.

Sie griff nach seiner Hand und trabte schniefend neben ihm den Strand hinauf.

»Ich bring' dich zu deiner Mama«, versprach Nicholas ihr, als er aufsah und seinen Vater anblickte.

Ramón sah ein kurzes Erschrecken, das aber sofort wieder verschwand. Dann hob Nicholas trotzig das Kinn, und seine Miene wurde ausdruckslos.

Das gefiel Ramón. Es war gut, daß der Junge Angst hatte, denn Angst war die Grundlage für Respekt und Gehorsam. Und es war gut, daß er diese Angst beherrschen und verbergen konnte. Die Fähigkeit, Angst zu tarnen, gehörte zu den Eigenschaften guter Führer. Nicholas ließ bereits Kraft und Mut erkennen, die weit über das hinausgingen, was man von einem Dreijährigen hätte erwarten können.

Er ist mein Sohn, dachte Ramón und hob befehlend die Rechte. »Komm her«, sagte er.

Nicholas gab sich einen merklichen Ruck und befolgte dann den Befehl seines Vaters. »Guten Tag, Padre.« Er streckte ihm die Hand hin.

»Guten Tag, Nicholas.« Ramón schüttelte die ausgestreckte Hand. Er hatte dem Jungen beigebracht, ihn anonym mit Handschlag zu begrüßen, aber Adra hatte ihn die Anrede »Padre« gelehrt. Obwohl Ramón das nicht hätte dulden dürfen, war er letztlich doch zufrieden damit.

»Setz dich zu mir.« Ramón deutete auf die Ufermauer neben sich.

Sie schwiegen eine Zeitlang. Ramón hielt nichts von kindlichem Geschwätz. Als er schließlich fragte, was Nicholas in der Zeit seit seinem letzten Besuch gemacht habe, überlegte der Kleine ernsthaft.

»Ich bin jeden Tag im Kindergarten gewesen.«

»Was macht ihr im Kindergarten?«

»Wir marschieren und lernen Revolutionslieder.« Nicholas dachte noch etwas nach. »Und wir malen.«

Danach herrschte wieder Schweigen, bis Nicholas hinzufügte: »Nachmittags baden wir oder spielen Fußball, und abends helfe ich Adra bei der Hausarbeit. Danach sehen wir zusammen fern.«

Er ist erst drei! sagte Ramón sich. Nicholas hatte gesprochen wie ein Mann – wie ein kleiner alter Mann.

»Ich hab' dir ein Geschenk mitgebracht«, erklärte Ramón.

»Danke, Padre.«

»Willst du nicht wissen, was es ist?«

»Du wirst's mir zeigen«, stellte Nicholas fest. »Und dann weiß ich, was es ist.«

»Genosse Oberst, der Junge müßte jetzt sein Bad nehmen«, meldete Adra beinahe schüchtern.

Sie nahm Nicholas mit in den Bungalow. Ramón unterdrückte den Wunsch, ihnen zu folgen. Es schickte sich nicht für ihn, an einem so bourgeoisen häuslichen Ritual teilzunehmen. Statt dessen trat er an den kleinen Verandatisch, auf den Adra inzwischen einen Krug Limonensaft und eine Flasche Rum gestellt hatte.

Ramón mixte sich einen Mojito und wählte dann eine Zigarre aus der Kiste auf dem Tisch. Dann beobachtete er, wie der Sonnenuntergang das stille Wasser der Bucht in blutrotes Gold verwandelte.

Aus dem Bad hörte er das Lachen und Planschen seines Sohnes und zwischendurch Adras sanfte Stimme.

Ramón war ein Krieger, ein ruheloser Wanderer auf dieser Erde. Trotzdem hatte er beinahe das Gefühl, hier ein Zuhause gefunden zu haben; vielleicht war das ein Verdienst seines Sohnes.

Zum Abendessen gab es Huhn mit schwarzen Bohnen und weißem Reis. Ramón hatte veranlaßt, daß der Junge gut ernährt aufwuchs.

»Bald machen wir zusammen eine Reise«, kündigte er Nicholas beim Essen an. »Weit übers Meer. Würde dir das gefallen, Nicholas?«

»Kommt Adra mit?«

Diese Frage irritierte Ramón, ohne daß er sich bewußt gewesen wäre, daß seine Verärgerung in Wirklichkeit Eifersucht war. Er antwortete knapp: »Ja.«

»Das würde mir gefallen«, sagte der Junge nickend. »Wohin fahren wir?«

»Nach Spanien«, erklärte Ramón ihm. »Ins Land deiner Vorfahren, ins Land deiner Geburt.«

Bei Tagesanbruch schwamm Ramón bis zu einer Landzunge hinaus, von der die Bucht auf einer Seite begrenzt wurde.

Als er vom Strand heraufkam, war Nicholas bereits für den Kindergarten angezogen, und hinter dem Bungalow wartete ein Militärjeep mit Fahrer. Ramón erschien im braunen Arbeitsanzug eines Fallschirmjägers mit weicher Stoffmütze. Auf der kurzen Fahrt bis zum Kindergarten saß Nicholas doch etwas stolz neben seinem Vater im Jeep.

Die Fahrt nach Havanna dauerte fast drei Stunden, weil die Zuckerrohrernte in vollem Gang war. Der Himmel über den Hügeln war vom Rauch unzähliger Feuer grau-braun verfärbt, und die Straßen waren mit riesigen Lastwagen verstopft.

In der Hauptstadt setzte der Fahrer Ramón am Rande der Plaza de la Revolución ab, auf dem ein über hundert Meter hoher Obelisk an den Volkshelden José Marti erinnerte, der schon im Jahre 1892 die kubanische Revolutionspartei gegründet hatte.

Auf diesem Platz hatten schon viele eindrucksvolle Massenversammlungen stattgefunden, zu denen sich jeweils über eine Million Kubaner versammelten, um Fidel Castro reden zu hören. Die Amtsräume des Präsidenten befanden sich im Gebäude des Zentralkomitees der Kommunistischen Partei Kubas, deren Generalsekretär El Jefe war.

Sein Dienstzimmer war spartanisch eingerichtet. Auf dem massiven Schreibtisch unter dem Deckenventilator türmten sich Akten und Berichte. Die weißen Wände waren schmucklos – bis auf ein großes Leninporträt hinter dem Schreibtisch. Fidel Castro stand auf, um Ramón zu umarmen.

»Mi zorro dorado!« Castro lachte vergnügt. »Mein goldener Fuchs. Ich freue mich, dich zu sehen. Du bist zu lange fort gewesen, alter Kamerad. Viel zu lange.«

»Und ich freue mich, wieder hier zu sein, Jefe«, antwortete Ramón aufrichtig. Dies war der Mann, den er vor allen anderen achtete und liebte. Wie bei jeder Begegnung staunte er auch diesmal über die Größe des Mannes, den seine Landsleute als Maximo Lider bezeichneten. Castro überragte ihn um Haupteslänge und erdrückte ihn fast in seiner bärenhaften Umarmung. Dann hielt er ihn auf Armeslänge von sich weg und betrachtete ihn prüfend.

»Du siehst müde aus, Genosse. Du hast zuviel gearbeitet.«

»Mit ausgezeichneten Ergebnissen«, versicherte Ramón ihm.

»Komm, wir setzen uns ans Fenster«, lud Castro ihn ein. »Du mußt mir alles genau erzahlen.«

Er nahm zwei Zigarren aus der Kiste auf seinem Schreibtisch und gab eine davon Ramón. Dann lehnte er sich zurück.

»Was gibt's Neues aus Moskau? Hast du mit Judenitsch gesprochen?«

»Ich habe mit ihm gesprochen, Jefe, und das Gespräch ist gut verlaufen.« Ramón begann seinen Bericht. Ramón konnte mit Castro offen reden. Sie hatten ein gutes Verhältnis.

Natürlich konnte auch Castros Einstellung sich eines Tages ändern. So war es bei Che Guevara gewesen – auch er einer der zweiundachtzig Helden, die von der »Gramma« an Land gegangen waren. Che war in Ungnade gefallen, nachdem er Castros Wirtschaftspolitik kritisiert hatte, und aus der Heimat vertrieben worden, um ein fahrender Ritter der Revolution zu werden: ein Walt Whitman mit Handgranate. Aber Ramón fühlte sich sicher.

»Judenitsch ist bereit, unsere neue Exportoffensive zu unterstützen«, berichtete Ramón, und Castro lachte. Castro war zwar ein politisches Naturtalent mit der seltenen Fähigkeit, dem Volk seine leidenschaftlichen Visionen zu vermitteln. Aber obwohl er als Anwalt gearbeitet hatte, verstand er nicht viel von wirtschaftlichen Zusammenhängen.

Er hatte keine Lust, sich mit Dingen wie Zahlungsbilanz, Arbeitslosenquote und Produktivität der heimischen Wirtschaft zu befassen. Er bevorzugte die Ebene der großen, kühnen Lösungen. Ramón hatte seinen Plan bewußt so angelegt, daß er El Jefe reizen mußte. Sein Plan war kühn und direkt.

Das Problem Kubas bestand darin, daß nur aus Zucker, Tabak und Kaffee nicht genügend Devisen erwirtschaftet werden konnten.

Seit der Revolution hatte die Bevölkerungszahl sich verdoppelt. Allen Voraussagen nach würde sie sich im kommenden Jahrzehnt erneut verdoppeln. Ramóns Plan sollte dort Abhilfe schaffen.

Die »neue Exportoffensive« betraf den Export von Menschen – von Soldaten und Soldatinnen. Sie würden zu Zehntausenden als Söldner vermietet werden, um die Revolution in den jeweiligen Weltgegenden voranzutreiben. Wahrscheinlich ließen sich bis zu hunderttausend junge Menschen – fast ein Zehntel des Arbeitskräftepotentials der Insel – exportieren. Damit wäre die Arbeitslosigkeit auf einen Schlag beseitigt, während der Staat mit hohen Einnahmen aus der Vermietung seiner Söldnerarmee rechnen konnte.

Castro gefiel der Plan.

»Judenitsch will sich bei Breschnew für unseren Plan einsetzen«, versicherte Ramón ihm, und Castro streichelte zufrieden seinen Vollbart.

»Wenn Judenitsch sich dafür einsetzt, sind wir alle Sorgen los.« Er beugte sich nach vorn. »Und wir wissen beide, wohin sie sie schicken wollen.«

»Ich habe heute nachmittag eine Besprechung in der tansanischen Botschaft«, sagte Ramón.

In Havanna gab es siebzehn afrikanische Botschaften.

Tansania unter Julius Nyerere gehörte zu den sozialistisch orientierten.

»Ich treffe dort mit äthiopischen Offizieren zusammen, die überzeugte Anhänger des Marxismus-Leninismus sind.«

»Richtig.« Castro nickte zustimmend. »Äthiopien ist reif für uns.«

Ramón betrachtete die fast drei Zentimeter lange hellgraue Asche seiner Zigarre.

»Wir wissen beide, daß das Schicksal dir eine Rolle jenseits der Küsten dieser herrlichen Insel zugedacht hat. Afrika erwartet dich.«

Castro lehnte sich befriedigt zurück, während Ramón fortfuhr: »Gegenüber Mütterchen Rußland empfindet der Afrikaner natürliches Mißtrauen. Die Russen im Kreml sind alle Kaukasier – schließlich stammt dieser Begriff von dort. Außerdem steht leider fest, daß die meisten Russen trotz ihrer sonstigen Vorzüge Rassisten sind. Das muß man ganz klar sehen. Viele afrikanische Führer, vor allem die jungen, haben in Rußland studiert. Ihnen ist auf den Fluren der Patrice-Lumumba-Universität im Vorbeigehen ihr Spitzname Obesjana – ›Affe‹ – zugeflüstert worden. Die Russen sind Weiße und Rassisten, deshalb mißtraut der Afrikaner ihnen im Innersten seines Herzens.«

Ramón zog gleichmäßig an seiner Zigarre und ließ eine Pause entstehen, bis Castro das Schweigen brach.

»Bitte weiter.«

»Andererseits bist du ein Urenkel Afrikas, Jefe. In deinen Adern fließt das Blut von auf dem Sklavenmarkt in Havanna verkauften Afrikanern. Deine Vorväter haben unter der Peitsche des Aufsehers gelitten und unter dem Joch eines weißen Unterdrückers geschuftet. Beweist du jetzt deine Solidarität mit den Leidenden dieses gewaltigen Kontinents«, fuhr Ramón beschwörend fort, »ist gar nicht abzusehen, wie gewaltig dein Einfluß werden könnte.«

Während Castro schweigend über diese Vorstellung nachdachte, sagte Ramón eindringlich: »Wir müssen eine Rundreise für dich arrangieren. Einen regelrechten Siegeszug, der in Ägypten beginnt und dich nach Süden durch zwanzig Staaten führt, in denen du deine tiefe Betroffenheit, deine Anteilnahme am Schicksal der afrikanischen Völker verkünden kannst. Wie gewaltig dein Einfluß werden könnte, wenn es dir gelänge, zweihundert Millionen Afrikaner von deinem Afrikanertum zu überzeugen!« Ramón beugte sich nach vorn und berührte sein Handgelenk. »Nicht mehr der Präsident einer winzigen belagerten Insel. Kein Spielball der Amerikaner mehr, sondern ein mächtiger Staatsmann, der weltweit Ansehen genießt.«

»Du bist wahrlich ein goldener Fuchs«, flüsterte Castro heiser.

Die tansanische Botschaft war vorläufig in einem Gebäude im spanischen Kolonialstil in der Altstadt untergebracht.

Dort warteten die Äthiopier auf Ramón Machado: drei junge Offiziere in der Armee Kaiser Haile Selassies. Aber nur einer der drei interessierte Ramón wirklich. Mit Hauptmann Getatschew Abebe hatte er sich schon mehrmals bei früheren Besuchen in Addis Abeba getroffen.

Äthiopien kennt keine klaren ethnischen Zugehörigkeiten. Ein Jahrtausend zahlloser Invasionen und die daraus folgende Vermischung kaukasischer Stämme von jenseits des Roten Meeres mit anderen aus dem Herzen des Schwarzen Kontinents haben zu einem Völkergemisch geführt, das sich nicht mehr aufteilen läßt. Definitionen wie Galla und Amhara beziehen sich weniger auf ethnische als auf sprachliche und kulturelle Gruppierungen.

Joe Cicero war es gelungen, an der Universität von Addis Abeba einen starken Kader von englischen und amerikanischen Marxisten als Professoren und Dozenten einzuschleusen. Als einer ihrer Vorzeige-Studenten hatte Getatschew Abebe die Universität als glühender Marxist-Leninist verlassen.

Ramón hatte ihn jahrelang beobachtet und umworben, bis er jetzt der Überzeugung war, dies sei der richtige Mann. Zumindest war Abebe intelligent, energisch, rücksichtslos und der gemeinsamen Sache treu ergeben. Obwohl er erst Mitte Dreißig war, betrachtete Ramón ihn vorläufig als den nächsten Führer Äthiopiens.

Als sie sich in einem Salon der tansanischen Botschaft die Hand gaben, warnte Ramón ihn mit einem Blick und einer knappen Geste zu den afrikanischen Stammesmasken an den Wänden hinüber. Hinter jeder dieser Masken konnte ein Abhörmikrofon versteckt sein.

Das nun folgende seichte und ergebnislose Gespräch dauerte keine halbe Stunde. Als sie sich verabschiedeten, beugte Ramón sich etwas vor und flüsterte Abebe vier Worte zu – einen Ort und eine Zeit.

Eine Stunde später trafen die beiden sich in der Bodequita del Medio, der berühmtesten Bar der Altstadt. Hier war der Boden mit Sägemehl bestreut, und die Stühle und Tische waren abgewetzt und zerkratzt. Die Wände waren mit den Unterschriften berühmter und gewöhnlicher Leute vollgekritzelt: Hemingway, Spencer Tracy, Herzog Edward von Windsor – sie alle waren hier zu Gast gewesen. Ihre vergilbten Photos steckten in schlichten Holzrahmen, die schief und von Fliegen beschmutzt an den schmutzig-weißen Wänden hingen. Ein Kofferradio und das Stimmengewirr angetrunkener Gäste schirmte ihre eigene halblaut geführte Diskussion wirkungsvoll ab.

»Genosse, die Zeit ist beinahe reif«, stellte Ramón fest, und Abebe nickte.

»Der Löwe von Amhara ist alt und zahnlos geworden«, sagte er, »sein Sohn ist ein schwacher, rückgratloser Idiot. Das Volk stöhnt unter seiner Tyrannei und hungert wegen der schlimmsten Dürre seit hundert Jahren. Die Zeit ist reif.«

»Zwei Dinge müssen wir unbedingt verhindern«, warnte Ramón ihn. »Das erste ist ein bewaffneter Staatsstreich. Sollte die Armee rebellieren und den Kaiser hinrichten, wirst du übergangen, weil du erst Hauptmann bist. Dann ergreift einer der Generäle die Macht.«

»Und?« fragte Abebe. »Worin besteht die Lösung?«

»In einer schleichenden Revolution«, erklärte Ramón ihm,

und obwohl Abebe das nie zugegeben hätte, konnte er mit diesem Begriff nichts anfangen.

»Ich verstehe«, murmelte er, und Ramón machte sich daran, ihn aufzuklären.

»Die Dergue muß Haile Selassie zur Rechenschaft ziehen und seine Abdankung fordern. Es stimmt. Der alte Löwe ist zahnlos geworden. Er ist isoliert und hat den Kontakt zur Realität verloren. Er *muß* abdanken. Du mobilisierst deinen ganzen Einfluß in der Dergue, und ich tue ebenfalls, was ich kann.«

Die Dergue war das äthiopische Parlament, eine Versammlung aller Stammesführer und Oberbefehlshaber, aller Minister und Kirchenoberen. Sie war mit den marxistischen Produkten der Universität Addis Abeba durchsetzt. Die meisten von ihnen wurden direkt von Ramóns Hauptverwaltung IV geführt. Alle hatten Getatschew Abebe als ihren Führer akzeptiert.

»Danach installieren wir vorläufig eine Militärjunta, und ich sorge dafür, daß starke kubanische Truppenverbände ins Land kommen. So festigen wir unsere Position. Ist sie erst einmal gesichert, sind wir für den nächsten Schritt bereit.«

»Worin besteht der?« fragte Abebe.

»Der Kaiser muß eliminiert werden«, antwortete Ramón, »um ein Wiedererstarken royalistischer Kräfte zu verhindern. Er ist ein kranker alter Mann. Er stirbt einfach.«

»Und dann Wahlen«, warf Abebe ein, worauf Ramón ihn anstarrte. Erst als er das zynische Lächeln des Äthiopiers sah, lächelte er ebenfalls.

»Du hast mich erschreckt, Genosse«, gab Ramón zu. »Im ersten Augenblick habe ich gedacht, das sei dein Ernst. Wahlen können wir erst brauchen, wenn wir uns für einen neuen Präsidenten und die am besten geeignete Regierungsform entschieden haben. Nirgends sind die Massen jemals imstande gewesen, sich selbst zu regieren, und noch weniger haben sie es verstanden, die Menschen auszuwählen, die sie regieren sollen. Es ist unsere Pflicht, ihnen diese Aufgabe abzunehmen. Bist du erst einmal als Präsident einer marxistisch-sozialistischen Regierung etabliert, können später – viel später – kontrollierte Wahlen stattfinden, die dich im Amt bestätigen.«

»Ich brauche dich in unserer Hauptstadt, Genosse«, erklärte Abebe ihm. »Ich brauche deinen Rat und die starke rechte Hand Kubas, um die vor uns liegenden aufregenden und gefährlichen Tage durchzustehen.«

»Ich bleibe an deiner Seite, Genosse«, versicherte Ramón ihm. »Gemeinsam werden wir der Welt zeigen, wie eine Revolution ablaufen muß!«

Risiken gab es immer, darüber war Ramón sich im klaren, aber sie mußten sorgfältig gegen die Erfolge abgewogen werden. Danach mußten alle nur möglichen Vorsichtsmaßnahmen getroffen werden, um diese Risiken zu verringern.

Es wurde Zeit, Red Rose Zugang zu ihrem Kind zu gewähren, so wie man ihr nach seiner Geburt Zeit gelassen hatte, mütterliche Instinkte für ihn zu entwickeln. Sie hatte erlebt, wie es war, den Kleinen zu stillen, und seinen winzigen Körper in allen Einzelheiten kennengelernt. Ramón hatte den Film, die Photos und die Berichte aus Kindergarten und Klinik dazu benützt, an ihre mütterlichen Instinkte zu appellieren. Trotzdem: Drei Jahre waren eine lange Zeit, und er befürchtete, daß Red Rose seiner Kontrolle zu entgleiten drohte.

Sie sollte dafür belohnt werden, daß sie die Unterlagen über die Siemens-Radarkette beschafft hatte. Andererseits durfte sie sich nicht zu irgendeinem Befreiungsversuch provoziert fühlen. Sie war eine starke und eigenwillige Persönlichkeit, besaß außerordentlich viel Mut und innere Kraft. Gewiß, sie konnte eingeschüchtert werden – aber konnte sie unterworfen werden? Darüber war Ramón sich noch nicht ganz im klaren. Jedenfalls mußte sie äußerst vorsichtig behandelt werden.

Unter keinen Umständen durfte sie zu dem Trugschluß verleitet werden, die Begegnung mit Nicholas beweise einen Sinneswandel seinerseits hin zu Milde und Nachsicht.

Über die möglichen negativen Auswirkungen dieses Besuchs hatte Ramón sich längst Gedanken gemacht. Am wahrscheinlichsten war, daß Red Rose irgendeinen tollkühnen Fluchtversuch mit dem Kind wagen oder mit fremder Hilfe ein Befreiungsunternehmen planen würde.

Für diese Fälle hatte er vorgesorgt.

Er hatte sich aus guten Gründen dafür entschieden, diese erste Begegnung in Spanien stattfinden zu lassen. Red Rose durfte niemals erfahren, wo Nicholas festgehalten wurde. Ramón war sich völlig darüber im klaren, wie mächtig und einflußreich die Familie Courtney war. Falls Red Rose sich ihrem Vater anvertraute und der Aufenthaltsort des Jungen bekannt war, konnten sie zu seiner Befreiung Söldner anheuern oder die südafrikanischen Geheimdienste dazu bringen, ihn zu entführen.

Sie mußte in dem Glauben gelassen werden, Nicholas werde hier in Spanien festgehalten.

Das war eigentlich ganz logisch. Nicholas war hier geboren. Red Rose wußte, daß Ramón Spanier war. Und sie hatte den Jungen zuletzt in Spanien gesehen. Sie hatte keinen Grund zu der Annahme, er sei in ein anderes Land gebracht worden – und schon gar nicht in eines jenseits des Atlantiks.

Sie waren mit der Aeroflot von Havanna nach London geflogen und in Heathrow in eine Maschine der Iberia umgestiegen. Nach dem Treffen würden Adra und das Kind, von zwei KGB-Leibwächtern begleitet, auf dem selben Weg zurückfliegen, während Ramón nach Äthiopien weiterreiste.

Jetzt stand er hinter den geschlossenen Fensterläden des Glockenturms der Hacienda. Durch die schräggestellten Lamellen blickte er auf ein Ziegeldach hinunter, dessen Färbung sich im Lauf der Jahrzehnte durch eine Schicht aus Moos und Flechten in Pastellrosa verwandelt hatte. Das Hauptgebäude war im traditionellen Stil erbaut. Massive weiße Mauern umgaben einen großen Innenhof, in dessen Rasenfläche ein Swimmingpool eingelassen war. An jeder Ecke dieses Pools stand eine dekorative Dattelpalme mit langen Wedeln und herabhängenden gelblichen Fruchtständen.

Vom Glockenturm aus konnte Ramón nicht nur den Hof überblicken, sondern auch die zur Hacienda gehörenden Felder und Weinberge im Auge behalten. Und das alles, ohne selbst gesehen zu werden. Die Wege durch die Weinberge waren von hohen Steinmauern gesäumt.

Die Flugtickets und der Personalaufwand hatten dieses Unternehmen sehr kostspielig gemacht. Zum Glück hatte er auf Wachpersonal und Fahrzeuge der sowjetischen Besitzer in Madrid zurückgreifen können, und der spanische Besitzer hatte seine Hacienda kostenlos zur Verfügung gestellt.

Das Knacken seines Funkgeräts unterbrach seine Überlegungen.

»Ja?« fragte er auf Russisch.

»Hier Nummer drei. Das Fahrzeug ist in Sicht.« Das war der Posten an der südlichen Zufahrt der Hacienda.

Ramón ging zum Südfenster des Glockenturms hinüber. Er sah eine bläßlich gelbe Staubwolke, die sich hinter dem Auto über die Weinberge legte.

»Verstanden.« Er kehrte an seinen ursprünglichen Platz zurück und nickte der Fernmeldetechnikerin aus der Botschaft zu. Sie saß an einem Tonbandgerät und hatte das Richtmikrofon auf den Innenhof eingestellt. Während ein Kameramann die Begegnung mit einer Videokamera filmte, würde sie hier oben jeden Laut und jedes Wort aufzeichnen.

Natürlich waren alle Räume der Hacienda, die Red Rose möglicherweise betreten würde – auch Bäder und Toiletten –, mit Mikrofonen und Geheimkameras ausgestattet. Auch diese Geräte hatte Ramón sich von der Botschaft in Madrid ausgeliehen.

Der Wagen kam in Sicht, als er das Tor der Hacienda durchfuhr. Der blaue Cortina mit Diplomatenkennzeichen hielt vor dem Haupteingang.

Isabella Courtney stieg, von einer Sicherheitsbeamtin der sowjetischen Botschaft gefolgt, als erste aus. Isabella blieb auf der gepflasterten Zufahrt stehen und sah zu den geschlossenen Fensterläden des Glockenturms auf, fast als spüre sie Ramóns auf sich gerichteten Blick. Er hob sein Fernglas an die Augen und studierte ihr Gesicht.

In den Jahren, in denen er sie nicht mehr gesehen hatte, war eine beinahe dramatische Veränderung mit ihr vorgegangen. Das leichtsinnige, leichtlebige Mädchen von früher hatte sich in eine reife Frau verwandelt. Ihr Auftreten verriet Selbstbewußtsein und Entschlußkraft. Sie war schlank. Auch ihre Gesichtszüge schienen sich gefestigt zu haben. Selbst aus der Entfernung waren die ersten schwachen Spuren, die Kummer und Leid um ihre Augen und Mundwinkel eingegraben hatten, nicht zu übersehen. Sie hatte etwas an sich, das er sehr reizvoll fand. Isabella war nicht mehr bildschön, aber weitaus attraktiver und interessanter, als er sie in Erinnerung hatte.

Dann fiel ihm ganz unerwartet ein, daß sie Nicholas' Mutter war, und im nächsten Augenblick empfand er Mitleid mit ihr, das ihn wie ein Stich ins Herz traf. Dieses Gefühl, das er als Verrat empfand, machte ihn so wütend, daß er es sofort unterdrückte. Sein Zorn richtete sich gegen sich selbst, aber dann auch gegen Isabella.

Isabella glaubte, hinter den Fensterläden des hohen Turms eine schemenhafte Bewegung erkannt zu haben.

Ihre russische Begleiterin berührte ihren Arm und sagte in fast akzentfreiem Englisch: »Kommen Sie, wir gehen hinein.«

Isabellas Blick verließ den Glockenturm und richtete sich auf die geschnitzte Teakholztür, die soeben geöffnet wurde. Dahinter wartete eine zweite Frau.

Die Eingangshalle war kühl und düster. Den Steinboden bedeckten abgetretene Orientteppiche, zu denen die dunklen Möbel aus massiver Eiche paßten. Die schwarzen Eichentüren waren mit Eisen beschlagen. Alle Fensterläden waren geschlossen und verriegelt.

Die düster-bedrohliche Atmosphäre dieses Hauses brachte Isabella dazu, nach wenigen Schritten zögernd stehenzubleiben.

»Mitkommen!« Die Frau führte sie in einen kleinen Nebenraum der Eingangshalle. Isabellas Begleiterin brachte ihr Gepäck mit: einen einzigen Koffer und ein großes Paket. Nachdem sie beides auf einen schweren Eichentisch gestellt hatten, sperrte sie die Tür ab.

»Schlüssel.« Sie streckte die Hand aus, Isabella wühlte in ihrer Handtasche und gab sie ihr.

Die beiden Frauen machten sich daran, den Koffer systematisch zu durchsuchen. Daß sie für diese Aufgabe ausgebildet waren, war offensichtlich. Sie falteten jedes Kleidungsstück auseinander und tasteten die Nähte und Säume ab. Sie schraubten alle Dosen und Tiegel mit Kosmetika auf und prüften den Inhalt, indem sie eine dünne Stricknadel hineinstießen. Sie walkten alle Tuben durch und nahmen die Batterien aus dem Rasierer, mit dem Isabella ihr

Achselhaar entfernte. Sie prüften die Absätze der eingepackten Schuhe und das Innenfutter ihres Koffers. Dann befaßten sie sich mit dem Paket, das ein Geschenk für Nicholas enthielt. Eine der Frauen griff nach ihrer Handtasche, und Isabella überließ sie ihr. Auch die Tasche wurde gründlich durchsucht.

»Ziehen Sie sich aus.« Isabella zuckte mit den Schultern und begann sich auszuziehen. Die beiden nahmen ein Kleidungsstück nach dem anderen in Empfang und untersuchten es eingehend. Sie nahmen die Schulterpolster aus ihrer Jacke und tasteten die Säume ihres Büstenhalters ab.

»In Ordnung.« Die Frau trat zurück. »Sie können sich wieder anziehen.«

Isabella hatte das erwartet.

»Warten Sie hier.«

Die beiden Frauen verließen den Raum und sperrten die Tür von außen ab.

Nachdem Isabella sich rasch angezogen hatte, nahm sie auf der Wandbank Platz.

Man ließ sie fast eine Stunde warten.

Ramón hatte die Durchsuchung ihres Gepäcks und die Leibesvisitation auf dem kleinen Bildschirm einer ferngesteuerten Videokamera verfolgt.

Er richtete sich auf und seufzte. Wie er von Anfang an vermutet hatte, war Red Rose nur bis zu einem gewissen Punkt lenkbar. Er spürte, daß dieser Punkt, an dem sie rebellieren würde, jetzt sehr nahe war. Das erforderte einen Wechsel der bisherigen Taktik. Nun gut, auch darauf war er vorbereitet. Ein Wechsel war oft günstig, weil er die Zielperson verwirrte. Ramón war stets wendig und vielseitig.

Jetzt richtete er sich vom Bildschirm auf und rief halblaut: »Bringen Sie das Kind her!«

Adra kam mit Nicholas an der Hand aus dem Raum nebenan.

Ramón studierte ihn so sorgfältig, wie er vorhin die Mutter des Kleinen studiert hatte. Seine frischgewaschene üppige Haarpracht fiel ihm in weichen Locken in die Stirn. Adra hatte ihm Shorts und ein Sporthemd mit kurzen Ärmeln angezogen. Seine glatten Arme und Beine waren braungebrannt, seine rosigen Lippen glänzten, und seine dunklen Augenbrauen wölbten sich über großen ernsten Augen. So hätte er jeder Mutter das Herz gebrochen.

»Weißt du noch, was ich dir gesagt habe, Nicholas?«

»Ja, Padre.«

»Du wirst eine liebe Dame kennenlernen. Sie hat dich sehr gern. Sie hat ein Geschenk für dich. Du bist nett zu ihr und sagst ›Mama‹ zu ihr.«

»Bringt sie mich von Adra weg?«

»Nein, Nicholas. Sie will nur mit dir reden und dir etwas schenken. Danach fährt sie wieder fort. Bist du also nett zu ihr?«

»Ja, Padre.« Nicholas sah ihn an.

»Schön, dann los!«

Ramón kehrte an seinen ursprünglichen Platz zurück und sah durch die Lamellen. Auf dem Hof führte eine der KGB-Agentinnen Isbella ins Freie. Sie deutete auf die Bank am Swimming-pool, und ihre Stimme wurde durchs Richtmikrofon der Fernmeldetechnikerin verstärkt.

»Warten Sie bitte hier. Der Junge kommt zu Ihnen.«

Die Frau wandte sich ab, und Isabella ging zur Bank weiter. Sie nahm Platz, holte eine Sonnenbrille aus ihrer Handtasche und setzte sie auf. Hinter den dunklen Gläsern hervor musterte sie unauffällig ihre Umgebung.

Plötzlich sprang sie auf und starrte quer über den Hof. Ramón sah nach unten. Adra und Nicholas waren unter dem Glockenturm ins Freie getreten. Er blickte genau auf die beiden Köpfe hinab.

Isabella verzichtete darauf, über den Rasen zu rennen und ihren Sohn in die Arme zu schließen. Sie ahnte intuitiv, daß solcher Überschwang den Jungen abgestoßen und verwirrt hätte. Er befand sich in dem Alter, in dem jeder Junge es haßte, wie ein Baby behandelt zu werden.

Sie nahm langsam ihre Sonnenbrille ab und blieb unbeweglich sitzen. Nicholas, der an Adras Hand hing, musterte sie mit sichtlichem Interesse.

Isabella hatte geglaubt, auf seine ganze Erscheinung vorbereitet zu sein. Das neueste Photo, das sie besaß, war erst zwei Monate alt.

Aber es hatte die Wirklichkeit nur sehr unvollkommen wiedergegeben. Ganz anders waren sein Teint, seine Locken, vor allem die Augen. »O Gott«, flüsterte sie, »wie schön er ist!«

Adra und Nicholas kamen langsam näher, umrundeten den Swimming-pool und blieben vor ihr stehen.

»Buenas días, Señorita Bella«, begrüßte Adra sie auf Spanisch. »Nicholas schwimmt gern. In der Cabaña finden Sie Badesachen für sich und ihn, wenn Sie mit ihm schwimmen möchten.« Sie zeigte auf die Lamellentür der Umkleidekabine. »Sie können sich dort drinnen umziehen.«

Dann nickte sie dem Jungen zu. »Sag der Dame – deiner Mutter – guten Tag«, forderte sie ihn sanft auf und ließ seine Hand los. Im nächsten Augenblick machte sie kehrt, ging hastig davon und ließ die beiden allein.

Nicholas hatte Isabella unverwandt ins Gesicht gestarrt, ohne ein einziges Mal zu lächeln. Jetzt trat er pflichtbewußt vor und streckte ihr die rechte Hand hin. »Guten Tag, Mama, ich heiße Nicholas Machado und bin sehr erfreut, dich kennenzulernen.«

Isabella wäre am liebsten auf die Knie gesunken und hätte ihn mit aller Kraft an sich gedrückt. Das Wort »Mama« durchbohrte ihr Herz wie ein Bajonett. Aber sie beherrschte sich, ergriff seine Hand und schüttelte sie ernsthaft.

»Du bist ein aufgeweckter junger Mann, Nicholas. Wie ich höre, kommst du im Kindergarten sehr gut zurecht.«

»Ja«, bestätigte Nicholas. »Und ab nächstes Jahr bin ich bei den Jungen Pionieren.«

»Darauf freust du dich bestimmt schon«, sagte Isabella unsicher. »Wer sind die Jungen Pioniere, Nicholas?«

»Das weiß doch jeder!« Ihre Unwissenheit amüsierte Nicholas offensichtlich. »Das sind die Söhne und Töchter der Revolution.«

»Wunderbar!« stimmte Isabella hastig zu. »Ich habe dir etwas mitgebracht.«

»Danke, Mama.« Nicholas starrte das auf der Bank liegende Paket an.

Isabella gab ihm das Geschenk und setzte sich wieder. Nicholas kauerte vor ihr, wickelte es langsam aus und betrachtete es schweigend.

»Gefällt's dir?« fragte Isabella nervös.

»Es ist ein Fußball«, stellte Nicholas fest.

»Ja. Gefällt er dir?«

»Das ist das schönste Geschenk, das ich je bekommen habe«, sagte der Junge.

Nicholas blickte zu ihr auf, und sie sah in seinen Augen, daß er das trotz seiner gestelzten Ausdrucksweise völlig im Ernst meinte. Was für ein zurückhaltender, beherrschter kleiner Mann er ist! dachte sie. Was für schreckliche Alpträume und Erlebnisse haben ihn so werden lassen?

»Ich hab' noch nie Fußball gespielt«, sagte Isabella. »Ob du's mir beibringen kannst?«

»Du bist ein Mädchen.« Nicholas machte ein zweifelndes Gesicht.

»Ich möcht's trotzdem versuchen.«

»Gut, meinetwegen.« Er stand auf. »Aber du mußt deine Schuhe ausziehen.«

Schon nach wenigen Minuten war von seiner anfänglichen Zurückhaltung nichts mehr zu spüren. Nicholas kreischte aufgeregt, während er dribbelte und hinter dem Ball herjagte. Er war flink wie eine Feldmaus, und Isabella rannte lachend mit, gehorchte seinen Anweisungen und gab ihm Gelegenheit, fünf Tore zwischen den Beinen der Bank zu erzielen.

Als sie zuletzt völlig außer Atem auf dem Rasen lagen, erklärte Nicholas ihr keuchend: »Du spielst nicht schlecht für 'n Mädchen.«

Sie zogen Badesachen an, und Nicholas zeigte ihr, wie gut er schwimmen konnte.

»Gut gemacht, Nicholas!«

Er schwamm keuchend zu ihr her. »Du bist hübsch«, sagte er. »Ich mag dich.«

Sie umarmte ihn vorsichtig, als sei er eine zerbrechliche Kostbarkeit, und drückte ihn sanft an sich. Auch im Wasser war sein Körper warm und geschmeidig, und sie spürte, wie ihr Herz zu zerspringen drohte.

»Nicholas«, murmelte sie unhörbar leise. »Wie ich dich liebe! Wie du mir fehlst!«

Der Nachmittag verging schnell, viel zu schnell, und dann kam

Adra, um Nicholas zu holen. »Es ist Zeit für sein Abendessen. Möchten Sie mit ihm essen, Señorita?«

Sie aßen an einem Tisch, den Adra für sie im Innenhof deckte. Sie teilten sich eine gebratene Brasse aus der Ebromündung, mit Gemüsen und Salat.

Während er sein Eis löffelte, fühlte Isabella sich plötzlich schwindlig. Sie hörte ein gewaltiges Brausen, und Nicholas' Gesicht schien anzuschwellen und zu verschwimmen.

Adra fing sie auf, bevor sie vom Stuhl glitt. Aus der Tür hinter ihr trat Ramón auf den Innenhof. Die beiden KGB-Agentinnen folgten ihm.

»Du bist ein braver Junge gewesen, Nicholas«, sagte Ramón. »Adra bringt dich jetzt zu Bett.«

»Was fehlt der netten Dame?«

»Nichts weiter«, versicherte Ramón ihm. »Sie ist nur sehr müde. Du bist auch müde, Nicholas.«

»Ja, Padre.« Er gähnte demonstrativ und rieb sich mit beiden Fäusten die Augen. Adra führte ihn weg, und Ramón nickte den wartenden Frauen zu.

»Bringt sie in ihr Zimmer.«

Während sie Isabella vom Stuhl hoben, nahm Ramón das leere Sherryglas vom Tisch und wischte die letzten Spuren des Betäubungsmittels mit seinem Taschentuch heraus.

Isabella wachte in einem fremden Schlafzimmer auf. Sie fühlte sich ausgeruht und zufrieden. Durch die Lamellen der geschlossenen Fensterläden fiel helles Morgenlicht. Sie blinzelte verschlafen und zog die leichte Decke um ihre nackten Schultern. Sie fragte sich ohne wirkliches Interesse, wo sie sich befinden mochte, aber ihr Erinnerungsvermögen funktionierte nicht sonderlich gut.

Plötzlich wurde ihr klar, daß sie unter der Decke völlig nackt war. Sie hob den Kopf. Ihre Kleidungsstücke waren auf einem Stuhl neben der offenen Badezimmertür ordentlich zusammengelegt. Ihren Koffer sah sie auf einer dafür vorgesehenen Gepäckablage.

Danach nahm sie aus dem Augenwinkel heraus eine Bewegung wahr, erstarrte sekundenlang und war nun hellwach. In ihrem

Zimmer war ein Mann! Sie öffnete den Mund, um zu schreien, aber er forderte sie mit beschwörender Geste auf, unbedingt zu schweigen.

»Ra...« Sie begann seinen Namen zu sagen, aber er war mit zwei, drei raschen Schritten am Bett und bedeckte ihren Mund mit der Hand, damit sie nicht reden konnte.

Isabella starrte ihn voll verständnisloser Verwirrung an. *Ramón!* Jubelnde Freude stieg wie eine Springflut in ihr auf.

Er verließ seinen Platz neben dem Bett und trat rasch an die nächste Wand, an der ein düsteres Ölgemälde in der Manier Goyas hing. Er verschob das Gemälde an seinem Haken nach rechts oben, bis ein darunter an der Wand klebendes Abhörmikrofon von der Größe eines Geldstücks sichtbar wurde.

Er wiederholte seine Geste, die Isabella zum Schweigen aufforderte, und kam ans Bett zurück. Er nahm den Schirm der Nachttischlampe ab und zeigte ihr ein zweites Mikrofon, das unterhalb der Glühbirne an der Fassung klebte.

Dann beugte er sich so tief über sie, daß sie seinen warmen Atem auf ihrer Wange spürte.

»Komm.« Ramón berührte ihre Schulter durch die Decke hindurch. Ihre letzte Begegnung lag schon so lange zurück, daß Isabella in seiner Gegenwart trotz ihrer Freude eine seltsame Schüchternheit empfand.

»Ich erkläre dir alles. Komm!« In seinem Blick stand soviel Leid und Schmerz, daß sie sich ihrer Freude zu schämen begann.

Er griff nach der Hand, mit der sie die Decke hochhielt, und zog Isabella, die plötzlich widerstandslos nachgab, aus dem Bett. Ohne ihre Hand loszulassen, führte er sie nackt ins Bad. Sie war sich ihrer Nacktheit nicht bewußt und schwankte wegen der Nachwirkungen des Betäubungsmittel noch etwas.

Im Bad betätigte Ramón die WC-Spülung, drehte die Wasserhähne in Wanne und Waschbecken auf und stellte die Dusche an.

Dann kam er auf Isabella zu. Sie wich vor ihm zurück, als fürchte sie sich davor, ihn zu berühren. Ihr nackter Rücken war an die kalten Fliesen gepreßt.

»Was passiert hier? Ich bin so durcheinander! Bitte erklär mir, was mit uns geschieht.«

Aus seinen männlich schönen Zügen sprach tiefer Schmerz. »Mir geht's wie dir. Ich muß um Nickys willen mitmachen. Wir sind ein Spielball größerer Kräfte, die ich dir jetzt nicht schildern kann. Wir sind alle drei in einem unsichtbaren Netz gefangen. O Liebling, wie ich mir gewünscht habe, dich in die Arme zu schließen und dir alles zu erklären! Aber dafür reicht die Zeit nicht aus.«

»Ramón, sag mir, daß du mich noch liebst«, flüsterte sie.

»Ja, mein Liebling. Mehr als je zuvor. Ich weiß, durch welche Hölle du gegangen sein mußt. In Gedanken bin ich stets bei dir gewesen – jede Sekunde. Ich weiß, was du von mir gedacht haben mußt. Aber eines Tages wirst du verstehen, daß alles, was ich getan habe, für Nicky und dich gewesen ist.«

Isabella *wollte* ihm glauben; sie wünschte sich mit allen Fasern ihres Herzens, daß er die Wahrheit sagte.

»Bald«, flüsterte er und nahm ihr Gesicht zwischen seine Hände. »Bald sind wir wieder zusammen, nur wir drei – Nicky, du und ich. Du mußt Vertrauen zu mir haben.«

»Ramón!« schluchzte sie mit tränenerstickter Stimme. Sie schlang ihm beide Arme um den Hals und klammerte sich mit aller Kraft an ihn. Ohne sich darum zu kümmern, was Logik und Vernunft ihr sagten, glaubte sie ihm vorbehaltlos.

»Ich kann nur noch ein paar Minuten bleiben. Mehr dürfen wir nicht riskieren. Das wäre zu gefährlich! Du kannst dir nicht vorstellen, in welch großer Gefahr Nicky schwebt.«

»Und du auch.« Ihre Stimme zitterte.

»Mein Leben spielt keine Rolle. Es geht um Nicky.«

»Um euch beide«, widersprach Isabella. »Ihr seid mir beide gleich kostbar.«

»Versprich mir, nichts zu tun, was Nicky schaden könnte.« Er küßte sie zärtlich. »Du mußt bitte tun, was sie sagen. Es dauert nicht mehr lang. Wenn du mir hilfst, kann ich uns alle befreien. Aber du mußt mir vertrauen.«

»Ich hab's immer gewußt! Im Innersten meines Herzens habe ich gewußt, daß alles seinen Grund haben muß. Natürlich vertraue ich dir, mein Herz.«

»Sei stark für uns alle.«

»Ich versuch's!« Sie nickte heftig, während ihr Tränen übers

Gesicht liefen. »O Gott, wie ich dich liebe! Ich hab's so lange unterdrückt.«

»Ich weiß, Liebling. Ich weiß.«

Als er nach einem langen Kuß verschwand, konnten ihre Beine sie nicht mehr tragen. Sie glitt langsam nach unten und blieb kraftlos sitzen. Aus allen Hähnen rauschte Wasser, das den Raum mit Dampfschwaden füllte. Sie verstand nichts mehr. Aber sie brauchte und wollte auch nichts verstehen. Wichtig waren nur noch Nicky und Ramón.

»Es ist nicht wahr gewesen«, flüsterte Isabella, »keiner meiner Alpträume ist wahr gewesen. Ramón liebt mich noch immer. Wir drei sind eines Tages wieder zusammen. Gemeinsam schaffen wir's! Irgendwie. Irgendwann.«

Sie kam mühsam auf die Beine. »Du mußt dich zusammenreißen! Sie dürfen nichts ahnen.« Sie taumelte unter die Dusche.

Sie war noch halbnackt, als die Zimmertür ohne Anklopfen aufgestoßen wurde. Die stämmige Frau, die sie vom Flughafen abgeholt und später die Leibesvisitation vorgenommen hatte, betrat den Raum.

»Was wollen Sie?«

»In zwanzig Minuten fahren zu Flughafen.«

»Wo ist Nicky? Wo ist mein Sohn?«

»Kind ist fort.«

»Ich möchte mich von ihm verabschieden. Bitte!«

»Ist nicht möglich. Kind ist fort.«

Isabella spürte, wie ihre hoffnungsvolle Stimmung sich zu verflüchtigen begann.

Der Alptraum geht also weiter, dachte sie und versuchte, sich gegen die in ihr aufsteigende Verzweiflung zu wappnen. »Ich muß Ramón vertrauen«, sagte sie sich. »Ich muß stark sein.«

Auf der Fahrt zum Flugplatz saß die Russin neben ihr auf dem Rücksitz. Es war ein heißer Morgen. Isabella öffnete ihr Fenster und ließ sich den Fahrtwind ins Gesicht blasen.

Der Chauffeur hielt vor dem Auslandsterminal, und während er ausstieg, um Isabellas Gepäck aus dem Kofferraum zu holen, sprach die Frau die ersten Worte, seit sie die *Hacienda* verlassen hatten.

»Ist für Sie«, sagte sie und gab Isabella einen zugeklebten, nicht adressierten Briefumschlag.

Isabella öffnete ihre Handtasche und steckte den Umschlag hinein. Die Frau starrte schweigend nach vorn durch die Windschutzscheibe. Isabella stieg aus und griff nach ihrem Koffer. Der Chauffeur knallte die Tür zu und fuhr davon.

Auf dem Gehsteig inmitten des Gedränges fühlte Isabella sich einsam – einsamer und ängstlicher als vor ihrem Wiedersehen mit Nicky und Ramón.

»Ich muß ihm vertrauen«, wiederholte sie ihren Glaubensgrundsatz und machte sich auf den Weg zum Iberia-Schalter.

In der Lounge für Passagiere der Ersten Klasse ging Isabella auf die Damentoilette und riß den Umschlag auf.

»Red Rose,

Sie stellen präzise fest, in welchem Entwicklungsstadium sich der Nuklearsprengkörper befindet, an dem die Armscor und das Atomforschungsinstitut Pelindaba gemeinsam arbeiten. Sie berichten über das bereits ausgesuchte Testgelände und melden das Datum der vorgesehenen ersten Erprobung des Sprengsatzes.

Sobald diese Informationen eingegangen sind, wird eine weitere Begegnung mit Ihrem Sohn arrangiert. Die Dauer dieses Besuchs hängt davon ab, wie präzise und umfangreich das von Ihnen gelieferte Material ist.«

Der maschinengeschriebene Auftrag trug wie gewohnt keine Unterschrift. Isabella starrte die Zeilen an, ohne sie wirklich zu sehen.

»Tiefer und tiefer«, flüsterte sie. Erst der Bericht über die Radarkette... Das war ihr noch nicht schlimm vorgekommen. Radar war schließlich eine Verteidigungswaffe – aber dies? Eine Atombombe? Würde das jemals enden?

Sie schüttelte den Kopf. »Das kann ich nicht... Ich sage ihnen, daß ich's nicht kann.«

Ihr Vater hatte niemals auch nur das geringste Interesse für das Atomforschungsinstitut Pelindaba erkennen lassen. Sie hatte noch kein einziges Schreiben und erst recht keine Akte über einen Nuklearsprengsatz zu Gesicht bekommen. Aus Pressemeldungen wußte sie, daß die Forscher in Pelindaba daran arbeiteten, die riesigen Uranvorkommen des Landes abzubauen und zu nutzen sowie einen Kernreaktor zur Stromerzeugung zu entwickeln. Der Premierminister hatte mehrmals öffentlich versichert, Südafrika baue keine Atombombe.

Trotzdem sollte sie jetzt feststellen, wie weit die Entwicklung eines südafrikanischen Nuklearsprengsatzes vorangekommen war. Seine Existenz wurde als Tatsache vorausgesetzt. Sie sollte herausbekommen, wo und wann der erste Sprengsatz erprobt werden würde.

Isabellas Finger zerrissen das Blatt und den Umschlag in winzige Papierschnitzel.

»Das kann ich nicht«, flüsterte sie. Dann stand sie auf, klappte den Deckel hoch, ließ die Schnitzel einzeln ins Klo fallen und spülte nach, bis der letzte verschwunden war.

»Ich sage ihnen, daß ich's nicht kann.« Aber in Gedanken plante sie bereits.

Ich muß versuchen, über meinen Vater an die Informationen heranzukommen, dachte sie. Und sie wußte auch schon, wie sie das anstellen würde.

Wegen ihrer Spanienreise war Isabella nur fünf Tage im Ausland gewesen. Trotzdem war Nana verärgert und nahm ihrer Enkelin ihre schwache Ausrede für diese Reise mitten im Wahlkampf nicht recht ab. Am Freitag vor dem Wahltag sprach Premierminister John Vorster in der Stadthalle Sea Point auf einer Veranstaltung der National Party für deren Wahlkreiskandidatin.

Centaine Courtney-Malcomess hatte ihren gesamten Einfluß aufwenden müssen, um zu erreichen, daß Vorster zwei wichtige Termine absagte, um dort sprechen zu können. Der Parteiapparat wußte recht gut, daß Sea Point eine Hochburg der Opposition war, deren Stimmenvorsprung sich bestenfalls etwas verringern ließ. Die Zentrale hatte wenig Lust, ihr Paradepferd hinzuschicken – aber Centaine setzte sich wie immer durch.

Da der Premierminister sprechen würde, war die Stadthalle überfüllt. Die Veranstaltung begann mit den üblichen Pfiffen und Zwischenrufen, aber die Stimmung war nicht allzu feindselig.

Isabella sprach als erste – bewußt nur zehn Minuten lang. Dies war ihre beste Rede während des gesamten Wahlkampfes. In den vergangenen Wochen hatte sie wertvolle Erfahrungen gesammelt und an Selbstvertrauen gewonnen, und ihr Abstecher nach Spanien schien ihr neue Kräfte verliehen zu haben. Nana und Shasa hatten ihren Redetext gelesen und den Vortrag mit Isabella eingeübt. Diesen beiden erfahrenen Politikern verdankte sie wertvolle Tips und Hinweise.

Auf der Plattform der vollbesetzten Halle wirkte Isabellas schlanke Gestalt jugendlich entschlossen, und die Herzen der Zuhörer flogen ihr zu. Nach dem Schlußsatz erhielt sie stehenden Beifall, während John Vorster mit rotem Gesicht und gütig lächelnd neben ihr stand und nickend applaudierte.

Am nächsten Mittwochabend standen Nana und Shasa, die riesige Parteirosetten und Strohhüte mit den Parteifarben trugen, bei der Bekanntgabe der Wahlergebnisse links und rechts neben Isabella.

Es gab keine Überraschungen. Die Progressive Party behielt den Sitz, aber Isabellas engagierter Wahlkampf hatte den Vorsprung auf nur zwölfhundert Stimmen zusammenschmelzen lassen. Ihre Anhänger trugen sie auf Schultern aus dem Saal, als sei sie die Siegerin, nicht die Besiegte.

Eine Woche später bat John Vorster sie zu einem Gespräch in seinem Büro im Parlamentsgebäude. Isabella kannte dieses Gebäude sehr gut. Als ihr Vater Minister im Kabinett Hendrik Verwoerd gewesen war, hatte er sein Büro nur wenige Türen von dem des Premierministers entfernt gehabt.

In seiner Zeit als Regierungsmitglied hatte Shasa ihr sein Büro zur Verfügung gestellt, und sie hatte es bei Aufenthalten in Kapstadt als eine Art Club benützt. Als sie jetzt wieder durch die breiten Korridore ging, stiegen zahlreiche Erinnerungen in ihr hoch. Als Teenager hatte ihr jeglicher Sinn für die historische Ausstrahlung dieses prächtigen alten Gebäudes gefehlt.

Aber jetzt, wo sie gegen ihren Willen politischen Ehrgeiz zu entwickeln hatte, faszinierten sie die Porträts der großen Männer an den holzgetäfelten Wänden.

Der Premierminister ließ Isabella nur wenige Minuten warten. Als sie sein Arbeitszimmer betrat, kam er hinter seinem Schreibtisch hervor, um sie zu begrüßen.

»Ich freue mich, daß Sie mich sprechen wollen, Oom John«, sagte Isabella in fehlerlosem Afrikaans. Daß sie diese vertrauliche Anrede benützte, ohne dazu aufgefordert worden zu sein, war ziemlich vorlaut. Aber der Ausdruck »Oom« – Onkel – bewies großen Respekt, und ihr Wagnis zahlte sich aus. Vorster zeigte, daß ihm ihre Keckheit gefiel.

»Ich wollte Ihnen zu Ihrem Abschneiden in Sea Point gratulieren, Bella«, antwortete er, und sie genoß das Gefühl, akzeptiert zu sein.

»Ich mache gerade eine Kaffeepause.« Vorster deutete auf das Kaffeeservice auf dem Beistelltisch. »Junge Dame«, sprach er sie über den Rand seiner Kaffeetasse hinweg mit gespielter Strenge an, »was haben Sie in Zukunft vor, nachdem Sie nun doch nicht ins Parlament einziehen werden?«

»Nun, Oom John, ich arbeite für meinen Vater.«

»Ja, das weiß ich natürlich«, unterbrach er sie. »Aber wir dürfen so hoffnungsvolle politische Talente nicht brachliegen lassen. Haben Sie schon mal an einen Senatssitz gedacht?«

»An einen Senatssitz?« Isabella verschluckte sich fast. »Nein, Premierminister, noch nie. Davon hat bisher noch niemand auch nur andeutungsweise gesprochen.«

»Nun, jetzt spricht jemand davon. Der alte Kleinhans gibt nächsten Monat seinen Sitz auf. Ich muß seinen Nachfolger – oder seine Nachfolgerin – nominieren. Im Senat sind Sie gut aufgehoben, bis wir einen sicheren Wahlkreis für Sie gefunden haben.«

Der Senat war die erste Kammer der zweigeteilten Legislative der Republik Südafrika. Seine Aufgaben entsprachen etwa denen des englischen Oberhauses: Er mußte Gesetze verabschieden und konnte sie im Zweifelsfall ans Unterhaus zurückverweisen. In den fünfziger Jahren war er wesentlich erweitert worden, als der damalige Premierminister Malan sich daran gemacht hatte, diejenigen Farbigen, die wählen durften, um ihre Stimme zu bringen. Damit das abscheuliche Gesetz, das die Farbigen ihre Wählerstimme kostete, auch sicher verabschiedet wurde, hatte er das Oberhaus mit von ihm ernannten Senatoren vollgestopft. Einige Senatssitze konnte der Premierminister noch heute verschenken, und Vorster bot ihr einen davon an.

Isabella stellte ihre Tasse ab und starrte ihn an. Ihr Verstand arbeitete fieberhaft, um mit dieser neuen Entwicklung Schritt zu halten.

»Nehmen Sie die Nominierung an?« fragte Vorster.

Das war eine wunderbare Abkürzung, von der niemand – nicht Shasa, nicht einmal Nana – zu träumen gewagt hätte.

Auch Hendrik Verwoerd hatte seine Laufbahn als Politiker im Senat begonnen. Mit ihren achtundzwanzig Jahren würde sie ziemlich sicher das jüngste und bestimmt attraktivste Mitglied des Oberhauses sein.

Natürlich bedeutete ihre Nominierung zugleich die Wahl in alle möglichen Ausschüsse und Kommissionen. Wenn sie nur halb so gut war, wie sie zu wissen glaubte, würde die National Party sie zu ihrer bekanntesten Politikerin aufbauen. In dieser Rolle würde sie sehr schnell in den Kreis der Mächtigen aufsteigen und Zugang zu sorgfältig gehüteten Staatsgeheimnissen erhalten.

»Sie erweisen mir eine große Ehre, Premierminister.« Ihre Stimme war kaum mehr als ein Flüstern.

»Ich weiß, daß Sie Ihrem Land noch weit größere Ehre machen werden.« Vorster streckte ihr seine Rechte hin. »Glückwunsch, Senatorin.«

Während Isabella die Hand schüttelte, dachte sie an Hoch- und Landesverrat. Aber sie zwang sich, nicht darauf zu achten. Sie erkannte außerdem mit großer Erleichterung, daß Red Rose nun für ihre Auftraggeber unersetzlich war. Schon bald würde sie ihnen Bedingungen stellen und ihren Lohn selbst einfordern können.

Nicky und Ramón, dachte sie. Ramón und Nicky. Das dauert nicht mehr lange. Viel früher, als wir uns je hätten träumen lassen. Bald sind wir wieder zusammen.

Isabella liebte die karge Großartigkeit des Karrus.

Shasa hatte die große Schaffarm gekauft, als seine Tochter noch klein gewesen war. Bei ihrem ersten Besuch hatte sie die kahlen steinigen Kopjes und baumlosen Ebenen gehaßt, die sich scheinbar ziellos bis zum Horizont erstreckten, der in Staub und Gegenlicht verschwamm, bis die Trennlinie zwischen Erde und milchigem Himmel nicht mehr auszumachen war. Als Teenager hatte sie jedoch Eve Palmers »The Plains of Camdeboo« gelesen und allmählich zu verstehen begonnen, was für eine Wunderwelt das Große Karru in Wirklichkeit war.

Mit ihrem Vater hatte sie in den emporgewölbten Sedimentschichten, die vor der Kreidezeit ein riesiges Sumpfgebiet gewesen waren, Fossilien gesucht und dann ehrfürchtig vor ihren versteinerten Skeletten gestanden.

Ihre Schaffarm hieß Dragon's Fountain – zur Erinnerung an diese grausigen Lebewesen und wegen der unerschöpflichen Süßwasserquelle, die aus einer Höhle am Fuß eines der Tafelberge sprudelte. Seine roten Felswände überragten das großzügig angelegte Wohngebäude inmitten üppiggrüner Rasenflächen, die von der Quelle bewässert wurden. In den Spalten nisteten Adler und Geier, deren Kot auf der verwitterten Felswand weiße Spuren zurückließ.

Die Schaffarm umfaßte über 25 000 Hektar dieser faszinierenden Wildnis. Zwischen die Merinoschafe mischten sich große Herden von Springböcken. Diese graziösen kleinen Antilopen hatten zimtfarbene Rücken mit weißem Bauch, der durch braune Streifen abgegrenzt war. Mit ihren antilopenähnlichen Köpfen und den lyraartig geschweiften Hörnern waren sie Isabellas Lieblinge unter all den Tierarten, die das Karru bevölkerten. Schafe wie Antilopen lebten von niedrigen Wüstensträuchern, die ihrem Fleisch einen würzigen Geschmack nach Salbei und Wildkräutern verliehen.

Zu Beginn der winterlichen Jagdsaison lud Shasa Gäste zur Springbockjagd nach Dragon's Fountain ein. Die Springbockpopulation mußte kontrolliert werden.

Garry brachte einige seiner Freunde und ihre Familien aus Johannesburg mit. Die Start- und Landebahn in Dragon's Fountain war verlängert und befestigt worden, um für den neuangeschafften LearJet benutzbar zu sein. Die übrigen Gäste brachte Shasa mit der zweimotorigen Queenair aus Kapstadt mit.

Isabella hatte Kapstadt erst mit Beginn der Sitzungspause des Senats verlassen können.

Spät nachmittags fuhren sie und Nana auf dem Küchenhof von Dragon's Fountain ein. Die Hunde liefen herbei, um sie lärmend willkommen zu heißen. Als Isabella endlich auf ihr Zimmer flüchten konnte, war Nanny schon dabei, ihr ein Bad einlaufen zu lassen und ihre drei Koffer auszupacken.

»Gott, bin ich fertig, Nanny. Am besten schlafe ich erst mal 'ne Woche!« Isabella ließ sich auf ihr Bett fallen. »Wo sind übrigens die Männer?«

»Natürlich auf der Jagd.«

»Sind nette Männer dabei, Nanny?«

»Ja, aber die sind alle verheiratet. Sie hätten sich einen eigenen mitbringen sollen, Miss Bella.« Nanny machte eine Pause. »Na ja, einer ist dabei, der keine Frau hat.« Sie schüttelte den Kopf. »Den werden Sie nicht mögen.«

»Warum nicht?«

»Weil er keine Haare hat«, antwortete Nanny vergnügt kichernd. »Er ist eierschalenblond, könnte man sagen.«

Nanny behielt recht. Er beeindruckte Isabella nicht sonderlich, obwohl er ein freundliches, recht sensibles Gesicht und seelenvolle jüdische Schlehenaugen hatte. Aber die Glatze verdarb diesen guten Eindruck. Sein braungebrannter Schädel war wie ein Kiebitzei mit Sommersprossen gesprenkelt und von einer dunklen Haarkrause umgeben, als trage er eine Tonsur. Er unterhielt sich mit Garry auf der geräumigen Veranda vor dem Haus.

Isabella fühlte sich besser, als sie zum Cocktail vor dem Dinner herunterkam. Nach dem heißen Bad hatte sie eine Stunde schlafen können. Sie trug ein schlichtes blaues Seidenkleid mit gewagtem Dekolleté, dessen raffinierter Schnitt sofort die Blicke aller Männer – auch der verheirateten – auf sich zog.

Als erstes begrüßte sie Garry, den sie seit Monaten nicht mehr gesehen hatte. »Mein großer Teddybär!« Sie umarmte ihn.

Garry ließ einen Arm um ihre Taille liegen, während er sie miteinander bekannt machte. »Bella, das ist Professor Aaron Friedman. Aaron, das ist meine kleine Schwester: Senatorin Doktor Isabella Courtney.«

»Laß den Unsinn, Garry!« protestierte sie verlegen, weil er alle ihre Titel genannt hatte, und schüttelte Aaron Friedman die Hand. Sie war schmal, aber kräftig: die Hand eines Pianisten oder Chirurgen.

»Aaron ist als Austauschprofessor von der Universität Jerusalem bei uns.«

»Oh, ich liebe Jerusalem«, versicherte Isabella ihm höflich. »Ich liebe ganz Israel. Ein sehr lebendiges Land – so voller Religion und Geschichte.«

Sie plauderte noch eine Minute mit den beiden und machte sich dann auf die Suche nach ihrem Vater. Er war von drei hübschen Frauen umgeben, die über seine geistreichen Bemerkungen kicherten.

»Mein schöner Daddy.« Sie küßte ihn auf die Wange, stellte sich dann neben ihn und nahm besitzergreifend seinen Arm. Sie wußte genau, was für ein gutaussehendes Paar sie waren. Wie immer wurden die beiden rasch Mittelpunkt der eleganten kleinen Gesellschaft.

Sie tranken Champagner und lachten, plauderten und flirteten, während ein prachtvoller Sonnenuntergang die felsigen Kopjes rot erglühen ließ und die Wolken in Brand setzte.

»Ich habe vorhin Radio gehört«, erzählte einer der Männer beiläufig. »Die Äthiopier scheinen Haile Selassie zum Abdanken gezwungen zu haben.«

»Lauter Räuber und Banditen«, sagte ein anderer. »Ich bin im Krieg mit der Sechsten Division dort gewesen – allerdings sind wir marschiert, während Shasa über uns mit seiner Hurricane rumgeturnt ist.«

Shasa berührte seine schwarze Augenklappe. »Damals haben wir noch Abessinien gesagt. Wir sind hingegangen, um sie im Auge zu behalten, darum hab' ich gleich eines der meinen dagelassen.«

Sie lachten, und irgendein anderer bemerkte: »Eigentlich ist Haile Selassie gar kein übler Bursche gewesen. Was dort wohl passieren wird?«

»Das gleiche wie überall in Schwarzafrika: Chaos, Konfusion und Kommunismus, Mord, Massenflucht und Marxismus.«

Alle murmelten Ähnliches, bevor sie sich auf die letzten Augenblicke des prachtvollen Sonnenuntergangs konzentrierten.

Die Dunkelheit kam so plötzlich, als sei ein Bühnenvorhang gefallen, und in der nächsten Minute drang bereits die Abendkühle durch ihre leichte Kleidung. Genau in diesem Moment erklang der Dinnergong. Centaine erhob sich aus ihrem Sessel an der Stirnseite der Veranda und führte die ganze Gesellschaft in den langgestreckten Speisesaal, in dem Silber und Kristall im Kerzenlicht glänzten und poliertes Walnußholz seinen kostbaren antiken Schimmer verbreitete.

Isabella besah sich, wer ihre Tischnachbarn waren: Garry und Aaron Friedman.

O je! Sie hatte natürlich gemerkt, wie Aaron sie anhimmelte, seitdem Garry sie bekannt gemacht hatte. Und es war nur logisch, daß Nana sie neben den einzigen Ledigen gesetzt hatte.

Aaron kam herbeigeeilt, um ihr den Stuhl zurechtzurücken. Während Isabella sich setzte, nahm sie sich vor, liebenswürdig zu sein. Sie entdeckte rasch, daß er ein amüsanter Unterhalter war, der es verstand, sie zum Lachen zu bringen. Bald fiel ihr die Glatze gar nicht mehr auf.

Garry war mit seiner Tischdame beschäftigt gewesen, aber jetzt drehte er sich nach der anderen Seite um und sprach an Isabella vorbei mit Friedman.

»Übrigens noch was, Aaron: Wenn du wirklich schon am Montagnachmittag wieder in Pelindaba sein mußt, fliege ich dich mit dem LearJet hin.«

Als Isabella die Bedeutung des beiläufig erwähnten Ortsnamens erfaßte, horchte sie auf. »Ich habe versäumt, Sie zu fragen, was Sie lehren, Professor.«

»Wollen Sie mich nicht Aaron nennen, Doktor?«

Sie lächelte. »Nur wenn Sie mich Isabella nennen, Professor.«

»Ich bin Physiker, Isabella, Atomphysiker. Ein sehr langweiliges Fachgebiet, fürchte ich.«

»Sie sind unfair gegen sich selbst, Aaron.« Ihre Hand lag leicht auf seinem Handgelenk. »In Krieg und Frieden ist das die Wissenschaft der Zukunft.«

Ohne sein Handgelenk loszulassen, nahm sie eine Schulter nach vorn und beugte sich zu Aaron hinüber, so daß er noch tieferen Einblick in ihr Dekolleté hatte. Er bekam große Augen, und sein Blick wurde starr. Er war jetzt wie verzaubert.

»Wo ist Ihre Frau, Aaron?« fragte sie.

»Ich bin seit fünf Jahren geschieden.«

»Oh, das tut mir aber leid«, sagte sie spontan. Aus ihrem Blick sprach warmes Mitgefühl, als sie ihm tief in die Augen sah.

Später an diesem Abend saß Isabella vor ihrem Toilettentisch und betrachtete sich im Spiegel, während sie sich abschminkte. »Israel, Pelindaba, Atomphysik...«, murmelte sie. »Alles zusammen *muß* den großen Knall ergeben.«

In den vergangenen zwei Jahren war kein Monat vergangen, in dem sie ihren Auftraggebern nicht irgendwelches Material hatte liefern können. Meistens waren es Routineberichte und Sitzungsprotokolle gewesen. Aber jetzt bot sich ihr die Chance, ihr nächstes Treffen mit Nicholas zu beschleunigen.

Beim Dinner hatte Aaron Friedman sich als leidenschaftlichen Reiter zu erkennen gegeben – aber er hätte vermutlich auch Polarforschung und Schlammringkämpfe genannt, wenn er geglaubt hätte, damit bei ihr landen zu können. Wie sattelfest er wirklich war, würde sich bald zeigen. Sie hatten verabredet, am nächsten Morgen bei Sonnenaufgang miteinander auszureiten.

»Wie weit würdest du gehen?« fragte Isabella ihr Spiegelbild. Sie überlegte sorgfältig, bevor sie antwortete: »Nun, er ist sehr amüsant und wirklich süß, und Glatzköpfige sollen eine besonders gut entwickelte Libido haben.« Sie lachte.

Als sie am nächsten Morgen zu den Stallungen hinunterging, kündigte der Tag sich als blasser Streifen im Osten an, und Aaron erwartete sie bereits. Er trug Breeches und Reitstiefel. Daß er seine Reitkleidung mitgebracht hatte, war ermutigend.

Der Stallmeister hatte schon zwei Pferde gesattelt, die er jetzt über den Hof führte. Die auf Dragon's Fountain gehaltenen Pferde wurden selten genügend bewegt und fanden auf ihren von der Quelle bewässerten Weiden reichlich Hafer und Luzerne. Deshalb waren die meisten recht temperamentvoll. Aber Isabella hatte für Aaron einen lammfrommen alten Wallach satteln lassen. Sie konnte nur hoffen, daß er mit ihm zurechtkommen würde, und beobachtete, wie er jetzt an sein Pferd herantrat. Überflüssige Sorgen! Als Aaron sich in den Sattel schwang, sah sie sofort, daß er fest saß und feinfühlige Hände hatte.

Als sie um das Kopje herumritten, ging die Sonne über dem Horizont auf. Der Morgen war kühl. Um diese Zeit war die stille Wüstenluft noch so klar, daß man sich einbildete, Hunderte von Kilometern weit sehen zu können.

Die Geier verließen ihre struppigen Horste und segelten mit weitgespannten Schwingen davon. Draußen auf der Ebene waren die Springbockherden noch von der Jagd des Vortages nervös und schreckhaft. Ihre aufgestellten schneeweißen Mähnen leuchteten im Morgenlicht, als sie Rauchwolken gleich in den purpur blühenden Salbei davonstoben.

Sobald die Pferde warm waren, ließ Isabella ihre Stute galoppieren. Nun begann eine wilde Jagd, die vom Trockenbett des Flusses bis zum Stauwehr hinunterführte. Riesige Schwärme von Nilgänsen flogen schreiend aus dem schlammigen braunen Wasser auf, als sie ihre Pferde am Ufer zum Stehen brachten.

Isabella glitt aus dem Sattel und tupfte mit dem Ende ihres Seidenschals an ihrem rechten Auge herum.

Aaron stieg besorgt ab und trat auf sie zu. »Ist was nicht in Ordnung, Isabella?«

»Ich muß irgendwas ins Auge bekommen haben.«

»Darf ich mal nachsehen?«

Sie hob ihm ihr Gesicht entgegen. Er nahm es sanft zwischen seine Hände und starrte in ihr Auge.

»Ich sehe nichts.«

Sie blinzelte, und die Morgensonne ließ das tiefe Blau ihrer Augen aufblitzen.

»Bestimmt nicht?« fragte sie. Sie spürte seinen Atem auf ihrem Gesicht, sein Körpergeruch war angenehm männlich. Sie starrte in seine dunklen Augen, deren Blick sie zu verbrennen schien.

Er berührte das untere Lid sanft reibend mit dem Zeigefinger. »Na, geht's wieder?« fragte er, und sie lachte.

»Du bist ein Wunderheiler. Danke, schon viel besser.« Daraufhin küßte sie ihn sanft.

Er erstarrte, erholte sich aber rasch und umfaßte ihre Hüften. Isabella drängte sich gegen ihn und ließ einen leidenschaftlichen Kuß zu. Doch gleich darauf riß sie sich los.

»Wir machen ein Wettrennen zum Stall zurück.« Sie lachte und schwang sich in den Sattel. Gegen ihre Stute war der Wallach chancenlos – außerdem hatte sie hundert Meter Vorsprung.

In den folgenden drei Tagen machte sie Aaron Friedman das Leben zu einer süßen Qual. Beim Dinner legte sie ihm unterm Tisch die Hand aufs Knie. Beim Wasserpolo im Swimming-pool durfte er sie anfassen, und während er auf dem Rasen lag und ihr Shelley vorlas, rückte sie unschuldig ihr Bikinioberteil zurecht. Als er ihr in den Land-Rover hinaufhalf, ließ sie ihn ihren Slip sehen. Abends beim Tanz schmiegte sie sich eng an ihn.

Am letzten Abend auf Dragon's Fountain, bevor er mit Garry ins Transvaal zurückflog, gestattete sie ihm, sie hinaufzubegleiten. Als er ihr auf dem Flur vor ihrer Suite gute Nacht sagte, küßten sie sich. Ohne ihren Kuß zu unterbrechen, drückte er sie sanft gegen die Wand. Er schob den Rock über die Hüften. Er berührte sie.

Isabella gefiel das, und sie wollte nicht, daß er aufhörte. Ihr erster Eindruck war richtig gewesen: Mit diesen Fingern hätte er ein begnadeter Pianist werden können, so leicht und künstlerisch war deren Berührung. Er machte sie atemlos. Sie befand sich kurz vor dem Höhepunkt.

»Läßt du deine Tür heute nacht unversperrt?« flüsterte er ihr ins Ohr. Mit gewaltiger Anstrengung schüttelte Isabella ihre wollüstige Trance ab.

»Wie bitte?« flüsterte sie, während sie mit zitternden Fingern ihren Rock glattstrich. »Hier wimmelt's von meinen Angehörigen – mein Vater, mein Bruder, meine Großmutter, mein Kindermädchen.«

»Bella, du treibst mich zum Wahnsinn! Ich liebe dich. Ich will dich. Ich leide Höllenqualen, Bella! So kann's nicht weitergehen.«

»Ich weiß«, sagte sie. »Mir geht's nicht anders. Ich komme nach Johannesburg.«

»Wann? Oh, *wann* kommst du zu mir, Liebste?«

»Ich rufe dich an. Laß mir deine Nummer da.«

Isabella gehörte dem Senatsausschuß zur Pensionsreform im öffentlichen Dienst an. Im folgenden Monat war sie gemeinsam mit zwei weiteren Ausschußmitgliedern im Transvaal unterwegs, um Erhebungen anzustellen. Sie fuhr mit dem Porsche nach Johannesburg. Dort wohnte sie bei Garry und Holly. Unmittelbar nach ihrer Ankunft rief sie Aaron im Atomforschungsinstitut Pelindaba an.

Sie fuhr hinaus, um ihn abzuholen, und sie aßen in einem

kleinen Restaurant zu Abend. Beim Entree begann sie, ihn unauffällig über seine Arbeit im Forschungsinstitut zu befragen.

»Oh, es ist genaugenommen ziemlich langweilig. Es geht um Anti-Partikel und Quarks. Wußtest du, daß dieser Name auf James Joyces ›Three Quarks for Muster Mark‹ zurückgeht und ›Quart‹ ausgesprochen werden müßte?«

»Faszinierend!« Als sie ihre Hand unter dem Tisch auf seinen Oberschenkel legte, griff er danach. »Du arbeitest bestimmt sehr hart«, sagte sie und sah ihm in die Augen.

»Ja.« Er zog ihre Finger zwei Handbreit höher. »Das kann man wohl sagen.«

Sie zog die Augenbrauen hoch. »Willst du nach dem Essen wirklich noch tanzen gehen?«

»Wir könnten auf einen Kaffee zu mir fahren.«

»Ich bin eigentlich schon satt. Der Krabbencocktail war sehr sättigend. Wie wär's, wenn wir den zweiten Gang ausfallen ließen?« schlug sie vor.

Seine Wohnung lag in einem für Institutsangehörige errichteten Wohnhaus. Obwohl die Kontrollen dort bei weitem nicht so streng wie im Forschungsbereich waren, mußte Aaron am Eingang seinen Dienstausweis vorzeigen, und Isabella mußte ihn ins Wachlokal begleiten, um sich mit voller Anschrift ins Besucherbuch einzutragen. Der Wachmann grinste, als er ihr einen Besucherausweis ausstellte.

Sie hatte lange ohne Liebe auskommen müssen, und Aaron war ein unglaublich guter Liebhaber. Anfangs war er sanft und geduldig. Als ihre Lust dann unter seinen Lippen und geschickten Fingern vollständig erwachte, wurde er drängend. Er brachte sie ein halbes Dutzendmal fast bis zum Höhepunkt, hielt sie aber im letzten Augenblick zurück, bis sie in süßer Qual aufschrie.

Als sie zuletzt ihren Höhepunkt erreichte, war er ganz für sie da und fing sie sanft auf. Er hielt sie in seinen Armen, liebkoste sie und murmelte kleine Komplimente, bis sie ihn zufrieden seufzend fragte: »Unter welchem Tierkreiszeichen bist du geboren?«

»Skorpion.«

»Ah, richtig – Skorpione sind leidenschaftliche Zeichen. An welchem Tag?«

»Am siebten November.«

Am Morgen bereiteten sie gemeinsam das Frühstück. Als Aaron sich an der Wohnungstür verabschiedete, um zur Arbeit zu gehen, trug Isabella eine seiner Schlafanzugjacken, deren Ärmel sie aufgerollt hatte und die ihr bis zu den Knien reichte.

»Ich rede mit dem Wachtposten am Haupteingang – du brauchst dich also nicht zu beeilen.« Er küßte sie. »Ich hätte nichts dagegen, wenn du heute mittag noch da wärst.«

»Ausgeschlossen!« Sie schüttelte den Kopf. »Ich hab' den ganzen Tag zu arbeiten.«

Sobald er gegangen war, sperrte sie hinter ihm ab und legte die Sicherungskette vor. Der Safe stand in seinem Arbeitszimmer, wo sie ihn schon gestern abend entdeckt hatte. Er war nicht einmal versteckt eingebaut, sondern stand als Klotz neben seinem Schreibtisch: ein stabiler Chubb-Panzerwürfel mit einer Zahlenkombination aus sechs Ziffern.

Isabella ließ sich im Schneidersitz davor nieder. »Am siebten November geboren«, murmelte sie, »und schätzungsweise drei- oder vierundvierzig. Das ergibt neunzehnhunderteinunddreißig oder -zweiunddreißig...«

Beim vierten Versuch hatte sie bereits Erfolg. Aaron war nicht einmal so clever gewesen wie Shasa, der sein Geburtsdatum wenigstens umgedreht hatte.

»Weshalb sind so viele brillante Männer manchmal so naiv?« fragte sie sich. Bevor sie die massive Stahltür aufzog, ließ sie eine Fingerspitze über den Türrand gleiten. Unter einem der Scharniere entdeckte sie einen kaum sichtbaren Streifen durchsichtiges Klebeband. »Also doch kein Idiot.«

Aaron arbeitete offenbar gern zu Hause, denn der Safe war mit Aktenordnern vollgepackt – die meisten davon im vertrauten Armscor-Grün.

Seit Red Rose auf dem Flughafen Madrid diesen Auftrag erhalten hatte, interessierte sie sich für Atomwaffen und ihre Entwicklung.

Auf dem Rückflug hatte sie in London Station gemacht und zwei Tage im British Museum verbracht, für dessen Lesesaal sie noch ihren Ausweis aus der Studentenzeit hatte. Sie hatte sämtliche im Katalog stehenden Bücher über Atomwaffen gelesen und sich ausführliche Notizen gemacht. Für einen Nichtfachmann besaß sie jetzt ungewöhnlich gründliche Kenntnisse über das grausamste Massenvernichtungsmittel, das der Mensch bisher ersonnen hatte.

Der obenauf liegende Ordner trug den roten Stempel »Streng geheim«. Der eingeheftete Verteiler wies lediglich acht Exemplare aus, von denen dieses die Nummer vier war. Zu den acht Berechtigten gehörten der Verteidigungsminister, der Oberkommandierende der Streitkräfte, ihr Vater als Vorstandsvorsitzender der Armscor, Professor Dr. A. Friedman und vier weitere Männer, die ihren Titeln nach ebenfalls Wissenschaftler zu sein schienen. Einen davon erkannte sie als den Chefingenieur von Armscor, der oft Gast auf Weltevreden war. Kein Wunder, daß ihr Vater dafür gesorgt hatte, daß sie diese Akten nie zu Gesicht bekam!

Der Deckname auf dem grünen Ordner lautete »Project Skylight«. Sie zog ihn vorsichtig heraus, ohne die Lage der übrigen zu verändern, schlug ihn auf und überflog den Inhalt. Als Studentin hatte sie gelernt, den Inhalt ganzer Textseiten auf einen Blick zu erfassen, so daß sie jetzt in raschem Tempo eine Seite nach der anderen umblätterte.

Der größte Teil des Materials war so technisch, daß Isabella trotz ihrer vorbereitenden Lektüre nichts damit anfangen konnte. Aber sie verstand genug, um zu erkennen, daß es sich dabei um Berichte über in Pelindaba gemachte Fortschritte bei der Anreicherung des häufig vorkommenden Uranisotops U 238 mit dem hochspaltbaren Isotop U 235 handelte. Und sie wußte, daß dies der erste Schritt auf dem Weg zur Entwicklung von Kernwaffen war.

Die in chronologischer Folge abgehefteten Berichte zeigten, daß die Versuche bereits vor fast drei Jahren erfolgreich waren, so daß genügend U 235 für den Bau von etwa zweihundert Sprengköpfen mit bis zu 50 Kilotonnen Sprengkraft vorhanden war. Ein großer Teil dieses Materials war offenbar nach Israel exportiert worden – als Gegenleistung für seine technische Hilfe bei der Urananreicherung. Isabella schluckte, während sie über diese Zahlen nachdachte. 20 Kilotonnen Sprengkraft! Die Vernichtungskraft der Hiroshima-Bombe war weniger als halb so groß gewesen.

Sie legte den Ordner beiseite, griff nach dem nächsten und merkte sich wieder genau, wie er gelegen hatte.

Sie überflog eilig die Geheimberichte und Arbeitsunterlagen.

Der letzte Bericht war erst fünf Tage alt. Nachdem sie ihn überflogen hatte, las sie ihn nochmals langsam durch.

Die erste südafrikanische Atombombe sollte in knapp zwei Monaten getestet werden.

»Aber wo?« flüsterte sie verzweifelt. Der nächste Ordner, den sie aufschlug, enthielt die Antwort auf diese Frage.

Sie legte die Ordner exakt übereinander, dachte auch daran, den durchsichtigen Klebestreifen wieder anzubringen, und stellte die Zahlenschlösser auf die Kombination ein, die sie vorgefunden hatte.

Zwei Jahre lang hatte man gesucht und überlegt, bis das Testgelände gefunden war. Gelöst werden mußte vor allem das Problem des radioaktiven Fallouts.

Südafrika betrieb eine Wetterstation auf Gough Island in der Antarktis. Ein antarktisches Testgelände war in Erwägung gezogen, die Idee aber rasch wieder verworfen worden. Nicht nur wäre der Fallout schwierig zu kontrollieren gewesen, sondern eine Entdeckung vor oder nach dem Test hätte sich nicht vermeiden lassen. Es gab zu viele andere – vor allem die Australier –, die sich für diesen unwirtlichen schönen Kontinent am Südpol interessierten.

Folglich mußte der Test aus Sicherheitsgründen innerhalb der Landesgrenzen oder im südafrikanischen Luftraum stattfinden. Aber der Gedanke an einen Atombombenabwurf wurde bald wieder aufgegeben. Auch dabei wäre eine Entdeckung fast unvermeidlich und das Verseuchungsrisiko durch den Fallout selbstmörderisch hoch gewesen.

Letzten Endes hatte man sich auf eine unterirdische Erprobung geeinigt. Die südafrikanischen Goldminen waren die tiefsten Bergwerke der Welt. Im Bergbau nahm Südafrika seit sechs Jahrzehnten eine Spitzenstellung ein und besaß deshalb auch das für Tiefbohrungen benötigte Fachwissen.

Zu den Tochtergesellschaften der Courtney Enterprises gehörte auch die Firma Orion Explorations, eine auf Tiefstbohrungen spezialisierte Gesellschaft.

Die Meisterschaft seiner Spezialisten nötigte Shasa Courtney auch diesmal wieder Respekt ab, als er in hellem Sonnenschein mitten auf dem Testgelände stand und die riesigen Maschinen betrachtete, mit denen die Tiefbohrung ausgeführt wurde.

Umgeben war das Bohrloch von großen Parkplätzen für Wohnmobile und Versorgungsfahrzeuge. Allein der Lagerplatz fürs Bohrgestänge war über einen Hektar groß. Nachts lag das ganze Gebiet im grellen blauweißen Schein von Bogenlampen, denn hier wurde Tag und Nacht gearbeitet. Bis der Tiefstpunkt erreicht war, würden hier fast 300 000 Dollar verbohrt werden.

Shasa hob seinen Hut hoch und fuhr sich mit dem Handrücken über die Stirn. Diese verdammte Hitze!

Das Versuchsgelände lag am Rand der Wüste Kalahari, der »Großen trockenen Weiten«, wie die Buschmänner sie nannten.

Shasa blickte zum Himmel auf. Nicht eine Wolke trübte das hohe, fast schmerzhaft intensive Blau. Die Randzone der Kalahari war als militärisches Sperrgebiet ausgewiesen und durfte von Zivilflugzeugen nicht überflogen werden. Hier fanden oft Schießübungen der Artillerie- und Panzerschule aus dem nur wenige hundert Kilometer entfernt im Süden liegenden Kimberley statt.

Trotzdem machte Shasa sich Sorgen. Die Bohrung sollte bis zum Wochenende fertig sein. Am Samstagabend würde der schwerbewachte Konvoi Pelindaba verlassen, um bis Sonntagmittag hier einzutreffen. Er würde das Wissenschaftlerteam und die Bombe mitbringen.

Bis Montagabend sollte der Sprengkörper im Bohrloch versenkt sein. Der Verteidigungsminister und General Malan würden am Tag X minus eins aus Kapstadt herauffliegen.

Shasa schüttelte den Kopf. »Alles klappt wunderbar«, versicherte er sich selbst und stieg die steile Treppe zum mobilen Kontrollraum hinauf.

»Wie steht's, Mick?«

»Bak gak, Mr. Courtney!« Der Afrikaans sprechende Ingenieur gebrauchte einen derben Ausdruck, der höchste Zufriedenheit signalisierte. »Heute morgen um neun Uhr haben wir die Dreitausendmetermarke erreicht.« Er deutete auf den grünen Lichtpunkt auf dem Bildschirm, dessen graphische Darstellung den Knick in der Bohrung zeigte, der das Austreten von Radioaktivität verhindern sollte.

»Gut, lassen Sie sich nicht stören.« Shasa setzte sich neben den Ingenieur.

Mick konzentrierte sich wieder ganz auf seine Kontrollkonsole.

Shasa zündete sich eine dünne Zigarre an und stellte sich vor, wie der biegsame Stahlwurm sich unter ihnen in die Erde wühlte: bis an den Rand der Erdkruste hinab, weit unterhalb der letzten Grundwasservorkommen, hinunter bis zum Rand des Magmas, wo die Erdtemperatur bereits dem eines Backofens entsprach.

Eines der Telefone im Kontrollraum klingelte, aber Shasa war in seine Phantasie vertieft. Der Techniker, der den Anruf entgegengenommen hatte, mußte ihn zweimal rufen.

»Ein Anruf für Sie, Mr. Courtney!«

»Okay, fragen Sie, wer mich sprechen will«, knurrte Shasa gereizt. »Fragen Sie, ob Sie was ausrichten können.«

»Mr. Vorster, Sir.«

»Welcher Mr. Vorster?«

»Der Premierminister, Sir. Persönlich.«

Shasa riß ihm den Hörer aus der Hand. Er ahnte, daß dieser Anruf nichts Gutes bedeuten konnte. »Ja, Oom John?« fragte er.

»Shasa, in der letzten Stunde haben der britische, amerikanische und französische Botschafter gleichlautende Protestnoten ihrer Regierungen überreicht.«

»Weswegen?«

»Heute morgen um acht Uhr hat ein amerikanischer Aufklärungssatellit die Bohrung fotografiert. Wir sitzen in der Scheiße! Sie haben irgendwie von ›Skylight‹ erfahren und verlangen, daß wir den Test sofort einstellen. Wie lange brauchen Sie, um nach Kapstadt zurückzukommen?«

»Mein Flugzeug ist startbereit. In vier Stunden bin ich in Ihrem Büro.«

»Ich habe eine Kabinettssitzung einberufen, damit Sie die Minister informieren können.«

»Gut, ich komme so schnell wie möglich.«

Shasa hatte John Vorster noch nie so aufgebracht erlebt. Als sie sich die Hand schüttelten, knurrte er: »Seit unserem Telefongespräch haben die Russen eine Sondersitzung des Sicherheitsrats der Vereinten Nationen beantragt. Für den Fall, daß wir mit dem Test weitermachen, drohen sie uns mit sofort in Kraft tretenden Sanktionen.«

Shasa erkannte, daß sie alle sehr gute Gründe hatten, zutiefst besorgt zu sein.

»Die Briten und Amerikaner haben uns gewarnt, daß sie kein Veto einlegen werden, um uns zu retten, falls wir diesen Test durchführen.«

»Sie haben doch nichts zugegeben, Premierminister?«

»Natürlich nicht!« fauchte Vorster ihn an. »Aber sie wollen das Gelände inspizieren. Sie haben Satellitenaufnahmen – und kennen den Decknamen ›Skylight‹.«

»Sie kennen den Decknamen unseres Projekts?« Shasa starrte ihn an, und Vorster nickte.

»Ja, sie kennen ihn.«

»Ist Ihnen klar, was das bedeutet, Premierminister? Bei uns gibt's einen Verräter – und das auf höchster Ebene. Irgendwo ganz oben!«

In der UNO-Vollversammlung erhoben sich die Botschafter von Staaten der Dritten Welt und der Blockfreien nacheinander, um den Versuch Südafrikas, in den Kreis der Atommächte zu gelangen, anzuprangern und zu verurteilen. Auch Indien und China hatten vor ein bis zwei Jahren Atombomben getestet, aber das war etwas anderes. Obwohl der südafrikanische Premierminister versicherte, daß kein Test stattgefunden habe, bestanden die Botschafter Großbritanniens und der Vereinigten Staaten auf einer Ortsbesichtigung. Ein Hubschrauber der Luftwaffe brachte sie an den Rand der Kalahari. Bis zu ihrem Eintreffen hatten alle Fahrzeuge das Gebiet verlassen. Zu sehen war lediglich ein frisch mit Beton vergossenes Bohrloch in dem von Reifenspuren zerfurchten Gelände.

»Welchen Zweck hat die Bohrung gehabt?« fragte der britische Botschafter Shasa – nicht zum ersten Mal. Sir Percy war ein alter Freund: ein häufiger Dinnergast in Weltevreden und Jagdgast auf Dragon's Fountain.

»Ölsuche«, antwortete Shasa mit ausdrucksloser Miene.

Der Botschafter zog eine Augenbraue hoch, ohne einen Kommentar abzugeben. Drei Tage später legte Großbritannien im Sicherheitsrat sein Veto gegen die beantragten Sanktionen ein, und der Sturm begann sich zu legen.

Aaron Friedman rief Isabella an, um ihr mitzuteilen, daß er sofort nach Israel zurückkehren müsse. Er wollte sie zum Mitkommen überreden. Unerwähnt ließ er jedoch, daß die Vereinigten Staaten die israelische Regierung gewaltig unter Druck gesetzt hatten, um seine Abberufung zu erreichen.

»Aaron, du bist ein Schatz«, versicherte sie ihm, »und ich möchte unsere gemeinsame Zeit um nichts in der Welt missen. Aber du hast dein Leben, und ich habe meines. Vielleicht sehen wir uns irgendwann wieder.«

»Ich werde dich nie vergessen, Bella.«

Das südafrikanische Amt für Staatssicherheit begann eine Hexenjagd nach dem Verräter, die sich monatelang hinzog, ohne ein konkretes Ergebnis zu erbringen. Zuletzt herrschte die Ansicht vor, einer der vier israelischen Wissenschaftler, die inzwischen längst außer Landes waren, müsse das Projekt verraten haben.

Bei der Lektüre des Geheimberichts über diese Untersuchung stellte Shasa peinlich berührt fest, daß seine liebe Tochter in Pelindaba einen Besucherausweis beantragt und offenbar eine Nacht als Gast des guten Professors verbracht hatte.

»Hast du sie etwa für 'ne Jungfrau gehalten?« fragte Centaine, als er mit ihr darüber sprach.

»Das nicht«, gab Shasa zu. »Aber wenn man's so liest.«

»Bella scheint zur Abwechslung mal untypisch diskret gewesen zu sein.«

»Trotzdem bin ich froh, daß er nicht mehr da ist.«

»Vielleicht wäre er eine gute Partie gewesen«, neckte Centaine ihn, und er war sichtlich schockiert.

»Mein Gott, er hätte ihr Vater sein können!«

»Bella ist dreißig«, stellte Centaine fest. »Fast eine alte Jungfer.«

»Wirklich schon so alt?« Shasa schüttelte den Kopf. »Wie die Zeit vergeht!«

»Wir müssen uns ernsthaft Mühe geben, einen Mann für sie zu finden.«

»Ach, das hat keine Eile.« Shasa dachte ungern daran, daß er sie eines Tages verlieren würde. Er war mit dem gegenwärtigen Stand der Dinge recht zufrieden.

Isabellas Belohnung kam rasch. Schon wenige Monate später erhielt sie die Zusage, mit Nicky Urlaub machen zu dürfen, und wurde angewiesen, Vorbereitungen für eine zweiwöchige Auslandsreise zu treffen.

»Zwei Wochen!« jubelte sie. »Mit meinem Kind! Ich kann's kaum glauben, daß es endlich so weit ist!«

Ihre Euphorie war stark genug, um das lähmende Schuldbewußtsein zu kompensieren, unter dem sie gelitten hatte, seit das »Project Skylight« in die Schlagzeilen geraten war. Sie versuchte, ihr schlechtes Gewissen damit zu beschwichtigen, daß sie sich einredete, sie habe dazu beigetragen, eine Eskalation der atomaren Bedrohung zu verhindern, und ihr Verrat werde letzten Endes der gesamten Menschheit nutzen.

Selbstverständlich ließ sie patriotische Empörung erkennen, wenn sie in der Familie oder mit anderen Senatoren über dieses Thema sprach, aber das Gespenst der Wahrheit suchte sie nachts heim. Sie war eine Verräterin – und auf Landesverrat stand die Todesstrafe.

Nana und Shasa erklärte sie, sie treffe sich mit Harriet Beauchamp in Zürich. Sie würden sich einen Leihwagen nehmen, zwei Wochen lang durch die Schweiz gondeln, überall bleiben, wo die Schneeverhältnisse gut waren, jeden Tag Fondue essen und alle berühmten Abfahrten ausprobieren.

»Rechnet nicht damit, daß ich mich von unterwegs melde«, warnte sie die beiden.

»Hast du genug Geld, Bella?« wollte Shasa wissen.

»Was für eine dumme Frage, Vater!« Sie küßte ihn auf die Wange. »Wer zahlt schließlich mein lächerlich hohes Gehalt – doppelt so hoch wie meine Diäten als Senatorin?«

»Schön, aber für den Fall, daß du Geld brauchst, gebe ich dir den Namen eines Direktors beim Crédit Suisse in Lausanne mit.«

»Das ist lieb von dir, aber ich bin nicht mehr sechzehn.«

»Manchmal wünsche ich mir, du wärst's noch, mein Schatz.«

Isabella flog mit einer Swissair-Maschine ab, stieg aber in Nairobi aus und nahm sich ein Zimmer im Hotel Norfolk. Als sie dann morgens in Weltevreden anrief, tat sie Nana gegenüber so, als telefoniere sie aus Zürich.

»Amüsier dich gut und versuch einen netten Millionär zu finden«, riet Nana ihr.

»Für dich oder für mich, Nana?«

»Schluß mit den Frechheiten, Missy!«

Wie angewiesen flog Isabella mit der Air Kenya nach Lusanka in Sambia und fuhr mit dem Zubringerbus vom Flughafen ins Hotel Ridgeway. Dort war ein Einzelzimmer für sie reserviert. Weiter reichten ihre Anweisungen nicht.

Vor dem Abendessen setzte sie sich auf die breite Terrasse am Swimming-pool und bestellte sich einen Gin-Tonic. Einige Minuten später stand ein großer, gutaussehender Schwarzer von der Bar auf und kam an ihren Tisch geschlendert.

»Red Rose«, sagte er.

»Bitte, nehmen Sie Platz«, forderte sie ihn mit jagendem Puls und feuchten Händen auf.

»Ich heiße Paul.« Er lehnte den angebotenen Drink dankend ab. »Ich will Sie nicht länger als nötig aufhalten. Seien Sie bitte morgen früh um neun Uhr reisefertig. Ich hole Sie vor dem Hotel ab.«

»Wohin bringen Sie mich?«

»Das weiß ich nicht.« Er stand auf. »Und Sie sollten mich nicht danach fragen.«

Isabella stand pünktlich um neun Uhr bereit. Paul brachte sie mit einem klapprigen Volkswagen zum Flughafen zurück. Er hielt jedoch nicht am Auslands-Terminal, sondern fuhr bis zum Tor des eingezäunten militärischen Bereichs des Flughafens.

Auf dem sonnenüberfluteten Vorfeld standen die Reste der einzigen MiG-Jagdstaffel Sambias.

Hinter den MiGs stand eine riesige vierstrahlige Maschine ohne Hoheitsabzeichen an dem fast 15 Meter hohen T-Leitwerk. Hätte Isabella mehr von Flugzeugen verstanden, hätte sie die Maschine als Standardtyp eines schweren Transporters der sowjetischen Luftwaffe erkannt.

Paul, ihr schwarzer Begleiter, sprach mit den Wachtposten am

Tor und zeigte ihnen ein Schriftstück aus seiner Aktentasche. Der Wachhabende überflog das Dokument und verschwand damit im Wachlokal. Nachdem er mit einem Vorgesetzten telefoniert hatte, kam er zurück, gab Paul das Schriftstück wieder, öffnete das Tor und grüßte, als sie an ihm vorbeifuhren.

Zwei Piloten in olivgrünen Fliegerkombis überwachten das Betanken der riesigen Maschine. Paul stellte den Volkswagen neben einem Hangar ab und ging zu der Maschine hinüber. Nachdem er mit einem der Piloten gesprochen hatte, drehte er sich um und machte Isabella ein Zeichen, ihm zu folgen. Die drei beobachteten, wie sie sich mit ihrem schweren Koffer abmühte, aber keiner machte Anstalten, ihr zu helfen.

»Sie fliegen mit dieser Maschine«, erklärte Paul ihr.

»Was ist damit?« fragte sie mit einem Blick auf ihren Koffer. Der Kommandant winkte ab und sagte in gebrochenem Englisch: »Können hier lassen. Ich später einladen. Mitkommen!«

Isabella sah sich um, aber Paul war schon wieder zu seinem Auto unterwegs. Sie folgte dem Piloten die Heckrampe hinauf.

Der Laderaum war voller Frachtgut auf Holzpaletten, über denen Netze aus breiten Nylongurten lagen. Hier waren buchstäblich Hunderte von Holzkisten unterschiedlicher Größen gestapelt. Die meisten waren in schwarzer Schablonenschrift mit Versorgungsnummern und Abkürzungen in kyrillischen Buchstaben gekennzeichnet. Der Pilot führte Isabella in einem Seitengang nach vorn und über eine Leiter ins Cockpit hinauf.

»Setzen.« Er deutete auf einen der klappbaren Notsitze an der Rückwand des Cockpits.

Eine Dreiviertelstunde später starteten sie ohne weitere Formalitäten.

Von ihrem Notsitz aus konnte Isabella die Instrumententafel vor dem Piloten gut überblicken. Die Maschine erreichte bei 30 000 Fuß ihre Reiseflughöhe und hielt Kurs 310 Grad.

Isabella sah heimlich auf ihre Armbanduhr. Sie wollte wissen, wie lange sie auf Nordwestkurs bleiben würden. Vor ihrem inneren Auge stand eine Karte des afrikanischen Kontinents. Natürlich konnte sie die Geschwindigkeit über Grund nicht beurteilen; die Nadel des Fahrtmessers stand zitternd bei 475 Knoten.

Nach etwa einer Stunde Flugzeit hatten sie vermutlich die Grenze zwischen Sambia und Angola überflogen. Bei diesem Gedanken bekam Isabella eine Gänsehaut, denn Angola wäre nicht gerade ihr bevorzugtes Urlaubsziel gewesen. Sie war vor kurzem in den Senatsausschuß für afrikanische Angelegenheiten gewählt worden und hatte an allen Sondersitzungen zum Thema Angola teilgenommen. Und sie hatte die Geheimberichte des militärischen Nachrichtendienstes über diesen Staat gelesen.

Jetzt blickte sie auf das Mosaik aus Urwald, Savanne und Bergen hinab.

Einen Monat später übergab eine Gruppe Rosa Coutinho, dem »Roten Admiral«, ergebener portugiesischer Offiziere den Luftwaffenstützpunkt Saurimo an Oberst Angel Botello, den Chef des Nachschubwesens der kubanischen Luftwaffe. Saurimo lag von der Hauptstadt Angolas aus gesehen 800 Kilometer landeinwärts und war deshalb vor einer Überwachung durch die CIA und andere westliche Geheimdienste verhältnismäßig sicher.

Binnen vierundzwanzig Stunden landete die erste Iljuschin II-76 CANDID in Saurimo. An Bord waren militärische Ausrüstungsgegenstände und fünfzig kubanische »Berater«. Als sowjetischer Militärbeobachter war Generalmajor Ramón Machado an Bord.

Für Ramón begann damit eine aufregende, aber anstrengende Zeit. Sein Ruf und sein Spitzname machten bald in ganz Afrika die Runde. Das kubanische Kontingent hatte den Namen aus Havanna mitgebracht.

»El Zorro«, verbreiteten die Kubaner flüsternd. »El Zorro ist da! Jetzt geht's bald los!«

Wie der Fuchs, sein Namensvetter, war er ständig in Bewegung. Es kam selten vor, daß er zwei Nächte nacheinander im selben Bett schlief. Oft hatte Ramón gar kein Bett, sondern schlief auf dem festgestampften Boden einer Grashütte, im beengten Sitz eines kleinen Flugzeugs oder auf dem schmutzigen Oberdeck eines Flußdampfers, der sich auf einem Schlängelkurs durch die Untiefen irgendeines afrikanischen Stroms befand.

Es gab keine gemeinsame Reaktion des Westens auf den kubanischen Aufmarsch. Admiral Coutinho verstand es, die wenigen schüchternen Anfragen abzuwimmeln, und westliche Journalisten wurden erfolgreich daran gehindert, auf eigene Faust Beweismaterial zu sammeln. Soldaten und Waffen wurden nach Saurimo geflogen oder nach Brazzaville im Kongo transportiert und von dort aus mit kleinen Flugzeugen oder Flußdampfern zu den Guerillalagern der MPLA tief im Busch gebracht.

Angola war nur eines von mehreren Unternehmen, die Ramón gleichzeitig leitete. Er mußte sich außerdem um Äthiopien und Mosambik kümmern, sein ganz Afrika umspannendes Agentennetz betreuen und die Aktivitäten der südafrikanischen Freiheitskämpfer koordinieren. Angola erwies sich als ideales neues Sprungbrett für die Freiheitsbewegungen. Er richtete dort Ausbildungslager für die SWAPO (South-West African People's Organisation) und den ANC (African National Congress) ein.

Die Hauptquartiere dieser beiden Organisationen lagen in verschiedenen Landesteilen. Die SWAPO war im Süden stationiert, von wo aus sie leicht ins südwestafrikanische Namibia überwechseln und bei ihren Stammesgenossen, den Ovambos und Ovahimbos, operieren konnte.

Trotzdem galt Ramóns eigentliches Interesse weiterhin dem ANC. Er vergaß keine Sekunde lang, daß Südafrika den Schlüssel zum gesamten Kontinent darstellte – und der ANC die Organisation der *südafrikanischen* Freiheitskämpfer war. Raleigh Tabaka, sein alter Kampfgefährte aus London, wurde zum Verantwortlichen für den ANC-Nachschub in Angola befördert. Gemeinsam legten sie den Standort des ANC-Hauptlagers im Norden Angolas fest.

Gemeinsam flogen sie viele hundert Stunden in einem leichten Transporter Antonow An-2, einem veralteten sowjetischen Doppeldecker. Sie suchten die nördliche Küstenprovinz Kungo nach allen Richtungen ab, bis sie den idealen Ort für ihren Stützpunkt ausgekundschaftet hatten.

Er lag bei einem Fischerdorf an einer Lagune und der Chicambamündung. Die Lagune öffnete sich zum Atlantik hin, und bei Flut konnten Küstenfrachter übers Riff hinweg in den Fluß einlaufen. Wenige Kilometer flußaufwärts lagen weite Felder. Obwohl sie in den Wirren des Bürgerkrieges vernachlässigt worden waren, ließ sich auf diesen ebenen, baumlosen Flächen mit wenig Arbeit ein Feldflugplatz anlegen. Auch das Fischerdorf war seit dem Krieg verlassen, und es gab keine einheimische Bevölkerung, die man sonst hätte umsiedeln oder liquidieren müssen.

Aber der größte Vorzug dieses Lagers war seine Entfernung von allen südafrikanischen Grenzen oder Stützpunkten. Die Südafrikaner waren gefährliche Gegner. Wie die Israelis würden sie nicht davor zurückschrecken, bei der Verfolgung von Guerrilleros irgendwelche Staatsgrenzen zu verletzen. Der Chicamba lag außer Reichweite südafrikanischer Hubschrauber des Typs Alouette, und Tausende Kilometer Dschungel und Bergland boten sicheren Schutz vor einer bewaffneten Strafexpedition der Buren. Sie nannten ihren Stützpunkt »Tercio«.

Das erste Bataillon aus fünfhundert ANC-Kämpfern brachte Raleigh Tabaka auf einem von Admiral Coutinho in der Konservenfabrik in Luanda requirierten Fischkutter nach Tercio.

Die Männer begannen sofort mit dem Bau des Ausbildungslagers und des Flugplatzes. Als Ramón zehn Tage später darauf landete, war der Platz schon planiert und erhielt eine Decke aus Kies und rotem Ton, die steinhart werden und die Nutzung des Platzes bei jedem Wetter gestatten würde.

Bei der zweiten Besichtigung war Ramón von der Abgelegenheit und Sicherheit dieses Gebietes so beeindruckt, daß er beschloß, an der Flußmündung ein kleineres Lager mit Blick auf den Strand errichten zu lassen.

Dort sollte ein eigenes Hauptquartier für ihn entstehen. Ramón brauchte immer einen sicheren Stützpunkt, um über Funk mit dem KGB verkehren, Geheimunternehmen planen und überwachen und Gefangene ungestört vernehmen oder liquidieren zu können.

Er befahl Raleigh Tabakas Leuten, sein eigenes Hauptquartier am Strand mit höchster Priorität zu errichten. Bei seinem nächsten Besuch konnte er feststellen, daß der Palisadenzaun und die Befestigungsanlagen bereits standen, während die Arbeit am Zellenblock und der Offiziersunterkunft in vollem Gang war.

Nach seiner Rückkehr nach Havanna forderte er die benötigten Funkgeräte und weitere elektronische Geräte an und ließ sie mit der nächsten verfügbaren Transportmaschine nach Tercio fliegen.

Während des Landeanflugs der Iljuschin Il-76 auf Addis Abeba saß Ramón im Cockpit hinter den russischen Piloten und konnte das unwirtliche Hügelland vor ihnen gut überblicken.

Im Lauf der Jahrhunderte waren alle Wälder in der Umgebung der Hauptstadt abgeholzt worden, so daß die Hügel jetzt kahl und vegetationslos waren. In der dunstigen blauen Ferne erhoben sich die Ambas: eigenartige Tafelberge, die für dieses geheimnisvolle Stück Ostafrika südlich des Horns von Afrika so charakteristisch waren. Die Felswände der Ambas stürzten viele hundert Meter in Felsentäler ab, in denen sich reißende Flüsse tiefer und tiefer in die rote Erde eingruben.

In dieses uralte Land hatten als erste ägyptische Pharaonen ihre Heere entsandt, um ihre Macht auszuweiten und sich Sklaven, Elfenbein und exotische Kostbarkeiten mit nach Hause bringen zu lassen.

Die Äthiopier waren ein sehr stolzes, kriegerisches Volk, das zum größten Teil aus koptischen Christen bestand, deren Kirche, ein alter Zweig der katholischen Kirche, ihre Wurzeln im ägyptischen Alexandrien hatte.

Seit 1930 wurde das Land von Haile Selassie, dem Negus Negesti – dem Höchsten Kaiser –, regiert, der als letzter absolutistischer Monarch der Geschichte durch Dekrete herrschte. Alle Dekrete mußten von seiner Dergue, einer Ratsversammlung aus Adligen, Geistlichen und Häuptlingen, formell ratifiziert werden. Haile Selassies Macht war so groß, daß er sämtliche Regierungsentscheidungen – von hochwichtigen Staatsangelegenheiten bis hin zur Ernennung mittlerer Provinzbeamten – selbst traf.

Trotz dieser absoluten Macht und der Feudalherrschaft in Äthiopien galt er als gütig, ein Mensch, den das Volk wegen seiner Tugendhaftigkeit und völligen Unbestechlichkeit liebte und verehrte. Der Erscheinung nach war er klein und zierlich mit femininen Händen und Füßen und zartgeschnittenem Gesicht.

Seine Lebensweise war eher bescheiden. Außer bei staatlichen Anlässen kleidete er sich schlicht und aß mäßig. Im Gegensatz zu anderen afrikanischen Herrschern häufte er kein riesiges Privatvermögen an. Seine größte, vielleicht seine einzige Sorge galt dem Wohlergehen seines Volkes.

In den fünfundvierzig Jahren seit seiner Krönung zum Kaiser hatte er Äthiopien mit stiller Weisheit und Pflichtbewußtsein durch Aufstände, eine Invasion und unruhige Zeiten geführt.

Nur fünf Jahre nach seiner Thronbesteigung hatten Mussolinis Generäle sein bergiges Reich überfallen und Haile Selassie ins englische Exil vertrieben. Sein Volk hatte sich gegen die Eindringlinge zur Wehr gesetzt und gegen Panzer, Flugzeuge und Giftgas mit Schwertern und Vorderladern, teilweise sogar mit bloßen Händen gekämpft.

Nach dem Sieg über die Achsenmächte kehrte Haile Selassie auf den äthiopischen Thron zurück und regierte in seiner gewohnt gütigen Art weiter. Aber seine behutsamen Versuche, sein Land zu modernisieren und eine von Ackerbau und Viehzucht lebende Gesellschaft ans 20. Jahrhundert heranzuführen, brachte Probleme mit sich.

Er förderte die neue Universität von Addis Abeba. Doch einige Europäer begannen, den jungen Studenten zu predigen, alle Menschen seien gleich und der Adel besitze keine von Gott verliehenen Rechte. Die Körperkräfte des alternden Herrschers schwanden, und sogar die Elemente schienen sich gegen ihn zu verschwören.

Äthiopien wurde von einer schrecklichen Dürre heimgesucht, als deren Folge eine Hungersnot auftrat. Die Ernte verdorrte auf dem Halm, Flüsse und Brunnen trockneten aus, und fruchtbarer Boden wurde zu Staub, der von den Wüstenwinden fortgeblasen wurde. Das Vieh verendete, die Menschen hungerten.

Das Land lag in stummer Agonie.

Die Weltöffentlichkeit interessierte sich kaum für die Probleme Afrikas, bis die BBC Richard Dimbleby mit einem Fernsehteam nach Äthiopien schickte. Dimbleby filmte das schreckliche Leid in den Dörfern. Und er nahm an einem Staatsbankett in Addis Abeba teil.

Er mischte Bilder von Hunger und schleichendem Tod mit anderen, die die Adligen in ihren mit Purpur und Gold besetzten wallenden weißen Gewändern mit dem Kaiser an einer Tafel zeigten, welche sich vor erlesenen Köstlichkeiten bog.

Dimbleby fand Gehör. Die Weltöffentlichkeit wachte auf. Die jungen, von sorgfältig ausgewählten Mentoren geprägten Studenten der Universität Addis Abeba begannen zu marschieren und zu agitieren. Die Kirche und ihre Missionare predigten gegen die Alleinherrschaft eines einzelnen Mannes und träumten von jenem unerreichbaren Utopia, in dem jeder seinen Nächsten lieben und der Löwe friedlich neben dem Lamm ruhen würde.

Viele Mitglieder der Dergue sahen eine Gelegenheit, alte Rechnungen zu begleichen und selbst Karriere zu machen. Ohne ersichtlichen Grund beschlossen die arabischen Ölförderländer, die Ölpreise zu verdoppeln. In Äthiopien explodierten die Lebenshaltungskosten und brachten der von Hungersnot heimgesuchten Bevölkerung neue Leiden. Bald herrschte galoppierende Inflation. Wer konnte, hortete Lebensmittel; wer's nicht konnte, streikte oder ging auf die Straße und plünderte Lebensmittelgeschäfte.

Viele der jungen Offiziere waren Absolventen der Universität Addis Abeba, die nun die Meuterei innerhalb der Armee anführten. Diese Rebellen bildeten ein Revolutionskomitee und brachten die Dergue unter ihre Kontrolle.

Sie verhafteten den Ministerpräsidenten und Mitglieder der Herrscherfamilie und isolierten den Kaiser in seinem Palast. Sie streuten das Gerücht aus, Haile Selassie habe Unsummen öffentlicher Mittel veruntreut und auf sein Schweizer Bankkonto überwiesen. Sie organisierten Demonstrationen von Studenten und Unzufriedenen vor dem Kaiserpalast. Der Mob forderte lärmend Haile Selassies Abdankung. Koptische Geistliche und mohammedanische Imame stimmten in den Chor der Ankläger ein und forderten ebenfalls seine Abdankung und die Errichtung einer Volksdemokratie.

Nun fühlte der Militärrat sich stark genug, um den nächsten Schritt zu wagen. Auf seine Veranlassung erklärte die Dergue den Kaiser für abgesetzt und entsandte eine Delegation von jungen Offizieren, die ihn verhaften und aus dem Palast entfernen sollten.

Als sie ihn über die Treppe vor dem Palast hinunterführten, sagte der gebrechliche Greis ruhig: »Wenn euer Tun dem Wohl meines Volkes nützt, gehe ich mit Freuden, und ich bete für den Erfolg eurer Revolution.«

Um Haile Selassie zu demütigen, wurde er in einer elenden kleinen Hütte am Stadtrand festgesetzt, aber das Volk versammelte sich zu Tausenden vor der Hütte, um ihm sein Mitgefühl auszudrücken und seine Ergebenheit zu beteuern. Auf Anordnung des Militärrats wurden diese Menschen von den Wachen mit gefälltem Bajonett vertrieben.

Das Land war reif zum Umsturz, aber der entscheidende Anstoß fehlte noch, als die Iljuschin auf dem Flughafen Addis Abeba landete und in die Ecke des Platzes rollte, in der ein Jeep und zwei Dutzend Lastwagen der äthiopischen Armee aufgefahren waren.

Sobald die Laderampe den Asphalt berührte, verließ Ramón als erster die Maschine.

»Willkommen, Genosse Generalmajor!« Oberst Getachew Abebe sprang aus seinem Kommandeursjeep und eilte ihm entgegen.

Sie schüttelten sich kurz die Hand. »Ihr kommt genau zur rechten Zeit«, versicherte Abebe ihm. Dann drehten sich beide um und hielten schützend eine Hand über die Augen, während sie in Richtung Sonne blickten.

Die zweite Il-76 schwebte zur Landung ein und setzte auf. Während die Iljuschin auf sie zurollte, kurvten zwei weitere schwere Transporter vor der Sonne zur Landung ein und landeten nacheinander.

Sobald sie auf dem Vorfeld standen, strömten Männer aus ihren riesigen Laderäumen: Fallschirmjäger des Eliteregiments Che Guevara.

»Wie hat sich die Lage entwickelt?« fragte Ramón knapp.

»Die Dergue hat für Andom gestimmt«, antwortete Abebe, und Ramón machte ein ernstes Gesicht. General Aman Andom war der Oberbefehlshaber des Heeres – ein integerer, hochintelligenter, bei seinen Soldaten und der Zivilbevölkerung beliebter Mann. Seine Wahl zum neuen Staatsoberhaupt war keine Überraschung.

»Wo ist er jetzt?«

»In seinem Palast – knapp zehn Kilometer von hier.«

»Wie viele Männer sind bei ihm?«

»Fünfzig bis sechzig Mann seiner Leibwache…«

Ramón sah sich nach seinen von Bord gehenden Fallschirmjägern um.

»Wie viele Mitglieder der Dergue stehen auf unserer Seite?«

Abebe nannte ein gutes Dutzend Namen von jungen, sozialistisch eingestellten Offizieren.

»Tafu?« fragte Ramón, und Abebe nickte wortlos. Oberst Tafu war Kommandeur eines Panzerbataillons, das mit seinen russischen T-53 zu den modernsten Heereseinheiten gehörte.

»Gut«, sagte Ramón halblaut. »Wir können's schaffen – aber wir müssen uns beeilen.«

Er gab dem Kommandeur der kubanischen Fallschirmjäger den Einsatzbefehl. Die langen Reihen von Soldaten in Tarnanzügen setzten sich in Bewegung, trabten zu den Lastwagen und kletterten auf die Ladeflächen.

Ramón setzte sich zu Abebe in den Kommandeursjeep. Dann fuhr die lange Wagenkolonne an und verließ den Flughafen in Richtung Stadt. Hinter dem Konvoi stieg der durch Dürre und Hitze zu feinem Puder gewordene rote Staub zu einer dichten Wolke auf, die ein aus den Wüsten im Norden kommender heißer Wind davontrieb.

In den Außenbezirken der Stadt begegneten ihnen Karawanen mit Kamelen und Maultieren, deren Treiber die vorbeifahrende Kolonne ausdruckslos betrachteten. In diesen unruhigen Zeiten seit dem Sturz des Kaisers hatten sie sich an den Anblick von Militärkolonnen auf den Straßen gewöhnt. Die Treiber waren Männer aus der Wüste Danakil oder den Bergen: turbantragende Moslems in wallenden Gewändern oder bärtige Kopten mit krausen Mähnen, Schwertern an den Gürteln und Schulterpanzern aus runden Stahlplatten.

Auf Oberst Abebes Befehl bog die Kolonne auf eine Nebenstraße ab, machte einen Bogen um die Stadt und holperte zwischen elenden Hütten über von Schlaglöchern übersäte Straßen, die diesen Namen kaum verdienten. Abebe schaltete sein Funkgerät ein, sprach kurz auf Amharisch und übersetzte dann für Ramón. »Einige meiner Männer beobachten Andoms Palast«, erklärte er ihm. »Offenbar hat er eine Versammlung der Offiziere einberufen, die in der Dergue zu seinen Anhängern gehören. Sie versammeln sich jetzt.«

»Gut. Dann schnappen wir sie uns alle auf einmal.«

Die Kolonne verließ die Außenbezirke der Stadt und fuhr über Land weiter. Die Felder zu beiden Seiten der Straße waren kahl und verdorrt. Die Dürre hatte keinen Grashalm, kein grünes Blatt übriggelassen. Die aus der roten Erde ragenden Kalksteinbrocken waren weiß wie Totenschädel.

»Dort!« Abebe zeigte nach vorn.

Der General gehörte dem Adel an, und sein Wohnsitz befand sich einige Kilometer außerhalb der Stadt auf dem ersten einer Kette niedriger Hügel. Der Hügel war kahl bis auf einen Hain aus australischen Eukalyptusbäumen. Der Palast war von einer massiven Mauer aus rotem Lehm umgeben.

Ramón sah mit einem Blick, daß dies eine regelrechte Festung war. Sie würden Artillerie brauchen, um eine Bresche in diesen Wall zu schlagen.

Abebe erriet seine Gedanken. »Das Überraschungsmoment ist auf unserer Seite«, meinte er optimistisch. »Wahrscheinlich können wir einfach durchs Tor fahren und...«

»Nein«, widersprach Ramón. »Die Landung der Flugzeuge ist natürlich gemeldet worden. Vermutlich hat Andom deshalb diese Versammlung einberufen.«

Über die steinige Ebene zwischen ihnen und dem Palast raste eine olivgrüne Limousine auf das offene Tor zu.

»Halt!« befahl Ramón, und die Kolonne hielt in einer flachen Bodensenke an. Auf dem Rücksitz des offenen Jeeps stehend richtete Ramón sein Fernglas auf das Tor im Palastwall. Er beobachtete, wie die Limousine hindurchfuhr – und wie das massive Holztor sich schwerfällig schloß.

»Wo bleibt Tafu mit seinen Panzern?«

»Die sind noch in der Kaserne am anderen Ende der Stadt.«

»Wie lange brauchen sie bis hierher?«

»Zwei Stunden.«

»Jetzt geht's um Minuten!« Ramón sprach, ohne sein Fernglas abzusetzen. »Tafu und seine Panzer sollen so schnell wie möglich kommen – aber wir können nicht auf sie warten.«

Während Abebe nach dem Mikrofon seines Funkgeräts griff, ließ Ramón das Fernglas sinken und sprang aus dem Jeep. Der Kommandeur der Fallschirmjäger und seine Kompaniechefs versammelten sich zur Befehlsausgabe um ihn.

Abebe hängte das Mikrofon in die Halterung zurück und kam zu ihnen. »Oberst Tafu hat einen T-53 in der Stadt, der den Kaiserpalast bewacht. Er schickt ihn sofort los. Spätestens in einer Stunde müßte er hier sein. Weitere zehn Panzer folgen.«

»Ausgezeichnet!« Ramón nickte zufrieden. »Jetzt brauchen wir noch den Grundriß von Andoms Palast dort drüben. Wo finden wir den General?«

Sie kauerten im Kreis, während Abebe den Grundriß des Palasts im Staub skizzierte. Danach gab Ramón die letzten Befehle.

Als die Kolonne wieder anfuhr, flatterte über dem Kommandeursjeep eine improvisierte weiße Fahne, für die Ramón sein Unterhemd geopfert hatte. Die Lastwagen blieben dicht hintereinander. Die Fallschirmjäger mitsamt ihren Waffen waren unter den LKW-Planen unsichtbar.

Als sie sich dem Palast näherten, tauchten auf der Mauerkrone über dem Tor mehrere Köpfe auf, aber die weiße Parlamentärsfahne tat ihre Wirkung, so daß kein Schuß fiel.

Der Jeep hielt vor dem Tor, und Ramón begutachtete es mit kritischem Blick. Es bestand aus massiven, kaum verwitterten Teakbalken, die von schmiedeeisernen Bändern zusammengehalten wurden. Seine Angeln waren tief in mächtige Steinsäulen eingelassen. Bei diesem Anblick kam Ramón von seiner Idee ab, es mit einem Lastwagen durchbrechen zu wollen.

Von der Mauerkrone sechs Meter über ihnen rief der Kommandeur der Leibwache sie auf Amharisch an, und Abebe stand auf, um zu antworten. Sie verhandelten einige Minuten lang, wobei Abebe behauptete, er habe General Andom eine wichtige Meldung zu überbringen, und Einlaß forderte. Der Kommandeur weigerte sich standhaft, das Tor zu öffnen, und der Wortwechsel wurde hitziger.

Sobald Ramón sah, daß die Aufmerksamkeit aller Wachtposten sich auf den Jeep konzentrierte, sprach er halblaut in sein Handfunkgerät. Die beiden Lastwagen hinter ihm setzten sich mit aufheulenden Motoren in Bewegung und fuhren rechts und links an dem Jeep vorbei. Sie holperten über den felsigen Boden beidseits der Straße und hielten dicht an der Mauer. Unter ihren Planen kamen Fallschirmjäger hervor, die aufs Dach ihrer Fahrzeuge kletterten. Zehn von ihnen schwangen mit Widerhaken besetzte Wurfanker, die sie über die Mauerkrone segeln ließen. Die daran befestigten Nylonseile hingen über den Wall herab.

»Feuer frei!« befahl Ramón über Funk. Ein Kugelhagel aus Maschinenpistolen und Sturmgewehren bestrich die Mauerkrone, aus der große Lehmbrocken herausbrachen. Querschläger surrten in die Äste der Eukalyptusbäume davon. Die Köpfe der Palastwachen verschwanden augenblicklich, aber mindestens einer der Verteidiger war tot oder schwerverwundet. Ramón sah, wie er die Arme hochriß und nach hinten wegkippte.

Jetzt erkletterten die Fallschirmjäger den Wall: An jedem Seil hangelten sich drei, vier Kubaner gleichzeitig hinauf. Keine halbe Minute später hatten drei Dutzend von ihnen die Mauerkrone und damit den inneren Wehrgang erreicht. Draußen waren Feuerstöße und die Detonation einer einzelnen Handgranate zu hören. Im nächsten Augenblick wurde das schwere Holztor von innen geöffnet, und Ramón trieb den Jeepfahrer vorwärts.

Im Innenhof lagen tote Palastwachen. Neben der Durchfahrt sah Ramón einen seiner Fallschirmjäger verwundet liegen. Seine Kameraden folgten dem auf den Hof röhrenden Jeep.

»Mir nach!« rief Ramón seinen Leuten zu und kletterte mit einem halben Dutzend Fallschirmjäger durch ein zersplittertes Fenster.

Der Angriffsschwung der Kubaner erlähmte allmählich. Obwohl Ramón sie fluchend antrieb, blieben sie in dem Gewirr aus verwinkelten Korridoren stecken. Er wußte nur allzu gut, daß General Andom bestimmt über Funk loyale Truppen als Verstärkung angefordert hatte, und war sich darüber im klaren, daß jede Minute jetzt kostbar war.

Dann hörte er Abebes heisere Stimme, als der Oberst seine Männer durch dichte Rauch- und Staubschwaden vorwärtstrieb, kroch zu ihm hinüber und packte ihn an der Schulter. Die beiden steckten ihre Köpfe mit rauchgeschwärzten Gesichtern zusammen und mußten schreien, um das Hämmern von automatischen Waffen zu übertönen.

»Wo bleibt der verdammte Panzer?«

»Wann hab' ich ihn angefordert?«

»Vor über einer Stunde.« War das wirklich schon so lange her? Seit Angriffsbeginn schienen erst wenige Minuten vergangen zu sein.

»Wir müssen versuchen, Tafu zu erreichen«, brüllte Ramón. »Er soll ...«

In diesem Augenblick hörten beide das metallische Klirren und Rasseln von Panzerketten.

»Los!« Ramón sprang auf, und sie hetzten tief geduckt und von einzelnen Feuerstößen verfolgt durch die Korridore zurück, deren Wände von Kugeln und Handgranatensplittern durchsiebt waren.

Als sie den ersten Innenhof erreichten, bahnte der Panzer sich eben seinen Weg durch die blockierte Einfahrt. Sein Turm war gedreht, so daß die lange Kanone nach hinten zeigte. Das Wrack des zerstörten Jeeps wurde niedergewalzt und zur Seite geschoben. Der T-53 rumpelte mit aufheulendem Motor auf den Hof. Im offenen Turmluk tauchte der behelmte Kopf des Kommandanten auf.

Ramón bewegte den rechten Arm im Kreis, um das Signal zum Angriff zu geben, und deutete in das Labyrinth aus engen Gassen und Gebäuden.

Der Kommandant reckte einen Daumen hoch, um zu zeigen, daß er verstanden hatte, und schloß das Turmluk.

Die Schreie der Verteidiger wurden hörbar, als das stählerne Ungetüm näher kam. Sie kamen aus den demolierten Gebäuden, warfen ihre Waffen weg und hoben die Arme, um sich zu ergeben.

»Wo ist Andom?« Ramón war von Rauch und Staub ganz heiser. »Wir müssen ihn fassen! Er darf nicht entkommen!«

Der General gehörte zu den letzten, die sich ergaben. Erst als der Panzer die dicken Mauern des Hauptgebäudes zum Einsturz brachte, kam er mit vier Offizieren seines Stabes heraus. Ein blutiger Stirnverband bedeckte sein linkes Auge. An seiner staubigen Uniform fehlte einer der scharlachroten Kragenspiegel.

Aber sein rechtes Auge funkelte, und trotz seiner Verwundung war seine Stimme fest, seine Haltung würdevoll. »Oberst Abebe«, sagte er streng, »das ist Meuterei und Hochverrat! *Ich* bin der Präsident Äthiopiens – meine Ernennung ist heute morgen von der Dergue bestätigt worden.«

Ramón nickte seinen Männern zu. Zwei von ihnen packten den General an den Oberarmen und drückten ihn auf die Knie. Ramón öffnete seine Pistolentasche, zog die Tokarow heraus und hielt sie Abebe hin.

Der Oberst setzte dem Gefangenen die Pistole auf die Stirn und sagte ruhig: »Präsident Aman Andom, im Namen der Volksrevolution fordere ich Ihren Rücktritt.« Dann drückte er kaltblütig ab.

»Wie viele Mitglieder der Dergue haben für General Andom gestimmt?« fragte er, als ihre Kolonne nach Addis Abeba zurückkehrte.

»Dreiundsechzig.«

»Dann bleibt noch viel zu tun, bis der Erfolg der Revolution gesichert ist.«

Über Funk veranlaßte Abebe, daß Oberst Tafu seine Panzer umdirigierte. Sie rollten aus östlicher Richtung in die Stadt, und er befahl ihnen, das Gebäude der Dergue einzukreisen und ihre Kanonen darauf zu richten. Andere Einheiten erhielten den Auftrag, die ausländischen Botschaften und Konsulate abzuriegeln. Zur eigenen Sicherheit durfte ihr Personal sie vorläufig nicht verlassen.

Sämtliche Ausländer – vor allem Journalisten und Fernsehleute – wurden zusammengetrieben und zum Flughafen transportiert, um sofort ausgeflogen zu werden. Für die nun folgenden Ereignisse sollte es keine ausländischen Zeugen geben.

Durch kubanische Fallschirmjäger verstärkte kleine Trupps aus Abebes loyalsten Einheiten wurden eilends zu den Häusern der Mitglieder des Militärrats und der Dergue entsandt, die für Andom gestimmt hatten. Man entwaffnete sie, riß ihnen die Rangabzeichen ab, schleppte sie zu den bereitstehenden Lastwagen und brachte sie ins Gebäude der Dergue, wo ein Revolutionstribunal sie zum Tode verurteilte.

Obwohl sie beide todmüde waren, konnten weder Ramón noch der zukünftige Präsident sich Schlaf gönnen. Sie teilten sich eine Flasche Wodka, während sie am Funkgerät hockend die hereinkommenden Meldungen verfolgten.

Mit kubanischer Unterstützung übernahmen auf Abebes Seite stehende Offiziere nacheinander den Befehl über verschiedene Einheiten und besetzten alle wichtigen Punkte der Hauptstadt und ihrer näheren Umgebung.

Bei Tagesanbruch kontrollierten sie den Hauptbahnhof und den Flughafen, die Rundfunk- und Fernsehsender und alle Kasernen und sonstigen militärischen Einrichtungen. Jetzt erst konnten die beiden sich einige Stunden Schlaf gönnen. Von Ramóns Fallschirmjägern bewacht streckten sie sich im Sitzungssaal auf Matratzen aus. Schon mittags trat die gesäuberte Dergue zu einer Sitzung zusammen, um Abebe zum Präsidenten zu wählen.

»Sieg dem Roten Terror!« Hastig gedruckte Plakate klebten an allen Straßenecken; stündlich wiederholte Rundfunk- und Fernsehsendungen proklamierten den neuen Präsidenten und riefen die Bevölkerung dazu auf, alle Verräter und Konterrevolutionäre anzuzeigen.

»Der Rote Terror ist ein bewährtes Werkzeug unserer Revolution«, erläuterte Ramón Machado selbstgefällig. »Wir kennen alle, die uns später Schwierigkeiten machen könnten. Wir kennen alle, die gegen die reine marxistische Lehre opponieren werden. Es ist zweckmäßiger, sie gleich jetzt im ersten Siegesrausch zu liquidieren, als sich auf das mühsame Geschäft einzulassen, sie später nacheinander auszuschalten.«

Ramón nahm seine Uniformmütze ab und fuhr sich mit einer Hand durch die Haare. Er war sichtlich übermüdet. Obwohl unter seinen Augen dunkle Schatten lagen, war in diesen keinerlei menschliche Regung zu erkennen.

»Jetzt kommt's darauf an, reinen Tisch zu machen!« fuhr Ramón fort. »Wir müssen nicht nur die Opposition, sondern auch den Gedanken an Opposition verhindern. Wir müssen den Willen des Volkes brechen. Nur unter dieser Voraussetzung läßt sich die Nation in strahlend neuem Glanz wiederaufbauen!«

»Der Rote Terror siegt!« verkündeten Plakate – aber in den Bergen leisteten einige der alten Krieger und ihre Familien den von Wahnsinn getriebenen Todesschwadronen Widerstand. Doch auch der wurde gebrochen. Auch Haile Selassie wurde kaltblütig umgebracht.

Alle potentiellen Gegner waren liquidiert. Die Unzufriedenen waren längst verstummt. Der Erfolg der Revolution war scheinbar gesichert.

Anderswo in Afrika erwarteten Ramón neue Aufgaben. Jetzt

konnte er seinen Posten als Sicherheitsberater der Demokratischen Volksregierung Äthiopiens reinen Gewissens abgeben. Sein Nachfolger wurde ein Stasi-General aus der Deutschen Demokratischen Republik. Er verstand sich fast so gut wie Ramón Machado darauf, einer widerspenstigen Bevölkerung eine pragmatisch gehandhabte Demokratie aufzuzwingen.

Ramón umarmte Abebe und ging an Bord einer der Il-76, die jetzt regelmäßig die äthiopische Hauptstadt anflogen.

Nach einem Tankstop in Brazzaville flogen sie nach Südwesten weiter und landeten auf dem neuen Flughafen des Lagers Tercio am Chicamba, als die Sonne eben in den blauen Fluten des Atlantiks versank.

Raleigh Tabaka holte ihn mit einem Jeep ab. Auf der Fahrt zu Ramóns neuem Hauptquartier im Palmenhain über dem weißen Korallenstrand informierte Raleigh ihn über alles, was sich während seiner Abwesenheit ereignet hatte.

Ramóns Unterkunft war schlicht. Ein Schilfdach und große, unverglaste Fenster mit Rollvorhängen aus gespaltenen Bambusstäben; ein Fußboden aus massiven Holzdielen und klotzige, aber bequeme Möbel, die ein einheimischer Tischler aus handgesägten Brettern gebaut hatte. Nur die Fernmeldegeräte waren hochmodern: Über Satelliten stand Ramón in direkter Verbindung mit Moskau und Luanda, Havanna und Lissabon.

Als er diese schlichte Unterkunft betrat, fühlte er sich sofort an den kleinen Bungalow in Buenaventura auf Kuba erinnert. Hier am Strand, wo der Passat die Palmen rascheln ließ und das Meer an den weißen Strand unter seinem Fenster brandete, fühlte er sich sofort zu Hause.

Er war erschöpft und todmüde. Diese bleierne Müdigkeit hatte sich in den vergangenen Wochen und Monaten immer mehr verstärkt. Sobald Raleigh gegangen war, zog er seinen Kampfanzug aus, ließ ihn achtlos auf dem Fußboden liegen und kroch unters Moskitonetz.

Vielleicht lag es an der Hütte, dem Wind und dem Brandungsrauschen. In dieser Nacht träumte er jedenfalls von seinem Sohn. Er sah sein schüchternes und doch so strahlendes Lächeln, glaubte seine Stimme und sein Lachen zu hören und spürte die kleine warme

Hand des Jungen wie den zitternden Körper eines winzigen Lebewesens in der seinen.

Als er aufwachte, war diese Sehnsucht noch stärker geworden. Während er am Schreibtisch arbeitete, verblaßte das Gesicht seines Sohnes, so daß Ramón sich auf die verschlüsselten Satellitenmeldungen aus Moskau und Havanna konzentrieren konnte. Aber sobald er aufstand und ans Fenster trat, glaubte er einen schlanken, braungebrannten Jungen in der grünlichen Brandung vor dem weißen Korallensand planschen zu sehen und bildete sich ein, sein Lachen zu hören.

In den folgenden Tagen wurde der Wunsch, seinen Sohn zu sehen, zu einer Zwangsvorstellung. Andererseits konnte er Tercio jetzt, wo soviel auf dem Spiel stand, wo es in ganz Afrika um solch hohe Einsätze ging, unmöglich verlassen. Statt dessen funkte er über Satellit eine Anfrage nach Havanna, die binnen einer Stunde beantwortet wurde.

Nach seinen glänzenden Erfolgen in Äthiopien konnten sie ihm nichts mehr abschlagen. Adra und Nicholas waren an Bord der nächsten Iljuschin Il-76 aus Kuba. Ramón wartete auf dem Flugplatz Tercio, als die Transportmaschine aufsetzte.

Er beobachtete, wie sein Sohn die Laderampe herunterkam. Nicholas ging vor Adra her, anstatt noch wie ein kleines Kind an ihrer Hand zu hängen. Sein Schritt war elastisch, seine Kopfhaltung verriet Aufgewecktheit, und aus seinem Blick leuchteten Intelligenz und Wissensdurst, als er am Fuß der Laderampe stehenblieb und sich neugierig umsah.

Ramón wurde von einer seltsamen Empfindung erfaßt: einer Verstärkung der Sehnsucht und des Stolzes, mit denen er die Ankunft des Jungen erwartet hatte. So hatte ihn bisher noch kein Mensch bewegt. Schmerzliche Augenblicke lang beobachtete er seinen Sohn, ohne sich ihm zu zeigen – mit einer Sonnenbrille getarnt, im Gewühl aus von Bord gehenden Soldaten und eingeborenen Trägern verborgen. Er zögerte, diesem seltsamen Gefühl einen Namen zu geben. Das Wort »Liebe« wäre ihm nie in den Sinn gekommen.

Dann entdeckte Nicholas ihn. Er setzte sich in Bewegung, als wolle er losrennen, und beherrschte sich schon nach wenigen

Schritten wieder. Das freudige Lächeln, das sein hübsches Gesicht sekundenlang verklärt hatte, verschwand ebenso rasch. Seine Miene war ausdruckslos, als er an den Jeep trat und Ramón die Hand hinstreckte.

»Guten Tag, Padre«, sagte er ernsthaft. »Wie geht's dir?«

Ramón spürte den fast unwiderstehlichen Drang, ihn zu umarmen. Er schüttelte dem Jungen die Hand und erwiderte seine förmliche Begrüßung.

Adra saß auf dem Rücksitz, Nicholas durfte vorn im Jeep neben seinem Vater sitzen. Auf der Fahrt vom Flugplatz zu Ramóns Hauptquartier kamen sie am Lager der Guerrilleros vorbei, das die Neugier des Jungen weckte. Er stellte seine ersten Fragen zögernd, als fürchte er abgewiesen zu werden.

»Was tun all diese Männer hier? Sind sie Söhne der Revolution wie wir, Padre?«

Er taute merklich auf und interessierte sich lebhaft für alles, was um sie herum vorging.

Die Männer am Straßenrand grüßten Ramón, während der Jeep an ihnen vorbeifuhr. Aus dem Augenwinkel heraus beobachtete er, wie Nicholas sich neben ihm aufsetzte und ihren Gruß lässig wie ein Veteran erwiderte. Ramón mußte den Kopf zur Seite drehen, um sein Lächeln zu verbergen. Auch die Männer sahen, wie der Knirps ihren Gruß erwiderte, und grinsten hinter dem Jeep her.

Sobald Ramón mit der Arbeit fertig war, ging er zur Hütte hinüber, die er Adra und Nicholas zugewiesen hatte. Von draußen hörte er den Jungen noch aufgeregt schwatzen, aber sobald er in der Tür auftauchte, verstummte Nicholas.

»Hast du deine Badehose mitgebracht?« fragte Ramón ihn.

»Ja, Padre.«

»Gut. Zieh sie an, dann gehen wir schwimmen.«

Das Wasser der Lagune hinter dem Riff war ruhig und warm.

»Sieh nur, Padre, ich kann jetzt kraulen!« prahlte Nicholas.

Später saßen sie nebeneinander auf dem Korallenriff; während sie ernsthaft darüber sprachen, daß Riffe aus Millionen winziger Lebewesen entstanden, begutachtete Ramón den Jungen kritisch. Nicholas sah gut aus und war für sein Alter groß und stark. Seit ihrem letzten Zusammentreffen war sein Wortschatz beträchtlich gewachsen. Manchmal war es fast so, als unterhielte man sich mit einem Erwachsenen.

Das Abendessen nahmen sie gemeinsam auf der Veranda ein. Ramón entdeckte, wie sehr ihm Adras Kochkunst gefehlt hatte. Nicholas schien von Minute zu Minute unverkrampfter zu werden. Sein Appetit war gut.

Als Adra kam, um ihn ins Bett zu bringen, stand Nicholas ohne Widerrede auf. Aber er löste sich noch einmal von ihrer Hand und kam um den Tisch herum auf Ramón zu.

»Ich bin sehr glücklich, hier zu sein, Padre«, sagte der Kleine förmlich und streckte ihm die Hand hin.

Während er Nicholas die Hand schüttelte, hatte Ramón das Gefühl, eiserne Bänder schnürten seine Brust ein, so daß er kaum noch Luft bekam.

Innerhalb einer Woche war Nicholas im Lager Tercio jedermanns Liebling. Einige der ANC-Ausbilder hatten ihre Familien mitgebracht, und eine der Ehefrauen, die in Südafrika an der University of the Western Cape studiert hatte, war ausgebildete Grundschullehrerin. Sie hatte im Lager eine einklassige Schule eingerichtet, in die Ramón Nicholas jetzt schickte. Das Klassenzimmer bestand aus einer auf allen Seiten offenen Hütte mit Schilfdach und mehreren Reihen schlichter Holzbänke.

Wie sich zeigte, lernte Nicholas recht schnell Englisch, er hatte eine gute Singstimme, und sein leidenschaftliches Fußballspiel brachte ihm den Spitznamen Pelé ein.

Als Sohn des Generals hatte Nicholas eine Sonderstellung. Er durfte sich im Lager frei bewegen und hatte Zugang zur Grundausbildung der Rekruten.

Nachmittags fuhren Ramón und Nicholas zuweilen mit einem der Boote auf den Atlantik hinaus. Sie ankerten an einer Stelle, wo der sanft abfallende Meeresboden steil abbrach, und fischten mit Handleinen. Zwischen den Riffen wimmelte es von Fischen in allen nur denkbaren Formen, Farben und Größen. Ramón ließ Nicholas einen Köder auslegen.

Wenig später konnten sie zwanzig Meter unter dem Boot die Umrisse großer Fische sehen, die pfeilschnell durch die blauen Tiefen flitzten.

Die Riffische funkelten und glitzerten pfauenblau und smaragdgrün, löwenzahngelb und scharlachrot. Manche hatten jadegrüne und saphierblaue Punkte; manche waren wie Zebras gestreift oder leuchteten wie ein Rubin oder ein Opal. Sie glichen Kugeln, Schmetterlingen oder exotischen Vögeln und waren mit Dolchen, spitzen Stacheln oder Reihen porzellanweißer Zähne bewaffnet. Sie zappelten, wenn sie gewaltsam an Bord gehievt wurden. Dort verendeten sie qualvoll.

Einmal blieben sie länger als sonst draußen. Es wurde bereits dunkel, als sie den Anker einholten. Der Passat blies über sie hinweg, als sie auf den Wellen tanzend die Flußmündung ansteuerten. Nicholas war kalt.

Ramón, der das Boot mit einer Hand steuerte, sah ihn an und legte ihm den Arm um die Schultern. Bei dieser ungewohnten Berührung erschrak der Kleine. Dann aber rückte er näher und legte seinen Kopf an Ramóns Brust.

Während Ramón so durch die Nacht steuerte, mußte er unwillkürlich an die vielen toten Kinder auf den Straßen Addis Abebas denken. Er spürte eine Härte in sich, zugleich war ihm aber noch nie wie in diesem Augenblick zumute.

Sie legten am Strand an und überließen José, Ramóns Fahrer, das Boot. Dann suchten sie sich im Schein der Taschenlampe einen Weg durch den Palmenhain.

Als Nicholas im Dunkel stolperte, ergriff Ramón seine Hand.

So stapften sie schweigend weiter, bis sie das Tor im Palisadenzaun erreicht hatten. Dann flüsterte Nicholas leise: »Ich wollte, ich könnte für immer hier bei dir bleiben.«

Ramón tat so, als habe er nichts gehört, aber er atmete schwer.

Zehn Minuten nach Mitternacht weckte ihn eine der Funkerinnen.

»Was gibt's?«

»Eine Nachricht aus Moskau – von Red Rose«, antwortete die Funkerin. Das Personal hatte strikten Befehl, ihn wegen einer Mitteilung von Red Rose zu jeder Tages- und Nachtzeit zu wecken.

»Ich komme sofort!«

Die Nachricht war verschlüsselt. Red Rose und er besaßen die einzigen Exemplare eines »Einmalblocks« mit computererzeugten Buchstabenfolgen.

Er suchte das von ihr verwendete Blatt heraus und machte sich daran, die Nachricht zu entschlüsseln.

»Projekt trägt den Decknamen ›Skylight‹«, meldete Red Rose. »Erste unterirdische Erprobung eines Atomsprengkörpers mit 30 Kilotonnen Sprengkraft für den 26. Oktober vorgesehen. Position des Versuchsgeländes: 27°35'S 24°25'E. Technische Einzelheiten des Sprengkörpers verfügbar.«

Ramón schickte seinen Fahrer in das flußaufwärts gelegene ANC-Lager. Eine Dreiviertelstunde später saß Raleigh Tabaka ihm gegenüber.

»Wir müssen sofort nach London fliegen«, sagte Ramón, während Raleigh die Nachricht las. »Diese Sache ist zu wichtig, als daß wir sie von hier aus koordinieren könnten. Wir inszenieren sie über unsere Londoner Botschaft und die ANC-Vertretung in England.« Er lächelte. »Ich garantiere dafür, daß die Buren noch diese Woche als Angeklagte vor dem Sicherheitsrat stehen!«

Er weckte Nicholas, um sich von ihm zu verabschieden.

»Wann kommst du zurück, Padre?« fragte der Kleine, ohne sich anmerken zu lassen, wie ihm zumute war.

»Das weiß ich nicht, Nicky.« Ramón benützte erstmals seinen Kosenamen und stellte fest, daß er sich dabei unbeholfen vorkam.

»Aber du kommst doch zurück, nicht wahr, Padre?«

»Ja, ich komme zurück. Das verspreche ich dir.«

»Und du läßt Adra und mich hier bleiben?« fragte der Junge weiter. »Du schickst uns nicht mehr weg?«

»Nein, Nicky. Du bleibst jetzt mit Adra hier.«

»Wie schön«, sagte Nicholas.

Sie umarmten sich. Dann wandte Ramón sich hastig ab und lief die Stufen zu seinem Jeep hinunter.

Um die Verhinderung einer praktischen Erprobung des Projekts »Skylight« ging es ihnen erst in zweiter Linie. Sie hatten schon vor fast drei Jahren aus sicherer Quelle erfahren, daß die Südafrikaner den Bau einer Atombombe planten, und Ramón wußte, daß sie inzwischen eine einsatzfähige Waffe besaßen. Andererseits war in den für Afrika typischen Buschkriegen mit Nuklearwaffen nicht sonderlich viel anzufangen.

Viel wichtiger war es, Südafrika weiter von seinen letzten Verbündeten im Westen zu isolieren. Auf diese Gelegenheit hatte Ramón nur gewartet – und nun bot sich sogar die Chance, Südafrika als atomaren Bösewicht zu brandmarken!

Die Besprechung fand in einem abhörsicheren Konferenzraum im Keller der sowjetischen Botschaft statt. Das Botschaftsgebäude stand mitten in einer kleinen diplomatischen Enklave hinter dem Kensington Palace.

General Borodin und Alexej Judenitsch waren inkognito aus Moskau gekommen. Ihre Anwesenheit gab dieser Besprechung besonderes Gewicht. Sie unterstrich das erneuerte Interesse von Außenministerium und KGB-Spitze an der Afrikaabteilung und brachte Generalmajor Machado ungeheures persönliches Prestige ein.

Die Afrikaner wurden durch Raleigh Tabaka und den ANC-Generalsekretär vertreten. Oliver Tambo, der ANC-Präsident, befand sich auf einem inoffiziellen Besuch in der DDR und hatte nicht rechtzeitig nach London zurückkommen können.

Die Zeit drängte, denn die Südafrikaner wollten »Skylight« schon in der kommenden Woche testen. Red Rose hatte ihre erste Meldung durch ausführliche Informationen über die Urananreicherung, technische Einzelheiten des Nuklearsprengsatzes, seine geplante Unterbringung in der G5-Granate, Ort und Tiefe des Bohrlochs auf dem Versuchsgelände und das Zündsystem der Bombe ergänzt.

»Was wir heute entscheiden müssen«, sagte Judenitsch, um die Diskussion zu eröffnen, »ist die Frage, wie diese Informationen sich am besten nutzen lassen.«

»Ich finde, Genosse Minister«, warf der ANC-Generalsekretär eifrig ein, »Sie sollten uns erlauben, hier in London eine Pressekonferenz einzuberufen.«

Ramóns Lippen kräuselten sich zu einem kleinen zynischen Lächeln. Natürlich wollten sie das! Um dem ANC riesige Publicity zu verschaffen!

»Wenn Sie gestatten, Genosse Generalsekretär«, antwortete

Judenitsch breit lächelnd, »bin ich der Meinung, daß die Informationen etwas mehr Gewicht hätten, wenn sie vom Generalsekretär der KPdSU statt vom Generalsekretär des ANC kämen.«

Ramón beteiligte sich fast zwanzig Minuten lang nicht an der Diskussion. Die Stimmen Judenitschs und des Generalsekretärs wurden allmählich lauter und gereizter. Schließlich warf Borodin vermittelnd ein: »Wollen wir nicht auch den Genossen Machado nach seiner Meinung fragen? Die Informationen stammen von seiner Agentin – vielleicht kann er einen Vorschlag machen, wie sie am besten zu verwerten wären.«

Alle Blicke richteten sich auf Ramón, der am unteren Tischende saß.

»Genossen, die bisher gemachten Ausführungen sind logisch und vernünftig gewesen. Aber eine Bekanntgabe dieser Informationen durch den ANC oder unseren Genossen Generalsekretär wäre eine kurzlebige Sensation, eine journalistische Eintagsfliege. Um den größten Nutzen daraus zu ziehen, sollten wir das Verfahren strecken. Wir sollten jeweils nur Teilinformationen bekanntgeben, um das Interesse der Weltöffentlichkeit über längere Zeit hinweg zu fesseln.«

Die anderen wirkten nachdenklich, und Ramón sprach rasch weiter.

»Außerdem fürchte ich, daß eine Bekanntgabe durch uns oder den ANC dazu führt, daß die Nachricht von dem bevorstehenden Test als manipuliert oder zumindest wenig glaubwürdig gewertet wird. Deshalb schlage ich vor, sie der mächtigsten Stimme Amerikas zuzuspielen, um sie so verbreiten zu lassen. Der Stimme, die in den Vereinigten Staaten – und damit in der gesamten westlichen Welt – den Ton angibt.«

Judenitsch runzelte die Stirn. »Gerald Ford? Der Präsident der Vereinigten Staaten?«

»Nein, Genosse Minister. Ich meine die Nachrichtenmedien, die wahre Regierung Amerikas. In ihrem blinden Drang, die Redefreiheit unter allen Umständen zu schützen, haben die Amerikaner die mächtigste Diktatur der Welt errichtet. Deshalb schlage ich vor, diese Informationen den amerikanischen Fernsehgesellschaften zuzuspielen. Wir geben nichts bekannt, wir halten keine Pressekonferenzen ab. Wir setzen sie lediglich auf die Fährte und überlassen es ihnen, das Wild aufzuspüren und in Stücke zu reißen. Wie das funktioniert, ist bekannt, Genossen. Die Amerikaner nennen so etwas investigativen Journalismus und vergeben noch Preise für diejenigen, die ihrer Regierung, ihren Verbündeten und dem kapitalistischen System, von dem sie alle leben, am meisten schaden.«

Judenitsch starrte ihn sekundenlang an, bevor er breit zu grinsen begann. »Wie ich höre, haben Sie in Afrika den Spitznamen ›Fuchs‹, Genosse General.«

»Er ist der ›Goldene Fuchs‹«, stellte Borodin richtig, und Judenitsch brach in schallendes Gelächter aus.

»Das ist der richtige Name für Sie, Genosse General! Gut, überlassen wir unsere Arbeit also auch diesmal den Briten und Amerikanern.«

Der große Erfolg des Unternehmens »Skylight« bestätigte wieder einmal, daß Red Rose als Agentin unschätzbar wertvoll war – aber er brachte auch seine eigenen Probleme mit sich.

Je wertvoller Red Rose wurde, desto geschickter und sorgsamer mußte sie geführt werden. Jede nur denkbare Vorsichtsmaßnahme mußte getroffen werden, um sie im Einsatz zu schützen und zu überwachen – und ihr Anreize dafür zu geben, ihre Arbeit fortzuführen. Auch für das Projekt »Skylight« mußte sie sofort belohnt werden und möglichst bald Gelegenheit zu einem Treffen mit Nicholas erhalten. Zusätzliche Komplikationen ergaben sich jedoch aus Ramóns veränderter Einstellung seinem Sohn gegenüber.

Allerdings wollte er nicht zulassen, daß diese eigenartigen Gefühle, die ihn in letzter Zeit bewegten, ihn daran hinderten, seine Pflicht zu tun.

Nicholas war ein wertvolles Pfand. Er durfte niemals in Gefahr geraten. Auch mußte ausgeschlossen werden, daß Red Rose oder sonst jemand sich des Jungen bemächtigte und ihn Ramóns Einflußbereich entzog.

Er überlegte erneut, ob das nächste Treffen wieder auf der Hacienda in Spanien stattfinden sollte. Dafür müßten sie Tercio verlassen, was ein gewisses Risiko mit sich brächte. Es war immerhin denkbar, daß Red Rose – zum Beispiel mit Hilfe südafrikanischer Geheimdienstagenten – den Jungen in die britische Botschaft in Madrid bringen ließ. Red Rose besaß weiterhin einen britischen Paß und damit zwei Staatsbürgerschaften. Nein, Spanien war nicht mehr sicher genug!

Natürlich konnte er jederzeit ein Treffen in Havanna oder Moskau arrangieren. Allein die Beförderung Red Roses dorthin hätte beträchtliche logistische Probleme aufgeworfen. Und sie hätte dann endgültig gewußt, wer ihre eigentlichen Auftraggeber waren. Das aber wollte Ramón wenn irgend möglich vermeiden.

Der sicherste Ort außerhalb Kubas und der Sowjetunion war der Stützpunkt Tercio am Chicamba. Er war abgelegen und wurde gut bewacht. Im Umkreis von 1500 Kilometern gab es keine ausländische Botschaft. Nicholas hatte sich hier bereits eingewöhnt. Red Rose konnte mit wenig Aufwand hergebracht werden. War sie erst einmal in Tercio eingetroffen, hatte er sie besser unter Kontrolle als sonstwo auf dieser Erde.

Das Treffen sollte hier stattfinden.

Isabella schrak hoch. Im ersten Augenblick wußte sie nicht, wo sie war oder wovon sie aufgewacht war. Dann fiel es ihr wieder ein, und sie erkannte, daß eine Veränderung des Triebwerksgeräuschs und die leichte Vorwärtsneigung der Maschine sie geweckt hatten. Trotz bester Vorsätze war sie auf dem unbequemen Notsitz eingeschlafen.

Sie warf einen Blick auf ihre Armbanduhr. Zwei Stunden und fünfzig Minuten seit dem Start in Lusaka.

Danach machte sie einen langen Hals, um über die Schulter des Piloten hinweg die Bordinstrumente ablesen zu können. Ihr Kurs war unverändert, aber sie befanden sich jetzt im Sinkflug. Die Höhenmessernadel drehte sich gleichmäßig entgegen dem Uhrzeigersinn.

Sie sah durch die Windschutzscheibe nach vorn. Der Spätnachmittag war dunstig, aber jetzt ließ die tiefstehende Sonne vor ihnen eine weite Wasserfläche aufblitzen.

»Binnensee?« fragte Isabella sich und versuchte, sich an einen so großen zu erinnern. Aber die afrikanischen Seen lagen alle im Great Rift Valley – Tausende Kilometer in Gegenrichtung entfernt. Dann wurde ihr plötzlich klar, was sie vor sich hatte.

»Das ist der Atlantik! Wir haben die Westküste erreicht. Es muß Angola oder Zaire – oder die Enklave sein.«

Die Iljuschin kurvte zum Anflug ein. Ihr Fahrwerk surrte und ließ die ganze Maschine vibrieren. Vor ihnen sah Isabella weiße Korallenstrände und die Umrisse von Riffen unter dem Blau des Atlantiks.

Als nächstes überflogen sie eine Flußmündung, vor der sich die niedrige Brandung an einem Riff brach, so daß eine Lagune entstand. Der Fluß war braun und breit, aber nicht breit genug, um einer der großen afrikanischen Ströme wie der Kongo oder der Luanda zu sein. Isabella versuchte, sich alle Einzelheiten einzuprägen. Einige Kilometer oberhalb der Lagune bildete der Flußlauf zwei auffällige S-förmige Schlingen. Genau vor ihnen lag eine rötlich-braune unbefestigte Landebahn, und in einer Biegung des Flusses konnte sie die Schilfdächer einer größeren Siedlung erkennen.

Sie landeten, und sobald der Pilot die Triebwerke stillgelegt hatte, kam eine Lastwagenkolonne herangefahren. Isabella sah viele Männer in Arbeits- und Tarnanzügen.

»Warten«, forderte der Pilot sie auf. »Männer kommen abholen.«

Dann betraten zwei Offiziere – ein Major und ein Leutnant – das Cockpit. Beide waren dunkelhäutig und schnauzbärtig und trugen Tarnanzüge.

Südamerikaner, dachte sie. Oder Mexikaner. Ihre Vermutung bestätigte sich, als der Major sie auf Spanisch ansprach.

»Willkommen, Señora. Kommen Sie bitte mit?«

»Mein Gepäck.« Isabella deutete so hochnäsig wie möglich auf ihren Koffer, und der Major erteilte dem Leutnant einen knappen Befehl. Der junge Offizier trug ihr Gepäck die Laderampe hinunter und verstaute es in dem bereitstehenden Lastwagen.

Schließlich erreichten sie ein kleines Lager, das von einem Palisadenzaun umgeben war. Das Tor wurde bewacht, aber sie durften passieren, ohne angehalten zu werden. Die schilfgedeckten Hütten waren klein, aber dafür ordentlich gebaut. Insgesamt zählte sie neun über dem Strand.

Beim Aussteigen sah Isabella sich um. Die ganze Szenerie erinnerte an einen Reiseprospekt: Meer, Sand, Palmen und schilfgedeckte Hütten.

Der Major geleitete sie höflich in die größte Hütte. Dort untersuchten zwei uniformierte Frauen lediglich ihren Koffer und ihre Handtasche und tasteten Isabella nach Waffen ab.

Als die Frauen sichtlich besorgt über ihre kleine Kamera diskutierten, fand Isabella sich bereits mit dem Verlust ab.

»Die ist nicht viel wert«, erklärte sie auf Spanisch. »Wenn Sie wollen, können Sie sie behalten.«

Eine der Frauen nahm die Kamera und die beiden Reservefilme mit und verschwand durch eine Tür in der Rückwand des Raums.

Ramón beobachtete durch ein Guckloch in der Wand, wie die beiden Funkerinnen die Durchsuchung vornahmen. Er hatte sie angewiesen, korrekt und zurückhaltend aufzutreten, und er nickte zufrieden, als eine der Frauen ihm die Kamera mit den Filmen brachte.

Er untersuchte die Kamera gründlich und gab sie der Frau dann zurück.

Isabella war sichtlich überrascht, als sie die Kamera zurückbekam. Durchs Guckloch studierte Ramón interessiert ihren Gesichtsausdruck. Sie trug ihr Haar etwas länger, und ihre Züge wirkten reifer, noch schöner und zugleich energischer. Offensichtlich war sie noch selbstbewußter als beim ersten Zusammentreffen. Autorität und Erfolg schienen ihr gut zu bekommen. Sie hatte binnen weniger Jahre erstaunliche Erfolge erzielt und aus eigener Kraft Karriere gemacht.

Außerdem sah sie gut aus. Sie schien körperlich in bester Verfassung zu sein. Daß auch er Karriere gemacht hatte, verdankte er größtenteils dieser ausnehmend attraktiven Frau.

Die beiden Frauen beendeten die Gepäckkontrolle. Eine von ihnen nahm den Koffer und forderte Isabella zum Mitkommen auf. Sie brachte sie zu einem Tor, das zu zwei Hütten führte.

Die Frau begleitete sie zu einer der beiden Hütten und ging in den großen Wohnraum voraus, in dem ein Bett mit einem Moskitonetz stand. Nachdem sie den Koffer aufs Bett gelegt hatte, ließ sie Isabella allein.

Isabella sah sich rasch in der Hütte um. Nach hinten hinaus lagen eine Dusche und ein primitives Klo. Alles sehr rustikal, aber für ihre Bedürfnisse mehr als ausreichend. Diese Hütte erinnerte an die Camps, in denen Sean seine Jagdgäste unterbrachte.

Sie machte sich daran, den Koffer auszupacken. Hinter einem Vorhang fand sie Ablagen und eine Kleiderstange, aber bevor sie mit ihrer Arbeit fertig war, hörte sie durchs offene Fenster vom Strand her den unbekümmert fröhlichen Schrei eines Kindes, dessen Stimme sie überall und immer wiedererkannt hätte.

Sie hastete ans Fenster und blickte auf den Strand.

Da stand Nicholas. Sie sah auf den ersten Blick, daß er seit ihrer letzten Begegnung in Spanien eine Handbreit gewachsen war.

Er spielte mit einem jungen Hund. Er hielt einen Stock hoch, während er am Wasser entlanglief, und der Köter jagte neben ihm her, sprang immer wieder hoch und versuchte, den Stock zu erreichen. Nicholas jauchzte vor Vergnügen.

Dann schleuderte er den Stock weit in die Brandung hinaus und rief: »Hol ihn!« Der junge Hund stürzte sich tapfer in die Wellen, schwamm zu dem treibenden Stock hinaus, nahm ihn zwischen die Zähne und kam stolz damit zurück.

»Braver Hund! Hierher!« lobte Nicholas ihn und strich ihm über's nasse Fell. Der Hund schüttelte sich, und Nicholas tat, als sei er empört. »Du Frecher!« Und schon stürzte er sich auf ihn.

Isabella war gerührt. Sie ging zum Strand hinunter, ohne sich bemerkbar zu machen. Nicholas war so mit seinem Hund beschäftigt, daß sie dasitzen und ihm fast zehn Minuten lang zusehen konnte, bevor er auf sie aufmerksam wurde.

Er ließ den Hund am Wasser zurück und kam auf sie zu. »Guten Tag, Mama.« Er streckte ihr ernst die Hand entgegen. »Wie geht's dir heute?«

»Hast du gewußt, daß ich komme?«

»Ja. Ich soll lieb und nett zu dir sein«, antwortete der Junge freimütig. »Aber solange du da bist, darf ich nicht zur Schule gehen.«

»Gehst du gern zur Schule, Nicholas?«

»Ja, Mama, sehr gern. Ich kann jetzt lesen. Und wir lernen Englisch«, antwortete er in dieser Sprache.

»Du sprichst sehr gut Englisch, Nicky. Zum Glück habe ich dir ein paar englische Bücher mitgebracht.« Sie bemühte sich, ihn für das entgangene Vergnügen zu entschädigen. »Ich glaube, daß sie dir gefallen werden.«

»Danke.«

Sie fühlte sich wie ein Eindringling. »Wie heißt dein Hund?«

»›Sechsundzwanzigster Juli‹.«

»Ein merkwürdiger Name für einen kleinen Hund. Wie bist du darauf gekommen?«

Er starrte sie an und staunte über ihre Unwissenheit. »Am sechsundzwanzigsten Juli hat die Revolution begonnen. Das weiß doch jeder!«

»Natürlich. Wie dumm von mir.«

Er schien Mitleid mit ihr zu haben. »Meistens rufe ich ihn einfach Sechsundzwanzig.«

»Sechsundzwanzig ist ein netter Hund.«

»Ja«, bestätigte er gelassen. »Er ist der netteste Hund der Welt.«

»Mein Kind«, klagte sie im stillen, »was tun sie dir an? Mit welchen Tricks verformen sie deinen empfänglichen jungen Geist, daß du deinen kleinen Hund nach einem so blutigen politischen Ereignis benennst?« Sie wußte nicht, welche Revolution Nicholas meinte, aber ihr Schmerz mußte sich auf ihrem Gesicht zeigen, denn er fragte besorgt: »Geht's dir nicht gut, Mama?«

»Doch, doch, mir fehlt nichts.«

»Ich bringe dich zu Adra«, erbot er sich. Als sie auf dem Rückweg durch den Palmenhain versuchte, seine Hand zu ergreifen, entzog er sie ihr höflich, aber bestimmt.

»Den Fußball, den du mir geschenkt hast, habe ich noch immer«, besänftigte er sie. Isabella wußte, daß sie erneut um sein Vertrauen und seine Zuneigung würde kämpfen müssen, und dieses Wissen machte sie sehr traurig.

»Ich muß sehr behutsam vorgehen«, sagte sie sich. »Ich darf ihn nicht verprellen.«

Als sie Nicholas zum ersten Mal in seinem Tarnanzug sah, erschrak sie. Mit schräg aufgesetzter Mütze und hinter den Gürtel gehakten Daumen stolzierte er stolz wie ein Legionär vor ihr auf und ab. Isabella verbarg ihr Entsetzen und murmelte ein Lob, das er offensichtlich erwartete.

Sie hatte eine Auswahl von Büchern mitgebracht. Zufälligerweise gehörte dazu der afrikanische Klassiker »Jock of the Bushveld« – die Geschichte eines Mannes und seines Hundes.

Die Illustrationen fesselten Nicholas sofort, und er behauptete sogar, eine Ähnlichkeit zwischen Jock und Sechsundzwanzig zu erkennen. Nachdem sie längere Zeit darüber diskutiert hatten, wollte Nicholas den Text lesen. Er las ihn laut vor. Isabella staunte unwillkürlich über seine Englischkenntnisse, auch wenn er sich mehrmals hilfesuchend an sie wandte, als es um ein schwieriges neues Wort oder den Namen einer ihm unbekannten afrikanischen Tierart ging.

Als Adra ihn dann abholte, um ihn zu Bett zu bringen, hatten sie die verlorene Zeit wieder aufgeholt und befanden sich erneut auf dem unsicheren Terrain beginnender Freundschaft.

»Nicht zu sehr drängen!« mußte sie sich immer wieder ermahnen.

Als er ihr beim Gutenachtsagen förmlich die Hand schüttelte, stieß er plötzlich hervor: »Das war eine schöne Geschichte! Ich mag Jock, den Hund, und bin froh, daß du mich wieder besuchst. Daß ich nicht in die Schule darf, macht mir eigentlich gar nichts aus.« Dieser Ausbruch war ihm offensichtlich peinlich, denn er flüchtete aus dem Raum.

Isabella wartete, bis das Licht in seinem Zimmer ausgegangen war, bevor sie sich auf die Suche nach Adra machte. Sie wollte Adra allein sprechen, um nach Möglichkeit herauszubekommen, welche Rolle sie damals bei Nicholas' Entführung gespielt hatte und wo ihre Sympathien heutzutage lagen. Außerdem wollte sie Adra nach Ramón ausfragen und hoffte, von ihr zu erfahren, wann sie ihn wiedersehen würde.

Adra war in der Küche, wo sie das Geschirr abspülte, aber als Isabella hereinkam, wurde ihr Gesicht ausdruckslos, und sie verbarg sich hinter eiskalter Reserviertheit. Sie beantwortete Isabellas Fragen nur einsilbig und weigerte sich, ihr in die Augen zu sehen. Isabella gab bald auf und ging in ihre eigene Hütte zurück.

Obwohl sie von ihrer Reise übermüdet war, schlief sie unruhig. Sie wachte schon im Morgengrauen auf, weil sie sich auf den ersten ganzen Tag mit ihrem Sohn freute.

Diesen Tag verbrachten sie mit Sechsundzwanzig am Strand. Zu den vielen Geschenken, die Isabella mitgebracht hatte, gehörte auch ein Karton Tennisbälle. Mit einem davon amüsierten Junge und Hund sich stundenlang.

Danach schwammen sie zum Riff hinaus.

»Du liebst Adra, nicht wahr?« fragte Isabella unvermittelt.

»Natürlich«, antwortete er. »Adra ist meine Mutter.« Dann merkte er, daß er ungeschickt gewesen war, und fügte hastig hinzu: »Ich meine, du bist meine Mama – aber Adra ist meine richtige Mutter.«

Das tat so weh, daß Isabella am liebsten geheult hätte.

Am zweiten Morgen kam Nicholas zu ihrer Hütte und weckte sie, als es noch dunkel war. »Wir fahren zum Angeln!« erzählte er begeistert. »José fährt uns mit dem Boot hinaus!«

José gehörte offenbar zum Wachpersonal dieses kleinen Lagers. Er war ein dunkelhäutiger junger Mann mit schiefen Zähnen und pockennarbigem Gesicht. Nicholas schien sich glänzend mit ihm zu verstehen. Die beiden schwatzten angeregt miteinander, während sie das Boot und die Angelleinen vor dem Auslaufen klarmachten.

»Warum nennen Sie ihn Pelé?« fragte sie José auf Spanisch, aber Nicholas antwortete für ihn.

»Weil ich der beste Fußballspieler der Schule bin – nicht wahr, José?«

Nicholas zeigte ihr, wie man einen Köder auf den Angelhaken steckt, und verstand es kaum, daß ihr die zitternden, um sich schlagenden Fische leid taten.

An diesem Abend lasen sie gemeinsam ein weiteres Kapitel aus »Jock of the Bushveld«. Sobald Nicholas im Bett war, versuchte Isabella erneut, Adra in ein freundliches Gespräch zu verwickeln. Adra zeigte sich ebenso wortkarg und feindselig wie am Vorabend, aber als Isabella aufgab und die Küche verließ, folgte Adra ihr ins Dunkel hinaus und faßte sie am Arm. Ihre Lippen berührten beinahe Isabellas Ohr, als sie flüsterte: »Ich kann nicht mit Ihnen reden. Wir werden ständig beobachtet.«

Bevor Isabella sich von ihrer Überraschung erholt hatte, war Adra wieder in der Küche verschwunden.

Am nächsten Morgen stand ihr eine weitere Überraschung bevor.

Nicholas führte sie zum Strand hinunter, wo José auf sie wartete. Auf Anweisung des Jungen übergab er ihm seine Waffe und stand mit schiefen Zähnen grinsend dabei, während Nicholas das Sturmgewehr zerlegte. Der Junge arbeitete rasch und geschickt. Während er die Waffe zerlegte, benannte er mit lauter Stimme jedes Einzelteil. »Wie lange?« fragte er José, als er fertig war.

»Fünfundzwanzig Sekunden, Pelé.« Der Uniformierte lachte bewundernd. »Ausgezeichnet! So wirst du eines Tages ein richtiger Fallschirmjäger.«

»Fünfundzwanzig Sekunden, Mama«, wiederholte er Isabella gegenüber stolz, und obwohl die Vorführung sie entsetzt hatte, bemühte sie sich, ihr Lob aufrichtig klingen zu lassen.

»Jetzt mußt du stoppen, wie lange ich fürs Zusammensetzen brauche, José«, wies Nicholas ihn an. »Und du mußt mich dabei aufnehmen, Mama.«

Isabella fotografierte ihn wortlos. Danach posierte Nicholas mit dem Gewehr und verlangte noch eine Aufnahme.

Das Bild erinnerte sie an die Fotografien bewaffneter Kinder, die der Vietkong zu Soldaten ausgebildet hatte. Kleine Kinder mit viel zu großen Waffen. Sie hatte auch Berichte über die von diesen irregeleiteten kleinen Wesen verübten Greueltaten gelesen. Sollte Nicholas in eines davon verwandelt werden? Schon beim Gedanken daran wurde ihr schlecht.

»Darf ich mal schießen, José?« bat Nicholas ihn. Die beiden stritten sich spielerisch, bis José schließlich seufzend nachgab.

Er warf eine zugekorkte leere Flasche in die Lagune, und Nicholas, der am Wasser stand, schoß darauf.

»Fotografier mich noch mal, Mama«, bat Nicholas und posierte mit vor der Brust hochgehaltenem Sturmgewehr.

Adra hatte ihnen einen Picknickkorb für den Strand eingepackt. Während sie im Schatten einer Palme aßen, sagte Nicholas plötzlich mit vollem Mund: »José hat in vielen Schlachten mitgekämpft. Mit seinem Gewehr hat er schon fünf Männer erschossen. Eines Tages werde ich ein wahrer Sohn der Revolution – genau wie er.«

In dieser Nacht kämpfte sie gegen die dunklen Wogen aus Hilflosigkeit und Verzweiflung an, die über ihr zusammenzuschlagen drohten. »Sie verwandeln mein Kind in ein Ungeheuer. Wie kann ich sie daran hindern? Wie kann ich ihnen meinen Sohn entreißen?«

Isabella wußte nicht einmal, wer *sie* waren, und das Gefühl der Hilflosigkeit war überwältigend. »Wo ist Ramón? Ich wollte, er wäre hier bei mir! Mit seiner Hilfe könnte ich stark sein. Mit ihm an meiner Seite könnte ich diese schreckliche Sache durchstehen.«

Nicholas wurde allmählich unruhig. Obwohl er weiter höflich und freundlich blieb, spürte sie, daß ihre alleinige Gesellschaft ihn zu langweilen begann. Er sprach von der Schule, vom Fußballspielen, von seinen Freunden und was sie alles tun würden, wenn er wieder zu ihnen zurückkehren durfte. Isabella bemühte sich verzweifelt, ihn abzulenken, aber die Zahl der Spiele, die sie erfinden konnte, war ebenso begrenzt wie die Faszination der mitgebrachten Bücher und der Geschichten, die sie ihm erzählen konnte.

Zuletzt wurde sie von einer Art wilder Verzweiflung befallen. Sie träumte davon, mit ihm zu fliehen. Sie stellte sich Nicholas in einer normalen Schulkleidung statt in diesem Tarnanzug vor. Sie träumte von irgendeinem Handel mit den geheimnisvollen Mächten, die sein und ihr Schicksal so völlig in der Hand hatten.

»Ich würde *alles* tun – wenn ich nur mein Kind zurückbekäme!« Aber noch während Isabella das sich sagte, war ihr bewußt, daß sie darauf nicht hoffen durfte.

Dennoch überlegte sie, ob sie allem ein Ende machen, ob sie die Qual für sich und ihren Sohn kurzerhand beenden sollte.

Sie würde Nicholas bitten, ihr das Gewehr zu zeigen, und sobald sie es in den Händen hielt – sie schauderte und konnte den Gedanken nicht zu Ende bringen.

Ramón Machado sah die Veränderung. Er hatte sie erwartet.

Seit zehn Tagen beobachtete er sie nun schon genau. In den Hütten waren Kameras und Mikrofone installiert, die Isabella nicht entdeckt hatte. Während sie mit Nicholas am Strand oder mit dem Boot unterwegs gewesen war, waren sie mit Teleobjektiven gefilmt worden. Und Ramón hatte sie aus sorgfältig angelegten Verstecken über dem Strand stundenlang durchs Fernglas beobachtet.

Ramón hatte gesehen, wie ihr erster großer Wiedersehensjubel abklang, schlichter Freude am Zusammensein mit Nicholas wich und dann allmählich in Mißmut und Verzweiflung umschlug, als ihr klar wurde, in was für gräßlichen Umständen sie hilflos festsaß.

Nun erriet er, daß sie ein Stadium erreicht hatte, in dem sie möglicherweise eine Verzweiflungstat riskieren würde, die alles in Frage stellen konnte, was durch diesen Besuch bisher erreicht worden war.

Er erteilte Adra neue Anweisungen.

Während sie das Abendessen servierte, schickte sie Nicholas weg. Als sie Isabella die Fischsuppe servierte, brachte sie ihre Lippen so dicht an ihr Ohr, daß eine Haarsträhne Isabellas Wange streifte.

»Nicht reden oder mich ansehen!« flüsterte sie. »Ich habe Ihnen etwas vom Marqués auszurichten.« Isabella ließ fast ihren Löffel fallen. »Sie dürfen sich nichts anmerken lassen! Er läßt Ihnen sagen, daß er versuchen will, zu Ihnen zu kommen, obwohl das schwierig und gefährlich ist. Er läßt Ihnen sagen, daß er Sie liebt. Und er läßt Ihnen sagen, daß Sie tapfer sein müssen.«

Jeder Gedanke an Selbstmord war augenblicklich verflogen. Ramón war in ihrer Nähe. Ramón liebte sie. Im Innersten ihres Herzens wußte sie, daß alles gut werden würde, solange sie die Kraft aufbrachte, diese Sache mit Ramóns Unterstützung durchzustehen.

Dieses Bewußtsein half ihr, weitere zwei Tage lang durchzuhalten. Sie war wieder fröhlich, und dies färbte auf Nicholas ab. So verbrachten sie noch zwei glückliche Tage.

Dann überbrachte eine der Frauen Isabella eine Nachricht. »Morgen um neun Uhr startet ein Flugzeug. Sie fliegen damit ab.«

»Und der Junge?« fragte sie.

Die Frau schüttelte den Kopf. »Das Kind bleibt. Ihr Besuch ist beendet. Sie werden morgen um acht Uhr abgeholt. Sie müssen bereit sein. Das soll ich Ihnen sagen.«

Isabella wollte irgendein Andenken an ihren Sohn mitnehmen. Als Nicholas schon am Tisch saß, trat sie hinter ihn und schnitt eine dichte schwarze Locke von seinem Hinterkopf, bevor er ausweichen konnte.

»He!« protestierte er halbherzig. »Was soll das?«

»Ich möchte ein Andenken an dich mitnehmen.«

Er dachte eine Weile darüber nach und fragte dann schüchtern: »Kann ich auch eine Locke von dir haben – als Andenken an dich?«

Isabella gab ihm wortlos die kleine Schere. Nicholas stand vor ihr und ließ eine Strähne durch seine Hand gleiten.

»Nicht zuviel!« warnte sie ihn. Er lachte und schnitt eine Locke ab, die er sich um den Finger wickelte.

»Dein Haar ist weich... und schön«, flüsterte er. »Mußt du wirklich fort, Mama?«

»Es muß leider sein, fürchte ich.«

»Aber du kommst mich wieder besuchen?«

»Ja, das tue ich. Das verspreche ich dir.«

»Ich bewahre dein Haar in meinem Buch von Jock auf.« Nicholas holte das Buch und legte die Locke hinein. »So denke ich jedes Mal an dich, wenn ich darin lese.«

Der Mond war beinahe voll. Sein mattsilbernes Licht fiel durchs offene Fenster der Hütte und warf schwarze Schatten, die sich kaum merklich über den Fußboden bewegten und anzeigten, wie die Stunden verrannen.

»Er *muß* kommen«, sagte sie sich und lag in ängstlicher Erwartung auf der Matratze.

Plötzlich setzte sie sich auf. Sie hatte nichts gehört und nichts gesehen, aber sie wußte ganz sicher, daß er in der Nähe war. Sie mußte sich dazu zwingen, seinen Namen nicht laut zu rufen. Sie wartete – und dann war er plötzlich da!

Sie erstickte den in ihrer Kehle aufsteigenden Schrei. Sie schlug das Moskitonetz zurück, durchquerte die Hütte mit zwei, drei raschen Schritten und lag in seinen Armen. Ihr Kuß schien einen Augenblick und eine Ewigkeit lang zu dauern; dann zog er sie wortlos mit sich aus der Hütte und in den Palmenhain, der ihnen Zuflucht bot.

»Wir haben nicht viel Zeit«, warnte er sie halblaut und tastete ihr Gesicht ab.

»Was bedeutet all das, Liebling?« fragte sie flehend. »Warum tust du uns das an?«

»Aus dem selben Grund, aus dem du gehorchen mußt. Für Nicholas – und für dich.«

»Das verstehe ich nicht. Ich kann nicht mehr, Ramón. Ich bin am Ende meiner Kräfte.«

»Es dauert nicht mehr lange. Das verspreche ich dir. Bald ist's vorbei, und dann sind wir wieder zusammen.«

»Das hast du letztes Mal auch gesagt, Liebling. Ich habe getan, was ich konnte.«

»Ich weiß, Bella. Was du getan hast, ist unsere Rettung gewesen. Es hat Nicholas und mich gerettet. Ohne dich wären wir längst tot. Du hast uns das Leben geschenkt.«

»Sie haben mich gezwungen, schreckliche Dinge zu tun, Ramón. Sie haben mich dazu gebracht, meine Familie, mein Land zu verraten.«

»Sie sind mit dir zufrieden, Bella. Dieser Besuch ist der Beweis dafür. Sie haben dir zwei Wochen mit Nicholas gestattet. Wenn du noch ein bißchen länger durchhalten, wenn du ihnen noch ein bißchen mehr liefern könntest –«

»Sie werden mich nie aus ihren Krallen lassen, Ramón. Das weiß ich genau! Sie werden mich nie wieder loslassen und mich bis zum letzten Blutstropfen aussaugen.«

»Bella, Liebling.« Seine Hand streichelte ihren Körper. »Ich habe einen Plan. Wenn du's schaffst, sie noch ein bißchen länger zufriedenzustellen, sind sie nächstes Mal um so milder gestimmt und vertrauen dir erst recht. Und wenn sie dann anfangen, leichtsinnig zu werden, bringe ich dir Nicky – das verspreche ich dir!«

»Wer sind *sie*?« flüsterte Isabella, aber er begann, sie zu liebkosen, und ihre Stimme erstarb.

»Still, Liebling. Nicht soviel fragen. Es ist besser, wenn du's nicht weißt.«

»Anfangs habe ich geglaubt, es seien die Russen, aber dann haben die Amerikaner das Projekt ›Skylight‹ aufgedeckt. Auch den Vorstoß nach Angola haben die Amerikaner publik gemacht. Steckt dahinter die amerikanische CIA, Ramón?«

»Du könntest recht haben, aber ich bitte dich um Nickys willen, sie nicht zu provozieren.«

»O Gott, Ramón, ich bin so unglücklich! Ich hätte nie gedacht, daß zivilisierte Menschen so miteinander umgehen könnten.«

»Nicht mehr lange«, flüsterte er. »Du mußt stark sein. Gib ihnen noch eine Zeitlang, was sie wollen, dann sind Nicky und ich bald wieder bei dir.«

Dann küßte er sie leidenschaftlich.

Am Morgen fuhr José sie zum Flugplatz. Nicholas fuhr auf dem Rücksitz mit, und sie fing eine Bemerkung Josés auf, die sich ihr einprägte, obwohl sie ihre wahre Bedeutung nicht gleich verstand.

»El Zorro hat wirklich allen Grund, auf seinen Pelé stolz zu sein.«

An der Laderampe der Iljuschin nahmen sie Abschied voneinander.

»Du hast versprochen, mich wieder zu besuchen, Mama«, erinnerte Nicholas sie.

»Natürlich, Nicky. Was soll ich dir nächstes Mal mitbringen?«

»Mein Fußball ist abgenützt und nicht mehr dicht. Wir müssen ihn bei jedem Spiel ein paarmal aufpumpen.«

»Gut, ich bringe dir einen neuen mit.«

»Danke, Mama.« Er streckte ihr die Hand hin, aber diesmal konnte Isabella sich nicht beherrschen. Sie sank auf die Knie und drückte ihn an sich.

Nicholas war im ersten Augenblick so schockiert, daß er in ihrer Umarmung stillhielt. Dann riß er sich mit schamrotem Gesicht los. Er funkelte sie an, machte auf dem Absatz kehrt und lief zum Jeep zurück.

Sie verrenkte sich den Hals, um einen Blick aus dem Seitenfenster im Cockpit werfen zu können, aber Nicholas blieb verschwunden. Der abrupte Abschied hinterließ eine große Leere in ihrem Herzen.

Bei einem Tankstop in Libyen stieg Isabella aus und flog mit der Swissair nach Zürich weiter. Sie schickte mit Luftpost Ansichtskarten an ihre ganze Familie – auch an Nanny – und kaufte mit Kreditkarten ein, um ihren Aufenthalt in der Schweiz zu dokumentieren. Sie fuhr eigens nach Lausanne und hob von Shasas Bankkonto 5000 Franken ab, um ihm zu beweisen, daß sie wirklich in der Schweiz Urlaub gemacht hatte.

Die Fotos, die sie von Nicholas gemacht hatte, waren sehr gut geworden. Sie hatte seine charakteristischen Eigenarten, seine Stimmungen und typischen Posen eingefangen.

Sie hatte ein Album für Nicholas angelegt: einen dicken Ordner mit Einsteckhüllen, die alle Andenken an ihn enthielten, die sie im Lauf der Jahre zusammengetragen hatte.

Dazu gehörten Abschriften seiner spanischen Geburtsurkunde und der Adoptionspapiere. Eine auf solche Nachforschungen spezialisierte Londoner Firma hatte die Familie Machado drei Jahrhunderte weit zurückverfolgt. Der Stammbaum und das Wappen der Machados steckten in der ersten Klarsichthülle.

Ebenfalls in einer der Hüllen aufbewahrt war der gehäkelte Babyschuh, den sie in Malaga unter seinem Bettchen gefunden hatte. Die Untersuchungsbefunde aus der Kinderklinik, die Berichte aus dem Kindergarten und sämtliche Fotos, die ihr je geschickt worden waren, hatte Isabella aufgeklebt. Auf Einlegeblätter hatte sie Kommentare dazu geschrieben und ihre Gefühle von Liebe, Hoffnung und Verzweiflung festgehalten.

Nach ihrer Rückkehr nach Weltevreden legte sie die abgeschnittene Locke dazu, klebte die neuen Fotos ein und ergänzte sie durch eine Beschreibung ihres Aufenthalts. Sie faßte sogar den Inhalt ihrer Gespräche zusammen und notierte einige der amüsanten oder altklugen Bemerkungen Nickys.

Wenn sie wieder einmal zutiefst deprimiert und unglücklich war, schloß sie sich in ihrer Suite ein, holte das Album aus ihrem Safe und blätterte mit Genuß darin.

So fand sie die Kraft, weiter durchzuhalten.

Die Beechcraft ging in einer Steilkurve tiefer, und die verringerte Schwerkraft bewirkte, daß Isabella, die hinten saß, sich ungewohnt leicht fühlte.

»Vor uns!« rief Garry vom linken Pilotensitz aus. »Siehst du sie? Am Fuß des Hügels. Drei Stück!«

Isabella starrte auf den Urwald und das bis zu einem Felsabbruch ansteigende zerklüftete Gelände hinunter. Die Felsen bildeten ein Durcheinander aus Wällen und Zinnen, steil abfallenden Klippen und umgestürzten Türmen, das an die Ruinen irgendeiner sagenhaften Märchenburg erinnerte.

Urwald füllte die Täler und Schluchten zwischen den Felsformationen mit grandiosem Chaos: Mächtige Baumstämme ragten dreißig und mehr Meter auf, und das herbstlich gefärbte Laub ihrer weit ausladenden Äste leuchtete in Gold-, Kupfer- und Bronzetönen. Andere Baumriesen hatten ihr Laub schon abgeworfen, und die aufgedunsenen Baobabs mit ihrer Schlangenhautrinde hockten da wie groteske Wesen aus der Dinosaurierzeit. Die Flügelspitze der Beechcraft zischte an einem gigantischen Ebenholzbaum vorbei, dessen Blätter noch dunkelgrün leuchteten und im oberen Teil der Baumkrone mit reifen gelben Früchten durchsetzt waren.

Ein Schwarm grüner Tauben flatterte in wilder Flucht auf und kam ihnen dabei so nahe, daß sie die hellgelben Schnäbel und glänzenden Augen der Vögel sehen konnten. Danach war der Wald plötzlich zu Ende, und sie hatten eine Ebene mit blaßgrünem Wintergras unter sich. Die Beechcraft dröhnte geradewegs auf die steile Felswand auf der anderern Talseite zu.

»Dort vorn! Siehst du sie, Bella?« rief Garry wieder.

»Ja! Ja! Sind sie nicht prachtvoll?« rief sie zurück.

Am jenseitigen Ende der Lichtung trabten drei Elefantenbullen hintereinander her. Ihre Ohren waren weit gespreizt wie das Lateinsegel einer arabischen Dhau. Unter der dicken grauen Haut zeichneten sich alle Wirbel ihres Rückgrats ab, und sie trugen die mächtigen Schädel so hoch, daß ihre langen Stoßzähne deutlich zu sehen waren.

Als sie in fünf, sechs Metern Höhe über die Tiere hinwegrasten, warf der Leitbulle sich kampfbereit nach ihnen herum. Er reckte seinen langen Rüssel hoch, als wolle er sie damit vom Himmel holen. Dann zog Garry die Steuersäule zurück. Der Druck preßte Isabella in ihren Sitz. Die Beechcraft stieg steil über die graublauen Granitklippen hinweg in den wolkenlos blauen afrikanischen Himmel.

»Der Große hat mindestens fünfunddreißig Kilo getragen.« Um das Gewicht der Stoßzähne des ersten Bullen abschätzen zu können, drehte Garry sich halb nach ihm um und vertraute auch in dieser etwas kritischen Fluglage ganz seinem fliegerischen Instinkt.

»Sind sie in unserem Revier, Vater?« fragte Garry, während er die Steuersäule wieder nach vorn drückte, den Leistungshebel leicht zurückzog und die Maschine für den Horizontalflug austrimmte.

»Dicht vor der Grenze.« Shasa saß entspannt auf dem rechten

Kopilotensitz. Er war Garrys Fluglehrer gewesen und kannte seine Fähigkeiten. »Dort drüben beginnt der Nationalpark – die Schneise durch den Wald markiert die Grenze.«

»Und diese alten Jumbos sind dorthin unterwegs.« Isabella beugte sich über die Sitzlehne ihres Vaters, der ihr lächelnd zunickte.

»Worauf du dich verlassen kannst!« bestätigte er.

»Soll das heißen, daß sie wissen, wo die Grenze zwischen Jagdrevier und Nationalpark liegt?«

»Wie du den Weg in dein Bad kennst. Sobald ihnen was verdächtig vorkommt, traben sie heim zu Mutter.«

»Siehst du das Lager schon?« fragte Garry.

»Gleich hinter dem nächsten Kopje.« Shasa zeigte durch die Windschutzscheibe nach vorn. »Da, jetzt ist der Rauch zu sehen. Die Landebahn verläuft parallel zu dem dunklen Streifen aus Jessebüschen.«

Garry nahm die Leistung noch etwas zurück, ging tiefer und flog die holperige Landebahn entlang, um sich davon zu überzeugen, daß sie frei von Hindernissen war.

Eine kleine Zebraherde, die auf der Landebahn gegrast hatte, stob vor der anfliegenden Maschine auseinander und flüchtete in vollem Galopp. Jedes der Tiere zog eine dünne Staubwolke hinter sich her.

In der Nähe des primitiven Windsacks unter ihnen sah Isabella einen offenen Lastwagen stehen. Sie hielt Ausschau nach ihrem älteren Bruder, aber am Steuer saß einer seiner schwarzen Fahrer. Das war eine kleine Enttäuschung. Sie hatte Sean zwei Jahre lang nicht mehr gesehen, und er fehlte ihr sehr.

Garry kurvte mit der zweimotorigen Beechcraft zum Anflug ein. Er fuhr das Fahrwerk aus und überzeugte sich davon, daß die drei grünen Kontrolleuchten aufflammten. Seine kräftigen Hände bewegten das Steuerhorn sicher und mühelos, als er jetzt steil tiefer ging, um trotz der Bäume am Anfang der Landebahn möglichst früh aufzusetzen.

»Er ist ein erstklassiger Pilot«, sagte Isabella sich bewundernd. »Fast so gut wie Shasa.«

Garry hatte sie im Firmenjet der Courtney Enterprises aus

Johannesburg hergeflogen. In Salisbury hatten die drei im Hotel Monomatapa übernachtet. Shasa und Garry hatten eine Besprechung mit dem rhodesischen Premierminister Ian Smith gehabt, nach der sie mit der kleineren Zweimotorigen weitergeflogen waren. Für eine sichere Landung brauchte der LearJet etwa 1000 Meter befestigte Landebahn, während ein geübter Pilot sich mit der Beechcraft auf die kurze Graspiste in Chizora mogeln konnte.

Garry fuhr die Klappen ganz aus und setzte nachdrücklich auf, ohne die Maschine schweben oder springen zu lassen. Ihr Fahrwerk polterte und rumpelte über die Holperpiste. Obwohl Garry mit höchstzulässiger Verzögerung bremste, schienen die Bäume am Ende der Landebahn erschreckend schnell näherzukommen. Aber dann wendete er mit erneut aufheulenden Motoren und rollte durch die bei ihrer Landung aufgewirbelte Staubwolke zu dem wartenden Lastwagen zurück.

Sobald Garry die Motoren abstellte, umringte das Personal des Camps die Beechcraft. Shasa öffnete seine Tür und sprang von der Tragfläche, um den Männern die Hände zu schütteln und sie in strikter Rangfolge zu begrüßen. Die meisten Safarihelfer waren von Anfang an dabei, so daß Shasa jeden einzelnen mit Namen kannte.

Noch größer war die Freude des Personals, als Isabella von der Tragfläche sprang. Obwohl sie nur selten nach Chizora kam, war sie bei allen sehr beliebt. Die Eingeborenen nannten sie Kwezi – Morgenstern.

»Ich habe frischen Kopfsalat und Tomaten für Sie, Kwezi«, versicherte ihr Lot, der Obergärtner. Der Garten in Camp Chizora, den er mit Büffel- und Elefantenlosung düngte, brachte Obst und Gemüse hervor, das auf jeder Landwirtschaftsausstellung erste Preise erhalten hätte. Alle kannten ihre Schwäche für Salate.

»Ich habe Ihr Zelt ganz am Rand aufgestellt, Kwezi«, erklärte ihr Isaac, der Butler. »Damit Sie morgens die Vögel hören können. Und der Chef hat Roibus-Tee für Sie.« Auch für diesen Tee aus den Bergen am Kap hatte Isabella eine besondere Schwäche.

Garry ließ die Beechcraft auf ihren Abstellplatz schieben, der mit Stacheldraht eingezäunt war, damit Löwen und Hyänen sich nicht nachts über die Reifen hermachen konnten. Das Personal verlud ihr Gepäck auf den offenen Lastwagen. Dann holperten sie mit Garry am Steuer des Toyotas auf einem unbefestigten Weg durch den Buschwald.

Die Regenzeit hatte reichlich Niederschläge gebracht, so daß es viel Wild gab. Auf dem sandigen Boden zeichneten sich überall seine Fährten ab. Als sie auf die weite Lichtung vor dem Camp hinausfuhren, grasten dort Zebraherden und schlanke rotbraune Impalas unerschrocken auf der silbrigen Winterweide. Zu Seans eisernen Regeln gehörte es, daß in drei Kilometern Umkreis ums Lager nicht geschossen werden durfte. Diese Vorschrift engte die Jagdgäste keineswegs ein, denn sein Safarigebiet Chizora umfaßte 10 000 Quadratkilometer.

Das Camp stand auf einem kleinen Hügel mit Blick über die Lichtung und das schlammige Wasserloch in ihrer Mitte. Wenn es später in der Saison kein Wasser mehr gab, zog das Wild weiter. Dann mußte Sean das Camp abbrechen und ihm zu seinem zweiten Lagerplatz am Kariba-See folgen.

Die Reihe grüner Zelte – jedes mit eigener Dusche und Toilette – fügte sich unauffällig in den Waldrand ein. Das Speisezelt war von einer Boma – einem mannshohen Windschutzzaun aus Schilfmatten – umgeben. Die Segeltuchsessel standen ums Lagerfeuer, in dem Tag und Nacht große Hartholz- und Mopane-Scheite brannten. Das Personal trug gestärkte weiße Uniformen, und Isaac war als Butler mit einer karmesinroten Schärpe geschmückt.

Ein Dieselaggregat lieferte Strom für die Lampen und eine Reihe von Kühlschränken und Tiefkühltruhen in der aus Lehmziegeln erbauten Speisekammer. Aus dem mit Schilf gedeckten Küchenblock kamen die Feinschmeckermenüs des Chefkochs. Auch sonst waren alle Raffinessen eines »Hemingway-Camps« vorhanden. Dazu gehörten vor allem Eisschalen auf dem Bartisch und eine reichhaltige Getränkeauswahl. In dem silbernen Weinkühler ruhte stets eine Flasche Chablis Vaudésir, und alle Gläser waren aus Stuart-Kristall. Jagdgäste, die sich eine Safari dieser Art leisten konnten, erwarteten solche lebensnotwendigen Dinge und achteten darauf, daß sie auch zur Verfügung standen.

Das uniformierte Personal hatte die Tanks der jeweiligen Duschen mit kochendheißem Wasser gefüllt. Während die Gäste sich den Reisestaub abspülten, wurden ihre Sachen ausgepackt und ihre Safarikleidung in den Zelten bereitgelegt.

Geduscht und erfrischt versammelte die Familie sich am Lagerfeuer. Shasa sah auf seine Armbanduhr. »Bißchen früh für 'nen Drink?«

»Unsinn«, sagte Garry. »Wir sind im Urlaub.« Er nickte dem Barkeeper zu, er solle ihre Bestellungen aufnehmen.

Isabella trank ihren kalten Weißwein mit kleinen Schlucken. Erstmals seit fast zwei Jahren fühlte sie sich ruhig und sicher. Sie mußte plötzlich an Michael denken. Er war der einzige, der ihr hier fehlte. Sie beobachtete den Zug der schönen Wildtiere, die jetzt zur Tränke kamen, und hörte nur mit halbem Ohr zu, was Garry und ihr Vater redeten.

Die beiden sprachen über Seans Jagdgast, einen deutschen Industriellen namens Otto Heider.

»Er ist zwanzig Jahre älter als Sean«, berichtete Shasa, »aber sie sind verwandte Seelen. Beide sind wilde Draufgänger. Gott, wenn ich daran denke, was sie schon riskiert haben! Je riskanter und gefährlicher die Action, desto begeisterter ist der alte Otto. Deshalb geht er auch nur mit Sean auf die Jagd.«

Garry nickte zustimmend. »Ich habe ihn von unseren Fachleuten unter die Lupe nehmen lassen. Otto Heider ist ein großer Spieler. Die Liste seiner Aktiva ist vier Schreibmaschinenseiten lang, aber er ist ein Glücksritter. Ich glaube, daß es falsch wäre, sich finanziell mit ihm einzulassen. Er riskiert zuviel. Meinen Berechnungen nach fehlen ihm mindestens drei Milliarden Mark Eigenkapital.«

»Ganz deiner Meinung«, bestätigte Shasa. »Ein interessanter Mann, aber nichts für uns. Otto fliegt übrigens morgen früh ohnehin ab. Der Gast, der uns eigentlich interessiert, kommt morgen nachmittag an. Sean setzt Otto in Salisbury ab, kommt mit dem anderen zurück und –« Shasa sah über die weite Lichtung hinweg nach Osten.

»Ich glaube, ich hab' Seans Jeep gehört. Da kommt er!«

Knapp eineinhalb Kilometer von ihnen entfernt tauchte ein Geländewagen am Waldrand auf und raste mit aufheulendem Motor übers offene Grasland.

»Master Sean scheint's recht eilig zu haben.«

Der Motorenlärm wurde lauter. Eine hohe Staubsäule stieg in den stillen Abendhimmel. Die Tiere am Wasserloch flüchteten in wilder Panik unter die Bäume.

Als die Entfernung sich rasch verringerte, waren die Menschen in dem offenen Toyota zu erkennen. Der Aufbau des Geländewagens war rundum abgetrennt, und die Windschutzscheibe lag nach vorn geklappt auf der Motorhaube. Auf den beiden erhöhten Rücksitzbänken saßen Seans Fährtensucher.

Der Mann auf dem Beifahrersitz des Toyotas war etwa fünfzig; er trug maßgeschneiderte Safarikleidung, eine goldgeränderte Brille und ein geflecktes Hutband. Seine unbekümmert selbstbewußte Haltung wies ihn als den Industriellen Otto Heider aus, über den sie vorhin gesprochen hatten.

Isabella sprang auf, als sie Sean am Steuer des heranrasenden Jeeps erkannte, und lief zum Eingang der Boma.

Sean trug ein weites Buschhemd, dessen Ärmel hochgekrempelt waren, so daß die muskulösen Arme sichtbar waren. Er hatte schwarzes, schulterlanges Haar, das recht wild aussah.

Der Wagen bremste scharf, stellte sich quer und kam dicht vor dem Eingang der Boma zum Stehen. Sean sprang aus dem Jeep und kam mit großen Schritten heran.

»Sean!« rief Isabella und wollte ihn begrüßen, aber er ging grußlos an ihr vorbei.

»Was hast du dir dabei eigentlich gedacht?« Garrys Lächeln verschwand.

»Was ist los?« fragte Garry

»Ich will es dir gerne sagen«, knurrte Sean. »Vier Tage lang bin ich unterwegs gewesen, um den einzigen Bullen zu stellen, den ich in dieser Saison gesehen habe. Und im entscheidenden Augenblick kommst du wie Richthofen angedonnert und vertreibst ihn!«

Garry begann zu grinsen. Auch der Rest der Familie konnte ein Lachen kaum unterdrücken.

»Ja, lacht ihr nur!«

»Sean.« Garry kam ihm entgegen. »Woher hätte ich das wisssen sollen?«

»Du bist und bleibst eben ein Bürohengst. Von Wildnis hast du keine Ahnung«, schnaubte Sean.

»Es tut mir leid«, sagte Garry und streckte ihm die Hand entgegen.

Sean schlug ein. »Das kostet dich 'ne Runde.«

»Dann können wir ja zu Abend essen«, rief Isabella und schritt auf den reich gedeckten Tisch zu.

Sean kam spät zum Frühstück. Er sah zu seinem Platz am Kopfende des langen Tischs hinüber.

Dort saß Garry. Er wirkte groß und frech und selbstbewußt – und er saß auf Seans Platz. Die Rivalität der beiden war nicht zu übersehen.

Er sah von seinem Teller auf und nickte Sean zu. »Morgen, Sean. Bring mir doch 'nen Kaffee mit, solange du noch stehst.«

»Wieviel Zucker?« fragte Sean, während er ans Sideboard trat und Isaac die Kaffeekanne aus der Hand nahm.

»Zwei Stück sind genug.« Garry aß weiter.

Sean brachte seinem jüngeren Bruder den Kaffeebecher, und Garry nickte. »Danke, Sean. Nimm Platz.« Er deutete auf den freien Sessel neben sich. »Wir haben einiges zu besprechen.«

Isabella wünschte sich, das Gespräch belauschen zu können, aber Otto und Shasa unterhielten sich auch. Sie wußte, daß Garry den Zeitplan für die Besprechungen festlegte, die in den nächsten Tagen hier im Camp stattfinden sollten. Die Namen der Besucher sowie alle über sie erhältlichen Informationen waren wichtig für sie – und für Nicky.

»Was ist mit dieser Italienerin? Die ist doch schon mehrmals dein Jagdgast gewesen. Wie ist sie so?« hörte sie Garry fragen, und Sean zuckte mit den Schultern.

»Elsa Pignatelli? Italo-Schweizerin. Sie schießt hervorragend – wenn man sie dazu bringen kann, es wirklich zu tun. Sie riskiert nie was, aber wenn sie mal abdrückt, ist jeder Schuß ein Treffer. Ich habe noch nie erlebt, daß sie danebengeschossen hätte.«

Garry dachte kurz darüber nach und nickte dann. »Noch etwas?«

»Sie kann verdammt stur sein. Setzt ihre Wünsche durch und hat Augen wie ein Luchs. Ich hab' mal versucht, ihre Rechnung ein bißchen aufzupolstern. Aber sie hat's sofort gemerkt.«

Garry nickte. »Das überrascht mich nicht. Sie ist eine der reichsten Frauen Europas. Chemie und Pharmaprodukte, Schwermaschinenbau, Düsentriebwerke und Kriegsmaterial. Sie leitet den gesamten Konzern, seit ihr Mann vor sieben Jahren gestorben ist. Sie steht in dem Ruf, eine knallharte Geschäftsfrau zu sein.«

»Letzte Saison ist in dichtem Jessebusch ein angeschossener Jumbo auf uns losgestürmt. Sie ist keinen Schritt zurückgewichen und hat ihn aus zwanzig Metern mit einem Schuß zwischen die Augen umgelegt. Dann ist sie über mich hergefallen, hat mich angefaucht, ich hätte auf ihren Elefanten geschossen. Ja, sie ist wirklich knallhart.«

»Sonst noch was? Irgendwelche Schwächen? Alkohol?« fragte Garry.

Sean schüttelte den Kopf. »Abends ein Glas Champagner. Jeden Abend eine neue Flasche Dom Pérignon. Sie trinkt ein Glas und läßt den Rest abtragen. Fünfzig Dollar die Flasche.«

»Noch was?« Garry starrte ihn durch seine dicken Brillengläser an, und Sean schüttelte grinsend den Kopf.

»Unsinn, Garry! Dafür ist sie schon viel zu alt – mindestens fünfzig.«

»Zweiundvierzig«, stellte Garry richtig.

Sean seufzte resigniert. »Okay, du willst wissen, ob ich mit ihr geschlafen habe. Ich hab's ihr natürlich angeboten. Das wird von mir erwartet; das gehört zum Service. Aber sie hat nur gelacht und mir erklärt, sie habe keine Lust, wegen Verführung Minderjähriger verhaftet zu werden.«

Garry lachte. »Schade! Wir müssen mit ihr ins Geschäft kommen.«

»Heute nachmittag um fünf bringe ich sie her«, versprach Sean ihm. »Was du dir dann einfallen läßt, ist deine Sache. Ich wünsche dir jedenfalls viel Glück dabei.«

Später fuhren sie alle gemeinsam zum Flugplatz hinaus, um Otto zu verabschieden.

»Kommst du, Bella?« rief Garry.

»Ich fahre mit Vater zurück!« rief Isabella. »Wer ist übrigens diese Elsa Pignatelli?« fragte sie ganz beiläufig. »Und warum habe ich noch nie von ihr gehört?«

Shasa warf ihr einen überraschten Blick zu. »Wie hast du von ihr erfahren?«

»Hast du etwa kein Vertrauen zu mir? Bin ich nicht deine persönliche Assistentin?«

Sie hatte es geschickt verstanden, sein Schuldbewußtsein zu wecken, so daß er sofort versuchte, sich zu entschuldigen. »Nein, nein, das hat nichts mit dir zu tun, Bella. Natürlich habe ich Vertrauen zu dir! Aber es handelt sich um eine Sache, die geheim bleiben muß.«

»Ihretwegen sind wir alle hier, stimmt's?«

Aber Shasa wollte noch immer nicht recht mit der Sprache heraus. »Elsa Pignatelli ist eine begeisterte Jägerin, eine richtige Diana. Sie ist schon in der vierten Saison Jagdgast bei Sean. Am liebsten schießt sie Großkatzen – Löwen und Leoparden. Und du weißt ja, daß Sean auf Großkatzen spezialisiert ist.«

»Wir sind aber nicht hier, um ihr auf der Löwenjagd zuzusehen«, stellte Isabella nüchtern fest.

Shasa nickte widerstrebend. »Zum Pignatelli-Konzern gehören chemische Werke, die Medikamente, Düngemittel, Pestizide, Lacke und Kunststoffe herstellen. Sie ist Eigentümerin bestimmter Patente, an denen wir interessiert sind.«

»Warum ist Garry dann nicht nach Genf oder Rom, oder wo sie sonst lebt, geflogen?«

»Sie lebt im Tessin.«

»Schön, warum hat er sie nicht aufgesucht, oder warum hat sie nicht jemanden nach Johannesburg geschickt, anstatt sich auf diese Tarzan-Geschichte einzulassen? Wozu dieser konspirative Treff im Dschungel?«

Shasa nahm etwas Gas weg und konzentrierte sich ganz darauf, die steinige Furt zu überwinden. Er sprach erst wieder, als sie mit Allradantrieb die gegenüberliegende steile Uferböschung hinauffuhren. »Entschuldige, daß ich dich bisher nicht eingeweiht habe. Ich wollte es längst tun.« Er zuckte mit den Schultern. »Unser Interesse gilt nicht nur Herbiziden und Pestiziden. Draußen in der großen weiten Welt gibt's viele uns nicht wohlgesonnene Leute, die sich brennend für Gespräche zwischen Elsa Pignatelli und dem Vorstandsvorsitzenden von Armscor interessieren würden.«

»Ah, du bist als Armscor-Chef hier! Folglich muß es um Rüstungsmaterial gehen.«

Shasa warf ihr einen prüfenden Blick zu. Sie trug einen bunten Seidenschal als Turban um den Kopf, und der Fahrtwind hatte ihre Wangen gerötet. Beim Anblick seiner schönen Tochter spürte Shasa leichte Gewissensbisse, weil er ihr mißtraut hatte. Sie war sein eigen Fleisch und Blut; er konnte ihr vertrauen wie sich selbst.

»Du erinnerst dich, daß wir mal über Waffen gesprochen haben, die als letztes Mittel eingesetzt werden könnten«, sagte er zögernd.

»Doch nicht etwa Atomwaffen?« fragte Isabella. »Die Bombe haben wir bereits. Wenn ich an den Aufschrei wegen unseres Projekts ›Skylight‹ denke –«

»Nein, keine Atomwaffen«, antwortete Shasa seufzend. »Aber nicht weniger grausige, fürchte ich. Du weißt, daß ich Massenvernichtungsmittel wie du verabscheue. Andererseits sind solche Waffen nicht dafür gedacht, jemals eingesetzt zu werden. Ihre abschreckende Wirkung beruht auf ihrer bloßen Existenz.«

»Sobald sie existieren, werden sie früher oder später von irgendeinem Verrückten eingesetzt«, stellte Isabella nüchtern fest.

Shasa schüttelte den Kopf. »Dieses Thema haben wir schon ausführlich diskutiert, Liebling. Trotzdem steht fest, daß ich den Auftrag habe, unserem Land alle nur möglichen Waffen zur Selbstverteidigung zu beschaffen. Aber ich habe nicht zu entscheiden, welche Waffen moralisch akzeptabel sind.«

»Brauchen wir wirklich noch scheußlichere Waffen?« hakte sie nach.

»Weltweit wächst der Haß auf unser kleines Land, der von einer kleinen Gruppe erbitterter Feinde sehr clever geschürt wird. Sie unterzieht eine ganze Generation junger Menschen in aller Welt einer Gehirnwäsche mit dem Ziel, uns als Ungeheuer hinzustellen, die ohne Rücksicht auf Verluste vernichtet werden müssen. Diese jungen Menschen werden bald in einflußreiche Positionen aufrükken. Sie treffen die Entscheidungen von morgen. Eines Tages könnte eine Kampfgruppe der U.S. Navy unsere Küsten blockieren. Oder wir könnten eine Invasion indischer Truppen erleben, die von Australien, Kanada und den übrigen Commonwealth-Mitgliedern unterstützt werden.«

»Ist das nicht ein bißchen weit hergeholt, Papa?«

»Noch in der Ferne«, bestätigte Shasa. »Aber du hast während unserer Londoner Zeit einflußreiche Mitglieder der Labour-Regierung kennengelernt. Und du hast mit Leuten aus der Demokratischen Partei der USA gesprochen – zum Beispiel mit Teddy Kennedy. Weißt du noch, was er dir erzählt hat?«

»Natürlich«, sagte Isabella, die bei der Erinnerung daran schweigsam wurde.

»Wir müssen dafür sorgen, daß kein Staat – auch keine der Supermächte – jemals daran denken kann, risikolos bei uns militärisch zu intervenieren.«

»Wir haben doch schon die Bombe!« wandte sie ein.

»Atomwaffen sind teuer, schwierig einzusetzen und in ihrer Wirkung schwer kontrollierbar. Es gibt andere wirkungsvolle Abschreckungsmittel.«

»Und Elsa Pignatelli kann sie liefern? Weshalb sollte sie uns helfen?«

»Signora Pignatelli steht unserer Sache aufgeschlossen gegenüber. Sie ist Mitglied der italienischen Südafrika-Gesellschaft. Sie kennt und versteht Afrika. Ihr Vater hat zum Stab General de Bonos gehört, als er 1935 in Abessinien eingefallen ist. Bruno Pignatelli, ihr Ehemann, hat unter Rommel in Nordafrika gekämpft, ist bei Bengasi in Gefangenschaft geraten und hat drei Jahre in einem südafrikanischen Gefangenenlager verbracht. Dort hat er unser Land lieben gelernt – und später seine Frau in diesem Sinn beeinflußt. Elsa Pignatelli ist regelmäßig zur Jagd oder geschäftlich in Afrika. Sie versteht die Probleme, mit denen wir zu kämpfen haben, und lehnt wie wir die nur scheinbar einfachen Lösungen ab. Der Anstoß zu diesem Treffen ist von ihr ausgegangen.«

Isabella lagen einige Fragen auf der Zunge, aber sie wußte, daß es klüger war, Shasa ausreden zu lassen, ohne ihn zu unterbrechen.

Sie saß schweigend neben ihm, starrte die tiefen Fahrspuren an und nahm die in eleganten Sprüngen vor ihnen querende Impalaherde kaum wahr.

»Nur vier Menschen wissen von diesem Treffen, Bella. Signora

Pignatelli hat nicht einmal ihre engsten Mitarbeiter ins Vertrauen gezogen. Außer Garry und mir kennt nur der Premierminister das Thema unserer Besprechung.«

Isabella hatte Mühe, das in ihr aufsteigende Gefühl, eine gemeine Verräterin zu sein, zu unterdrücken. Sie hätte Shasa am liebsten gewarnt, ihr nicht noch mehr zu erzählen – aber dann dachte sie an Nicky und blieb schweigend sitzen.

»Vor fünf Jahren hat die NATO zwei westeuropäischen Chemiefirmen den Auftrag erteilt, ein Nervengas für den Einsatz auf dem Gefechtsfeld zu entwickeln. Letzten Herbst sind diese Aufträge – hauptsächlich unter dem Druck der sozialistischen Regierungen Skandinaviens und der Niederlande – storniert worden. Die Entwicklung dieser Waffe war jedoch schon weit fortgeschritten, und eine der Firmen hatte ein Gas hergestellt und getestet, das allen ursprünglichen Anforderungen entsprach.«

»Eine Firma aus Elsa Pignatellis Konzern?« fragte Isabella. Als ihr Vater nickte, erkundigte sie sich: »Welche Kriterien hatte die NATO festgelegt?«

»Die Waffe mußte sicher gelagert und transportiert werden können. Der Pignatelli-Konzern hat zwei Grundstoffe entwickelt, die für sich allein völlig unschädlich sind. Sie können ohne das geringste Risiko in Eisenbahnkesselwagen oder auf der Straße in Tankwagen transportiert werden. Werden sie jedoch zusammengebracht, entsteht ein Gas, das ungefähr elfmal giftiger ist als das in amerikanischen Gaskammern verwendete Zyanidgas.«

Shasa bog von der Fahrspur ab und parkte den Geländewagen unter den ausladenden Ästen einer blühenden Kigelia, die ihren Beinamen »Wurstbaum« ihren riesigen Samenschoten verdankte, die tatsächlich an Zervelatwürste erinnerten.

Er nahm Seans Gewehr.

»Komm, wir besuchen die Flußpferde«, schlug er vor. Isabella folgte ihm den Fußweg zu dem tiefen grünen Tümpel am Chizora hinunter. Flußpferde haben in Afrika schon mehr Menschen auf dem Gewissen als alle Löwen, Büffel und Schlangen gemeinsam.

Trotzdem wirkten sie nicht gefährlich, als sie in Ufernähe so tief im Wasser standen, daß nur ihr Rücken wie ein großer schwarzer Felsen herausragte. Dann sperrte der Bulle das Maul auf und ließ eine riesige rosa Höhle und die gekrümmten Hauer sehen, die Papyrus absäbeln oder einen ausgewachsenen Ochsen in mehrere Stücke zerteilen konnten. Er fixierte die beiden mit seinen kleinen Augen.

Sie setzten sich auf einen umgestürzten Baumstamm; Shasa stellte das Gewehr griffbereit neben sich. Der Bulle klappte sein Maul zu und versank wieder so tief im Wasser, daß nur noch seine Augen und die Spitzen seiner kleinen Ohren sichtbar blieben.

»Elfmal giftiger als Zyanidgas«, wiederholte er.

»Aber wozu? Wozu dieses schreckliche Zeug herstellen?«

Er zuckte mit den Schultern. »Um uns vor Haß zu schützen. Das Giftgas hat den Codenamen Cyndex 25«, berichtete er weiter, »und besitzt außer seiner rasch tödlichen Wirkung weitere nützliche Eigenschaften.«

»Wie erfreulich!« murmelte Isabella. »Welche denn?«

»Es ist geruchlos. Es kann aber auch mit beliebigen Duftstoffen versetzt werden. Außerdem ist es höchst instabil und zerfällt schon drei Stunden später. Danach ist es wieder völlig harmlos. Man kann einen Angriff mit Gas abwehren und das Aufmarschgebiet der fremden Truppen schon drei Stunden danach von eigenen Kräften besetzen lassen.«

»Reizend«, flüsterte Isabella. »Ich gehe jede Wette ein, daß dem Premierminister auch die politischen Einsatzmöglichkeiten nicht entgangen sind. Zum Beispiel bei einem Massenaufstand der Schwarzen.«

Shasa sah sie an. »Daran darf man gar nicht denken.«

»Du hast sicher selbst daran gedacht, stimmt's?« Er schwieg. »Die NATO hat die Entwicklungsaufträge also storniert? Heißt das, daß nur die Firma Pignatelli dieses Cyndex 25 herstellt?«

»Nein. Das Gas ist hergestellt und getestet worden. Erst die fünfundzwanzigste Charge hat sich als brauchbar erwiesen – daher die Zusatzzahl. Aber als der NATO-Auftrag storniert wurde, hat die Firma die Produktion eingestellt und ihre Lagerbestände verderben lassen.«

Isabella warf ihm einen fragenden Blick zu. »Verderben?«

»Die Ausgangsmaterialien sind wie gesagt höchst instabil. Ihre Lagerfähigkeit beträgt bestenfalls sechs Monate. Daher müssen ständig neue produziert werden, um unbrauchbar gewordene Bestände zu ersetzen.«

»Ein lukratives Geschäft für Capricorn Chemicals«, meinte Isabella, aber Shasa ignorierte ihre Bemerkung.

»Signora Pignatelli könnte uns die Baupläne für eine Gasfabrik liefern. Das Herstellungsverfahren ist ungeheuer kompliziert und arbeitet mit sehr geringen Fertigungstoleranzen.«

»Wann nehmt ihr die Produktion auf?« fragte Isabella, aber ihr Vater schüttelte lächelnd den Kopf.

»Nicht so voreilig! Ich weiß nicht einmal, ob Signora Pignatelli sich überreden läßt, uns die Formel und die Baupläne zu verkaufen. Darüber wollen wir uns erst unterhalten.« Er sah auf seine Armbanduhr. »Schon fast Mittag – und wir sind noch eine halbe Stunde vom Camp entfernt.«

Eine Dreiviertelstunde vor der Landung meldete Sean sich über Funk auf der Frequenz für »unbemannte Landeplätze«. So waren sie alle rechtzeitig draußen, als die Beechcraft am Spätnachmittag zur Landung einschwebte.

Shasa, der eine Hand über die Augen legte, um sie vor der tiefstehenden Sonne zu schützen, sah den Kopf von Seans Passagierin auf dem rechten Sitz. Dabei fühlte er ein elektrisches Kribbeln im Nacken, das mehr als reine Neugier war. Daß Elsa Pignatelli und er sich noch nie begegnet waren, war verwunderlich. Immerhin gehörten sie beide jener kleinen exklusiven Welt an, die keine Staatsgrenzen kennt. Sie hatten Dutzende von gemeinsamen Freunden und Bekannten, und er erinnerte sich, daß sie sich in den vergangenen Jahren mehrmals haarscharf verpaßt hatten. Mit Bruno Pignatelli, ihrem Ehemann, hatte er sich recht gut verstanden. Er hatte wohl Photos von Elsa in den Modejournalen gesehen, die Centaine und Isabella so eifrig studierten. Zwischen den Courtney Industries und Pignatellis Firmen existierten seit zwei Jahrzehnten für beide Seiten sehr vorteilhafte Geschäftsbeziehungen. Shasa hatte eine dicke Akte über Elsa studiert, die der firmeninterne Nachrichtendienst Special Services für ihn zusammengestellt hatte. Er kannte sie also und kannte sie doch nicht.

Sean ließ die Beechcraft auf ihrem Abstellplatz ausrollen und stellte die Motoren ab. Elsa Pignatelli stieg aus. Sie stemmte sich aus dem Kopilotensitz, kletterte auf die Tragfläche und sprang zu Boden. Sie war groß, schlank und langbeinig und bewegte sich mit der Grazie einer Tänzerin. Schließlich war sie Mannequin gewesen, bevor sie Bruno Pignatelli geheiratet hatte.

Obwohl Shasa einerseits das Gefühl hatte, sie längst zu kennen, war er doch überrascht. Angenehm überrascht. Elsa Pignatelli sah sich um. Ihr Blick glitt über Garry, Isabella und das Personal hinweg und konzentrierte sich ganz auf ihn.

In der Spätnachmittagssonne glänzte ihr tiefschwarzes Haar fast bläulich. Es war glatt zurückgekämmt und zu einem strengen Nackenknoten zusammengefaßt, der ihr schmales Gesicht mit der hohen, leicht gewölbten Stirn und den Backenknochen betonte. Trotzdem war der Gesamteindruck – nicht zuletzt wegen des vollen Mundes – durchaus feminin.

»Shasa Courtney«, sagte sie lächelnd, als sie auf ihn zutrat. Elsa Pignatelli würde im Juli nächsten Jahres ihren dreiundvierzigsten Geburtstag feiern. Ihr Teint war makellos, ihr Erscheinen äußerst gepflegt.

»Signora Pignatelli.« Shasa griff nach ihrer Hand, eine kühle, feste Hand. Er bedauerte, daß der Kontakt flüchtig war, aber ein Blick in ihre Augen war Entschädigung genug. Von der dunklen Pupille aus war die Iris von braun-goldenen Strahlen durchzogen. Sie hatte lebhafte, kluge Augen mit langen, sanft geschwungenen Wimpern.

»Ich bedaure sehr, daß wir uns nicht schon früher kennengelernt haben«, sagte Shasa in stockendem Italienisch. Sie antwortete lächelnd in fehlerfreiem Englisch, das durch die Spur eines Akzents um so reizvoller klang.

»Oh, wir kennen uns schon lange«, sagte sie und lächelte.

»Woher?« fragte Shasa überrascht.

»Windsor Park. Guard's Polo Club.« Sie amüsierte sich über seine Verwirrung. »Sie sind die Nummer zwei im Einladungsteam des Herzogs von Edinburgh gewesen.«

»Großer Gott, das ist doch zehn Jahre her!«

»Elf«, verbesserte sie ihn. »Sie sind mir nie vorgestellt worden, aber wir haben uns nach dem Spiel ungefähr drei Sekunden lang am

Büfett getroffen. Sie haben mir ein Räucherlachs-Sandwich angeboten.«

»Ein wundervolles Gedächtnis!« rief er. »Haben Sie das Sandwich genommen?«

»Wie unritterlich von Ihnen, sich nicht mehr daran zu erinnern«, tadelte sie ihn lachend, bevor sie sich nach den anderen umdrehte. »Sie sind bestimmt Garrick Courtney?« Und Shasa beeilte sich, ihr erst Garry und dann Isabella vorzustellen.

Das Personal verstaute inzwischen Signora Pignatellis Gepäck in einem Geländewagen: sechs oder sieben schwere Lederkoffer und vier lange Gewehrfutterale. Nur wer im eigenen Jet anreiste, konnte sich soviel Gepäck leisten.

»Signora Pignatelli«, rief Sean ihr zu und schwang sich in seinen Jagdwagen. Aber sie ignorierte seinen Vorschlag einzusteigen und blieb neben Shasa, der zum zweiten Geländewagen hinüberging.

Isabella wollte den beiden folgen, aber Garry hielt sie an der Hand fest und nickte zu dem freien Platz neben Sean hinüber, den Elsa Pignatelli verschmäht hatte.

»Komm, Bella«, murmelte Garry. »Wer will denn da stören.«

Isabella sah ihn an. Ach so: Vater und die feine Witwe! Darauf war sie gar nicht gekommen.

Bei Sonnenuntergang servierte Isaac Elsa Pignatelli ein perlendes Kelchglas Dom Pérignon aus einer frisch geöffneten Flasche. Als guter Butler kannte er die Vorlieben aller Stammgäste.

Während sie am Lagerfeuer einen Halbkreis bildeten, damit der bläuliche Holzrauch zwischen ihnen abziehen konnte, rief Sean seinen Fährtensucher zur abendlichen Besprechung. Dieses Ritual fand nur für den jeweiligen Jagdgast statt, denn alle wichtigen Fragen waren längst außer Hörweite besprochen. Aber dem Durchschnittsgast – vor allem Neulingen – imponierte, wie Sean mit seinen Fährtensuchern fließend Suaheli sprach. Außerdem gab ihnen die Beteiligung an diesem Ritual das Gefühl, wirklich zur Safari dazuzugehören, anstatt nur unnützer Ballast zu sein.

Die beiden Fährtensucher, die für Sean arbeiteten, seit er sich zur Zeit des Mau-Mau-Aufstands in Kenia als Safariveranstalter etabliert hatte, waren geborene Schauspieler, die ihre Rollen glänzend beherrschten. Sie kauerten respektvoll auf beiden Seiten seines Sessels und nannten Sean Bwana Mkubwa – Großer Häuptling. Sie stellten die Tiere dar, von denen gesprochen wurde, zeichneten ihre Fährte in den Staub zwischen ihren Füßen, rollten mit den Augen, schüttelten die Köpfe und spuckten zuletzt ins Feuer, um ihren Worten Nachdruck zu verleihen.

Einer war ein großer schweigsamer Samburu mit rasiertem Schädel, nilotischen Gesichtszügen und silbernen Maria-Theresia-Talern in den vergrößerten Ohrläppchen. Der andere war recht klein, hatte ein koboldhaftes Gesicht und glänzende Knopfaugen.

Matatu gehörte zu den wenigen Überlebenden des Urwaldstammes der Ndorobo, eines wegen seiner fast magisch guten Fährtensucher berühmten kleinen Volkes, das unglücklicherweise Opfer des Fortschritts geworden war. Seine Wälder waren zerstört, und Zivilisationskrankheiten – von Tuberkulose über Trunksucht bis hin zu Geschlechtskrankheiten – hatten Einzug gehalten.

Sean hatte ihm den Namen Matatu – Nummer drei – gegeben, weil sein Stammesname unaussprechlich und er der dritte Fährtensucher war, den Sean angeheuert hatte. Die beiden anderen hatte er nach jeweils einer Woche entlassen müssen, aber Matatu war nun schon über sein halbes Leben bei ihm.

»Ngwi«, sagte Matatu und verdrehte die Augen, während er präzise eine Leopardenfährte in den Staub zeichnete. Sean befragte ihn in sonorem Suaheli, worauf Matatu mit fast piepsender Stimme antwortete und zuletzt kräftig ins Feuer spuckte. Sean wandte sich an Elsa Pignatelli, um ihr das Gesagte zu übersetzen.

»Vor einer Woche habe ich fünf Leopardenköder ausgelegt – zwei am Fluß, die übrigen am Felsenabbruch über dem Nationalpark.«

Elsa Pignatelli nickte; sie kannte dieses Gebiet von früheren Safaris.

»Vor einigen Tagen ist einer der Köder angenommen worden. Ein altes Weibchen ist aus dem Park gekommen. Es hat nur einmal gefressen, und wir haben es danach in den Park zurückverfolgt. Seitdem ist es dort oben ruhig.«

Sean stellte Matatu eine weitere Frage. Der kleine Ndorobo antwortete ausführlich.

»Während ich Sie heute in Salisbury abgeholt habe, hat Matatu die Köder nochmals kontrolliert. Sie scheinen Glück zu haben, Signora. Einer der Köder am Fluß ist angenommen worden. Matatu sagt, es sei ein Männchen. Falls der Leopard heute wieder frißt, können wir morgen abend auf ihn ansitzen.«

»Einverstanden«, sagte Elsa.

»Morgen früh sehen wir nach dem Köder und schießen unterwegs ein paar Impalas – nur für den Fall, daß wir sie brauchen. Nach dem Mittagessen legen wir uns eine Stunde hin und beziehen gegen drei Uhr den Ansitz.«

»Sehen Sie nach dem Köder«, erklärte Elsa. »Ich habe morgen eine wichtige Besprechung.« Sie lächelte Shasa zu, der im Sessel neben ihr saß. »Wir müssen über vieles reden.«

Die Besprechung dauerte den ganzen Vormittag. Garry hatte Isabella mit Sean im Toyota losgeschickt, um sie nach den Leopardenködern sehen zu lassen, und Isaac angewiesen, am Rand der Lichtung unter einem Msasabaum einen Klapptisch und drei Stühle aufzustellen.

Unter dem Msasabaum waren die drei – Shasa, Garry und Elsa Pignatelli – vor unbefugten Zuhörern ebenso sicher wie in jedem aufwendig abhörsicher gemachten Konferenzraum. Eigentlich bizarr, überlegte Shasa sich, über ein so schreckliches Thema in so friedlich schöner Umgebung zu sprechen.

Andererseits nahm die Besprechung nicht den von Shasa und Garry erhofften Verlauf. Obwohl Elsa Pignatelli einen eleganten Aktenkoffer mitgebracht hatte, blieben seine Zahlenschlösser verriegelt.

Elsa hatte noch keine Entscheidung über eine Lizenzvergabe für die Produktion von Cyndex 25 getroffen. Ganz im Gegenteil: Sie hatte ernsthafte Zweifel und Bedenken.

»Dieses Kampfgas wäre eine grausige Waffe«, sagte sie an einem Punkt der Verhandlungen. »Als die NATO damals den Auftrag storniert und uns angewiesen hat, die Lagerbestände verderben zu lassen und die Produktionsanlagen zu demontieren, bin ich sehr erleichtert gewesen. Ich weiß überhaupt nicht, was mich dazu gebracht hat, eine Lizenzvergabe auch nur in Erwägung zu ziehen –

vor allem für eine Produktion, die ich nicht hundertprozentig kontrollieren könnte.«

Shasa und Garry bemühten sich, ihre Befürchtungen zu zerstreuen. Sie versuchten, eine Regelung vorzuschlagen, die Elsa die Kontrolle über den Herstellungsprozeß sicherte, und die Voraussetzungen für einen etwaigen Einsatz von Cyndex 25 zu klären.

»Sollten Sie die Produktion aufnehmen, würde jeder NATO-Fachmann, der unsere Anlage einmal inspiziert und das hergestellte Gas analysiert hat, sofort wissen, woher Sie diese Technologie haben«, gab sie zu bedenken. »Sollte es dazu kommen und die Spur zu Pignatelli zurückverfolgt werden –«

Sie brachte den Satz nicht zu Ende, sondern breitete ihre schlanken, eleganten Hände in einer vielsagenden italienischen Geste aus. Im weiteren Verlauf der Besprechung rückte Elsa ihren Stuhl etwas zur Seite, um sich ganz auf Shasa konzentrieren zu können. Sie begann, ihre Fragen und Einwände nur noch an ihn zu richten.

Schon bevor die beiden sich darüber bewußt waren, hatte Garry die zwischen ihnen entstehende Affinität wahrgenommen. Er war sich darüber im klaren, daß sie ähnliche Wertvorstellungen hatten.

Elsa Pignatelli wollte nicht von ihm, sondern von diesem Mann, zu dem sie sich unaufhaltsam hingezogen fühlte, überzeugt werden. Er hielt sich also zurück und beobachtete, wie die beiden sich leidenschaftlich ineinander verliebten.

Das Motorengeräusch des zurückkommenden Toyotas ließ sie aufschrecken. Shasa sah auf seine Armbanduhr.

»Großer Gott, gleich Zeit zum Mittagessen – und wir haben uns noch gar nicht geeinigt!«

»Wir haben zwei Wochen Zeit.« Elsa stand auf. »Ich schlage vor, daß wir morgen früh weitermachen.«

Als die drei ins Camp zurückkamen, stand Sean bereits am Bartisch und mixte in einem Glaskrug einen Pimm's No. 1 nach seinem Privatrezept, auf das er stolz war.

»Gute Nachrichten, Signora!« rief er. »Wie wär's mit einem Pimm's zur Feier des Tages?«

Elsa schüttelte lächelnd den Kopf. »Danke, ich trinke wie immer Badoit mit Zitrone. Welche gute Nachricht gibt's denn?«

»Der Leopard ist gestern wieder am Köder gewesen. Anscheinend ziemlich früh – eine halbe Stunde vor Sonnenuntergang, schätze ich. Das bedeutet, daß er frech und sorglos wird. Und er ist ein Prachtkerl mit Tatzen wie Schneeschuhe!«

»Danke, Sean. Sie finden immer gute Katzen für mich, aber nie so früh. Dies ist schließlich der erste Safaritag.«

»Ich schlage vor, daß Sie gleich nach dem Essen ein Nickerchen machen, damit Sie ausgeschlafen sind. Gegen drei Uhr beziehen wir dann den Hochsitz.«

Isaac brachte Elsa das Mineralwasser und servierte dann die hohen Gläser mit Pimm's, in denen Eiswürfel klirrten. Sean brachte einen Trinkspruch aus.

»Auf den großen alten Leoparden.«

Alle erhoben ihre Gläser. Elsa und Shasa begannen nun ein halblautes Gespräch, von dem die jüngeren Courtneys ausgeschlossen blieben.

Garry nutzte die Gelegenheit, um seinen älteren Bruder beiseite zu ziehen, bis sie außer Hörweite waren. »Wie fühlst du dich, Sean?« erkundigte er sich.

»Bestens. So gut wie nie.« Sean wußte nicht recht, wie er diese ungewohnte brüderliche Fürsorge deuten sollte.

»Du siehst schlecht aus, finde ich.« Garry schüttelte den Kopf. »Wenn du mich fragst, stehst du kurz vor einem Malariaanfall.«

»He, was soll das?« unterbrach Sean ihn irritiert.

»Leider kannst du heute abend nicht mit Signora Pignatelli auf die Jagd gehen, denn du hast eine Temperatur von neununddreißigacht.«

»Hör zu, Großer Häuptling, du hast bereits meinen Elefanten auf dem Gewissen. Laß jetzt gefälligst meinen Leoparden in Ruhe!«

»Vater jagt mit der Klientin«, sagte Garry nachdrücklich. »Und du bleibst im Lager.«

»Vater?« Sean starrte ihn einen Augenblick an, bevor er zu grinsen begann. »Ach so. Vater ist scharf auf die Witwe, was?«

»Wir versuchen, mit Signora Pignatelli ins Geschäft zu kommen, und Vater hat dafür zu sorgen, daß sich gegenseitiges Vertrauen entwickelt. Das ist alles.«

»Und wenn das Liebespaar den Leoparden nur anschießt, muß der olle Sean wieder losziehen und die Sache in Ordnung bringen.«

»Du hast mir erzählt, daß Signora Pignatelli nie danebenschießt, und Vater ist mindestens ein so guter Jäger wie du.«

»Schön, meinetwegen können sie gemeinsam losziehen«, stimmte Sean zu.

Shasa lag mit einem Buch auf seinem Feldbett. Das Safari-Camp gehörte zu den wenigen Orten auf dieser Welt, wo er Gelegenheit fand, statt aus geschäftlicher oder politischer Notwendigkeit zu seinem Vergnügen zu lesen. Er las Alan Mooresheads »Blue Nile« zum vierten Mal und genoß jedes Wort, als Garry den Kopf in sein Zelt steckte.

»Wir haben ein kleines Problem, Vater. Sean hat einen Malariaanfall.«

Shasa setzte sich besorgt auf und ließ sein Buch fallen. »Wie schlimm?« Er wußte, daß Sean niemals Vorbeugungsmittel wie Paludrin oder Maloprim einnahm, sondern versuchte, gegen die Krankheit immun zu werden, indem er nur die Symptome behandelte. Und er hatte gehört, daß in letzter Zeit am Sambesi der neue Stamm »P Falciparum« aufgetreten war, der gegen die üblichen Mittel resistent war und sich in perniziöse Gehirnmalaria verwandeln konnte. »Ich sehe gleich mal nach ihm.«

»Mach dir keine Sorgen. Das Chloroquin wirkt bereits, und er schläft. Du solltest ihn lieber nicht stören.«

Während Shasa erleichtert aufatmete, stellte Garry rasch fest: »Irgend jemand muß heute abend mit Signora Pignatelli auf die Jagd gehen – du bist erfahrener als ich.«

Der getarnte Ansitz befand sich in nur drei Metern Höhe in den unteren Ästen eines Ebenholzbaums. Und zwar nicht zum Schutz der Jäger – ein Leopard konnte ihren Baum erklettern, bevor sie einmal Atem holten –, sondern weil sie so einen besseren Blick auf den Baum mit dem Köder jenseits des kleinen Flusses hatten.

Sean hatte den Köderbaum sorgfältig ausgesucht, und Shasa nickte anerkennend, als er ihn jetzt begutachtete. Er stand in der Richtung, aus der die Abendbrise kam, so daß die Witterung der

Jäger fortgetragen wurde. Und er war von schulterhohem Gras und Ufergebüsch umgeben, das dem Leoparden die Annäherung erleichterte.

Der Baumstamm war leicht in Richtung Fluß geneigt, so daß die Katze keine Mühe hatte, den fast waagrechten Ast in fünf Metern Höhe zu erreichen, an dem der Impala-Kadaver an einer kurzen Kette hing. Der Ebenholzbaum mit dem Köder war dunkelgrün und dicht belaubt, was dem Leoparden ebenfalls zusagen würde. Hinter dem waagrechten Ast gähnte eine Lücke im Blätterdach, so daß sich das Raubtier als Silhouette vor dem helleren Himmel abheben würde, wenn es sich auf dem Ast ausstreckte, um den Kadaver heraufzuziehen.

Der Ansitz war genau 65 Meter von dem Köderbaum entfernt. Sean hatte die Schußentfernung mit einem Bandmaß abgemessen.

Mopanestangen und Schilfmatten bildeten ein behagliches kleines Baumhaus mit zwei Segeltuchsesseln vor den Schießscharten. Matatu und der Samburu-Fährtensucher brachten Wolldecken und Schlafsäcke, eine Kühlbox mit Sandwiches und eine Thermosflasche mit heißem Kaffee herauf.

Da die Nachtwache bis zum ersten Büchsenlicht dauern konnte, gehörten zu ihrer Ausrüstung auch ein starker Scheinwerfer, ein Handfunkgerät, das die Verbindung zu den Fährtensuchern garantierte, und sogar ein Porzellannachttopf mit geschmackvollem Blumenmuster.

Nachdem Matatu das Baumhaus zu seiner Zufriedenheit eingerichtet hatte, besprach er sich mit Shasa.

»Er wird abends kommen«, sagte Matatu auf Suaheli. »Er ist ein frecher Teufel, der sich den Wanst vollschlagen will. Er wird heute abend wieder hungrig sein und seine Gier nicht beherrschen können.«

»Sollte er nicht kommen, warten wir bis Tagesanbruch. Ihr holt uns erst ab, wenn ich euch über Funk rufe. Gehe in Frieden, Matatu.«

»Bleibe in Frieden, Bwana. Laß uns beten, daß die Memsahib ihn gut trifft. Ich will nicht, daß dieser gefleckte Teufel sich an meiner Leber gütlich tut.«

Die Fährtensucher warteten ab, bis die Jäger ins Baumhaus

hinaufgestiegen und sich darin eingerichtet hatten, bevor sie wegfuhren. Sie warteten auf einem etwa drei Kilometer entfernten kahlen Hügelrücken auf Schüsse oder eine Nachricht über Funk.

Elsa und Shasa saßen nahe beieinander, so daß ihre Ellbogen sich fast berührten. Über ihren Knien lagen Wolldecken. Beide trugen schwere Lederjacken, die nicht nur vor Kälte, sondern notfalls auch vor scharfen Raubtierkrallen schützen sollten.

Als das Motorengeräusch verhallt war, senkte sich die Stille des Bushvelds über den Fluß. Eine Stille, die von zarten Geräuschen durchbrochen wurde: dem leisen Rascheln des Blätterdachs über ihnen, dem Scharren eines Vogels im Unterholz am Fluß, dem fernen Schrei eines Pavianmännchens, der von den Felsklippen am Talausgang widerhallte, und dem kaum wahrnehmbaren Kratzen von Termitenlegionen an den trockenen Mopanestangen, auf denen sie saßen.

Beide hatten Bücher mitgebracht, doch sie warfen keinen Blick hinein. Sie saßen einfach dicht beieinander und waren sich dieser Nähe bewußt. In Elsas Gegenwart fühlte Shasa sich behaglich, als seien sie altvertraute Freunde. Er mußte über diese Vorstellung lächeln. Als er den Kopf leicht zur Seite wandte, um zu Elsa hinüberzusehen, lächelte sie ihn an.

Sie drehte ihre Hand, die auf der Sessellehne zwischen ihnen lag, so daß die Handfläche nach oben zeigte. Er nahm sie in seine und war überrascht, wie warm ihre glatte Haut war – und welchen Schauer diese Berührung in ihm auslöste. So war ihm schon seit vielen Jahren nicht mehr zumute gewesen. Dann saßen sie wie Teenager beim ersten Rendezvous händchenhaltend nebeneinander und warteten darauf, daß der Leopard kam.

In diesen stillen Stunden, in denen die Sonne über den blauen Himmel zog und sich schließlich dem zerklüfteten Hügelkamm näherte, dachte er über vieles nach. Er dachte an die Frauen in seinem Leben, bedeutende und unbedeutende. Da war Tara, die Mutter seiner Kinder. Die beiden hatten sich von Anfang an feindlich gegenübergestanden. Er hatte in ihr stets die geliebte Feindin gesehen. Dann hatte ihre Liebe die Oberhand gewonnen, und sie waren eine Zeitlang glücklich miteinander gewesen. Zuletzt waren sie leider wieder Feinde geworden.

Nach Tara hatte es viele Frauen gegeben. Doch mit keiner war er glücklich gewesen. Eher noch einsamer.

Er dachte, daß das schlimmste aller menschlichen Leiden die Einsamkeit war. Shasa war in seinem Leben oft einsam gewesen. Obwohl er einen Halbbruder hatte, waren sie nicht als Geschwister aufgewachsen: Centaine hatte ihn als Einzelkind aufgezogen.

Unter all den vielen Menschen, mit denen er in seinem Leben zu tun gehabt hatte, den Dienstboten und Geschäftspartnern, den Bekannten und Speichelleckern, selbst seinen eigenen Kindern, hatte es nur eine einzige Frau gegeben, mit der er alle Triumphe und Katastrophen seines Lebens hatte teilen können, die ihm unerschütterlich Verständnis und Liebe entgegengebracht hatte: Centaine.

Aber Centaine war sechsundsiebzig. Auch sie würde ihn verlassen. Seine Seele fürchtete die Einsamkeit, die er vor sich wußte.

In diesem Augenblick drückte Elsa seine Hand. Shasa sah in ihre Augen. Ihr Gesichtsausdruck war warm und voller Vertrauen. Seine Einsamkeit schwand, und ihm war ruhig und friedlich zumute wie selten zuvor in diesen achtundfünfzig Lebensjahren.

Außerhalb des kleinen Baumhauses wurde das Tageslicht weicher und nahm die sanfte Glut einer afrikanischen Abenddämmerung an. Die Zeit magischer Stille kam, alle Urwaldfarben wirkten bunter und kräftiger. Die Sonne sank und verbarg ihr rotes Haupt hinter den Baumkronen. Mit ihr schwand alles Grelle, so daß die Umrisse von Stämmen und Ästen weicher wurden und verschwammen.

In der Dämmerung rief ein Nacktkehlfrankolin. Shasa beugte sich leicht nach vorn. Er sah den rebhuhnartigen dunklen Vogel jenseits des Flusses auf einem abgestorbenen Baum sitzen. Seine kahlen Backen leuchteten scharlachrot; er legte den Kopf schief und starrte ins Unterholz, während er seinen knarrenden Warnruf ausstieß, als wollte er sagen: »Vorsicht! Ich sehe eine Killerkatze!«

Auch Elsa hörte den Vogel, und da sie erfahren genug war, um seinen Warnruf richtig zu deuten, drückte sie Shasas Hand kurz und ließ sie dann los. Sie umfaßte den Pistolengriff ihres Gewehrs und hob es langsam an die Schulter. Der Leopard war dort draußen.

Beide waren erfahrene Jäger; sie waren zur Bewegungslosigkeit erstarrt, atmeten unendlich behutsam.

Das Licht nahm rasch ab, während der unsichtbare Leopard um den Köderbaum schlich. Shasa hatte ihn vor seinem inneren Auge: die vorsichtige Gangart, die geräuschlos aufgesetzten Pfoten, die unaufhörlich wachsamen gelben Augen und die aufgestellten runden Ohren in zuckender Bewegung, um den geringsten Laut aufzufangen.

Die Umrisse des Köderbaums verschwammen, und der Impala-Kadaver war nur noch ein schwarzer Klumpen. Der Himmel hinter dem kahlen Ast verfärbte sich zu dunklem Bleigrau.

Als die Nacht schon herabsank, war der Leopard plötzlich auf dem Baum. Nicht das leiseste Geräusch hatte ihn angekündigt. Sein abruptes Auftauchen war ein kleines Wunder, das die Herzen der Jäger einen Schlag aussetzen ließ, bevor sie zu rasen begannen.

Der Leopard stand auf dem Ast. Er war jedoch nur als dunkler Schatten in der Dunkelheit sichtbar, und während Elsa das Gewehr hielt, sank die Nacht ganz herab und verschluckte die Umrisse der Raubkatze.

»Wir müssen bis morgen warten«, flüsterte Shasa, und sie berührte nickend seine Wange.

Draußen im Dunkel hörten sie etwas klirren. Shasa stellte sich vor, wie der Leopard bäuchlings auf dem Ast lag und mit einer Vorderpfote nach dem Kadaver angelte, den er zu sich hochzog, mit beiden Vorderpfoten festhielt und hungrig beschnüffelte.

In der Stille hörten sie, wie der Leopard zu fressen begann.

Die Nacht war lang. Als Jagdführer hatte Shasa die Aufgabe, jede Bewegung des Leoparden zu verfolgen. Nach einigen Stunden sank Elsas Kopf gegen seine Schulter. Er legte lautlos den linken Arm um sie, hüllte ihre Schultern in den Daunenschlafsack und hielt sie an sich gedrückt.

Elsa schlummerte still wie ein übermüdetes Kind. Ihr flacher Atem war warm auf seinem Gesicht. Obwohl sein Arm bald einschlief und gefühllos wurde, fühlte er sich zufrieden und wohl.

Der Leopard fraß in dieser Nacht mehrmals. Dazwischen gab es lange Pausen, in denen Shasa schon fürchtete, er sei verschwunden – bis die Geräusche wieder begannen.

Er dachte nach, bis ein Duett von zwei Heughlins-Rotkehlchen aus dem Unterholz am Fluß ertönte: ein melodisches Bitten, das wie

»Tu's nicht, tu's nicht!« klang, endlos wiederholt wurde und sich dabei von leisen Tönen zu einem erregten Crescendo steigerte.

Bei Ankündigung des Tagesanbruchs hob Shasa seinen Kopf und konnte die oberen Zweige des Ebenholzbaums gegen den Himmel ausmachen. In einer Viertelstunde würde wieder Büchsenlicht herrschen. Der Tag brach rasch an in Afrika.

Shasa berührte zart Elsas Wange, und sie kuschelte sich an ihn. Obwohl sie wach war, stellte sie sich schlafend und genoß die Umarmung.

»Ist der Leopard noch da?« flüsterte sie mit geschlossenen Augen.

»Vielleicht«, antwortete er leise. Seit der Leopard zum letzten Mal gefressen hatte, waren mindestens zwei Stunden vergangen. »Halt dich auf jeden Fall bereit«, warnte er Elsa.

Sie setzte sich auf und beugte sich nach vorn, wo ihr Gewehr in der Gabel ruhte. Shasa fühlte sich ihr sehr nahe, sein Arm kribbelte, und sein Herz war warm.

Das Licht nahm zu. Die Lücke im Laub des Ebenholzbaums war nun vage zu erkennen. Aus dem Halbdunkel traten die Umrisse des massiven waagrechten Asts hervor. Der Ast schien jedoch leer zu sein.

Doch je deutlicher die Umrisse des Astes hervortraten, desto dicker und verformter sah er aus.

Der dunkle Klumpen des Kadavers wurde sichtbar. Der Leopard hatte ihn zum größten Teil verschlungen. Da hing etwas Dunkles, Schlangenähnliches. Shasa wußte nicht gleich, was es war, bis es sich träge bewegte.

»Sein Schwanz, der Leopardenschwanz!« Wie auf einem Suchbild trat die Raubkatze mit einem Mal deutlich hervor.

Der Leopard lag flach auf dem Ast und streckte seinen Kopf weit nach vorn, so daß der Unterkiefer auf der rauhen Rinde lag. Er war vollgefressen und wohl zu faul gewesen, um den Baum zu verlassen. Sein Schwanz hing herab und zuckte gelegentlich leicht.

Shasa sah die Spannung, die Elsas Körper zeigte, als sie die Umrisse des Leoparden erkannte. Er legte seine Hand auf ihren Arm. Das Licht war noch zu schlecht; sie mußten abwarten. Elsa zitterte ein wenig.

Es wurde rasch heller. Der Körper des Leoparden war jetzt deutlich zu sehen. Sein Fell verwandelte sich in ein mattes Ockergelb mit schwarzen Rosetten. Der Schwanz schlug wie ein auf langsamstes Tempo eingestelltes Metronom. Dann hob die Raubkatze den Kopf und stellte die Ohren auf. In den Augen brach sich das Morgenlicht. Der Leopard sah zu ihnen herüber und war dabei so schön, daß Shasa der Atem stockte.

Elsa zog den Gewehrkolben ein, so daß sie das Zielfernrohr vor ihrem rechten Auge hatte. Shasa wartete.

Die Sekunden zogen sich endlos. Der Schuß fiel nicht.

Der Leopard richtete sich zu voller Größe auf, reckte sich, machte einen Buckel und schlug seine ausgestreckten Krallen in die Baumrinde.

»Jetzt!« befahl Shasa ihr ohne Worte. »Jetzt!«

Der Leopard gähnte. Seine große rosa Zunge zeigte sich im offenen Maul.

»Jetzt!« Shasa bemühte sich, ihr telepathisch den Schießbefehl zu erteilen. Aber er wagte nicht, ihn mit einem Wort oder einer Berührung zu bekräftigen, denn er fürchtete, ihre Konzentration im Augenblick des Abdrückens zu stören.

Der Leopard streckte sich noch einmal, ließ seinen Schwanz kurz über den Rücken peitschen und sprang dann aus sechs, sieben Meter Höhe elegant auf den mit einer weichen Mulchschicht bedeckten Urwaldboden. Sein Sprung war so perfekt abgefedert, daß er lautlos aufkam. Im nächsten Augenblick war er im Unterholz verschwunden.

Beide schwiegen. Dann sicherte Elsa ihr Gewehr, setzte es ab und sah zu Shasa hinüber, Tränen in den Augen. »Er ist so schön gewesen«, flüsterte sie. »Ich hab' nicht auf ihn schießen können, nicht heute, nicht an diesem Tag.«

Shasa nickte. Ja, dies war ihr Tag – ihr allererster gemeinsamer Tag. An so einem Tag schoß man kein Tier tot.

»Der Leopard soll leben«, sagte sie und umarmte ihn.

»Ja«, antwortete er und küßte sie zart.

Sean hatte sich auf wundersame Weise von seiner Malaria erholt und wartete am Eingang zur Boma auf die heimkehrenden Jäger.

Als das Auto hielt, warf er einen flüchtigen Blick auf die leere Ladefläche und grinste. Das Liebespaar hatte den Leoparden nicht erwischt.

»Man kann nicht immer Erfolg haben«, sagte Elsa, lachte verschmitzt und begab sich unter die Dusche.

Als Elsa und Shasa dann im Speisezelt erschienen, konnten auch die anderen ein Grinsen kaum unterdrücken. Shasa hatte sich rasiert und roch reichlich nach Rasierwasser.

»Tja, Vater. Wirklich schade, Signorina«, beteuerten sie im Chor.

»Wir können unsere Besprechung nach dem Frühstück fortsetzen«, schlug Garry vor.

Elsa sah zu Shasa hinüber und blickte dann lächelnd in ihre Kaffeetasse.

»Nun, wißt ihr«, begann Shasa, »um's ganz ehrlich zu sagen, wir wollten eigentlich, ich meine, Elsa und ich ... äh ... vielmehr Signora Pignatelli und ich ...« Während er nach Worten rang, sahen seine Kinder ihn an. War das der Meister des Savoir-faire?

»Ihr Vater hat versprochen, mir die Viktoriafälle zu zeigen«, kam Elsa ihm zu Hilfe. Shasa atmete auf und fand den Faden wieder.

»Wir nehmen die Beechcraft«, stimmte er lebhaft zu. »Signora Pignatelli hat die Fälle noch nie gesehen. Dies ist eine gute Gelegenheit, finde ich.«

»Eine wunderbare Idee!« rief Isabella. »Ein ehrfurchtgebietendes Schauspiel, Signora. Sie werden begeistert sein!«

»Und wann geht die Jagd weiter?« fragte Sean.

Elsa sah erneut zu Shasa hinüber, der tief Luft holte. »Also, wahrscheinlich bleiben wir ein, zwei Nächte im Vic Falls.«

»Natürlich!« Isabella fing sich als erste. »Vielleicht macht ihr einen Ausflug in den Regenwald, vielleicht eine Floßfahrt durch die Schlucht unterhalb der Fälle.«

»Bella hat recht; man braucht drei bis vier Tage. Es gibt soviel Interessantes zu sehen!« stimmte Garry ein.

In der klaren, noch nicht von den Buschbränden des Spätwinters getrübten Luft war die Wasserwolke der Viktoriafälle aus hundert Kilometern Entfernung zu sehen. Sie stieg silberglänzend wie ein Schneeberg über einen halben Kilometer hoch in den Himmel.

Im Anflug ging Shasa tiefer. Vor ihnen glitzerte der mächtige Sambesi: breit und träge, von zahlreichen Inseln durchsetzt, auf denen Wälder von Kokospalmen aufragten.

Dann tat sich unter ihnen die Hauptschlucht auf, und sie sahen bewundernd in die Tiefe, wo der mächtige, fast zwei Kilometer breite Strom über die Felskante rauschte und in einer schäumenden Wolke aus Gischt und Wasserstaub gut hundert Meter in die Tiefe stürzte. Entlang des Abbruchs zerteilten schwarze Felsenkastelle die Wassermassen. Über allem hing die gewaltige Wasserwolke, die mit einigen farbenprächtigen Regenbogen durchsetzt war.

Unterhalb der Fälle wurden die Wassermassen des Stroms – unvorstellbar gewaltige tausend Kubikmeter pro Sekunde – zwischen senkrechten Felswänden eingezwängt und drängten sich durch die enge Schlucht.

Shasa flog eine steile Rechtskurve und senkte die Flügelspitze in Richtung Abgrund, damit Elsa ungehindert hinunterblicken konnte.

Gleichzeitig ging er in Spiralen tiefer. Beinahe schienen sie von diesem eindrucksvollen Chaos aus Felsen und Wasser verschlungen zu werden. Silberne Wasserwolken hüllten sie sekundenlang ein, bis sie wieder von Regenbogen umgeben ins Sonnenlicht hinausflogen. Es war wie in einem Traum.

Shasa landete am Ortsrand auf dem kleinen Privatflugplatz Sprayview, rollte zum Vorfeld und stellte die Motoren ab. Ein Blick zu Elsa hinüber zeigte ihm, daß sie noch immer tief beeindruckt war. Aus ihrer Miene sprach eine fast religiöse Ehrfurcht.

»Jetzt hast du in der Kathedrale Afrikas gebetet«, erklärte Shasa ihr leise. »Am einzigen Ort, der die Großartigkeit, das Geheimnisvolle und die Wildheit dieses Kontinents wahrhaft verkörpert.«

Sie hatten das Glück, im Hotel Victoria Falls die Livingstone-Suite zu bekommen.

Das Gebäude war im Stil und in den Abmessungen einer vergangenen Epoche errichtet. Die Mauern waren dick und die Zimmer riesengroß, aber kühl und behaglich.

An den Wänden der Suite hingen Drucke der Zeichnungen, die der Forscher Thomas Baines wenige Jahre nach der Entdeckung der

Viktoriafälle durch David Livingstone angefertigt hatte. Von ihrem Wohnzimmer aus genossen sie einen prächtigen Blick in die Schlucht und auf die sie überspannende Eisenbahnbrücke. Das Stahlfachwerk der eleganten Bogenbrücke wirkte filigran wie feinste Klöppelspitze.

Sie verließen das Hotel, folgten dem Fußweg zum Rand der Schlucht und gingen Hand in Hand durch den Regenwald, in dem die Gischt sich als Dauerregen niederschlug, so daß die Vegetation grün und üppig war. Der Fels unter ihren Füßen zitterte, und das Tosen der herabstürzenden Wassermassen erfüllte die Luft. Der Wasserstaub durchnäßte ihr Haar und ihre Kleidung und lief ihnen übers Gesicht, und sie lachten aus Übermut.

Sie folgten dem Rand der Schlucht flußabwärts. Die Sonne trocknete ihr Haar und ihre Kleidung fast so schnell, wie das Wasser sie durchnäßt hatte. Sie fanden einen Felsvorsprung, auf dem sie nebeneinander sitzen und ihre Beine in den entsetzlichen Abgrund baumeln lassen konnten, während die schäumenden Wassermassen tief unter ihnen grüne Strudel bildeten.

»Sieh nur!« rief Shasa aus und zeigte nach oben, als ein kleiner Raubvogel sichtbar wurde.

»Ein Taita-Falke!« rief Shasa begeistert aus. »Einer der seltensten Vögel Afrikas.«

Sie aßen fürstlich zu Abend. Als sie in ihre Suite hinaufgingen, waren sie beide doch etwas nervös. Shasa trank noch einen Cognac. Als er danach ins Schlafzimmer hinüberging, lag Elsa schon im Bett. Ihr Haar, das die Schultern ihres Spitzennachthemds bedeckte, war dicht, schwarz und glänzend.

Shasa hatte Angst. Er war achtundfünfzig Jahre alt und hatte in letzter Zeit einige Male gewisse Pannen erlebt, die sein Selbstvertrauen merklich erschüttert hatten.

Elsa lächelte und streckte einladend die Arme nach ihm aus. Alle Sorgen erwiesen sich jedoch als überflüssig. Sie harmonierten wunderbar miteinander. Als sie morgens engumschlungen aufwachten, fiel strahlender Sonnenschein durch die hohen Fenster ins Zimmer.

Elsa seufzte, küßte ihn und sagte: »Mein Mann.«

Ihre heimlichen Flitterwochen zogen sich einen um den anderen Tag hin. Sie waren ständig zusammen und taten unproduktive kleine Dinge, zu denen Shasa seit vielen Jahren Zeit und Lust gefehlt hatten.

Sie schliefen jeden Morgen aus und verbrachten den Rest des Tages am Swimming-pool. Dort lasen sie in der Sonne liegend stundenlang in geselligem Schweigen. Zwischendurch rieben sie sich gegenseitig mit Sonnenöl ein, was ihnen willkommene Gelegenheit gab, den Körper des anderen zu berühren und in allen Einzelheiten kennenzulernen.

Elsas Körper war schlank und wohlgeformt. Sie sah sportlich aus und fühlte sich offensichtlich gut in ihrem Körper. Shasa teilte dieses Wohlbefinden.

Aus nächster Nähe waren natürlich die Spuren, die das Leben und vier Geburten an ihrem Körper hinterlassen hatten, sichtbar. Shasa fand diese besonders anziehend. Sie zeugten von Reife und Lebenserfahrung. Elsa war eine reife, in jeder Beziehung vollendete Frau.

Auch konnten sie stundenlang miteinander reden. Bei diesen Gesprächen erforschten beide den Geist des anderen, wie sie zuvor ihre Körper erforscht hatten.

Elsa Pignatelli war offen. Sie schilderte Brunos langsamen, schrecklichen Tod und ihre schmerzliche Hilflosigkeit angesichts seines Leidens. Und sie sprach von ihrer Einsamkeit, die sieben lange Jahre gedauert hatte. Sie brauchte Shasa nicht zu erzählen, daß sie hoffte, diese einsame Zeit liege jetzt hinter ihr. Sie streckte lediglich ihre Hand aus und berührte seine, um stillschweigendes Einverständnis darüber herzustellen.

Sie erzählte Shasa von ihren Kindern: einem Sohn, der ebenfalls Bruno hieß, und drei Töchtern. Zwei von ihnen waren verheiratet, die Jüngste studierte an der Universität Mailand, und Bruno, der in Harvard Betriebswirtschaftslehre studiert hatte, arbeitete in der römischen Zentrale des Familienunternehmens.

»Er hat nicht das Feuer seines Vaters«, erklärte sie Shasa freimütig. »Ich glaube nicht, daß er jemals in seine Fußstapfen treten wird; dazu fehlt ihm einfach das Format.«

Dabei mußte Shasa natürlich an seine eigenen Söhne denken. Sie sprachen über die Schmerzen und Enttäuschungen, die ihre Kinder ihnen bereitet hatten, und über die vielen Freuden, die sie ihnen verdankten.

Gemeinsam erforschten sie ihre Vorliebe für den Reitsport und die Jagd, für Bücher, Musik, Malerei, Theater und qualitätsvolles Kunsthandwerk. Zuletzt sprachen sie über Geld und Macht und gestanden einander, daß sie danach süchtig waren.

Elsa machte einmal eine Pause und betrachtete ihn ernst. »Es ist alles sehr neu, aber ich glaube, daß wir gut zusammenpassen werden.«

»Das glaube ich auch«, erwiderte Shasa ebenso ernst, als lege er ein feierliches Gelöbnis ab.

Sie tanzten in lauen afrikanischen Nächten. Sie legten ihre von der Sonne noch heißen und braungebrannten Wangen aneinander und bewegten sich im Rhythmus der Steel Band. Erst nach Mitternacht stiegen sie Hand in Hand die breite Treppe zu ihrer Suite hinauf.

»Großer Gott!« sagte Shasa ehrlich überrascht. »Heute ist Donnerstag! Wir sind schon vier Tage hier. Die Kinder werden sich fragen, was aus uns geworden ist.« Sie saßen beim Brunch auf der Hotelterrasse.

»Sie werden's sich denken, glaube ich.« Elsa sah ihn lächelnd an. »Und ich bezweifle, daß ›Kinder‹ die richtige Bezeichnung für deine ausgelassene Brut ist.«

»Morgen kommt Van Wyk ins Camp«, stellte Shasa fest.

»Ich weiß«, bestätigte sie seufzend. »Ich find's schrecklich, von hier abzureisen, aber mir müssen dort sein, um ihn zu empfangen.«

Sir Clarence Van Wyck gehörte zu jenen außergewöhnlichen Gestalten, die Afrika gelegentlich hervorbringt.

Sir Clarence war in Eton und Sandhurst ausgebildet worden. Er war Offizier in einem berühmten Garderegiment gewesen und hatte umfangreichen Grundbesitz am Kap der Guten Hoffnung geerbt. Außerdem war er als Minister in der Regierung Ian Smith für die Finanzierung der kostspieligen Guerrillabekämpfung in Rhodesien zuständig und sollte Mittel zur Umgehung der Wirtschaftssanktionen finden, die von der englischen Labour-Regierung, den Vereinigten Staaten und den Vereinten Nationen gegen dieses Land, das sich einseitig für unabhängig erklärt hatte, verhängt worden waren.

Garry und Shasa hatten das Treffen bei ihrer Zwischenlandung auf dem Flug ins Camp in Salisbury vereinbart. Sir Clarence war ein begeisterter Großwildjäger, und sie hatten ihm versprochen, er werde in den Verhandlungspausen Gelegenheit zur Jagd haben.

Sir Clarence traf mit einem Hubschrauber ein. Begleitet wurde er von zwei Mitarbeitern und zwei Leibwächtern, die für das Camp eine Belastung darstellten, weil das Personal und alle hiesigen Einrichtungen für sehr viel weniger Gäste gedacht waren. Aber Sean war frühzeitig informiert worden und hatte Zelte, Personal und Verpflegung mit einem Lastwagen aus Salisbury kommen lassen.

Der Konferenztisch unter dem Msasabaum wurde verlängert, um Sir Clarence und seinen Mitarbeitern Platz zu bieten. Als persönliche Assistentin ihres Vaters nahm jetzt auch Isabella an der Besprechung teil. Sir Clarence machte von Anfang an keinen Versuch, sein Interesse an ihr zu verbergen.

Mit seinen 1,95 Metern überragte Sir Clarence selbst Shasa oder Sean. Er war eine imposante Erscheinung. Er galt als Finanzgenie und brillanter Politiker, aber auch als unverbesserlicher Schürzenjäger.

Am Tisch unter dem Msasabaum verhandelten sie über Transport und Verkauf der natürlichen Reichtümer Rhodesiens – und die Provisionen, die ihnen dafür zustanden.

Obwohl diese Gespräche in äußerlich freundlicher und immer höflicher Atmosphäre stattfanden, waren die Hauptakteure gerissene und rücksichtslos auf ihren Vorteil bedachte Kapitalisten, die mit harten Bandagen kämpften. Isabella beobachtete das Ganze fasziniert. Ihr Bruder nutzte seine schlichte, fast unbeholfene Art, seinen treuherzigen kurzsichtigen Blick und sein herzhaftes Lachen, um seinen eiskalt berechnenden scharfen Verstand zu tarnen.

Signora Pignatelli, auch in dieser Umgebung schön und elegant, setzte schamlos ihr Aussehen und ihren Charme ein und focht mit dem weiblichen Florett gegen die männlichen Säbel. Sie war ihren Gegnern zweifelsohne gewachsen.

Sir Clarence blieb verbindlich und zuvorkommend. Er hielt die

Stellung und ließ sie für jeden Fußbreit Boden, den er aufgeben mußte, teuer bezahlen.

Shasa saß fast unbeteiligt am unteren Tischende und überließ die Verhandlungsführung weitgehend Garry. Wenn er jedoch das Wort ergriff, waren seine Kommentare beißend und treffend und dienten oft dazu, die festgefahrenen Verhandlungen wieder in Gang zu bringen und einen für alle Seiten annehmbaren Kompromiß vorzuschlagen.

Die Beträge, um die es hier ging, erreichten schwindelerregende Größenordnungen. Während Isabella Protokoll führte, amüsierte sie sich damit, zweieinhalb Prozent von drei Milliarden Dollar auszurechnen. Soviel würden die Courtney Industries allein im kommenden Jahr zusätzlich einnehmen, ohne dafür selbst investieren zu müssen. Nachdem sie sich diesen Gewinn – 75 Millionen Dollar! – ausgerechnet hatte, betrachtete sie ihren Bruder mit neuem Respekt.

Mittags versammelten die Konferenzteilnehmer sich zu einem festlichen Mahl im Camp.

Sir Clarence bewies beim Mittagessen ebenso viel Geschicklichkeit und Finesse wie am Konferenztisch. Er bemühte sich, Isabella den Hof zu machen.

Isabella fand seine Aufmerksamkeit schmeichelhaft und war nicht wenig versucht, ihn zu erhören. Er war eine dominierende Persönlichkeit. Außerdem hatte er lockiges schwarzes Haar mit nur leicht angegrauten Schläfen. Auch seine Augen gefielen ihr. Er war geistreich und amüsierte sie mit seinem weltmännischen Witz.

Sie glaubte beinahe, Nannys tadelnde Stimme zu hören: »Alle Courtneys sind heißblütig. Sie müssen vorsichtig sein, Missy, und daran denken, daß Sie 'ne Lady sind!«

Sie wußte, daß er verheiratet war, aber falls er es schaffte, weiter die erforderliche Klasse und das notwendige Durchhaltevermögen aufzubringen, hatte er möglicherweise eine Chance.

Nach dem Lunch kehrten sie an den Konferenztisch zurück.

Um vier Uhr sah Garry auf seine Armbanduhr. »Ich schlage vor, daß wir alles auf morgen früh vertagen.«

Sie fuhren mit den Geländewagen zu den Tümpeln, um Ringeltauben zu schießen, die abends einfielen, um dort zu trinken.

Sir Clarence hatte im ersten Wagen neben Isabella Platz genommen. Kurz vor dem Anfahren sprang sie jedoch vom Jeep und rannte nach hinten zu Garry. Sie wollte es Sir Clarence nicht allzu leicht machen. Er genoß die Jagd nicht weniger als ihren erfolgreichen Abschluß. Garry war glänzender Laune. Während er mit einer Hand lenkte, legte er ihr seinen Arm um die Schultern und drückte sie an sich.

»Gott, ich liebe sie!« rief er übermütig aus. »Ich liebe Harold Wilson und James Callaghan und all die scheinheiligen kleinen Weltverbesserer in der Vollversammlung der Vereinten Nationen. Ich liebe es, ihre Sanktionen zu unterlaufen! Das ist aufregend und romantisch. Dabei komme ich mir wie Al Capone oder Käpt'n Blood vor. Johoho, und 'ne Buddel voll Rum! Ich kann mich als guter Patriot fühlen, habe die Chance, etwas politisch Entscheidendes zu tun, und kassiere dafür fünfundsiebzig Millionen Dollar, die das Finanzamt nie zu sehen kriegt. Einfach herrlich! Ich liebe alle, die diese Sanktionen durchgesetzt haben!«

»Mehr steckt nicht dahinter?« Isabella lachte nicht mehr. »Du spielst mit dem Geld und dem Wohlergehen von Millionen von kleinen Leuten, um dein Ego zu befriedigen?«

»Gewinne ich, gewinnen diese kleinen Leute auch. Die Befürworter von Wirtschaftssanktionen wollen Millionen gewöhnlicher Menschen zu Hunger und Armut verdammen, bloß um ihre speziellen politischen Visionen durchzusetzen. Meiner Ansicht nach ist das ein Verbrechen gegen die Menschlichkeit. Indem ich ihre Bemühungen zunichte mache, führe ich einen gewaltigen Schlag für die kleinen Leute.«

»Tu nicht so, als seist du ein weißer Ritter!«

Garry bremste, bog von der Fahrspur ab und folgte dem anderen Wagen zu den Tümpeln unter den Bäumen.

Vor ihnen lagen flache, in Afrika als Pfannen bezeichnete Senken, in denen schlammiges graues Wasser stand. Diese von der Sonne erwärmte Brühe war mit dem stechend riechenden Urin der Elefantenherden versetzt, die dort regelmäßig badeten und tranken. Trotz der Temperatur und des Geschmacks der Schlammbrühe tranken die Tauben sie lieber als das klare Wasser des nur drei Kilometer entfernten Flusses.

Kurz vor Sonnenuntergang fielen die Vögel in großen Schwärmen ein, die den Himmel wie blaugrauer Rauch verfinsterten. Sie kamen zu Zehntausenden zur Tränke geflogen.

Isabella blieb mit Sir Clarence am Südrand einer grasigen Senke fern von der übrigen Jagdgesellschaft. Sie schoß mit der doppelläufigen ziselierten Holland & Holland, die ihr Vater ihr einmal geschenkt hatte. Aber da sie seit fast einem Jahr nicht mehr auf der Jagd gewesen war, machte ihre fehlende Übung sich bemerkbar.

Sir Clarence schoß eine sehenswerte Dublette, lehnte seine Schrotflinte an einen Baumstamm und kam zu ihr her.

»Was dagegen, wenn ich Ihnen ein paar Tips gebe?« fragte er freundlich.

Als Isabella ihm über die Schulter hinweg zulächelte, trat er hinter sie. »Sie lassen Ihre rechte Hand übermächtig werden.« Er umarmte Isabella von hinten und nahm ihre Hände in seine Pranken. »Denken Sie daran, daß immer die Linke dominieren muß. Die Rechte ist nur dazu da, den Abzug zu betätigen.«

Er hob ihre Schrotflinte an ihre Schulter und drückte die linke Hand unter den Lauf, um das Gesagte zu betonen.

»Kopf hoch!« sagte er dabei. »Beide Augen auf! Den Vogel beobachten, nicht die Waffe.«

Er roch männlich. Auch der Duft seines Rasierwassers konnte einen leichten Schweißgeruch nicht ganz überdecken. Seine Umarmung war angenehm.

»Oh?« fragte sie. »Meinen Sie so?« Sie drängte sich an ihn, während er über die Doppelläufe hinweg zielte.

»Genau.« Er gurrte. »So ist's genau richtig.«

Sir Clarence gefiel diese Nähe, doch Isabella sagte sich: »Das genügt! Wir wollen ihn nicht zu sehr verwöhnen.« Und sie machte sich aus seiner Umarmung frei.

»Wie mir Ihr Bruder erzählt hat, sind sie eine erstklassige Reiterin«, fuhr er rasch fort, ohne ihre Antwort abzuwarten. »Ich habe letzten Monat einen prachtvollen Araberhengst gekauft. Wahrscheinlich gibt es in ganz Afrika keinen schöneren. Ich würde Ihnen den Hengst gern zeigen.«

»Oh?« fragte sie scheinbar nicht sonderlich interessiert, während sie ihre Schrotflinte nachlud. »Wo steht er denn?«

»Auf meiner Ranch in Runape. Wir könnten uns morgen nachmittag auf dem Rückflug nach Salisbury von der Alouette dort absetzen lassen.«

»Das klingt ganz verlockend«, stimmte sie zu. »Ich würde gern Ihre Frau kennenlernen. Wie man hört, soll sie sehr nett sein.«

Er wehrte diesen Vorstoß ab, ohne mit der Wimper zu zucken. »Leider ist meine Frau gerade in Europa. Sie bleibt noch mindestens einen Monat dort. Sie müßten also mit mir allein vorliebnehmen.« Isabella konnte ein Lächeln nicht ganz unterdrücken.

»Das muß ich mir erst überlegen, Sir Clarence«, antwortete sie. »Vermutlich ist's nicht ganz einfach, mit Ihnen zurechtzukommen.« Jetzt konnte auch er nicht ernst bleiben und erwiderte ihr Lächeln.

»Für Sie wäre das bestimmt kein Problem, meine Liebe.«

Isabella fragte sich, womit ihre geheimnisvollen Auftraggeber sie belohnen würden, wenn sie ihnen nicht nur Informationen über Cyndex 25, sondern auch über die Strategie Rhodesiens gegen die Wirtschaftssanktionen lieferte. »Alles nur aus Pflichtbewußtsein«, versicherte sie sich selbst.

»Wir haben fünfzig!« rief Shasa Elsa zu. Er öffnete seine Schrotflinte und hängte sie sich über die Armbeuge. »Einsammeln!« rief er den beiden schwarzen Kindern zu.

Shasa und Elsa schlenderten zu den Fahrzeugen zurück. Die Sonne berührte fast die Baumwipfel, und die schmalen Wolkenstreifen darüber leuchteten hellgolden.

»Also gut«, sagte Elsa plötzlich, als habe sie sich zu einer schwierigen Entscheidung durchgerungen.

»Ja?« Shasa zog die Augenbrauen hoch.

»Ich habe Vertrauen zu dir«, antwortete sie. »Ich stelle gewisse Bedingungen, aber du bekommst die Baupläne der Anlage und die Formel für Cyndex 25.«

Er holte langsam tief Luft. »Ich werde alles tun, um mich deines Vertrauens würdig zu erweisen.«

Als sie abends etwas abseits von den anderen am Lagerfeuer saßen, legte Elsa ihre Bedingungen fest. »Du garantierst mir persönlich, daß Cyndex 25 niemals außer auf persönlichen Befehl des Premierministers oder seiner Nachfolger im Amt eingesetzt wird.«

Shasa blickte durch die Flammen, um sich zu vergewissern, daß niemand hörte, was sie besprachen. »Das schwöre ich dir. Ich beschaffe dir die schriftliche Zustimmung des Premierministers.«

»Jetzt zu den Vorschriften für den Einsatz«, fuhr Elsa fort. »Cyndex 25 wird niemals gegen irgendeinen Teil der südafrikanischen Bevölkerung eingesetzt. Es wird niemals bei internen politischen Konflikten eingesetzt. Es wird niemals zur Unterdrückung von Aufständen oder in einem zukünftigen Bürgerkrieg eingesetzt.«

»Ich bin mit allem einverstanden.«

»Eingesetzt werden darf Cyndex 25 nur zur Abwehr einer von außen kommenden militärischen Invasion – und selbst dann nur, wenn alle herkömmlichen Waffen versagt haben.«

»Ebenfalls einverstanden.«

»Zuletzt noch eine Bedingung, die allerdings mehr persönlicher Natur ist.«

»Ja?«

»Du kommst selbst zu mir ins Tessin, um die Einzelheiten dieser Vereinbarung auszuarbeiten.«

»Das tue ich mit besonderem Vergnügen.«

Der letzte Tag der Safari war angebrochen. Die Gäste hatten gepackt und waren bereit, das Camp zu verlassen. Ihr Gepäck war vor den Zelten gestapelt, damit es vom Personal abgeholt werden konnte.

Die Verhandlungen waren abgeschlossen, die Verträge unterzeichnet. Elsa Pignatelli hatte sich – gegen fürstliche Gewinnbeteiligung – bereit erklärt, bei der Vermarktung von Tabak und Chrom aus Rhodesien mitzuwirken, und Garry Courtney hatte es übernommen, diese Rohstoffe mit gefälschten Ausfuhrpapieren über südafrikanische Häfen zu exportieren. Neben der vereinbarten Provision erhielten die Courtney Enterprises für ihre Dienste eine Verlängerung der Konzession für ihr Safarigebiet am Chizora.

Die ganze Jagdgesellschaft sollte von einem Hubschrauber der rhodesischen Luftwaffe abgeholt und nach Salisbury geflogen werden. Die Maschine war nur noch 100 Seemeilen vom Camp entfernt gewesen, als sie sich über Funk gemeldet hatte. Sie hätte schon vor einer halben Stunde da sein sollen, und alle machten sich Sorgen.

Sie standen in kleinen Gruppen am Lagerfeuer in der Boma, tranken zum Abschied einen letzten Drink und blickten dabei instinktiv immer wieder zum Himmel auf.

Sean und Bella standen beisammen. »Wann kommst du mal wieder nach Kapstadt?« fragte sie ihren ältesten Bruder.

»Vielleicht nach Saisonende – wenn du versprichst, mir ein paar Mädchen zu besorgen.«

»Seit wann brauchst du dazu Hilfe?« fragte Isabella, und Sean küßte sie grinsend auf die Wange.

»Ich bin längst nicht so schlimm wie Vater«, beteuerte er. »Sieh ihn dir bloß an! Wie man hört, begleitet er die Witwe nach Europa.«

Isabella nahm ihren Vater sofort in Schutz. »Daddy ist alt genug –«

»Schon gut, Bella.« Er drückte ihren Arm. »Mach dir lieber Sorgen wegen Sir C. Den Spitznamen ›Clarence Casanova‹ trägt er nicht umsonst.«

Als habe er seinen Namen gehört, kam Sir Clarence herbei und zog Isabella unauffällig beiseite.

»Die anderen setzen wir in Salisbury ab«, murmelte er so leise, daß nur sie ihn verstehen konnte. »Dann kann der Hubschrauber uns zu meiner Ranch fliegen. Wir brauchen unseren Ausflug nicht an die große Glocke hängen, stimmt's?«

»Natürlich nicht«, bestätigte Isabella sofort. »Wir wollen nicht, daß mein Papa – oder Lady Van Wyk – das unschuldige Beisammensein zweier Pferdenarren stört.«

»Genau«, stimmte er zu. Da drang aus dem Funkgerät in Seans Zelt ein lauter Anruf.

Sean hastete in großen Sprüngen zu seinem Zelt.

»Tugboat, hier Big Foot. Kommen.«

»Big Foot, unser Auftrag ist geändert worden. Informieren Sie den Minister, daß wir zu dringender Verfolgung eingesetzt werden. Wir holen Sie und Ihren Fährtensucher in sechzehn Minuten ab. Ich habe zehn Scouts an Bord. Der Minister wird so bald wie möglich abgeholt. Kommen.«

»Verstanden, Tugboat. Wir sind bereit. Ende.«

»Dieser Krieg ist wirklich verdammt lästig.« Sir Clarence seufzte.

Sie hatten jedes Wort des Funkgesprächs mitbekommen. »Jetzt sitzen wir herum, bis uns ein anderer Hubschrauber abholt.«

»Was ist passiert?« fragte Isabella.

»Terroristenangriff«, erklärte Sir Clarence ihr. »Vermutlich ist irgendwo eine weiße Farm überfallen worden. Unser Hubschrauber wird für die Verfolgung der Angreifer benötigt. Solche Einsätze gehen vor. Wir müssen dafür sorgen, daß die Farmer nicht den Mut verlieren.«

Er sprach nicht davon, wie jämmerlich wenige Hubschrauber die rhodesische Luftwaffe besaß, sondern zuckte statt dessen mit den Schultern. »Die Götter scheinen sich wirklich gegen uns verschworen zu haben.«

»Vielleicht müssen wir unser Vorhaben für einige Zeit verschieben.« Isabella sprach nicht weiter.

Sean kam aus dem Zelt, sein Gurtzeug mit Segeltuchtaschen für Munition, Handgranaten und Wasserflaschen zur Hand.

»Matatu!« rief er. »Jetzt gibt's Arbeit für uns. Dringende Verfolgung!«

Der kleine Ndorobo-Fährtensucher tauchte grinsend auf.

»Tut mir leid, Leute. Ihr müßt selbst sehen, wie ihr nach Salisbury zurückkommt. Matatu und ich haben 'ne Verabredung.« Sean nickte Garry zu. »Wie wär's, wenn du sie mit der Beechcraft nach Salisbury bringen würdest? Mit dem vielen Gepäck müßtest du mehrmals fliegen – aber das ist immer noch besser, als hier rumzusitzen und darauf zu warten, daß der Hubschrauber einen abholt.«

Er machte eine Pause. »Da kommt er schon!«

Sean begann einen raschen Rundgang, um sich von allen zu verabschieden.

»Kommen Sie nächstes Jahr wieder, Signora? Dann verspreche ich Ihnen einen großen Leoparden.«

»Bedaure, daß wir Ihnen den Hubschrauber wegnehmen müssen, Sir Clarence.«

»Leb wohl, Dad. Mach keine Dummheiten.« Begleitet wurde diese Ermahnung von einem Blinzeln und einem vielsagenden Blick zu Elsa Pignatelli.

»Adieu, Schwesterchen.« Er umarmte Isabella.

»Bitte sei vorsichtig, Sean! Paß gut auf dich auf!«

Er drückte sie fest an sich und lachte. »Die Gefahr, daß du unter Beschuß von Sir C. gerätst, ist bestimmt größer«, behauptete er grinsend.

Als Sean zum Himmel aufsah, erschien der Hubschrauber.

Er ging zu seinem jüngeren Bruder hinüber, um ihm die Hand zu schütteln. »Verdammt noch mal, Garry – wer will schon deinen Job, solange man dieses Leben führen kann?«

Während sie darauf warteten, daß der Hubschrauber aufsetzte, stand Sean mit Matatu am Eingang zur Boma.

Isabella schluckte. Der Anblick dieses merkwürdigen Paares rührte sie: die hochgewachsene Gestalt ihres Bruders und der schon ergraute Matatu an seiner Seite, dem Sean nun seine freie Hand auf die Schulter legte.

Als die beiden eingestiegen waren, stieg der Hubschrauber sofort wieder auf und knatterte dicht über den Baumwipfeln nach Südosten davon.

Zehn Scouts hockten auf den Sitzbänken an den Seitenwänden der Kabine; sie waren mit Patronengurten, Segeltuchtaschen und Wasserflaschen ausgestattet. Mindestens die Hälfte der Ballantyne Scouts waren Matabele.

Die Ballantyne Scouts waren neben den Selous Scouts, den Special Air Services und dem Rhodesien-Regiment die Elite der rhodesischen Streitkräfte.

Sean nickte den Männern zu und begrüßte sie. Sie erwiderten seine Begrüßung. Sean und Matatu hatten bei den Scouts einen guten Ruf. Die meisten waren von den beiden ausgebildet worden.

Oberst Roland Ballantyne, der Gründer und Kommandeur der Scouts, hatte nichts unversucht gelassen, um Sean als seinen Stellvertreter anzuwerben – bisher ohne Erfolg. Aber er holte sich Sean und Matatu jedesmal, wenn ein schwieriges Unternehmen bevorstand.

Sean ließ sich neben ihm nieder, und während er sich das Gesicht mit schwarzer Tarncreme einrieb, rief er laut: »Hallo, Skipper! Was liegt an?«

»Gestern abend haben Terroristen eine Tabakfarm bei Karoi überfallen. Sie haben dem Farmer vor seinem Haus aufgelauert und ihn erschossen, als seine Frau auf die Veranda gekommen ist, um ihn zu begrüßen. Sie hat ihr Haus nachts ganz allein verteidigt – sogar unter Raketenbeschuß. Verdammt mutig von ihr. Irgendwann nach Mitternacht haben sie's aufgegeben und sind abgehauen.«

»Wie viele?«

»Über zwanzig.«

»Wohin unterwegs?«

»Nach Norden ins Tal.«

»Kontakt?«

»Noch nicht.« Roland war etwa fünf Jahre älter als Sean; wie dieser hatte er einen guten Ruf.

»Ein örtlicher Polizeitrupp verfolgt sie, kommt aber nicht recht voran, bleibt mit jeder Stunde weiter zurück. Die Gooks sind verdammt schnell.«

»Ich wette, daß sie versuchen, bei der einheimischen Bevölkerung in der Stammesreservation unterzukriechen. Als erstes müssen wir den Polizeitrupp finden.«

»Ich denke, daß wir bald Funkverbindung...« Der Bordingenieur winkte Roland ans Funkgerät. Sean folgte ihm und bemühte sich, die Lautsprecherstimme zu verstehen. »Bushbuck, hier Striker One«, sagte Roland ins Mikrofon. »Haben Sie Kontakt?«

»Striker One, hier Bushbuck. Negativ. Ich wiederhole: Kontakt negativ.«

»Sind Sie auf der Fährte, Bushbuck?«

»Positiv, aber die Gruppe hat sich gesplittet.« Die Verfolgung sollte erschwert werden.

»Verstanden, Bushbuck. Schießen Sie gelben Rauch, sobald Sie uns kommen hören.«

»Bestätige gelben Rauch, Striker One.«

Eine Dreiviertelstunde später sah der Hubschrauberpilot eine kanariengelbe dünne Rauchsäule über dem dunkelgrünen Blätterdach des Urwalds. Die Maschine flog darauf zu, ging tiefer und schwebte dann auf einer Lichtung über dem hohen Gras. Jetzt sahen sie auch den Polizeitrupp, der die flüchtigen Terroristen bisher verfolgt hatte. Gleich auf den ersten Blick war klar, daß dies keine erfahrenen Buschkämpfer, sondern Garnisonstruppen aus Karoi waren: Städter und Reservisten, die ihrer monatlichen Dienstpflicht genügten und an dieser Verfolgungsjagd keinerlei Gefallen fanden.

Sean und Matatu sprangen aus dem Hubschrauber und schwärmten rasch aus. Der Hubschrauber stieg sofort wieder hoch und schwebte 50 Meter über ihnen.

Die beiden brauchten keine halbe Minute, um sich zu vergewissern, daß die Polizei die nähere Umgebung gesichert hatte. Dann lief Sean zu dem Truppenführer hinüber.

»Okay, Sergeant«, sagte er scharf, »wo ist Ihre Wasserflasche? Sie müssen trinken, Mann!«

Der Sergeant war von der Sonne knallrot. Trotz der hier im Tal herrschenden Hitze hatte er zu schwitzen aufgehört. Auf seinem Hemd zeichneten sich unregelmäßige Salzringe ab. In einer Stunde wäre er umgekippt.

»Kein Wasser«, krächzte er heiser. Sean warf ihm eine Wasserflasche zu und fragte: »Wo ist die Fährte?«

Der Sergeant deutete vor sich auf den Boden, aber Matatu hatte die Fährte der flüchtigen Terroristen bereits ausgemacht. Er folgte ihr und studierte mit schiefgehaltenem Kopf winzige Einzelheiten, die nur einem wahrhaft begabten Fährtensucher auffielen. Nach einigen Dutzend Schritten kehrte er bereits um und kam im Laufschritt zu Sean zurück.

»Fünf Männer«, piepste er. »Einer ist am linken Bein verwundet.«

»Die Farmerswitwe muß sich mächtig gewehrt haben.«

»Die Fährte ist kalt. Wir müssen den Hasen spielen.«

Sean nickte wortlos. »Den Hasen spielen« bezeichnete eine Taktik, die er gemeinsam mit Matatu ausgearbeitet hatte. Sie klappte jedoch nur mit einem Fährtensucher von Matatus Kaliber. Voraussetzung war, daß sie errieten, wohin die Flüchtenden wollten. Erst wenn sie ziemlich genau wußten, wohin und wie schnell die Marschierenden unterwegs waren, konnten sie versuchen, sie wie ein Hase springend einzuholen.

In diesem Fall gab es keine Zweifel. Die Terroristen mußten

weiter nach Norden in Richtung Sambesi, in Richtung Stammesreservation marschieren, wo sie auf Unterschlupf, Nahrung und primitivste medizinische Versorgung für ihren Verwundeten hoffen konnten. Bei den schwarzen Stämmen der Shona und Batonka, die an den Talrändern siedelten, gab es viele Sympathisanten. Wer nicht freiwillig helfen wollte, konnte dazu gezwungen werden.

Gut, sie würden ihnen also nach Norden folgen. Vor ihnen lag jedoch ein weites unwirtliches Gebiet mit felsigen Hochebenen, tief eingeschnittenen Tälern und aufgetürmten Granitkopjes. Falls die Flüchtenden nur um wenige Grad von der logischen Marschroute abwichen, konnten sie in diesem Gelände spurlos verschwinden.

Sean lief wieder auf die Lichtung hinaus und gab dem Hubschrauberpiloten ein Zeichen, indem er seine über Kreuz gelegten Arme hochhielt. Die Alouette III ging sofort tiefer, um sie aufzunehmen.

»Okay, Sergeant«, rief Sean noch, »bleiben Sie dran! Wir fliegen voraus und versuchen, die Fährte wiederzufinden. Halten Sie Funkverbindung – und vergessen Sie nicht, zwischendurch zu trinken!«

»Wird gemacht, Sir«, beteuerte der Sergeant. Die kurze Begegnung hatte ihm und seinen Männern Mut gemacht.

Sean und Matatu saßen an der offenen Kabinentür und beobachteten das grüne Blätterdach des Urwaldes 150 Meter unter ihnen.

Plötzlich machte Matatu eine Handbewegung, und Sean rief dem Bordingenieur zu: »Zehn Grad links!«

Sean sah keinen erkennbaren Grund für diesen Schwenk nach Westen.

Der Urwald unter ihnen sah dicht aus. Die felsigen Kopjes waren kilometerweit voneinander entfernt und nicht voneinander zu unterscheiden.

Zwei Minuten später folgte die nächste Handbewegung: »Fünf Grad rechts!«

Matatu verfolgte die Fährte der Flüchtenden aus 150 Meter Höhe mit einer geradezu unheimlichen Intuition.

Mit einem Mal rief er: »Runter!«

Während die Maschine tiefer ging, sah Sean zu Roland Ballantyne hinüber.

Roland verstand und machte seinen Männern ein Zeichen. Sie setzten sich auf und luden dann ihre Gewehre.

Der Hubschrauber schwebte eineinhalb Meter über dem trockenen Boden. Sean und Matatu sprangen hinaus, um das Landegebiet zu sichern.

Sobald die nähere Umgebung abgesucht war, gingen sie in Deckung. Hinter ihnen kamen die Scouts und verteilten sich.

Als alle Männer in Stellung waren, gab Roland Ballantyne den Befehl: »Los!«

Sean und Matatu gingen mit etwa fünfzig Schritt Abstand vor. Die Scouts folgten.

War es den flüchtigen Terroristen vor allem darauf angekommen, keine Zeit zu verlieren? Hatten sie gleich die Elefantenstraße benützt, anstatt die zerklüfteten Felsen an einer weniger auffälligen Stelle zu überwinden?

Ein Handzeichen Matatus bedeutete Sean, er solle den östlichen Zugang des Passes übernehmen.

Sean schlug einen Bogen, damit die Sonne zwischen ihm und dem Geländestreifen stand, den er abzusuchen hatte. Die Fährte auf diese Weise zu beleuchten, war ein alter Trick. Dabei konzentrierte er sich ganz auf den Erdboden und verließ sich darauf, daß seine Scouts ihm den Rücken freihielten. Sie waren alle gute Männer; er hatte sie selbst ausgebildet.

Kurz darauf entdeckte er den ersten Hinweis. Einer der Steine im Flußbett war aus seiner Lage gebracht worden und saß leicht schräg im Sand. Sean berühte ihn probeweise mit dem Zeigefinger. Er wollte sich seiner Sache ganz sicher sein.

»Matatu lacht mich 'ne Woche lang aus, wenn ich mich hier blamiere.«

Tatsächlich. Der kopfgroße Stein ließ sich leicht bewegen, folglich war er erst vor kurzem angestoßen worden. Sean stieß einen Pfiff aus, und Matatu tauchte auf. Er sah den Stein und nickte zustimmend.

Die Flüchtenden hatten versucht, keine Spur zu hinterlassen. Sie waren dicht neben der Steilwand hintereinander im Flußbett aufgestiegen und hatten die kleinen Felsblöcke als Trittsteine benützt, aber dieser eine hatte sich unter dem Gewicht der Männer verschoben.

Matatu hastete weiter. Schon nach etwa hundert Schritten entdeckte er eine Stelle, wo der Fuß des verwundeten Terroristen von einem der Trittsteine abgerutscht und den weichen Sand berührt hatte. Der Fuß hatte eine Streifspur hinterlassen. Nur sein scharfes Auge konnte den kaum sichtbaren Farbunterschied zwischen den Sandkörnern wahrnehmen.

Er kniete neben der Streifspur, begutachtete sie eingehend und besah sich den Sand um die Spur.

»Zwei Stunden«, sagte er schließlich.

»Zwei Stunden hinter ihnen«, meldete Sean Roland Ballantyne.

»Wie macht er das bloß?« Roland schüttelte verwundert den Kopf. »Er hat uns geradewegs hergeführt – und jetzt gibt er auch noch die genaue Zeit an. Binnen einer Viertelstunde haben wir durch ihn acht Stunden aufgeholt. Wie bringt er das fertig, Sean?«

»Keine Ahnung«, gab Sean zu. »Er ist einfach begabt.«

»Können wir noch mal ›den Hasen spielen‹?« fragte Roland. Da er kein Suaheli sprach, mußte Sean für ihn dolmetschen.

»Hase, Matatu?«

»Ndio, Bwana!« Matatu nickte energisch und freute sich über die Bewunderung des Obersten.

»Ich schlage vor, vier Mann von hier aus weitermarschieren zu lassen«, sagte Sean. »Wenn sie dem Flußbett folgen, müßten sie die Fährte oben wiederfinden.«

Roland gab den entsprechenden Befehl, und die vier Scouts marschierten davon. Sean gab dem Hubschrauber ein Zeichen.

Der Flug ging nach Norden weiter. Sie waren gerade zehn Minuten unterwegs, als Matatu aufgeregt rief: »Zurück!«

Auf Seans Anweisung flog die Alouette einen weiten Kreis. Matatu fixierte das Gelände unter sich.

»Runter!« rief er wieder und deutete auf einen langen Streifen dunkelgrüner Vegetation, der eine flache nierenförmige Senke vor ihnen ausfüllte.

Der Hubschrauber ging langsam tiefer. Matatu deutete auf eine Landezone am gegenüberliegenden Rand der Senke.

Das Buschwerk unter ihnen war dornig-dicht und mit unzähligen Termitenhügeln durchsetzt. Diese Türme aus betonharter roter Tonerde ragten bis in die Schulterhöhe auf und machten die Landung schwierig und gefährlich.

Er hat sich die denkbar schlechteste Landezone ausgesucht, überlegte Sean. Wozu ausgerechnet hier?

Sean drehte sich nach Roland um und brüllte: »Feuerbereit!« Im nächsten Augenblick folgte er Matatu aus der Kabine. Sie kamen nebeneinander auf, rannten geduckt weiter und warfen sich hinter einem Termitenhügel in Deckung.

Diesmal nahm Sean sich nicht die Zeit, das Abspringen der übrigen Scouts zu beobachten. Er starrte in die Dornenbüsche vor ihm, suchte sie nach rechts und links ab, soweit das Auge reichte, und hielt sein Gewehr schußbereit. Obwohl es sehr unwahrscheinlich war, daß irgendein Terrorist sich in fünf Kilometern Umkreis aufhielt, war dieses Verhalten zur Sicherung der Landezone ihnen längst in Fleisch und Blut übergegangen.

»Hier gibt's keine Gooks!« sagte Sean sich. Doch in diesem Augenblick gerieten sie unter Beschuß.

Sean reagierte blitzschnell. Er wälzte sich zur Seite und drehte sich im selben Augenblick nach links, um das neue Ziel zu erfassen.

Langsam wurde Sean klar, was passiert war: Matatu hatte sie mitten hinein geführt! Diesmal war er *zu* gut gewesen.

Die Terroristen waren offenbar ebenso überrascht wie sie selbst. Sie hatten keine Zeit mehr gehabt, sich zur Verteidigung einzurichten oder einen Hinterhalt aufzubauen. Vermutlich hatte sie erst das Knattern des anfliegenden Hubschraubers gewarnt – und im nächsten Augenblick waren die ersten Scouts schon abgesprungen.

Dieses Überraschungsmoment müssen wir nutzen, dachte Sean.

Aus Erfahrung wußte er, daß die Shona-Guerrilleros, mit denen sie's hier zu tun hatten, erstklassige Kämpfer waren: zäh, tapfer und hochmotiviert. Aber sie hatten zwei Schwächen: Erstens schossen sie schlecht; sie glaubten, Dauerfeuer mache mangelnde Treffsicherheit wett. Zweitens waren sie außerstande, auf Überraschungsangriffe schnell zu reagieren. Er wußte, daß die Terroristen im Busch vor ihnen in ein, zwei Minuten desorganisiert und verwirrt sein würden.

Sofort angreifen! dachte Sean und hakte eine Phosphorhandgranate von seinem Gurtzeug los. Während er den Sicherungsstift herausriß, wollte er zu Ballantyne hinüberbrüllen: »Schützenlinie, Roland! Wir greifen an, bevor sie sich festsetzen können!«

Aber Ballantyne mußte dieselbe Idee gehabt haben. »Los, Jungs! Schützenlinie – Angriff!«

Sean sprang auf und warf seine Brandgranate. Sie detonierte gut dreißig Meter vor ihm.

Als er losrannte, nahm er aus dem Augenwinkel heraus eine kleine dunkle Gestalt wahr. Matatu. Auch an anderen Stellen detonierten jetzt Handgranaten.

Vor der Wucht dieses Angriffs flüchteten die Terroristen.

Die Scouts stießen weiter vor, und der ungleiche Kampf war in weniger als zwei Minuten entschieden. Die Scouts machten kehrt.

»Landezone sichern!« befahl Roland Ballantyne, der keine zwanzig Meter von Sean entfernt stand. »Gut gemacht, Sean. Dein Freund ist ein Glücksbringer.« Er sah zu Matatu hinüber und lachte.

Dann wandte er sich ab, um den Scouts zu befehlen, die Toten zu bergen.

Sie befanden sich fast vier Seemeilen vor der Küste im Süd-Äquatorialstrom.

Dieser saphirblaue Meeresstrom, der die Südspitze der Insel Mauritius umspülte, besaß eine reiche Meeresfauna, die Hochseeangler aus aller Welt anzog. Ähnlich berühmte Fanggründe fanden sich vor dem australischen Great Barrier Reef, vor Cabo San Lucas an der kalifornischen Küste oder im Windschatten der Insel Neu-Schottland. Überall dort lockten riesige Schulen von Köderfischen große Raubfische an: gestreifte Merline und die Thunfischarten.

Shasa Courtney bestand aus gutem Grund darauf, immer dasselbe Boot mit der selben einheimischen Besatzung zu chartern. Jedes Boot erzeugt im Wasser individuelle Schwingungen: eine Kombination aus Motor, Schiffsschraube und Rumpfform, die in ihrer Einzigartigkeit mit dem menschlichen Fingerabdruck vergleichbar ist. Diese Schwingungen können Fische anlocken oder vertreiben.

Die »Bonheur« trug ihren Namen zu Recht. Sie zog Fische an, und ihr Skipper hatte Augen wie ein Luchs. Er erkannte den Sturzflug eines einzelnen Meeresvogels, der an der Kimm in eine Schule Freßfische tauchte, oder aus einem Kilometer Entfernung die sichelförmige Rückenflosse eines dicht unter der Oberfläche schwimmenden Merlins, dessen Gewicht er auf zehn Kilo genau schätzen konnte.

Heute waren sie jedoch seit fast zwei Stunden unterwegs, ohne einen Köderfisch an die Ausleger hängen zu können.

Wohin sie auch sahen, tummelten sich Schulen von Köderfischen. Der ganze Indische Ozean schien von ihnen zu wimmeln. Sie verdunkelten die Oberfläche gleich Wolkenschatten. In Abständen von wenigen Minuten durchbrachen springende Makrelen die Wasseroberfläche und segelten als silbern glänzende Pulks in hohem Bogen durch den hellen tropischen Sonnenschein.

Zu dieser Panikreaktion wurden sie von großen Raubfischen getrieben, die in der Tiefe unter den Schulen ihre Kreise zogen. Dies war einer der verrückten Tage, an denen es einfach zu viele Fische gab. Heißhungrige Räuber jagten die Schulen so erbittert, daß sie keine Zeit zum Fressen fanden, sondern ihre gesamte Energie darauf verwendeten, vor den gefräßigen Ungeheuern zu flüchten, die zwischen ihnen wüteten. So ignorierten sie die fingerlangen Federköder, mit denen die Besatzung der »Bonheur« sie anzulokken versuchte.

Von der Brückennock in fünf Metern Höhe über dem Deck konnte Shasa ins blaue Wasser hineinsehen. Schwärme von Makrelen – jeder Fisch eine dicke Zigarre von der Länge seines Unterarms – kreisten und wirbelten durchs Kielwasser. Im Vorbeischwimmen berührten sie fast die herabhängenden Federköder.

»Wir brauchen einen – bloß *einen* Köderfisch!« ächzte Shasa. »An einem Tag wie heute beißt garantiert ein Merlin an!«

Elsa Pignatelli lehnte neben ihm an der Reling. Sie wirkte ruhig und besonnen und sah recht sexy aus in ihrem roten Bikini.

»Sieh doch!« rief sie plötzlich und Shasa sah einen Merlin, der neben der »Bonheur« aus dem Wasser brach. Durch die Wucht und Geschwindigkeit seines Angriffs, mit dem er eine Schule Makrelen durchstieß, beschrieb er einen hohen Bogen über der Meeresoberfläche. Seine Augen waren sehr groß, und sein Speer hatte das Format eines Baseballschlägers. Wasser strömte in silbernen Kaskaden von seinen Flanken, und er bewegte sein mächtiges Haupt hin und her. Er schien wie ein Chamäleon die Farbe gewechselt zu haben, leuchtete blau und violett.

»Ein Grander!« Shasa gebrauchte die allgemein übliche Bezeichnung für einen Fisch, dessen Gewicht die Grenze von 1000 Pfund überstieg.

Der Merlin klatschte wieder ins Wasser.

»Einen Köder!« rief Shasa und faßte sich an die Stirn. »Ein Königreich für einen Köder!«

Auch dem an der Kimm verteilten restlichen halben Dutzend Boote der Black-River-Flottille erging es nicht besser. Über Funk war das frustrierte Jammern ihrer Skipper zu hören. Niemand hatte einen Köder, während dort draußen unzählige Merline warteten.

»Wie kann *ich* dir helfen?« fragte Elsa. »Soll ich ein bißchen für dich zaubern?«

»Ich weiß nicht, ob das waidgerecht wäre«, meinte Shasa grinsend. »Aber ich bin bereit, alles zu versuchen. Zaubere drauf los, meine schöne Hexe!«

Sie griff nach ihrer Handtasche und nahm ihren Lippenstift heraus. »Tom Thumb, Thomas«, intonierte sie feierlich, indem sie auf seine nackte Brust eine scharlachrote Hieroglyphe malte. »Ich rufe dich, ich hole dich, betöre dich, beschwöre dich!«

»Ah, das gefällt mir!« Shasa lachte schallend. »Deine Hexerei hat wirklich was für sich!«

»Du mußt daran glauben«, warnte sie ihn, »sonst hilft sie nicht.«

»Ich glaube daran«, versicherte er ihr noch immer lachend. »Oh, wie ich daran glaube, betört zu werden!«

An Deck unter ihnen stieß ein Besatzungsmitglied plötzlich einen überraschten Schrei aus. Danach hörten sie das blecherne Rasseln der Rolle einer der kleinen Angelruten für Köderfische.

Shasas Lachen brach schlagartig ab. Er starrte Elsa sekundenlang sprachlos an. »Der Teufel soll mich holen! Du kannst wirklich hexen!« murmelte er und war dann mit einem Sprung an der Leiter.

Der Matrose hievte die Makrele über die Reling und umfaßte sie mit den Armen. Der Fisch wand sich zitternd. Die Makrele hatte ein spitzes Maul und scharfe Rückenflossen, glänzte wunderbar metallblau und silbern und wies am Bauch schwarze Längsstreifen auf.

»Dreh sie um!« sagte Shasa. Das Besatzungsmitglied drehte die Makrele um, die sofort aufhörte, sich zu wehren. Das Auf-den-Kopf-stellen war ein bewährter Trick, der den Fisch die Orientierung verlieren und ruhiger werden ließ.

Shasa präparierte nun die Makrele mit dem zwölfzölligen Merlinhaken. Der Köderfisch lebte noch und war praktisch unverletzt.

Shasa trat einen Schritt zurück und nickte dem Besatzungsmitglied zu. Dieser ließ den Fisch ins Wasser zurückgleiten. Sobald die Makrele wieder frei war, flitzte sie davon und zog den schweren Stahlhaken mit der daran befestigten Dacron-Leine hinter sich her. Sie veschwand augenblicklich in den blauen Tiefen.

Jetzt stand Shasa neben seinem Sessel, die Angelrute in der Kardanhalterung. Die Spannung der Angelleine regulierte Shasa mit seinen Fingerspitzen auf der Bremse.

Nachdem genau 100 Meter abgespult waren, zog er die Reibungsbremse der Rolle fester an.

Man brauchte Geduld, Erfahrung und Kraft, um die Leine mit der Hand zu halten, anstatt sie einfach durch die Klemme des Auslegers zu führen und es sich in einem Liegestuhl an Deck bequem zu machen.

Shasa spulte sorgfältig etwa 30 Meter Leine ab und schoß sie an Deck auf. Dann ließ er sich am Heck des Bootes nieder und rief dem Skipper zu: »Allez!«

Während der Diesel auf Touren kam, nahm die »Bonheur« allmählich Fahrt auf.

Sowie das Boot etwa drei Knoten lief, verstärkte sich der Zug an der Leine in Shasas Hand. Er begann das Gewicht der Makrele am anderen Ende zu spüren. Die Tiefe, in der sich der Köderfisch aufhielt, konnte Shasa aufgrund des Winkels, den die Leine zur Meeresoberfläche bildete, ungefähr abschätzen. Ein leichtes Zittern der Leine und gelegentliche Rucke zeigten, daß die Makrele sich lebhaft bewegte und manchmal tiefer zu gehen versuchte.

»Na, wie wär's mit 'nem weiteren kleinen Zauberspruch?« rief er Elsa zu.

»So was funktioniert nur einmal.« Sie schüttelte den Kopf. »Den Rest mußt du allein schaffen.«

Die »Bonheur« stampfte bei langsamer Fahrt durch die Dünung und begann auf Shasas Anweisung, in weitem Bogen nach Norden auszuholen.

Schon wenig später wurde die Leine in seiner Hand plötzlich schlaff, und er stand rasch vom Schanzkleid auf.

»Was gibt's?« rief Elsa gespannt zu ihm hinunter.

»Wahrscheinlich nichts«, brummte er, während er sich ganz auf das Gefühl der Leine in seiner Hand konzentrierte.

Sie straffte sich wieder – aber jetzt bewegte die Makrele sich völlig anders als zuvor. Shasa spürte ihren verzweifelten Kampf. Sie ruckte an der Leine, schnellte von einer Seite zur anderen und versuchte zu tauchen, aber die langsam laufende »Bonheur« schleppte sie unaufhaltsam hinter sich her.

»Achtung!« rief er, um die Besatzung zu alarmieren.

»Was gibt's?« wiederholte Elsa.

»Irgendwas schreckt die Makrele«, antwortete er. »Sie hat dort unten was gesehen.«

Bestimmt war der Merlin mißtrauisch, weil die Makrele sich unnatürlich verhielt. Sie hätte sofort flüchten müssen. Der Merlin umkreiste sie vorsichtig, seine Freßgier würde bald über seine Vorsicht siegen. Shasa wartete eine Minute, dann noch eine Minute.

Plötzlich wurde ihm die Leine aus den Fingern gerissen – aber er hatte einen Augenblick das Gewicht und die Kraft des Merlins gespürt, als der Raubfisch mit der Breitseite seines Speers zugeschlagen hatte. »Stop!« brüllte Shasa und reckte die Arme hoch. »Maschine stop!«

Der Skipper riß sofort den Gashebel zurück. Shasa griff wieder nach der Leine und hielt sie ganz vorsichtig zwischen den Fingerspitzen. Sie war schlaff und übermittelte kein Lebenszeichen mehr. Ein gewaltiger Schlag hatte genügt, um die Makrele augenblicklich zu töten.

Dann verstrichen die Sekunden endlos langsam.

»Er schwimmt noch einen Kreis«, versuchte Shasa sich einzureden. Aber noch immer geschah nichts.

»Il est parti«, verkündete der Skipper kummervoll. »Il a refusé.«

»Er ist *nicht* abgehauen. Er schwimmt bloß noch 'nen Kreis«, sagte sich Shasa.

Da zuckte die Leine in seinen Fingern, und er stieß einen erleichterten Schrei aus.

»Da ist er!«

Elsa klatschte in die Hände. »Der Zauber wirkt!«

Die Leine zitterte und ruckte schwach, und Shasa ließ ein paar Handbreit durch seine Finger gleiten.

Der Leinendurchhang sollte bewirken, daß der Angelhaken glatt am Kopf der Makrele anlag, während sie in den Schlund des Merlins glitt. Aber wenn der Durchhang zu klein war oder eine Schlinge bildete, war der Merlin weg.

Nach einer weiteren langen Pause straffte die Leine sich wieder und glitt mit gemächlicher, aber zielgerichteter Energie davon.

»Er hat ihn geschluckt!« rief Shasa und ließ die Leine durch seine Finger gleiten. Eine Lage nach der anderen straffte sich und glitt übers Schanzkleid in die Tiefe.

Shasa ließ sich in den Drehsessel fallen und hakte sein Gurtzeug fest. Dies bildete eine Art Hängematte um Kreuz und Gesäß und war direkt an der Rolle befestigt.

Viele Leute glauben, der Angler sei wie ein Jagdflieger an seinem Sitz festgeschnallt. Es kommt jedoch auf Kraft und Gleichgewichtssinn an. Macht der Angler einen Fehler, kann der Merlin, der über 500 Kilogramm wiegt und stark wie ein Schiffsdiesel ist, ihn und seine Angelrute mühelos von Bord und bis hinunter zur 500-Faden-Marke ziehen.

Als Shasa sich hinter die Angelrute setzte und die Bremse betätigte, straffte die Leine sich ruckartig, und seine Rute bog sich tief nach unten.

Shasa stemmte beide Füße gegen die Fußstütze und federte den Zug mit den Beinen ab.

»Los!« befahl er Martin, dem Skipper.

Der Diesel röhrte auf, die »Bonheur« nahm mit schäumender Hecksee Fahrt auf, so daß ihr Bug in die Wellen klatschte.

Shasa nützte die Kraft und Geschwindigkeit des Bootes, um

den Haken zu setzen. Die Rolle seiner Angelrute summte, und die Leine spulte sich rasch ab.

»Halt!« rief Shasa, sobald anzunehmen war, daß der Haken saß.

Kurz darauf lag das Boot bewegungslos im Wasser. Die Rute war zu einem Bogen gespannt, als sei die Leine am Meeresboden verankert, aber die von der Bremse festgehaltene Rolle blieb unbeweglich.

Dann rüttelte der Fisch mit solcher Gewalt, daß das Ende der Rute wie ein vom Sturmwind gepeitschter Zweig aussah.

»Er geht los!« rief Shasa. Selbst die »Bonheur« war also nicht imstande gewesen, sein riesiges Gewicht durchs Wasser zu ziehen.

Jetzt merkte der Fisch wohl, daß irgend etwas nicht stimmte, und unternahm seinen ersten Fluchtversuch. Die Leine surrte wieder davon, und Shasa wurde von seinem Sitz hochgehoben.

Er stemmte sich mit seinem ganzen Gewicht zurück und achtete darauf, beide Hände von der surrenden Rolle fernzuhalten. Die geflochtene Dacronleine konnte einem mühelos einen Finger abtrennen.

Der Merlin schien überhaupt keinen Widerstand zu spüren. Die in dicken Lagen aufgespulte Leine schmolz dahin: 300 Meter, 400 Meter, ein halber Kilometer Leine war schon über Bord gegangen.

»Alle Achtung. Der Kerl hat Kraft.«

Plötzlich sprang der Raubfisch aus dem Wasser. Er schien sich in Zeitlupe zu bewegen. Meerwasser strömte von seinem Körper. Er zeigte sich ganz, und obwohl er fast einen halben Kilometer von der »Bonheur« entfernt war, schien er riesig. Dann glitt er wieder ins Wasser zurück und ließ sie alle erstaunt zurück.

Die Dacronleine surrte weiter von der Rolle. Obwohl Shasa die Reibungsbremse gefährlich stark eingestellt hatte, so daß die 550 Kilogramm Bruchlast beinahe erreicht wurden, zog der Fisch die Leine weiter hinter sich her, als laufe sie völlig ungebremst ab.

Obwohl das Boot jetzt äußerste Kraft voraus lief, verlor er weiter Leine. Der Merlin war mindestens zehn Knoten schneller. Shasa sah hilflos zu, wie die Spule immer dünner wurde.

»Shasa!« rief Elsa. »Er kommt zurück!«

»Stop!« befahl Shasa dem Skipper.

Aus unerfindlichen Gründen hatte der Merlin abrupt kehrtgemacht und kam jetzt auf die »Bonheur« zu.

Durch die Richtungsänderung des Merlins hatte die Dacronleine plötzlich einige hundert Meter Durchhang, der sich katastrophal auswirken konnte. Der Widerstand der Leine im Wasser konnte sie wie einen Zwirnsfaden reißen lassen, sobald der Fisch sie ruckartig straffte.

Shasa mußte den Durchhang aufspulen, bevor der Merlin unter dem Boot vorbeischoß. Nach und nach wurde der Durchhang tatsächlich kleiner. Der Fisch schwamm unter dem Boot hindurch. »Schnell drehen! Schnell!« rief er.

Der Fisch raste in der Gegenrichtung davon, und Martin gelang es gerade noch, die »Bonheur« zu drehen, bevor die Leine sich wieder straffte. Das ganze Gewicht des Merlins zerrte wieder an der Angel. Obwohl Shasa sich mit beiden Beinen einstemmte, wurde er aus seinem Sessel hochgehoben.

Shasa löste die Reibungsbremse, um die Leine zu entlasten, die daraufhin mit 50 Stundenkilometern von der Rolle surrte. Er mußte hilflos zusehen, wie die kostbaren Meter, die er mühsam zurückgewonnen hatte, über Bord gingen.

»Hinterher!« rief er.

Jetzt war Teamwork entscheidend. Kein Mensch konnte einen Fisch dieser Größe allein besiegen. Mindestens so wichtig wie Kraft und Geschicklichkeit des Anglers waren die Reaktionen seines Skippers.

Eine Stunde lang folgte ein Ansturm dem anderen. Shasa kämpfte. Er war in Schweiß gebadet; sein Haar war naß, als stehe er unter einer Dusche.

Einer der Matrosen kippte ihm einen kühlenden Eimer Meerwasser über die Schultern. Das Salz brannte an der Taille, wo das Gurtzeug ihm die Haut aufgescheuert hatte. Der Fisch dagegen schien nicht im geringsten schwächer zu werden.

Elsa kam von der Brücke herunter und versuchte, ein Kissen zwischen das Gurtzeug und seine aufgeschürfte Haut zu stopfen.

»Kannst du mir mal was verraten?« fragte er und kniff die Augen zusammen. »Wozu, zum Teufel, tue ich mir das an?«

»Weil du ein alter Sturkopf bist.« Elsa wischte ihm den Schweiß vom Gesicht und küßte ihn auf die Stirn.

Schließlich war der Merlin zu abgekämpft, um noch wilde Fluchtversuche zu unternehmen. Aber er kämpfte weiter und beschrieb hundert Meter unter der treibenden »Bonheur« langsame, fast geruhsame Kreise. Dabei legte er sich auf die Seite, um dem Zug von Angelrute und Leine möglichst viel Widerstand entgegenzusetzen. Sein Durchmesser betrug über einen Meter, er wog fast 650 Kilogramm. Der große Halbmond seiner Schwanzflosse bewegte sich in stetigem Rhythmus, und seine riesigen Augen glühten im Halbdunkel wie Opale. Violette und azurblaue Flammen wanderten über seinen Körper. Ein schönes Tier.

Shasa Courtney hockte wie ein Buckliger über die Angelrute gebeugt in seinem Sessel. Er beugte und streckte seine Beine mit schmerzverzerrtem Gesicht; alle Muskeln und Nerven taten weh.

Er wußte, daß er nicht mehr lange durchhalten konnte, ja fürchtete sogar, sich bleibende körperliche Schäden zuzuziehen. Er hatte das Gefühl, in seinem Innern müsse bald etwas reißen oder brechen, aber er stemmte sich immer wieder ein und fühlte den Fisch erneut nachgeben.

»Kein leichter Kampf«, sagte er. »Ich glaube, du bist stärker.«

Da tauchte der Fisch auf. Er rollte wie ein mit Wasser vollgesogener Baumstamm zur Seite und gab dem Leinenzug nach. Träge und schwer sah er aus.

Der Merlin stand senkrecht auf der Schwanzflosse, reckte seinen Speer gen Himmel und schüttelte den Kopf. Das zehn Meter lange dicke Stahlseil, das die Dacronleine unmittelbar über dem Haken verstärkte, schnellte pfeifend um seinen Kopf, die Angelrute folgte rüttelnd jeder Bewegung. Gegen diese Gewalt war Shasa machtlos. Obwohl er die Angelrute umklammert hielt, wurde sie hin und her gerissen.

Mit einem Mal sah Shasa, daß der Haken ganz leicht am äußersten Rand des eisenharten Mauls hing. Eine ruckartige Kopfbewegung, dann war er draußen.

Shasa stand mit zitternden Knie auf, nahm seine letzten Kräfte zusammen und riß den Merlin rückwärts. Der Fisch klatschte ins Wasser.

»Das Seil!« rief Shasa einem Matrosen zu.

Während des ganzen Kampfes hatte außer Shasa niemand Angel oder Leine berühren dürfen, um beim Fang zu helfen. Das war die Regel.

Erst jetzt, wo der Fisch erschöpft und abgekämpft auf dem Wasser lag, durfte die Besatzung das zehn Meter lange Stahlseil, mit dem das Ende der Dacronleine verstärkt war, heranholen und den Merlin daran festhalten.

Der Fisch dümpelte wie ein Stück Treibholz an der Meeresoberfläche.

»Okay.« Shasa stand auf, hielt die Angelrute mit beiden Händen gepackt und zog sie gleichmäßig zurück. Der Haken hielt nur mit der äußersten Spitze; der Widerhaken hatte sich nicht hineingebohrt – jeder kleine Ruck konnte ihn aus dem Fischmaul gleiten lassen.

Ein zweiter Matrose hielt bereits einen massiven Fischhaken bereit. Sobald dieser Haken in der Schulter des Merlins saß, war der Kampf entschieden.

15 Zentimeter waren zwischen Stahlseil und Hand, als der Merlin ein letztes Mal mit der Schwanzflosse schlug. Das Ende der Angelrute nickte ein wenig, als wolle es dieser tapferen Geste Beifall spenden, und der Haken löste sich.

Die Angelrute schnellte ruckartig nach oben, und der Haken pfiff durch die Luft und schepperte gegen die Aufbauten der »Bonheur«. Shasa fiel krachend in seinen Sitz zurück. Keine zwölf Meter von ihm entfernt lag der Merlin auf dem Wasser. Er war frei, aber zu abgekämpft, um wegzuschwimmen.

Alle starrten den Fisch an, bis Martin sich als erster von seiner Überraschung erholte. Er ließ die Maschine rückwärts laufen und steuerte die »Bonheur« an das treibende Ungetüm heran.

»Den kriegen wir!« rief er seinem Mann mit dem Fischhaken zu, als das Bootsheck gegen den Fisch stieß. Der Matrose sprang aufs Schanzkleid und hob den blitzenden Haken in die Luft, um ihn in die ungeschützte Flanke des Merlins zu stoßen.

Shasa sprang auf, obwohl seine Knie unter ihm nachzugeben drohten.

»Nein«, sagte er. Er riß ihm den Fischhaken aus der Hand und warf ihn aufs Deck. Die Besatzungsmitglieder starrten ihn verständnislos an. Dieser Fisch hatte sie kaum weniger Kraft und Anstrengung gekostet als Shasa.

Aber das spielte keine Rolle. Er konnte ihnen später erklären, daß es nicht in Frage kam, den Fisch aufzuspießen. Sobald der Merlin sich von seinem Haken befreit hatte, war der Wettstreit zu Ende. Der Fisch hatte gesiegt. Ihn jetzt zu erlegen wäre in höchstem Maße unfair und auch unsportlich gewesen.

Shasa konnte sich nicht mehr auf den Beinen halten. Seine Knie gaben nach, und er sackte nach vorn übers Schanzkleid. Der Fisch lag noch immer auf dem Wasser. Shasa sah ihn an.

»Gut gemacht«, flüsterte Shasa. Fast mußte er weinen. »Du hast verdammt gut gekämpft. Alles Gute.«

In diesem Augenblick kam Bewegung in den Merlin. Seine Schwanzflosse schlug aus. Seine Kiemen öffneten und schlossen sich und langsam schwamm er davon.

Sie folgten ihm ein ganzes Stück. Seine Rückenflosse war deutlich zu sehen. Elsa und Shasa beobachteten ihn schweigend.

Seine Schwanzflosse schlug nun kräftiger, und bald durchpflügte er die Wellen wieder mit Anmut. Dann sank die große Rückenflosse unter die Oberfläche, und sie sahen seinen langen dunklen Leib in die Tiefe gleiten.

Auf der langen Rückfahrt in den Hafen saßen Shasa und Elsa dicht beieinander. Während sie beobachteten, wie das smaragdgrüne Inseljuwel vor ihnen aus dem Meer wuchs, sahen sie sich mehrmals in stummer Übereinstimmung an.

Als die »Bonheur« in den Hafen am Black River einlief, hatten die übrigen Boote ihrer Flottille längst festgemacht. An dem Gerüst vor dem Clubhaus hingen zwei Merline. Keiner der beiden war auch nur halb so groß wie der Fisch, den Shasa an der Angel gehabt hatte. Etwa zwei Dutzend Bewunderer scharten sich um die erfolgreichen Angler, die mit ihren Angelruten posierten. Ihre Namen und die Gewichte der Merline wurden mit Kreide auf die Ergebnistafel geschrieben. Der indische Fotograf aus Port Louis stand über sein Stativ gebückt, um den Augenblick ihres Triumphs festzuhalten.

»Wünschst du dir nicht, dein Fisch hinge hier?« fragte Elsa halblaut, als sie stehenblieben, um die Szene zu beobachten.

»Wie schön ein Merlin ist, wenn er lebt«, murmelte Shasa. »Und wie häßlich, wenn er tot ist.« Er schüttelte den Kopf. »Der Fisch hat was Besseres verdient.«

»Und du auch«, sagte sie und führte ihn zur Bar im Clubhaus. Er fühlte sich reichlich angeschlagen, aber er war gleichzeitig stolz.

Elsa bestellte ihm einen Drink.

»Damit du's bis nach Hause schaffst«, neckte sie ihn liebevoll.

Ihr Zuhause war die Maison des Alizés, das Haus der Passatwinde – eine große Villa, die einer der hiesigen französischen Zuckerbarone vor einem Jahrhundert hatte erbauen lassen. Shasas Architekten hatten sie originalgetreu restauriert.

Sie lag inmitten eines fünf Hektar großen Parks. In diesem befand sich eine Sammlung tropischer Pflanzen, die Shasa im Laufe der Jahre ergänzt hatte. Prunkstück der Sammlung waren die Victoria regias auf den Zierfischteichen. Ihre an den Rändern tellerförmig gewölbten Blätter hatten über einen Meter Durchmesser, und die Blüten waren groß wie Melonen.

Die Maison des Alizés stand am Fuß des Berges Le Morne Brabant – nur zwanzig Autominuten vom Clubhaus am Black River entfernt. Das hatte den Ausschlag für Shasas Kaufentscheidung gegeben. Er bezeichnete die alte Villa als seine »Fischerhütte«.

Als sie unter dem breitgefächerten Laubdach der Feigenbäume aufs Haus zufuhren, meinte Shasa: »Aha, der Rest der Gesellschaft scheint heil angekommen zu sein.«

Entlang der Einfahrt parkte ein halbes Dutzend Autos. Elsas Pilot hatte zwei Ingenieure aus Zürich nach Mauritius gebracht. Diese beiden waren die technischen Direktoren der Firma Pignatelli Chemicals, die das Herstellungsverfahren für Cyndex 25 entwikkelt und die Produktionsanlage konstruiert hatten. Werner Stolz, den deutschen Direktor, hatte Shasa bei den schwierigen Vorverhandlungen in Europa kennengelernt. Dank Elsas Geschick waren sie glatt über die Bühne gegangen.

Ingenieure und technische Direktoren der Capricorn Chemical Industries waren aus Kapstadt gekommen. Das Chemieunternehmen war eine Tochter der Courtney Industrial Holdings. Mit Garry als Chef war Capricorn zum größten Kunstdünger- und Pestizidhersteller des afrikanischen Kontinents aufgestiegen.

Dort konnte die Cyndex-Anlage unauffällig unter Ausschluß der Öffentlichkeit errichtet werden.

Die Fachleute von Pignatelli und Capricorn waren bereits zusammengekommen, um Planung und Bau der neuen Anlage zu besprechen. Aus leicht verständlichen Gründen wäre es sehr unklug gewesen, sich vor Ort in Südafrika zu treffen. Tatsächlich bestand Elsa darauf, keiner ihrer Mitarbeiter dürfe das Werk jemals besuchen oder irgendwelche Verbindungen dorthin aufrechterhalten, die dann zu Pignatelli zurückverfolgt werden könnten.

Mauritius hatte sich als perfekter Rahmen für diese Konferenz angeboten.

Auch Bruno Pignatelli war als begeisterter Sportangler bis zu seiner Erkrankung regelmäßig nach Mauritius gekommen. Deshalb war Elsa hier ebenfalls bekannt und geachtet. Niemand interessierte sich für ihre Angelegenheiten.

Shasa und Elsa bewohnten im obersten Stock des Hauses zwei getrennte Suiten – allerdings mit einer Verbindungstür. Die Familie Courtney hielt dieses Versteckspiel allerdings für unnötig. Alle waren versammelt, als die beiden zum Cocktail herunterkamen.

Shasa hinkte leicht, hatte sich aber sonst erholt. Er trug einen eleganten Tropenanzug aus cremeweißer Seide, während Elsa in einem pfirsichfarbenen Chiffonkleid erschien.

»Seht euch die beiden an! Glaubt wirklich jemand, daß sie nur gute Freunde sind?« erkundigte Garry sich grinsend und brachte damit Holly und Isabella zum Kichern. Sogar Centaine verbarg ein Lächeln hinter ihrem japanischen Fächer und wandte sich ab, um mit einem der Ingenieure zu sprechen.

Isabella hatte auch einen Grund, im Maison des Alizés zu sein: Sie gehörte mittlerweile dem Vorstand der Capricorn Chemical Industries an. Und da sie sich vor allem für das Cyndex-Projekt interessiert hatte, war es ganz natürlich gewesen, daß Garry sie hierher eingeladen hatte.

Garry hatte diese Gelegenheit dazu genutzt, Holly und die Kinder zu einem Kurzurlaub mitzubringen. Und da Centaine Courtney-Malcomess heutzutage keine Gelegenheit ausließ, mit ihren Urenkeln zusammenzusein, war sie ebenfalls gekommen.

Das Haus platzte aus allen Nähten, alle Betten waren belegt. Um die Invasion bewältigen zu können, hatte Centaine sich von einem Hotel Hilfe geholt.

Der Champagner floß schon, als Elsa und Shasa sich zu der Party unter dem Rankendach des Pavillons gesellten. Jetzt folgte die Begrüßung: Küsse, Händeschütteln, Schulterklopfen und freudige Rufe.

Elsa hatte Centaine am Abend zuvor, als die alte Dame eingetroffen war, kurz kennengelernt. Die beiden hatten sofort Gefallen aneinander gefunden. Centaine hatte Elsa mit zusammengekniffenen Augen angestarrt, wie sie es immer tat, wenn sie sich konzentrierte. Dann hatte sie gelächelt und ihr die Hand entgegengestreckt.

»Shasa hat mir schon viel von Ihnen erzählt – aber das ist bestimmt kaum die Hälfte gewesen«, hatte sie auf italienisch gesagt, und Elsa hatte über dieses Kompliment und Centaines Italienischkenntnisse gelächelt.

»Ich wußte gar nicht, daß Sie Italienisch sprechen, Signora Courtney-Malcomess.«

»Sie wissen einiges noch nicht«, hatte Centaine geschmunzelt.

Die beiden waren verwandte Seelen, und als Elsa den Pavillon betrat, küßte sie Centaine zur Begrüßung auf die Wange.

Nun, dachte Centaine zufrieden, während sie Elsa unterhakte, Shasa hat lange genug gebraucht, um sie zu finden – aber das Warten hat sich gelohnt.

Garrys Kinder jagten einander um den Pavillon, und ihr Toben und Schreien lenkte ein bißchen von dem eleganten Ambiente der Gesellschaft ab.

»Ich muß zugeben«, sagte Shasa, indem er seine Enkel mißmutig betrachtete, »daß ich Heinrich dem Achten von Jahr zu Jahr ähnlicher werde: Ich bevorzuge Kleinkinder in der Theorie.«

»Soviel ich mich erinnere, bist du in ihrem Alter genauso schlimm gewesen«, verteidigte Centaine sofort ihre Urenkel. In diesem Augenblick ließ ein besonders schriller Freudenschrei Shasa zusammenzucken.

»Allein dafür hättest du mich in Öl gesotten. Mutter, du bist dabei, eine kindernärrische Urgroßmutter zu werden.«

»Sie haben bestimmt bald genug davon.« Centaine lächelte.

»Ich schon jetzt, das kannst du mir glauben«, murmelte er und ging zu Bella hinüber, die mit den Ingenieuren von Pignatelli Chemicals plauderte.

Isabella legte es darauf an, den deutschen Direktor zu bezaubern, der jetzt bereits Funken sprühte. Für Isabella hatte die ganze Szene etwas bizarr Unwirkliches an sich. Sie kam sich wie in einem Film von Franco Zeffirelli vor. Die elfenbeinweiße alte Villa, die üppige tropische Vegetation, die riesigen Blätter der Seerosen, die bunten Zierfische, alles trug dazu bei, eine phantastische traumähnliche Atmosphäre zu schaffen. Das Lachen, die Gesprächsfetzen in verschiedenen Sprachen und das Kindergeschrei erschienen ihr als fast unerträglicher Gegensatz zu dem wahren Grund für diese Zusammenkunft.

Nana hielt wie eine Kaiserinwitwe Hof; Holly und Elsa steckten in kostbaren Seiden- und Chiffonroben, die den Jahreslohn eines Arbeiters gekostet hatten. Und irgendwo weit, weit von hier ihr kleiner Nicholas mit einem Tarnanzug und Kriegswaffen und Soldaten und Terroristen als Spielgefährten.

Sie flirtete mit diesem glatzköpfigen Fünfziger, der wie ein Krämer oder Barkeeper aussah, aber in Wirklichkeit ein Todeslieferant war. Sie lächelte ihrem Bruder zu, der ihr Teddybär war, und hängte sich bei ihrem Vater ein, während sie vorhatte, beide zu verraten – und ihr Land obendrein. Sie war äußerlich eine schöne, elegante, intelligente und erfolgreiche junge Frau, die ihr Schicksal scheinbar fest in der Hand hatte. Innerlich war sie ein verschrecktes Geschöpf, dessen Dasein zuweilen von Trauer und Leid geprägt war.

»Kommt Zeit, kommt Rat«, sagte sie sich resigniert. »Immer einen Schritt nach dem anderen.« Und der nächste Schritt betraf das Projekt zur Herstellung von Cyndex 25.

Vielleicht war dies der letzte Auftrag, von dem Ramón in Andeutungen gesprochen hatte. Vielleicht würden sie, Ramón und Nicholas endlich freikommen, sobald sie Informationen über das Cyndex-Projekt geliefert hatte. Vielleicht war der Alptraum danach zu Ende. Vielleicht.

Die Konferenz begann am nächsten Morgen im Speisezimmer des Hauses. Sie saßen unter langsam kreisenden Deckenventilatoren an einem langen Walnußtisch und sprachen über den Tod. Sie diskutierten die chemische und physikalische Struktur, die Abfüllung und Qualitätskontrolle und das Kosten-Nutzen-Verhältnis von Cyndex 25, als gehe es um die Herstellung von Waschmittel oder Gesichtscreme.

Isabella brauchte viel Selbstdisziplin, um sich nichts anmerken zu lassen.

Die Ingenieure der Firma Pignatelli Chemicals hatten ein Dossier vorbereitet, das allen Besprechungsteilnehmern vorlag. Dieses behandelte sämtliche Aspekte des Problems: wie das Nervengas hergestellt, gelagert und eingesetzt werden sollte.

Werner Stolz, der technische Direktor, ging die Unterlagen Absatz für Absatz mit ihnen durch. Während eine Schreckensvision die andere jagte, mußte Isabella tief einatmen, um sich ruhig zu halten.

In der Mittagspause schwammen sie im Pool und aßen auf der Terrasse. Die Unterhaltung drehte sich um Elsas und Shasas Besuch der Salzburger Festspiele. Danach kehrten alle ins Konferenzzimmer zurück.

»Obwohl das Gas noch nie an Menschen getestet worden ist, haben wir festgestellt, daß die Wirkung einer mittleren Dosis Cyndex 25 sich nicht wesentlich von der ähnlicher Nervengase unterscheiden dürfte«, berichtete Stolz. »Die Wirkung setzt mit Beklemmungen und starker Atemnot ein; danach beginnt die Nase zu laufen, und die Augen brennen schmerzhaft tränend, während das Sehvermögen schwindet.«

Isabella fühlte sich äußerst unwohl.

»Die eigentliche Todesursache ist jedoch der völlige Kollaps der Atmung. Seine überlegene Wirkung verdankt Cyndex 25 der Leichtigkeit, mit der es über den Blutkreislauf ins Zentralnervensystem gelangt.«

Nachdem Stolz seine trockenen Ausführungen beendet hatte, herrschte eine Minute lang Schweigen, bis Garry leise fragte: »Wie können Sie diese Wirkungen vorhersagen, wenn Cyndex 25 noch nie an Menschen getestet worden ist?«

»Ursprünglich durch Extrapolation der Wirkungen ähnlicher Nervengase aus der Gruppe der G-Kampfstoffe – vor allem von Sarin.« Stolz machte eine Pause und wirkte zum ersten Mal etwas verlegen. »Später ist das Gas an Primaten getestet worden.« Er räusperte sich. »Für Labortests sind Schimpansen benützt worden.«

Isabella war entsetzt. Sie bebte, als der Direktor fortfuhr: »Wir haben jedoch feststellen müssen, daß Schimpansen sehr teure Versuchstiere sind. Andererseits sind Sie in Südafrika in der glücklichen Lage, über einen fast unerschöpflichen Vorrat an preiswerten und durchaus geeigneten Versuchstieren zu verfügen. Damit meine ich den Bärenpavian, Papio porcarius Boddinus, der in Südafrika heimisch ist und dort noch in großer Zahl vorkommt.«

»Sie wollen doch nicht etwa Versuche mit lebenden Tieren vorschlagen?« Isabellas Stimme klang schrill. Dann faßte sie sich: »Ich meine, ist das wirklich notwendig?«

Alle sahen sie an, und sie errötete. Schließlich ergriff Garry das Wort.

Sein Tonfall war freundlich, aber die Augen hinter seinen dicken Brillengläsern glitzerten. »Glaub mir, auch uns ist die Vorstellung zuwider, irgendein Lebewesen durch unsere Schuld unnötig leiden zu sehen.« Garry machte eine Pause. »Aber hier geht's um die Verteidigung unseres Landes, die Sicherheit unserer Nation und viele Millionen Dollar, die von den Courtneys aufzubringen wären.«

Er sah zu Shasa hinüber, der zustimmend nickte.

»Kurz gesagt: Diese Versuche sind leider notwendig. Solltest du dich damit schwertun, brauchst du dich nicht an dem Projekt zu beteiligen.«

»Schon gut.« Sie nickte. »Wahrscheinlich sind gewisse Dinge notwendig.«

Garry sah ihr ins Gesicht, dann nickte er. »Gut. Ich bin froh, daß das aus der Welt ist.«

Isabella gab sich Mühe, aufmerksam zu wirken. »Dies ist ein Projekt, über das Red Rose ausnahmsweise ohne Gewissensbisse berichten wird!« versprach sie sich.

Drei Tage nach ihrer Rückkehr nach Kapstadt schickte Red Rose ihr Telegramm ab.

Im Laufe der Jahre hatte sich ein bestimmtes Verfahren für die Kontakte zwischen ihr und ihren Auftraggebern entwickelt. Sobald sie etwas zu berichten hatte, schickte sie ein Telegramm an die Londoner Adresse. Sie erhielt dann innerhalb von vierundzwanzig Stunden Anweisungen für die Übergabe. Für diese wurde sie angewiesen, auf einem öffentlichen Parkplatz zu parken.

Sie schrieb den Bericht auf ihren Einmalblock und hinterließ ihn in einem Umschlag unter dem Fahrersitz, ohne den Wagen abzusperren. Kam sie nach etwa einer halben Stunde zurück, war der Umschlag verschwunden. Hatten ihre Auftraggeber ihr etwas mitzuteilen, fand sie bei ihrer Rückkehr unter dem Fahrersitz einen Umschlag mit Anweisungen.

Nach Abschluß der Besprechungen hatte Garry die Dossiers eingesammelt und in den Reißwolf gesteckt. Isabella hatte sich während der Diskussionen einige Notizen gemacht.

»Traust du mir denn nicht, Teddybär?« hatte sie scherzhaft gefragt. Er hatte geschmunzelt, doch die Zettel einkassiert.

Obwohl sie nicht auf ihre Notizen zurückgreifen konnte, war Red Roses Bericht nur in Bezug auf die Zusammensetzung von Cyndex 25 unvollständig.

Diese Informationen waren äußerst wertvoll. Auf dem letzten Blatt fügte sie deshalb einen kurzen Nachsatz an: »Red Rose erbittet so bald wie möglich Zugang.«

Es dauerte eine ganze Zeit, bis eine Anweisung kam. Sie solle dafür sorgen, daß sie dem Team angehörte, das im Auftrag der Firma CCI nach England und Israel reisen würde, um Techniker für die Cyndex-Anlage zu interviewen und einzustellen. Von der Bitte kein Wort.

Isabella wußte nicht, welchen Grund sie Garry nennen sollte, um zu dem Team zu gehören. In den Wochen vor der nächsten Vorstandssitzung zerbrach sie sich den Kopf darüber – als es dann aber soweit war, klappte alles wie von selbst.

Die Personalfrage wurde angesprochen, obwohl sie nicht auf der Tagesordnung stand. Isabella sah ihre Chance und äußerte ihre Ansicht in einer überzeugenden kleinen Stegreifrede.

Garry meinte: »Vielleicht sollten wir Dr. Courtney hinschicken, um sie die Auswahl treffen zu lassen.«

Isabella tat gelassen. »Warum nicht? Ich könnte nebenbei Einkäufe machen.«

»Typisch Frau!« seufzte Garry.

Sechs Wochen später fand Isabella sich in der Wohnung am Cadogan Square wieder. Der CCI-Personalchef wohnte im Hotel Berkeley nur wenige Minuten zu Fuß vom Cadogan Square entfernt. Gemeinsam führten sie die Vorgespräche im Speisezimmer der Wohnung.

Am Tag ihrer Ankunft in London erhielt sie einen anonymen Anruf. Die Stimme war ihr unbekannt. Die Mitteilung war kurz.

»Red Rose, morgen kommt Benjamin Afrika. Sorgen Sie dafür, daß er eingestellt wird.«

Der Name sagte ihr nichts. Sie suchte seine Bewerbung heraus. Benjamin Afrika war in Kapstadt geboren. Trotz eines guten Studienabschlusses war er eigentlich zu jung – erst vierundzwanzig Jahre. Er hatte sein Chemiestudium an der Universität Leeds mit dem Bachelor of Science abgeschlossen und konnte zwei Jahre Berufserfahrung als wissenschaftlicher Assistent im Werk Liverpool der Imperial Chemical Industries vorweisen. Für eine der leitenden Positionen kam er auf keinen Fall in Frage. Aber es waren ja auch zwei Posten mit jüngeren Kräften zu besetzen.

Benjamin Afrika war der dritte Bewerber auf ihrer Liste. Als er pünktlich um elf Uhr die Wohnung am Cadogan Square betrat, staunte Isabella nicht schlecht.

Benjamin Afrika war niemand anderes als ihr Halbbruder Ben Gama, der uneheliche Sohn ihrer Mutter Tara und des berühmten schwarzen Revolutionärs Moses Gama.

Sie brachte zunächst kein Wort heraus. Benjamin hatte sich nichts anmerken lassen, was sie erleichterte.

Der CCI-Personalchef sprang auf, um Benjamin Afrika die Hand zu schütteln. »Ich bin David Meekin, Chef der Personalabteilung der CCI. Freut mich sehr, Sie kennenzulernen«, brabbelte er und bot Benjamin mit einer Handbewegung einen Stuhl an. »Wir haben uns Ihre Zeugnisse und Ihren Lebenslauf angesehen. Sehr eindrucksvoll, wirklich höchst eindrucksvoll!«

Meekin wartete, bis Benjamin Platz genommen hatte, und bot ihm eine Zigarette an. »Und das hier ist Dr. Courtney aus dem CCI-Vorstand«, stellte er sie vor.

Benjamin stand auf und machte eine kleine Verbeugung. »Guten Tag, Ma'am.«

Isabella nickte.

Meekin stellte die üblichen Fragen nach Benjamins Tätigkeit im ICI-Konzern und dem Grund für seine Bewerbung um die ausgeschriebene Position, aber man merkte ihm an, daß er nicht wirklich interessiert war. Er wollte ihn so rasch wie möglich loswerden.

Unterdessen arbeitete Isabella ihren eigenen Plan aus. Da sie mit Bens Nachnamen – Afrika – nichts hatte anfangen können, war es höchst unwahrscheinlich, daß irgend jemand daheim ihn als Ben Gama erkennen würde. Soviel sie wußte, waren Michael und sie die einzigen Familienmitglieder, die ihn persönlich kannten. Und die anderen hatten keinen Grund, ihn jemals kennenzulernen. Er würde in einer Industriestadt über 1500 Kilometer von Weltevreden entfernt arbeiten. Auf Michael konnte sie sich verlassen.

David Meekin hatte keine weiteren Fragen mehr und überließ Isabella das Feld.

»Wie ich sehe, sind Sie in Kapstadt geboren, Mr. Afrika«, begann sie. »Besitzen Sie noch die südafrikanische Staatsbürgerschaft? Oder haben Sie sich in Großbritannien einbürgern lassen?«

»Nein, Dr. Courtney.« Ben schüttelte den Kopf. »Ich bin nach wie vor Südafrikaner. Ich besitze einen vom South Africa House hier in London ausgestellten Reisepaß.«

»Gut. Erzählen Sie uns jetzt bitte etwas über Ihre Familie? Lebt sie noch in Kapstadt?«

»Meine Eltern sind beide Lehrer gewesen. Sie sind 1969 bei einem Verkehrsunfall in Kapstadt ums Leben gekommen.«

»Oh, das tut mir leid.« Sie warf einen Blick in seine Unterlagen. Möglicherweise hatte Tara versucht, Bens wahre Abstammung durch eine gefälschte Geburtsurkunde zu tarnen. Das ließ sich leicht nachprüfen. Sie sah wieder auf.

»Meine nächste Frage werden Sie hoffentlich entschuldigen, Mr. Afrika. Ich will Sie keineswegs aushorchen. Aber unsere Firma ist auf dem Sektor Wehrtechnik Auftragnehmer der Armscor, und alle ihre Angestellten werden von der südafrikanischen Sicherheitspolizei überprüft. Deshalb sollten Sie uns gleich jetzt erklären, ob Sie irgendeiner politischen Organisation angehören oder angehört haben.«

Ben lächelte. »Sie möchten wissen, ob ich dem ANC angehöre?« Isabella verzog irritiert das Gesicht.

»Oder irgendeiner anderen radikalen politischen Organisation«, sagte sie knapp.

»Ich bin kein politisches Wesen, Dr. Courtney«, behauptete er. »Ich bin Wissenschaftler und Ingenieur. Ich bin Mitglied der Society of Engineers, aber keiner sonstigen Vereinigung.«

Politik interessierte ihn also nicht? Sie erinnerte sich an den erbitterten politischen Streit, der bei ihrer letzten Begegnung zwischen ihnen ausgebrochen war. Wann war das gewesen? Vor fast acht Jahren, stellte sie überrascht fest. Die Anweisungen, die Red Rose erhalten hatte, straften seine Behauptungen natürlich Lügen. Trotzdem mußte sie sich den Rücken freihalten.

»Ich bitte nochmals um Entschuldigung für meine sehr persönlich gehaltenen Fragen, aber freimütige Antworten können uns allen später viel Ärger ersparen. Sie müssen den gegenwärtigen Stand der Rassenfrage in Südafrika kennen. Als Farbiger dürften Sie dort nicht wählen und wären darüber hinaus Apartheidgesetzen unterworfen, die viele der Freiheiten, die Sie hier in England als natürliches Recht beanspruchen, einschränken würden, um es vorsichtig auszudrücken.«

»Ja, ich kenne die Apartheidgesetze«, bestätigte Ben.

»Weshalb wollen Sie dann aufgeben, was Sie hier erreicht haben, und in ein Land zurückkehren, das Sie als Bürger zweiter Klasse behandelt und in dem Sie wegen Ihrer Hautfarbe nur beschränkte Aufstiegschancen hätten?«

»Ich bin Afrikaner, Dr. Courtney. Ich möchte in meine Heimat zurück. Ich glaube, daß ich meinem Land und meinem Volk nützlich sein kann. Ich bin davon überzeugt, mir in der Heimat ein gutes Leben aufbauen zu können.«

Sie starrten sich sekundenlang an, bevor Isabella sagte: »Das scheinen mir ehrenwerte Motive zu sein, Mr. Afrika. Ich danke Ihnen für dieses Gespräch. Wir haben Ihre Adresse und Ihre

Telefonnummer. Sie hören wieder von uns, sobald unsere Entscheidung feststeht.«

Als Ben gegangen war, schwiegen Meekin und sie zunächst. Isabella stand auf, trat ans Fenster und blickte auf den Cadogan Square hinunter. Sie sah Ben aus dem Haus treten. Während er sich den Mantel zuknöpfte, hob er zufällig den Kopf und sah sie im ersten Stock am Fenster stehen. Er hob grüßend die Hand, ging dann in Richtung Pont Street davon und verschwand um die Straßenecke.

»Nun«, sagte David Meekin neben ihr, »den können wir von der Liste streichen.«

»Weshalb?« fragte Isabella. Meekin war sichtlich verwirrt. Er hatte erwartet, daß sie sofort zustimmen würde.

»Seine Qualifikation. Seine mangelnde Erfahrung.«

»Seine Hautfarbe?« fragte Isabella.

»Die auch«, bestätigte Meekin. »In seiner Position müßte er unter Umständen weißen Angestellten Anweisungen erteilen. Das würde Spannungen erzeugen.«

»In unseren anderen Firmen gibt es mindestens ein Dutzend farbiger und schwarzer Manager«, wandte Isabella ein.

»Ja, ich weiß«, stimmte Meekin hastig zu, »aber sie haben keine weißen, sondern farbige und schwarze Mitarbeiter unter sich.«

»Mein Vater und mein Bruder legen großen Wert darauf, Farbige und Schwarze in Managerpositionen zu haben. Vor allem mein Bruder ist der Überzeugung, daß Frieden und Harmonie in unserem Land auf Dauer nur gesichert werden können, wenn wir *allen* Bevölkerungsschichten die Möglichkeit geben, Verantwortung zu übernehmen und zu Wohlstand zu gelangen.«

»Dem stimme ich hundertprozentig zu.«

»Mr. Afrika hat einen sehr guten Eindruck gemacht, finde ich. Für eine leitende Position ist er natürlich noch etwas zu jung und hat nicht genug Erfahrung, aber –«

Meekin schlug sich gewandt auf ihre Seite. »Darf ich einen Vorschlag machen, Dr. Courtney? Ich möchte vorschlagen, daß wir Mr. Afrika als technischen Assistenten des Direktors einstellen.«

»Mit diesem Vorschlag bin ich gern einverstanden.« Isabella schenkte ihm ihr charmantestes, gewinnendstes Lächeln. Sie hatte sich nicht in David Meekin getäuscht. Notfalls standen selbst seine heiligsten Grundsätze zur Disposition.

Das letzte Einstellungsgespräch war gegen vier Uhr zu Ende, und sobald Meekin das Haus verlassen hatte, um ins Hotel Berkeley zurückzukehren, rief Isabella ihre Mutter an.

»Hotel Lord Kitchener, guten Tag.«

»Hallo, Tara. Ich bin's – Isabella.« Und zum besseren Verständnis: »Isabella Courtney, deine Tochter.«

»Bella, mein Kind! Du hast schon so lange nichts mehr von dir hören lassen. Mal sehen, mindestens sieben, acht Jahre nicht mehr. Ich dachte, du hättest deine alte Mama vergessen.«

Isabella hatte wie immer ein schlechtes Gewissen und fand nur eine lahme Antwort. »Entschuldige, Tara, aber ich bin so überlastet. Ich hab' gar kein Privatleben mehr.«

»Ja, Mickey hat mir erzählt, wie wunderbar clever und erfolgreich du bist. Er sagt, daß du jetzt Dr. Courtney heißt – und dazu Senatorin bist.« Ihr Redeschwall war unaufhaltsam. »Aber wie kannst du's nur über dich bringen, irgendwas mit dieser Bande von Rassisten, die sich National Party nennt, zu schaffen zu haben? In jeder zivilisierten Gesellschaft wäre John Vorster schon vor Jahren an den Galgen gekommen. Er und seine –«

»Tara, ist Ben da?« unterbrach Isabella sie.

»Mir ist's gleich merkwürdig vorgekommen, daß meine eigene Tochter mit mir reden will.« Tara spielte die Beleidigte. »Augenblick, ich rufe ihn.«

»Hallo, Bella.« Ben meldete sich sofort.

»Wir müssen miteinander reden«, erklärte sie ihm.

»Wo?« fragte er, und sie überlegte rasch.

»Hatchard's.«

»Die Buchhandlung am Piccadilly? Okay. Wann?«

»Morgen um zehn Uhr.«

Ben stand in der Afrika-Abteilung und blätterte in einem Roman von Nadine Gordimer. Isabella stellte sich neben ihn und zog irgendein Buch aus dem Regal.

»Ben, ich weiß nicht, was das alles soll.«

»Ich bewerbe mich um einen Job, Bella. So einfach ist die Sache.« Er lächelte unbefangen.

»Ich will's auch gar nicht wissen«, fuhr sie rasch fort. »Beantworte mir nur eine Frage: Hast du wirklich gültige Papiere auf den Namen Afrika?«

»Tara hat ein befreundetes farbiges Ehepaar gebeten, mich als ihren Sohn eintragen zu lassen. Sie ist nie mit meinem Vater verheiratet gewesen – ihre Beziehung war natürlich illegal. Dafür, daß sie meinen Vater geliebt und mir das Leben geschenkt hat, hätte sie eingesperrt werden können.« Das sagte er leichthin und sogar mit einem Lächeln. Wider Erwarten schien er keineswegs verbittert zu sein. »Offiziell heiße ich Benjamin Afrika. Ich besitze eine Geburtsurkunde und einen auf diesen Namen ausgestellten südafrikanischen Reisepaß.«

»Ich muß dich warnen, Ben. Die Courtneys sind noch immer voller Haß und Verbitterung. Dein Vater ist wegen Mordes an Nanas zweitem Mann, ich meine, an Centaine Courtney-Malcomess' zweitem Mann, verurteilt worden.«

»Ja, ich weiß.«

»In Südafrika dürfen wir uns nie anmerken lassen, daß wir Geschwister sind.«

»Das ist mir klar.«

»Wenn meine Großmutter oder mein Vater herausbekämen, daß du... Nun, ich weiß nicht, mit welchen Konsequenzen wir dann rechnen müßten.«

»Von mir erfahren sie's jedenfalls nicht.«

»Hätte ich zu entscheiden, würde ich –« Sie machte eine Pause und sprach leise weiter. »Ben, sei bitte vorsichtig! Wir haben zwar nie Gelegenheit gehabt, uns näherzukommen, trotzdem bist du mein Bruder. Ich will nicht, daß dir was zustößt.«

»Danke, Bella.« Er lächelte.

Sie sprach rasch weiter. »Ich warne Michael, daß du heimkommst. Bitte glaub mir, ich helfe dir, wo ich kann! Solltest du mich brauchen, wendest du dich am besten an Michael. Sobald du wieder im Land bist, sollten wir keinen Kontakt mehr miteinander haben.« Sie ließ das Buch fallen und umarmte ihn. »Ben, in was für einer merkwürdigen Welt wir leben! Wir sind immerhin Bruder und Schwester. Es ist grausam und unmenschlich!«

»Vielleicht können wir mithelfen, die Welt zu verändern.« Ben drückte sie rasch an sich; dann löste er sich aus ihrer Umarmung. »Leb wohl, Bella«, sagte er trübselig. »Vielleicht wären wir gut füreinander gewesen – wenn das Schicksal es anders bestimmt hätte.« Er stellte den Roman ins Regal zurück, wandte sich ab und ging auf den Piccadilly hinaus, ohne sich noch einmal umzusehen.

Immer, wenn Isabella in Johannesburg war, übernachtete sie bei Garry und Holly.

Holly gehörte zu den führenden Architekten des Landes. Ihre Bauten hatten internationale Auszeichnungen gewonnen. Als es darum gegangen war, ihr eigenes Haus zu planen, hatte Garry ihr finanziell freie Hand gelassen und Holly angespornt, ihr endgültiges Meisterwerk zu entwerfen. Sie hatte es geschafft, Luxus und Geräumigkeit mit soviel Geschmack und Originalität zu kombinieren, daß Isabella sehr gerne dort war. Zuweilen zog sie es sogar Weltevreden vor.

Die Familie frühstückte auf einer künstlichen Insel in der Mitte des kleinen Sees. Das Dach der Pagode war an diesem sonnigen Morgen zurückgerollt worden, so daß sie im Freien saßen.

Die älteren Kinder trugen Schuluniform und waren bereit aufzubrechen. Isabella fütterte ihr einjähriges Patenkind, was der Kleinen und ihr großen Spaß machte.

Garry, der oben am Frühstückstisch saß, hatte sich eben die erste Zigarre des Tages angezündet.

»Wer hat mir damals vorgeworfen, überempfindlich zu sein?« fragte Isabella, während sie ihrem Patenkind einen Teelöffel Eigelb in den Mund schob.

»Hier geht's nicht um Empfindlichkeit«, protestierte Garry zu laut. »Ich habe heute fünf Besprechungen – und abends ist Hollys Wohltätigkeitsball, Bella!«

»Du hättest eine der Besprechungen absagen können«, stellte Isabella fest. »Oder gleich alle. Du kneifst, Teddybär – das wissen wir beide.«

Garry zuckte verlegen mit den Schultern und wandte sich an seine Frau. »Wann müssen wir heute abend fahren, Schätzchen?«

Aber Holly hielt zu ihrer Schwägerin. »Warum zwingst du Bella zu dieser gräßlichen Sache?« wollte sie wissen.

»Ich zwinge sie zu gar nichts!« Garrys Empörung klang wenig überzeugend. »Das ist allein ihre Entscheidung.« Er warf einen Blick auf seine Armbanduhr und knurrte seine Kinder gespielt freundlich an.

»Ihr kleinen Ungeheuer kommt noch zu spät in die Schule.« Sie küßten ihn zum Abschied und gingen über die Brücke davon.

»Für mich wird's auch Zeit.« Isabella wischte ihrem Patenkind den Mund ab und stand auf. Garry hielt sie mit einer Handbewegung zurück.

»Hör zu, Bella. Ich weiß, daß ich angedeutet habe, du würdest's vielleicht nicht durchstehen. Dabei bist du so robust wie jeder Mann, den ich kenne. Das brauchst du mir nicht zu beweisen.«

»Du gibst also zu, daß du kneifst?« fragte sie.

»Okay, ich geb's zu«, kapitulierte Garry. »Ich will nicht zusehen müssen. Und du brauchst es dir auch nicht anzusehen.«

»Ich sitze im CCI-Vorstand«, sagte sie und griff nach Aktenkoffer und Handtasche. »Bis heute abend.«

Der wahre Grund für Isabellas Entschlossenheit, an der Erprobung von Cyndex 25 teilzunehmen, war nicht Pflichtbewußtsein, nicht einmal der Wunsch, ihr Stehvermögen zu beweisen. Nein, Red Rose hatte die Zusicherung erhalten, zwei Wochen mit Nicky verbringen zu dürfen, sobald ihr Bericht über die Versuche vorlag.

Auf der neuen Schnellstraße dauerte die Fahrt nach Germiston nur wenig länger als eine Stunde. Die Entwürfe für das dortige CCI-Werk stammten von Holly, deren Handschrift unverkennbar war. Es gab Bäume und Rasenflächen. Gebäude aus Glas und Naturstein setzten die Akzente. Das gesamte Werksgelände war über 150 Hektar groß.

Über der Haupteinfahrt stand der stilisierte Steinbock, das CCI-Wahrzeichen. Isabella steckte ihre Codekarte in den Toröffner und wartete, bis das massive Stahltor zur Seite gerollt war.

Sie fuhr mit dem Aufzug in die Vorstandsetage und sah sich um, als sie den Konferenzraum betrat: eine kleine, fast intime Zusammenkunft, nicht mehr als zwanzig Personen. Sie war die einzige Frau. Die Beamten und Politiker trugen dunkle Anzüge, die Militärs Uniform. Alle drei Teilstreitkräfte und die Sicherheitspolizei waren durch Stabsoffiziere und Generäle vertreten.

Sie kannte über die Hälfte der Anwesenden – auch den Minister und die beiden Staatssekretäre. Auf einem Tisch in einer Ecke des Raums standen Erfrischungen bereit.

Nach einigen Sekunden hatte sie die einflußreichsten Männer ausgemacht, bahnte sich ihren Weg zu ihnen und begrüßte im Vorbeigehen andere mit einem Händedruck und einem Lächeln. Innerhalb dieser patriarchalischen Gesellschaft besaß Isabella eine ungewöhnliche Position. Sie wurde sogar als gleichberechtigt anerkannt. Sie schüttelte dem Verteidigungsminister die Hand und wandte sich danach freundlich lächelnd an seinen Staatssekretär.

»Guten Morgen, General De La Rey«, begrüßte sie ihn in akzentfreiem Afrikaans. Lothar De La Rey war ihre erste große Liebe gewesen. Sie hatten ein halbes Jahr zusammengelebt, bevor er eine Afrikanerin holländisch-reformierten Glaubens heiratete.

»Guten Morgen, Dr. Courtney.« Lothar war höflich. Er brachte es nicht fertig, sich auf ihr Gesicht zu konzentrieren, sein Blick glitt bewundernd über ihren Körper.

Nur zu, dachte Isabella, die recht gut wußte, daß sie selten besser ausgesehen hatte. Sieh dir an, was du verschmäht hast.

Allerdings mußte sie sich eingestehen, daß er ebenfalls glänzend aussah. Lothar war rank, schlank und sportlich wie vor zehn Jahren. Nicht schlecht, überlegte sie sich. Das wäre ein interessantes Bettgeflüster.

In diesem Augenblick machte der CCI-Generaldirektor ihr ein Zeichen.

Isabella hielt eine kurze Begrüßungsrede und entschuldigte den Vorstandsvorsitzenden. Dann lud sie die Gäste nach nebenan in den Vorführraum ein, wo ein Informationsfilm gezeigt wurde.

Ein Team der PR-Abteilung von Capricorn hatte einen Videofilm in höchster Profiqualität gedreht. Er enthielt computererzeugte Simulationen und Trickfilmsequenzen, mit denen Einsatz und Wirkung des Kampfstoffs Cyndex 25 auf dem Gefechtsfeld dargestellt wurden. Während der Film lief, sah Isabella sich in dem halbdunklen Vorführraum um. Alle anwesenden Offiziere waren von dieser neuen Waffe hellauf begeistert. Sie starrten auf den Bildschirm, und sobald der Film zu Ende war, brach unter ihnen eine angeregte Diskussion aus.

Als Paul Searle, ihr technischer Direktor aus Israel, den Isabella in Tel Aviv angeworben hatte, aufstand und um Fragen bat, wurde er damit bombardiert. Isabella fiel auf, daß Ben bisher nicht zu sehen war. Sein braunes Gesicht sollte offenbar diskret in irgendeinem Hinterzimmer verborgen bleiben. Dann stellte einer der Generäle die Frage, vor der Isabella sich gefürchtet hatte.

»Ist dieses Gas jemals an Menschen erprobt worden? Gibt es darüber genauere Informationen?«

»Nein. Aber der Kampfstoff ist im Ausland unter Laborbedingungen getestet worden – mit hervorragenden Ergebnissen. Und wir möchten Sie heute einladen, sich unseren ersten eigenen Test anzusehen«, sagte Searle.

Die Pestizidherstellung war einen knappen Kilometer vom Verwaltungsgebäude entfernt. Die Gruppe fuhr in einem Konvoi dorthin.

Innerhalb des Werks Germiston bildete die Pestizidfabrik einen eigenen Komplex.

Er war von einem dreieinhalb Meter hohen Maschendrahtzaun umgeben. Alle zehn Meter warnten Schilder in drei Sprachen vor unbefugtem Betreten der Anlage: »Danger! Gevaar! Ingozi!«

Am Eingang wurden die Besucher kontrolliert, selbst der Minister wurde gebeten, durch die Sicherheitsschleuse zu gehen.

»In diesem Gebäude sind strengste Sicherheitsvorkehrungen getroffen. Wie Sie sehen, ist es vollklimatisiert.« Der Direktor deutete auf die Lüftungsöffnungen in der Decke. »Die Luftqualität wird ständig automatisch überwacht. Sollte ein Leck auftreten, was höchst unwahrscheinlich ist, kann die Luft innerhalb von zehn Sekunden abgepumpt und durch Frischluft ersetzt werden.« Er sprach noch einige Minuten über die Sicherheitseinrichtungen des Gebäudes. »Bevor Sie jetzt den Innenbereich betreten, müssen wir Sie jedoch bitten, zu Ihrer eigenen Sicherheit Schutzanzüge anzulegen.«

In der Umkleidekabine wurde Isabella aufgefordert, in den weißen Schutzanzug zu schlüpfen. Weiße Gummistiefel, Handschuhe und ein Schutzhelm mit Druckluftzufuhr ergänzten die Kleidung. Kopfhörer im Helm gestatteten eine normale Unterhaltung.

Isabella kam in die Eingangshalle zurück und schloß sich wieder der Gruppe an.

»Sind wir soweit, meine Dame, meine Herren?« Der Direktor blieb vor der Stahltür in der Rückwand der Eingangshalle stehen. Sie glitt lautlos zur Seite, und die Besucher gingen hindurch. Auf der anderen Seite wurden sie von vier Technikern empfangen. Diese trugen im Gegensatz zu den Besuchern chromgelbe Schutzanzüge.

Einer der Techniker führte sie einen weiteren Korridor entlang.

»Guten Morgen, Dr. Courtney«, sagte er halblaut.

»Hallo, Mr. Afrika«, murmelte sie erstaunt. »Wie gefällt Ihnen Ihr Job bei Capricorn?« Seit London war dies ihre erste Begegnung.

»Danke, er ist sehr interessant.« Das war alles. Als die Besucher Platz nahmen, setzte Lothar sich neben Isabella und fragte: »Wer ist der Nigger?«

»Er heißt Afrika. Er ist Chemie-Ingenieur.«

»Woher kennst du ihn?« bohrte Lothar nach.

»Ich habe zu dem Team gehört, das die Bewerber interviewt und ihn eingestellt hat.«

»Er ist natürlich einer Sicherheitsprüfung unterzogen worden?«

»Selbstverständlich. Durch deine eigenen Leute«, ergänzte sie. Lothar nickte, und sie konzentrierten sich wieder auf den Direktor.

»Dies sind die Testkabinen.« Die Rückwand des Raums wurde von vier großen Fenstern eingenommen, hinter denen abgetrennte Kammern lagen. Jede hatte etwa die Größe einer Telefonzelle.

»Die Doppelscheiben bestehen aus Panzerglas«, führte der Direktor weiter aus, »und über jeder Kabine sehen Sie einen Monitor.« Er deutete auf die Bildschirme, auf denen alle lebenswichtigen Körperfunktionen als grüne Kurven dargestellt waren.

Hinter dem Panzerglas waren vier kleine Gestalten zu erkennen. Isabella schloß die Augen. Sie wollte an etwas anderes denken. Nicky. Was er jetzt wohl machte?

Und während der schreckliche Versuch lief, war sie in Gedanken weit weg.

Nach diesem unangenehmen Nachmittag wollte Isabella nicht gleich zu Garry und Holly zurückkehren.

Sie fuhr ziellos durch die Gegend. Als der Tank fast leer war, hielt sie an der nächsten Tankstelle. Sie hatte die Orientierung verloren. Sie wußte nur, daß sie sich irgendwo in dem Gewirr aus Straßen und Vororten befand, die den riesigen Industrie- und Bergwerkskomplex der Millionenstadt Johannesburg umgeben.

Isabella fragte den Tankwart nach dem schnellsten Weg zurück nach Sandton. Als er ihr erklärte, wo sie war, wurde ihr klar, daß sie nur zwei oder drei Kilometer von Michaels Haus entfernt war. Michael hatte sich eine kleine Farm mit zwanzig Hektar Land und einem halb verfallenen Farmhaus gekauft. Sie lag so günstig, daß er von dort aus jeden Morgen in die Redaktion der »Golden City Mail« fahren konnte. Er hatte angefangen, das Haus im Do-it-yourself-Verfahren zu renovieren. Er hatte etwa hundert Obstbäume gepflanzt – sehr zur Freude der Vögel, Blattläuse und Heuschrecken – und hielt sich Hühner, die sogar in die Küche kamen.

»Na ja, dies ist schließlich auch ihr Zuhause«, hatte Michael ihr erklärt. »Ein bißchen Hühnerscheiße hat noch keinem geschadet.«

»Michael!« Isabella fühlte, wie ihre Laune sich besserte, und sah auf ihre Armbanduhr. Kurz nach sechs Uhr. Um diese Zeit war er bestimmt schon zu Hause. »Michael ist genau der Mann, den ich jetzt brauche.«

Als sie dem gewundenen Weg durch die kümmerliche Eukalyptusplantage folgte, die die Grenze von Michaels Farm bezeichnete, sah sie seinen Wagen vorm Haus stehen. Michaels alter Valiant hatte endlich seinen Geist aufgegeben. Sie lächelte, als sie sich an Michaels Schilderung erinnerte, wie ein Kurzschluß mitten im Berufsverkehr zu einem Kabelbrand geführt und dem alten Karren eine Wikingerbestattung mit einem fünf Kilometer langen Stau als Trauerzug verschafft hatte. Soviel sie beurteilen konnte, sah der neue Wagen nicht viel besser aus.

An der Längsseite seines Besitzes hatte Michael eine Graslandebahn angelegt und beim Amt für Zivilluftfahrt als Privatflugplatz eintragen lassen. Die alte Cessna Centurion stand in einem Hangar am anderen Ende seines Obstgartens. Diese Halle war aus gebrauchten Wellblechen errichtet, die Michael billig auf einem Schrottplatz gekauft hatte. Das Ergebnis paßte recht gut zu Michaels sonstiger Art.

Sie fand ihn im Hangar, wo er im Inneren der blau-weißen Maschine arbeitete. Als sie am Bein seines Overalls zog, kam ihr Bruder rückwärts herausgekrochen. Er war äußerst überrascht. Sie hatten sich seit fast einem Jahr nicht mehr gesehen.

Nachdem er sie begrüßt hatte, holte er eine Flasche Wein aus dem rostigen alten Kühlschrank und schenkte zwei Gläser ein. Erst dann fiel Isabella auf, wie nervös und geistesabwesend er wirkte. Er sah immer wieder auf seine Uhr und ging mehrmals ans Hallentor.

»Du erwartest Besuch?« fragte sie. »Entschuldige, Mickey, ich hätte vorher anrufen sollen. Ich komme hoffentlich nicht ungelegen.«

»Nein, natürlich nicht. Ganz und gar nicht!« versicherte er ihr, während er aufstand. »Aber, nun, um ehrlich zu sein...« Er brachte den Satz nicht zu Ende, blickte über ihren Kopf hinweg wieder nach draußen.

Er hat bloß Angst, ich könnte seiner letzten Eroberung über den Weg laufen, dachte sie. Sie nahm ihm übel, daß er keine Zeit für sie hatte, und verabschiedete sich rasch.

Während sie davonfuhr, beobachtete sie ihn im Rückspiegel. Er wirkte einsam und verwundbar, und ihr Zorn auf ihn verflog.

Armer, lieber Mickey, dachte sie. Du bist so unglücklich und verloren wie ich.

Sie hielt an der Grundstücksausfahrt, gab wieder Gas und fuhr auf der Hauptstraße nach Osten in Richtung Sandton. Ein anderer Wagen, ein unscheinbarer grauer Kastenwagen, kam ihr entgegen. Als sie auf gleicher Höhe waren, sah Isabella zufällig zu dem anderen Fahrer hinüber. Der Fahrer war ihr Bruder Ben. Er hatte sie nicht bemerkt, weil er sich mit seinem schwarzen Beifahrer unterhielt. Der hatte markante Züge und einen finsteren Gesichtsausdruck. Kein Gesicht, das man sofort wieder vergaß.

Isabella fuhr langsamer und beobachtete den anderen Wagen im Rückspiegel. Plötzlich leuchteten seine Bremslichter auf, während der Blinker zu arbeiten begann. Der Kastenwagen bog zu Michaels Haus ab und verschwand zwischen den Eukalyptusbäumen.

»Das war's also«, murmelte Isabella und beschleunigte wieder. »Obwohl ich nicht verstehe, warum Michael nicht wollte, daß ich Ben sehe. Er weiß, daß ich ihm den Job bei Capricorn verschafft habe.« Sie runzelte die Stirn. »Es muß um seinen Begleiter gegangen sein.«

Es war fast acht Uhr, und die Sonne war bereits untergegangen, als sie in Sandton ankam.

»Wo hast du gesteckt, verdammt noch mal?« knurrte Garry, als sie ins Wohnzimmer kam. »Weißt du überhaupt, wie spät es ist?« Holly und Garry trugen bereits Abendkleidung.

»O Gott, der Ball! Entschuldigt, bitte!«

Dann sah Garry ihren Gesichtsausdruck, und sein Zorn verflog augenblicklich. »Arme Bella. Du scheinst 'nen schlimmen Tag gehabt zu haben. Wir warten, bis du dich umgezogen hast.«

»Nein, nein«, protestierte sie. »Fahrt schon voraus. Ich komme später nach.«

In dieser Nacht schlief Isabella schlecht.

Irgendwann wachte sie zitternd und in Schweiß gebadet auf.

Aus Angst vor weiteren Alpträumen hatte sie nicht den Mut, wieder einzuschlafen. Sie saß mit einem Buch in einem Sessel, bis es vor den Fenstern allmählich Tag wurde. Dann ließ sie sich ein Bad ein, aber bevor sie in die Wanne steigen konnte, wurde heftig an die Tür geklopft. Draußen stand Garry.

»Eben hat mich Vater aus Weltevreden angerufen«, erklärte er ihr.

»Um diese Zeit? Ist alles in Ordnung? Ist was mit Nana?«

»Nein. Er läßt dir ausrichten, daß sie beide gesund sind.«

»Was hat er denn gewollt?«

»Er will, daß du und ich sofort nach Weltevreden fliegen.«

»Wir beide?«

»Ja. Du und ich. Sofort.«

»Wozu, um Himmels willen?«

»Das hat er nicht sagen wollen. Bloß, daß es um Leben und Tod geht.«

Sie starrte Garry an. »Was kann nur passiert sein?«

»Wann kannst du fertig sein – in einer halben Stunde?«

»Ja, natürlich.«

»Ich rufe in Lanseria an und lasse die Lear startklar machen.« Er sah auf seine Armbanduhr. »Spätestens um zehn Uhr können wir in Kapstadt sein.«

Als sie in Kapstadt auf dem D. F. Malan Airport landeten, stand dort bereits Klonkie, der Chauffeur. Er fuhr sie direkt nach Weltevreden.

Shasa und Centaine erwarteten sie im Jagdzimmer.

Isabella war unbehaglich zumute.

Centaine und Shasa standen Schulter an Schulter hinter dem alten Schreibtisch, und ihre Mienen waren so undurchdringlich, daß Isabella wie angenagelt stehenblieb.

»Was gibt's?« fragte sie vorsichtig.

Nanny war ebenfalls im Raum, sie stand vor dem großen offenen Kamin und hatte offensichtlich geweint.

»O Miss Bella«, schluchzte sie. »Ich hab's tun müssen – auch Ihretwegen.«

»Wovon redest du überhaupt, Nanny?« Isabella wollte zu ihr hinübergehen, um sie zu trösten, als sie erkannte, was vor Centaine und Shasa lag.

»O Gott«, rief sie erschrocken.

Auf dem Schreibtisch lag das in Leder gebundene Album, in dem sie Andenken an Nicky gesammelt hatte. Nanny war an ihrem Safe gewesen.

»Du hast mich und mein Kind vernichtet. Nanny, wie konntest du uns das nur antun?«

Auf der Tischplatte lagen Nickys gehäkelter Babyschuh und die Abschrift seiner Geburtsurkunde.

»Du ahnst nicht, was du angerichtet hast!« Isabella war verzweifelt.

Nanny stieß einen verzweifelten Klagelaut aus und flüchtete aus dem Raum.

»Sie hat's getan, weil sie dich liebt, Bella«, sagte Shasa streng. »Sie hat getan, was du schon vor acht Jahren hättest tun sollen.«

»Ihr versteht nicht, worum es geht. Wenn ihr euch einmischt, bringt ihr Nicky und Ramón in schreckliche Gefahr.« Isabella lief zum Schreibtisch, riß das Album an sich und drückte es fest an ihre Brust. »Ihr habt kein Recht, euch einzumischen.«

Garry trat neben sie. »Raus mit der Sprache, Bella! Wenn du Schwierigkeiten hast, gehen sie uns alle an. Wir sind schließlich eine Familie.«

»Ja, Bella, Garry hat recht.«

»Wärst du nur gleich zu uns gekommen!« Centaine setzte sich an den Schreibtisch. »Mit Vorwürfen kommen wir nicht weiter. Wir müssen einen Ausweg aus dieser Sache finden. Setz dich, Bella. Das meiste können wir uns selbst zusammenreimen. Den Rest muß du uns erzählen. Erzähl uns von Nicky und Ramón – aber wirklich alles!«

Isabella sah sie an. Sollte sie wirklich alles erzählen? Ja, vielleicht war es das Beste. »Nicky ist mein Sohn. Ramón ist sein Vater«, flüsterte sie und verbarg ihr Gesicht in den Händen.

Garry führte Isabella zu dem großen Ledersofa und setzte sich neben sie. Shasa nahm auf der anderen Seite Platz.

»Erzähl uns, wie alles passiert ist«, forderte Centaine sie auf.

Isabella holte tief Luft. »Ich habe Ramón beim Konzert der Rolling Stones im Hyde Park kennengelernt, als Daddy und ich in London gelebt haben«, flüsterte sie. Als sie weitersprach, wurde ihre Stimme kräftiger. Sie sprach fast eine halbe Stunde lang. Sie erzählte, weshalb Ramón sie nicht hatte heiraten können und wie sie vor Nickys Geburt nach Spanien gegangen waren. »Ich wollte ihn nach Weltevreden mitbringen. Ramón und ich wollten hier heiraten, sobald er geschieden war.« Sie berichtete, wie Nicky und Ramón scheinbar entführt worden waren. Sie schilderte ihre seit damals alptraumartige Existenz.

»Was haben diese geheimnisvollen Leute von dir verlangt? Welchen Preis hast du für Ramóns und Nickys Sicherheit zahlen müssen? Was hast du ihnen liefern müssen, um Nicky gelegentlich besuchen zu dürfen?« fragte Shasa streng.

Centaine stieß mit ihrem Stock auf den Fußboden. »Das ist im Augenblick unwichtig. Damit befassen wir uns später.«

»Nein.« Isabella schüttelte den Kopf. »Ich habe nichts dagegen, diese Frage zu beantworten. Von mir haben sie nichts verlangt. Ich glaube, daß sie Ramón gezwungen haben, irgend etwas für sie zu tun. Zur Belohnung durfte ich die beiden besuchen – Ramón und Nicholas.«

»Du lügst, Bella!« sagte Shasa ihr ins Gesicht. »Ramón Machado ist gar nichts geschehen. Du mußtest für ihn und seine Auftraggeber arbeiten.«

»Nein!« Sie war entsetzt, daß er ihre Lügen mühelos durchschaut hatte. »Ramón ist so hilflos wie ich. Wir werden bedroht und erpreßt, damit –«

»Schluß damit, Bella«, unterbrach Shasa sie. »Du bist die einzige, die für alles bezahlen muß. Nicholas ist die Geisel. Ramón ist dein Auftraggeber und ein Verbrecher dazu.«

»Nein!« rief sie erschrocken. »Nein, du irrst dich!«

»Ich will dir sagen, wer Ramón de Santiago y Machado ist. Zum Glück hast du uns seinen vollen Namen mitsamt Stammbaum und Geburtsdatum geliefert«, stellte Shasa fest. Isabella drückte das Album instinktiv an sich. »Du weißt, daß ich Freunde in Israel habe. Einer davon ist der Mossad-Direktor. Ich habe ihn angerufen, und er hat Ramón überprüfen lassen. Auch unser eigener Geheimdienst hat eine dicke Akte über Ramón de Santiago y Machado. In den drei Tagen, seit Nanny uns dieses Album gebracht hat, haben wir viel Interessantes über deinen Ramón erfahren.« Er sprang vom Sofa auf, trat an den Schreibtisch, zog eine Schublade auf und kam mit einem dicken Ordner zurück, den er vor ihr auf den Couchtisch knallte. Zwischen den Aktendeckeln quollen Fotos, Zeitungsausschnitte, Fotokopien und ganze Stapel von Computerausdrucken hervor. »Dieses Material ist gestern abend mit dem Diplomatenkurier aus Tel Aviv gekommen. Ich habe erst angerufen, nachdem ich es durchgearbeitet hatte. Eine interessante Lektüre!«

Er zog ein Schwarzweißfoto heraus. »Fidel Castros siegreicher Einzug in Havanna im Januar 1959. Ramón sitzt neben Che Guevara im zweiten Jeep.« Er nahm die nächste Aufnahme.

»Die Brigade Patrice Lumumba – 1965 im Kongo. Ramón ist der zweite Weiße von links. Die Toten sind erschossene Simba-Rebellen.« Wieder ein neues Foto. »Ramón mit seinem Vetter Fidel Castro nach der Landung in der Schweinebucht. Ramón hat übrigens die Pläne der Exilkubaner ausspioniert.« Er sortierte einen Stapel Fotos. »Das hier ist ein neueres Bild. Generalmajor Ramón de Santiago y Machado, Leiter der Afrikaabteilung der Hauptverwaltung IV des KGB, wird von Generalsekretär Breschnew mit dem Leninorden ausgezeichnet. Die Uniform steht ihm verdammt gut, nicht wahr, Bella? Sieh dir bloß die vielen Orden an!«

Sie sah erschrocken das Foto an.

Garry beugte sich über sie hinweg und griff nach der Aufnahme. »Ist das Ramón?« fragte er und hielt ihr das Foto hin. Sie senkte den Blick, ohne zu antworten.

»Los, raus mit der Sprache, Bella! Wir müssen's wissen. Ist das dein Ramón?«

Als sie weiter die Antwort verweigerte, fuhr Shasa fort: »Das Ganze ist eine gut eingefädelte Geschichte gewesen. Vermutlich hat er dich bewußt als sein Opfer ausgewählt. Jedenfalls hat *er* die Entführung des Kleinen veranlaßt. Und seither hat er dich benutzt. Wußtest du, daß er den Spitznamen El Zorro Dorado trägt? Offenbar hat Castro ihn selbst als den ›Goldenen Fuchs‹ bezeichnet.«

Isabella hob ruckartig den Kopf.

Sie dachte an eine Bemerkung des Fallschirmjägers José, die sie damals nicht verstanden hatte. »El Zorro hat wirklich allen Grund, auf seinen Pelé stolz zu sein.«

»El Zorro ... ja.« Ihr Gesichtsausdruck verhärtete sich. Langsam begriff sie. Das Schlimmste war wahr. Instinktiv sah sie zu ihrer Großmutter hinüber.

»Was sollen wir nun tun, Nana?«

»Nun, als erstes müssen wir Nicholas retten«, antwortete Centaine resolut.

»Du weißt nicht, was du da sagst, Nana«, wandte Garry ein. Er wirkte wie vor den Kopf geschlagen.

»Ich weiß immer, was ich sage«, erklärte Centaine Courtney-Malcomess nachdrücklich. »Ich übertrage die Leitung dieses Unternehmens dir, Garry. Es ist im Augenblick wichtiger als alles andere. Du bekommst alles, was du brauchst. Geld spielt keine Rolle. Wir müssen dieses Kind bekommen. Allein das zählt! Habe ich mich klar genug ausgedrückt, junger Mann?«

Garry erholte sich langsam und nickte.

Garry machte das Jagdzimmer in Weltevreden zu seinem Arbeitszimmer.

Er hätte zwischen einem Dutzend besser ausgestatteter Konferenzräume der Courtney Industries wählen können. Keiner davon besaß jedoch diese Atmosphäre.

»Die Sache muß in der Familie bleiben. Außenstehende beteiligen wir nur, wenn's nicht anders geht«, sagte er zu Isabella.

Auf beiden Seiten des Schreibtischs stellte Garry je eine Tafel auf einem Ständer auf. Über die linke hängte er eine große Karte Afrikas südlich der Sahara. Die andere blieb vorerst leer – bis auf ein Foto, das Garry mit seiner Nadel oben anheftete.

Die Aufnahme zeigte Nicholas am Strand. Er trug eine Badehose, sein Haar war zerzaust, und er lachte in die Kamera.

»Sie soll mich daran erinnern, worum's hier geht«, erklärte Garry. Er betrachtete das Foto mit finsterer Miene. »Also, Nicky, wo steckst du?« Dann wandte er sich an Isabella, die am Schreibtisch saß, und legte ihr einen dicken Band vor. »Okay, Bella. Ich vermute, daß du mit einer sowjetischen Transportmaschine von Lusaka aus zu diesem Stützpunkt geflogen worden bist, wo Nicky gewesen ist. Mal sehen, ob du das Flugzeug wiedererkennst.« Er schlug den Band auf und begann umzublättern.

»Das ist die Maschine!« sagte sie und zeigte auf eine der Abbildungen.

»Weißt du das bestimmt?« fragte Garry, indem er sich über ihre Schulter beugte. »Ijuschin I1-76, NATO-Kodebezeichnung CANDID«, las er laut vor. »... geschätzte Marschgeschwindigkeit: achthundert Stundenkilometer.« Er notierte sich die Zahl. »Okay, du sagst, daß ihr zwei Stunden und sechsundfünfzig Minuten im Kurs dreihundert Grad geflogen seid. Der Stützpunkt muß also am Atlantik liegen.« Er trat an die Karte und zeichnete mit Winkelmesser und Stechzirkel den Stützpunkt ein.

»Bloß weil Nicky vergangenes Jahr dort gewesen ist«, warf Isabella besorgt ein, »muß er nicht immer dort sein, oder?«

»Natürlich nicht«, bestätigte Garry, ohne sich von der Karte abzuwenden. »Aber aus deiner Erzählung geht hervor, daß Nicky sich in diesem Lager eingelebt zu haben scheint. Er ist dort lange genug zur Schule gegangen, um Freundschaften zu schließen und sich einen Ruf als Fußballspieler zu schaffen – Pelé, nicht wahr?« Er drehte sich um und strahlte sie an. »Aus israelischen und südafrikanischen Geheimdienstberichten wissen wir, daß unser Freund El Zorro nach wie vor in Angola operiert. Erst vor vierzehn Tagen ist er in Luanda von einem CIA-Agenten erkannt worden. Und wir müssen mit unserer Planung irgendwo anfangen. Solange wir nicht zuverlässig erfahren, daß Nicky woanders ist, gehen wir zweckmäßigerweise davon aus, daß er sich dort aufhält.«

Er trat von der Karte zurück. »Jetzt geht's los«, murmelte er. »Irgendwo nördlich von Luanda und südlich der Grenze nach Zaire. In diesem Gebiet gibt's auf hundertfünfzig Kilometer Küstenlänge fünf, nein, sechs Flußmündungen. Mit etwas Querwind kann die I1-76 leicht zehn Grad vom Kurs abgewichen sein.« Er kam wieder an den Schreibtisch und griff nach dem großen Bogen, auf dem Isabella aus dem Gedächtnis das Lager, die Flußmündung und den Feldflugplatz gezeichnet hatte. Nachdem Garry die Skizze eine Zeitlang studiert hatte, schüttelte er den Kopf. »Das könnte jeder dieser sechs Flüsse auf der Karte sein.« Er las ihre Namen von der Karte ab. »Tabi, Ambriz, Catacanha, Chicamba, Mabubas, Quicabo. Kommt dir einer davon bekannt vor, Bella?«

Sie schüttelte den Kopf. »Nicky hat den Stützpunkt Tercio genannt.«

»Wahrscheinlich ein Deckname«, sagte Garry und heftete ihre Kartenskizze mit Nadeln unter das Foto an die zweite Tafel. »Irgendwelche Kommentare?« Er sah zu Centaine und Shasa hinüber. »Bis dorthin sind's ungefähr tausend Kilometer von Namibia aus, das unser nächstes sicheres Gebiet wäre. Einen Befreiungsversuch über Land können wir also gleich vergessen.«

»Hubschrauber?« fragte Centaine. Beide Männer schüttelten gleichzeitig den Kopf.

»Ohne Nachtanken unmöglich zu schaffen«, sagte Garry, und Shasa stimmte zu.

»Wir würden über ein Kampfgebiet fliegen. Unseren Erkenntnissen nach überwachen die Kubaner die Grenze zu Namibia lückenlos mit Radar und haben unmittelbar nördlich der Grenze in Lubango mindestens eine Staffel Jäger MiG-23 stationiert.«

»Und wenn wir die Lear nehmen würden?« fragte Centaine, worauf beide Männer lachten.

»Diese MiGs sind viel schneller, Nana«, sagte Garry. »Und sie sind stärker bewaffnet als wir.«

»Ja, aber du könntest ausholen, über den Atlantik hinausfliegen und hinter ihrem Rücken zurückkommen. Ich weiß, daß Jäger keinen großen Aktionsradius haben – und die Lear kann bis nach Mauritius fliegen.«

Sie hörten zu lachen auf und starrten sich an. »Glaubst du etwa, daß sie reich geworden ist, weil sie dumm ist?« fragte Garry und wandte sich direkt an Centaine.

»Gut, nehmen wir mal an, wir kämen tatsächlich hin – was dann? Wir können weder landen noch starten, weil unsere Lear tausend Meter feste Bahn braucht. Von Bella wissen wir, daß der Feldflugplatz und das Guerrillalager von südamerikanischen – vermutlich eher kubanischen – Fallschirmjägern bewacht werden. Sie werden Nicky nicht einfach rausgeben, nicht ohne Gegenwehr.«

»Ja, kämpfen müssen wir schon«, sagte Centaine. »Deshalb wird's Zeit, Sean kommen zu lassen.«

»Sean?« Shasa schlug sich mit der Hand an die Stirn. »Natürlich!«

»Nana, ich liebe dich«, sagte Isabella und griff nach dem Telefonhörer. »Auslandsvermittlung, verbinden Sie mich dringend mit den Ballantyne Barracks in Bulawayo in Rhodesien.«

Das Gespräch kam nach fast zwei Stunden zustande. Inzwischen hatte Garry den Flugplatz angerufen und mit seinen Piloten gesprochen. Als Sean endlich an den Apparat kam, war die Lear bereits nach Bulawayo unterwegs.

»Laß mich mit ihm reden«, sagte Garry und nahm Isabella den Hörer aus der Hand. Sean mauerte offenbar, denn nach weniger als einer Minute knurrte Garry: »Das kannst du dir sparen, Sean. Die Lear holt dich innerhalb der nächsten Stunde in Bulawayo ab. Wenn's sein muß, rufe ich General Walls oder Ian Smith an. Wir brauchen dich hier. Die Familie braucht dich.«

Major Sean Courtney von den Ballantyne Scouts stand im Jagdzimmer von Weltevreden vor der provisorischen Lagetafel und begutachtete das Foto seines Neffen. Seine Beförderung zum Major und stellvertretenden Kommandeur der Scouts war erst vor drei Monaten geschehen. Roland Ballantyne war es endlich gelungen, ihn ganz für sein Regiment zu gewinnen.

»Eindeutig Bellas Junge. Schlägt nach ihr. Frecher kleiner Bengel.« Sean grinste zu ihr hinüber.

Sie streckte ihm die Zunge heraus. Er tat ihr gut; er gab ihr neue

Hoffnung. Sean wirkte so zäh und durchtrainiert und kompetent, er vertraute so völlig auf seine eigene Kraft und war so von seiner Unsterblichkeit überzeugt, daß auch sie daran glauben mußte.

»Wann lassen sie dich Nicky wieder besuchen?« fragte er, und Isabella dachte einen Augenblick nach. Sie durfte nichts von der Zusage erzählen, ein nächster Besuch werde ihr nach Abschluß der Erprobung von Cyndex 25 ermöglicht. Damit hätte sie öffentlich gestanden, eine Verräterin zu sein.

»Schon bald, nehme ich an. Ich habe Nicky seit fast einem Jahr nicht mehr gesehen. Der Termin muß ziemlich bald sein. Nicht in einigen Wochen, sondern in ein paar Tagen.«

»Du fliegst natürlich nicht hin«, stellte Garry fest. »Wir lassen nicht zu, daß sie dich wieder in ihre Krallen bekommen.«

»Natürlich muß sie hin«, belehrte ihn Sean. »Woher, zum Teufel, sollen wir wissen, wo Nicky gefangengehalten wird, wenn sie nicht hinfliegt?«

»Ich dachte...«, begann Garry.

»Paß auf, Bruder, wir treffen eine Vereinbarung. Ich leite den eigentlichen Einsatz – und du bist für die gesamte Logistik zuständig. Na, was hältst du davon?«

»Gut!« warf Centaine ein. »So machen wir's! Bitte weiter, Sean. Erzähl uns, wie die Rettungsaktion ablaufen wird.«

»Okay, aber nur in großen Zügen, denn die Einzelheiten arbeiten wir später aus. Als erstes müssen wir uns darüber im klaren sein, daß wir ein Angriffsunternehmen planen. Wir treffen garantiert auf erheblichen Widerstand. Deshalb müssen wir schneller sein. Wenn wir Nicky rausholen wollen, müssen wir bereit sein, für ihn zu kämpfen. Sollte die Sache jedoch schiefgehen, müssen wir mit einem politischen und juristischen Sturm im In- und Ausland rechnen. Im Extremfall kommen wir als Mörder und Terroristen auf die Anklagebank. Sind wir bereit, das zu riskieren?«

Seans Blick glitt über die aufmerksamen Gesichter der anderen. Alle nickten, ohne auch nur eine Sekunde lang zu zögern.

»Gut, das wäre also geregelt. Jetzt zum Praktischen. Wir gehen davon aus, daß Nicky auf diesem Stützpunkt an der Atlantikküste im Norden Angolas festgehalten wird. Bella fliegt wie beim letzten Mal hin. Sobald sie bei Nicky ist, verständigt sie uns.«

»Wie?«

»Das ist dein Problem. Du kannst auf die Spezialisten der Firma Courtney Communications zurückgreifen. Laß sie ein Minifunkgerät oder sogar einen Transponder bauen. Sobald Bella in Position ist, schaltet sie das Gerät ein, damit wir's anpeilen können.«

»Das müßte gehen«, stimmte Garry zu. »Wir haben Kleinsender, mit denen wir bei Vermessungsflügen Meßpunkte markieren. Einen davon müßten wir entsprechend umbauen können. Aber wie kann Bella ihn dort einschmuggeln?«

»Auch das ist dein Problem«, erklärte Sean ihm knapp. »Machen wir also weiter! Bella ist im Zielgebiet. Sie wird von uns angepeilt. Wir greifen an.«

»Wie?« fragt Garry

»Da gibt's nur eine Möglichkeit – von der Seeseite her.« Seine Handbewegung umfaßte den Südatlantik zwischen Äquator und Kap der Guten Hoffnung. »Schließlich gehört uns eine in der Walfischbai stationierte Fischfangflotte. Ich denke vor allem an deine neuen Fabriktrawler, Garry, die du vor Südamerika fischen läßt. Sie laufen gut zwanzig Knoten und haben eine Reichweite von fünfundzwanzigtausend Seemeilen.«

»Natürlich!« strahlte Garry. »Die ›Lancer‹ ist gerade in Kapstadt überholt worden und befindet sich auf der Rückreise zur Walfischbai. Ich veranlasse, daß sie dort seeklar liegen bleibt. Van der Berg, ihr Kapitän, ist ein erstklassiger Seemann.«

»Laß sie die Netze und alles übrige schwere Gerät, das wir nicht brauchen, von Bord schaffen«, verlangte Sean.

»Okay, wird gemacht.«

»Weiter, Sean. Willst du mit der ›Lancer‹ in diese Flußmündung einlaufen?« fragte Centaine.

»Nein, Nana. Den Strand erreichen wir mit Landungsbooten. Das sind große Schlauchboote mit Außenbordmotoren. Kennst du jemand im Marinestützpunkt Simonstown?«

»Ich kenne den Verteidigungsminister«, warf Isabella ein. »Und Admiral Keyter.«

»Wunderbar!« Sean nickte zufrieden. »Vielleicht kriegst du nicht nur die Boote, sondern auch die Genehmigung, daß zehn, zwölf Bootsführer sich als Freiwillige für ein Kommandounternehmen melden dürfen. Und vergiß nicht zu betonen, daß wir ein ANC-Ausbildungslager angreifen wollen und ihnen damit sogar einen Gefallen tun.«

»Ich kenne den Minister auch. Ich begleite Bella zu ihm«, stimmte Centaine zu. »Ich garantiere dir, daß du alles bekommst, was du brauchst. Gib mir einfach eine Liste, Sean.«

»Die ist bis morgen früh fertig.«

»Wie steht's mit Waffen – und Männern?«

»Scouts«, antwortete Sean. »Bessere gibt's nicht. Für diese Sache brauchen wir etwa zwanzig Mann. Ich weiß genau, welche ich mitnehmen will. Ich telefoniere gleich nachher mit Roland Ballantyne. In Rhodesien ist im Augenblick wegen der Regenzeit nicht viel los. Er überläßt mir die Männer bestimmt. Außerdem ist er mir noch einen Gefallen schuldig. Meine Leute brauchen ein paar Tage Bootstraining, aber bis Ende nächster Woche sind sie einsatzbereit.« Er sah zu seiner Schwester hinüber. »Alles weitere hängt von dir ab, Bella. Du mußt uns zu ihnen führen.«

Elf Tage nachdem Red Rose gemeldet hatte, Cyndex 25 sei im CCI-Werk Germiston erfolgreich getestet worden, erhielt Isabella nicht nur die Erlaubnis, Nicholas zu besuchen, sondern auch Reiseanweisungen. Sie sollte die Maschine der South African Airways nehmen, die auf dem Flug nach London in Kinshasa am Kongo zwischenlandete, um zu tanken, und dort aussteigen, anstatt nach London weiterzufliegen. Auf dem Flughafen Kinshasa würde sie abgeholt werden.

»Das sieht gut aus!« stellte Sean vor der Landkarte stehend fest. »Hier liegt Kinshasa – vier- bis fünfhundert Kilometer vom voraussichtlichen Zielgebiet entfernt. Diesmal holen sie dich vor der Haustür ab, anstatt dir wieder den Umweg über Nairobi und Lusaka zuzumuten.« Er sah zu Isabella hinüber. »Sie wollen also, daß du kommenden Freitag fliegst. Wenn alles klappt, bedeutet das, daß du am Samstag, spätestens am Sonntag in Position bist. Wir laufen aus der Walfischbai aus, sobald ich hinkommen kann. Meine Jungs haben ihre Ausbildung abgeschlossen, ihre Ausrüstung befindet sich an Bord der »Lancer«. Sie hocken seit fast einer Woche untätig herum – sie werden froh sein, wenn's endlich losgeht.« Er maß die Entfernung ab und rechnete mit seinem Taschenrechner. »Am Montag können wir hundert Seemeilen vor der Kongomündung in Position sein. Einverstanden, Garry?«

Garry stand auf und trat an die Karte. »Ich warte mit der Lear auf dem Flughafen Windhoek – hier. Zum ersten Überflug starte ich in der Nacht zum Montag. Ich muß mindestens fünfhundert Kilometer weit über den Atlantik rausfliegen, bevor ich umkehren kann. Das ist die geschätzte Reichweite der kubanischen Radarkette im Süden Angolas. Fünfhundert Kilometer sind auch mehr als der Aktionsradius der MiG-Jagdstaffel in Lubango.« Er berührte den kubanischen Stützpunkt auf der Karte. »Okay, ich erreiche die Küste wieder hier an der Kongomündung und folge ihr nach Süden, bis ich Bellas Transpondersignal empfange.«

»Wie seid ihr damit vorangekommen?« warf Shasa ein.

»In der kurzen Zeit haben die Jungs bei Courtney Communications verdammt gute Arbeit geleistet.« Garry öffnete seinen Aktenkoffer. »Das ist das Ergebnis!«

»Eine Fahrradpumpe?« fragte Shasa.

»Nicky scheint ein Fußballstar zu sein. Er hat Bella gebeten, ihm einen neuen Ball mitzubringen, weil der alte Fußball ständig Luft verliert. Eine Pumpe gehört logischerweise dazu. Sie dürfte niemanden mißtrauisch machen, zumal sie einwandfrei funktioniert.« Garry führte ein paar Stöße vor.

»Der Transponder ist in den Griff eingebaut. Seine Batterie hält mindestens drei Monate lang. Aktiviert wird er durch eine einfache Drehung des Griffs.« Er demonstrierte das Einschalten. »Das Gerät hat nur einen Nachteil. Damit der Transponder in den Griff paßt, haben wir seine Sendeleistung herabsetzen müssen. Obwohl wir in die Lear eine hochempfindliche Antenne eingebaut haben, beträgt seine Reichweite weniger als zwölf Kilometer. Das bedeutet, daß ich so nahe dran sein muß, bevor ich das Signal empfange.«

»Was ist mit kubanischen Jagdflugzeugen im Norden?« fragte Shasa besorgt.

»Nach unseren Erkenntnissen ist die nächste Jagdstaffel in Saurimo stationiert. Ich fliege bloß schnell die Küste entlang. Sobald ich Bellas Signal empfange, drehe ich ab. Ich habe mir alles ausgerechnet: Selbst wenn das kubanische Radar mich schon beim

Einflug in den angolanischen Luftraum ortet und sofort die MiGs in Saurimo alamiert, müßte ich abdrehen und mich in Sicherheit bringen können, bevor sie's schaffen, mich einzuholen.«

»Was ist mit Fla-Raketen?« faßte Shasa nach.

»Unseren Erkenntnissen nach ist die kubanische Luftabwehr im Süden konzentriert.«

»Und wenn diese Erkenntnisse falsch sind?«

»Unsinn, Vater! Sean riskiert weit mehr als ich.«

»Das gehört zu seinem Job. Und er hat keine Frau und eine Horde Kinder.»

»Willst du Nicky rausholen oder nicht?« Garry beendete die Diskussion, indem er seinem Vater den Rücken zukehrte. »Okay, wo bin ich gleich wieder gewesen? Richtig, ich empfange Bellas Signal. Ich drehe auf See ab und nehme Funkverbindung mit der ›Lancer‹ auf, die vor der Kongomündung liegt. Ich gebe ihr die Position des Stützpunkts durch und brauche dann nur noch heimzufliegen.«

»Hör mal, Garry«, warf Shasa nonchalant ein, »ich fliege nur so zum Spaß mit, glaub' ich.«

»Unsinn, Vater, du bist noch aus der Luftschlacht um England übrig. Benimm dich deinem Alter entsprechend!«

»Ich hab' dir das Fliegen beigebracht, mein Junge, aber du mußt noch viel dazulernen, bis du's besser kannst als ich.«

Garry sah hilfesuchend zu Centaine hinüber. Dann zuckte er mit den Schultern.

»Willkommen an Bord, Skipper«, stimmte er zu.

»Leb wohl, Nana.« Isabella umarmte sie fest.

»Sieh zu, daß du mir meinen Urenkel herbringst, Missy. Er und ich haben eine Menge nachzuholen.«

Isabella wandte sich an ihren Vater. »Ich liebe dich, Daddy.«

»Nicht so sehr, wie ich dich liebe.«

»Ich bin so dumm gewesen! Ich hätte dir vertrauen sollen. Ich hätte gleich zu dir kommen sollen.« Sie holte tief Luft. »Ich habe schreckliche Dinge getan, Daddy. Dinge, von denen du noch gar nichts weißt. Ich frage mich, ob du mir je verzeihen kannst.«

»Du bist mein Mädchen.« Seine Stimme klang heiser. »Mein

ganz besonderes, mein einziges Mädchen. Komm gesund zurück – und bring dein Kind mit.«

Sie küßte ihn und drückte ihn fest an sich. Danach machte sie kehrt und ging davon.

Centaine und Shasa starrten ihr noch nach, als sie längst verschwunden war. Ihr Flug wurde noch einmal aufgerufen.

»Letzter Aufruf für alle Passagiere mit South African Airways 516 nach Kinshasa und London.«

Centaine nahm Shasas Arm. Gemeinsam gingen sie zum Auto. Shasa half Centaine beim Einsteigen und nahm Platz. Der Chauffeur fuhr los.

»Wir haben noch etwas zu besprechen.« Centaine nahm seine Hand.

»Richtig«, bestätigte Shasa. »Ich weiß genau, was du fragen willst. Wozu haben sie Bella erpreßt? Welchen Preis hat sie zahlen müssen?«

»Sie hat seit Jahren für sie gearbeitet – seit der Geburt ihres Kindes. Das dürfte inzwischen feststehen.«

»Ich mag gar nicht daran denken«, meinte Shasa seufzend. »Aber ich weiß, daß wir uns früher oder später damit auseinandersetzen müssen. Dieser Schweinehund, der sie in der Hand hat, ist KGB-General – folglich wissen wir, wer Bellas Auftraggeber sind.«

»Shasa«, nach kurzem Zögern sprach Centaine energisch weiter, »erinnerst du dich an den ›Skylight‹-Skandal?«

»Natürlich!«

»Damals hat's einen Verräter gegeben«, fuhr Centaine unbeirrbar fort.

»Von ›Skylight‹ hat Bella nichts gewußt«, beteuerte Shasa aufgebracht. »Ich habe darauf geachtet, sie völlig rauszuhalten.«

»Erinnerst du dich an diesen israelischen Wissenschaftler, der Wochenendgast auf Dragon's Fountain gewesen ist? Wie hat er gleich wieder geheißen – Aaron Sowieso? Bella hat eine kleine Affäre mit ihm gehabt. Du hast mir selbst erzählt, daß ihr Name in Pelindaba im Gästeverzeichnis gestanden hat. Sie hat die Nacht mit ihm verbracht.«

»Mutter, du willst doch nicht etwa andeuten, daß...« Shasa machte eine Pause. »Mein Gott, kannst du dir vorstellen, zu welchen Informationen sie im Lauf der Jahre Zugang gehabt hat? Als Senatorin und meine Assistentin hat sie die meisten geheimen Armscor-Projekte auf den Schreibtisch bekommen.«

»Beispielsweise die Cyndex-Herstellung im CCI-Werk Germiston«, bestätigte Centaine. »Erst vor wenigen Wochen hat sie an der praktischen Erprobung teilgenommen. Weshalb darf sie Nicholas jetzt besuchen? Glaubst du, daß sie ihnen irgendwelche besonders wertvollen Informationen geliefert hat?«

Die beiden schwiegen eine Zeitlang, bis Shasa leise fragte: »Wo endet die Loyalität der Familie und dem eigenen Kind gegenüber, wo beginnt die Loyalität dem Staat gegenüber?«

»Ich denke, daß du und ich sehr bald vor dieser Frage stehen werden«, seufzte sie. »Aber erst wollen wir diese andere Sache hinter uns bringen.«

Die »Lancer« lag in der Walfischbai an der Pier der Konservenfabrik der Courtney Industries: ein 75 Meter langer Heckfänger mit den eleganten Linien eines Kreuzfahrtschiffs. Sie war dafür gebaut, auf allen Weltmeeren zu fischen, die Fanggründe schnell zu erreichen, monatelang auf See zu bleiben und danach ebenso schnell zurückzukommen.

Sean blieb auf der Pier stehen und begutachtete die »Lancer« kritisch. Ihr leuchtend gelber Anstrich gefiel ihm nicht, er war viel zu auffällig. Andererseits würde ihre Heckaufschleppe das Aussetzen und Anbordnehmen der Landungsboote erleichtern. Außerdem war es für eine Änderung des Anstrichs ohnehin schon viel zu spät.

An der Reling des Trawlers lehnten etwa ein Dutzend seiner Scouts. Als sie ihn erkannten, stimmten sie ein Lied an.

Sean rief: »Gottverdammte Disziplinlosigkeit!« und rannte die Gangway hinauf. Seine Leute freuten sich sichtlich, ihn wiederzusehen, und umringten ihn.

Alle sahen aus wie Hochseefischer; sie trugen ausgebleichte Jeans, löchrige Sweatshirts und alle möglichen Schirm- und Wollmützen.

Sergeant-Major Esau Gondele war Matabele, ein guter Kamerad, der sich schon oft in kritischen Lagen bewährt hatte. Er grüßte und grinste, als Sean ihm gegen den Oberarm boxte.

»Du bist in Zivil, Esau. Was soll also die Grüßerei?«

Zwölf der zwanzig Scouts, die Sean für diesen Einsatz ausgewählt hatte, waren Matabele; die übrigen waren junge weiße Rhodesier – fast alle die Söhne von Ranchern, Bergleuten oder Wildhütern, die im Busch aufgewachsen waren. Sie verstanden sich gut.

Sorgen machten Sean eher die Männer aus Simonstown, eine Spezialeinheit, die als Bootsführer der Landungsboote mitkamen. Er war neugierig, ob diese jungen Afrikaner sich problemlos in ihr gemischtes Team einordnen würden.

»Wie kommst du mit ihnen klar?« frage er Esau Gondele.

»Manche sind bereits meine besten Freunde, aber mir wär's trotzdem nicht recht, wenn einer von ihnen meine Schwester heiraten wollte«, antwortete der Sergeant-Major schmunzelnd. »Ganz im Ernst, Sean: Diese Jungs sind in Ordnung. Und sie beherrschen ihre Boote verdammt gut. Ich hab' ihnen erklärt, daß sie nicht ›Baasie‹ zu mir zu sagen brauchen, und sie haben den Scherz verstanden.«

»Okay, wir laufen nach Einbruch der Dunkelheit aus. Es ist zwar unwahrscheinlich, daß irgend jemand sich für uns interessiert, aber wir wollen nichts riskieren. Vor dem Ablegen überprüfen wir zu zweit die gesamte Ausrüstung, und sobald wir ausgelaufen sind, rufen wir die Jungs zur Besprechung zusammen.«

Die Mannschaftsunterkünfte an Bord waren eng und schlicht. Die Ballantyne Scouts und die sechs Kommandos drängten sich in der Messe zusammen. Schon nach wenigen Minuten war die Luft blau von Zigarettenrauch, und die »Lancer« rollte und stampfte im kalten Grün des Benguela-Stroms.

Die Scouts waren bewährte Seeleute, die zahlreiche Bootspatrouillen auf dem häufig von Stürmen aufgewühlten Karibasee hinter sich hatten. Matatu war diesmal nicht mitgekommen. Dem kleinen Ndorobo würde an Bord schlecht werden. Es war seltsam, ein Unternehmen ohne Matatu zu beginnen – als träte man eine Reise ohne den heiligen Christophorus an. Sean verdrängte den Gedanken und sah sich in der überfüllten Messe um.

Sean hatte die Landkarten mit Klebstreifen an einer Wand befestigt.

»Wir sind nach hier unterwegs.« Er tippte auf den Küstenstreifen zwischen Luanda und der Grenze nach Zaire. »Und wir haben den Auftrag, zwei Gefangene – eine Frau und ein Kind – zu befreien. Das hier ist eine Skizze des Zielgebiets«, fuhr er fort. »Wie ihr seht, ist sie ziemlich primitiv, aber sie läßt ungefähr erkennen, was uns erwartet. Ich rechne damit, daß die Gefangenen sich in dieser Anlage in Strandnähe befinden. Vermutlich in dieser Hütte. Ich führe den Rettungstrupp, der mit den ersten drei Booten am Strand landet. Sollte es Schwierigkeiten geben, sind sie aus dieser Richtung zu erwarten: aus dem Terroristenlager in der Nähe des Feldflugplatzes und auf der den Fluß entlangführenden Straße. Sergeant-Major Gondele führt die Reserveeinheit mit den restlichen drei Booten flußaufwärts und errichtet eine Straßensperre, um zu verhindern, daß die Gooks zum Strand vorstoßen. Nach unserem ersten Schuß müßt ihr die Straßensperre noch eine halbe Stunde lang aufrecht halten. Die Zeit brauchen wir, um die beiden Gefangenen zu befreien. Dann fahrt ihr mit den Booten flußabwärts und seht zu, daß ihr schnellstens zur ›Lancer‹ zurückkommt, die vor der Küste auf uns wartet. Das Unternehmen ist einfach. Alles muß schnell gehen. Wir haben keine Zeit zu verlieren. Wir besprechen jetzt alle Einzelheiten, und morgen üben wir das Aussetzen und Anbordholen der Boote bei höherem Seegang. In der Nacht zum Vierzehnten gehen wir an Land!«

Das Verkehrsflugzeug landete in Kinshasa mitten in einem Tropengewitter. Ströme von Wasser liefen über die Fenster, und Isabella wurde in den wenigen Sekunden zwischen Flugzeug und Flughafenbus bis auf die Haut naß.

Beim Zoll wurde sie wie versprochen abgeholt. Im Ankunftsgebäude wartete ein gutaussehender junger Pilot. Als er sie auf Spanisch begrüßte, fiel ihr sofort der kubanische Akzent auf, zumal sie jetzt darauf achtete.

Er bestand darauf, ihren Koffer und den großen Karton mit den Geschenken für Nicky zu tragen, und flirtete mit ihr in dem klapprigen Taxi.

Als sie bei den Privat- und Chartermaschinen ankamen, hörte der Regen auf. Obwohl der Himmel stark bewölkt blieb, war es bei hoher Luftfeuchtigkeit brütend heiß. Der Pilot verstaute ihre

Sachen im Gepäckabteil einer kleinen einmotorigen Maschine, die Isabella nicht kannte. Das Flugzeug hatte einen sandfarbenen Tarnanstrich, und sein einziges Erkennungszeichen war eine geheimnisvolle Nummer am Seitenleitwerk.

»Wollen wir bei diesem Wetter tatsächlich losfliegen?« fragte sie den Piloten. »Ist das nicht zu gefährlich?«

»Señora, wenn Sie sterben, sterben Sie in meinen Armen – was für ein herrlicher Tod!«

Sobald sie gestartet waren, legte er die rechte Hand auf ihr Knie.

»Hände ans Lenkrad!« Sie schob seine Hand energisch beiseite. Er lachte, als habe er eine Eroberung gemacht.

Der Kurs bestätigte, daß sie wieder zu dem Stützpunkt geflogen wurde, wo sie Nicky zuletzt besucht hatte. Zwei Stunden später erkannte sie unter den tiefen Wolkenbänken vor ihnen das Schiefergrau des Atlantiks.

Der Pilot folgte der Küste nach Süden. Wenig später setzte Isabella sich neben ihm auf. Voller Freude erkannte sie die Windungen des Flusses und die Flußmündung mit der Lagune wieder. Der Pilot fuhr die Klappen aus, und bald schon landeten sie auf der betonharten Piste.

Nicky! dachte sie. Bald sind wir wieder frei.

Als das Flugzeug ausrollte, sah sie Nicky neben dem Jeep stehen. Er war mindestens fünf Zentimeter gewachsen, seine Beine wirkten lang und staksig. Er trug sein Haar etwas länger, die Augen waren unverändert. Ihr klares Grün schien selbst aus dieser Entfernung zu glitzern. Sobald er Isabella erkannt hatte, winkte er ihr heftig zu.

Neben ihm im Jeep saßen der Fahrer und José, der kubanische Fallschirmjäger. Beide lachten.

Nicky verließ seinen Platz und rannte ihr entgegen. Eine Sekunde lang glaubte sie, er werde sich in ihre Arme werfen. Aber im letzten Augenblick beherrschte er sich und gab ihr die Hand.

»Willkommen, Mama.« Sie hatte das Gefühl, vor Aufregung zu zittern. »Ich freue mich, dich wiederzusehen.«

»Hallo, Nicky.« Ihre Stimme klang heiser. »Du bist so in die Höhe geschossen, daß ich dich kaum erkannt habe. Du wirst ja ein Mann.«

Damit hatte sie den richtigen Ton getroffen. Er hakte seine

Daumen in den Gürtel und rief José und dem Fahrer zu: »Kommt und holt das Gepäck meiner Mutter!«

»Sofort, General Pelé.« Der Kubaner salutierte spaßhaft, bevor er sich grinsend an Isabella wandte. »Willkommen, Señora. Wir haben uns auf Ihren Besuch gefreut.«

Plötzlich bin ich jedermanns Lieblingstante, dachte Isabella.

Aus ihrem Geschenkkarton holte sie für José und den Fahrer je eine Stange Zigaretten.

Während sie mit Nicholas zum Strand fuhr, schwatzte er drauflos. Und obwohl Isabella sich sehr für alles interessierte, was er berichtete, musterte sie ihre Umgebung nun viel genauer. Dabei erkannte sie, daß die für Sean angefertigte Kartenskizze in mehreren Punkten falsch gewesen war.

Das Ausbildungslager war inzwischen vergrößert worden: Es schien jetzt über tausend Mann Platz zu bieten, und sie sah unter Tarnnetzen einige Geschütze stehen. Sie sahen wie langrohrige Flugabwehrgeschütze aus. In ihrer Nähe standen auch Lastwagen mit geschlossenen Aufbauten und auf den Himmel gerichteten schüsselförmigen Antennen. Isabella dachte an ihren Vater und Garry, die den Stützpunkt mit der Lear überfliegen wollten. Aber sie hatte keine Möglichkeit mehr, sie vor diesen Veränderungen zu warnen.

Als sie die kleine Anlage am Strand erreichten, warf Isabella unauffällig einen Blick auf den Tageskilometerzähler. Die Entfernung vom Flugplatz zum Strand betrug nur 3,6 Kilometer – erheblich weniger, als sie geschätzt hatte. Sie fragte sich, wie das die Rettungsoperation gefährden konnte. Jedenfalls konnten Verstärkungen viel rascher herangeführt werden, als Sean eingeplant hatte.

José trug ihr Gepäck ins Wachlokal. Dort wurde sie von den beiden Frauen erwartet, die sie schon beim ersten Besuch kontrolliert hatten. Aber diesmal waren sie freundlicher und weniger förmlich.

»Ich habe Ihnen ein Geschenk mitgebracht«, begrüßte Isabella sie und überreichte jeder einen Flakon Parfüm. Die beiden waren hellauf begeistert und wendeten es so reichlich an, daß Isabella kaum noch Luft bekam. So dauerte es einige Minuten, bis sie mit der Durchsuchung ihres Gepäcks beginnen konnten.

Diesmal wurde die Kamera kommentarlos beiseitegelegt, aber dafür interessierten sie sich um so mehr für ihre Kosmetika.

Bis sie dazu kamen, die Geschenke für Nicholas zu kontrollieren, waren sie offenbar nicht mehr recht bei der Sache. Eine von ihnen griff nach dem schlaffen Fußball. »Ah, der wird Pelé gefallen!« rief sie aus. Dann sah sie die Pumpe.

»Für den Ball«, erklärte Isabella.

»Ja, ich weiß, um Luft zu pumpen.« Die Frau pumpte einige Male ohne große Begeisterung und warf die Pumpe dann wieder in den Karton.

»Entschuldigen Sie die Belästigung, Señora. Aber wir tun nur unsere Pflicht.«

»Natürlich«, bestätigte Isabella. »Das verstehe ich.«

»Sie bleiben zwei Wochen bei uns? Das ist gut. Pelé hat sich sehr auf Ihren Besuch gefreut. Er ist ein lieber Junge. Alle sind sehr stolz auf ihn.«

Sie halfen Isabella, das Gepäck in die Hütte zu tragen, in der sie auch bei ihrem ersten Besuch gewohnt hatte.

Nicholas saß auf ihrem Bett und hatte schon seine Badehose an. »Komm, Mama, wir gehen baden! Wir machen ein Wettschwimmen zum Riff hinaus!«

Er schwamm wie ein Fischotter, und sie mußte sich sehr anstrengen, damit er sie nicht abhängte.

Als sie abends in der Hütte waren, gab sie Nicky seine Geschenke. Er freute sich sehr über den Fußball, ihm gefielen aber auch die mitgebrachten Bücher. Isabella hatte ihm mehrere bunte Surfershorts und T-Shirts gekauft und ein Radio.

»Kannst du Rock 'n' Roll tanzen?« fragte sie ihn. »Komm, ich zeig's dir!« Und sie drehte das Radio auf.

So tobten sie lachend und tanzend durch die Hütte, bis Adra zum Abendessen rief. Sie war wortkarg und abweisend, und Isabella ignorierte sie und konzentrierte sich ganz auf Nicholas.

Nachdem sie Nicky zu Bett gebracht hatten, begleitete Adra sie zu ihrer Hütte zurück, und Isabella flüsterte ihr zu: »Wo ist Ramón, wo ist der Marqués? Ist er hier?«

Adra sah sich vorsichtig um, bevor sie antwortete: »Nein, aber er kommt bald. Vielleicht schon morgen oder übermorgen, denke ich.

Er läßt Ihnen sagen, daß er zu Ihnen kommen wird. Und er läßt Ihnen ausrichten, daß er Sie liebt.«

Als Isabella in ihrer Hütte allein war, stellte sie fest, daß sie bei dem Gedanken zitterte, Ramón wiederzusehen, dessen falsches Spiel sie jetzt durchschaute. Sie bezweifelte, daß es ihr gelingen würde, sich ihm gegenüber ganz natürlich zu benehmen. Die Vorstellung, ihn lieben zu müssen, entsetzte sie. Er würde bestimmt merken, wie sehr ihre Gefühle für ihn sich verändert hatten. Möglicherweise würde er Nicholas wegbringen oder sie einsperren lassen.

»Lieber Gott, bitte laß Sean früher als Ramón herkommen. Halt ihn von mir fern, bis Sean kommen kann.« In dieser Nacht tat sie kein Auge zu, sondern lag hellwach im Bett und fürchtete, Ramón werde plötzlich aus dem Dunkel auftauchen und zu ihr ins Bett wollen.

Wie zuvor verbrachten Nicholas und sie die beiden nächsten Tage damit, zu schwimmen, zu angeln und mit dem Hund am Strand umherzutollen. Der Welpe war zu einem hochbeinigen Hundemischling mit langem Schwanz und Schlappohren herangewachsen, den Nicholas heiß und innig liebte.

Während sie am Montagabend darauf wartete, daß Nicholas aus dem Bad kam, griff sie nach der Pumpe. Sie drehte den Griff nach rechts und hörte ein leises Klicken. Doch da Nicky aus dem Bad kam, legte sie die Pumpe zurück.

Als sie sich über sein Bett beugte, um das Moskitonetz unter die Matratze zu stopfen, streckte er plötzlich die Arme nach ihr aus und umschlang ihren Hals. »Ich liebe dich, Mama«, flüsterte er scheu, und sie küßte ihn.

Nicholas, dem sein Ausbruch offenbar peinlich war, wälzte sich zur Seite, zog die Decke bis ans Kinn hoch und kniff die Augen zusammen.

»Gute Nacht, Nicky, ich liebe dich auch – von ganzem Herzen«, flüsterte sie.

Als sie zu ihrer Hütte zurückging, grollte ferner Donner, während Wetterleuchten den Nachthimmel erhellte. Als sie den Kopf hob, traf ein schwerer warmer Regentropfen ihre Stirn.

Im Cockpit der Lear war es sehr still. Sie befanden sich in 12 000 Metern Höhe, also in der besten Reiseflughöhe für die Kombination aus Geschwindigkeit und Flugdauer.

»Feindliche Küste voraus«, sagte Shasa halblaut. Garry lachte.

»Vater! So was sagt man nur in Filmen, die im Zweiten Weltkrieg spielen.«

Sie flogen hoch über der Wolkendecke in einer durch silbernen Mondschein verzauberten Welt. Die Wolken unter ihnen leuchteten schneeweiß wie grönländische Gletscher.

»Noch hundert Seemeilen bis zur Kongomündung«, sagte Shasa mit einem Blick auf die GPS-Anzeige. »Wir müßten ziemlich genau über der ›Lancer‹ sein.«

»Am besten rufst du sie mal«, schlug Garry vor, und Shasa schaltete auf eine andere Frequenz um.

»Donald Duck, hier Magic Dragon, wie hören Sie mich? Kommen.«

»Dragon, hier Duck. Höre euch fünf.« Diese Antwort kam sofort, und Shasa lächelte erleichtert, als er die Stimme seines Ältesten hörte. »Sean muß den Daumen auf dem Sprechknopf gehabt haben«, murmelte er. »Bitte warten, Duck. Wir sind nach Disneyland unterwegs.«

»Guten Flug! Duck wartet auf weitere Anweisungen.«

Shasa drehte sich um und sah nach hinten in die Kabine, wo die beiden Techniker der Firma Courtney Communications über ihre Geräte gebeugt hockten. Allein der provisorische Einbau ihrer Ausrüstung hatte zehn Tage gedauert. Viele dieser hochmodernen Geräte wurden erst von der Armscor getestet und waren noch nicht an die Luftwaffe ausgeliefert.

Shasa schaltete auf die Bordsprechanlage um. »Wie geht's bei euch, Len?«

Der Chefingenieur hob den Kopf. »Vorläufig noch keine Radarerfassung. Wir empfangen normalen Funkverkehr aus Luanda, Kinshasa und Brazzaville. Bisher kein Transpondersignal vom Ziel.«

»Weitermachen.« Shasa sah wieder nach vorn. Er wußte, daß ihr neuer Scanner die in Frage kommenden Frequenzen automatisch absuchte, um sie vor militärischem Funkverkehr auf den Luftwaffenstützpunkten Luanda und Saurimo zu warnen. Den Chefingenieur hatten sie wegen seiner Spanischkenntnisse mitgenommen: Er sollte den Sprechfunkverkehr der Kubaner abhören.

»Okay, Garry.« Shasa legte ihm die Linke auf den Arm. »Wir sind über der Kongomündung. Neuer Kurs eins-sieben-fünf.«

»Neuer Kurs eins-sieben-fünf«, bestätigte Garry. Er legte die Lear in eine Steilkurve, um auf Südsüdostkurs zu gehen und der Küstenlinie zu folgen.

Durch zufälliges Zusammenwirken von Wind und Wetter öffnete sich in den Wolkenmassen unter ihnen ein tiefes Loch. Der nahezu volle Mond stand senkrecht darüber. Sein Licht fiel in diesen Abgrund, so daß sie 12 000 Meter unter sich das platinglänzende Meer und die dunklen Umrisse der afrikanischen Küste sahen.

»Vier Minuten bis zur Ambriz-Mündung«, warnte Shasa über die Bordsprechanlage.

»Empfänger eingeschaltet und getestet«, bestätigte Lens Stimme in seinen Kopfhörern.

»Über der Ambriz-Mündung«, sagte Shasa.

»Kein Transpondersignal empfangen.«

»Sechs Minuten bis zu Catacanha-Mündung«, stellte Shasa fest.

Er hatte nicht wirklich damit gerechnet, daß die Ambriz-Mündung ein Volltreffer sein würde. Dazu lag sie zu sehr am äußersten Rand ihres Suchkegels. Er sah wieder nach vorn und verzog das Gesicht. Genau auf ihrem Kurs ragte ein amboßförmig auslaufender riesiger Gewitterturm bis in die Stratosphäre auf. Shasa schätzte seine Höhe auf mindestens 20 000 Meter – weit über der Dienstgipfelhöhe der Lear.

»Wie gefällt dir das, Charlie Bravo?« fragte er, und Garry schüttelte den Kopf, während er das in die Mittelkonsole eingebaute Wetterradar ansah.

»Sechsundneunzig Seemeilen vor uns und ein echter Hammer! Scheint genau über einer der Flußmündungen zu stehen – über dem Chicamba.«

»Dann empfangen wir dort bestimmt kein Signal von Bellas Transponder«, meinte Shasa besorgt.

»Durchfliegen können wir dieses Gewitter sowieso nicht«, knurrte Garry.

»Genau über der Catacanha-Mündung, Len. Empfangen Sie irgendwas?«

»Negativ, Mr. Courtney.« Dann änderte sich seine Stimme. »Augenblick! Scheiße, der Radarwarner spricht an!«

»Garry ...« Shasa rüttelte ihn an der Schulter. »Sie haben uns auf dem Radar.«

»Wachfrequenz einschalten«, wies Garry ihn an, »und genau zuhören.«

Sie saßen starr in ihren Sitzen und horchten auf die atmosphärischen Störungen, die das großräumige Gewitter vor ihnen auslöste.

Plötzlich meldete sich eine laute Stimme: »Nicht identifizierte Maschine, hier Luanda Control. Sie befinden sich in einem Gebiet mit Flugbeschränkung. Geben Sie sofort Ihr Rufzeichen an. Ich wiederhole: Sie befinden sich in einem Gebiet mit Flugbeschränkung.«

»Luanda Control, hier British Airways BA 051. Wir haben einen Triebwerksschaden. Bitte um Standortangabe.« Shasa begann ein durch atmosphärisches Rauschen beeinträchtigtes Verzögerungsgespräch. Jede Minute Zeitgewinn, den er auf diese Weise erzielte, konnte entscheidend sein. Er bat um Landeerlaubnis in Luanda, gab vor, die Antwort nicht zu verstehen, und reagierte nicht auf dringende Aufforderungen, den Luftraum Angolas sofort zu verlassen.

»Sie sind nicht darauf reingefallen, Mr. Courtney«, warnte Len ihn, der weiter die militärischen Frequenzen überwachte. »Sie haben in Saurimo zwei MiGs gestartet, die uns abfangen sollen.«

»Wie lange brauchen wir noch bis zur Chicamba-Mündung?« wollte Garry wissen.

»Vierzehn Minuten«, antwortete Shasa knapp.

»Na, das kann lustig werden!« behauptete Garry breit grinsend. »Wir befinden uns auf Kollisionskurs mit den MiGs, die mit Mach zwei ankommen. Das wird ein Spaß!«

Sie rasten weiter im Mondschein nach Süden.

»Mr. Courtney, der Radarwarner spricht wieder an. Vermutlich hat das Angriffsradar der MiGs uns erfaßt.«

»Danke, Len. Eineinhalb Minuten bis zum Chicamba.«

»Mr. Courtney!« sagte Len drängend. »Der Rottenführer meldet

Zielerfassung. Sie haben uns geschnappt, Sir! Das Radarsignal ist jetzt sehr stark. Der Rottenführer verlangt Feuererlaubnis.«

»Ich dachte, du hättest gesagt, sie könnten uns nicht abfangen?« fragte Shasa ruhig. »Ich dachte, du hättest gesagt, wir befänden uns außerhalb ihres Aktionsradius?«

»Jeder kann mal 'nen Fehler machen, Dad.«

»Mr. Courtney!« Lens Stimme klang schrill. »Ich habe ein Transpondersignal – schwach und unterbrochen. Ungefähr sechs Kilometer. Genau voraus!«

»Wissen Sie das bestimmt, Len?«

»Das ist todsicher unser Transponder!«

»Okay, dann ist Bella an der Chicamba-Mündung!« rief Shasa aus. »Los, wir verschwinden, Garry!«

»Mr. Courtney, die MiGs haben Feuererlaubnis und greifen an. Das Radarsignal wird immer stärker.«

»Festhalten!« rief Garry laut. »Jetzt geht's los!« Er ließ die Lear über eine Flügelspitze in einen Sturzflug abkippen.

»Was soll der Unsinn, verdammt noch mal?« rief Shasa, während der Andruck ihn in seinen Sitz preßte. »Warum fliegst du nicht auf den Atlantik raus?«

»Dann hätten sie uns nach einer Minute.« Garry hielt die Lear im Sturzflug.

»Verdammt, Garry, so brechen die Flügel ab!«

Der Zeiger des Fahrtmessers näherte sich rasch dem roten Bereich.

»Du hast die Wahl, Vater. Wir lassen die Flügel abbrechen – oder die MiGs schießen uns ab.«

»Was hat du vor, Garry?« Shasas Hand umklammerte Garrys Oberarm.

»Ich will dort 'rein.« Garry deutete auf den mondbeschienenen Gewitterturm, der den Himmel vor ihnen verdeckte. Seine teils schneeig weißen, teils dunklen Wolkenmassen schienen unter dem Einfluß starker Aufwinde brodelnd zu kochen. Tief aus dem Inneren des Gewitterturms blitzte und wetterleuchtete es ununterbrochen.

»Du bist verrückt«, flüsterte Shasa.

»Dorthin folgt uns keine MiG«, stellte Garry fest. »Und im

Gewitter mit seinen elektrischen Störungen kann uns auch keine Jagdrakete ansteuern.«

»Mr. Courtney, die erste MiG hat eine Lenkwaffe abgeschossen – und noch eine! Zwei Raketen sind unterwegs.«

Garry beließ die Lear weiter im Sturzflug, obwohl der Zeiger des Fahrtmessers längst im roten Bereich stand.

»Jetzt sind wir erledigt«, stellte Shasa nüchtern fest. Im nächsten Augenblick wurde die Lear von einem schweren Schlag getroffen. Dann waren sie mitten im Gewitter.

Während dicke graue Wolken sie wie nasse Watte einhüllten, ging die Sicht sofort auf Null zurück. Als der Gewittersturm die Lear packte, wurden sie gegen ihre Hosenträgergurte geschleudert. Der Sturm glich einem wilden Tier, das nach ihnen krallte und schlug.

Die Lear kreiste und trudelte wie ein welkes Blatt im Wirbelsturm. Die Bordinstrumente – vor allem der Höhenmesser – registrierten wilde Ausschläge, wenn die Maschine ins Leere zu fallen schien, um im nächsten Augenblick in starken Aufwind zu geraten, der sie wieder fünf-, sechshundert Meter in die Höhe riß, wobei sie mehrmals um die Längsachse rollte.

Plötzlich wurde die Wolke von innen heraus durch elektrische Entladungen erhellt. Die grellen Blitze blendeten sie, während der gleichzeitige Donner durch ihre Köpfe rollte und die Triebwerksgeräusche der Lear ganz übertönte. Bläuliches Feuer tanzte über die Metallhaut ihres Flugzeugs, als stehe die Lear in Flammen. Sie gerieten in eine weitere Abwindzone und wurden beim Übergang ins nächste Aufwindfeld tief in ihre Sitze gestaucht. Dieses Spiel wiederholte sich ständig. Um sie herum knarrte und ächzte die Lear, während der Sturm versuchte, sie in Stücke zu reißen.

Dagegen war Garry hilflos. Er wußte, daß es ein Fehler gewesen wäre, mit Höhen- und Seitensteuer eingreifen zu wollen, weil das die brutalen Belastungen, denen die Maschine bereits ausgesetzt war, nur noch vermehrt hätte. Deshalb flüsterte er aufmunternde Worte und hielt das Steuerhorn liebevoll leicht umfaßt, während er versuchte, die Lear aus ihrer Todesspirale hochzuziehen.

»Nur Mut, Baby!« flüsterte er. »Los, komm schon. Ich weiß, daß du's schaffen kannst!«

Shasa umklammerte die Armlehnen seines Sitzes und starrte den Höhenmesser an. Sie waren auf 15 000 Fuß durchgesackt und fielen weiter. Keines der übrigen Instrumente zeigte brauchbare Werte an. Alle Nadeln zuckten und tanzten wie wild.

Er konzentrierte sich auf den Höhenmesser, dessen Zeiger ruckartig nach links drehte: 10 000 Fuß... 7000... 4000... Die Turbulenzen im Inneren des Gewitters wurden noch stärker. Ihre Köpfe wurden so heftig von einer Seite zur anderen geschleudert, daß ihre Halswirbelsäulen stark gefährdet waren. Die Schultergurte schnitten sich schmerzhaft in ihr Fleisch ein.

Aus dem Rumpf hinter ihm ertönte ein lautes Krachen. Shasa ignorierte es und versuchte, sich weiter auf den Höhenmesser zu konzentrieren. Aber die ruckartigen Sturzflüge der Lear machten ihn schwindlig und beeinträchtigten sein Sehvermögen.

Noch 2000 Fuß... 1000... null! Bei dieser Anzeige hätten sie aufschlagen müssen, aber die gewaltigen Druckunterschiede innerhalb des tobenden Gewitters verfälschten die Höhenmesseranzeige.

Plötzlich stabilisierte die Maschine sich, weil die Turbulenzen nachließen. Garry probierte die Ruder aus und stellte fest, daß die Lear wieder steuerbar war. Ihr künstlicher Horizont kehrte in die Normalfluglage zurück, und im nächsten Augenblick verließen sie die Gewitterwolke.

Dieser Wechsel war verblüffend. Das Donnergrollen des Gewitters blieb hinter ihnen zurück und wurde durch das leise Pfeifen der Düsentriebwerke ersetzt. Mondschein überflutete das Cockpit, und Shasa holte erschrocken Luft.

Die Lear flog so tief über der Meeresoberfläche, daß sie eher an einen fliegenden Fisch als an einen Vogel erinnerte. Noch weitere 100 Fuß Höhenverlust, dann hätten die grünen Wogen des Atlantiks sie verschlungen.

»Das war verdammt knapp, mein Junge!« sagte Shasa heiser. Er versuchte zu grinsen, aber seine Augenklappe hatte sich verschoben und hing unter seinem Ohr. Jetzt schob er sie mit zitternden Fingern zurecht.

»Komm schon, Navigator!« forderte Garry ihn mit gespielter Gelassenheit auf. »Gib mir 'nen neuen Kurs.«

»Neuer Kurs 260 Grad. Wie fliegt sie sich?«

»Problemlos.« Garry steuerte langsam den neuen Kurs. Die Lear beschrieb eine weite Kurve, flog auf den Atlantik hinaus und ließ die dunkle Landmasse hinter sich.

»Len...« Shasa drehte sich in seinem Sessel um und blickte nach hinten in die Kabine. Die beiden Techniker waren leichenblaß und hatten schweißnasse Gesichter. »Was ist mit den MiGs?«

»Wir haben noch Kontakt zu den MiGs. Der Rottenführer meldet ihr Ziel als zerstört. Sie sind dabei, wegen Treibstoffmangels umzukehren.«

»Leb wohl, Fidel. Gott sei Dank, daß du ein so miserabler Schütze bist«, murmelte Garry und hielt die Lear dicht über dem Wasser, wo das Küstenradar sie wegen der vielen falschen Echos nicht aufspüren konnte. »Wo ist die ›Lancer‹?«

»Müßte genau vor uns sein«, murmelte Shasa in sein Mikrofon.

»Donald Duck, hier Magic Dragon, kommen.«

»Was gibt's, Dragon?«

»Das Ziel liegt am Chicamba. Ich wiederhole: am Chicamba. Ist das verstanden? Kommen.«

»Verstanden, am Chicamba. Ich wiederhole: Chicamba. Hat's Schwierigkeiten gegeben? Wir haben südöstlich von hier Jäger gehört.«

»Nichts dabei. Der reinste Sonntagsausflug. Jetzt wird's Zeit für euren Besuch in Disneyland.«

»Wir sind unterwegs, Dragon.«

»Hals- und Beinbruch, Duck. Ende.«

Am Dienstagmorgen kurz nach halb fünf setzte die Lear mit Garry am Steuer auf dem Flughafen Windhoek auf. Sie kletterten aus der Maschine, blieben am Fuß der Treppe in einer Gruppe stehen und waren nach überstandenem Abenteuer abgespannt und ein wenig deprimiert. Dann trat Garry ans Triebwerk.

»Vater!« rief er. »Sieh dir das an!«

Shasa starrte den fremdartigen Gegenstand an, der sich unterhalb des Garrett-Triebwerks in den Flugzeugrumpf gebohrt hatte. Er war hellgelb gespritzt, sah wie ein langes gefiedertes Rohr aus und ragte fast zwei Meter aus dem aufgerissenen Rumpf der Lear.

»Was, zum Teufel ist das?« fragte Shasa.

»Das, Mr. Courtney«, antwortete Len, der ihm gefolgt war, »ist eine sowjetische Luft-Luft-Lenkwaffe ATOLL, die zu unserem Glück nicht detoniert ist.«

»Siehst du, Garry«, murmelte Shasa, »Fidel ist doch kein so schlechter Schütze gewesen. Wenn die detoniert wäre – gute Nacht!«

»Ein Hoch auf russische Qualitätsarbeit!« rief Garry aus. »Vielleicht ist's ein bißchen zu früh, Dad, aber könntest du ein Glas Champagner vertragen?«

»Eine wunderbare Idee«, stimmte Shasa zu.

»Die Chicamba-Mündung.« Sean Courtney und Esau Gondele beugten sich Schulter an Schulter über den Kartentisch. »Ah, das ist sie!«

Sean legte seinen Zeigefinger auf die winzige Einbuchtung der Küstenlinie des Kontinents. »Knapp südlich des Catacanha.« Er sah zum Kapitän der »Lancer« auf. Van der Berg hatte den massiven Körperbau eines Sumo-Ringers, und seine lederartige Haut war von Wind und Wetter gegerbt.

»Was wissen Sie darüber, Van?« fragte Sean.

Der Kapitän zuckte mit den Schultern. »So gut wie nichts. Bloß irgendein unwichtiger kleiner Fluß. Aber ich bringe Sie so dicht ran, wie Sie wollen.«

»Eine Seemeile vor dem Riff genügt.«

»Wird gemacht«, versprach Van ihm. »Wann?«

»Ich möchte, daß Sie morgen den ganzen Tag hinter der Kimm unsichtbar bleiben und uns gegen zwei Uhr morgens absetzen.«

Für die Scouts begann die Geisterstunde stets zwei Stunden nach Mitternacht, wenn der Gegner auf seinem körperlichen und geistigen Tiefpunkt angelangt war.

Um ein Uhr morgens versammelte Sean seine Leute zur letzten Besprechung in der Mannschaftsmesse der »Lancer«.

Jetzt traten die Männer einzeln an Seans Tisch und lieferten ihr persönliches Eigentum ab – Siegelringe, Erkennungsmarken, Soldbücher, Geldbörsen, Armbanduhren und alles übrige, was ihre Identifizierung hätte ermöglichen können.

Dann meldete sich der Skipper über die Bordsprechanlage von der Brücke: »Noch sieben Seemeilen bis zur Flußmündung. Der

Meeresboden steigt hübsch gleichmäßig an. Ich setze euch ein paar Minuten früher ab als vorgesehen.«

»Einverstanden«, bestätigte Sean und wandte sich erneut an die dunklen Gesichter, die ihn umringten. »Also, Gentlemen, ihr wißt, worum's geht. Bloß noch ein paar Tips für unterwegs: Solltet ihr schießen, paßt auf, daß ihr nicht die Frau oder den Jungen erwischt. Sie ist meine Schwester. Zweitens: Die Kartenskizzen, die ich euch gezeigt habe, sind verdammt ungenau. Verlaßt euch nicht auf sie. Drittens: Seht zu, daß ihr nicht zurückgelassen werdet, wenn wir abhauen. Das Lager ist kein Urlaubsparadies.« Sean griff nach seinem Gewehr. »Also, Kinder, bringen wir's hinter uns!«

Die »Lancer« tastete sich mit Radar und Echolot in Richtung Küste vor. Ihre Positionslichter waren ausgeschaltet. Ihre Maschine lief mit geringstmöglicher Drehzahl langsame Fahrt voraus. In der Dunkelheit vor ihnen konnte Sean das auftauchende und wieder verschwindende schwache Leuchten der Brandung am Riff erkennen. An Land brannte kein Licht. Über ihnen erstreckte sich eine geschlossene Wolkendecke, die weder Mond- noch Sternenschein durchließ.

Van der Berg richtete sich von der Blendschutzhaube seines Radargeräts auf. »Eine Meile bis zum Riff«, stellte er ruhig fest. »Wassertiefe sechs Faden, weiter abnehmend.« Er blickte zur dunklen Gestalt seines farbigen Rudergängers hinüber. »Maschine stop.«

Die Vibrationen der Maschine durchs Deck unter ihren Füßen hörten auf, und die »Lancer« trieb wie ein Baumstamm in der Dünung.

»Danke, Van«, sagte Sean. »Ich bring' Ihnen ein hübsches Geschenk mit.« Er rannte leichtfüßig den Niedergang zum Oberdeck hinunter.

Die Männer warteten am Heck des Trawlers: jede Gruppe neben ihrem eigenen schwarzen Schlauchboot.

Nacheinander glitten die mit Männern und Ausrüstungsgegenständen beladenen Boote ins Wasser. Die Bootsführer ließen die Außenborder an, die gedämpft vor sich hinblubberten. Selbst in einer windstillen Nacht wie dieser war das Motorengeräusch keine hundert Meter weit zu hören.

Mit jeweils einer Bootslänge Abstand formierten sie sich zu einer langen schwarzen Schlange. Die Besatzung des ersten Schlauchboots bestand aus Sean und seinen drei besten Männern.

Sean stand im Bootsheck. An einer Kordel um den Hals hatte er einen kleinen Kompaß, aber er verließ sich lieber auf sein Nachtsichtgerät. Dieser Restlichtverstärker erinnerte äußerlich an ein etwas klobiges Nachtglas mit Gummiarmierung.

Vor ihnen zeichnete die übers Riff schäumende weiße Brandung sich als aufflammender grüner Lichtstreifen ab, und die schwarze Lücke der Flußmündung war deutlich zu erkennen. Er berührte die linke Schulter des Bootsführers, um eine Kurskorrektur zu veranlassen. Dann hob eine Woge sie übers Riff, und Sean hörte ein Scharren am Bootsboden, als sie durch die Lücke ins stillere Wasser der Lagune glitten.

Das Nachtsichtgerät zeigte ihm zerzauste Palmwedel vor den Wolkenbänken und eine dunkle Flußmündung, auf die sie zuliefen. Als er mit seiner Taschenlampe blinkte, schob Esau Gondeles Boot sich längsseits.

»Dort vorn ist sie.« Er beugte sich flüsternd zu dem großen Matabele hinüber und zeigte auf die Flußmündung.

»Ich sehe sie.« Auch Esau hatte sein Nachtsichtgerät vor den Augen.

»Macht's gut!« Die drei Schlauchboote blieben dicht beieinander, und Sean beobachtete, wie sie flußaufwärts liefen und mit dem dunklen Land verschmolzen.

Auf einen geflüsterten Befehl hin folgten seine Bootsführer dem Strand, während Sean ihn durchs Nachtsichtgerät absuchte. Etwa einen Kilometer von der Mündung entfernt konnte er in einem Palmenhain die Umrisse zweier Hütten ausmachen. Ihre Lage schien Bellas Schilderung zu entsprechen.

Sie liefen in Richtung Strand. Dann sah er über der nächsten Hütte Metall glänzen. Beim Näherkommen erkannte er den Antennenwald und die Satellitenschüssel einer Fernmeldezentrale.

»Hier sind wir richtig!«

Der Schlauchbootkiel knirschte im Sand, und die vier Männer rutschten in das knietiefe lauwarme Wasser. Sean übernahm die Führung. Der Sandstrand war so weiß, daß sie die vor ihnen seitwärts flüchtenden kleinen Geisterkrabben sehen konnten. Die Männer liefen geduckt zum Rand des Palmenhains und gingen unterhalb der Hochwassermarke in Deckung.

Sean nahm sich einige Sekunden Zeit, sich zu orientieren. Nach Isabellas Schilderung ihres ersten Besuchs war sie in der Fernmeldezentrale empfangen und durchsucht worden. Ihrem Bericht nach taten in der Zentrale zwei oder drei Funkerinnen Dienst. Außerdem hatte sie etwa zwanzig Fallschirmjäger beobachtet, die als Wachkommando in Hütten außerhalb des Stacheldrahtzauns untergebracht waren.

Das Tor der kleinen Anlage wurde jeden Abend bei Sonnenuntergang abgesperrt. Davor hatte Isabella ihn gewarnt. Und dort hielt stets ein Posten Wache. Er patrouillierte entlang des Stacheldrahtzauns und wurde alle vier Stunden abgelöst.

»Da kommt er«, murmelte Sean, als er den dunklen Schatten des Wachtpostens den Stacheldrahtzaun entlang auf sie zukommen sah. Er ließ das Nachtsichtgerät sinken und flüsterte dem neben ihm liegenden Scout zu: »Zwanzig Schritte vor uns, Porky. Er bewegt sich von links nach rechts.«

»Ich hab' ihn.« Porky Soaves war ein Rhodesier portugiesischer Abstammung, dessen Spezialwaffe die Steinschleuder war. Damit konnte er aus 50 Metern Entfernung eine fliegende Taube herunterholen. Bald darauf brach der Wachtposten lautlos im weißen Sand zusammen.

»Los!« befahl Sean leise. Der zweite Scout rannte mit einer schweren Drahtschere los. Sean schlüpfte als erster durch die Lücke.

Als die Scouts ihm folgten, wies er jedem einzelnen sein Angriffsziel zu. Zwei schickte er zum Haupttor, um die dortigen Wachtposten auszuschalten, und zwei weitere sollten die Fernmeldezentrale stillegen, während die übrigen die Unterkunft der Fallschirmjäger unter Feuer nehmen würden.

Falls die Aufteilung sich seit dem letzten Mal nicht verändert hatte, mußte die erste Hütte rechts neben der Fernmeldezentrale Isabella gehören. Nicky und sein kubanisches Kindermädchen, das Isabella Adra nannte, mußten in der zweiten schlafen. Nach Seans Einschätzung stand die Kubanerin auf der Seite Ramóns.

Sean rannte auf die Hüttenreihe zu, aber bevor er sie erreichte, begann in der Fernmeldezentrale eine Frau zu kreischen.

Jetzt geht's los! dachte Sean.

Isabella schlief unruhig. Kurz vor Mitternacht wachte sie auf. Donnergrollen und Triebwerksgeräusche einer nicht allzu hoch übers Lager fliegenden Düsenmaschine waren zu hören. Sie stand auf und lief in die Nacht hinaus.

Der Wind ließ ihr Nachthemd flattern und peitschte die Palmwedel.

Der Triebwerkslärm wurde lauter und wieder schwächer, je nachdem wie Wind und Wolken ihn an ihr Ohr trugen. Isabella hoffte sehr, daß dies der LearJet mit ihrem Vater und Garry war.

»Habt ihr mein Signal empfangen?« fragte sie sich, indem sie in den pechschwarzen Himmel starrte. »Kannst du mich hören, Daddy? Wißt ihr, daß ich hier bin?«

Sie sah nichts, nicht einmal das Licht eines einzigen Sterns. Die Triebwerksgeräusche wurden vom Heulen des Windes und dem Rumpeln und Poltern des Gewitters überdeckt.

Der Regen setzte wieder ein, und sie lief in die Hütte zurück. Sie trocknete sich die Haare und ihre nackten Füße ab und blieb dann an dem zum Strand hinausführenden Fenster stehen.

»Laß sie wissen, wo wir sind. Hilf Sean, uns zu finden!«

Beim Frühstück behauptete Nicholas: »Ich hab' meinen neuen Fußball noch gar nicht richtig ausprobieren können.«

»Aber du hast doch jeden Tag damit gespielt, Nicky!«

»Ja, aber mit guten Spielern, mein' ich.« Als er merkte, daß sie gekränkt war, fügte er hastig hinzu: »Du spielst nicht schlecht – für ein Mädchen. Mit etwas mehr Übung wärst du bestimmt große Klasse als Torwart. Aber ich möchte mit ein paar Freunden aus der Schule spielen, Mama.«

»Ich weiß nicht recht.« Isabella sah fragend zu Adra hinüber. »Dürfen deine Freunde denn hierher kommen?«

Adra, die am Holzherd stand, drehte sich nicht um. »Am besten fragen Sie José«, schlug sie vor. »Vielleicht wird's erlaubt.«

An diesem Nachmittag brachten José und Nicholas eine ganze Jeepladung kleiner schwarzer Jungen mit. Das Fußballspiel am

Strand wurde lautstark und mit leidenschaftlichem Einsatz ausgetragen.

Anfangs stand Isabella im Tor. Aber nachdem sie den fünften Schuß durchgelassen hatte, kam Nicholas, der Mannschaftskapitän, zu ihr und sagte: »Ich danke dir, Mama, aber du möchtest jetzt wahrscheinlich ausruhen.«

Die »Söhne der Revolution« siegten mit 11:5 über die »Angolan Tigers«.

Beim Abendessen schwatzte Nicholas unbekümmert, und Isabella versuchte, sich ebenso natürlich zu geben, ohne verhindern zu können, daß ihr Blick zwischendurch immer wieder zum Strand hinüberwanderte. Falls Sean kam, würde er heute nacht kommen. Isabella merkte, daß Adra sie nachdenklich beobachtete. Sie bemühte sich erneut, dem von Nicky angeschnittenen Thema zu folgen, aber sie dachte auch über Adra nach.

Ist Adra so vertrauenswürdig, daß ich sie vor der bevorstehenden Rettungsaktion warnen darf? fragte sie sich. Soll ich ihr die Wahl lassen, ob sie mitkommen oder bleiben will?

Beim Abendessen war Isabella mehr als einmal kurz davor, Adra anzusprechen, aber sie schreckte im letzten Augenblick doch immer wieder davor zurück.

Als sie Nicky zu Bett brachte, hob er ihr das Gesicht entgegen, und sie küßte ihn, als sei das etwas ganz Natürliches. Er drückte sie kurz an sich. »Mußt du wieder fort, Mama?« fragte er dabei.

»Würdest du mit mir kommen, wenn du könntest?« lautete ihre Gegenfrage.

»Und Padre und Adra verlassen?« Nicky machte eine Pause. Dies war das erste Mal, daß er Ramón in ihrer Gegenwart erwähnt hatte, und seine Reaktion machte ihr Sorge. Sprach aus seinem Tonfall Angst oder Respekt? Das war schwer zu beurteilen.

»Nicky«, begann sie impulsiv, »wenn heute nacht, falls heute nacht was passiert, brauchst du keine Angst zu haben.«

»Was soll passieren?« Er setzte sich interessiert auf.

»Keine Ahnung. Wahrscheinlich nichts.«

Er machte ein enttäuschtes Gesicht und ließ sich aufs Kissen zurücksinken.

»Gute Nacht, Nicky«, flüsterte sie.

Adra erwartete sie in der Dunkelheit zwischen den Hütten. Dies war die Chance, auf die Isabella gehofft hatte.

»Adra«, flüsterte sie, »heute nacht –«.

Adra sah sie fragend an. Als Isabella zögerte, sagte sie: »Ja, er kommt heute nacht. Er läßt Ihnen ausrichten, daß Sie ihn erwarten sollen. Er konnte nicht früher kommen, aber heute nacht kommt er zu Ihnen.«

Isabella spürte, wie sie Angst bekam. »Großer Gott – wissen Sie das bestimmt?« Dann fing sie sich wieder. »Oh, wie herrlich! Ich habe so lange auf ihn gewartet.«

»Ich muß jetzt gehen«, flüsterte Adra, verschwand in der Nacht und ließ Isabella allein.

Dann lag sie im Dunkel und hoffte, Sean werde vor Ramón kommen – oder der Tagesanbruch werde sie vor ihm retten.

Mitten in der Nacht fühlte sie plötzlich, daß Ramón in der Hütte war. Sie roch ihn, bevor sie ihn hörte. Der schwache, aber charakteristische Geruch seines Körpers war unverkennbar.

Sie hörte das leise Schlurfen näherkommender Schritte und spürte seine Hand auf dem Bett. »Ramón!« Ihr Atem entwich stoßartig.

»Ja, ich bin's.«

Sie fühlte, wie er das Moskitonetz hochhob, und blieb unbeweglich liegen. Als seine Fingerspitzen ihr Gesicht berührten, glaubte sie, aufschreien zu müssen. Sie spürte, daß sie kurz davor war, in Panik zu geraten. Sie wagte nicht einmal, sich zu bewegen oder zu sprechen.

»Was ist los?« fragte er. Er war mißtrauisch.

Mit einem Mal überwand sie sich und schlang ihm die Arme um den Hals. »Nicht reden!« flüsterte sie hastig. »Ich habe so lange gewartet, Ramón!«

Sie setzte sich auf und begann sein Hemd aufzuknöpfen. Ich muß verhindern, daß er Fragen stellt, dachte sie verzweifelt. Er soll glauben, alles sei wie früher.

Die Taktik wirkte.

»Ich hab' mich so nach dir gesehnt«, flüsterte Ramón. Dann küßte er sie leidenschaftlich.

Obwohl sie ihn haßte, fühlte sie sich trotzdem von großer

sexueller Leidenschaft überwältigt. Es war, als ließe sie sich von einem geschmeidigen, schönen Tier lieben, das grausam und sehr gefährlich war. Die Angst vermischte sich mit Lust, mit Gier.

Zuletzt lagen beide erschöpft da.

»So hast du mich noch nie geliebt«, flüsterte er.

Sie sagte nichts.

Ramón streichelte sie und erzählte ihr dabei, wie sehr er sie liebe. Er sprach von der Zukunft, in der sie zu dritt an irgendeinem sicheren Ort glücklich und zufrieden miteinander leben würden. Seine Lügen waren zu schön; sie wünschte, sie hätte ihm glauben können.

Sie waren beide gerade eingeschlafen, als das laute Kreischen einer Frau und das Hämmern eines Feuerstoßes zu hören war.

Ramón schreckte hoch und sprang im nächsten Augenblick aus dem Bett. Isabella hörte es klicken, als er seine Pistole aus dem Halfter zog und entsicherte. Draußen erhellten Brände und Explosionen die Nacht.

Dann hörte sie plötzlich Seans Stimme: »Bella, wo bist du?«

Mit wenigen Schritten war Ramón am Fenster.

»Vorsicht, Sean!« rief sie. »Da ist jemand!«

Ramón schoß zweimal. Sein Feuer wurde nicht erwidert. Sean wagte nicht zu schießen, weil er fürchtete, sie oder Nicky zu treffen.

Sie schlich sich aus dem Bett, blieb auf Händen und Knien und kroch so geräuschlos wie möglich zur Tür. Sie *mußte* zu Nicky.

Aber sie hatte die Hütte erst halb durchquert, als Ramóns nackter Arm sich von hinten um ihren Hals schlang und sie hochriß. Verzweifelt rief sie: »Sean! Er hat mich!«

»Verräterin!« zischte Ramón ihr ins Ohr. Dann erhob er die Stimme. »Ich erschieße sie!« rief er nach draußen. »Sie kriegt ’ne Kugel in den Kopf!«

Er schleppte sie zur Tür und stieß sie vor sich her die Stufen hinunter. »Los, beweg dich«, knurrte er.

Der Druck auf ihre Luftröhre ließ Isabella keuchen. Sie war ihm total ausgeliefert. Er stieß sie vor sich her zu Nickys Hütte hinüber. Die Fernmeldezentrale brannte. Aus ihrem Schilfdach stiegen Flammenzungen und Funken hoch in den Nachthimmel auf. Die nähere Umgebung war hell erleuchtet.

Sie brachen in Nickys Hütte ein. Adra und der Junge hockten mitten auf dem Fußboden. Adra schützte Nicky mit dem eigenen Leib.

»Padre!« schrie Nicky.

»Kommt mit!« forderte Ramón sie auf. »Nicky, bleib du ganz in Adras Nähe!«

Sie verließen die Hütte und bewegten sich in Richtung Parkplatz. Ramón hielt Isabella noch immer von hinten umklammert; mit seiner freien Hand drückte er die Pistole an ihren Kopf.

»Zurück, sonst kriegt sie 'ne Kugel in den Kopf!« rief er in die tanzenden Schatten. »Haltet Abstand, sonst knallt's!«

»Bitte, Padre, tu Mama nichts«, jammerte Nicky.

»Maul halten!« fuhr Ramón ihn an, bevor er nochmals seine Stimme erhob: »Rufen Sie Ihre Leute zurück, Sean! Oder wollen Sie am Tod Ihrer Schwester und ihres Sohnes schuld sein?»

Im nächsten Augenblick befahl Sean aus der Dunkelheit mit lauter Stimme: »Scouts, Feuer vorläufig einstellen!«

Ramón bewegte sich weiter auf einen der Jeeps zu. Isabella rang nach Atem.

»Du tust mir weh«, keuchte sie.

»Du darfst Mama nicht wehtun!« rief Nicky. Er riß sich los und lief zu Isabella. Daher war Adra ungeschützt.

Ein Schuß peitschte. Adra wurde auf den Rücken geworfen und blieb mit weit ausgestreckten Armen liegen.

»Adra!« kreischte Nicky, aber bevor er zu ihr laufen konnte, bekam Ramón ihn um die Taille zu fassen.

»Laß sie liegen!« knurrte er. »Du bleibst bei mir.«

Um sie herum war kein einziger lebender Mensch zu sehen. An der Außenwand der brennenden Hütte lag eine der kubanischen Funkerinnen, und am Tor der Anlage sah Ramón zwei gefallene Fallschirmjäger liegen.

Ramón rief einen Befehl auf Spanisch, aber er wußte, daß dies ein vergeblicher Versuch war.

Dies waren die Ballantyne Scouts, dessen war er sich sicher, aber er konnte sich nicht erklären, wo sie hergekommen waren. Er wußte nur, daß Isabella es irgendwie geschafft hatte, sie zur Hilfe zu rufen. Auch Sean war ihm ein Begriff. Sie lauerten irgendwo draußen in der Nacht und würden ihn erledigen, wenn er ihnen die geringste Chance dazu gab.

Er wußte, daß er auf Zeit setzen mußte. Raleigh Tabaka mußte die Schüsse gehört haben und konnte bereits mit seinen Guerrilleros hierher unterwegs sein. Er bewegte sich rückwärts auf einen der drei Jeeps zu.

Sean beobachtete ihn übers Visier hinweg. Er lag unter einer Palme hinter verdorrten Palmwedeln, die ihn gut tarnten. Bei 40 Metern Entfernung lagen die Treffer innerhalb eines Fünfzentimeterkreises.

So konnte er keinen Schuß auf Ramón Machado riskieren. Der Mann war gut. Er brachte die beiden Geiseln geschickt zwischen sich und die Angreifer und tänzelte wie ein Boxer, so daß Sean niemals auf seinen Kopf zielen konnte.

Als die Gruppe den Jeep erreichte, verschwand Ramóns Kopf außerdem hinter Isabellas Schulter.

Ramón stieß Isabella und Nicky ins Auto und setzte sich auf den Fahrersitz. Der Motor heulte auf, und der Wagen verschwand in Richtung Tor.

Sean schoß aufs Hinterrad. Im nächsten Augenblick rammte der Jeep das Tor und knickte einen der Holzpfosten. Dann brach das Tor zusammen, und der Wagen holperte über die Trümmer und schleppte eine lange Kette aus Stacheldraht und Zaunpfählen wie eine Egge hinter sich her.

Sean rannte zum nächsten Jeep. Vier seiner Scouts begleiteten ihn, und eine wilde Verfolgungsjagd begann.

Wenn Isabellas Kartenskizze stimmte, führte diese unbefestigte Straße den Fluß entlang in Richtung Flugplatz und zu Esau Gondeles Straßensperre.

Esau und seine Männer würden auf alles schießen, was sich näherte – auch aus dieser Richtung.

Sean drückte mit der Handfläche fest auf die Hupe. Er hoffte, daß Esau Gondele die Warnung verstehen und nicht schießen werde, aber er wußte natürlich, daß dies unwahrscheinlich war.

Er trat das Gaspedal ganz durch und versuchte zu überholen.

Bald sah er die Schlußlichter des anderen Jeeps nur etwa zwanzig Meter vor sich.

Ramón fuhr mit der linken Hand. Sein rechter Arm blieb um Isabellas Hals geschlungen, die nach rückwärts blickend neben ihm kauerte. Ihr langes Haar flatterte im Fahrtwind, und die dunklen Augen in ihrem blassen Gesicht waren vor Entsetzen geweitet.

Nicky klammerte sich an der Rückenlehne fest.

Sean fiel auf, daß der andere Jeep ziemliche Schräglage hatte. Der Schuß hatte den linken Hinterreifen zerfetzt. Lange schwarze Gummistreifen lösten sich von der Felge. Das Gewirr aus Stacheldraht und Zaunpfosten schleppte wie ein Treibanker hinter dem beschädigten Fahrzeug her und bremste erheblich.

Seans Jeep holte rasch auf. Die unbefestigte Straße führte vom Strand weg und verlief unmittelbar parallel zum Steilufer des Flusses. Im Scheinwerferlicht der rasenden Fahrzeuge ragten Mangroven auf, zwischen deren Stämmen dunkles Wasser glitzerte.

Seans Jeep war nun kaum noch einen Meter entfernt. Ramón senkte den Kopf und ließ Bella los. Dann griff er nach der Pistole und versuchte nach hinten zu zielen. Die Kugel traf den Seitenpfosten der Windschutzscheibe und surrte in die Nacht davon.

Einer der Scouts schob sein Gewehr nach vorn, um das Feuer zu erwidern, aber Sean drückte den Lauf nach oben.

»Nicht schießen!« brüllte er und rammte das Heck des vorderen Jeeps, daß es schepperte.

Ramón hatte alle Mühe, das schleudernde Fahrzeug auf der Straße zu halten.

In der nächsten Kurve geriet der Jeep zum Chicamba hin vollkommen ins Schleudern. Während Ramón sich verzweifelt bemühte, ihn wieder unter Kontrolle zu bekommen, setzte sich Sean mit seinem Jeep daneben.

Sean riß das Lenkrad scharf nach links, rammte Ramón seitlich und drängte ihn mit den linken Rädern von der Fahrbahn ab.

In diesem Augenblick bekam Isabella das Lenkrad zu fassen und riß es zur Seite. Der Jeep drehte sich einmal und stürzte dann übers Steilufer in den Chicamba.

Sean konnte gerade noch beobachten, wie Ramón und Isabella mit den Köpfen gegen die Windschutzscheibe prallten, während Nicky in hohem Bogen vom Rücksitz in die Dunkelheit katapultiert wurde. Sobald sein Wagen stand, legte Sean den Rückwärtsgang ein und röhrte zu der Stelle zurück, wo der andere Jeep verschwunden war.

Der Jeep lag tatsächlich unter Wasser. Seine Scheinwerfer sahen aus wie zwei ertrunkene Monde. Das offene Fahrzeug hatte sich überschlagen und lag jetzt mit den Rädern nach oben im Fluß.

Sean stürzte die steile Uferböschung hinunter und tauchte nach dem in etwa zwei Meter Tiefe liegenden Auto.

Zum Glück brannten die Scheinwerfer. Sean zog sich an dem demolierten Wagen tiefer.

Vor ihm wurde etwas Blasses sichtbar und seine Hände berührten einen nackten Körper. Sean bekam eine Handvoll der im Wasser treibenden langen Haare zu fassen und zog Isabella hervor.

Er tauchte mit ihr auf und stellte erleichtert fest, daß sie würgte und keuchte und sich schwach gegen seine Umklammerung zu wehren versuchte. Er schwamm mit ihr ans Ufer. Einer der Scouts war geistesgegenwärtig genug gewesen, um den Jeep so ans Steilufer zu fahren, daß seine Scheinwerfer jetzt den Fluß beleuchteten.

Isabella kroch nackt und vor Nässe triefend zu Nicky hin und zog seinen Kopf in ihren Schoß. Aber er wehrte sich und begann zu strampeln.

»Mi padre!« jammerte er. »Mein Vater...«

Sean, der bis zu den Knien im Schlamm stand, starrte ins Wasser.

Er wog die Notwendigkeit, schnell zu verschwinden, gegen seinen dringenden Wunsch ab, Ramón Machado zu finden. Er war sich darüber im klaren, daß schon jetzt Verstärkung aus dem Guerrillalager unterwegs sein mußte. Ihnen blieben nur noch wenige Minuten. Als er sich abwenden wollte, um Isabella und dem Kleinen die Böschung hinaufzuhelfen, sah er unter Wasser eine Bewegung.

Aha! dachte Sean und rief den Männern am Ufer über ihm zu: »Mein Gewehr!«

Einer von ihnen kam die steile Böschung heruntergerutscht. Bevor er Sean erreichen und ihm das AKM geben konnte, tauchte etwas aus dem schlammigen Wasser auf. Weit draußen im Chicamba, am äußersten Rand des Lichtkegels der Jeepscheinwerfer, durchbrach Ramóns Kopf die Wasseroberfläche.

»Das ist er!« brüllte Sean.

Ramóns nasses Haar hing ihm in die Augen, und Wasser lief ihm übers Gesicht, während er laut keuchend nach Atem rang. Einer der Scouts am Ufer gab einen kurzen Feuerstoß ab, und die einschlagenden Kugeln ließen um Ramóns Kopf herum kleine Wasserfontänen aufspritzen. Ramón holte erneut tief Luft und tauchte wieder. Einen Augenblick waren seine nackten Füße noch strampelnd über der Wasseroberfläche zu sehen; dann verschwanden auch sie.

»Dieser Scheißkerl!« fluchte Sean und riß dem Scout, der inzwischen heruntergekommen war, das Gewehr aus den Händen. Wütend und frustriert gab er einen langen Feuerstoß in Richtung Flußmitte ab, und die Geschosse ließen das Wasser an der Stelle aufspritzen, wo Ramón verschwunden war.

Dort draußen stand ein Gewirr aus schwarzen Mangroven, hinter denen Ramón Deckung finden konnte, und außerhalb des Lichtkegels der Scheinwerfer war das schlammige Wasser dunkel und undurchsichtig.

Nach einer weiteren Minute wußte er, daß Ramón die Flucht gelungen war. Er mußte die Verfolgung aufgeben. Er drehte sich nach Isabella um. Sie war naß und mit Schlamm bedeckt. Beim Anprall gegen die Windschutzscheibe des Jeeps hatte sie sich über dem Haaransatz eine Platzwunde zugezogen. Sie sah grauenhaft aus.

Sean gab ihr sein nasses Sweatshirt.

Während sie es überzog, fragte sie atemlos: »Was ist mit Ramón?«

»Der Scheißkerl ist abgehauen.« Sean zog sie hoch. »Komm, wir haben's eilig. Höchste Zeit, daß wir verschwinden!«

Nicky riß sich von Isabella los und rannte ans Wasser. »Mein Vater, ich lasse meinen Vater nicht im Stich!« Sean packte ihn am Arm. »Los, komm jetzt mit, Nicky.«

Nicky warf sich herum.

Sean riß den Jungen hoch und warf ihn sich über die Schulter.

»Ich will nicht mit! Ich will bei meinem Vater bleiben!« rief Nicky.

Sean packte Isabella an der Hand und zog sie die Uferböschung hinauf. Um den Jeep herum waren weitere Gestalten versammelt, die Sean nicht gleich erkannte.

»Wo kommt ihr plötzlich her?«

»Ihr wärt beinahe in unseren Hinterhalt geraten«, erklärte Esau ihm. »Wir liegen gleich dort vorn.« Er zeigte die unbefestigte Straße entlang.

»Wo sind eure Boote?«

»Hundert Meter flußaufwärts.«

»Deine Männer sollen zurückkommen und uns mitnehmen. Sobald wir am Strand –« Er sprach den Satz nicht zu Ende und legte seinen Kopf schief.

»Licht aus!« knurrte der Sergeant-Major. Die Scheinwerfer erloschen.

»Vom Flughafen her kommen Lastwagen.« In der Stille der Nacht war das Brummen schwerer Fahrzeuge deutlich zu hören.

»Noch mehr Gooks«, bestätigte Esau.

»Bring uns zu den Booten«, verlangte Sean. »Je schneller, desto besser!«

Sie trabten die Straße entlang. Nach etwa hundert Metern stieß Esau Gondele den schrillen Doppelruf eines Ziegenmelkers aus. Der eulenartige Ruf dieses Nachtvogels – eines der Erkennungssignale der Scouts – wurde in der Dunkelheit vor ihnen wiederholt. Im nächsten Augenblick wäre Sean beinahe über abgestorbene Palmstämme gefallen, aus denen die Scouts eine Straßensperre errichtet hatten.

»Los, los, Beeilung!« verlangte Esau Gondele. »Die Boote liegen dort drüben.«

Während er sprach, sahen sie Scheinwerfer durch die Bäume auf sich zukommen. Vom Flugplatz her röhrte eine Lastwagenkolonne die Straße entlang auf sie zu.

Nicky strampelte und wand sich noch immer in Seans hartem Griff, und Isabella bemühte sich verzweifelt, ihn zu beruhigen.

»Hab keine Angst, Nicky. Diese Leute sind unsere Freunde. Sie bringen uns heim an einen sicheren Ort.«

»Ich bin hier daheim – ich will bei meinem Vater bleiben! Sie haben Adra umgebracht. Ich hasse sie! Ich hasse dich! Ich hasse sie!« kreischte er auf Spanisch.

Sean schüttelte ihn. »Keinen Muckser mehr, sonst versohl' ich dir den Hintern!«

»Los, wir haben's eilig!« Esau Gondele lief von der Straßensperre weg voraus. Bis zum Fluß, wo die Schlauchboote lagen, waren es keine fünfzig Meter.

Als Sean sich umdrehte, sah er die Lastwagenkolonne um eine Kurve rumpeln. Trotz des aufgewirbelten Staubs war zu erkennen, daß sich auf den Ladeflächen Bewaffnete drängten.

Sean hob Isabella ins nächste Schlauchboot. Sie stolperte über sein tropfnasses Sweatshirt, das ihr um die Beine schlabberte, und fiel der Länge nach ins Boot.

Sean warf Nicky hinterher. Doch das war ein Fehler.

Nicky sprang wie ein Gummiball hoch. Bevor Sean ihn festhalten konnte, schlüpfte er unter seinem Arm durch und hetzte die Böschung hinauf.

»Du kleiner Teufel!« Sean warf sich herum und jagte hinter ihm her.

»Nicky!« rief Isabella und sprang aus dem Boot.

Der Junge rannte auf die näherkommenden Lastwagen zu und lief dicht vor Sean hakenschlagend wie ein Hase durchs Unterholz. Er hatte noch sechs, sieben Meter bis zur Straße, als Sean sich mit einem Hechtsprung auf ihn stürzte und ihn am Knöchel zu fassen bekam. Sekunden später lag Isabella neben ihm auf dem weichen Sandboden.

Lastwagenscheinwerfer glitten über sie hinweg – aber die drei lagen hinter niedrigen Büschen versteckt und waren für die Männer im Fahrerhaus des ersten Lastwagens nicht zu erkennen. Nicky zappelte und rief, aber Sean hielt ihm mit einer Hand den Mund zu, mit der anderen hielt er ihn fest.

Die Lastwagen bremsten, als die Fahrer die Straßensperre sahen. Das erste Fahrzeug hielt keine zehn Meter von der Stelle entfernt, wo sie hinter den Büschen in Deckung lagen.

Aus dem Führerhaus des ersten Wagens sprang ein Mann. Er lief nach vorn, um die Straßensperre zu begutachten, drehte sich dann um und brüllte einen Befehl. Ein Dutzend Guerrilleros in Tarnanzügen sprangen von der Ladefläche und machten sich daran, die Baumstämme wegzuräumen.

Während sie schufteten, um das aufgetürmte Hindernis zu beseitigen, erhellten die Scheinwerfer das Gesicht des Offiziers, der sie befehligte. Isabella hob den Kopf. Sie erkannte ihn sofort wieder. Dieses Gesicht vergaß man nicht so leicht! Er war der Beifahrer von Ben Afrika gewesen – auf der Fahrt zu einem Treffen mit Michael Courtney. Er war hochgewachsen, stattlich und wild wie ein Raubvogel.

Er drehte den Kopf zur Seite und schien sie einen Augenblick direkt anzustarren. Dann wandte er sich wieder ab und beobachtete, wie seine Männer die Baumstämme wegräumten. Als die Straße frei war, stolzierte er zum Fahrerhaus zurück und war mit einem Sprung wieder auf seinem Platz. Er knallte die Tür zu, und das Fahrzeug setzte sich mit aufheulendem Motor in Bewegung.

Die übrigen Lastwagen folgten. Sobald das letzte Scheinwerferpaar an ihnen vorüber war, klemmte Sean sich Nicky unter den Arm, zog Isabella hoch und lief mit ihr zum Fluß zurück.

Auf der Rückfahrt den Fluß hinab hatte Sean im ersten Boot seinen Neffen fest im Griff.

Die ablaufende Flut trug sie rasch mit sich in die Lagune hinaus. Durch sein Nachtsichtgerät erkannte Esau Gondele das Kielwasser der anderen Schlauchboote, die vom Strand zurückkamen. Sie trafen an der Lücke im Riff zusammen und bildeten eine Kette, die aufs offene Meer hinauslief.

Der auffällig gelbe Anstrich der »Lancer« war schon aus einer halben Seemeile Entfernung sichtbar.

Sobald sie das letzte Schlauchboot über die Heckaufschleppe an Bord genommen hatte, lief sie mit äußerster Kraft voraus auf den freien Atlantik hinaus.

Als sie noch 200 Seemeilen von der Tafel-Bai entfernt waren, schickte Centaine Courtney-Malcomess einen Hubschrauber, der Sean, Isabella und Nicky abholte. Die alte Dame konnte es nicht erwarten, ihren Urenkel kennenzulernen.

Ramón klammerte sich an Mongrovenwurzeln fest, um nicht von der ablaufenden Flut, die eine kräftige Strömung in Richtung Meer erzeugte, mitgerissen zu werden. Die rasiermesserscharfen Schalen der Süßwassermuscheln, mit denen die Wurzeln besetzt waren, zerschnitten ihm die Hände, aber er spürte kaum etwas davon. Er starrte über den Fluß.

Der Feuerschein der brennenden Hütten spiegelte sich auf der Wasseroberfläche, als trieben lauter flammende Goldstücke flußabwärts.

Die Schlauchboote fuhren keine zwanzig Meter von der Stelle entfernt vorbei, wo er bis zum Kinn im Schlamm unter den Mangroven steckte. Die Außenborder brummten gleichmäßig durch die nächtliche Stille. Die Umrisse der Boote blieben undeutlich, aber er glaubte zu sehen, daß eine der Gestalten im ersten Boot kleiner als die anderen war und ein helles T-Shirt trug.

Erst in diesem Augenblick, in dem Ramón den Jungen verlor, wurde ihm bewußt, daß er auch nur ein Vater wie jeder andere war. Zum ersten Mal im Leben gestand Ramón sich seine Liebe ein – und seine Abhängigkeit von dieser Liebe. Er liebte seinen Sohn, und vor Kummer über diesen Verlust stöhnte er laut.

Dann stieg Zorn in ihm auf. Er starrte in die leere Dunkelheit, die seinen Sohn verschluckt hatte. Er wollte ihnen seine Wut nachschreien. Er wollte die Frau verwünschen, er wollte seiner Frustration schreiend und fluchend Luft machen, aber dann beherrschte er sich. Er mußte jetzt planen und zielbewußt handeln.

Als erstes wurde ihm klar, daß seine Herrschaft über Red Rose zu Ende war. Sie hatte jeglichen Wert für ihn oder für die Sache verloren. Jetzt konnte sie geopfert werden. Ramón wußte, wie er sie und ihre gesamte Familie vernichten konnte. Die Waffe dafür hatte er in seinem Kopf; er brauchte sie nur noch einzusetzen.

Ramón ließ die Mangrovenwurzeln los, stieß sich ab, trieb mit der Strömung flußabwärts und gelangte mit wenigen kräftigen Schwimmstößen ans andere Ufer.

Raleigh Tabaka erwartete ihn neben der ausgebrannten Fernmeldezentrale. Ramón schlüpfte rasch in eine geliehene Hose und ein T-Shirt; seine Haare waren noch feucht und vom Flußwasser schlammig. Rauch aus den qualmenden Ruinen verschleierte das erste Tageslicht.

»Die Angreifer haben ganze Arbeit geleistet. Wer sind sie gewesen? Haben Sie schon einen Verdacht?«

»Ja«, antwortete Ramón nickend, »allerdings.« Bevor der andere etwas sagen konnte, erklärte Ramón ihm: »Ab sofort übernehme *ich* das Projekt Cyndex persönlich.«

»Genosse Generalmajor...« Raleigh war sichtlich gekränkt. »Das ist von Anfang an mein Unternehmen gewesen. Bisher habe ich die beiden Brüder geführt.«

»Ganz recht«, bestätigte Ramón, »und Sie haben Ihre Sache gut gemacht. Dafür sollen Sie die verdiente Belobigung erhalten. Aber ich übernehme dieses Projekt jetzt. Sobald ein Flugzeug zur Verfügung steht, fliege ich nach Süden. Und Sie begleiten mich.«

»Damit ist diese Sache keineswegs ausgestanden, Bella«, sagte Shasa ernst. »Wir können nicht einfach so tun, als sei ansonsten nichts passiert. Ich wollte das Rettungsunternehmen nicht durch Nachforschungen noch erschweren. Aber da Nicholas jetzt in Weltevreden in Sicherheit ist, müssen wir uns damit befassen. Viele Menschen, auch deine Angehörigen, haben ihr Leben für Nicholas und dich aufs Spiel gesetzt. Ein tapferer junger Mann, ein Fremder, ein Soldat in Seans Regiment, hat sein Leben geopfert, um euch zu retten. Jetzt bist du uns die Wahrheit schuldig.«

Sie waren erneut im Jagdzimmer versammelt, wo Isabella vor dem Familientribunal stand.

Ihre Großmutter saß in einem Sessel rechts neben dem Kamin. Sie saß sehr aufrecht. Ihre Hand auf dem Elfenbeingriff ihres Stocks war unter der pergamentartig dünnen Haut blaugeädert. Ihr Haar, einst eine dichte, kaum zu bändigende Mähne, bildete eine leicht bläulich schimmernde Silberkappe. Ihr Gesichtsausdruck war streng. »Wir wollen alles hören, Isabella. Du verläßt diesen Raum nicht, bevor wir sämtliche Einzelheiten gehört haben.«

»Ich schäme mich so, Nana. Ich hab' keine andere Wahl gehabt.«

»Ich will weder Ausreden noch Selbstkritik hören, Missy. Ich verlange die Wahrheit!«

»Du mußt begreifen, worum es uns geht, Bella. Wir wissen, daß du unserem Land, deiner Familie und dir selbst schweren Schaden zugefügt hast. Wir haben jetzt die Pflicht, den Schaden nach Möglichkeit zu begrenzen.« Shasa stand vor dem Kamin und hatte die Hände unter den Rockschößen seines Blazers auf dem Rücken gefaltet. Seine Stimme klang etwas weniger streng als zuvor. »Wir wollen dir helfen – aber das können wir nur, wenn du uns rückhaltlos die Wahrheit sagst.«

Isabella blickte zu ihm auf. »Kann ich mit dir und Nana allein reden?« Sie sah zu ihren Brüdern hinüber.

»Nein!« sagte Centaine energisch. »Die Jungs haben ihr Leben für Nicky und dich riskiert. Sollte es durch deine Schuld weitere Schwierigkeiten für dich und die Familie geben, müßten sie dir wieder aus der Patsche helfen. Nein, so leicht kommst du nicht davon! Die beiden haben ein Recht darauf, alles zu hören, was du uns zu erzählen hast.«

Isabella ließ ihr Gesicht ganz langsam in ihre Hände sinken. »Sie haben mir den Decknamen Red Rose gegeben.«

»Lauter, Kind! Hör auf zu murmeln!« Als Centaine mit ihrem Stock auf den Fußboden stieß, fuhr Isabella zusammen und sah erschrocken auf.

»Ich habe alles getan, was sie verlangt haben«, sagte sie, ohne dem Blick der alten Dame auszuweichen. »Ihr Druckmittel war Nicky. Sie haben mich gewarnt, daß sie Nicky eventuell verstümmeln würden.«

Alle schwiegen, bis Centaine das Wort ergriff. »Weiter, Kind.«

»Danach haben sie mich angewiesen, für Daddy zu arbeiten. Ich sollte mich vor allem für seine Arbeit bei Armscor interessieren.« Shasa fuhr zusammen. »Außerdem sollte ich in die Politik gehen, fürs Parlament kandidieren, die Verbindungen unserer Familie nutzen.«

»Dein plötzlicher politischer Ehrgeiz hätte mich mißtrauisch machen sollen«, sagte Centaine erbittert.

»Eine Zeitlang haben sie nichts von mir verlangt – beinahe zwei Jahre. Dann sind die ersten Aufträge gekommen. Angefangen hat's mit der Radarkette unserer Marine.«

Shasa grunzte, schien etwas sagen zu wollen, beherrschte sich jedoch und griff nach dem Taschentuch in der Brusttasche seines Blazers.

»Danach haben sie immer mehr verlangt.«

»Auch das Projekt ›Skylight‹?« fragte Shasa. Als sie nickte, sah er zu Centaine hinüber. »Du hast recht gehabt.« Er starrte wieder Isabella an. »Du mußt mir alles aufschreiben. Sämtliche Informationen, die du jemals geliefert hast. Ich brauche eine Liste – Daten, Dokumente, Treffs, alles.«

»Dann...«, begann Isabella.

»Spuck's aus!« befahl Centaine ihr.

»Cyndex«, sagte Isabella nur.

»O Gott, nein!« Shasa war wie vor den Kopf geschlagen.

»Damit habe ich mir den letzten Besuch bei Nicky verdient – mit genauen Informationen über Cyndex und durch Unterstützung für Ben.«

»Ben?« Garry setzte sich im Sessel auf. »Wer ist Ben?«

»Ben Gama«, sagte Centaine scharf. »Taras Sohn.« Dabei sah sie zu Isabella hinüber, als erwarte sie eine Bestätigung.

»Ja, Nana – mein Halbbruder Ben.« Isabella wandte sich an ihre Brüder. »Auch euer Halbbruder, obwohl er sich nicht mehr Ben Gama, sondern Benjamin Afrika nennt.«

»Woher kenne ich diesen Namen?« fragte Garry.

»Weil er für dich arbeitet«, sagte Isabella. »Ich sollte ihm einen Job besorgen und habe ihn eingestellt, als ich mit Meekin in London gewesen bin. Er arbeitet als Labortechniker im CCI-Werk Germiston – in der Pestizidfabrik.«

»In der Cyndex-Anlage?« fragte Shasa ungläubig. »Du hast ihn *dort* reingebracht?«

»Ja, Vater.« Sie wollte sich nochmals entschuldigen, aber ein Blick zu Centaine hinüber brachte sie zum Schweigen.

Garry sprang auf, trat an den Schreibtisch, nahm den Telefonhörer ab und sprach mit der Telefonistin in der Vermittlung von Weltevreden. »Ein Gespräch mit dem CCI-Werk Germiston – die Nummer haben Sie, nicht wahr? Ich muß *dringend* den Direktor sprechen. Rufen Sie mich *sofort*, wenn Sie ihn am Apparat haben!« Er knallte den Hörer auf die Gabel. »Wir müssen Ben festsetzen lassen, um ihn verhören zu können.«

»Er gehört zu ihnen!« stieß Centaine hervor. »Er gehört zu den Revolutionären, zu den Zerstörern! Tara hat ihm jahrelang zugeredet. Gott gebe, daß es uns gelingt, das, was sie planen, zu vereiteln!«

Alle schwiegen bedrückt, weil ihre Phantasie ihnen Horrorvisionen ausmalte.

In ihr Schweigen hinein klingelte das Telefon, und Garry riß den Hörer von der Gabel. »Ich habe den Direktor von Capricorn Chemicals am Apparat«, meldete die Telefonistin.

»Gut. Geben Sie ihn mir. Hallo, Paul. Gott sei Dank, daß ich Sie erreicht habe! Augenblick noch.« Er betätigte die Konferenztaste des Telefons, so daß alle mithören konnten.

»Hören Sie gut zu, Paul. Bei ihnen in der neuen Pestizidfabrik arbeitet ein gewisser Benjamin Afrika.«

»Ganz recht, Mr. Courtney. Ich kenne ihn nicht persönlich, aber dieser Name kommt mir bekannt vor. Augenblick, ich hole ihn mir mal auf den Bildschirm ... Ah, da haben wir ihn! Benjamin Afrika. Seit April dieses Jahres bei uns.«

»Okay, Paul. Ich ordne an, daß unser Sicherheitsdienst ihn auf der Stelle verhaftet und einsperrt. Er darf mit niemandem Verbindung aufnehmen, kapiert? Keine Telefongespräche. Keine Anwälte. Keine Reporter. Nichts! Ich warte, bis Sie die nötigen Anweisungen erteilt haben.«

»Das dauert nur ein paar Sekunden«, bestätigte der Direktor. Sie hörten seine Stimme aus dem Hintergrund, als er von einem anderen Apparat aus mit dem Sicherheitsdienst telefonierte.

»So, Mr. Courtney – sie sind unterwegs, um ihn zu verhaften.«

»Hören Sie mir jetzt gut zu, Paul. Wie weit sind wir mit der Cyndex-Herstellung? Ist die Auslieferung ans Heer schon angelaufen?«

»Noch nicht, Mr. Courtney. Die erste Lieferung soll nächsten Dienstag rausgehen. Das Zeugamt will seine eigenen Lieferwagen schicken.«

»In Ordnung, Paul. Welche Mengen haben Sie gegenwärtig auf Lager?«

»Augenblick, ich sehe mal im Computer nach.« Seine Stimme verriet Nervosität. »Von den Artilleriekanistern zu fünf Kilo haben wir je sechshundertfünfunddreißig von Formel A und B. Von den Abwurfbehältern zu fünfzig Kilo sind's von beiden Formeln je sechsundzwanzig, die Ende nächster Woche an die Luftwaffe –«

Garry unterbrach ihn. »Paul, ich will, daß sämtliche Kanister und Behälter einzeln nachgezählt werden. Schicken Sie sofort ein paar zuverlässige Leute ins Lager, damit sie die Chargennummern mit den Lagerlisten vergleichen. Diese Arbeit muß innerhalb einer Stunde abgeschlossen sein.«

»Ist irgendwas nicht in Ordnung, Mr. Courtney?«

»Das sage ich Ihnen, sobald Sie mir das Ergebnis der Inventur durchgeben. Ich warte hier auf Ihren Anruf. Melden Sie sich so schnell wie möglich!«

»Wie bald kannst du uns nach Germiston bringen?« erkundigte Sean sich, nachdem Garry aufgelegt hatte.

»Die Lear ist außer Gefecht. Nach dem Raketentreffer verlangt die Luftfahrtbehörde eine Grundüberholung und ein neues Lufttüchtigkeitszeugnis.«

»Wie bald, Garry?« drängte Sean, und sein Bruder überlegte kurz.

»Die Queenair ist verdammt langsam, aber trotzdem schneller, als wenn wir auf den nächsten Linienflug nach Johannesburg warten. Außerdem können wir dann direkt auf dem Firmenflugplatz in Germiston landen. Falls wir in etwa einer Stunde wegkommen, müßten wir am frühen Nachmittag dort sein.«

»Sollten wir nicht die Polizei verständigen?« fragte Shasa, aber Containe stieß gebieterisch mit ihrem Stock auf den Boden.

»Keine Polizei! Noch nicht – überhaupt nicht, wenn wir's vermeiden können. Schnappt euch Ben und sorgt dafür, daß diese Sache unter uns bleibt.« Das Telefon klingelte.

Garry nahm den Hörer ab und hörte kurz zu. »Gut, ich verstehe«, sagte er dann. »Danke, Paul. Ich fliege jetzt sofort los. Spätestens um eins bin ich bei Ihnen.« Er legte auf und sah in die Runde aus besorgten Gesichtern. »Benjamin Afrika hat sich seit vier Tagen nicht mehr am Arbeitsplatz blicken lassen. Niemand hat von ihm gehört. Kein Mensch weiß, wo er steckt.«

»Was ist mit den Cyndex-Lagerbeständen?« fragte Shasa.

»Die werden im Augenblick kontrolliert. Das Ergebnis liegt vor, wenn wir in Germiston landen«, erklärte Garry ihm. »Vater, du hältst hier in Weltevreden die Stellung. Solltest du uns erreichen wollen, während wir unterwegs sind, kannst du den Fluginformationsdienst auf dem Jan Smuts Airport anrufen, damit er die Nachricht weitergibt.« Er sah zu seinem Bruder hinüber.

»Sean kommt mit mir. Vielleicht brauche ich einen Muskelmann.«

»Garry«, rief Isabella hinter ihm her, »ich begleite Sean und dich!«

»Kommt nicht in Frage.« Garry sah sich nicht nach ihr um. »Ich wüßte nicht, wie du uns jetzt nützlich sein könntest.«

»Doch, ich kann euch helfen! Ihr wißt nicht mal, wie Ben aussieht. Ich kann ihn identifizieren – und ich weiß noch etwas, von dem ich euch bisher nichts erzählt habe.«

»Was denn?«

»Das sage ich euch, wenn wir in der Luft sind.«

Nachdem Garry die zweimotorige Beechcraft Queenair im Horizontalflug auf Nordkurs gebracht hatte, drehte er sich um. »Okay, Bella, raus mit der Sprache! Was weißt du noch?«

Sie sah zu Sean auf dem Kopilotenplatz hinüber. »Erinnerst du dich an die Nacht am Chicamba, als wir Nicky nachgelaufen sind, weil er ausreißen wollte?«

Ihr Bruder nickte, und sie fuhr fort: »Erinnerst du dich an den Guerrillaführer im ersten Lastwagen, der das Wegräumen der Straßensperre beaufsichtigt hat? Nun, ich habe ihn genau betrachtet und gleich gewußt, daß ich ihn schon mal gesehen hatte. Ich bin mir hundertprozentig sicher gewesen, aber mir ist erst jetzt klar geworden, was das bedeutet.«

»Wo und wann hast du ihn gesehen?«

»Als er gemeinsam mit Ben auf Michaels Farm in Firgrove gekommen ist.«

»Michael?« warf Garry ein. »Unser Michael?«

»Richtig«, bestätigte sie. »Michael Courtney.«

»Glaubst du, daß Michael in diese Sache verwickelt ist?«

»Du etwa nicht? Was hätte er sonst mit einem ANC-Kommandeur zu schaffen – und mit Ben?«

Alle drei dachten eine Zeitlang darüber nach, bis Isabella fortfuhr: »Garry, du hast Ben offenbar in Verdacht, einen oder zwei Behälter mit Cyndex gestohlen zu haben. Nehmen wir mal an, er hätte mit Terroristen zu tun – wie würden sie den Kampfstoff einsetzen? Vielleicht von einem Flugzeug aus versprühen?«

»Ja, das wäre die einfachste Methode.«

»Michael hat in Firgrove ein Flugzeug stehen.«

»Ach, Scheiße!« sagte Garry bedrückt. »Lieber Gott, laß das nicht wahr sein. Nicht Mickey… bitte nicht Mickey!«

»Michael macht seit Jahren dieses Kommunistenblatt«, meinte Sean grimmig. »Und er hat dabei 'nen Haufen falscher Leute kennengelernt.«

Alle schwiegen.

»Heute morgen hat die Rand Easter Show ihre Tore geöffnet«, sagte Sean plötzlich, und Garry warf ihm einen prüfenden Blick zu.

»Was hat das damit zu tun?«

»Die Rand Easter Show – die größte, glitzerndste Messe Südafrikas. Eine halbe Million Besucher auf einmal! Industrie, Landwirtschaft und Gewerbe – alle kommen dort zusammen. Und heute abend um zwanzig Uhr die feierliche Eröffnung mit Feuerwerk und Zapfenstreich. Der Premierminister hält eine Ansprache, und alle wichtigen Leute sind im dunklen Anzug mit 'ner Nelke im Knopfloch zur Stelle.«

»O nein!« stieß Garry aus.

Aus dem Funkgerät drang eine Stimme, und Garry rückte seinen Kopfhörer zurecht.

»Charlie Sierra X-Ray, hier Jan Smuts Information. Ich habe eine Mitteilung von Capricorn für Sie.«

»Verstanden, Information.«

»Die Mitteilung lautet: ›Lagerbestand ist vollständig und stimmt mit Chargennummern überein.‹ Ende der Mitteilung.«

»Gott sei Dank!« seufzte Garry erleichtert.

»Sag ihnen, daß sie prüfen sollen, was die Kanister enthalten«, schlug Sean vor, und Garrys Gesichtsausdruck veränderte sich augenblicklich.

»Information, übermitteln Sie Capricorn bitte folgendes: ›Aus allen Behältern Proben entnehmen.‹ Ende der Mitteilung.«

Garry nahm seinen Kopfhörer ab. »Ich wollte, es wäre nicht wahr«, sagte er, »aber du hast recht, Sean. Diese Leute sind keine Idioten. Es kann nicht schwierig gewesen sein, ein paar volle Behälter gegen leere mit aufgestempelten falschen Nummern auszutauschen.«

»Wie lange noch?«

Garry warf einen Blick auf seine Karte. »Knapp eine Stunde, aber das verdanken wir nur dem starken Rückenwind.«

Sean sah sich nach seiner Schwester um. »Tust du mir 'nen

Gefallen, Schätzchen? Such dir nächstes Mal 'nen etwas zahmeren Liebhaber – zum Beispiel Jack the Ripper.«

Als Markierung des CCI-Werksflugplatzes diente ein riesiger Steinbock, der künstlerisch mit weißem Quarzgestein ausgelegt war. Er hob sich schon aus fünf, sechs Kilometern Entfernung deutlich von der braunen Landschaft ab. Garry setzte weich auf und rollte zum Hangar, wo vier Limousinen und eine Gruppe von Capricorn-Mitarbeitern mit Direktor Paul Searle an der Spitze auf sie warteten.

Während Garry und Sean aus der Queenair sprangen und sich umdrehten, um Isabella aussteigen zu helfen, kam Paul herangestürmt. »Mr. Courtney, Sie haben recht gehabt! Zwei der Kleinbehälter enthalten nur Kohlensäure. Irgend jemand hat sie ausgetauscht. Irgendwo dort draußen sind zehn Kilogramm Cyndex in den Händen Unbefugter!«

Die drei starrten ihn entsetzt an. Zehn Kilogramm genügten, um eine Armee zu vernichten.

»Jetzt wird's Zeit, die Polizei zu verständigen«, meinte Sean. »Sie muß Ben Afrika verhaften. Haben wir seine Adresse?«

»Ich habe bereits jemand zu ihm geschickt«, warf Paul ein. »Er ist nicht daheim. Seine Vermieterin hat ihn schon seit Tagen nicht mehr gesehen. Er hat dort weder gegessen noch geschlafen.«

»Firgrove«, warf Isabella ein.

»Richtig!« bestätigte Garry. »Sean, du fährst so schnell wie möglich hin. Nimm Bella mit, damit sie dir den Weg zeigen und Ben identifizieren kann, falls er euch begegnet. Ich bleibe hier und veranlasse alles weitere. Ich bin im Konferenzraum. Ruft mich an, sobald ihr in Firgrove seid. Ich sorge dafür, daß ihr Verstärkung durch die Polizei bekommt, und bringe alle Stellen auf Trab, die uns irgendwie helfen können. Wir *müssen* die beiden Behälter zurückholen!«

Sean wandte sich an Paul. »Ich brauche einen schnellen Wagen.«

»Nehmen Sie meinen.«

»Los, Bella, wir haben's eilig!«

»Paß auf, daß die Verkehrspolizei dich nicht stoppt, Fangio«, sagte Isabella warnend, als Sean auf der Schnellstraße das Gaspedal durchtrat. »Wir hätten die Polizei vor dem Abflug aus Kapstadt nach Firgrove schicken sollen. Mein Gott, es ist gleich drei Uhr!«

»Wir konnten nichts tun, solange nicht festgestanden hat, daß ein paar Behälter mit Cyndex geklaut waren«, stellte ihr Bruder fest.

Er beugte sich nach vorn und schaltete das Autoradio ein. Isabella warf ihm einen fragenden Blick zu.

»Wegen der Nachrichten«, sagte er und stellte Radio Highveld ein. Die erwartete Meldung kam an dritter Stelle.

»Seit heute morgen ergießt sich ein Rekordstrom von Besuchern durch die Tore der Rand Easter Show, die heute eröffnet wird. Nach Angaben eines Sprechers der Messeleitung waren heute mittag schon über zweihunderttausend Besucher auf dem Gelände.«

Sean schaltete das Radio aus und schlug mit der geballten Faust aufs Lenkrad. »Immer diese gottverdammten Weltverbesserer, die zu den wildesten Exzessen imstande sind!«

»Langsamer, Sean. Wir nehmen die nächste Ausfahrt.«

Sean raste weiter.

»Dort vorn!« Bella setzte sich auf und deutete die Straße entlang. »Das ist die Einfahrt zu Mickeys Farm.«

Sean bremste leicht und bog auf den unbefestigten Weg ab. Er ließ den Wagen langsam durch die Eukalyptusplantage rollen, bis die Farmgebäude sichtbar wurden. Dann hielt er an, wendete und ließ das Auto auf dem Weg stehen.

»Was soll das?« fragte Isabella.

»Ich gehe zu Fuß weiter«, erklärte Sean ihr. »Ich will unsere Ankunft nicht großartig ankündigen.«

»Aber warum parkst du hier auf dem Weg?«

»Um jeden aufzuhalten, der vielleicht eilig abhauen will.« Er zog den Zündschlüssel ab und stieg aus. »Du wartest hier. Nein, nicht im Auto. Du versteckst dich dort drüben unter den Bäumen und läßt dich nicht wieder blicken, bevor ich dich rufe, verstanden?«

»Ja, Sean.«

»Und knall die Tür nicht zu«, sagte er warnend, als sie ebenfalls ausstieg. »Okay, jetzt noch ein paar Informationen. Wo hat Mikkey sein Flugzeug stehen?«

»Hinter dem Haus am Rand des Obstgartens.« Sie zeigte in Richtung Halle. »Sie ist von hier aus nicht zu sehen, aber du kannst sie nicht verfehlen. Ein großer, halb verfallener Bau aus rostigen Wellblechtafeln.«

»Das sieht unserem Mickey ähnlich«, murmelte Sean. »Okay, du weißt, was du zu tun hast. Misch dich nur nicht ein!« Er trabte davon.

Er lief neben dem Weg her und achtete darauf, daß Obstbäume und der Hühnerstall zwischen ihm und den Hauptgebäuden standen. Bis zur Veranda des Wohnhauses waren es nur einige hundert Meter. Um Sean herum gluckten und scharrten Hühner, als er hinter einer Mauer kauerte und das Wohnhaus beobachtete. Obwohl die Haustür und alle Fenster weit offenstanden, wirkte das Haus wie unbewohnt. Er setzte mit einer Flanke über die Mauer, erreichte mit wenigen Schritten die Haustür und schlüpfte hindurch. Wohnzimmer und Küche waren leer, aber im Küchenausguß türmte sich schmutziges Geschirr. Alle drei Schlafzimmer waren in letzter Zeit benützt worden. Die Betten waren ungemacht, auf den Fußböden lagen ausgezogene Kleidungsstücke verstreut, und im Bad standen Toilettenartikel.

Er hastete durch die Küche zum Hinterausgang, der in einen Obstgarten mit kümmerlichen, von Schädlingen zerfressenen Baumreihen hinausführte. Hinter ihnen ragte das Wellblechdach einer größeren Halle auf, und an einem stämmigen Mast hing ein schlaffer Windsack.

Sean rannte durch den Obstgarten, nutzte jede Deckung zwischen den Bäumen aus und erreichte die Flugzeughalle. Als er sein Ohr an die dünnen Wellblechplatten legte, hörte er Männerstimmen, ohne verstehen zu können, was sie sagten. Nachdem er sich davon überzeugt hatte, daß sein im Gürtel steckender Revolver sich leicht ziehen ließ, schob er sich die Außenwand der Halle entlang auf eine kleine grüne Tür zu.

Bevor er diese Tür erreichte, wurde sie aufgestoßen, und zwei Männer traten ins Freie.

Ben Afrika war handwerklich geschickt und stolz auf die Qualität seiner Arbeit. Er kniete auf dem Pilotensitz der Cessna Centurion und zog die letzten Schrauben an, mit denen die beiden Zylinder auf dem Bodenblech vor dem rechten Fluggastsitz befestigt waren.

Diese Schraubenlöcher hatte er vorsichtig gebohrt, um die unter dem Bodenblech verlaufenden Steuerseile auf keinen Fall zu beschädigen. Natürlich hätte er die Zylinder einfach auf dem Boden liegen lassen können, aber das war ihm als Techniker zuwider. Im Flug konnte es immer Turbulenzen geben, die das Ventil oder die Schläuche beschädigen konnten. Er hatte die Stahlflaschen so angeordnet, daß der Pilot oder sein Passagier das Ventil auch im Flug leicht erreichen konnten.

Der Zylinder mit dem Grundstoff A war schwarz-weiß kariert und trug als Bauchbinde drei rote Ringe. Der Grundstoff B befand sich in einer hellroten Stahlflasche mit einem schwarzen Ring. Jeder Behälter war mit einer eigenen Seriennummer gestempelt.

Ben hatte seine ganze Geschicklichkeit aufwenden müssen, um zwei handelsübliche kleine Sauerstoffflaschen so abzuwandeln, daß sie äußerlich Giftgasbehältern glichen. Die Seriennummern hatte er mit der Hand eingraviert. Stahlflaschen dieser Größe konnte er in speziellen Innentaschen seines Mantels ins CCI-Werk und wieder heraus schmuggeln. Trotzdem waren Erfindungsgabe und exakte Zeitplanung erforderlich gewesen, um sie durch die Sicherheitskontrollen am Haupttor zu bekommen.

Miteinander verbunden waren die Flaschen durch ein T-Stück aus rostfreiem Stahl, das auf die Linksgewinde ihrer Ventile paßte. Die nötigen Fittings hatte Ben auf einer gebraucht gekauften kleinen Drehbank selbst hergestellt. Im Einsatz wurden zuerst die beiden Flaschenventile geöffnet; dann brauchte nur noch der Hebel des Hauptventils des T-Stücks umgelegt zu werden, damit die beiden Grundstoffe sich vermischten und aktiv wurden.

Das Nervengas gelangte unter Druck in einen biegsamen Metallschlauch, der zwischen den Vordersitzen nach hinten ins Gepäckabteil der Centurion führte. Dort hatte Ben ein Dreizentimeterloch durch den Boden des Gepäckabteils und die Außenhaut der Maschine gebohrt. Der Schlauch führte durch diese Bohrung und ragte noch zehn Zentimeter ins Freie. Er hatte ihn in dieser Stellung fixiert und den verbliebenen schmalen Spalt mit Pratleys Dichtungsmasse verschlossen, die nach dem Trocknen eisenhart wurde.

Das Gas wurde weit hinter den Sitzen aus der Maschine austreten und durch den Schraubenstrahl so verteilt werden, daß für die

Insassen der Centurion nicht die geringste Gefahr bestand. Trotzdem würden sie als zusätzliche Vorsichtsmaßnahme Schutzanzüge tragen und während des Ablassens Sauerstoffmasken aufsetzen.

Ihre Schutzanzüge hingen an der Rückwand der Flugzeughalle und konnten minutenschnell angelegt werden. Dabei handelte es sich um bewährte Ausführungen mit staatlichem Gütesiegel, wie sie der Fachhandel für Rettungseinsätze in den Goldminen vertrieb.

Um sicherzugehen, daß nichts leckte, zog Ben alle Schraubverbindungen nochmals an. Dann brummte er zufrieden, schlängelte sich rückwärts aus der Maschine und sprang auf den Hallenboden. Er wischte sich die Hände mit Putzwolle ab und ging zur Werkbank an der Längswand des Hangars hinüber.

Die beiden anderen Männer standen über eine auf der Werkbank ausgebreitete Karte gebeugt. Ben stellte sich hinter Michael Courtney und legte seinem Halbbruder freundlich einen Arm um die Schultern. »Alles klar, Mickey«, sagte er in seinem merkwürdig klingenden Südlondoner Akzent.

Danach konzentrierte er sich ganz auf Ramón Machado, den er als Helden verehrte. War er mit Michael allein, sprach er ähnlich ehrfürchtig von Ramón wie ein junger Mönch über die Unfehlbarkeit des Papstes. Michael war sich hingegen durchaus bewußt, was für ein grausiges Unternehmen sie vorbereiteten, und hatte lange gebraucht, um sich einzureden, dies sei etwas, das getan werden müsse, wenn ihr Kampf siegreich beendet werden solle.

Ramón schien seinen noch vorhandenen Widerstand zu spüren und wandte sich jetzt an ihn. »Michael, ich möchte, daß du die Flugwetterwarte anrufst und dir die endgültige Vorhersage für heute abend geben läßt.«

Michael griff nach dem Hörer des auf der Werkbank stehenden Telefons, wählte die Nummer der Flugwetterwarte auf dem Jan Smuts Airport und hörte die auf Band gesprochene Flugwettervorhersage ab.

»Der Wind bleibt bei fünf Knoten aus 290 Grad«, berichtete er. »Keine Veränderung seit heute morgen. Stabile Wetterlage mit gleichbleibendem Luftdruck.«

»Ausgezeichnet.« Mit seinem roten Fettstift markierte Ramón die genaue Position des Messegeländes auf der Karte. Dann zeichnete er die Windrichtung ein.

»Okay, ihr fliegt also von hier aus an – knapp zwei Kilometer in Luv des Zielgebiets. Bleibt möglichst genau in tausend Fuß über Grund, öffnet das Gasventil, wenn ihr die Wassertürme überfliegt. Sie sind durch ihre roten Warnleuchten unverkennbar.«

»Ja, ich weiß«, bestätigte Michael. »Ich bin gestern mal rübergeflogen. Das Stadion ist hell beleuchtet und außerdem Mittelpunkt einer Lasershow – gar nicht zu verfehlen!«

»Gut gemacht, Genosse!« Ramón bedachte ihn mit einem seltenen, unwiderstehlichen Lächeln. »Das nenne ich ausgezeichnete Vorarbeit.«

Michael sah verlegen zu Boden, und Ben warf ein: »In den Einuhrnachrichten ist gemeldet worden, daß schon über zweihunderttausend Besucher auf dem Messegelände sind. Bis Vorster heute abend seine Eröffnungsrede hält, sind's bestimmt schon eine halbe Million Besucher. Was für einen Schlag für die Freiheit wir heute führen werden!«

»Vorsters Rede ist für sieben Uhr angekündigt.« Ramón griff nach dem von der Messeleitung herausgegebenen Prospekt und studierte den darin enthaltenen Zeitplan. »Aber er könnte sich ein paar Minuten verspäten. Diese Möglichkeit müssen wir berücksichtigen. Seine Rede dürfte zwischen vierzig und sechzig Minuten dauern. Der Zapfenstreich soll um acht Uhr beginnen. Wann startet ihr?«

»Möglichst genau um sechs Uhr fünfundvierzig«, antwortete Michael sofort. »Wie ich gestern gestoppt habe, beträgt die Flugdauer achtundvierzig Minuten. Dann wären wir etwa um sieben Uhr dreiunddreißig über dem Ziel.«

»Das dürfte hinkommen«, bestätigte Ramón. »Um diese Zeit müßte Vorster noch reden. Ihr überfliegt das Zielgebiet zweimal in etwa tausend Fuß über Grund. Nach dem zweiten Überflug dreht ihr ab und fliegt direkt nach Westen in Richtung Botswana. Wie lange seid ihr schätzungsweise bis zum Treffen mit Raleigh Tabaka unterwegs?«

»Drei Stunden fünfzehn Minuten«, antwortete Michael. »Wir

kommen also heute abend gegen elf Uhr an. Bis dahin haben die letzten Gasreste sich zersetzt und sind somit unschädlich.«

»Raleigh Tabaka läßt den Flugplatz mit Fackeln beleuchten. Unmittelbar nach der Landung baut ihr die Gasflaschen aus und setzt das Flugzeug in Brand. Anschließend hat Raleigh dafür zu sorgen, daß ihr nach Sambia und ins Lager Tercio gebracht werdet.«

Ramón studierte ihre Gesichter. »Okay, das wär's aus meiner Sicht. Ich weiß, daß wir alles schon Dutzende von Malen durchgesprochen haben – aber gibt's noch Fragen?«

Die Brüder schüttelten die Köpfe, und Ramón lächelte ironisch vor sich hin. Trotz auffälliger Unterschiede in bezug auf Hautfarbe und Haar waren sie sich doch sehr ähnlich.

Ohne solchen starken Glauben und bedingungslosen Gehorsam käme die Revolution nie voran, dachte Ramón – und reagierte auf so unkompliziertes Vertrauen mit unerwartetem Neid. Sollten sie doch glauben, diese eine Tat werde den Lauf der Welt ändern und die Morgenröte eines vollkommenen Sozialismus und selbstloser Nächstenliebe ankündigen! Er wußte recht gut, daß die Wirklichkeit anders aussah.

Obwohl er sie um ihren Glauben beneidete, fragte er sich, ob sie die Nerven haben würden, die grausige Realität zu ertragen, die sie herbeiführen wollten.

Ramón ließ seine Hand auf Michaels Schulter ruhen. »Du hast wundervolle Arbeit geleistet. Jetzt mußt du eine Kleinigkeit essen und dich ausruhen. Ich werde euch verlassen, bevor ihr heute abend startet. Ich danke euch beiden.«

Sie gingen miteinander zu der in die Seitenwand der Halle eingelassenen Tür, aber Michael blieb stehen, bevor sie den Ausgang erreichten. »Ich möchte kontrollieren, wie Ben die Gasflaschen eingebaut hat, und meine eigenen Vorbereitungen überprüfen«, sagte er fast ein wenig verlegen. »Ich möchte mir meiner Sache ganz sicher sein können.«

»Du hast recht, in jeder Beziehung auf Perfektion zu achten«, stimmte Ramón zu. »Bis du ins Haus zurückkommst, haben wir eine kleine Erfrischung vorbereitet.«

Die beiden beobachteten, wie Michael ins Cockpit der Centurion kletterte und seine Instrumente zu überprüfen begann, bevor sie weitergingen.

Ramón stieß die kleine Tür auf, und als er gemeinsam mit Ben ins Freie trat, stand links von ihnen Sean Courtney halb geduckt an die Hallenwand gepreßt und starrte sie an.

Keine zwei Meter trennten Ramón und Sean voneinander, und die beiden erkannten sich augenblicklich wieder. Sean griff unter seine Jacke und riß den großkalibrigen Smith & Wesson heraus. Durch den nicht gespannten Hahn des Revolvers verzögerte sich der Schuß um Sekundenbruchteile, die Ramón nutzte, um Ben Afrika am Oberarm zu packen und zwischen sich und Sean zu zerren. Der Schuß traf Bens Körper.

Durch die Wucht des Schusses wurde Ben zur Seite geworfen und rutschte zu Boden. Bevor Sean erneut zielen konnte, verschwand Ramón wieder in der Flugzeughalle. Er schloß die Tür mit dem Fuß und riß die Tokarow aus seinem Schulterhalfter.

Er gab zwei Schüsse durch die dünne Blechwand ab und zielte dabei auf die Stelle, wo Sean stehen mußte. Aber Sean hatte mit diesen Schüssen gerechnet; er hatte sich zu Boden geworfen und war von der Tür weggekrochen. Der Doppelknall und der Winkel, in dem die Kugeln das Blech durchschlugen, gaben ihm einen Anhalt, wo Ramón stehen mußte. Er schoß beidhändig, und das große Kaliber stanzte ein Loch in die Wellblechwand und verfehlte Ramóns Kopf nur um einen Viertelmeter.

Ramón duckte sich hinter ein Benzinfaß und brüllte zu Michael auf dem Pilotensitz der Centurion hinüber: »Motor anlassen!«

Michael war vor Entsetzen wie gelähmt gewesen, aber Ramóns Befehl ließ ihn aufschrecken. Er betätigte beide Hauptschalter, schaltete beide Zündmagneten ein und drehte den Schlüssel nach rechts. Der Motor der Centurion sprang an, stotterte ein paarmal und lief dann rund. Als Michael den Leistungshebel nach vorn schob, heulte der Motor auf, und er mußte auf die Bremse treten.

»Zum Start rollen!« befahl Ramón ihm und jagte willkürlich zwei weitere Schüsse durch die Hallenwand.

Während die Centurion rasch schneller werdend zum offenen Hallentor rollte, hetzte Ramón keuchend hinterher und riß die rechte Cockpittür auf.

»Wo ist Ben?« rief Michael laut, als Ramón sich auf den Passagiersitz schwang.

»Ben ist erledigt«, rief Ramón zurück. »Weiter!«

»Was soll das heißen – erledigt?« Michael sah nach rechts und zog den Leistungshebel zurück. »Wir dürfen ihn nicht im Stich lassen!«

»Ben ist tot, Mann.« Ramón hielt seine Hand auf dem Leistungshebel fest. »Ben ist erschossen. Erledigt! Wir müssen zusehen, daß wir hier rauskommen.«

»Ben –«

»Los, weiter!«

Michael schob den Leistungshebel nach vorn und lenkte die Centurion auf die Startbahn. Er hatte Tränen in den Augen. »Ben«, flüsterte er und gab Gas, bis das Spornrad der Centurion beim Rollen abhob. Am Startbahnende bremste er, drehte die Maschine und stellte sie gegen den Wind. »Der Motor ist noch kalt«, sagte er warnend. »Er hat keine Zeit gehabt, sich warmzulaufen.«

»Das müssen wir riskieren«, erklärte Ramón ihm. »Hier wimmelt's bald von Polizei. Sie ist uns auf der Spur; irgendwie hat sie von unserem Plan erfahren.«

»Ben?«

»Vergiß endlich Ben!« knurrte Ramón. »Sieh zu, daß du uns in die Luft bringst.«

»Wohin fliegen wir – nach Botswana?« Michael zögerte noch immer.

»Natürlich«, antwortete Ramón, »aber erst führen wir diesen Einsatz durch. Auf zum Messegelände!«

»Aber du hast doch gesagt, die Polizei sei uns auf der Spur«, protestierte Michael.

»Wer soll uns jetzt noch aufhalten können? Bis eine Impala der Luftwaffe gestartet ist, vergeht mindestens eine Stunde. Los, Mann, los!«

Michael stellte die Klappen an und gab Vollgas. Die Centurion holperte die unebene Startbahn entlang. Als die Maschine schneller wurde, sahen sie eine Gestalt, die hinter der Halle hervorgerannt kam.

Michael erkannte seinen Bruder. »Sean!« rief er aus.

»Weiter!« verlangte Ramón.

Sean ließ sich am Rand der Startbahn auf ein Knie nieder, umfaßte seine Pistole mit beiden Händen, zielte auf die heranrasende Centurion und drückte dreimal ab. Bei jedem Schuß riß der Rückstoß die Revolvermündung weit in die Höhe.

Der letzte Schuß traf die Windschutzscheibe und ließ beide Männer instinktiv zurückzucken. Ein silbernes Spinnennetz überzog jetzt das Plexiglas. Dann nahm Michael die Centurion hoch, so daß sie den Zaun am Ende der Startbahn überflog und in den wolkenlos blauen Himmel über dem Highveld stieg.

In 200 Fuß über Grund begann der kalte Motor zu stottern, fing sich wieder, setzte erneut kurz aus und lief dann rund weiter.

»Zum Messegelände!« wiederholte Ramón. »Vorster erwischen wir nicht, aber dafür gibt's andere lohnende Ziele. Weit über zweihunderttausend!«

In 1000 Fuß über Grund ging Michael in den Horizontalflug über und hielt seinen vorgesehenen Kurs.

Während die Centurion über ihn hinwegstieg, schoß Sean seinen Revolver auf ihre Unterseite leer. Aber er konnte keine Einschläge beobachten, und das Fahrgestell der anscheinend unbeschädigt weiterfliegenden Maschine ließ sich glatt einfahren.

Er sprang auf und rannte in die Flugzeughalle. Dort sah er das Telefon auf der Werkbank stehen. »Gott sei Dank!« Er spurtete ans Telefon und nahm den Hörer ab.

Während Sean hastig die Nummer von Capricorn wählte, fiel sein Blick auf die vor ihm ausgebreitete Karte und den Prospekt der Rand Easter Show. Auf der Karte war das Messegelände mit einem roten Kreis gekennzeichnet, und ein breiter Pfeil gab Windrichtung und -geschwindigkeit an.

Die Telefonistin im Werk Germiston meldete sich nach dem dritten Klingeln. »Capricorn Chemical Industries, guten Tag.«

»Verbinden Sie mich mit Mr. Courtney im Konferenzzimmer. Ich bin sein Bruder. Ich muß ihn dringend sprechen.«

»Er erwartet Ihren Anruf, Sir. Augenblick, ich verbinde.«

Während Sean wartete, sah er sich in der Halle um. Dabei fielen ihm die an der Wand neben der Tür hängenden Schutzanzüge auf.

»Bist du's, Sean?« Garrys Stimme klang hörbar gestreßt.

»Ja«, antwortete Sean. »Ich bin in Firgrove. Die Sache ist so schlimm, wie wir befürchtet haben. Michael und Ben und der Fuchs. Ihr Ziel ist das Messegelände.«

»Hast du sie aufhalten können, Sean?«

»Nein. Michael und der Fuchs sind in der Luft. Die beiden sind vor zwei Minuten gestartet und bestimmt zum Messegelände unterwegs.«

»Steht das wirklich fest, Sean?«

»Todsicher! Ich bin in Mickeys Flugzeughalle und habe seine Karte vor mir. Das Messegelände ist rot gekennzeichnet, und ein Pfeil gibt Windrichtung und -geschwindigkeit an. An der Wand hängen zwei gasdichte Schutzanzüge, die sie nicht mehr haben anziehen können.«

»Ich verständige sofort die Polizei, die Luftwaffe!«

»Red keinen Unsinn, Garry! Bevor die Luftwaffe einen Jäger oder Kampfhubschrauber losschickt, will sie einen Befehl des Verteidigungsministers. Das kann ein paar Stunden dauern – und bis dahin sind zweihunderttausend Menschen tot.«

»Was sollen wir tun, Sean?«

»Du nimmst die Queenair«, wies Sean ihn an. »Sie ist größer, schneller und stärker als die kleine Centurion. Du mußt die beiden abfangen und irgendwie zur Landung zwingen, bevor sie das Messegelände erreichen.«

»Wie sieht Mickeys Centurion aus?« fragte Garry knapp.

»Oben blau, weiße Unterseite, weiße Tragflächen. Das Kennzeichen ist ZS-RRW. Du weißt, wo Firgrove liegt, und kannst dir den Kurs zum Messegelände selbst ausrechnen.«

»Schon unterwegs«, sagte Garry und legte auf.

Während Garry Courtney die Motoren der Queenair anließ, rechnete er fieberhaft.

Der CCI-Werksflugplatz lag dem Messegelände rund 100 Kilometer näher als Michaels Platz in Firgrove; außerdem war die Queenair bestimmt 70 oder 80 Knoten schneller als die alte Centurion. Seit Seans Anruf waren sieben Minuten vergangen – seit Mickeys Start also insgesamt neun Minuten.

Zeitlich konnte alles verdammt knapp werden. Garry wußte, daß er nicht riskieren durfte, Mickeys Centurion irgendwo auf einem für sie errechneten Kurs abfangen zu wollen. Erfolgversprechend war nur eine Möglichkeit: Er mußte direkt zur Rand Easter Show fliegen, dort auf Gegenkurs zu Michael gehen und mit dieser frontalen Annäherung alles auf eine Karte setzen.

»Ich bin nicht ganz so gut wie Sean«, gestand er sich ein. »Ein hektischer Börsentag oder ein raffiniertes Übernahmemanöver sind mir ehrlich gesagt lieber.« Er ließ die Motoren der Queenair schneller laufen und holte dadurch zusätzliche 15 Knoten Fahrt heraus. »Aber ich kann's schaffen!«

Die Rand Easter Show war bereits aus zehn Kilometern Entfernung zu erkennen. Farbenprächtige Fesselballone schwebten wie Wale über dem Freigelände. Auf den Parkplätzen glitzerten Zehntausende von Autos in der Sonne.

Er kurvte ein und nahm Kurs auf Firgrove. Er beugte sich auf dem linken Sitz nach vorn, starrte angestrengt durch die Windschutzscheibe und paffte dabei seine dicke Havanna. Im Kopf rechnete er noch immer mit Zeiten, Entfernungen und Geschwindigkeiten.

»Sollten wir uns auf diesem Kurs begegnen, müßten sie in fünf bis sechs Minuten –« Er sah weit vor sich und deutlich tiefer etwas aufblitzen. Er schob die Hornbrille hoch, verfluchte wieder einmal seine schlechten Augen, starrte angestrengt nach vorn und bemühte sich, das Glitzern wiederzufinden.

Er hatte die bebauten Gebiete längst hinter sich gelassen und flog über freies Gelände mit einzelnen kleinen Siedlungen und einem dichten Netz aus Wegen und Straßen. Der ständige Wechsel zwischen Feldern und Plantagen war fürs Auge verwirrend und rief Hunderte von optischen Täuschungen hervor. Garry suchte verzweifelt weiter, ließ den Blick zwischendurch über den Himmel gleiten und konzentrierte sich danach wieder aufs Gelände unter ihm. Er vermutete die Centurion tief unter sich.

Als erstes sah er ihren Schatten, der wie eine Heuschrecke über die Felder hüpfte und sprang. Im nächsten Augenblick erkannte er das kleine blaue Flugzeug – etwa zwei Seemeilen vor ihm und mindestens 1000 Fuß tiefer. Garry ließ die Queenair über den linken Flügel abkippen und ging in einer steilen Spirale tiefer.

Die Annäherungsgeschwindigkeit der beiden Flugzeuge betrug fast 500 Knoten, und bevor Garry die niedrigere Flughöhe der Centurion erreichen konnte, war sie schon unter ihm vorbeigerast.

Garry kurvte sofort steil ein, nahm die Verfolgung auf und nutzte die überlegene Geschwindigkeit und den Fahrtüberschuß der Queenair im Sturzflug, um die kleinere Maschine zu überholen.

»In spätestens zehn Minuten sind wir da«, sagte Michael zu Ramón. »Du kannst schon mit den Vorbereitungen anfangen.«

Ramón beugt sich nach vorn über die grellbunt markierten Zylinder, die zwischen seinen Füßen auf dem Bodenblech festgeschraubt waren. Er öffnete vorsichtig die beiden Flaschenventile und glaubte den Druck zu spüren, der jetzt lediglich durch den Sperrhebel des T-Stücks zwischen den Flaschen aufgehalten wurde.

Nun brauchte er den Hebel des Absperrventils nur noch um 90 Grad nach links umzulegen, um das vermischte und dadurch aktivierte Gas in den langen Metallschlauch strömen und unter dem Rumpf der Centurion austreten zu lassen.

Er richtete sich wieder auf und sah zu Michael hinüber, der links neben ihm saß. »Alles klar zum –«, begann er. Aber dann verstummte er und starrte verblüfft durchs Fenster neben Michaels Kopf.

Ein riesiger silberner Flugzeugrumpf füllte das gesamte Seitenfenster aus. Eine andere Maschine flog dicht neben ihnen her, und ihr Pilot sah zu ihnen herüber. Er war ein großer, stämmiger Mann mit Babygesicht, dunkler Hornbrille und einem Zigarrenstummel im Mundwinkel.

»Garry!« rief Michael verwirrt aus. Garry hob die rechte Hand und zeigte mehrmals mit dem Daumen nach unten – eine unmißverständliche Geste.

Michael drückte instinktiv das Steuer der Centurion nach vorn und ging im Sturzflug tiefer. Er fing die Maschine erst dicht über den Baumwipfeln ab.

Als er danach einen Blick in den Rückspiegel warf, sah er den runden Silberbug der Queenair keine hundert Meter hinter sich, und dieser Abstand verringerte sich rasch. Er zog die Centurion hoch und drehte steil ab, aber sobald er wieder in den Horizontalflug überging, war das silberne Flugzeug neben ihm. Als Pilot war Garry ihm schon immer weit überlegen gewesen – und die Queenair war weit leistungsfähiger als Michaels kleine Centurion. »Ich kann ihn nicht abschütteln!«

»Weiter aufs Ziel zuhalten«, befahl Ramón ihm scharf. »Er kann uns nicht daran hindern, das Gas abzublasen.«

Michael, der im stillen gehofft hatte, Ramón werde das Unternehmen jetzt abbrechen, kehrte widerstrebend auf ihren ursprünglichen Kurs zurück. Seine Flughöhe betrug nur noch 200 Fuß über den Wipfeln der höchsten Bäume. Garry schloß zu ihm auf, bis der Abstand zwischen ihren Flügelenden kaum mehr einen Meter betrug.

Garry machte ihm erneut Zeichen, er solle sofort landen. Anstatt die Aufforderung zu befolgen, riß Michael sein Mikrofon aus der Halterung, denn er wußte, daß Garry auf 118,7 Megahertz hörbereit sein würde. »Tut mir leid, Garry«, krächzte er heiser. »Ich kann nicht anders.«

Dann dröhnte Garrys Stimme aus dem Lautsprecher. »Du mußt sofort landen, Mickey! Noch ist's nicht zu spät. Wir finden einen Ausweg für dich. Sei kein Idiot, Mann!«

Michael schüttelte nur energisch den Kopf und zeigte nach vorn.

Garrys Gesichtsausdruck verhärtete sich. Er ließ sich zurückfallen, und bevor Michael reagieren konnte, schob er ein Flügelende seiner Maschine unter das Höhenleitwerk der Centurion. Als er ruckartig das Steuer zu sich heranzog, wurde das Heck von Michaels Centurion hochgeschleudert, und das kleine Flugzeug ging in einen fast senkrechten Sturzflug über.

Die Centurion war schon zu tief, als daß Michael sie noch hätte abfangen können. Sie raste in einen Eukalyptushain.

Michael riß die Hände hoch, als er die Bäume auf sich zukommen sah, und ein armdicker trockener Ast durchstieß die beschädigte Windschutzscheibe und erschlug ihn.

Die Centurion raste weiter und brach sich krachend eine Bahn durch die Baumwipfel. Erst brach ein Flügel, dann der andere ab. Schließlich kam sie auf einem Maisfeld zum Stehen.

Ramón Machado sah, daß sein linkes Bein gebrochen war. Das Bein in der bis zum Knie aufgerissenen Hose war völlig verdreht zwischen seinem Sitz und den Gasflaschen eingeklemmt. Der Ventilhebel des T-Stücks zwischen den beiden Zylindern hatte sich tief in seinen Wadenmuskel gebohrt.

Während Ramón den Hebel anstarrte, wurde er auf das leise Zischen ausströmenden Gases aufmerksam. Sein Bein hatte das Ventil zumindest teilweise geöffnet. Cyndex 25 strömte durch den Metallschlauch und trat aus der Düse unter dem Rumpf der Maschine aus.

Er packte den Türgriff und stemmte sich mit vollem Gewicht dagegen. Aber die Tür ließ sich keinen Millimeter bewegen. Er schob beide Hände unters linke Knie, zerrte daran und versuchte, sich zu befreien. Unmöglich. Er saß fest.

Mit einem Mal roch es nach Bittermandeln; seine Nasenschleimhäute begannen zu brennen. Silberglänzender Schleim floß aus beiden Nasenlöchern, lief über seine Lippen, tropfte von seinem Kinn. Seine Augen wurden zu glühenden Kohlen und büßten ihre Sehkraft ein.

In der Dunkelheit kamen die Schmerzen. Er hatte schreckliche Angst und dachte ans Sterben. Er begann zu rufen, bat um Hilfe, bis zuletzt seine Lungen versagten und nichts mehr helfen konnte.

Centaine Courtney-Malcomess saß am Waldrand auf einem umgestürzten Baum und sah zu, wie der Junge und die junge Hündin miteinander spielten.

Nicky hieß sie einen alten Nylonstrumpf suchen. Er lernte so rasch wie die junge Hündin. Und er konnte gut mit Hunden und Pferden umgehen.

Das liegt ihm im Blut, dachte Centaine zufrieden. Er ist eben ein echter Courtney – trotz seines Namens und des großartigen Titels.

Dann dachte sie an andere Courtneys.

Morgen würden Shasa und Elsa Pignatelli in der von Centaine so liebevoll restaurierten kleinen Sklavenkirche heiraten. Das würde eine der größten Hochzeiten werden, die das Kap der Guten Hoffnung seit mindestens einem Jahrzehnt erlebt hatte. Allein aus dem Ausland – Europa, Israel und Amerika – hatten sich weit über hundert Gäste angesagt.

Noch vor wenigen Jahren hätte Centaine es sich nicht nehmen

lassen, diese Hochzeit genau zu planen und die Vorbereitungen selbst zu überwachen. Aber jetzt war sie damit zufrieden, alles Isabella und Elsa Pignatelli zu überlassen.

Sie dachte über Isabella nach, die zerknirscht war, aber Centaine wußte nicht recht, ob das genügte. Sie hatte lange mit sich und Shasa debattiert, bevor sie schließlich erklärt hatte, Isabella vor den schlimmsten Folgen ihres Verrats und dem gerechten Zorn des Gesetzes in Schutz zu nehmen.

Trotzdem muß sie Buße tun! Centaine rechtfertigte grimmig ihre Nachgiebigkeit. Isabella wird den Rest ihres Lebens damit verbringen, Wiedergutmachung zu üben. Sie ist allen Mitgliedern unserer Familie und der gesamten Bevölkerung dieses Landes, das sie verraten hat, lebenslängliche Dienste schuldig. Ich werde dafür sorgen, daß sie ihre Schuld ganz abträgt, dachte Centaine entschlossen, bevor sie zusah, wie die Hündin den Beutel aufspürte, den Nicky unten am Bach im Schilf versteckt hatte. Der langbehaarte Schweif der jungen Hündin wehte wie ein Siegesbanner, als sie ihre Beute herbeibrachte.

Schließlich kamen der Junge und die Hündin zurück, um sich zu ihren Füßen niederzulassen, und Nicky schlang seinen sonnengebräunten Arm um die Hündin und drückte sie an sich.

»Weißt du schon einen Namen für sie?« fragte Centaine. Sie hatte fast zwei Jahre gebraucht, um den Widerstand des Jungen gegen sie zu überwinden, aber nun hatte sie endlich das Gefühl, über seine Erinnerungen an Adra und sein früheres Leben gesiegt zu haben.

»Ja, Nana. Ich möchte sie Twenty-Six nennen.« Nickys Englisch war sehr viel besser geworden, seit er auf die Western Province Junior School ging.

»Das ist ein ungewöhnlicher Name. Wie bist du auf den gekommen?«

»Ich hab' früher einen anderen Hund gehabt, der so geheißen hat.«

»Nun, das ist ein guter Grund – und der Name gefällt mir, Twenty-Six of Weltevreden.«

»Ja! Ja!« Nicky umarmte die junge Hündin. »Twenty-Six.«

Centaine betrachtete ihn liebevoll. Er war noch immer ein unsicherer, verwirrter kleiner Junge. »Soll ich dir eine Geschichte erzählen, Nicky?« Sie wußte wundervolle Familiengeschichten von Elefanten- und Löwenjagden, von in Vergessenheit geratenen Diamantbergwerken und Jagdflugzeugen und tausend anderen Dingen, die einen Jungen in seinem Alter entzücken mußten.

So erzählte sie ihm die Geschichte von einem Schiffbruch und einer Schiffbrüchigen an einer glühendheißen Küste. Sie erzählte ihm von einem Marsch durch eine grausame Wüste mit kleinen gelben Kobolden als Begleitern – und er ging jeden Schritt dieses verzauberten Weges mit ihr.

Zuletzt sah Centaine auf ihre Armbanduhr und sagte: »Das genügt für heute, junger Mann! Deine Mutter wird sich fragen, was aus uns geworden ist.«

Nicky sprang auf, um ihr aufstehen zu helfen, und die beiden gingen hügelabwärts zu dem großen Haus hinunter, während die junge Hündin sie umtollte.

Sie gingen ziemlich langsam, weil Nana ein schlimmes Bein hatte, und Nicky ergriff ihre Hand, um ihr über die unebenen Stellen hinwegzuhelfen.

GOLDMANN TASCHENBÜCHER

Das Goldmann Gesamtverzeichnis erhalten Sie im Buchhandel oder direkt beim Verlag.

Literatur · Unterhaltung · Thriller · Frauen heute
Lesetip · FrauenLeben · Filmbücher · Horror
Pop-Biographien · Lesebücher · Krimi · True Life
Piccolo Young Collection · Schicksale · Fantasy
Science-Fiction · Abenteuer · Spielebücher
Bestseller in Großschrift · Cartoon · Werkausgaben
Klassiker mit Erläuterungen

* * * * * * * * * *

Sachbücher und Ratgeber:
Gesellschaft / Politik / Zeitgeschichte
Natur, Wissenschaft und Umwelt
Kirche und Gesellschaft · Psychologie und Lebenshilfe
Recht / Beruf / Geld · Hobby / Freizeit
Gesundheit / Schönheit / Ernährung
Brigitte bei Goldmann · Sexualität und Partnerschaft
Ganzheitlich Heilen · Spiritualität · Esoterik

* * * * * * * * * *

Ein Siedler-Buch bei Goldmann
Magisch Reisen
ErlebnisReisen
Handbücher und Nachschlagewerke

Goldmann Verlag · Neumarkter Str. 18 · 81664 München

Bitte senden Sie mir das neue kostenlose Gesamtverzeichnis

Name: ______________________________

Straße: ______________________________

PLZ / Ort: ______________________________